【香山文库】

陈君葆全集

文集　上册

陈君葆　著

刘秀莲　谢荣滚　主编

SPM
南方出版传媒
广东人民出版社
·广州·

图书在版编目（CIP）数据

陈君葆全集. 文集／陈君葆著，刘秀莲，谢荣滚主编. —广州：广东人民出版社，2018.12

ISBN 978-7-218-13290-7

Ⅰ. ①陈… Ⅱ. ①陈… ②刘… ③谢… Ⅲ. ①陈君葆（1898—1982）—全集 Ⅳ. ①I217.2

中国版本图书馆 CIP 数据核字（2018）第 287463 号

CHEN JUNBAO QUANJI · WENJI

陈君葆全集·文集

陈君葆 著 刘秀莲 谢荣滚 主编　　　　版权所有 翻印必究

出 版 人：肖风华

出版统筹：柏　峰　张贤明
责任编辑：张贤明　李沙沙　周惊涛　陈其伟　刘露露
装帧设计：彭　力
责任技编：周　杰　易志华　吴彦斌

出版发行：广东人民出版社
地　　址：广州市大沙头四马路 10 号（邮政编码：510102）
电　　话：（020）83798714（总编室）
传　　真：（020）83780199
网　　址：http://www.gdpph.com
印　　刷：广州市浩诚印刷有限公司
开　　本：787mm×1092mm　1/16
印　　张：60.25　插页：9　字　数：710 千
版　　次：2018 年 12 月第 1 版　2018 年 12 月第 1 次印刷
定　　价：260.00 元（上下册）

政协中山市委员会文史资料编委会

陈君葆先生

一九三八年十月，陈君葆（前排左四）、许地山（前排右三）、马鉴（前排右四）与香港大学师生合照

二　一九三九年十月，陈君葆（前排右五）、马鉴（左四）与香港大学师生合照

一九四〇年十月，陈君葆（左一）、马鉴（左二）、许地山（左五）与香港大学师生合照

一九四一年十月，陈君葆与香港大学师生合照

前排左起：陈君葆（左二）、祈神父（左四）、陈寅恪（左六）、科士打教授
　　　　　（左七）、马鉴（左八）、徐家祥（左九）、李衍镐（左十一）、伍
　　　　　冬琼（左十二）

后排左起：邝象祖（左一）、金应熙（左二）、林瑞坤（左五）、何雅铬（左
　　　　　七）、周天荣（左十）、赖恬昌（左十四）、刘殿爵（左十五）

陈君葆与马鉴教授（左）合照

一九五五年十二月二十三日下午一时三十分，国家领导人在中南海紫光阁接见香港大学英籍访京团

前排左至右：陈君葆、K. E. 普里斯特莱、T. R 特里基亚、特里基亚夫人、Mrs. J. Giffins、S. V. Giffins、梅乐尔、梅乐尔夫人、布伦顿、周恩来、H. R. 阿瑟、阿瑟夫人、P. W顾尔特夫人、P. W顾尔特、R. 史特拉恩

布伦顿夫人、

一九五六年，国家领导人在中南海接见陈君葆等香港大学师生

第一排左起：方方、陈君葆夫人郑云卿、成庆犀、周恩来、陈君葆、黃荫普、曾
　　　　　　昭抡、李同志、胡耀邦

第二排左起：刘西尧（2）、潘佐华（3）、廖瑶珠（6）、廖玲珠（7）、陈云玉
　　　　　　（8）

第三排左起：姚德怀（2）、廖琼珠（7）

第四排左起：易剑泉（1）、游耀展（2）、陈嘉锐（5）、吕瑞明（7）、徐克（8）

一九七三年，国家领导在北京接见港澳人士参观团。二排中为陈君葆

二十世纪五十年代初，在香港大学冯平山图书馆汉画石刻拓本展览会开幕礼上。
陈君葆（左二）与马鉴（左四）、佘雪曼（右三）、叶灵凤（右一）等留影

一九五四年，陈君葆（前排左一）与香港大学师生合照

証明書

茲派委本館職員陸恩敬君帶同館役若干名
赴九龍西洋菜街一八一号四樓馮先生住宅分
批搬運所藏書籍回館寄存仰沿途各關隘
兵隊給予通過俾予此証

右証給

陸恩敬君收執

館長　陳君葆

昭和十七年二月九日

一九二六年六月九日，陈君葆写的《证明书》

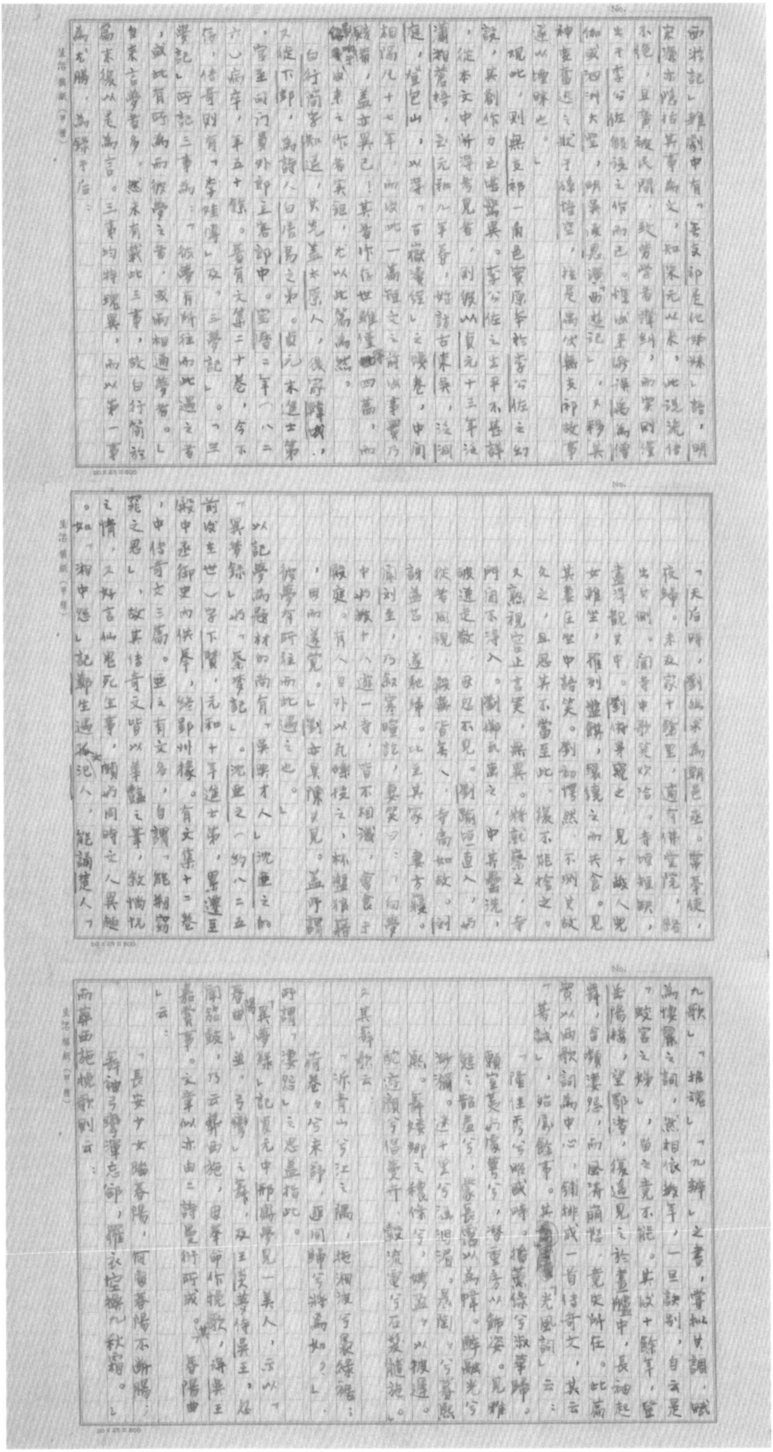

陈君葆的《谈小说》手稿

陈君葆的《关于龚自珍、谭嗣同》手稿

陈君葆的《还乡记——石岐华侨大夏落成观礼后作》手稿

爸爸陈君葆的一生（代序）

　　爸爸陈君葆，在一八九八年十月六日生于广东省香山县（今广东中山）三乡镇平岚乡。幼年时就读于乡间私塾，十一岁随祖父陈佩芝到香港读书，最初肄业于皇仁书院，后入读香港大学文学院，修读政治经济，并任教于圣士提反中学。一九二一年大学毕业，随即应聘到新加坡华侨中学任教，两年后任马来亚七州府视学官。

　　在那年代，他眼见帝国主义列强之侵略，出于义愤和强烈的爱国之心，遂于一九三一年九月辞职回香港，与当时的一些同学和有志之士前往上海、南京、厦门等作国情考察，并与当地部分官员对时局问题交换意见，探寻富国强民之路。

　　回港后，于一九三四年受聘于香港大学。一九三六年接任香港大学冯平山图书馆馆长之职，更兼任该校文学院教席。一九三七年十月香港大学中文学会成立，被选为第一届职员，一九三八年十月被推举为该学会会长。

　　"九一八"事变后，海内外人士面对日本帝国主义者的侵略，十分关心中国前途，并为此奔走呼号。当时陈君葆在"联青社"作了题为"如何强化抗战心理"的演讲，积极参与抗战的宣传。一九三八年一月，他被推举为"联青社"的教育专员。一九四一年二月，他参加了由宋庆龄女士在香港组织的"保卫中国同盟"，并在她的组织下，担任宣传工作，负责将"同盟"的宗旨、活动意义等有关资料译成中文，对外广泛宣传抗日救国的重大意义，以争取世界各国人士的支持。此外，他还参加"保卫中国同盟"组织的"一碗饭运动"，支援国内抗战捐款、筹款，为当时的抗日救国战争尽了一分力量。

一九四一年十二月二十五日，日军侵占香港，形势急剧变化。一九四二年一月，日军搜查香港大学，并封闭冯平山图书馆。当时馆内存有国立中央图书馆疏散来香港的一批重要书籍，为避免其遭劫难，爸爸不顾个人安危，曾努力保护该批书籍，也因而被日军扣留审问。其后在日本人监视下，被编入调查班，专门协助收集遗散在港九各地的书籍和资料。利用此机会，爸爸与其他同事一道，先后收集到一大批失散的重要资料和书籍，主要的有：圣约瑟书院、民生书院、英国俱乐部、邮政局、西环海旁总督部等机构的资料，英国医学会及其他部门的书籍、杂志。另外还有私人藏书，如英籍教授斐德生先生的藏书，当时日军总督部主张焚毁或卖掉，经爸爸力争，坚持全部搬回冯平山图书馆再决定如何处理，使该批图书终于得以保留。他又在一九四四年日军企图强占罗原觉先生的藏书时，极力予以制止，使日军无法得逞。在得到保存的资料中还有医务总监的文件、生死注册处的纪录簿册和高等法院的文件等重要档案资料。这使香港市政管理工作，在日本投降后得以尽早恢复正常。为此，他曾获英皇颁授的O·B·E勋衔。

在抗日战争时期，香港的生活、工作环境都非常困难，但爸爸仍极力为做好图书馆的管理和发展工作作出不懈努力，凡有历史文化价值的书籍，均设法搜集。如一九四二年为购入《万有文库》第二集，曾多方奔走筹集资金；当时图书馆内曾发现白蚁为害，他就极力与日方交涉，力促日方给予有效处理。凡此种种，均为完好保存图书馆原有书籍和其他资料作出了贡献。

对此，诗人柳亚子也有诗句提及：

> 凤辉台上陈君葆，羝乳海滨苏子卿。
> 大节临危能不夺，斯文未丧慰平生。
> 萧何劫后收图籍，阮籍墟头证性情。
> 更喜谢庭才咏絮，老夫眼为凤鸾鸣。

爸爸不但热心教育工作，更积极投身文化事业及活动，他曾执掌报刊编辑工作，担任过《新生日报》社长职务。二十世纪四十年代后期，常参与当时在香港的中国知名文化界人士的活动，郭沫若、柳亚子、茅盾……常在我们家中聚会，畅论天下大势和商议如何促进中国文化事业发展。

中华人民共和国成立后，他积极参与爱国事务活动，从五十年代起，历任中国人民政治协商会议广东省委员会委员，并任广东省文学艺术界联合会委员。他曾受聘任广州暨南大学和香港爱国学校的校董，为促进新中国教育事业的发展贡献自己的一分力量。一九五一年，他率领香港有志青年回国参观同；一九五五年，他陪同港大英籍教授到北京访问；一九五六年，他获周恩来总理等中央领导人两次接见。

爸爸亦非常关心香港社会，积极参与香港社会活动，曾任香港华人革新协会顾问、副主席、主席等职，与其他爱国同仁一道，为推动香港的爱国团结事业和改善居民福利作出应有贡献。

一九六三年他在港创办了英文杂志《世界文摘》（*CLOBAL DIGEST*），积极宣传新中国的方针政策，让全世界更多的人了解和认识新中国。

3

爸爸过去长期担任冯平山图书馆馆长之职，他不但积极投身本职工作，做好图书馆的建设和管理工作，自己也常常采购和收藏中外古今书籍，作为学习研究之用。爸爸的藏书楼名为"水云楼藏书楼"，藏书最多时达一万多册。他平时节衣缩食，把大部分收入作为购买书籍之用，而且他更把大部分时间都放在对书本的学习和钻研中，做到"手不释卷"。爸爸除了努力读书之外，更勤于写作，生前创作了数十万字《水云楼诗草》，其他方面的文字也写下不少。可见爸爸对于文化，特别是对中国的文化是多么热爱！

爸爸毕生对于教育和中外文化交流事业所作出的努力，及其坚忍不拔的精神和爱国爱民的热忱，将永远留在我们心中！

陈云玉

一九九四年十月于香港

整理说明

1. 收录范围。主要收录见诸报纸杂志、手稿及其他一些载体的文章，《陈君葆日记》中录入的文章则因日记要出版而不重复收录。

2. 编排上。大致按主题分为甲、乙、丙、丁、戊五篇，分别是：《时评》《北游纪实》《十载观成散记》《谈艺论学》《友朋忆旧》《琐谈杂感》。这五篇里，除了《时评》《北游纪实》《十载观成散记》相对主题比较明确外，《谈艺论学》《友朋忆旧》《琐谈杂感》则只能根据文章主题进行大致的分篇，容或有措置不甚妥当之处。同一篇内，按发表时间或创作时间的先后顺序编排，有明确时间的排前，时间不明确者排后。

3. 在文字的处理上。这些文章的写作时间跨度较大，不同时期、不同体裁的行文以及语言差异较大，即如各种译名本是不同于今天，但不同时期却也不一致，如民国时期杜鲁门译作"特鲁曼"，但中华人民共和国成立后用"杜鲁门"，等等。今仍遵照陈君葆原文。

4. 陈君葆原来用×××代替一些人名、地名、数据等情况的，今一仍其旧。底本模糊不清者则用□□□标示。

目　录

甲篇　时　评

乙篇　北游纪实

丙篇　十载观成散记

丁篇　谈艺论学

戊篇 友朋忆旧

己篇　琐谈杂感

甲篇

时

评

日本的南进侵略

　　战争风云弥漫到太平洋来了。染满鲜血的日本帝国主义的刺刀，正在所谓"建立大东亚共荣圈"的旗帜下，集中其海陆空侵略部队，准备向着南太平洋的赤道线一带推进；因此越南与荷印将近一万万的各民族人民，不久将要遭受轰炸、屠杀、封锁、饥饿以及一切血腥战争的苦痛命运了。

　　日本侵略主义者对于泰越纠纷，已经尽了他的操纵、挑拨、排挤的能事；尖锐冲突纵未开始，但危机实已愈迫愈近。东京谈判结果如何，似无足轻重，因为纵能暂安无事，但危机依旧存在。日本的南进政策是终不免引起太平洋上的战争的。

　　日本南进军事行动的路线，有海路与陆路两种可能。这两条路线，日本将选择哪一条呢？军事专家的意见以为即使日本的主要企图是遵从陆路进攻马来亚，但她的主要战略仍旧要由海军策动。假道越南或泰国是可能的，但不能不顾到她的给养线。现在日人集中舰队于海南的榆林港，目的在觊觎东京湾一带，伺机南进，而在海南岛各地所集合军队，计有近卫及第五、第八、第三十六与第一百零四等师团，人数大约不下十万。正如某军事观察家所说：

日本海军如果实行南进，最困难的问题是本部防守舰队和南洋战斗舰队将怎样分配。两方都需要主力舰和巡洋舰，并用充分轻便舰掩护。特别是主力舰，因为它们的敌手显然是美国的太平洋舰队。美国驻于夏威夷的太平洋舰队有主力舰十二艘，到本年四月中，可更增两艘，共十四艘。日本原有主力舰十艘，最近可能增加两艘新舰，共十二艘。如果美舰队一直留在夏威夷，日本似乎必须留全部主力舰于本部防范。但就防守本部而论，日本可以假定在她开始南进时美舰必调主力一部分往新加坡。别方面由夏威夷袭日本，海程远达三千余里，需相当时间，故至万不得已时，日本似还可以调回南洋战斗舰队联合应战。就进攻任务而论，南进舰队必须有很大战斗力量，因此日本可能将主力舰的半数或五分之三派往南洋进攻，而留半数防守本部。

但是日本的一双泥脚，正深陷在中国战事的泥淖里。有人便要问：究竟日本能有多大力量？她又能抽调多少兵力，去实行南进的侵略呢？据我们所知，日本海陆飞机的总数大约二千五百架左右，除一千架左右须用于中国战场外，可用作南进的，大约一千五百架。此数大约相当于英美荷各属的空军力量。据所知，菲律宾目前约有飞机二百架，荷印约三百至五百架，马来亚约四百至七百架。至于陆军，则日本侵华军队与镇压东北的虽不下一百五十万，但她为南进的需要调出五十万，还是可能。但在对方，则菲律宾已有美军万余，菲军三万，预备兵十五万；荷印现在常备兵六万，预备兵相等；而马来亚则自从印度与澳洲调遣增防以来，正规军当亦不下十万。在这种情况下，日本自然要在战争发生之际，争取主动地位，而这，以她的地理上的地位而论，是可能的。但交通线太长，劳师远袭，也是于她不利的。

从上面所说，战争的危机是愈迫愈近了。至于日本到底会不会甘冒不韪来发动南进的战争，那便要看下列的几个因素来决定。如果英国在欧洲方面吃到了重大的败仗，那无疑地日本将会立刻抓住千载一时的机会来向南推进了。但是这一个观察法，虽然是持之有故而言之成理，但究竟是个不完全可靠的原素，我们不可过于信赖他。因为日本若果能够和中国成立媾和的条约，他方面更能确知美国对于发动的战事终会维持中立，那末，她也许会与轴心国家采取一致行动的步骤而不犹豫的。如果与中国讲和成功，则现在被绊着在中国各战场的一百五十万的日军，和她的二千五百架飞机，将可以移作南进之用，而现在与英国荷印间所作的势力均等的形势，将会指顾间完全改变。一旦美国严守中立，则强弱之势判然，而东南太平洋上的战争，谁胜谁败，也就很明白了。在中国国境内的战争，已经到达了一个不可以军事上的成败来决最终的结果的阶段了；而在这种情况之下，统一战线存在一天，则中日的相持的战局将延长一天，而一旦统一战线破坏，抗战也就无从维持了。代表国民党的重庆政府和中国共产党，大家都明白目前已不是清算他们相互间的纠纷的时候了，而且也来不及。但是若果中国不能从民主国家的阵营里，得到充分的大量军需品，则重庆政府在威迫利诱的形势底下，在与亲日分子的荡漾动态当中，将会不会改变初衷，拆散统一战线的基石，来赧然与日敌重归于好，实在谁也不能够预定。因此，我们可以说，美国在她的资助中国抗战的力量，是显明地表示了她的真正意向了，而在较小的范围中，英国的帮助也有同样效果。但美国应该守着中国一句古语——"树德务滋，除恶务尽"的诏示，大规模地资助中国，务使日本从中国的各战场抽不出一个人来加入南进的企图，那末才可以掣住日本侵略者的魔手。美国若果仍在做隔岸观火的梦，恐怕终于逃不了流自己的血的遭遇哩。现在美国抱着"自扫门前雪"的态度，一任日本"坐大"，将来一定会有"噬脐何及"之叹的呵！

（原载《保卫中国同盟通讯》，一九四一年三月十五日，陈君葆据原文翻译）

苦闷的法国

雅尔塔会谈而后，反轴心军即对德国发动其新攻势，目前西线美军已越过莱茵河，东线苏军亦逐渐形成对柏林大包围形势，欧洲战局已届紧急关头，实无可讳。从克里米亚归来之巨头，一时趾高气扬，俨然已以战胜者自居，进行其"奠定世界永久和平基础"之三藩市会议，大谈其"保障安全机构"。在此种情形下，默默无言之法国乃成一对照。

对于甚嚣尘上之四月廿五日三藩市会议，美国虽力事宣传法国已答允参加，惟法国出席与否，自有将来之事实证明。目前一般人士所注意者，则为法国已拒绝参加作为三藩市会议发起人之一事实。据其所举理由，则谓："法国既未参加当巴顿橡园或雅尔塔会议，故对于该两会议一切决定概不能负责"。然事实并不如此简单，诚如东京外交评论家所指出："此外显有幕后原因存在"。法国曾提议修改三巨头在雅尔塔所议定之投票手续及在法当巴顿橡园所草定之世界和平机构约章。但此显非法国之单独见解。同时荷兰政府亦声明谓："不论其为任何大国，若恃其地位以最后裁判者自居而订定约章，则深感小国如签定此项约章时，将非出所自愿。"其他小国与荷兰作同样感觉者，盖可想见。

关于法国婉辞作三藩市会议发起人一事，美联社伦敦通讯员称："高尔临时政府在三藩市'世界安全会议'中将以诸小国之大国首席代表资格列席。"此语在法人心目中无疑具有甚深刻之讽刺性。法国夙曾为欧洲大强国之一，其在上一次欧洲战役方告结束之后，纵横捭阖，雄视睥睨，固无论矣；即在德国复兴之后，犹能执欧洲外交之牛耳，其地位显非可忽视者。故在今次世界大战刚正爆发时，英美方面之主张"世界联邦论"者尚谓"应由英法美大国联名邀请各民主国家举行会议"，"是在此种集会中法国将为重要角色殆无疑义"。乃曾几何时，其国际地位遽一变而为"诸小国中之首席代表"，昔日"巨头"之地位已由苏联取代，此则岂一时曾雄霸欧陆之法国所能忍受者耶？曾借克里姆林宫之势力始得臻巩固之高尔政权，对此或无所芥蒂，然抚今追昔终不能无所动于中，亦意中事。法国不得参加雅尔塔会谈，邱吉尔对英国下院解释谓："英国西欧政策之第一原则，为有强大之法国及强大之法国军队，而法国对于克里米亚之决议应觉满足。"又谓"法国已列为欧洲顾问委员会之一会员国，而该委员会所负责处理者为最重要之任务。"此则不啻对法国声明其"薄命怜卿甘作妾"之命运业已注定。当一九四〇年法国大崩败之前，邱吉尔于一切几已失望，曾迭次飞往法国会晤莱诺，与商两国"合邦"计划，盖"甘辞厚币""声泪俱下"兼而有之，实破历史往例。然今则信使往来，已移其视线于莫斯科。法国对德军失败而后，英法二国曾互相诿过，然邓苟克之役，英军卒能撤退本国士兵三十余万，此又岂法人所终能忘者。

据《新闻纪录报》，法国对于三藩市会议请柬上所作"将以当巴顿橡园及雅尔塔会议所决定为世界安全机构新'宪章'之根据"一节文字，深致不满；但曾提议修改"新宪章"一语为"新讨论根据"。同时对于所谓"和平机构"理事会之投票程序，苏联在雅尔塔会议曾坚持其当巴顿会谈时之强硬立场，因此英美所主张之多数取决法卒不获通过。苏联为何须坚持全体通过原则？法国之提议为何遭拒绝？此中消息殆与国际政治研究者所深耐索玩者。吾人试假定将来发生国际纷争时之当事国。一为苏联，一为波兰，而两者均为理事国。又假定理事会投票处决此一纷争时，只法国一国站在苏联方面。在此种场合，多数取决与全体一致通过两种原则所予苏联之影响，将如何重大耶？明乎此，则法国目前之苦闷，与将来苏法两国外交之动向，殆思过半矣。

（原载香港《华侨日报》，一九四五年三月十五日）

莫洛托夫出席三藩市会议

苏联本已决定由驻美大使葛罗米柯代表出席三藩市会议，惟最近莫斯科发表，史太林忽改派莫洛托夫出席，并已通知美大总统特鲁曼。史太林是项决定之改变，不先不后，发生于美前大总统罗斯福甫告逝世之际，此点实堪玩索。盖前者苏联发表即以其驻美大使为首席代表，一般观察均谓此为苏联轻视三藩市会议之表示，换言之，即苏联与英美之间，殆有甚大冲突存在，故史太林至不惜借此一事以作消极之抵抗，而略示其真面目。罗斯福于会议前在温泉作近十日之休养，或竟与此不无关系。无论如何，目前英美与苏联之间，龃龉日甚，则殆无可掩饰之事实。苏联既对三藩市会议露出其轻视态度于前，今忽改派莫洛托夫代表出席于罗斯福总统甫告逝世之后，是则其对于三藩市会议之态度与策略，显已完全改变。

吾人冷眼旁观，可能察出数点：

第一，三藩市会议之最重要议题为"世界安全机构"。但此则有其历史性与毗连于罗斯福之个人关系。盖目前反轴心诸国所标榜、所倡导之"安全机构"，实自国际联盟蜕变而出，而欲为之"产婆"者，即罗斯福其人。上次欧战结束，罗斯福随威尔逊大总统出席巴黎和会，于归途中草定《国际联盟约章》，以示罗斯福，罗斯福大为感动，许以为向美国民众宣传，以实现其理想。其后威尔逊卒以美参议院不肯批准，致美国不得加入国际联盟，赍志以殁。罗斯福服膺威尔逊，固以继承其志而竟其功业殷殷自许者，故今兹三藩市会议，罗斯福实欲步威尔逊之后尘，而踵事增华者，自不待言。然而于史太林，则又"干卿底事"？故克里姆林宫对于此"美国产品"所表示之冷淡态度，殆有其先天性。德外交部当局评罗斯福总统逝世之影响称："罗氏对多年来所树立之一切国际计划，熟悉其说，为能圆满解决英苏两国间战后一切问题之唯一人物。特鲁曼殊非足以代替罗氏之人。"惟其如此，故罗斯福既逝世，则情势已一变，于是苏联对此遂一易其轻视态度，转派大员出席，其不斤斤于争一议席与三投票权，而别怀甚大之野心者可知。盖"安全机构"，无疑为一甚便利之工具，然英美能操纵之，苏联亦未尝不可以操纵而利用之也。

第二，"世界安全机构"在罗斯福既认为继述威尔逊往志、瘁精竭力之毕生杰作，今罗斯福既殁，继任者是否终不背罗氏主张，不无疑问，美国人士对之又将改变其态度与否，亦在不可知之列。他方面，英国更不至于袖手旁观，全无所作为，而必将运用种种阴谋，师其前次大战时之故技，夺取利器以为己用，以遂其"挟天子以令诸侯"之野心，亦不难想象。在此种情势下，史太林又岂肯后人？故此次苏联之委出莫洛托夫为代表出席三藩市会议，与曩时之委派李维诺夫代表出席国联，盖出同一动机，于重视其事之外，又存利用之野心，以多树友国，巩固自己地位，为日后计也。且目前局面，欧洲战事已接近最终阶段，苏联于诸联盟国中，实居于最优越地位，由于罗斯福之已溘然长逝，三藩市会议，果外交策略运用得宜，则取美国之地位而代之以执世界之牛耳，未尝不可能。而知此之深，又固莫有过于史太林者矣。

第三，罗斯福死后，在美国可能之影响，为孤立派主义将因而重行抬头；而孤立主义果抬头，则美国将有重蹈威尔逊总统时故辙之危险，此所给予"世界安全机构"之打击，将不可估计。"世界安全机构"一组织，无论其本质将呈若何变化，对于苏联实绝对有利，一如其前身之"国际联盟"。故果美国人士终将对此组织变其初心，苏联一方面固不欲且绝对不肯自己置身局外，而他方面更不欲利器之终落在帝国主义手上也。

总上以观，三藩市会议将不会因罗斯福之逝世而延期。反之，由于罗斯福此一大政治力量业已消失，英美间直至现在为止已被镇压之一切势力将逐渐抬头，而英美苏三国间之利害冲突将更露骨表现于三藩市会议席上，则可断言。

（原载香港《华侨日报》，一九四五年四月十七日）

三藩市会议前之三国会谈

　　三藩市会议之期现已迫近，然而各国冠盖方云集于华盛顿之此时，乃复有英美苏三国会谈之召开，此不特表示罗斯福逝世后，三国间关系有重加检讨之必要，而资本主义之英美与社会主义之苏联，两者间之基本冲突，是否可以"折冲樽俎"，于会议席上得到调协，以终得互相策励，共同进行所谓"世界安全机构"，实至成问题，于此亦见一端。吾人前论已指出三藩市会议之最重议题将为"世界安全机构"一问题，固然。但问题之现实性不在此。问题之现实性固别有在。

　　史太林于罗斯福逝世后乃改委莫洛托夫出席三藩市会议，明眼人已知其别有会心。随而英外相艾登，苏联外务人民委员莫洛托夫，及美国务卿斯泰丁那斯于华盛顿举行外长会谈之消息以闻。当时固声称此会谈之目的在进行三藩市会议之基本工作，同时并对波兰问题有所商榷。然就其后之发展以观，美随即召回驻苏大使哈里曼，英驻苏大使寇尔亦与联袂抵华盛顿，则于莫洛托夫到达后，三国会议之焦点将在波兰一问题，实无疑义。波兰问题系极复杂，美国务卿斯泰丁那斯氏谓彼与莫洛托夫、艾登三人将费大部分时间于处理此问题，足见其困难棘手。苏联政府再三要求容许路勃林政权参加三藩市会议，其理由则为波兰乃联合国之一员，应有参加会议权利；然美国则根据克里米亚会议之协定，拒绝苏联是项要求。然苏联政府似不以此为已定，故于十七日更正式发表声明，要求由波兰临时政府派遣代表一名参加三藩市会议，并充任会议书记，同时并称："英美苏三国委员会现虽负责建立新波兰联合政府，但尚无若何成果，故此种措置至为适当。"会议书记一职，关系綦重，征诸国联之往事，即可明了。而苏联之提出此项要求，其用意所在，亦不难窥见。是以莫洛托夫之赴美，非特表示苏联并非对美让步，反之实为克里姆林宫之外交，欲于罗斯福总统既已物故之后，谋百尺竿头更进一步。

据最近消息：波兰政要乃有为赴莫斯科参加苏联单独召开，以商讨树立波兰新政权之会议之事实。英美对此虽或表示不满。然英代理外长劳尔十八日对下院称："波兰亡命政权副长，波兰下层组织干部与苏联间之交涉，如于达成克里米亚会议目的上获有相当效果，则英国自无反对理由。"克里米亚会议，关于波兰问题之诸项决定，其主要目的既在"期待波兰本国及在外国之波兰民主主义指导者，以广义民主主义为基础，改革现波兰临时政府，而树立机关报与波兰之统一临时政府"，则就目前欧洲战局情势观之，异日所成立之波兰新临时政府，将全由苏联支持，而英美将不得不置身局外，则可断言。由于其历史、地理及人种关系，波兰在东欧政治上实为第一困难问题，此一问题若得依莫斯科意旨而解决，则不特英之国防线，抑且美之国防线亦将移于莱茵河矣。

在此种情势下，英美二国将如何联合以对苏，自属后话，目前则尚谈不到此。英国目前所殚精竭思、汲汲不可终日以谋者，则在战后之英帝国将遭如何变化。华盛顿提案，一方面释放印度政党领袖全部，他方面则宣布印度为独立国，与自治领同等看待，虽谓为践上次大战之诸言，而个中消息亦有不言而喻者。至于美国则于维持庞大海军之外，复企图永远占领太平洋各岛屿，是司马昭之心亦昭然若揭。故三藩市会议前之三国会议，其目的不外在调整均势。

（原载香港《华侨日报》，一九四五年四月二十二日）

论波兰问题

　　吾人前于《三藩市会议前之三国会谈》一文中曾指出："就目前欧洲战局情势以观，异日所能成立之波兰新临时政府，将全由苏联支持，而英美将不得不置身局外。"由于苏军之已攻入柏林，欧陆战事已迫近最后阶段，此一问题之新近发展，无疑将依所采取方向愈行急激化。据三藩市讯，继华盛顿三国会谈后而举行之四国外长会谈，由宋子文列席一事以观，可知并非涉及波兰问题云云。是则波兰问题殆非英美苏以外任何国家所得过问者，实至明显。然而英美苏三国外长华盛顿会谈，对于波兰参加三藩市会议，意见终未能一致。其意见所以不能一致，则不难于莫洛托夫之语窥见一二。莫氏发表称："三藩市会议议长对于路勃林政权全无一言道及，惟余切望能使该政权参加会议。"此则词气之间，虽无凌厉，然态度坚悬，亦不容否认。莫氏又谓："波兰问题之所以成为困难问题者，不在波兰方面之意见相左。"此不啻以问题不能解决之责任委诸苏联，波兰以外之二国身上。

　　波兰问题所发生之三国纠纷，显为"世界安全机构"之暗礁，而美国务卿斯泰丁那斯氏乃力言此问题将不致影响三藩市会议，似不免近于聊自慰藉。盖莫斯科三国委员会既失败于前，今三国外长会谈复失败于后，英美苏三国对立已日益深刻，殆无可讳，事实俱在，欲盖弥彰。然苏何为坚持路勃林政权参加会议？

15

莫斯科三国委员会何以终不能产生一新临时政府,试为一论列之。

此次反轴心军对德作战,其大部分任务实由苏联负担,而苏联所作之牺牲又至重大。苏联付出此种代价而获取者何?史太林所耿耿不能去怀者,英美二国又将何以副其所期望?苏德战争,结果史太林格勒一役以后,苏卒反败为胜,然由于数年来决斗所示,德终为一善战民族,而今次纵或战败,"十年生聚,十年教训",加以国际风云之变幻,二十年后,亦难免其不卷土重来。若是则"宵衣旰食"于克里姆林宫者,宁肯不"早为之所,毋使滋蔓"?欧洲列强之政策在于如何制德。然就苏联的地位言,制德之关键在于波兰;今次欧战直接导火于波兰之但泽一问题,而德苏战争实由德波战争演变而成,虽保证波兰之独立者为英法两国,而苏联不与其事,故苏之于波兰,惩前毖后,实有不容漠视者。吾人又可想象。假如德国终不免于战败,依据英美苏所预定计划,将德国划分三国管理,然国际变化至不可测,今日之友候或变为明日之敌,历史如重演,若干年后之德国,谁能终保其不重行武装莱茵河域与重整军备?忆今次欧洲战争爆发之前,英法二国固曾被邀与苏联共订攻守同盟之约,以"保证波兰",当时英法几经磋商,始迟迟答覆苏联,尚声明"苏联应俟西方民主国宣战后,始可开始作战"。于是苏驻法大使即作滑稽答语谓:"近者和平宣言固非和平之谓,而宣战亦未即为战争也。"其言可谓一针见血,此虽曩迹,苏联岂遽忘其事。

且即征诸近事,在慕尼黑会议之后,苏虽与捷克订有互助条约,然由于德波间所订之十年和平条约,故当德进兵布拉格之际亦无从对捷克一加援手,而"指向德国心脏之利刃"卒自苏联手中夺去,故苏联资以制德者,固在保有对捷克之操纵权,而只此犹为未足，而必副以扼守波兰以塞德国东进之路。

波兰地理上为四战之地，介于两大而无天险可守，德得之则以为进攻苏联之路，苏守之则为以制德之资，"今不取后世必为子孙忧"，史太林于此殆计之熟矣。在目前局面，三藩市会议甫已启幕，对于波兰问题，英美与苏各执己见，相持不下。如三藩市会议不得苏联之合作，其败必矣。唯苏联之合作，仅得诸英美对苏之让步；今后英美如何适应苏联之要求，颇饶兴味。

（原载香港《华侨日报》，一九四五年四月二十八日）

第二次三头会议

据路透社讯：第二次"三强"会议最近将于伦敦举行，英外相艾登于离三藩市返国途中将在华盛顿稍作勾留，以筹备特鲁曼、邱吉尔与林三巨头之会面，而讨论事项则或为：（一）波兰纠纷问题；（二）德国高级战争罪犯之处置；（三）驻德苏军管理委员之职能；（四）疆界勘定问题。波兰问题列为第一项，可见此一纠纷之严重性与其将来所能给予欧洲局势之影响。史太林于其致特鲁曼与邱吉尔书中，率直指出称："在以目前基础为根据以讨论波兰问题，终归无用。"词气显甚坚定。由于苏联政府逮捕波兰政治领袖而生出之枝节，三国外长于三藩市继续讨论波兰问题，既不可能，故今后此一问题之背后发展，遂有待于三巨头之伦敦会谈。

波兰在欧洲现代政治史中为一至极困难问题，已无人能否认。以前在德国心目中波兰实为防阻共产主义西侵之堤障，固不待言。然易地而处，亦何尝不可作苏联社会主义对西欧敌对势力"肆其东封"之屏藩，今则德国既已崩败，苏联之地位不但比以前益臻巩固，且其势力，北起芬兰、沿波罗的海诸小国以伸入中欧、东南欧诸国，若捷克，若奥地利、匈牙利，若罗马尼亚、保加利亚以至于南斯拉夫，或则投入怀抱中，或则政权在其卵翼下，殆已成"坐大"之势，而介于"晋楚"之间则为一波兰，此盖"必争"之"郑"也。波兰若在苏联掌握中，则足以塞资本主义东进之路；波兰一失，则苏联对巴尔干之控制亦将为动摇，故据波兰即所以镇中欧而控制巴尔干，控制巴尔干即所以阻塞英美。苏联之所以斤斤不肯放弃波兰以此，而英美之所以不能忘情于波兰亦以此。艾登谓"英美苏三国政府应重新检讨全盘局势而决定次一步方针"，足见问题所引起之纠纷，竟非三外长会议所能解决，而最后之讨价还价，不能不待三巨头会面，以折冲于樽俎之间。据合众社称，在目前情势下，英美对邀请加入"联合国会议"之新提出将加反对，以避免苏联重作关于波兰之要求，此虽足表示英美将强固其共同立场以对抗莫斯科，然未足遽定三巨头于未来之伦敦会谈将找寻不到妥协之公式也。目前欧洲战争虽告结束，然英美于太平洋作战方趋酣烈，苏联在此新局势之下，不特举足轻重，抑英美瞻前顾后，细按印度自治领、太平洋战略岛屿之管理，泛美主义集团与安全机构之相互间关系，与对渝与对延安诸问题，其有赖于苏联者正多。若苏联则大战方告终，疮痍未复，有待于"牧马放牛"以优养生息，故一时将唯如何巩固社会主义目前所臻之地位是图，亦可断言。

由是以言，则三巨头会议，其重要议题将唯波兰一问题而已，其他诸项殆全居附从地位。处置高级战争罪犯固无论已，即军事共管德国一问题，征以上次大战之往迹，亦非足引起重大纠纷者。疆界勘定一问题，在今次欧战之后，显与在上次战后大异其趣，盖大部分将不属于议和会之范围，而一决于数强国之"强力政治"。且今次战争之结果，东欧一带诸小国事实上已全入苏联政治版图，故疆界问题无形中已简单化。

然而三巨头果会于伦敦，其所欲谈者止于是耶？抑将以波兰为契机，而对雅尔塔决定将依罗斯福逝世以后之新情势加以重新检讨？横于英美苏三国当前最大问题，为如何成立"世界安全机构"，则今次之战争，无论在何一方面言，如果只限于疆场之事，战守攻取之势，则殆为无意义之战争。故谈战争目的，实各持之有故。三藩市会议所讨论之安全机构问题，美国所欲取威定霸者以此，英国所欲资以维持其帝国不使崩溃者亦以此，若言苏联，则曩固曾活跃于国际联盟，今次战争既加入所谓"民主主义"国家集团，则将不肯轻易放弃其在此机构中所既得之领袖地位，又已明甚。故苏联与英美之间，今后将以何种方式完结此一次战争，是诚为世所注目之问题也。

（原载香港《华侨日报》，一九四五年五月十三日）

的里雅斯德问题之纠纷

过去一周间，由于的里雅斯德一问题所引起英美苏间之紧张关系，一时几令人置疑于欧洲战祸有重新爆发可能。据同盟社讯，英美以最后通牒要求提多元帅即时撤兵，并发表谓不惜以武力解决一切，而英国各报且非难苏联，谓此问题将为三强谅解之试金石。同时据合众社新闻广播，则谓美军在义南两国未定边境地带革利兹附近，武装戒严，喝止南斯拉夫士兵，检查并没收游击队在衣松苏河东岸所获赃物，又封闭在提多军控制下之革利兹周围道路，并检查过境之南斯拉夫军及义游击队。故情势紧张，殆一时无两。然据最近消息，则美军廿日已自的里雅斯德撤退，而提多元帅亦允自奥国克伦地亚省撤离，此不特表示美国已对南斯拉夫让步，而南斯拉夫亦希望能与义大利直接交涉，俾于和平会议之前解决此一问题。目前局势虽因英美军向未确定边界地区进拔，未见稍转和缓，而问题解决尚有待于将来，惟掀起战祸之危机，则似不若以前之咄咄逼人耳。

关于的里雅斯德问题，提多主张其为南斯拉夫领土，其理由则谓的里雅斯德实由南斯拉夫所作牺牲而得解放。而英美则主张最后决定应归和会，而在最后决定之前，该地应由联军占领。英美显反对以此并入南斯拉夫。英美方面并发表称："去年六月亚历山大与提多双方协定，阜姆及阜姆稍北迤东地区归南斯拉夫，伊斯的里雅大部，义东北威尼斯及朱利亚地区，则将由阿历山大军管辖。同时英美军占领奥境，有支配自的里雅斯德至奥境联络线之必要，因此一九三九年时，义国境以西地域亦由英美军占领。"英美坚持提多撤兵，殆以此协定为根据。然则提多进据的里雅斯德，究为国际关系间之冒险企图耶？将为邓南遮进占阜姆之继，而欲与后先媲美耶？抑其所以斤斤不欲放弃尺寸之地，至不惜诉诸武力者，固别有故在？

所谓的里雅斯德问题，质言之，则义大利与南斯拉夫间纠纷之问题。义与南积不相能，已不始于今日。上次大战后，哈布斯堡皇室即已覆灭，义大利即欲乘机扩充势力于巴尔干，而梗于南斯拉夫与法国间之军事同盟，屡不得志。南斯拉夫不特阻塞义大利向巴尔干伸张，更力图削弱其在亚得的里亚海之势力。义国觊觎达尔马底亚，而南斯拉夫亦终不能忘情于义之威尼斯省及伊斯德的里雅，盖此二地虽为义国之领土，然居民则大半为克罗提人斯洛芬尼人，故南斯拉夫对于威尼斯及伊斯德的里雅所具野心与所采政策，正与义大利所以对达尔马底亚者如出一辙。在今次欧战之前，莫索里尼固尝以复辟哈布斯堡皇室一问题威胁南斯拉夫，今则此种危险之可能性，虽或存在，而为力已微。然南斯拉夫北接奥境，西邻于义，匈牙利在其东北，保加利亚屹于东南，而此二国又皆为强悍善战民族，苟义大利仍一本其传统政策，联结诸国以相制，则伯尔格来德之秉国者，将宵衣旰食之不暇矣。目前南斯拉夫于欧战终结，因利乘便，进占的里雅斯德，或为长久之计，然邻国相处，谋动干戈，究非上策，且昔于一九三七年，南斯拉夫国曾与义签定五年政治经济协定，以调整互相关系，今提多政府复表示准备与义国直接谈判，以谋解决边界问题，则犹是以前南首相斯多雅地诺维兹之政策耳。

复次，义南两国之经济关系亦不容忽视。在今次战事爆发之前，南斯拉夫对外输出：义大利占百分之二十，英国占百分之四点七；法国仅占百分之一点三；德国于开战前后虽增至百分之廿三，然实非固定情况，故南斯拉夫之对外贸易，实与义大利具最密切关系，在昔已然，今后殆亦不能越乎常轨。经济关系虽不能决定一切，然常为影响与左右国际政治关系之重要因素，亦不待指出。

今次的里雅斯德问题，发生纠纷，苏联迄今尚未见表示态度，此点值得吾人注意。提多政府之支持者为莫斯科，然则提多所采政策将以莫斯科意旨为指归，谓为苏联对英美之妥协亦无不可。

（原载香港《华侨日报》，一九四五年五月二十四日）

战后欧洲局面

　　吾人前论《英国内阁改组》即已指出，以此次大战种种重要因素为背景——如苏联胜利，社会主义抬头等——站在极端资本主义的英保守党与渐进社会主义的英劳工党，其冲突与对立，今后将日加深刻。其实，由于欧洲战事结束，不特大英帝国，即整个欧洲政治局面，亦将有划期之转变，而一切英国政治局面之转变，其所予欧洲政治局面之影响，至深且巨，殆又非可言喻。

　　欧战结果，德国卒不免于崩败，然因此遂归罪于纳粹主义，则犹是"以成败论英雄"之腐见。就某一立点言，纳粹主义固已完成其清算旧秩序之一工作，纳粹主义盖有其历史意义，而此意义不单只在铲除旧秩序，而尤在扬弃旧秩序之渣滓。历史研究者纵或不可能同情于斯宾格勒之理论，然西方文明，由于近代思想革命与技术革命，实已趋于不能不将其形式彻底变革之一途。从许多角点观察，西方文明殆已濒于"四体不完"阶段。如何从桎梏中求得解放，如何从巨浸中拯救危溺，则不单属德国本身之问题，而实整个欧洲之问题。科学进步—技术机械进步，大量生产，社会之动荡，乌托邦之理想，民族自觉与期望，帝国主义之野心及一切依此而产生之政制，凡此所给予精神与道德之影响为何？更将引导人类到何处去？纳粹主义即在揭穿此一切，使西方洞然于变革之性格为何，而使欧洲从事于决定若者为可留，若者为应弃。

然而纳粹主义所成就者，只在指出问题，而并不能提出解决方法；只在廓清基础，而未尝有所建树。为进行战争，而扑灭苏联之社会主义，在纳粹主义下之德国，固已成为完全集中机械性之一大个体。此个体之形式，为全面动员以达作战目的；而其现实性则为全面计划，全面政治的、经济的与社会的计划。于此，吾人应加注意者，即此种全面计划固非德国纳粹主义所独具之特征，而同时亦在苏联施行，抑且由于今次苏德战争之结果以观，则在苏联所施行者，犹觉彼逾于此，殆则有"磨而不磷"者在。由于纳粹主义所廓清之基础，现虽犹埋没于战争灰烬中，然基础存在，则不容否认，至于新建设之形式与内容，胥视苏联社会主义与英美资本主义在欧陆上，直接接触后所作之演变如何而定。惟无论如何，民族主义似不复在欧洲成为团体形式之唯一决定因素。此后欧洲方面之国际施策，完全回复小民族独立国家之制度，殆已不可。民族主义为欧洲政治生命之永久原素，或将继续保持，但在决定国家形式则已失去其地位。盖随经济技术之发展，不但经济之形式，而且社会生活法律之形式，亦需要比以前更大之地域单位。此种形式，即一国内部秩序之所系，须先行决定。和平工作之大部实基于此，而不在于以条约划分新民主主义或其他主义独立自主国家之疆界。

今次之大战，吾人所能看出者，则为全面革命实在进展中，此殆无可讳言。在一切军事斗争与政治侵略之后面——即就较新兴民族国家如波兰，如南斯拉夫言——随着全面政权之兴替，不论其在延安，抑在叙利亚与黎巴嫩，纯粹革命势力均在行动中，而对于此种势力，旧秩序之残余因素，一面固力行抵抗，而一面则由于有所不能时，亦不能不加以接纳。是以即就欧洲论，和平之实现，只有在彻底了解此革命运动之真性格始有可能。

　　战后欧洲将由谁负"提纲挈领"之责，以处理一切？军事管理，虽有克里米亚会议之决定作根据，然政治经济诸问题，一部分人士则属意于英美，而尤以资本实业一派为然，则实无疑义。在英国人眼光中，不论其为工党或保守党，英国实应在欧洲居领导地位，然与之争衡者则为苏联而非美国。然而英保守党与工党两者间之一政争，其动因即基于此。英国政论家巴尔尼斯云："争取和平之斗争，应从国内阵线着手。经济的民主主义，目的在使工人即为自己之雇主。"此则与英前首相培尔福"无论何党执政，保守党派则常统治英国"之言，盖大异其趣。故欧洲将来之局面，如何发展，固将视英苏间之关系而定，而英苏之关系，又将以未来之英内阁为工党抑为保守党为依归。

　　　　　　　　（原载香港《华侨日报》，一九四五年五月二十八日）

歧路中之欧洲

——民主主义乎？共产主义乎？

军事统一政治矛盾

欧洲战争虽因德国无条件投降而告结束，然谓欧洲局势至此遂已底定，或民主主义与法西斯主义之决斗已成历史的过去，则犹是肤浅之见。在此次战争中，英美与苏联倾全部力量，以压倒之姿势，几经时日始将纳粹德国之军事机构击破；然为达此目的，英美之资本主义不得不与社会主义之苏联连结，以对付共同敌人，而两者相互间基本冲突存在，自始即非各不知，所以仍能并肩作战者，则以当前艰巨问题，两方面均在争生死存亡，而又对于战争目的、战后建立新秩序种种，分道扬镳，各行其是，在势有所不能，故不能不本合作之原则以谋两均有利之妥协。今共同敌人则已消灭，是则此后之问题，将为此两大势力集团、两大思想派别，如何能协调？如何能避免冲突？又此调协是否能实现？冲突又是否终能避免？盖此对德作战，若单独为苏联之胜利，或单独为英美资本主义之胜利，则此问题当不发生。且不特此也，在与纳粹主义所作之决斗中，英美之资本民主主义即尝不断采取对方所用之方法，以攻击其敌人，在其原始动机，或出于

"以毒攻毒"之见解,然而偶尔学得之"乖巧",浸假且成为本身技能之一部而不自觉。萧伯纳讥"罗斯福与邱吉尔半身没入法西斯之巨浸而不自觉",宁不谓此?

民主政治破产

英美两国固以捍卫民主主义而战作号召。然而即以欧美而论,感到西方文明负担之重,而欲稍作轻减以息仔肩者,此类民族宁在少数?在目前动荡中,欧美人士对于民主主义,大概抱两种态度。或则视民主主义之思想实阻碍新生活之实现,因而主张废弃而不用;或则以民主主义已失却时效,现纵保留,亦不能对于纷至沓来之混乱状态,稍予人民以保障。而在为民主主义辩护者,即拥护民主主义者流,迹其本心,亦非不知在一切新兴势力当前,保存民主主义固有之形式与精神,殆为不可行之事,于是环顾左右,伺机从其对方窃取理念与方法,以作"他山之助"。在其本身,实已深厌弃民主政治之方式,而久欲改弦更张,俾对于当前紧急问题作有效之处置。

战后欧洲两个路线

战后欧洲,欲从混乱中廓清一切,以建立一新秩序,唯一可择只有两途。第一,欧洲人民或须集中力量,从事于进行技术革命,促使民众兴起,捐弃一切因袭成见,以达到此革命之逻辑的结论。如此而后始得成立一合理的秩序,而在此秩序中,"强制执行"则为必然与必需的因素。第二,以截至目前仍为决定欧洲诸民族国家之命运之历史因素作为根据,建立一能与现实生活之新倾向互相调协之秩序，而此所成立之一秩序，仍与欧洲历史传统保持一致，无有轩轾。以上两途，依第一种方法而俨具相当资格与实力者则为苏联，依第二种方法而为西欧诸国家所殷殷属望者则为英国。然而欧洲之事，若依柏林界划一线，使东西判若鸿沟，东欧则统治于社会主义之下，西欧则归英法美宰制，此岂欧洲长治久安之计？德国崩败，其资本实业一系势力，大部在德国西部，此种势力，希望美英负担管理欧洲中部之责任，俾得徐图恢复，固已。以地理与历史之地位言，英国实具足以领导西欧之资格，亦不待辩论。且西欧诸国，不将谓"曾成功建立一大帝国而不完全恃武力以维持其统治者，此与东方之苏联相较，盖有足多者"乎？在西欧诸国中，目英国为"集帝国与自由于一身"者，固不全出于邱吉尔逐章琢句之宣传，而共同利害关系与共同思想与传统，亦不可忽也。

（原载香港《时事周报》，一九四五年六月四日）

安全机构与印度独立

英国一向政策，尤其是保守党之政策，是以帝国中之次要项目视印度问题，因此，在国际战争中，印度命运之决定一系于欧洲之战场，上次世界大战已然，今次之大战亦不能外此。方英国致全力于欧洲对德作战，与保护其地中海之生命线，此时实无暇东顾，而英国在印度之驻军，其唯一重要使命则在防止印度崛起，争取独立。明乎此，则华威尔之被任为印度总督，坐镇新德里，而不从事于东南亚战争，其作用盖侧重于政治而略于军事可知已。然今则欧洲战事已告终结，英之对印度，其将一秉以前作风，仍师上次欧战后之故智，以己为刀俎而人为鱼肉耶？抑将开诚心，布公道，实践二十年前之诺言，登印度民族于衽席，而示天下以大信耶？

印度独立与各方态度

英国哲学家罗素在《自由与组织》一书中谓："英国因有帝国为其本国之道德渣滓充作污水池，故其社会生活稍能避免类似德国民族主义所呈现之狞狰面目。"即此而言，则英国之利，直为殖民地民族之害，盖恶劣血分由中心向着周边输送而已。其在今日，此种旧式之帝国主义殖民地政策，岂尚有保持之可能？今华威尔已返印度，然对于印度施策方针仍未允公布，此犹不能令人无疑者。世界要求应予印度独立之气氛，早已日趋浓厚，然而英国之保守派则似仍无所动于衷，若非莫洛托夫于三藩市发表寓意深长之声明，则英国恐仍将采取延宕政策，以维持目前状态于一时。然此则有类于"外铄"，而非出于自诚者矣。英国国内舆论，其眼光较远者，殆无不赞许印度独立。印度须以自己之能力处理自己之事，若印度自治之结果终归失败，此亦无与他人事。采取此种态度者，固不独英国小说家披理斯脱理为然，披理斯脱理持其代表耳。

披理斯脱理又谓："各国应共同约定，保证不使印度在制定宪法时期，其国家转因此完全弱化而陷入无政府状态。"披氏为何有此顾虑？印度固须凭自己力量，而不假外人帮助以创造宪法；惟披氏此语，似尚有更深之意义。其在往昔，则批评独立问题者，犹得谓"自由印度"将无法解决军事上之国防问题，然究其实，则英驻印度之国防军，其目的不外二者，即（一）防卫印度领土免被别国侵略，（二）于必需时捍卫在印度之大英帝国统治权，防止印度人造反。然而此种见解显含有甚大之内在矛盾。诚如鲍斯所言，若不将殖民地主义加以清算，则在英国本国建设新社会秩序，实不可能。印度之国防问题，印度人民之军事上安全，应与英国防卫其在印度一切利益之问题，截然为两事，不得并为一谈。英国若不能改正此种论理上之错误，则仍将重蹈以前之覆辙，于解放殖民地，于奠定世界和平之基础无与也。

独立运动的性格

近年以来，尤其是今次欧战爆发之前数年间，印度国内之最显著、最重要变化，诚为民众力量急激发展之一事。原有资本主义者之工业体系下之工人，若纱厂与铁路之劳工，本已具相当长久之斗争历史，至是更趋积极，固无论已。而此种觉悟且普遍于经济机构之各方面。农民亦已不如前此之惟慑伏于奴役与迷信而逐渐抬头，敢行对地主抵抗，凡此固属事实。然若视之为纯然受外人煽惑之结果，则去正视事实，确认此为印度民族之自觉，盖甚远矣。印度诚毗连于俄，而苏联社会主义之所成就，与共产主义思想之展布，凡此所予印度一殖民地民族之影响、之熏陶，自不容否认。顾据此而遂谓"对于印度独立，不论采取任何具体政策，其结果不出十年，印度必将并入于苏联"，不益见资本帝国主义之思想，迄仍为美国国际政策最大原动力之泉源耶？抑且英工党领袖克里浦斯即已指出，怀疑苏联，以为彼将制霸东欧而终为英国毒害，实属过虑，特此与美国共和党议员路斯之意见相较，谓"印度知识阶级皆为苏联势力所渗透"，故印度民众将陷入最不幸之境，其"出奴入主"，相去为何如耶？就目前情势以观，则不论英国乐意与不乐意，与苏联调协实为不容或已之政策，又不特于欧洲大陆为然，于印度亦如是。

安全机构的试金石

质言之，一切经济政策之以特殊势力个体为依据，而以排斥异己独占市场与原料为目的者，则永久和平之制度实无从成立。迹诸往事，若非因英法两国之帝国主义殖民政策，亘以囊括世界各处经济特殊利益与特权为事，而置自由国际合作于不顾，则德国纳粹主义终不得崛起，而今次大战亦不至爆发。是以旧式之帝国主义殖民政策一日不铲除，则世界和平将无由实现，无由巩固。"世界安全机构"果能建立而不至为国联之续耶？"印度独立"实为之试金石。

（原载香港《时事周报》，一九四五年六月十一日）

日本土决战战略观

欧战结束而后，太平洋方面战事遂益趋剧烈，而自冲绳战局逐渐转入严重困难阶段，日本朝野遂一致承认，决战在日本本土展开已非不可能之事实。日第八十七届临时议会即于此时召开，政府以非常大权，俾便宜行事以应付战局，同时并通过"战时紧急措置案"等六项法案，足为此点之有力表示。同时，若决战果于日本土展开，则美军所遭遇之困难，将十倍或百倍于以前诸战役，更可从日人应战之决心与准备及其他种种情势看出。日首相铃木海军大将六月九日对会议演说称："一旦本土化为战场，则地理形势与人心士气均于我方有利。集中兵力于军略地点，与维持补给线，均较易为力，因此在本土作战，将与以前在各岛作战完全不同。"此当非徒欲安慰国人之言，或只付期待之意。太平洋战役，由所罗门而雷伊泰、而吕宋、而硫磺岛、而冲绳，其间历时几许？所着损失几何？美国虽恃其物质之优势，然最低限度，又岂能免于"旷日持久，师老无功"之焦急？是以日本如终于本土作战，则诚如池崎忠孝氏所云："一方既有天险可据，且拥有强大之陆海军，有完全之组织与训练，有近代国家之实质，以如此强大之国家，而所谓能因美国之攻略，而易于沦陷，有是理耶？"

就某一立点言，美国若舍大陆而径攻日本本土，则此种战略诚有其优越独到之处；然攻坚不特为险着，且亦不能仅恃物质之数量优势，遂谓可操胜算也。千里馈粮，祸常生于肘腋。轰炸不能有决定性作用，由于在今次欧战中，苏联从不以英美对德国轰炸为已足，而坚持开辟西欧第二战线可见。美国现虽拥有陆军八百余万，然欧战终结后，除留驻德国外，其余能调至东亚方面者，为数亦不过百余万，而将此一部军队调向太平洋地域，即据美国特鲁曼总统估计，亦需时十阅月。无论从何角度观察，此则美国所应认为足焦虑之点。旷日持久则变生，内既足以引起厌战心理，外亦足以影响国家之威信，是以不战而屈人，至上也。顾此则岂美国所能希冀者耶？退而思其次，则唯有出于诱致日本求和之一途。然由于最近事实之证明与日方舆论之表示，则此种企图亦全归失败。铃木首相对日议会演说，固已力言"敌人欲诱致日本无条件投降，其野心实不可问，盖不外欲毁灭整个日本民族而已，故日本除抗战到底，实无他途"。而日临时议会复应全国要求，畀日政府以全权委任之性格，则更为对诱使投降之有力答覆。

日本面临目前如此严重局面，诚千钧一发，处生死存亡之交。故谓一切已属绝望固非事实，然谓一切已无足介意、胜利已稳操手中，则又于事何补？《每日新闻》谓："胜败之决定，须根据复杂错综之各种因素。故关于本土迎击作战一层，又不可仅评为于我有利也。本土化为战场之日，战局不易，实不难想象。"此诚属正视事实之论，而非欲悚人听闻或徒事作暂时之安慰与无补于实际之希望也。胜败常决定于最后之五分钟，此不特千古不磨之论，即征诸历史往例，亦不一而足。然而"获致作战成功，其必需之先决条件，为提高国民士气与确保军备及食粮"，则铃木首相于答覆日众议院议员太田正孝氏质问时已言之矣。顾"运筹帷幄之中，决胜千里之外"，吾知日本之秉国者，殆早已虑之深而计之熟。故"战时紧急措置法案"赋政府以特殊许可权以增强军需生产，增加食粮生产，计划战灾对策、与强化运输通信等紧急施策，凡此均足示为"突破难局"，以应付瞬息万变，日本战时政府已作最彻底而最积极之决定。

就目前战局言，英美已逼近日本内线作战。然此非决定胜负之因素，则无已言之。"太平洋战争最大之负担落在美国肩上"，诚如美国《时代周刊》所指出。盖无论如何及在何时，在对日本之太平洋战争中，英国只能居于附从地位。加拿大与澳洲毛羽未丰，其最大目的在如何取得真正独立与巩固地位，而其各所拥有实力亦成问题。若法国与荷兰，目的全在恢复所失去之殖民地，又岂真有为金元主义国家作驱除难逆者耶？苏联固居举足轻重之势，然史太林则亦有其现实之外交。故即在美国之作战当局言，物质虽居优势，然仍只获得一"可胜不可败"之危险形势而已，胜负之数未可必也。

抑且即军事家亦当不能不承认，在近代战争，单恃军事力量仍不足以制胜，又不但不足以制胜，或甚至不足以作守卫之资。又不特此而已也。军事上胜利所获取者或竟于政治中完全失去。换言之，则战争中之所得或竟消灭于政治之失败。此则又非不可能，况在军事上一时之优势，而谓其可久恃耶？明乎此，而后可以语于"胜利常决定于最后五分钟"之意也。

（原载香港《时事周报》，一九四五年六月十八日）

三巨头会议与三国军事同盟

宣传已久而现则决定不日于柏林举行之三巨头会议，其主要议题为何，不特关心世界政治者所欲知，而尤为研究欧洲战后诸问题者所特加注意。据瑞典京城方面所传，会议内容大约如下：（一）统一与调整对德国之政策；（二）的里雅斯德问题；（三）波兰问题；（四）法国领土要求与利维特问题。然据六月二日路透社讯，则"英美苏三国军事同盟条约，亦将为讨论主题之一"。此次三巨头会议卒能举行，即据美大总统特鲁曼所言，大部分盖出于霍金斯赴苏与史太林议长面谈之所成就。霍金斯于五月衔特鲁曼之命与美驻苏大使哈里曼一同赴莫斯科，当时白宫发表，谓其使命在"谋解决两国间悬案"。此类"悬案"在在俱足引起英美与苏联两者间之冲突。凡此虽为欧洲战事刚告终结一时殆无可避免之现象，然果双方政治当局任令事态恶化，则重导欧陆入于战争之途，亦非不可能。复次，英国保守党之传统政策，不特与苏之社会主义处于对立地位，根本不相容，且即在其国内亦与工党发生甚大矛盾。美国于太平洋作战方酣，若英国与苏联于欧陆复生龃龉，则所予影响，将不难想象。故特鲁曼既派霍金斯赴苏，同时更遣美前驻苏大使台维斯赴英，谋与邱吉尔"讨论英美两国间由于战争所引起之某项事件"，与"打开苏联与西欧联盟国之僵局"，图弭祸于未形，诚不失为高瞻远瞩、大刀阔斧之策略。

然则三巨头会谈所讨论者果只限于是耶？任何是类会议自以战后欧洲诸问题为重要议题。顾现则由于霍金斯莫斯科一行之结果，凡此诸问题似已迎刃而解。波兰问题殆全依苏联意旨解决，南斯拉夫则已自的里雅斯德撤退，四强国共管德国之委员会亦已成立，法国之领土要求当不成严重问题，而利维特之纠纷亦日趋和缓。若国际安全理事会之否决权一问题，则既因五大强国妥协而告解决，苏联亦放弃其对于信托统治地之主张。是则三国间目前之纠纷似已渐告消除。两特使分别在莫斯科与伦敦所完成之使命，将由三巨头于柏林之会加以确认，自为必需之步骤。然若谓柏林会议仅为一种附加之仪式，而不含有更深更重要意义，则殆失之甚远耳。

三巨头会议主题之一将为英美苏三国军事同盟，有甚大可能；惟此所谓军事同盟，其目的将不止于对日，而于对付日本之外，尚具别项作用，则不妨假定。英美苏三大强国在今次大战中之作战目的虽不同，惟其各欲利用"安全机构"之国际新组织以达其各自目的之动机则一。英国之目的在维持其拥有广大殖民地之帝国于不坠，故所着重在现状不变。美国政策在为其业已发展至饱和点之资本主义寻求向外制霸之机会，故其欲在太平洋及世界其他各处保有战略性地域之动机亦至易见。若苏联则虽挟战胜之余威横绝欧陆，惟其瞻前顾后，将亟亟唯如何奠定此新社会主义试验于磐石之安是谋，而此外均属次要，亦不难想象。故此三巨国均欲利用"世界安全机构"以为维持国际新秩序之有效工具，则诚有其所谓"以利合"之必然性存在。安全机构一类之国际性组织应以承认国家备兵目的只在维持世界治安与制止国际侵略为基本条件。换言之，此即国际警察之原则。然目前所谓

"安全机构"既无此种国际军队归其调遣，则为应付目前之实际情形起见，惟出于成立"三国军事同盟"一途，亦良非得已也。故就理论立言，军事同盟实非足以替代"国际警察"者也；而若果各国仍拥兵自固，则安全机构一类组织，亦难免不重蹈国际联盟之覆辙，军事同盟其可恃乎哉？

准是而谈，则三国军事同盟如果成立，其对象当不止于谋联合对日作战，而于对作战之外尚具更大目的与更深意义，盖可知已。抑且联合对日作战，不特仅为当下之目的，而纵使三国终能无间言，成立此所谓军事同盟，然此军事同盟既有其更远大之企图，即划分世界为若干个经济集团，威临诸中小国家以维持一均势制霸局面，则成立以后苏联终将参加对日作战与否，未可知也。惟有一点则可断言：三国军事同盟果得成立，则英美二国谋所以孤立日本之政策，将处于更优越之地位。因此，三巨头会议而后，英美二国，尤其是美国，不特将有企图对日展开政战两略攻势之可能，抑鉴于各种情势，或舍军事攻势而转取政治攻势，亦非不可想象之事。

资本主义与社会主义之根本冲突，虽未尝因苏联与英美间之暂时妥协而告消除，然由于苏联之让步，三藩市会议席上所发生之各种纠纷卒告一部分之解决，则三国间各因其自己之困难问题，不得不亟谋互相合作，以恢复欧战后已甚摧残之元气，亦可想见。然则不日于柏林举行之三巨头会议，诚非可等闲视之也。

（原载香港《时事周报》，一九四五年六月二十日）

达达尼尔问题与英苏关系

　　前苏联对土耳其宣布废弃苏土互不侵犯友好条约，一般观察，即以为莫斯科早晚将提出关于修改达达尼尔海峡管理权之要求；其所以迟迟未发者，并非以时机未熟，而实因本诸史太林之现实主义，利用既已获取之优势地位，出以和平谈判之姿态，较为得计耳。苏联此种政策，与纳粹德国所采用之方法相较，盖大相径庭，而纵以英国保守党之老谋深算外交，想亦不以为易于应付。就日本各方面所传消息，行将召开于柏林近郊波茨坦王宫之三巨头会议，其议题将不限于欧洲问题，讨论范围实甚广泛；而就月来中东问题演变之情势以观，则达达尼尔海峡管理权及其他与土耳其有关之各问题，亦将在讨论之列，且证以日前特鲁曼总统于拒绝召集五大强国会议以解决叙黎纠纷之法国要求时所作声明，此一点更无疑问。

　　苏联于叙黎事件初发生时曾保持缄默，此并非由于苏联欲置身事外，或漠然无所动于中。盖苏联与法国相互之间，早于德国崩溃之前已成立一种密契，故高尔政权之对西班牙、对中东，甚而至于对共管德国，实莫不先已取得莫斯科之谅解与支援，则不妨假定。美国对欧洲之利害关系自不若英国之深，然其在近东一带经济势力发展，则随战事演变而迥与昔异。故在近东一带，英美因利益关系相同而采取一致态度以对苏联，实具更大可能。在此一角逐场中，异日之变化将不出英美联合以阻塞苏联南下之路，而为抵制计，苏联则不难挟法国以自重，谋所以维持法国在中东之地位，在此种情势下，介于两大之土耳其遂成问题之焦点。

英国之帝国主义政策，一向为支援土耳其以阻抑俄国南进。此种政策为维持其分布于地球各处之广大殖民地，与确保其地中海生命线起见，自有其根据理由，然由于欧战结束后之改变形势，土耳其是否仍肯为大英帝国掌此北门锁钥，则诚不无疑问。曩在蒙德娄开会时，土耳其提出要求，为捍卫其自己国土拟对达达尼尔两海峡重行设防，当时英国虽力行反对两海峡全由土耳其掌握，然由于李维诺夫与罗国外长铁杜里斯古之极力支撑，且英国当时亦无意于与土开衅，故凯末尔之目的卒能达到。然即在当时，英国舆论即以两海峡全归土耳其管理，结果只容许苏联由黑海向地中海进出，而他国则不得进入黑海为言，指摘英外交当局。今则苏联且乘战胜德国之余威，以临巴尔干诸国，其欲与土耳其废弃旧条约更订新条约，谋所以巩固邦交、重言友好，固不只限于两海峡管理权之一问题已也。即在凯末尔时代，土耳其国内已有不少倾向苏联社会主义分子，今则社会主义之苏联乃一战成功，则此所给予土耳其国内左倾思想之刺激何如，实不难想象。苏联要求土国容许更多民主主义代表组织政府，即为此政策表现之一端。在苏联眼中，所谓"虽有镃基，不如待时；虽有地位，不如乘势"者，此也。是以苏联欲与土耳其成立新互助协定，不但足使蒙德娄条约成为具文，而苏联将提议禁止各战舰通过达达尼尔海峡，而只许苏联与土耳其两国军舰通行，并进一步而要求在达达尼尔及爱琴海设立联合基地以保护海峡，亦意中事。

英国对于苏联势力南向伸张之对策，为支援回教同盟国家，组成一势力集团，以为将来自声援。英国中东目前所采之政策，似以此为依据，盖与在印度对回教民所采取者为同一鼻孔出气，故若指为纯然出于赞助弱小民族独立解放之动机，而不搀杂他种成分者，则犹为外表观察耳。如能把握此点，则中东问题之纠纷，英法关系之恶化，英法两国对于西班牙问题之态度与政策，何以一张一弛，与夫华威尔之对印度新提案及西姆拉会议将来之归趋，殆思过半矣。英国虽将不能不对苏联再作大让步，惟其传统政策固未尝稍疏忽于巩固其自己利益关系也。

美国现正集中注意于太平洋，其在东亚所采取政策，尚未至于与苏联之意图发生正面冲突阶段，而即使此冲突终至发生，苏联自"以和平谈判手段取得美国让步"为最上策；是则三巨头开会于柏林时，特鲁曼将尽一切可能以取得苏联之协作，而消除英苏间日趋尖锐之对立，则当为先务之急矣。

（原载香港《华侨日报》，一九四五年七月二日）

波兰终投入苏联的怀抱

据美联社讯：联合国代表团六月廿二日在莫斯科公布，谓波兰三政治党派在莫斯科会议，对改组波兰政府之计划，已因所得调协而事功告竟，而此计划并已得英美苏三国赞同。由美驻苏大使哈里曼、英驻苏大使寇尔及苏人民外交委员会莫洛托夫三人所组成之代表团于公布协定时，并发表声明称：波兰人一致决定邀请温西提、魏多（在波兰）及斯坦尼斯洛夫、格拉普斯基（现在国外）参加波兰国民议会主席团，并邀请伏拉狄斯洛夫、基尔尼克及兹斯洛夫、威悉哈（在波兰）、斯坦尼斯洛夫、米可莱斯基、仁·斯坦塞克及麦兹斯洛夫、图古特（现在国外）参加国民联合政府。至此，引起英美苏三国间龃龉，而几为三藩市会议暗礁之波兰问题遂终告解决。

波兰问题以英美对苏让步而获得解决。然英美对苏让步则不限于波兰一问题，盖此外如的里雅斯德、如奥国、如德国军管区疆界等问题英美亦莫不对苏力为迁就。凡此目的固在谋解决欧战结束后三国间之一切悬案，以作不日召开之三巨头会议之准备，而目前英美两国于太平洋对日作战方酣，所欲倚重于苏联者至多，故不能不以妥协为事，其动机亦自易见。

由于苏联对德反攻作战之结果，波兰问题自始即不容他人置喙，而留于伦敦之波兰流亡政权实亦不待路勃林政权成立以后，始知其本身之命运早已注定。苏联之社会主义西向发展，波兰为势所必争之地，盖波兰若在苏联掌握中则不特西进得以控制欧洲中部，而南临巴尔干诸国，更足以拒资本帝国主义之扣关北进，或且进而伸张己力于地中海。苏联绝对不能容许一反动政权于波兰成立，其理由至为明显。在上次世界大战之前，波兰民族为争取独立解放，群醉心于言论、思想与集会之自由，于是复国而后遂致力于成立各种民主政治之制度，仿效西欧诸先进国家为事。然实验而后，结果并不如所预期，于是穷则反本，昔之以自由主义革命思想自诩者，浸假转于现实作"狄克维多"制之倾向。是以一九二六年已归隐田园之毕尔苏斯基，鉴于政治混乱与所行政制不适合国情所引起之纠纷，不能不重出掌政，其大部原因实基于此。然此非谓波兰实宜于独裁政治，或毕生致力民族独立解放运动之波兰领袖如毕尔苏斯基者流，实怀独裁之野心。纳粹主义崛起于德国，自更为独裁政治张目；顾波兰之实际问题，则在介于纳粹主义与共产主义两大之间将如何自处。一九三二年七月，当波苏互不侵犯条约于莫斯科签定时，希特勒尚未掌政，既而情随事迁，波兰竟复于一九三四年一月与德国缔结期限十年之互不侵犯条约。其后一九三九年九月，希特勒对波兰发动侵略战争，此条约尚在有效期间也。

目前苏联在欧洲虽为战胜国，然怵于以往事迹，固知协以谋我者大有人在，故为长治久安之计，实不能不建社会主义之国防线于维斯杜拉河以西地域。苏联所以于三藩市会议坚决支援勃林政权，其基本原因实在此。在今次欧战发生以前，波兰虽有农民运动，惟实不占势力。波兰工业集中西部与南部，然人民大部分则业农。农民运动不发达之原因，实以教育不甚普及，人民智识程度低下，而组织能力薄弱。是以在当时，成立农民阵线实未易言。然现在关于树立新波兰联合政府之协定既已成立，依据此协定，农民党领袖魏多亦被邀参加国民参议会主席团。即此一端已足见波兰农民党之地位盖大异于昔日。在欧战爆发以前，波兰两大政党为社会党与右翼之国民党；农民非介于两者之间，实居于一种两无所可地位。农民党与以上两党中之任何一党连结并无可能，盖与社会党则气味不相投，而右翼之大地主阶级则更凿枘不相入，顾在当时，若无此连结则农民党无从抬头，而目前情势则大异。

如上所述，波兰问题之纠纷，卒全依苏联意旨解决，此固由于苏联在欧洲从战争挣扎中所取得之新地位与形势。抑且自十八世纪三次瓜分以来即举国上下寝馈不忘于独立解放之波兰民族，至是乃不能不整个投入苏联怀抱中，此亦历史演进之必然结果。盖今次战争所明示，弱小国家实不容易自存，由于经济与政治种种原因，合并以成立更大的经济单位，殆将成为一般必然的趋势，而中美洲最近瓜地马拉、萨尔瓦多等国合并为联邦之运动，则仅为此趋势之一耳。

（原载香港《时事周报》，一九四五年七月二日）

三头会议之诸议题

　　三头会议原订于八日举行，惟较近消息，则谓开会之确实日期，伦敦、华盛顿与莫斯科三方面均严守秘密。究之三头会议于何日开会，实于大体无关，惟就英美苏三国当局对开会确实日期忽严守秘密一点观之，则德国虽已战败降服，然战后情形仍至极动荡，未能步入安靖阶段，亦可想见。

　　就三头会议本身言，可谓为三藩市"国际安全机构"会议所产生出来之"强力政治"实现之一种表现。固然，在波茨坦皇宫会谈结束之前，一切批评容或过当，然就三巨强所欲加讨论之诸问题及其范围而言，则会谈之归趋与其可能发生之影响，亦不难推见。据日来所得消息，三头会议讨论范围殆甚广泛，盖除重要主题如三国军事同盟与东亚两问题外，尚有德国劳工、达达尼尔海峡、苏彝士运河之地位、波斯湾国际管理、德国赔款、丹吉尔之地位等问题。在此诸问题中，其尤与英国具密切关系者，则为达达尼尔海峡、苏彝士运河、波斯湾与丹吉尔。大英帝国之生命线在地中海，由此出红海、印度洋遥与澳洲与纽西兰相接。据地中海东西两端出口为直布罗陀与苏彝士运河，现在此两地均在英国手中，故其帝国之生命线得以巩固。然依据国际交通孔道应归国际共管之原则，英国实无理由独占苏彝士运河与扼守直布罗陀海峡。苏彝士运河固有其投资利益关系，惟丹吉尔成立国际管理地带则殆无可讥议者。苏联对直布罗陀对岸之丹吉尔一问题所采取立场，本有其历史背景。盖吾人应未尝忘，在过去某一期间，曾有多瑙河划归国际管理之一建议，而达达尼尔海峡尚其余事。今则情移势异，此二国际交通孔道之地位已非昔比；然英国对达达尼尔问题始终不肯放松，则正坐其资本帝国主义本身利益关系之故。

苏联伸张其势力于地中海，其目的固不仅限于达达尼尔尺寸之水域，而目光所注，将远越北非而出大西洋，南下幼发拉底河域而出印度洋，为势至不可侮。英国对此自与力争，故土耳其政界方面以为，如海峡问题转让苏联独占则英国将不能容忍。而君士但丁堡法文报则指摘英国"加强其东地中海地位，目的在将法国势力自其所得据点驱出"，且认定英国意图于阿剌伯造成革命，以向苏联示威。平心而论，英国在中东最近所采取政策，与其谓为助长阿剌伯民族独立自主运动之纯粹动机，毋宁谓为欲取代法国在中东之地位，领导阿剌伯民族之新集团，以对抗苏联南进为其最后对象。波斯湾问题所以成为三头会议讨论问题之一者，职是故也。吾人昔论"达达尼尔问题与英苏关系"，则尝指出谓："在此一角逐场中，异日之变化大抵不出英美二国将联合以阻塞苏联南下，而为抵制计，苏联则不难挟法国以自重，谋所以维持法国在中东之地位"。证以目前情势，则苏联不但对法国在叙利亚与黎巴嫩之地位表示关心，且拟将利维特与海峡问题打成一片，是则以前集中于两海峡问题之苏土交涉，现且扩而为整个中东问题之英美苏法谈判矣，自极重大，而如何折冲樽俎，善予调协，则唯特鲁曼之外交手腕能否媲美罗斯福而继其往绩是视。特鲁曼赴欧之行，独起用巴因兹挟以与俱，未尝不欲资其老谋深算也。

　　美国当前最困难问题，自为太平洋作战已达决战阶段，成败利钝，关系匪轻。故特鲁曼总统所采取之政治策略，既分别遣派霍金斯台维斯与英苏谋解决欧战后一切悬案，而于霍金斯赴苏之后，宋子文复有莫斯科之行，凡此均足示美国所焦虑者，固在三国军事同盟之能否成立以为国际新组织之武力后盾，而为之先决条件者则为苏联对东亚问题之最后意图及美国对此所能让步程度。假定此一问题亦因宋子文莫斯科之行而得告解决，则此外之困难而最棘手之问题，当为如何使英苏关系终得调协。然苏联对英之外交策略将能否好转，则仍有待于英国总选之结果而定。

　　　　　　　　（原载香港《华侨日报》，一九四五年七月八日）

宋子文赴苏使命的观测

冲绳岛战役终结而后，美国太平洋作战之动向将指趋何方？日本本土登陆，中国大陆接岸，此二者将何舍何从？抑若先若后？诚举世集中注意之所在。然盘马弯弓，满引不发，而渝行政院长宋子文乃忽于此际有莫斯科之行。宋氏甫自三藩市会议归来，抵重庆不过数日，又复匆匆就道赴苏，而此行又正在国民参政会七七召开之前，抑胡为是栖栖者？不特此也，英美苏三巨强会议订于八日于柏林郊外波茨坦王宫召开，宋氏赶于此时赴苏，一似欲谋于特鲁曼、邱吉尔与史太林会面之前有所解决者，然则此为三藩市会议所未能解决之悬案耶？抑为东亚问题之"某事项"也？凡此皆为现阶段太平洋战争在暴风雨前之沉寂状态中，而为一般所屏息而待揭示之问题。

说者谓宋氏此行，目的在取得苏联谅解，以调整国共间之关系。然国共摩擦，不自今日始，其原因亦至复杂，前者美国既曾屡次从中斡旋，卒归无效；较近则于三藩市会议中，亦曾举行四强外长会谈，而未见稍裨补于事；今乃欲就决于莫斯科，谋解铃于系者，固见事之关系綦重。惟宋氏此行，能否遂愿达本来所抱目的，则仍有待于事实之证明。宋氏赴苏之前，美国曾宣布继续对苏贷与武器。美国国外经济局总裁康纳尔六月廿五日对众议院预算委员会所作声明称"苏联疑不对日宣战，惟美国当局对该国继续贷与武器，自美国立场言，实具有军事利益"；又谓"由于欧战已告终局，故必须取得苏联对于东方问题之谅解"。此所谓"东方问题"为何？其范围所及，是否只限于渝延关系，明眼人当能看出。且宋氏莫斯科之行，又紧在特鲁曼特使霍金斯完成其赴苏使命之后，然则信使往来，不惮风尘仆仆，个中不无息息相关者，又从可知也。宋子文固衔渝蒋之命以使苏，然益以特鲁曼之重托，图所以廓清三巨头会议当前之障碍，亦非不可能。日本《朝日新闻》指美国改变其前此决定转继续对苏贷与武器，为有意欲壮宋氏行色，意殆谓是。

渝延对立，以相互间有根本不可调协者存在，故一切居间斡旋，往往结果只得心劳力绌。最堪注意者为延安方面不但拒绝参加重庆订于七七召开之国民参政会，且对十二月十二日召开之国民大会亦一并拒绝参加。延安出席三藩市会议代表董必武关于此事曾作解释谓：参政会议员计二百四十余人，而延安代表仅得八名；无论任何提案，若无参政员二十人签名，则不得提出。据此，则莫斯科各报之迭指摘重庆政权为"独裁"，为"非民主主义"政府，诚非持之无故。《华盛顿邮报》一日论宋子文访问莫斯科，谓为"谋所以调处梗于苏联与重庆两者间重要问题一绝好机会"似犹不免过于乐观。盖美国虽曾屡作居间调停，惟对于渝延根本对立亦觉无策可施，其原因即在延安深信重庆军事当局之根本政策，与其谓为"抗日"毋宁谓为"反共"；若无法使延安方面能对此点放心，则一切调解终属徒然。

共产党势力逐渐趋向中国东南海岸地区渗透，尤其是扬子江下游之富庶而为财源所在区域，至足引起重庆方面忧虑。显为呼应美军中国大陆接岸作战之计划，此种军事趋势不特无可避免，抑且为美国当局所深切赞许，其理由亦正易见。关于此点，渝美两方见地，显尚有未能完全调协之存在。曩固曾传渝蒋力反对美军在大陆登陆，以中国作日美两军之决斗战场；而最近则《扫荡报》且论称："若美军在中国大陆登陆，以中国领土作与日军决战之战场，则中国人民将愈益水深火热，受害更大，而所恢复之境土，将更残破。"此则立论固不纯在作战一问题着想，而其着眼处尤在中国内部纠纷之问题。

国共一日不能调协，则此所予美国对于太平洋作战现阶段之一种威胁，至为严重，自不待言。宋子文莫斯科之行，重以特鲁曼之殷殷致意，欲借史太林之力打开日苏僵局，则诚有见乎此者矣。延安方面曩亦指出，东亚问题，若不得苏联参加，则一切解决将不得认为满意与完全，此其所挟以自重者，固至优且厚。然由于欧战结束后之新情势，苏联业已处于一种无挂无碍之特殊地位，其关于东亚问题之态度不特举足轻重，且英美嗣后亦无从阻止其置喙于东方诸问题，故为目前计，美国除对之委曲求全外，又宁复有他法？

至于日本应付目前局面与准备本土作战之决战态势，其所采取步骤，尤足注意者，约有数端：即（一）在日本土已着手施工战时特别措置法案；（二）军需生产工业一方在其国内大量疏散，而他方面则向大陆逐渐迁移；（三）尽量与尽可能利用朝鲜、满洲国、蒙疆与华北诸地之资源以增强战力。此则非可忽视者。美国之所引为足对长期战争致焦虑者，岂不以是？

（原载香港《时事周报》，一九四五年七月九日）

俞鸿钧论渝通货膨胀

渝财长俞鸿钧对美国记者发表谈话，承认通货膨胀日益增加趋势，并指出抗战八年重庆财政已极困难，而本年预算比较战前则已增加百九十倍，政府虽曾设法收回纸币达七十亿元并节省行政经费二十亿元，惟对于通货膨胀仍未能压止。从俞氏一段话，重庆政府财政之拮据状况，虽以"金元国家"之不断挹注尚无若何改善可能，亦可概见。然在抗战之初期，即有人预料重庆政府之金融财政不久必趋于崩溃一途，但其后之事实则出一般预料之外，盖"一国金融财政在战争期间之持久能力，往往超出一般人士事前所预料者"，此点经济学者早已指出。中日事变发生伊始，美国方面舆论即以为日本不久将趋经济崩溃，然而日本之经济机构则仍屹然无恙。一九三二年，德国经济恐慌以后，英法各国认为德国经济已臻破产，必无余力扩充军备，且认为若德国年年消耗巨额资金以扩充军备，必至促进经济恐慌。不意事实完全相反。德国当时之对策，在利用通货与信用膨胀政策发行短期公债，以取得救济失业与扩充军备之资金，故其财产金融卒未见有何破绽。而年前张公权氏论日本战时财政金融，且谓日本支出偌大数字之军费犹能支持，推其原因，实由于"利用通货与信用之伸缩力"。是以无论任何国家，如在平时，对于通货与信用有相当基础，在战时即可得充分之利用。如在战争开始以后，能对于

52

既有之基础予以继续不断之注意与培养，亦可增进其持久之力量，故评论一国之财政金融，尤其是战时之财政金融，不应仅注意其财政之收入，而尤应并注意其通货与信用之基础。而关于此点，渝府之通货与信用基础是否已臻巩固，以为长期作战之资，则由于俞鸿钧氏所指出事实俱在，不容置辩矣。

俞氏又谓：重庆财政支出，仍继续增加，此则由于重行建军及改善将士与政府官吏待遇所致；而增强战时生产与平抑物价，此种措施亦使政费增加。增加生产本为平衡物价之一种最基本而最良好办法，而在交通不便之地域，则经济对策自更应向此一途迈进。然而在重庆治下，此盖非"知"之问题而为"行"之问题，有治法而无治人，贪官污吏充塞于途，则良法亦不能自行。俞氏指出，为节省政费起见，财政部近曾裁撤骈枝机关九处，汰去冗员一万七千九百余人，节省经费约达十八亿一千四百万元。然中国积弱，大半由于吏治不良，而尤以财政机构窳劣为积痼所在，则不自今日始矣。顾改善官吏待遇为一事，澄清吏治又为一事。今次渝国民参政会开会时，各参政员即曾提出关于内政问题之质问五十余项，其中包括吏治与各省人民困苦生活状况等问题，可见各代表注意集中所在。远者且不置论，姑就平抑物价一事言，调整供求，不能不授以地方官吏成立平衡物价机构，随时发表物价指数以作根据。然中国内地各都市能有物价指数发表者有几？若无此指示作根据，则平抑物价仍属空谈。且即有良法美意，若付诸贪官污吏之手，则亦只足为营私舞弊之资耳。

重庆政府在抗战初期颁布金融设施重要方针时，即胪列下列数事以为鹄的：（一）完成西南西北金融网；（二）奖励储蓄；（三）改良侨汇办法；（四）加强集收金银；（五）成立币制借款。然今则此荦荦诸大端，计其所成就者，究有若干项？俞鸿钧氏谓，目前财政状况仍属困难，盖以推销公债与奖励储蓄，俱未见有若何进步之故。是则在目前阶段，重庆政府在国际关系方面固已声称与美国协力呼应中国大陆作战，在内政问题则复倡言宪政实施开放政权，乃究其实际则财政金融机构尚且未能确立，他更何论？

或曰："欧洲某名军事家不云乎，'战争之需要，第一是钱；第二是钱；第三仍是钱'。"此则诚然。顾曩者孔祥熙氏不云乎："战争已使予学得更善于处理我国之财政。"中国事变发生则已八年，然而重庆政府之财政，是否"较过去更为坚强"耶？

(原载香港《华侨日报》，一九四五年七月十四日)

佛朗哥政权与苏联

　　以地位论，西班牙僻处欧洲半岛突向大西洋之最末端，对于欧洲政治与经济局面，经常不能具有一种决定性的重要；然而在历史遭逢巨大转变时期，西班牙亦成为一个足以左右一切之有力因素。而于其始也，则萌之生，势力潜伏，又恒为众人所忽略，殆已非一次。罗马与迦太基争雄长于地中海，汉尼拔以西班牙为基地，绕出义大利北部，据伦巴底而控制半岛，而罗马几于覆灭。拿破仑率大军五十万远征俄国，无功而还，然法兰西帝国之瓦解，与其谓为由于莫斯科一役，毋宁谓为西班牙之不守。至若十六世纪查理斯五世与腓律二世时代，西班牙继续执欧洲政治牛耳垂数十年，更无论已。故当巨大转变时期，西班牙在欧洲政局所占重要，亦凌驾义大利而上之。

　　在今次欧战，西班牙始终中立，实出一般意料之外。然若谓此为佛朗哥早已决定之外交政策，则犹为一部分真理。盖佛朗哥所取之中立政策，实西班牙内在矛盾之所形成。佛朗哥自始即非不欲加入德义方面，盖在势则有所不能。由于德国战败，欧洲战局现已告结束，而苏联乃于此时提出革除佛朗哥法西斯政权之要求，从某一方面观察，宁不谓抑何咄咄逼人之甚？然前者巴黎方面已有西班牙政府应加改组之建议。苏联对于佛朗哥政权之性格本早已啧有烦言，今则更由其机关报对西班牙政府肆意抨击，不谓西班牙政府为"希特勒政权之缩影",则谓以前之共和政府人物应加起用。在苏联之意,显以为欧洲和平与安全一问题与西班牙本有一种不可分离之关系,正不能因其在地理上与欧隔绝遂得加忽视,固不待言。

然则苏联之于西班牙,其将欲乘此德国新败欧局尚在动荡不居之形势,挟社会主义战胜之余威,以作历史的清算耶?苏联注意西班牙,固不自今日始。一九三一年四月共和政府成立时,虽得左派政党援助,但政府中坚分子并非社会党,更非共产党,故其性格虽为左倾,然左倾程度亦至有限。此时之西班牙政府当无苏联从后支撑可言。一九三六年七月内战发生,怀抱国家主义之军人,突兴兵与"依民主主义方法所选出之政府"为敌,其结果则伊比里亚半岛大部卒变为屠场。盖诚如根室在"欧洲内幕"所言:"此一战事最初只为一种兵变,随后竟发展成为意识形态之冲突。"苏联开始对西班牙注意盖内战发生以后事。

西班牙内战发生之前一月,法国人民阵线政府成立于巴黎。人民阵线政府之成功与否系于能否始终不离开民众,然而里昂·勃鲁姆于西班牙内战争开始期间,即已失去民众,而其外交政策之基调则在谋与英国交欢,宁使苏联冷落。勃鲁姆外交政策之失败,不但为人民阵线政府之失败,而实为法国后此失败之根源。对西班牙内战争,法卒与英国商定"不干预政策"。然法国是时实无独立自主外交。当"不干预委员"在伦敦首次开会时,英国披理穆斯爵士为主席,即表示并无意于阻止德义二国供给军火与佛朗哥;反之委会一方固对于指摘德义资助叛军诸证据不足,他方则寻暇抵隙不断欲责苏联曾援助政府军之罪。于是十月苏联代表迈斯基遂不得不宣布苏联政府亦如其他诸国不受"不干预协定"之约束。其后人民阵线政府塌台,法国右倾势力愈益膨胀，赖伐尔出更形活跃，法德之国交日亲，而苏法互助条约之盟亦寒矣，凡此皆史太林所引为足痛心疾首，而宵衣旰食刻刻不能去怀者，然则今踞可乘之机，为惩前毖后之计，又岂得已耶！

苏联舆论机关力主推翻西班牙法西斯政权。佛朗哥本与法西斯主义并无因缘。内战开始时，佛朗哥曾语人谓："此非法西斯运动，而为西班牙民族运动。"盖西班牙内战所掀起者为一各种因素糅合而成之复杂运动：为"穷人对抗富人，工人对抗军队，俗人对抗高级教士，义勇军对抗雇佣兵，农民对抗贵族，无土地者对抗封建地主，民主主义对抗法西斯主义"之一大混战。此一大运动虽开始于内战发生之年，而迄未完结；以前共和政府人员虽遭放逐，然西班牙人民阵线之势力则不因一九三九年马德里之陷落而全告消灭也。是以终欧战之期间以迄于今日，佛朗哥政权遂得依存于西班牙之此一内在矛盾。

（原载香港《时事周报》，一九四五年七月十六日）

西姆拉会议的失败

为讨论英国对印度新提案而召集之西姆拉会议，于开会后因各派主张意见不能一致，旋于六月廿九日开会时决定暂行休会，并拟于十五日起再开，目的本在使国民会议派与回教徒联盟于会场外寻求相互间纠纷之解决方法。至十四日印度总督华威尔广播宣布，由于各种情势，"继续会谈，已无意义"。于是西姆拉会谈遂终告失败。华威尔并谓"不能以失败之责，诿诸任何党派"；此虽不免于故示大方，然西姆拉会谈竟致决裂，则后此若有以"迹其用心"一类话以议英国后者，英国将得反唇相稽，振振有词，又从可知已。

英国此所谓"华威尔提案"，究其内容仍不脱一九四二年克里浦斯提案之范畴而稍有所进益，而西姆拉会议只为克里浦斯提案具体表现之一部。故西姆拉会议决裂后，克里浦斯爵士于十四日发表解决印度问题新提案，此点值得特殊注意。克氏指出，如承认印度成立立宪自治政府为必需，则非立刻采取必要措施不可。克氏称："吾人认为，应急于先行解决者，为实行选出印度制定宪法会议，与调整印度中央政府机构，而此二者则为此次会议之主要问题。吾人对此应悉力以赴，促其实现。"克里浦斯此一新提案或为竞选而发，然此显非保守党之见地。而英国工党与保守党各所采取对印度之政策，旨趣各异，亦可见一斑。吾人诚不能谓，果得置华威尔提案，而易以克里浦斯新提案，则西姆拉会议或不至于失败；然印度独立自主，纵使不成功，亦无与他人事，则诚如披里斯特里所言。华威尔提案则犹有靳而不与之嫌耳。

今次西姆拉会议中心问题为如何改组行政参议会。国民会议派与回教徒联盟两方对于改组后行政参议会原则均已接纳，故会议卒告决裂，其原因实基于改组后行政参议会人选一问题。关于此点，依照英国规定，原议新行政参议会将由印度教徒选出代表四名，会议派以外之印度教徒一名；回教徒联盟选出回教徒代表四名，回教徒联盟以外之回教徒一名，及其他少数派代表一名共同组成。琴娜对回教徒联盟以外之回教徒参加拒不接纳，其理由则为会议派拥有印度教徒、回教徒、基督教徒等教派，因此阿查德之回教徒，即有由会议派选出之可能。然会议派之意见则全与此相左。会议派曾提出全部代表名次如次：即会议派八人（中二人属于贱民阶级），非回教联盟二人，回教徒联盟三人。回教徒联盟对此怀疑，而主张回教徒代表应由回教徒联盟选出，否则不肯参加。华威尔为谋折衷，免会议趋于破裂，本已接纳此一意见，不意回教徒联盟又认为会议所提名单不均，因而拒绝接受。至是西姆拉会议遂复陷僵局。华威尔广播对会议破裂表示遗憾，并承认国民会议派领袖阿查德之建议态度，给予英国最深印象，惟对于回教徒联盟之倔强态度则颇不解。此言诚足深味。

平心而论，此次国民会议派所提名单本至公允，盖颇能表示国民会议派、印度教徒、回教徒及其他少数党派均立于同等地位。国民会议派为印度最大政党，故在行政参议会占较多席数，似亦不为过。然回教徒联盟对此乃极端反对，不稍假借，则诚不可思议。自由印度临时政府主席鲍斯批评西姆拉会议之结果谓：

"就主义与行动一点言，回教徒联盟领袖琴娜所采取之立场实较为正当。"琴娜所代表者为实现回印分裂理想，自有其所应守之严正态度；然琴娜纵能于西姆拉会议席上树立权威，增高回教徒同盟之地位，顾于当前之实际问题则又何补？印度既不能以积极的革命手段争取独立，则随欧战终结后之转变情势以推移，昔之严行拒绝克里浦斯提案之国民会议派，今乃转而不以应华威尔之招为嫌，出席于西姆拉之圆桌会议，盖诚如甘地所言："会议派深知西姆拉会议乃印度独立之先声，故毅然参加。"而回教联盟则显无意于是项企图，印度作者席尔万嘉于其所著《印度问题》一书中谓："回教徒怀有一种自然忧惧，以为印度教徒已稳握政事、商务与工业一切实权，故终将危害自己之利益。"其然耶？岂其然耶？

回教徒与印度教徒不能推诚合作，实为印度争取自由独立运动之最大阻碍，而两者间之阋墙龃龉，又不自今日始。国民会议派本为印度先进政党，乃回教徒则认为会议派为印度教徒所把持，因另行组织回教徒同盟，与之对抗，或且仰仗别方力量以为压迫对方势力之资。此则尤足痛心，而为凡以民族国家利益为前提者所共认为全无足取也。鲍斯谓只有真正为印度全民族争取自由之党派，始有用印度名义作号召之资格，而配与英国人周旋以参加圆桌会议者，非回教徒联盟而为会议派，其意盖甚明显。总之，西姆拉会议诚予印度以重大教训，然印度民族之独立解放运动固不以西姆拉之失败而中止。

（原载香港《时事周报》，一九四五年七月二十三日）

英国工党掌政与对日作战

英国此次总选举，结果工党获得压倒性胜利，由阿特里出面组阁，取保守党而代之，至是自一九二四年与自由党组织联合内阁以来，遂开工党第三次掌握英国政权之局面。论者谓工党今次之胜利实超出一般预测。然若细按上次世界大战以后之英国保守党与工党政治斗争史，一究其间离合变化之迹，则今次工党重出掌政实非意外之事。然工党不但压倒保守党，且获得绝大多数，此点实足注意。阿特里于被选后对路透社称"在本国历史中工党获得大多数以此为首一次"，其狂喜志满之情，盖溢于言表。

此次总选，保守党持以与工党竞争者，惟凭借邱吉尔个人之声望，与其在今次对德国作战，卒挽回危局且取得最后胜利之殊勋，若就保守党言，则实早于邱吉尔出掌内阁之前已失去人心大部。在英国人眼中，今次欧洲战争之发动者虽为德国，但使德国卒得以发动战争，而陷欧陆数千里之地于战火者，则英国保守党自鲍尔温为首揆以来之政策实司其咎，而中间如何倾陷工党，如何愚弄麦唐纳，如何迫使倾向社会主义政策之爱德华八世逊位，尚其余事。全保守党中，邱吉尔则为特立杰出人物。方保守党全部醉迷于相信德实无意于掀起战祸之际，邱吉尔大声疾呼，指出希特勒实包藏祸心，甘受国人唾骂而不顾，然后此之事则如何者？故当邓苟克撤退而后，当张伯伦推位让予邱吉尔而后，保守党政策之失败，则已若"图穷而匕首见"矣。然而联合内阁，工党仍予以支援，以至于德国崩败而后犹不肯弃信寒盟，则全以邱吉尔个人故。故工党拒绝继续联合内阁之日，对于人心向背，己党与敌对党之实力，实有甚大把握，然后接受总选之提出而不疑。

工党之胜利，从反一方面言，即为保守党之失败。在今次战争中，工党之政治立场为对外联合进步思想之力量以与法西斯主义决斗，对内实现社会主义之政策以革新英国之社会与制度，而后者即为参加与邱吉尔组织联合内阁时之先决条件。倍文入阁时，其所致力者，虽以促进战时生产与调整劳资关系为多，然实未尝不以革新生产机构与奠定战后新社会之基础为事。然工党亦深知在战争期间，保守党因受制于环境，对于工党所主张之措施与改革，不能不尽量让步，惟一旦恢复和平，则保守党将据其优越地位而不稍予假借，或且故态重萌，重施倾轧之伎俩。是以欧战甫告终结，工党即以继续联合内阁为无意义，盖鉴于过去斗争之经验而不能不预为之所。工党获胜之原因，此其一。在作战时期之过去数年，一切罢工问题与劳资纠纷，实为英国目前在激进中之社会革命的片面表现。此社会革命之进程，不但不因战事进行而致延缓，反之，实随战争之演进而转趋势急激化。故在对德国战事结束之后，工党所处地位，实较战前强固不知几倍，而就其本身利害言，因既已取得之地位与所踞之形势，以与保守党一决胜负，争此先着，显非冒昧从事者可比。工党获胜之原因，此其二。印度问题，邱吉尔终不肯放弃保守党传统政策。此在党之立场固应如是，然邱吉尔今次之失败，同时亦为保守党之失败，而由于此次之失败，同时亦为保守党之失败，□□□加与甘地之开诚合作，亦无补于事，此党不能见信于印度民族，而内之更予瑕抵隙之机。西姆拉会谈失败后，现在出任内阁商务部长之克里浦斯爵士即于七月□□日发表解决印度问题之新提案，并谓"应急□□□□决者，为实行选出印度制宪大会与调□□□□央政府机构；此二者为主要问题，吾人将全力以赴，促其实现"。克氏此言发于竞选之时就可知为针对保守党失败之提案。故印□□□□予工党竞选可乘之机。工党此次胜利□□□□此其三。

英国由工党掌政，由于以上所言，此一政治转变将予欧洲政局以莫大影响，不难想见。尤其是英国对苏联之关系，将有一划期转变，随而对于整个政局与世界各国之政策，将与苏联更易于合作，亦非不可能。然而对于其与渝美联合对日作战之既定政策，则并无影响，诚如一般观察所言，兹不具论。

（原载香港《华侨日报》，一九四五年七月二十九日）

三头会议与东亚问题

波茨坦会议，特鲁曼总统以东亚问题列居议程第一。东亚问题固有其本身价值，全不以会议诸公之一时喜怒为增减，在太平洋战争演至现阶段之情势下，此问题之重要性迥非昔比，亦不容否认。三巨头会议之主要议题，当为如何处置德国与实施军事共管而与此不可分离则为战后欧洲之势力重新分配一问题，外此均为枝节。然关于欧洲事项，大部似已决定于三头会议开幕之前，只待特鲁曼、邱吉尔与史太林三人加以原则上之正式书诺，其余技术项目殆全付诸专家之手。欧战终结后，事实上只余对日作战一问题；苏联与日本两者间虽仍保持中立友好关系，然在三头会议席上，太平洋战争则为无可避免之重要议题，已不待指出。太平洋战争已趋最紧张阶段。就美国方面言，旷日持久，则不特师老无功，尤恐悬军在外，遽起他变；而美国复几于单独肩任作战之巨大责任，特鲁曼续罗斯福之余业，其操心危，虑患深，亟谋所以安内而定外者，职是之故。

美国制霸于太平洋，恃其庞大海空军力量已足，及至大陆，则政治事实重于军事。东亚问题，其关键在中国。是以三藩市会议甫告闭幕，渝行政院长宋子文氏即有莫斯科之行。宋氏使命固为调整渝延关系，然此特就其显而近者言，若从其较远且大者言，则"于取得莫斯科对于重庆实施宪政计划之谅解与支援外，当有别项目的"。证以继宋氏抵莫斯科会晤史太林后所发生之事实，则彼非特衔蒋氏之命，更重以特鲁曼之付托，实至明显。本月十三日苏渝间友好互助协定于莫斯科签定，而渝国民参政会旋于十八日通过渝英苏法四国军事同盟缔结案。此一外交动向，至堪重视。宋氏访苏时，外蒙人民共和国总理卓伊彼尔萨曾至莫斯科与苏外长莫洛托夫数度恳谈，而其后发表之苏渝所缔结条约，则据谓并未涉及领土问题，此当略其事而不谈，而殆为对外此一问题，由于政治与其他背景，两方俱认为未至谈判地步。渝苏英法四国军事同盟，不见美国加入，美联社对此解释，则谓订立军事同盟实违反美国传统政策。然美国参议院尚未批准《国际宪章》；遑论此由尚待成立之"国际安全保障机构"所派生之一种暂行办法。故美联此一解释，亦未见彻底。英苏两者间自苏德战争发动即成立互助协定，此时欧战虽已告终结，仍有继续维持之作用与需要，自不待言。若苏法协定，则成立于今次欧战之最末阶段，在当时作用即不为单独对德，且声言大半属于政治而非军事，故不可与英苏协定相提并论。今则此种关系，乃由于美国之居间作介，扩大作用，加入渝方，以构成渝苏英法四国军事同盟，虽无美国加入，惟美国并非置身局外，而实为策动一切之原动力量，其动机则在利用国际组织以为取威定霸之资，殆昭然若揭。

东亚问题虽系于渝延关系，惟其最后决定因素则仍为美国与苏联之态度，此所以史太林与宋子文莫斯科之一段交涉被称为"中国版之雅尔塔会谈"。在欧战期间，苏联对其自己对于东亚之真正态度虽讳莫如深，惟自欧战结束以来显已重转其注意方向。前者延安方面既迭行表示，一切关于解决东亚问题之处置，若无苏联参加则不得谓为圆满。而最近，则史太林乃于海军节日宣称，俄罗斯人民需要强大之海军，并将"建造新战舰与建立新基地"。苏联之军事优势诚在于陆军，然其南进欲谋取暖海港之念至切则不自今日始。苏联果建立新强大海军，则其可能海军根据地仍不出波罗的海、地中海与太平洋三者之范围。"目前苏联虽骎骎乎谋伸张其势力于地中海与波罗的海，然若其军力只局蹐于地中海与波罗的海一隅之地，则由于战后德义二国海军已势同瓦解，英国一时尚觉有恃无恐。若伊朗问题困难尚多，苏联一时亦未易言进兵据波斯湾头，以与英国于印度挈长较短。然则讨价还价，窥史太林之意，其殆欲濯东海之波以与美国争雄长于太平洋上欤！吾人之意盖于斯为近。"日本《商业经济报》谓波茨坦三头会议结束时，或公布"对于日本大为不利之规定"，并力言"日本外交当局，此际应推出更新有力政策，尤以对苏联为然"。是殆非无所见而徒作杞人之忧者也。

以上仅就苏联之态度言。目前大陆接岸作战日益迫近，美国之所以亟亟于谋与苏联成立谅解者，自以此为基本原因。而就军事行动应配合以政治根据一点言，则渝延关系不能不先加调整，亦已明甚。延安所企望者，固不特国武且不仅在从美国之助力以建联合政府。美国政论家李普曼建议美贷予中共，武器应并供给延军队，而纽约《先驱论坛》报则谓美国若援助重庆以反对延安，徒足造成中国内乱。盖均于中国内部问题一点着眼，以为调整东亚问题之先决条件。董必武对美国合众社记者谈话称："中国战后如取一党专政制度，则内乱实不能避免，如成立民主之联合政府，则当能避免内乱；延安代表虽未出席国民参政会，但保留参政权。"故延安所坚持者在树立联合政府，在开放政权。苏联与美国对于东亚问题所进行之相互间调协，其能否终有所成就，胥视其对于此点之基本态度而定。至于英国目前对于东亚，不能不取"冷静"旁观态度，则情势使然。

（原载香港《时事周报》，一九四五年七月三十日）

英国工党掌政以后

　　英国今次总选，工党获压倒性胜利取保守党以代，开第三次掌握政权之局面，基于今次欧战之一般情势言，实不能谓为事出意外。保守党所代表者为帝国资本主义之政策，而工党所代表者为社会主义之政策。资本主义急趋没落，而有一九三九年战争之发生。此战争之结果，将如何影响资本主义与社会主义之前途保守党与工党两方面自始即非全无所认识。惟其如此，故两党于开战之初及在战事进行中，即各依其所抱定政策预为计划与布置一切，以应付异日战争结束后之环境与需要。欧战终结，德国完全崩溃，当前之共同敌人则已制伏，惟赤色势力乃如怒潮澎湃向西欧涌进；苏联之军事活动，固随柏林之陷落而告中止，然其政治攻势则反乘间向波兰、中欧与巴尔干各地继续加速展开。此则诚非保守党初料所及，而其对于保守党与工党各所给予之刺激，与所发生之影响，性质各异，自不待言。

　　今次竞选保守党大遭失败，其原因大约如次：（一）第二次世界大战虽由纳粹之德国掀起，然而纵容德国，许其重行武装，扩张海军，养痈成患，保守党自鲍尔温长阁以后之外交政策实不能辞其咎。而慕尼黑会议，张伯伦之绥靖主义，则完全食其余赐而大暴露弱点。故即在德军进占丹麦、挪威以前，英国人民对于保守党之政府实已人心大去，然一时尚能维持其威信于不即坠者，则唯以邱吉尔一人故。盖微邱吉尔，则不特邓苟克一役而后英国几于不救，而工党有否纯粹根据"共赴国难"之立场以加入联合内阁，亦不无疑问。（二）慕尼黑会议而后，保守党对内对外政策，均日益趋于黯淡，情见势绌。盖外之既不能制裁德国，内之复不能解决失业，安定民生。与此相反，工党在今次战争之政治立场实至明显，盖对外则连结民主主义国家与进步思想以与法西斯主义作绝不妥协之最大决斗，对内则推行社会主义政策，改革社会制度与提高人民生活。在与保守党合作参加联合内阁之期间，工党即本此原则进行，尤其是对内实施改革，尽量利用时机，作革新工业基础之各种准备，不遗余力。在工党固认战争为从保守党手中夺取政权以实现其社会革命千载一时之机，当不容轻易错过。今工党既已重握政权，而共产党发表拥护工党政府社会改革与国际合作政策之声明，尚谓"对于大资本家、银行家与大地主之政治及经济怠工行动，应严加戒备"。可见在工党观点，政治斗争方在伊始，而保守党亦未尝以其本身之政治生命已成过去自视。克里浦斯谓"社会主义之政府，其最危险之期间为掌政后之最初数月"。工党果应付失宜，则伺机之保守党自不难卷土重来，然今次工党登台，则显积多次经验，固与当年不可同日而语。（三）今次保守党之最大失败为对苏之外交政策。英国对欧洲之传统政策，在维持均势。此在曩昔，则当有其需要与必然性。然在国联时代之后期，"德强则联法以制德，法强则亲德以抑法"。此种政策，实与"集体安全"之理念根本不容。英国工党拥护"集体和平制度"，而苏联于国联亦极力主张集体安全；顾鲍尔温则弃此若敝屣，并谓"美国不加入国联，则集体和平制度实不可行"。邱吉尔诚为保守党中之杰出人物，然其对于共产主义之成见，则始终不肯稍加修改。而此所予苏联者则为甚深之刺激与莫大之危虑。保守党对苏联外交之失败，不在节节对苏让步，而在虽力求妥协然仍找不到合作之公式。（四）印度问题实为促成今次保守党政权塌台之重要因素。西姆拉会议决裂后，现任工党内阁财相之克里浦斯爵士即发表"印度新提案"，并谓应对急行选出印度制宪大会与调整印度中央政府机构两主要问题悉力以赴，促其实现。尔时笔者即曾指出此不特具有竞选作用，且针对保守党靳然不肯放弃之对印度传统政策。上次世界大战，英国对印度已背约弃信，今若复重师故智，将何示大信于天下？保守党至是而威信扫地矣。

工党掌政，则由于政治气味相投，英苏合作关系，当愈趋紧密。若能互相信赖，共同领导，则在欧洲产生一新时代，非不可能。英国左派政论家伯莱尔斯福特谓："果二国诚意合作，共同领导，则社会主义的欧洲将得告实现。"又谓："若工党把握机缘，善于推行其新策略，则所有西起西班牙，东至印度之诸地民族，将完全得到解放。"此则其对于工党所期许者，固不只于在英国国内推行社会主义政策，而于此外尚欲有进于阿特里所谓以"永远根绝战争之完全保障"为条件之"大国际主义"也。

然社会主义非一蹴可及者。英国为工业国，固具有其优厚条件，且得苏联之过去经验可作参考，然对日战争尚未终结，真正和平，正不知期诸何日，而保守党则敛首戢翼，伺机于旁，工党之困难，正未有艾耳。

（原载香港《时事周报》，一九四五年八月六日）

波茨坦会议两宣言

　　自七月十七日起于波茨坦举行之英美苏三巨强会议，至八月一日闭幕。八月三日三国发表共同宣言。在此之前，方会议开至第九日，特鲁曼、邱吉尔突与蒋介石于廿五日夜发表共同宣言，公布要求日本投降之最后条件九项。九项中之最重要者，为第二条："联盟国占领日本领土之诸指定地点"；第三条："实施开罗宣言所规定，限定日本主权在本州、北海道、九州、四国及联盟国所决定之诸岛屿与海峡"；第四条："完全解除日本武装兵力"；第五条："严重处罚战争罪犯"；与第六条："不容许日本重整军备工业之存在"。此种条件不可谓不苛酷，与施诸战败之德国者实无二致，盖均非稍存自爱与顾惜国家名誉与历史光荣之民族所能靦颜接受者。矧日本尚非一战败民族，此点与德国迥异，其数百万陆军，实力依然健在，未稍削弱，而久已蛰伏之海军，则隐忍待机出动；他方面，则美军机动部队尚逡巡于日本国门之外，未敢遽进，其最高军事当局，对于中国大陆接岸作战与日本本土登陆作战两者之间，尚不无犹豫；是胜负之数仍有待于蓍龟。而三巨头乃于此时发表联合宣言，揣其作用殆不出二者：即（一）英美二国挟其战胜德国之余威，恃其庞大物资与力量，盛陈军容，步武齐桓召陵之故事，示天下之大势，欲以不战而屈人；（二）二国惧于太平洋演成长期战争之足以招致意外影响，故亟于谋所以自留地步，提出此"无条件投降"之最低限度条件，以诱致日本媾和。

联合对日宣言，由特鲁曼、邱吉尔与蒋介石三人联合发出，而史太林不与焉，此点自值得注意。波茨坦三头会议之召开，其主要议题之一为对日作战，已无讳言。而于此次会议中，特鲁曼殆已说服史邱二人使对于东亚问题采取共同行动态度，似不妨假定。日苏两国，由于中立条件尚在有效期间，固仍继续维持友谊关系，然史太林曩固曾作声明，指日本为"侵略者"，其所以作此表示者，动机何在，亦不容忽视。欧战结束以后，苏联坐大之势已成，其对东亚问题，愿意轻易放弃此优越地位与否，实至不易臆测。虽然苏联终将加入对日作战与否，其最重要之决定因素将为利害关系。英美二国为换取苏联加入对日作战，其条件当将东亚方面之权利对苏作最大限度之让与。然让与则有其限度，而苏联之要索则未必有所止境。在柏林会议期间，英美两国军事参谋团每日均举行会议，商讨英美两军如何进行对日联合作战计划之详细节目，足见苏联尚置身事外。惟英国则声明将动用其陆海空之全部力量以对付日本，而此声明且在工党内阁成立后发表，故英国工党掌政，不但将不变更联合政府之对日既定政策，抑且将加强对日作战，更为一有力证明。目前太平洋战事似已由美国单独肩任，进至英美两国共同负担并划分地域分别作战之阶段。苏联仍逍遥局外。然英国外交部发言人三日发表声明则谓："联合宣言之所以不于以前发表者，则以对日战争在当时为'两大国'之事，惟本人之意，以为不能根据此点遂推定谓苏联将不至加入对日作战。"据此推测，英美二国对于苏联举足轻重并具有微妙作用之优越地位，尚存无限希望，则可断言。

若谓特、邱、蒋之对日共同宣言为"开罗宣言之副本"，则

71

波茨坦英美苏三国八月三日之共同宣言应得被称为"德黑兰声明之再版"。史太林既不参加开罗会议于前，则本其一贯政策与既定态度，当不肯列名对日宣言于后。然此两宣言，一为对日，一为大部分对德，盖均为煞费苦心之制作，虽波茨坦会议与雅尔塔会议相较，由于人事变迁，显有小巫大巫之别。波茨坦三巨强共同宣言之内容，一时未易分析，约略言之，可分数点：（一）英美苏渝法于伦敦设立五国外交会议；（二）除西班牙外，各中立国均得参加新国际和平机构；（三）关于德国赔偿问题，由联合国制定最后具体计划；（四）波兰问题之解决办法；（五）处理少数民族问题之今后方针；（六）决定对德国之政治与经济具体处置方法。波茨坦三巨头会议，本为处理战后德国之问题而召集，故宣言全文之大部分，自然注重最后一项之处置。然达达尼尔海峡与波罗的海三小国两问题，竟无一词道及，则诚属异事。意者目前苏联势力已展至中欧，三小国不但事实上全入社会主义怀抱，且波兰亦在莫斯科卵翼之下，他更何论。由是而言，则欧洲诸国之所谓少数民族一问题，将不能以上次欧战之眼光观察，实至明显。五国外长会议，对象似不仅限于欧洲，故不特达达尼尔、的里雅斯德、西班牙、希腊等问题，即伊朗撤兵及亚洲其他问题亦将在讨论之列，其目的似在清理国际悬案，以为新国际和平保障组织开始之准备。总上以观，两宣言固各有其对象与分别作用，其效果若何，又当作别论，惟两两相较，则仍不无捉襟见肘与削足适履之痕迹。至于八月三日一宣言，容许各中立国参加国际组织，而独遗西班牙，尤见利诱威逼盖已尽其能事。

（原载香港《时事周报》，一九四五年八月十三日）

《新生日报》发刊词

在中国抗战胜利后开始进入宪政阶段的今日，本报即于此时随着新的局面的发展"应运而生"，这是我们认为应该感觉"与有荣焉"和不敢妄自菲薄的所在。

我们应该觉得足以欣幸，站在仍然可以自由地说话的地位。我们虽然不敢，也许不应在对于自己作过分的期许，可是我们却迫切地感到所谓"言责"的重要，尤其是在中国的现阶段。可以说话而不说，和应该说话而不说，在我们看来，是一样的不幸，因为前者是放弃说话的机会，后者更是放弃说话的责任，我们应该感到说话不单只是一种权利，更是一种义务。

中国争取自由平等的目的既已达到，往后的工作自然是如何去保持这经过许多艰苦才得到的地位，怎样去发扬我固有的文化与历史来对全人类的进步作更大的贡献。"四大强国之一"这称号应该使它名符其实才有意义。可是要达到这目的仍有待于稳固的政治基础的先行奠定。今次大战证实了民主政治为唯一合理的政治生活方式，这样，我们没有其他途径可寻，更不容犹豫。如何在最短时间实现民主政治，则诚为中国当前最迫切的问题。经过了许多年的战争，流了许多先烈们争自由的血，一般老百姓早已感到中国再不应分裂下去了，这老大民族应该争一点气来建立一个"新"的统一国家，组织一个政权公开的政府。

正不用指出的，实现民主政治的基本条件在于言论出版自由，在于结社集会自由。关于这点，我们希望不单只能够在这里自由地说话，我们更希望真正的言论自由，能够、终于能够在新生的中国无论那一个角落实现。这是中国前途之所系，这是宪政实施的一个顶重要的条件。我们也知道完全不负责任的言论与出版自由是足以危害近代的民主政治的，然而我们不能"因噎废食"。

我们一方面对于祖国希望民主的政治能够早日实现，希望全国人民能享到的思想、言论与集会结社的自由；他方面，在国际上并希望合作的原则能得到普遍的拥护与一致的遵守。因为我们坚决地相信，只有真诚的国际合作——文化的，政治的和经济的——才是达到永久的世界和平的唯一途径。

（原载香港《新生日报》，一九四五年十二月十三日）

"岁聿云暮"

　　这里所说的"岁暮",自然是指废历而言。既有了新的,还保留着旧的,原是一种矛盾。历既被认为"废了",而仍依存于人民的习惯当中,久久而不能去,这当然有它的去不掉的理由。譬如说:废历代表或象征着旧的恶劣势力,新的历法颁行了许久,而沿用"废历"的习惯,仍然牢不可破,这一方面固表示旧势力的顽固性,而他方面更显出新兴势力的未臻健全。旧的势力能保持着它的地位,也许因为它所包含的不全是渣滓,不全是应该淘汰的东西,也许在那渣滓里边仍保存着不少足宝贵而不可磨灭的成分。不过有一点很清楚:而这便是旧的势力,若果它要立得住脚不终被淘汰的话,它一定要不断地更新自己,要不断地接纳,并且虚衷地、毅然地接纳一切必需的改革,使得应归淘汰的尽量淘汰,应该新兴的能够尽量抬头。原有势力若不肯从这一点谋求它的立脚点,则结果唯有屈服于新兴的势力之下而终归淘汰而已,纵然这需要更延长的斗争。

　　废历仍然在中国的老百姓中间被沿用着一直到现在,理由之一当然是中国社会生活仍然停顿在农业阶段的缘故。中国若已走上了工业社会阶段,则这原有的历法将不废而自废。因此,与其说它是"废历",毋宁称之为"农历"较切事实。说它是"废掉",而实际上它是在沿用着,然则又何取乎以"实之宾"来自欺呢！至于称它为"夏历"的，多少总带着些褊狭的国家主义的思想，已十分跟不上现代的潮流，这里且不去说它了。本来"不奉正朔"在所不许，中国历史上许多次的乱子闹的也每在这一点。可是我们现在竟然于国历之前，还有一个"废历"。

然而现实毕竟是现实。我们并不是不可以在阳历的元旦来穿红着绿，来猜拳喝酒；我们并不是一定要等到"废历"的元旦才能够放鞭炮。可是无论怎样，过新年与过旧历年的心情总不一样，而这一点在香港却更格外显出。靠过旧历年关，便有所谓"冬防吃紧"的问题。远的且不说，就近的数百里周围内，这真是"数十年如一日"，而纵然世界在过去三十年当中已经过两次战争，纵然人类的正义感在经过了两次战争以后，据说已增强了许多。像"建中机帆洗劫"事件，差不多使人怀疑它是否特别拿来点缀一下旧历年关的作用。便在香港都市繁盛之区，明火打劫的事件，近来也出现不少次数。香港复员比其他邻近的地方要快，这里军警的实力总算充足，尚且如此，然则他处的情形怎样，可想而知。因为年关在即，杀人越货的事件便增加起来；因为年关在即，而社会的银根便感觉得紧缩起来；因为金融短绌，而杀人越货的事件也就随着增加。这明明指示出社会病根的所在了。

伴着"废历"的年关而来的若果只是这些，则"废历"的确代表着与象征着恶劣势力而应被废除，实无疑问。然而人类每每有一种怀旧与念旧的惰性，而这惰性每每成为除旧布新的障碍力量，于是时代的转轮便为它胶着和拖累了。旧的纵然不好，可是只因为它是原来有的缘故，于是其他一切都不敢过问了，于是一切都予以过分的容忍了。这是传统与正统的观念，而这便是一切进步所以迟缓的缘故。

　　《诗经》上说:"岁聿云暮。"这原是见诸很古老的书本的句子。可是它的真义并不是在慨叹旧的在过去,而在准备一切欢迎与容许新的进来,给新的一切完成它的使命的机会。面临着"废历"的岁暮,似乎应把这一点指出。

　　　　　　　　(原载香港《新生日报》,一九四六年一月二十六日)

英苏之间

在安全理事会的会议席上，乌克兰所提出的派遣调查团到印度尼西亚一建议虽然卒遭否决，可是这一着不能视为苏联的外交失败。因为维辛斯基既对英国驻兵希腊肆力抨击，才住了嘴又复寻瑕抨隙，指摘英国派兵到荷印为遏制印度尼西亚的独立运动。他的目的似乎不单在取报复手段来对抗英国对于伊朗问题的督责，而尤在暴露大英帝国整个外交政策的弱点与对工党内阁提出一个侧面的警告。只有从这一角度观察才能明白克里姆林宫外交策略命意的所在。

英苏之间的国际关系毕竟能得到调协吗？这不但是每一个英国人，并且也是每一个关心世界永久和平的人所知道的。这两国利害冲突的地方实在太多了，而有些冲突又几乎是命定了也似的。苏美间的冲突虽然也一样地现实，可是无论如何，在最近的将来也不至于演变到像英苏间冲突的尖锐，这原因也不全在于地域关系。无可否认的，在今次世界大战爆发了以后，一直到法国被攻破全体崩溃的当儿，即在英国，还保存着不少希图利用德国的庞大军力来一举荡平苏联的社会主义想法，而这一个想法又多少是带传统性的。在对纳粹的德国作拼死活的斗争的当儿，英国组成联合内阁，于是劳工党对于社会改革方案一类的事情，在战争期间也暂时按下不提。去年五月，德国战败投降，由于时势的推移，跟着不久，英国则由工党出来继着保守党掌政。当时的情势是怎样的呢？战后的欧洲所企望于英国是如何迫切的呢？而英国的本国人士对于重行秉政的工党所抱的期许又怎样呢？战后残破的欧洲，若要重建，不能不有赖于苏联与英国两者的真诚合作。这合作如要成功，英国的工党政府须要放大胆子施行大刀阔斧的政策，对内的与对外的两方面。英国内部的社会改革方案，固然必要；但保守党一向所实行的殖民地与外交政策，应该加以根本改变，则更不用伸说。自伊比里亚半岛以来，沿所谓大英帝国的生命线以至于印度与马来半岛，其间许多民族的要求是再也不能被遏制了。在这种地方，若果工党内阁不能下决心一反以前保守党的政策，若斤斤然仍以狭义的民族的个己利益为前提，则不但暴露了大英帝国本身的弱点，抑且失却了工党它自己的立场，而这在工党来讲是十分危险的。从北海起，沿着莱茵河，沿着阿尔卑斯山脉，折入巴尔干的重山叠嶂，横过达达尼尔海峡，更顺着幼发拉底河而入印度洋，这样隐隐地仍尽着一条防线来限制那苏联社会主义的向南发展，一如以前防卫帝俄的南进一样，这一个政策的抄袭似乎有重新估量的必要。

英国应该了解她目前所争取的是什么，她不应该给苏联以攻击的间隙。例如西班牙一问题。德国崩败，已历多时，然直到现在佛朗哥的政权仍屹然不倒，这是极难解释的事实。我们知道，能左右西班牙的局面的，苏不如法，法不如英，可是到现在英国仍然采取一种扑朔迷离的政策。除了说这是暴露了英国政策的内在矛盾，实不容易作其他解释。

英苏两方面均有善于利用联合国组织的需要，可是这一次英国应该有此前一次利用国联较高明的争法了。英国对世界好些民族都立下诺言，在维持她目前的在世界上的地位与威望，实践那些诺言，是很必要的。

（原载香港《新生日报》，一九四六年二月十六日）

美苏之间

尽管孙哲生先生"相信苏联对于中国决无领土野心",尽管有人相信一些对苏联在我东北逾期不撤兵所引起的批评为恶意的宣传,可是在目前东北问题正集中全世界的注意,而重庆各大学学生则决定于昨日举行示威巡行,均属事实,大概不容否认了。

对于一个这样严重的问题,歪曲宣传固然全无足取,不过若果希图避免正视事实,又岂为得计?

《纽约时报》对于东北问题最近所引起的纠纷强调指出:"满洲既为第二次世界大战的前奏,而美国基于他的传统政策与所负的责任,对于满洲的命运,因为纯正利益所在,故不能不有所关怀。"这话大概够坦白地表露了美国的态度了。美国所负责任的重大,无人能否认,尤其是在太平洋对日战争已完结了和联合国机构方在创始的今日。而作为安定太平洋局面的重要因素,则为一个和平民主的中国,明了这一点的大概也莫过于美国。至于那所谓美国的"传统政策",质言之,不外"门户开放",一如美国务卿贝尔约斯所言,纵使这已被指斥为对中国无可饶恕的"侮辱"。

美国为实行他的传统政策,为完成他所负的责任,于是乎不能不帮助中国建军,不能不协助中国解除日军武装与协助中国军队开入东北。为着这,美国的军事复员曾延缓了好些时日;而为了这,美军的迄今不撤离中国又是曾引起了好些方面的反对,正如现在苏联在我东北逾期不肯撤兵所引起重庆和各地的示威巡行一样。我们对于苏联军队之不践诺言，逾期不撤退，自然觉得交通方便一点，仍非充分的解释，同样地，对于中国解除日军武装，和接收东北，为何一定要美国协助，也觉得煞费解人。因此，雅尔塔秘密协定啦，中苏条约啦，遂不免为迷漫在眼前的尘沙。

苏联不肯相信在英国的资本主义完全死去，因此苏联对英国的政策，是把自己的周围安放着许多"垫子"，这动机是可以理解的，可是苏联对美国怎样呢？"一万六千万的俄人，和一万二千五百万的美国人，一向都和好不过的，现在乃互相乖离，这是没有道理的。"这是十多年前罗斯福写给加里宁的话。现在杜鲁门虽然说是继承了罗斯福的政策，可是从好些角度看来，这政策已非复罗斯福时的精神了。

战后的美国所面临着的内政问题，虽不像别国的严重，可是也够使白宫的主人翁苦心焦思了。劳资纠纷应用往年罗斯福的大刀阔斧政策已不可能；增加工资只是救眼前的方法，结果不旋踵便仍然物价高涨而引起第二次的罢工。对于这，资本家的老手法仍不外一个：这便是寻求市场——海外市场——与垄断市场，而为着这目的，便是应用武力来维持也在所不惜。这便是美国内部问题与它的国际政策路线两者联系之所在。什么东北问题，原子能秘密问题，全国军事训练问题，只是这一根绳子上的几个小傀儡而已。表现在东北一问题的，只为美苏间冲突的一个点。

不过，我们始终相信，美苏间的冲突，正如英苏间的冲突一样，并不是无可调协的；而作为美苏两者居间调协的力量，在我们中国自己，若能善于利用地位与机会，原是一个重要因素咧。

（原载香港《新生日报》，一九四六年二月二十三日）

侮辱女性

昨载路透社上海电："南京婚姻介绍所有日本老婆介绍，每名值一英镑，保证温顺，凡欲候补作丈夫者可到市政厅报名，并具保。"

无疑地，这是对全人类半数的一种侮辱。在这期间，无论在谁个的眼光来看，想不至于把所有的日本母亲都括到"不齿于人类"之列罢。拿同是"圆颅方趾"的女人来作商品看待，并且还保证"温顺"以为作人类妻子唯一不可缺少的质地，换句话说，便是认做妻子的为一种职业，这种思想似乎太要不得了。

战胜国家以"伐罪吊民"为己任，应当以"解倒悬"为事，难道"介绍日本妇"也被认为解日本女子倒悬方法之一？如果说这一切是根据于经济的供求律，则更是一种对于女性的侮辱。迹其用心，更要不得。

并且，多量地介绍中国人娶日本妇，岂不剥夺了中国女子找丈夫的机会？这是关心民族道德与人类德性的人们所不应忽视的。

试想：若果柏林有同样的介绍所，介绍每一个德国妇人，仅值国币五千元，英美人士对此作何感想！

（原载香港《新生晚报》，一九四六年二月二十五日）

史太林对邱吉尔的反驳

英前首相邱吉尔在美国福尔敦发表了爆炸性的演说以后，史太林对之曾保持若干缄默，于昨十三日始对《真理报》记者发表谈话来代答覆。最堪注意的是当史太林打破他的相当长久的缄默之际，一方面苏军已开始撤退东北；他方面则在伊朗的苏军继续留驻，不作撤退模样，并且不但如此，还有苏军向土耳其边境进逼，消息传出，致使纽约股份市场起重大变化。同时，更使观察者不能忽略的，在此已极动荡的局势之下，印度的暴动未了，埃及对英国要求撤兵的呼声且日益加紧。这一切指示，从地中海以至于东南亚洲，重大的变化正在波动中，可能的稳坐在克里姆林宫的史太林，以静观的态度观察变化的发展，慢慢地作他的军事以外的打算。

史太林这种策略，无疑地正选择资本帝国主义最大弱点所在的地方进攻；为应付这种策略，像邱吉尔一类的英美政治家，主张以"早为之所，毋使滋蔓"的态度，进行一种以英美军事同盟为首干的对苏大包围，这企图是否危险自属另一问题，但能否发生效力，则应以一九一九年的前事作借镜之资。史太林抨击邱吉尔，指为"已立于鼓吹战争的地位"，然在邱吉尔说，则若果被事实上在鼓吹战争，所鼓吹的只为对苏的战争而已。即在与苏联比肩对德作战的时候，邱吉尔固未尝肯收回或修改他一向对共产党主义的批评。这便是史太林指邱吉尔为"死硬派"的所由来，而英苏间所以不能调协的也以此。

邱吉尔主张英美军事同盟，他的理论根据之一为两国均操英语的国家，殊不知若果以苏联为预想的侵略者作这军事同盟的对象，其根据实至薄弱。邱吉尔应明白制止侵略的唯一有效与合理工具为联合国组织，而若在进行联合国组织之际，便在其上或其外加设一个军事同盟，其结果必非至使联合国"夭死"不可。英美同盟成立，则联合国所资以号召者，便扫地以尽了。

邱吉尔指责苏联在欧洲扩展势力，自华沙、柏林、布拉格、维也纳以至布达佩斯，不但均入了苏联势力范围，而莫斯科且对此诸地的控制日益加紧。史太林斥驳邱氏，指此为鲁莽蔑裂的诽谤。然史太林所侧重者，实为苏联自己的安全一点。史太林的缔结与互不侵犯友好条约，其目的在环绕苏联的边境，西起波兰，东至于外蒙，完成一安全圈。此一政策，实为史太林掌握大权以来一贯的主张；且即在英美易地而处，若本诸自存本能立论，亦当承认其有颠扑不可破之处。因此，邱吉尔若殷殷以大英帝国的生命线为言，则史太林所指出，谓"德国取道芬兰、罗保、波兰诸国侵入苏联，卒使苏联丧失七百余万人民的生命"，益觉振振有词了。所以，大家若斤斤于民族自己的利益、利害关系立言，不稍放松，则一切互相责难，非特于和平的建立无有是处，抑亦无以难苏联的反唇相稽。

邱吉尔显然怵然于共产党在东欧势力的膨胀日甚一日，并以为这对于大英帝国有莫大威胁，因有英美军事同盟的主张。邱氏实已忘记了应付共产党势力的发展，只有靠政治力量，军事力量实完全不足恃。因为资本帝国主义的真正敌人实在它的本身，这便是资本主义国家的内在矛盾。邱吉尔的最大错误，在于拒绝承认此点。

（原载香港《新生日报》，一九四六年三月十六日）

安全理事会第一个难题

苏联答覆我国照会，准于四月底以前尽行撤退东北的苏军。差不多与此同时，莫斯科电台昨廿四夜宣布，"如无意外事件发生"，苏军拟于五六个星期内，完全自伊朗撤退。这消息在安全理事会于纽约开会之前夕发出，所给予这一个多月来已十分动荡的局面，为怎样一个有力的安定因素，正不待指出。伊朗撤兵问题，自由伊驻美大使提出向联合国组织申诉，鉴于东北问题的性质，最近已在重大转变中，因此，当安全理事会开会时，其所面临要处决的最困难的国际问题，仅有这个。这问题的重要性，无人能否认。然正唯如此，苏联的突然宣布，于指定期间完全撤退伊北驻军，实表示史太林的外交政策，可能地在呈现出重大转变。

苏联的企图，显在使伊苏的纠纷问题能由直接谈判解决。即在伊首相沙丹纳，亦显然希望直接谈判能够成功。新任驻伊朗苏联大使赛契柯夫抵任后，曾与伊首相作两次会谈，可见谈判进行已密锣紧鼓。沙丹纳发表声明谓："最重要问题仍在苏军自伊朗境撤退，至于以若何方法获取此结果，无论由于直接谈判或出诸安全理事会之手，则均无关重要。"这表面上虽表示伊朗政府对于当前问题的坚决立场，但骨子里实透露出宁取直接谈判的途径来打开僵局。

依据此一观察，苏联对于伊朗撤兵问题，突然松弛起来，可能的解释有二：（一）苏联或鉴于国际情势对于自己不利，国际舆论对于苏联所抱定的真正政策，或因怀疑而引起严厉的批评，为缓和不利情势起见，感觉有转锋他向的必要；（二）或则经过最高苏维埃会议之后，重新决定方策，改步武以前李维诺夫长外交时期的拥护国联的政策，采定新方针，以极力支持联合国组织为鹄的。对于后一点，史太林于对美联社记者谈话，声明信赖联合国组织，为建筑世界和平的基础，实为明证。复次，则李维诺夫亦被起用为外交委员会次长之一，更足证明此非出诸偶然。

苏联对于联合国的信赖，为奠定和平基础的一个顶重要因素，这理由至显浅。第一，苏联地域辽阔，跨有欧亚两陆，越过北冰洋，则数千里以便直摩加拿大美国的项背；第二，由于它的政治组织，苏联对于外人仍为一个秘密国家，即以政治理想不同，姑不具论外，别国人士对于苏联的一切怀疑，实有他们不能不这样的理由存在。唯一使世界人士对苏联稍觉释然的，便是苏联对世界问题采取一种合作的态度。以前的加入国联，拥护集体安全，便曾收过这样的效果。现在苏联似感到有重循故辙的必要。

我们从前已曾指出，伊朗只中东问题的一部分，伊朗问题的彻底解决，系于中东问题的总解决。苏联所最感关切的为它的安全问题，而与这最关系紧密的则为它的南方国境与边界所包含的各项问题。这些边界地方曾住着历史上强悍的民族。这些民族杂处的地方常引起各种纠纷。辽远的边境必然地发生国防问题，可是这每虽引起误会。在一方面，固可以认苏联势力南进的路线，是取伊朗高原直趋印度或波斯湾诸地；但在另一面，苏联则认为中东一带乃它的边境上最危险、最不安全的区域，亦为侵入苏联所最易采取的途径，亦未尝无历史事迹的佐证，英国印度大臣罗伦斯虽否认英国计划以印度西北边境，筑成对抗苏联的军事防线，但伊朗与印度西北一带在地理上所具的军事重要，则简直是毋庸讳言了。

在安全理事会，这个问题如果能得到圆满解决，是再好也莫过的了。

（原载香港《新生日报》，一九四六年三月二十六日）

苏联退出安理会

　　苏联在安全理事会坚持要把伊朗问题延至四月十日才加讨论，此举卒以九对二票被否决，苏联首席代表葛罗米柯马上率领顾问退出会场，态度坚决。

　　新生的联合国已经过几次惊涛骇浪，亦可算饱经沧桑，昨日的不愉快事件虽属严重，但已在一般人意料之中，还正为其健全性受试的一种最好的机会，我们对苏联的退出安理会会议，倒不觉悲观，争端总要有一个解决办法的。

　　史太林说过，世人不需要新的战争了。对这事件不应有悲惨的结局的，大约只须要外交家们一些的心思吧。

（原载香港《新生晚报》，一九四六年三月二十八日）

英访印代表团的使命

英内阁访印代表团自廿四日抵印后，跟着便在新德里开会，重申允许印度独立的保证。代表团领袖劳伦斯于发表谈话时并称："印度独立与自由，原则上已无问题。我们现在所需要的只为实施计划的步骤，如何使印度人民在最少纠纷与最大速度中，制定他们自己的宪法。"这样，印度已踏上了到完全独立自主的路径，更用不着怀疑。不过，这到独立自主去的，也许不是完全坦途，也许满布着荆棘，印度民族当前的巨大工作，正未许过于乐观呢。

尼赫鲁在新加坡检阅印度国民军时演说称："印度为亚洲的强有力分子。谁能保有印度，便拥有控制亚洲的最大力量；谁协助印度，即协助亚洲。"他又说："一旦印度获得自由，则印度尼西亚等地亦将自动地得到解放。"印度所居的地位，尤其是对于西亚与东南亚洲，至极重要，无人能否认。因此，一个独立自主与强固的印度，不特对于埃及、巴勒斯坦、伊拉克、伊朗及其他回教民族影响至大，而且对于缅甸、越南与马来半岛诸地，号召的力量亦相当宏厚。然而印度要完全负起它这"在全世界大国中的责任"，它必须首先具备这责任所需的基本条件，而这便是一个统一的印度。一个分裂的印度，将失去了它的领导的地位，正像一个分裂的中国，够不上被称为"大强国"一样。

　　目前，英内阁访印代表团于和印度代表进行谈判时，所面临的困难问题固多。例如英国允许印度独立的过程当中，双方如何订立条约及出以何种方式，便为其中之一。复次，印度独立后，将仍留于大英帝国的一集团里边，做它的经济体系的一员，抑或完全脱离关系，恢复本来的地位，对于这，英政府虽曾屡作声明；惟在过渡期间，英国或仍派商业专员留驻印度，以管理它的长久历史的利益关系，亦属可能。类似这，和其他像"侯国"等问题，均非容易解决，自不待说。可是印度所面临的最大困难，最是它的统一运动的障碍的，则仍为历史上总闹不清的回教民族与印度教徒对立的一问题。这几乎命定了也似的限阻着印度的一切可能的政治上的进步。

　　此外的问题都容易解决，甚至连制宪的问题，或侯国的问题。惟有回教同盟所倡议的"巴基斯坦"六省独立主张，简直会使到一切政治商谈有终归无效的危险。回教同盟领袖真纳称：我们决心以和平谈判实现"巴基斯坦"，但必要时，我们准备流血争取。这表明了回教徒的决心，而回教徒在印度拥有的民众，数字在七千万以上，因此是一个重要因素。并且回教同盟这种坚决态度，去年已使西姆拉会议终于失败，今次的影响，将对于印度的前途占有决定性的重要，又不待说明。经过了半年以上的时间，回教徒所争持的，不特不稍见缓和，反若变本加厉，这不能不说是印度前途的最大困难。

　　在他方面，国大党则亦坚决声明：对于少数民族的要求，将给予合理保障，及准备作重大让步；但国大党对于分割印度如真纳所提出"巴基斯坦"一计划的要求，绝对不能承认。国大党以占人数最多的关系，固主张一个统一的印度，而他所作的让步，则系指除外交与国际而外，各省将享有完全自治权利而言。

可是对于这，真纳甚至谓，若果不能获取"巴基斯坦"，则不惜一流血。

这样看来，印度问题，一时固未易完全乐观，不过对这目前的一切，最后的决定因素，似乎仍有待于英国的真正民主主义的政策。诚如英著名作家巴尔纳斯所言：一个独立的印度，将一举而将帝国主义的政策廓清之。英国对这已没有犹豫的余地了。

（原载香港《新生日报》，一九四六年三月二十八日）

先党后国抑先国后党

国民参政会昨日于闭会的时候，发出呼吁，要求各政党应置国家福利于党派利益之上，并对于推行"和平复兴计划"，通力合作。我们对于参政会在这次开会所作的各项建议，不能够说是全无闲言，可是对闭会时所发出的呼吁，倒感觉到真的"先得我心之所同然"。国家的利益太被漠视了，这无论从任何角度观察，均不能认为是前途之福。究竟先党后国抑先国后党，这根本的理念若搞不清，若不得到大家无条件的绝对认可，则一切调协将无从着手，一切合作将无从谈起。而这也便是老百姓人人口中所想说而说不出的话。

政协会议结束了已好些时候，然而大家所殷殷期望的改革，容许各党各派加入而组成的联合政府，则因在野党派的候选人尚未提出遂致延缓起来。由于这一问题所引起的争执，一切是非曲直，并非本文所欲讨论。不过从表面上说，若果在朝与在野两方真的能开心见诚，能做到"互忍互谅"的程度，则目前政府改组的谈判，又何至于弄成僵局呢？

战争结束已过了半年，但中国面临的局势，一点也不能乐观。首先是东北的接收，虽然由于苏军的次第撤退，已现了曙光，但国共间的纠纷反随着加剧起来。中共正式抗议"国民党军队再行倾注东北"，以为这是从事掀起内战的活动。中共反对国军开入东北，其所持理由，并谓中央军队之续开入东北者，已达五军以上，而这实违背所成立之协定。因此中共更要求在华美军当局，停止运送国军至东北，并指出此问题的解决，将影响东北以至全国的和平。政府方面对此，自坚持国军有权开入东北，并且对苏的关系，则更有中苏条约作依据，本无问题。因此，目前的纠纷，仅为国共两党间的问题；而我们感到各党派应该以国家为重，也正以此故。

无可否认的，战后满目疮痍的中国，现在面临绝大的经济危机。本来经过一次战争，经济发生紊乱，金融、财政、生产等问题都感到难于应付，实为避免不掉的事实。纵然在经济组织素称稳固、素称健全的国家，战后的经济危机尚且难于避免，何况在经济已十分落后的中国？并且在中国又不特非一个单纯的经济问题；中国政治不上轨道，这更是经济问题要命的地方。贪官污吏，囤积居奇，结果便是民不聊生，饿殍载途，仍是历史上每一个朝代末年的事实重演的现象。

热心爱中国的友邦也想从经济上对中国加以援手，可是若果仍是以前的腐败政治，老改不掉，则经济的建设——像苏联那样的经济建设，第一第二乃至于第三第四个"五年计划"——将如何实施起来呢？以言其小者，停火的命令既已普遍地下了，实施起来，尚有许多地方性的问题，局部的枝节，特殊性种种纠纷。这一切只徒苦了老百姓，于大局又何补？此外，则关于光复区的一切接收经过，其不满人意的地方，贻国内外人士口实者，又比比皆是。

战后中国的问题，真多至不可胜数：若经济的危机，若普遍的饿荒现象，若战后交通的恢复，若工业的重建，只荦荦诸大端，其余教育问题、文化问题、编遣与复员问题尚不在其列。中国面临此种种问题，将为日不足，各党派若仍不肯先国后党，悉力以赴，则结果如何，真不容易讲了。

（原载香港《新生日报》，一九四六年四月四日）

谈谈战后教育方针

——答粤教厅长姚宝猷先生

姚先生在他的信里说："百粤文教，以社会风尚败坏，政治未上轨道，深受影响，向较逊色；益以经敌伪多年之摧残，损毁特重，疲敝不堪，今后起衰救敝，继往开来，事繁责重。"姚先生殷殷以"起衰救敝"为言，其对吾粤教育，实不单只就个人的地位与职责一立场设想，在他的心坎里，显然存在着乡邦文化的一个重要因素。而为着这问题，更征及刍荛，那末笔者把这个问题提出公开讨论，想也是姚先生所赞许的。

姚先生就吾粤当前需要，决定"今后教育设施要点"：（1）奖励科学，增设农工职业及水产学校；（2）整理教育款产，充实各校设备；（3）增设女子师范，以发展国民教育；（4）提高教师待遇，实行分级负责；（5）整饬学风，养成纯正思想；（6）树立实干负责自强不息之风气"。同时他又主张实施管教四原则：（1）健康重于作业；（2）管训重于教学；（3）科学重于语文；（4）身教重于口说。这上列的兴国教育方针、分论，当非本文所可及，但大致上想当能得到一般谈教育的人们所拥护的。例如要点第四，提高教师待遇实行分级负责。这里边包含两种重要事项，关系教育的效率至大，断不能稍加忽视。尤其是在经过一场残酷无比的战争后的今日，本来生活已极"清苦"至不合理的教师，若不把他们的待遇提高，则教育简直可以不办。因要求加薪而至于罢课的事情，既然见诸大学教授们，则等而下之的"为人师"者的生活情况，也就可想而知。我们特别提出注意这点，并不单只因为它关系教育效率，也因为它和"知荣辱"的问题连结在一起。我们不能说教育问题的基本解决方法在这一点，但事实上若撇开这点完全不谈，则教育问题亦无从解决。

我们中国以一个工业十分落后，凡百不如人的国家，竟然能够支持了八年抗战，终于取得胜利，因此在战后的今日，我们一方面固然益发增强了自信心，另一方面自应越发憬然于自己的所短缺，而亟谋所以迎头赶上人家巩固全民族辛苦奋斗所获的成果。陌生的东西，并不是我们不认识赛先生，而是赛先生始终没有到我们这老大的国家来住过一天。问题不在我们喜欢不喜欢，或需要不需要赛先生，问题在若果请了赛先生来，如何去养活他。换句话说，我们将如何建立中国的科学。要使科学的智识普及到人民的全体，要使科学的态度灌输到每一个持言立论者内心里，要使科学的方法表现出在每一个人的行为和生活上，要这样才能说是达到科学教育的目的。这在目前的中国是必需的，正像一个能使中国人民得到温饱的政府也是必需的一样。

美国有原子弹，苏联据说也能制造原子弹，因此我们也想参加原子弹的秘密，这也难怪。因为人家有汽车，我们也想出入有一部汽车，不但威风阔气，而且也着实快捷。人家有飞机，于是我们也有飞机了。但这不就是提倡科学、建立科学？当飞机现在从耕牛的上空飞过的时候，我们可以猜想，纵然是最智识浅陋的耕牛，大概也不会误以为它是只大鸟罢。可是飞机看耕牛又如何呢？在好几方面看来，科学是个奢侈品，但有时确然它避免不掉地是一个奢侈品。最大的矛盾是：我们纵然是这样的一个穷措大，但仍然不能不需要科学，正像我们的女人不能不需要"口唇膏"一样。不过严正一点说，最重要的是，我们不但需要科学，我们尤其需要科学的人生观，而如何养成这科学的人生观，便是我们的教育后此一三十年间的顶重要的职责。

姚先生说：要"整饬学风""养成纯正思想"，要"树立实干负责自强不息的风气"。我们知道，一个时代的风气，并不是在急促期间所可成立的。民国以来的风气，其不能满人意的地方，大部分仍不能不说是承清代的余弊。当时对于前代的错误，若能来得加以矫正，则遭逢国变之际，一般的情势或者还不至于那样的糟。现在大乱既平，进行树立一个时代的风气，应当是时候了。我们不会忘记汉光武推重严子陵的历史前例，当时因为附"伪"者多，才感到"廉顽立懦"、提倡气节的必要。当时的士大夫，若果大家都不在富贵功名这些上头着想，若果大家都肯守着岗位，坚定意志，肯负责实地去苦干、实干，王莽的伪朝又如何能建得成功呢？

不过对于"整饬学风"与"养成纯正思想"这两点，我们感到在风气浇薄的时候，教育政针似不能不从这方面着眼，但矫枉过正，亦未尝不可以发生流弊。关于这一点，我们似宜斟酌于作战期间当中和在战争已结束后两种不同的情形来决定所应用方法的去取。我们要顾到思想与言论自由，正在开始，泛滥横溢，固应遏止，但一些种子萌蘖之生，则无论从任何角度观察，亦以爱护稍予以长成的机会为宜咧。并且这又是我们奖励一切均科学化所应该特别注意的。

（原载香港《新生日报》，一九四六年四月十四日）

罢　教

　　沪市四国立大学教授，要求改善待遇，未得要领，因决意"罢教"，以促当局的注意。关于此事，教次杭立武先生语人说：教育为建国之本，盼各教授体念时艰，以待政府设法改善。

　　教师们几经困艰，才找到一个啖饭地，倘非真正过不去，断没有谁肯停止授课的，你可以想象，北平的中小教员"借名请假，实行怠教"，其中百分之九九是眼眶含着一把辛酸的东西才这样做的。要是上课时撑着饿弯了的腰，下课时对着啼号的妻儿，如何去维持学生学业，也就难说了。

　　"饿死"事小，"失教"事大。我们惟愿教员先生们大家能这样想，并且自许多年以来，又是有哪一个教员，不是这样想着呢。

（原载香港《新生晚报》，一九四六年四月十四日）

黑　市

十八国的粮食专家正在伦敦开会，讨论应付目前世界粮荒的严重局面。如何通盘筹划、合量配给，自为唯一的解决方法。可是直接造成粮食缺乏的恐慌，"黑市"实为一个重要因素，这因素若不得根绝，则什么方法也是徒劳。

自战争发生以后，黑市已成了世界性的疾患。有人说，法国简直是一个大黑市。法国尚如此，其他地方也可类推。于是乎黑市遂不限于食粮，浸假遍于全个经济组织。买船票、车票有黑市，甚至小孩子看电影也赧颜地告诉父母"只有黑市票可买"，这些现在也司空见惯了。

试想这买"黑市"若果成为第二天性，成为"正宗"的办法，那末，影响所及，将会怎样？不论大小，政府当局对这实不能不各就范围想想办法。

（原载香港《新生晚报》，一九四六年四月十七日）

中国的当前问题

中国当前的问题实在简单到极。说到究竟，只是"民主"两字。老百姓只要求"生"；无论什么势力，只要不是把他们引导到"死亡"的路上去，只要有能够把他们从"死亡"中拯救出来的希望，他们是不会不景然相从的。到了"民不聊生"的时候，到了"老弱转于沟壑"的时候，到了整千整万的民众要吃树皮草根，甚至吃观音粉的时候，试问他们将会往哪里走呢？

"衣食足，然后礼义兴"，这本是句很古老的话。可是一向统治者要命的地方，不单只在他们内心里根本便瞧不起这句"老生常谈"，远在于他们口里讲的是一套，做的是一套。这样，政治是永远搞不好的。有时会使你怀疑政治是不是仅用来欺骗民众的。

你说，中国的最大毛病在于穷，那末，穷也有穷的打算呀。在一个"穷"国里，若果有些人能够坐流线型的汽车，有些人更能够坐铺黄缎子的私用飞机，而大部分人民则在死亡线上挣扎，这无论如何，不是合理的也不是好的景象。据故乡的一个来客说：联救总署发给中国的面粉，高要某一部分的村民，每人仅领得八钱。南方人不是食麦的民族，这自另一问题，可是领来八钱的面粉，八口之家集合起得六两四，这吃法将如何讲究呢？不过你又说，这是因为中国太穷了，才有此现象。

自来中国讲历史的，总喜欢说"一治一乱"，说"治极则乱，乱极必治"这类的话。其实，这是一种顺任自然的看法，压根儿便没有从"治道"二字着想，我们很怀疑许多统治者不是仍采取着这样的历史观。政治不以解决"民生"为出发点，为最大前提，则唯一的解释为这只是权力的攘夺，而其余一切则不惜供它的牺牲，中国历史上朝代的变革"一治一乱"的局面，便是这攘夺权力的斗争所形成，所以我们可以说，目前的问题，只在如何解决民生，若果撇开这根本问题不谈，则犹如乱丝之愈治愈棼。

共产党不是中国所独有，可是国共纠纷，则的确为中国所独有的问题。在这里，我们应该指出西班牙共和政府与佛朗哥政权的斗争，和中国问题性质上也有许多不同的地方；不过这不能在这里讨论了。中国的国共问题，若果没有它的现实性，应该早于棉麦借款的时候解决了。所以延到现在，延到对日抗战已终了以后，仍寻不到解决的途径，则因为一方面太相信武力的缘故。武力统一的一个信念，是根据朝代历史所得的结论进行政治改革方案，而不是以政治解决来做实现统一的手段。

有一个时期，为应付这问题，的确也感到政治的一个因素的重要，因此便提出"三分军事七分政治"的口号来。可是单提出口号是不中用的，要紧的仍然在如何实现那所谓"七分政治"。那七分政治若果能够实现——而照理在抗战的八年当中，苦的经验应该迫使它不能不实现——或果已实现了的话，则国共的问题还等到现在吗？

若果不然的话，则"为渊驱鱼，为丛驱雀"，又知道他是谁呢？

（原载香港《新生日报》，一九四六年五月十一日）

欧洲局面的展望

当去年德国战败了投降的时候，人们心目中便有着一个问题，那便是一个和平的欧洲将怎样建立起来。一个残破的欧洲，怎样在灰烬中，在断瓦颓垣上面，奠定和平建筑的基础。就欧洲有复杂情形论，的确非为一件容易的事。德国发动了第二次世界大战，为的是要"撕毁了凡尔赛条约"。凡尔赛之为一个不公平的条约，即在战前已有不少人指出；可是纵使凡尔赛条约早在战前便废止了，第二次大战也未见得能被制遏不使发生。这因为纳粹主义之在德国产生，并不是一个简单的现象。

战争已告结束了，横于几个战胜国家的面前，便是将如何处置德国这一问题。这问题若果得不到合理的解决，则欧洲的和平之宫，始终止建筑在一种流沙上面，断不会是永固的。

在战事刚结束的初期，许多人还抱着敌忾心理，争嚷着要对德国采取一种最严厉的对待方法。例如美国的摩根韬便曾主张过六十年以上的长期管制德国。这管制的方式，若加分析起来，很难说是不以"仇恨"与"报复"为它的根据的。稍后，这种主张渐渐得不到多数人的支持了，同时他种因素又复迫使战胜国的当局不能不改变原来的政策。实行占领德国，不是一件简单的工作。单是驻军一问题，已足引起许多如社交、道德、健康、民族性等枝节问题，在在会使应付的人感到头痛。即以美国说，把整千整万的男子送到远隔重洋的欧洲去充当屯驻军，这是在美国做父母的和做妻子的，所无论怎样都不会了解或同情的。对着一个残破的欧洲，对着一个被打倒而又在饥寒交迫中的德国民族，偏于理想的美国士兵，逐步只有感觉到自己的不是。这是继续管制德国的一种必然发生的危险。这是美国终将不能不撤出欧洲的一个理由，除非有一种重大变化使美国不能不改变它这种倾向。而美国终将不能不采取这样的步骤，也不因为它的孤立派抬头的缘故。这是第一点。

美国虽会屡作声明，说它将不会放弃对欧洲的责任；可是我们知道，决定外交政策的最后方式，是民族情感每为一个有力的因素。为政在人，罗斯福总统逝世以后，杜鲁门虽然说是萧规曹随，可是白宫现在所执行的外交政策，显然和一年以前的变了质。这样，若待改选了以后，情形怎样变迁，又谁能预定呢？假如美国自欧洲撤出的话，则这所给予欧洲局面的影响，将会不会重袭上次大战后美国参议院拒绝批准和约时所引起的改变形势——这便是说把整个欧洲付予英法两国外交角逐的牺牲——诚不无问题。这是第二点。

为应付以上的一种局势，也许美国会同意，但可能地会坚决主张，重新恢复或一部分地恢复德国的国际地位，战后共管德国的一试验，结果只给了西欧的民主国家一个很恶劣的印象，那便是苏联的势力不可遏止地继续西进，浸假且有弥漫于整个欧陆的趋势。邱吉尔的大声疾呼，指斥东欧的势力集团，极力抨击那只恃力量来使自己造成世界上最强大的国家之全不合理，便是感到这种威胁的表示。战后东欧诸国尤其是波兰、捷克、罗马尼亚以至于南斯拉夫，无不投入苏联的怀抱，这的确是一件惊人的事实，苏联版图广大，挟着它这一种姿势，站在巴尔干半岛诸民族的后面，无疑地是一个不可轻视的因素。不过，此事尤其重要的则为经济的因素，十九世纪后半期德国在普鲁士领导之下所完成的经济集团，现在则由苏联作领导在东欧一带踵事增华，作历史的重演，在英美的联合阵线看来，这是不可以隔岸观火的态度来对待的。一向认为朝着西欧澎湃汹涌的赤祸，而一向又曾倚恃过纳粹的德国作为防线，这赤祸的堤障的西欧，现在竟然面面相觑。这是打如意算盘的英美政治家，所不能不怀念起战前的德国的理由。这是第三点。

在上次大战后，法国曾霸绝一时，那时候它的纵横捭阖的外交，虽在在以孤立德国"使莫或予毒"为前提，可是动机实在于完成自己执掌欧洲牛耳的雄长地位。这发展所引起的结果，便是英国外交随后亲德的政策。现在法国在上次观战后的优越地位已为苏联取得，然则英国在应付这外交的新局势，是否将师以前的故智呢？而从某一角度看，这也可能地成为蹈以前的覆辙。至于法国目前的重要目的，在于如何恢复以前的国际地位，而为达这目的，英国所提出的西欧集团、英法同盟等等，亦不失为便利工具。这是第四点。

总上以观，贝尔纳斯在今次巴黎四外长会议建议英美苏三国停止对德国的管制，订立二十五年的友好条约，这作用很容易看出。不过这是一个很危险的策略。

战后欧洲的混乱状态，如何澄清，固然系于德国这将如何处置。此一处置若果不的当，则不特和平的基础谈不到，抑且发生另一次战争非不可能。不过欧洲的混乱状态，若要澄清，则似只有两途：（一）前各国的民众既已起来，则应凭技术的革命继续发展以抵达它的逻辑的结论；（二）依据西方的传统，依据一直到现在仍成为决定欧洲各民族的命运的历史因素，来建立一个与实际生活相切合的新社会秩序。如上所述，第一种发展所得的程序，将含有一种强制的因素。确这是不可避免的。

（原载香港《新生日报》，一九四六年五月十二日）

民主政治在今日

有了选举法，有了代议制度，有了宪法，但可能地这仍然不是民主。

自然，民主一名词的意义，不但因时而异，也可以说是因地而异，并且又不独如此，便是同一个时期，同一地域，有时候更因人而异。批评苏联政制的，很少人肯同意说劳农政府是民主的表现；可是一九四一年德苏战争爆发了之后，苏联便自然而然地被认作站在民主阵线的一方面了，到了一九四二年以后，苏联人民为着"保卫民主"而战所作的牺牲，更博得英美方面广泛的同情与钦佩。然而现在战争完结了，又有人主张把苏联归列极权国家的范畴里边去。这是思想的矛盾。

我们且撇开苏联暂时不谈，即举法国来说。法国自从倡导自由著称于世，可是在法国而言，自由、民主，这和在英美所讲的自由与民主，并不是同一样的东西。两方面所讲的固然有它们相类似的地方，但橘逾淮则为枳，法国的所谓有民主自由，异乎英美的所谓民主自由，不单在质素迥然不同，更在于它们相互间的历史沿革有不容袭取的所在。法国的所谓自由，是一七八九年法国革命以后几经"得而复失"，并且经许多流血的牺牲和几多恐怖的手段才幸而获致的东西。这是许多英美人士所不容易了解的，正如他们不容易了解中国当前的斗争一问题一样。

　　英美的所谓民主自由，是历史蜕变的结果。法国的适与此相反。法国革命是毁弃过去一切，铲除因袭、传统与其他附属的东西，而从新建立起来的一种企图。因为这样，所以它是偏于主义的，是崇尚理性的。不过，也因为这样，所以才引起了一个利用暴力的手段问题。就这一点看，英美的所谓民主和大陆的所谓民主，直到目前为止，可以说是仍然找不到它们"共通"的地方。

　　从某些角度看，这上面所指出的不能不说是一件憾事，因为许多"是非"，许多攻击与指摘，许多误会与不合作，都由于大家集中注意在手段一问题，而忽略了还有目的底一回事。不过往后的发展将会采取什么路线呢？

　　第二次世界大战，并不是单纯地为民族与民族间，或国家与国家间的斗争。离开了争城掠地的战场，撇开了轰炸与屠杀，在幕后这还是一个争取权力的秘密斗争。这个秘密斗争，若是揭穿了，简直可以说是世界的"内战"。对德、对日的战争业已结束了，但国际间的对立与纠纷仍然存在，并且日益尖锐化，这表示了世界的内战仍然继续着进行。这内战所争的是什么呢？可能的是世界的民主。

　　我们要注意，上面所说的是一种超越国界的争取权利的斗争，因此牖于国家观念与民族利益的见解，仍然不能有助于问题的根本解决。譬如就欧洲说，若果大家仍坚持着十八世纪与十九世纪的国家主义的成见，则不特对于欲建立白理安或邱吉尔所计划的合众国将无济于事，便是欲实现一类似目前的东欧集团的计划亦不见得可能。

　　近代国家利用宣传工具为有力的武器，每每给予一个既已取得政权的政府，以继续维持它的统治权不被夺取的绝大机会。一个政党即已取得了政权之后，要它放弃或交出这政权，固非其所愿意，有时简直不可能，因为这当权的党派，常常可以利用近代国家的组织来作维持它的生命的力量。很显著的，西班牙的佛朗哥政权便是一例。然而我们又不妨一问，在目前一切发展中，英国工党又会不会运用近代组织的一切有效方法，来继续维持它的政权？这不仅是一个有趣的问题。

（原载香港《新生日报》，一九四六年五月二十日）

美国的罢工风潮

美国的煤矿与铁路罢工风潮日加扩大，这无疑地是一个严重的发展。在某些人看来，不免又说这是无产阶级在"造反"了。不过美国共产党人数不多，而且又不占势力，因此，"谈虎色变"的人们也大可以安心，不要以为美国有马上"赤化"的危险。

然而美国的工潮到底是一个重要的发展，否则它不会引起杜鲁门总统的焦虑。杜鲁门总统为着煤矿与铁路的罢工风潮，警告美国全国国民说："联合国一定要成功，而且不能不成功。若果要成功，我们一定要工作。我们现在所需要的便是创造出历史的最大时代。要达这目的，只有工作，只有设法了解我们的邻人，与我们邻人的需求，地方的、国内的与国际的。"他又说："我们现在所有的是一个有组织的社会，因此假如有一个轮齿折了，则整个机构便会分崩离析了"。

你可以说：这是如何语重心长的话！美国大总统一方面要展布他的大胆外交政策，而在某些角度看来，也不妨说是"将以求其所大欲"，他方面则要苦心焦思来解决内部的纠纷，这多少总有几分使白宫的主人感到"气短"。领袖而得不到工人们的拥护，得不到工人们以热诚的工作来拥护，那末，这领袖的价值也有限了。杜鲁门所深为叹惜的，大概在这一点。

不过我也不妨说：美国极力支援联合国组织，这是深得到各方面的同情与赞许的，美国的政治领袖所憧憬的世界政策，也许有它的特别值得人家拥护的地方。可是一个理想要能够实现，所需要的不但是热情，而还要一种想象。历史家总会感觉到，罗斯福所以令许多人倾倒，固然在他的天才，而尤在于他是一个富于想象力的政治家。就许多方面说，美国目前的局势，的确需要一个富于想象力的政治家，这比无论什么都更为重要。然而美国目前在它的内政与外交所现出来的，不是别的，却正为想象力的惊人缺乏。

美国的世界政策的成功与失败，国际方面固系于英美苏三强国的合作能否维持久远，而他方面则亦实以一个安定的国内政策为它的决定因素。对于这一点的真实性，应该没有比杜鲁门更清楚的了。可是杜鲁门的内政方针，尤其是对于经济建设方面，无论如何，都没有一种大刀阔斧的表现，而在好些地方，更与罗斯福所手定的规划背道而驰。美国的罢工风潮，即在战争进行期间仍不断发生，这原是事实，可是战后的劳资纠纷，不特日益加甚，并且应付的手腕已不比从前。这尚属次要的问题。美国劳工的目标在于提高生活水准，这已被认为不可移易的。现在美国却企图把战时利润的积累所成的巨额过剩资本，转移于国内投资，撇开美国国内劳资纠纷的问题而不理会，这是杜鲁门总统的政策所缺乏想象力的地方。

美国国务院把目前顶关重要的国际关系问题，付托于职业外交家手里，也是美国外交政策到处不能够顺利发展的一个重要原因。譬如巴勒斯坦联合报告一问题，便是一个好例子。因为上次大战后所产生的犹太国，一般的认为是节外生枝，无甚足取，今次美国又复加入，岂非不智？

　　是以美国的工潮，若果扩大，则不特直接影响美国的生产，间接地更影响到它的对外贸易，而尤其重要的则为这对于它的国际政策所给予的恶影响。

　　（原载香港《新生日报》，一九四六年五月二十三日）

"联合国周"在香港

上一周我才写道："人类思想正在急剧转变当中，希望能够在联合国一组织实现的，不妨局部地先从香港做起。"我又说："香港的政制改革运动，正好做那广泛的、规模更大的国际合作的实验。"今天，在本港扶轮会"联合国周"的结束叙会席上，罗斯先生在他的"和平与团结"一演讲里指出："我们人类现在生存于一个机械化的社会，机械化与技术的组织把一向所认为天然的、民族的、社会的与种族的界限，完全置之不理。"因此，若果真的有第三次世界大战爆发的话，则地无分欧亚，人无分黄白，"无贵无贱，同为枯骨"，同为齑粉，殆可断言。因此，从现在始，我们可以说，只有国际的政治，没有国别的政治；只有整个，不能分立。牵一发而动全身，试问哪里还有孤立政治的存在？世界无论那一个老远的角落，甚至到南冰洋或发现了一个新的不曾记名的小岛，或是西伯利亚北部发现了一些铀的矿藏，很微很小的事，都足以影响到巴黎外长会议，或伦敦、华盛顿，或莫斯科的巨人们的公文夹的。说"和平不可分割"，主旨在这里。

由上所说，住在香港的"人士"，实在不应该菲薄了自己，并且切实一点讲，甚至也不容许菲薄了他们自己。"联合国周"的举行，正足反映出"人同此心，心同此理"的，即在香港亦大不乏人。"香港不妨做联合国的胚胎。"有人这样说，有人这样想着。这不是奢想，这是脚踏实地可以做得到的。

不过，也有人这样想：联合国的组织，是要中国来切实地参加，来做它一个有力的会员国，才有真正成功的希望，像现在，困于内战的中国，本身便分裂起来，自己的问题还不曾得到合理的解决，怎样去参加国际的事体，而希望能够作有价值的贡献呢？这想法是值得注意的。的确不错，中国问题的得到圆满与合理的解决，是联合国组织成功的一个先决条件，也许就目前论是最重要的先决条件。不过，惟其如此，所以我们在香港的才感觉到自己与这问题是息息相关的。

不少人这样地辩论道：在香港来谈参政运动，来谈民主政治的训练。并且这些又单就中国人本身的立场来着想，那岂不是痴人说梦吗？因为我们试睁开眼一看，"边界"的那一边，是怎样情形呢？这是思想的矛盾。我们并不是因为"边界"的那一边的情形看不中眼，因此便捐弃一切民主政治、一切"自治"运动的希望。反之，我们正因为"边界"那一边的情形是十分看不过眼的，才感觉到民主政治、自治运动的要求十分迫切，才感觉到加倍努力的必要。这理由很显浅，很简单。现在来谈政治，已经不是"此疆彼界"的事情，世界已经缩小了许多了，并且还继续地在缩小，因此无论哪一角落所发生的事情，都足以影响其他各部，而我们纵然想"置身事外"，不闻不问，可是往后已经没有这样的可能了。我们只有面对事实，因此不妨从脚下的立脚地做起。

翻过来说，正因为"边界"的那边一般情形不能满人意，所以许多劳苦民众才"背乡离井"地，才"扶老携幼"地到香港来找生活，这便形成了香港目前的市政问题。而这现实的问题同时又是一个十分困难的问题，也不容否认。复次，也因为"边界"的那一边一般情形不能满人意，所以才发生了那"游资"充斥于香港市面的现象。这"游资"，从另一个角度看来便是"逃资"，而这"逃资"在目前竟在香港的市场上面成了一种"游魂"，在有心人看来总不会认为这是命该如此的罢。

不过，我们大家所惊心怵目的，只是那"游资""逃资"，不知与"游资""逃资"处于同等境遇的，还有那"逃亡的思想"，在客观的条件不容许的时候，思想正像资本一样，有时便不能出诸于"一走"。这不是一件可以视作等闲的事情。经济界对于"游资"应该怎样，我们这里且略而不谈，但若果世界上一天仍有"思想逃亡"这样的现象存在的话，那末，联合国组织将从哪里去找寻它的永久和真正可靠的基础呢？住在香港的人们，不应该轻轻放过这一点。

（原载香港《万人周刊》第四期，一九四六年十一月四日）

邱吉尔与史太林

国际上闹翻脸的事件，屡见而不一见，本无足怪。不过，最近史太林与邱吉尔两个国际的重要角色闹"反目"至于"戟指而骂"，那倒有点不平凡起来了。

国际关系无所谓信义；情随势迁，今日所认为是的，到了明日也许要认为非了，而昨日之所非，在今日又未尝不可谓之为是。因此昨日之友也许会变为今日之敌，而今日之敌到了明日也许又要讲起友好来。像这类的事固然习见，但若果指此为真理，奉这为不可逃避的公例，则不啻等于抹煞人类的成就与蔑视人类思想的进步。在人类进化演变了到现目阶段，关于这一点我们信仰所作归趋，影响至为重大，实不容忽视。

到了现在，人们应该唾弃"国际关系可以不讲信义"这类的观念。这唾弃的态度，不但应该表现于理论，并且还要表现于实际行动。要不这样，人类欲以和平的方式实现国际合作，便无从谈起。在对纳粹主义作战的期间，邱吉尔对于苏联人民的英勇作战，始终备极赞扬，并没有一分的贬词。对于英勇艰苦抗战的苏联，始终加以援助，不稍吝啬。在那时候，邱吉尔对于苏联不但绝对相信不疑，并且对于史太林，亦深致景仰，称道他的领导作战不已。这不能说只是外交辞令。在那时候，邱吉尔虽然对于他在一九四一年以前所发表过的抨击共产主义的文字，不肯撤回一句话，可是他再也不作攻击苏联社会主义的宣传了。无疑地，决定这态度的因素，一方面是共同对敌作战的关系，而第二方面也可以说是，一般的认定，以为苏联的社会主义与西欧的民主主义纵然有很大素质的分别，但在此疆彼圉的情势当中，能各不侵犯，也未尝不可以相安以久处。在雅尔塔会谈当中，可以说是联盟国的团结已经达到了最高点。要是这种团结的力量能够维持下去，双方的了解能够始终不渝，那末，不但欧洲的问题容易解决，便是联合国组织更巩固的基础也不难奠定。不过，在那一次会议当中，并且从那一次会谈以后，我们可不晓得在邱吉尔与史太林之间，也有一个曾作过"天下英雄惟使君与操耳"这样的感想没有。这话并不是把罗斯福总统摒外，其实他是应作别论的。

在那时候，邱吉尔对史太林是备极推崇的，对苏联是尽量推诚相信的。他从新动起挑剔责备的口吻，是波茨坦会议以后的事。今年三月间，他游美发表了"富尔敦的演说"，指摘苏联的动机。他极力倡导英美军事同盟。在别一处演讲，他又指出那北起波罗的海史的丁，南达的里雅斯得港"横断欧洲的一幅铁幕"。最近他更根据所得情报，谓苏联在欧洲大陆屯驻武装军队达二百个师。除了本诸"见微而知著"的急切要求和"弭祸于未形"的动机，这些诘责未免来得过火一点。因为拥兵自固的，固然炫耀在人耳目，可是那擐甲而伺的，又岂无其人？因此史太林的反唇相稽，自又意中事。处患难易，处安乐难。在战争当中求合作易，在战事结束之后求合作难。要是以前大家比肩作战共患难的人们都起这感觉，终是和平建设的障碍。问题在如何排除这种障碍。

说邱吉尔是"战争的煽动者"，这当然不是他所能任受的。

可是值得注意的，是邱吉尔从新指摘苏联，是战争结束了以后的事，是英国工党掌政以后的事。我们记得当去年英国大选的时候，邱吉尔曾极力丑诋社会主义的试验。工党掌政不一定能使邱吉尔承认他的政治生涯已告终结。因此，可能地对苏联的抨击兼具有一种对内的政治作用。邱吉尔不喜欢社会主义，这一点他公开地说过好多次了。他不喜欢工党所推行的"国有"政策，因此在政党的立场来说，他设法堕在朝党威信的动机不能说是没有。英国给印度独立自主的政策，已是大家认为义无反悔的，可是邱吉尔对这辛苦缔造得来的帝国，乃喻之为"凿舟自沉"，抑何固执乃尔？像他那样的固执，如何去了解对方的观点，诚不无问题。而我们所知道的，不能和不设法去了解对方的观点，则合作等于空谈。这也许便是邱吉尔之所以只适宜于做战时内阁，而不适宜做"太平宰相"的理由。

（原载香港《万人周刊》第五期，一九四六年十一月十一日）

克利浦斯夫人访华

　　早些时，蒋介石夫人曾作访问美国之行。不久以前，罗斯福夫人也有过苏联的聘问。这和英国克利浦斯夫人的最近来华访问，可以说是鼎足而三，表示了妇女界对于人类前途与国际政治一类的活动，不但已努力参加，并且也被让"出一头地"，同时更证实了国际访问和其他类似的活动，一方面固因为超出外交使节的范围，足以补普通国际关系之不足而"济其所穷"，他方面则因为脱弃了繁文缛节的关系，所以更能获致真正的了解和促进国际的合作。

　　世界永久和平的局面，固然非一蹴可几；而联合国组织的成功与否，也不像"口讲指画"那样的容易。这里边当然有很多复杂的因素。不过有一点很清楚，而这便是若果人类要这些事体能够实现，那末首先一定要设法来做到互相了解；要由自己做起，决心去了解"对方"的观点；要设法极力去接近对方，而不要等待对方来接近自己。我想，若果联合国组织终能够成功的话，它的成功是一定建筑在这一点上头；若果国际合作能够实现的话，这实现的希望也全系在这一点。克利浦斯夫人告诉人家说：她一切工作的目的，是为着英国但也为着中国。用不着说的，克利浦斯夫人心里很明白，要为中国首先要了解中国，要了解中国首先要了解中国的民众，尤其是中国的民众。

　　克理浦斯夫人在"内战"的烽火当中到中国来，我想凡是中国的老百姓对于这点都会抱非常大的歉意。因为我们免不掉担忧着，在这样的恶劣条件底下，中国民族的好些优点是会被掩盖着的。不过，在另一方面着眼，克利浦斯夫人正好在这个时候到"五大强国之一"的中国来观光，好让她自己用一个第三者的眼光，本着不偏不倚的公正态度，来看看中国民族的无可比拟的痛苦，来批判中国问题结症的所在。我们自己也用不着"自惭形秽"起来，因为那只是缺少了勇气的表示。我们用不着忸怩的态度，更用不着掩饰的手法，因为我们知道真正"中国的友人"所具有的是对中国的绝大同情心。

　　在结束她的访华使命与离开中国之前，克利浦斯夫人曾对人说过，对于她所见到的事物和所会到的人，她均享受到绝对的自由。这当然是一种权利，是一种像她那样的"贵宾"才能享受到的权利。然而便是这样，我们对于她的所以要"发表"这句话的意思，仍然地"不能无惑"。譬如说，在她自己的国内，若果有一位同样的"贵宾"说出同样的话，便会值得人家为之愕然了。

　　然而正因为她是当今的"贵宾"，所以她所受到的"自由"才觉得堪羡慕而可贵。

　　在这以前，也有不少英国朋友到中国来访问过，其中尤给我们以很深的印象的要算罗素和萧伯纳。不知怎的，一提起曾到过中国来的英国朋友便会联想到他们。原因之一也许是罗素先生曾不客气地指出中国民族的最大毛病在"贪婪"两字。但这不能拿来说萧伯纳。我倒疑心像萧翁那样尖刻的讽刺，若果他在中国久住了，或者他不幸而生于中国，也终于能够得到大家的欢迎。他曾主张过要把世界上所有的大学都夷为平地，不过据我所知道，他倒没有对中国的大学也这样地明白主张过，原因也许是中国的大学高出地面无几，所以实际上也用不着这办法。中国的教育穷得可怜，这是事实。便是为着这个事实，我们才感觉到像英国援华会那样的工作是需要的。可是在中国等待救济和急需救济的触目皆是，岂独教育，不过教育尤其迫切罢了。为着救济，当然非钱不行，因此我们对于英国朋友们的不断援助，实在感激得很。不过，纵使克利浦斯夫人，以她的努力加上了英国朋友们的热诚和远大眼光，能够把百万金镑或百万以上的巨款筹措得来，然而和中国阔人们放在华尔街银行的存款较起来，仍不过是一与千之比，简直是小巫之见大巫。

可是我们知道能"于大处着眼"的英国朋友们，尤其是克利浦斯夫人，是不会因此便稍为"介怀"的。同时，更不会因此便灰心。

（原载香港《万人周刊》第八期，一九四六年十二月九日）

对目前时局应有的认识

中国革命终不免演成流血革命，这个事实本身是有它的必然性的。这必然是基于两个互相激荡、互相吸引的主要因素在作祟和不断地发生缘契而形成的：第一，内在的封建残余势力，到了它的最后挣扎阶段，不管怎样变，但这变的是"万变不离其宗"地只在求它自己的继续存在；这内在的封建残余势力与外在的帝国主义"适逢其会"似的发生了不解缘。第二，内在的封建残余势力与外在的帝国主义，在它们互相勾结当中发现了"共存"的原则，并且只有在这"共存"的条件之下，那外帝才能希望维持它的存在。二十世纪初期，中国革命发展所达到了的一个阶段，刚巧遇到了外帝开始感觉到彷徨的时期，于是两者由于相需的关系，互相感召、互相呼应起来，遂产生了这样的结合，结果中国革命便无法更早完成，而要完成这革命大业，便逐渐感觉不得不同时与封建势力和外帝两者作战，这内在的与"外铄"的两种因素便决定了中国革命所作的方式与所采取的路线。这便是中国革命所以加倍困苦的理由，同时也就是中国革命所以不能避免流血的重要原因。

理会了这一点，同时也就揭穿了在抗战之前或初期，那"安内先于攘外"一个理论它的根据的薄弱了。抗帝与革命原是分不开的。没有抗帝的奋斗便没有革命的内容，关于这一点，孙中山

121

先生在他弥留的时候早已指示出很清楚了。不但如此，即就"安内先于攘外"的一主张来说，这"内""外""先""后"之分，表面看来像很合意，但里边实包藏着莫大的危险。因为这里所谓"安内"，理论上自然是指铲除封建残余而言，但若果所谓"攘外"的责任不幸落在封建残余的身上，则结果必定反乎其道而行，因之而所谓"攘"，所谓"抗"，一究它的实际，倒不惜露出了狞狰面目，成为勾结外帝的蜕变，来使封建残余本身以苟延残喘了。是冷酷的逻辑，封建残余势力只有在与外帝勾结起来的时候，才能够维持它的继续存在，目前的日本便是一个例子。外帝一日在张牙舞爪，则这内在的封建残余势力便一日有了被支撑起来的可能，而它们相互之间沆瀣一气，便成为无可掩饰、无可逃避的事实，无论所作的什么方式。

认清了这必然性，认清了时局演变现在所达到的一阶段，与其所需要的来继续完成工作的一切必须条件，我们随后更加警惕的是，像下列的一些事实，它的发生不但完全可能，并且也许日益紧迫地压到眼前来了：

（一）内在的封建残余势力，为维持它的存在所作的斗争，当其愈趋没落时，愈接近最后挣扎的当儿，将愈加凶烈，愈加不择手段，而种种卑劣、种种无耻到不堪闻问的方法，将愈层出不穷。这固然可以说是由于自存的本能，原无足怪，而同时也正如历史上所记载的什么炮烙之刑，什么"削朝涉之胫，剖贤人之心"，和那尼禄皇帝纵火焚烧罗马城的残暴行为，并不一定由于变态心理的结果。从前有过一句"残民以逞"这样的话。革命的势力到了今天，真的要加倍抖擞自己起来，去面对这样可能发生并且已在发生中的事实，这样的事实是无比的残酷，因为一切反动势力的存心也是无比的残酷！

（二）不要以为"宁赠友邦，不与家奴"的想法，只在不同种族的统治者才会这样，而若果在自己一家人，情形便不一样了。其实，这样的盘算一样地可以出自丧心病狂、日暮途穷的统治阶层，种族同否并无关系，如秦桧、张邦昌、吴三桂这些人所代表的便是这样的阶层，关于这点，法国革命和俄国革命都在它的许多例子里给予了有力的答案了。用不着怀疑的是，革命的势力一定要尽它的一切力量来粉碎这样的"投外""媚外"的企图。

（三）最后挣扎的反动势力将不惜作种种歪曲事实的宣传。以南京的《中央日报》竟公然说这次战争是洪杨之乱的延续。根据了这个前提，于是孙中山先生的以继承着洪杨起义的民族革命传统自命的，竟变了负着"从匪""附逆"的罪名，而那斤斤以曾胡左李自许的倒真的成了"纲常名教"的功臣了。这岂不是欲以一手掩尽天下后世的耳目？至于颠倒黑白、淆乱是非的伎俩，又简直是发前人之所未发。不过现在已不是汉末的年代了，而伪书纵然写得出来，也恐怕不会有人相信了吧。

（四）随着军事的失利与政治改革的全无可能，政府方面一面倒的颓势，事实上已无可挽救。因此，往下拖便成了唯一可能的办法，而恢复和谈，等待国际形势转变，种种锦囊妙计、欺骗手法便又活跃起来，都是可想象的。"币改"事实上只是强抢豪夺，然而现在到了民心已去尽的当儿，而当局仍有"取之人民，还之人民"的诺言，这真教人民啼笑皆非。假如这些年以来，所说的"好话"，稍有半句话能兑现，又何至弄成目前的局面呢。假如人类仍然有良心这样的一个东西的话，所谓"反省"，所谓"罪己"，所谓"悔祸"，历史上惯有的一套现在也应拿出来作一点表示了。虽然已是稍迟了一些了，可是即在现在大势已去的紧急关头，人民又何尝看到半点这样的表示的迹象呢？反之，当局倒好像在利用往下拖的办法，来作卷土重来的布置，这算盘打得如何且不去问，可是革命的势力对这样的企图，正不能不加以特殊的警觉。

中国革命到达了它的现目阶段，武力已经稳握在人民的手里了，这开了我们历史上未曾有过的局面，这样，尤其是青年们，应当用"悉力以赴"的精神，来促使最后成功的实现。我们要加倍警觉，不要让有"功亏一篑"的中途妥协，致妨害百年大计，更要提防不要让革命的大业受到再一次的阉割。从前人说过："树德务滋，芟恶务尽。"这话正好应用在现在的一个历史的课题上面。

（原载香港《文汇报》，一九四八年十一月二十一日）

越南独立战争之我见

在东南亚的几个较弱小民族当中，与我们中国具有最密切关系的要算越南了。这不但因为两国境土毗迩，越南北部，与我国云南、广西两省边界千里相接，东向只横过一个东京湾，便和我广东的钦、东、琼岛隔水相望，从古以来，交通就异常的频繁，而是因为中越两国民族的文化实在是同源的。我们只要从"越裳氏""吴越""南越""百越"这些名字的上头，合目一联到历史上与它们相关连的一连串的事实，便明白这两个民族之间，并没有一条很明确的界线存在，反之，它们的关系，文化的与血统的，倒好像不是"辅车相依，唇亡齿寒"这几个字所能形容得几致也似的。中国与越南简直是兄弟之邦，这样说一点没有夸大。试想想越南沦为殖民地的地位，是十九世纪后半期的事情；假使当时作为宗主国的中国，不是由于满清政府的昏聩无能，在中法战役中为法国所屈服，又何至于使到二千多万的越南同胞，奴役于一个远隔重洋，而地不加广、民不加多的白种民族。又假使当时中国对越南所采取的不是藩属关系，而是一种亲如手足、互相提携、利害与共的关系，那末纵使法国具足了侵略野心，但也未见得便"予取予携"那样的容易。固然，这是不能够期望于那以异族人入主中国的清廷的，但我们要了解的，是这也一样的不能期望于任何一个封建的政府。

便是这样被决定了中越两个民族在争取它们的独立与自由的斗争当中的共同路线了。

我们对于越南人民以无比的勇气、百折不挠的精神进行了他们的民族解放战争，实在感觉到无限的景仰；任何人对于这样的英勇抗战也应该肃然起敬的。从越南的地形着想，从越南革命势力的对手方面的军力与装备着想，我们都可以体味到这抗战是一个十分艰苦过的过程。同时，我们对于他们终于能够在一个英明的领袖指导之下进行着解放战争，又觉得无限欣慰。但是我们知道，当发展到它的顶点的资本帝国主义正把它的世界性侵略的网撒开的时候，个别的民族单独地进行解放战争是具着非常大的危险性的，在这种情形之下，只有联合世界以同等互助看待的民族共同奋斗，才有达到成功的可能，这也正如孙中山先生所说的。因为很显然的，纵使越南革命算是成功了，解放战争完结了，但若果环绕着这个新兴的独立国家仍是些反动势力，那末这个新兴国家的安全便不是完全没有问题了。从这一点，我们可以看出越南人民的解放战争与中国人民的斗争有着关联性，不但是需要的而且也是必然的。

依上所说，一方面我们固然看出越南的解放战争不可能单独进行，它一定要和处在同样的状况底下的其他几个邻近民族的斗争作成联系，才有最后成功的可能；另一方面我们更看到在中国进行着的反封建与反帝国主义的斗争，本质上是与越南人民所进行的解放战争并无二致的，因此越南的解放战争不但深切地影响了中国的斗争，而我们简直可以说，越南人民解放战争的成功或失败也就是中国人民斗争的成功或失败了。

我们自然庆幸越南解放战争的成功，我们并且毫不犹豫地相信越南的人民革命终当达成它的神圣任务，但是就作为一个目标相同的"共同奋斗"者的立场来说，我们更应该指出中越两个民族的斗争，现在是已经到了应该争取联系、争取联合阵线的阶段了。

（原载香港《星岛日报》，一九四八年十一月二十二日）

到和平之路

一

自淮海大战结束以来，两个多月的时光都在呼吁和平的声中过着，战事正发展到快要"渡江"的阶段，突然地又以盘马弯弓的姿势停顿下来。一月十四日，中共中央发表了八项和平条件，作为进行和平谈判的基础，跟着不到一个星期，蒋介石便宣布"引退"，避居溪口，以后的一段发展便是和平代表颜惠庆、邵力子等的北飞，与乎求和与备战两种动机在国民党阵营中所交织成的矛盾。现在，和平代表已由北平飞回南京去了，他们发表谈话说"深觉和平前途困难虽多，而希望甚大"，这话颇耐人寻嚼味。

天下无百年不了的战局，仗是不能够永远打下去的。一点不错，战争的最终目的是要取得和平，因此总有一天和平是要实现的。人民需要和平，正如他或者更甚于他的需要水火，和平是一定要实现的。可是，人民既然需要和平，为什么不给他们和平呢？问题就在这里。问题不在人民是否应该得到和平和享受和平，问题在怎样才能够使和平实现，在实现了的和平是不是人民所期望、所流许多血、掷许多头颅来争取的和平，换句话说是否真正的和平。若果所实现的不是真正的和平，那末人民会不会抱怨带怒地嚷道：早知所争取到的是这样的和平，我们宁可不要和平了！

这我想是那些领导争取和平的人们一定要下决心弄得一清二楚的，尤其是那些目前在谈所谓"国是"的先生们，若果不在这当中找寻和平谈判的钥匙，则"和平之门"纵然打开，但在他们熟视无睹，仍然是关闭着一样。

二

打了三年内战了。好心的先生们用着悲天悯人的语调说："国家的元气斫伤殆尽，实在战不起；人民颠沛流离，饥寒交迫，也再经不起战乱"了，因此今日的中国局势是不能不谈"和"了，是已经"走入了和多于战的情势"了。于是乎欣欣然额手而相告曰：和平庶几能实现乎。或更进而相信和平终不能不在这一次实现了。这当然不应该被指为只是一厢情愿的看法，因为站在民众"渴望和平"的立场来说，那不但全无可非议，抑且是再好莫过的。辛亥革命到现在已经整三十年了，中国的人民一直都在过着苦难的日子，抗战期间已加深了水深火热的程度，胜利而后又复打了三年的内战，谁还愿意继续牺牲，拼着血肉的身躯来打仗呢？人民并不是不渴望和平，并不是不知道和平的可宝贵，人民所要和道的是怎样才能使真正的和平得以实现。现在人民知道他自己有了力量，靠了这力量他是可以把自己的命运稳握着在自己的手里的。他又知道，靠了这力量他是可以争取得到和平的，问题只在换取这和平需要一些什么最基本的条件，并且这些最基本的条件若果不能够切实履行的话，则所实现的和平会不会是空的。

无人能否认到达和平之路，并不是一条坦途。和平之路虽则隐隐约约可以望得见，但环绕四周若干深广的地方，都是一些荆棘，路子是要斩荆披棘才能开得出来的，有时斩荆披棘的工作还用得着大刀阔斧的手段。"除恶务尽""姑息足以养奸"，这无疑地是所谓"困难"之所在，但正因为这困难是现实的，所以在进行和平谈判的时候，人民更应该不懈不怠地警惕着。内在的矛盾一日未曾消除，则"和平"的结论一日无从得出。

"国家的元气凋伤殆尽，实在再也经不起一回战乱，应该休养生息，与民更始了。"这真是"仁人用心"；但是三十多年以来，这话实在无论那一个时候都适用。它在今天固然适用，便是在三年前，在两年前，在叫出"戡乱到底"的时日，又何尝不更适用！我得声明，我这样说，并不是基于一种好战心理，轻视人民的切身问题，更不是对于大家颠沛流离的痛苦缺少了同情心，而是为着要完成人民大翻身，为着国家的百年大计，有时是不能不忍受眼前一时的痛苦的。试想美国十三州的独立解放战争，若果打到第七年便因为人民的痛苦，而进行妥协的和平谈判，以求一时的苟安，那末结果将会怎样呢？

三

我常怀疑上面所述的一种悲天悯人的论调，是以士大夫的道德观念为它的出发点，而并不是以全体人民的永久利益关系为依据的。这种论调与梁漱溟先生在《过去内战的责任在谁?》一文里所论列的同建立在一种错误的理论根据。梁先生说："今天好战者既已不存在，全国各方应该共谋和平统一，不要再打。"这是过分看重了个人，而忘记了阶级，忘记了这"好战"的一人只是集中体现了他所代表的一个阶层的意志，因此这个好战者纵然不存在，或者更贴切地说不在其位，但他所代表的那一个阶层的意志未必因此便改变或消除了。同时，梁先生又忽视了好战者的意志本身是没有什么力量的，它的形成是外在的帝国主义与内在的封建残余互相勾结、互相摩荡的结果。这样说来，梁先生的呼吁和平，便太天真了。

梁先生又说："谁的力量大，谁对于国家的责任也大。谁不善用他的力量，谁就负罪于国家。所以全国人过去所责望于国民党者，今天就要责望于共产党。"这话可以说是与多尔衮在《致史可法书》里指责南明政权的理论同一范畴，大抵均出于人前的士大夫的阶级意识。明末李闯、张献忠领导着人民的革命战争，到了清兵入关，便企图利用"责备贤者"的观点，提出什么"有贼未讨，则故君不得书，新君不得书即位"这样春秋大义的话，来骗取南明统治阶级的和平。时代已经变易了，梁先生的话究为谁人说的呢？

谁的力量大，谁对于国家的责任也大，固然。但要完成这对国家的重大责任，把握着适当的时机，配合起力量，坚决果毅地做去，难道不应该吗？利用既已成长的力量来达成统一的愿望，来奠定"长治久安之计"的基础，难道还有比这更重大的责任吗？在人民的眼光看来，善用力量大概莫过于此。若果"当断不断，反受其乱"，反失去千载一时的良机，那末，由此所负的对于国家，对于人民的罪戾，又将怎样？目前，国民党方面已形成一面倒的形势，军事上差不多完全溃败，政治上则四分五裂，在这样的恶劣情况底下，然后迫不得已而提出和谈，则这和谈是在承认政治已完全失败的前提之下提出的，实已不言而喻。基于此，若果国民党政权仍以国家人民的利益为念，则应该承认以前的错误，幡然改图，有胆量接受毛泽东先生的八项条件作为和平谈判的根据。若果智不出于此，则发动和平攻势的动机，仅有两种可能：一是借着和谈的掩护，进行备战；一是暂时屈就和平，待时机成熟，利用矛盾再作卷土重来。这是没有诚意的和平。我们试想：对于这样的和平，力量较大的一方面能不警惕着吗？

我们且举一历史的例子来论证。当一九一八年秋，第一次世界大战演变到它的最后阶段的时候，德军在敌前崩溃了，于是德国外交方面呼吁和平，政治方面呼吁民主，来挽救垂危的国家。跟着共和政体宣布了，从未参加过政治，从未过问过国家的事情的德国人民第一次发现政权落在自己的手上来了。和平也实现了。然而结果怎样呢？经过了长期间在普鲁士王国的官僚贵族制度底下呻吟的民族，他们的政治意识淡薄了，他们的政治警觉性退钝了，他们看着自己是一无所能的，是一定担负不起这样重大的责任的。为着了这，为着了要在短期间迫不及待也似地恢复承平时候的状态，这个在德意志封建的氛围里甫经诞生的共和国，竟然作了无可饶恕的错误打算，在它的脚下种下了日后使整个基础坟起，使整个共和国的建筑倒塌下来的祸根。它不但不对于德皇时代的军阀官僚加以彻底的清算，反而倚重他们，援引他们进来参预政权，于是不到一年，实际的统治大权又复落到那曾祸国殃民而应被摒除的一群的手里去了。这可能说是倡导和平论者的一个历史上的前车之鉴。当前问题，包括国际因素在内，其性质实有类乎此。

四

在战争中而言和平，则实现和平的方法，大抵不外乎下列的三种：即（一）一方面完全胜利，其他一方面完全屈服，恢复和平状态的方式则完全听从战胜者的意志。在国际的战争，这种方式或以领土的占有与治权的转移为它的特征。（二）敌对的两方面，当战争进行至某一阶段时，由于环境的需要，或由于认定当时引起战争的纠纷问题，业已得到部分或相当适应的解决，因而提出媾和。如我国历史上著名的召陵之盟，便表示着交战国团体的一方，感觉到自己的力量未足以使对方完全屈服，因而进行谈判，而对方也度德量力，考虑过环境，因而毅然接受了和平。（三）由于双方，或多或少因为环境的需要，或者感觉到继续战争已失了意义，因而事实上停止了作战行为，所恢复过来的和平状态，虽然会历相当长久的期间而仍不得双方正式承认，但事实上是存在的。这样的情形，南北朝的大部分时间便是一个好例子。

统观以上三种方式，我们将以为目前的问题，是应该归入哪一类型呢？完全没有偏见，我以为人民的战争与国际战争两者之间是有很大的分别的，因此好些适用于那方面理论，是不一定适用于这一方面的。

五

国际间承认了战争这一形态在法律上的地位。因此严格来讲，国际战争不可能有"战争责任"这一个名词，因为国与国之间没有一个超越的机构来判决这责任的缘故。二次世界大战而后，我们有了"审战争罪犯"这样的事实，是第一次把国家法律的理念应用到国际方面来，这是在大家公认了世界已经到了应该由国际阶段演进为超国际阶段的一个前提之下成立的。基于此，只有内战，只有人民战争才能有"战争罪犯"可言，正如朝代战争才谈什么"成王败寇"一样。许多人不察，以为只有国际战争才追究战争责任，而内战是没有战争责任可言，这是颠倒了历史的演进，十分可笑。

内战是人民要求解放的战争，是革命过程的一阶段。革命不一定要流血，不一定要应用武力，但需要流血，需要用武力时，则应该在所不惜。明了了这一点，就知道"进行革命到底"这句话的命义所在。

（集会上的演讲稿，一九四九年三月三日）

对于和平的信念

北大西洋公约签定了，联合国这组织已成了名存实亡、没有生命的躯壳。正在西欧和北美十二个国家的代表集合在华盛顿的国务部礼堂签定这"反和平"公约的当儿，而联合国大会却冷落地在成功湖开会，"狐埋狐搰"，这是怎样富于讽刺性的一个对比！

联合国的寿命如此短促，至于连以前的国联还比不上，这是谁的过咎？谁实为之，孰令致之呢？现在北大西洋公约签定了，谁在制造战争，谁在出卖和平，谁在甘天下之不韪，谁在遗弃爱好和平的人民，还不瞭若观火吗？拥护和平与挑拨战争两种力量之间已没有中立的余地，好战主义者要通过战争来达成他们的所谓和平，爱好和平的人民要以遏止战争来实现真正的和平，天下不依于此则归于彼，更没有第三条路线可走。不过我们深信世界爱好和平的力量若果能够团结起来，站在一条阵线上坚决奋斗，好战主义者的计划的阴谋是一同可以粉碎的。

其实，便是好战主义者他们本身也并不是不晓然于发动另一次的世界战争全属幻想，他们所以叫嚣、恐吓，完全根据了他们的错误观察，以为人民没有和平的信念，没有保卫和平的决心，因之，我们便要在这一点上，把他们的迷梦无情地完全粉碎。

（原载香港《时代批评》第一百一十二期，一九四九年四月十五日）

拥护和平运动

　　无可否认，目前的世界是分成两大阵营，两个无可调协的思想壁垒，但这所谓"无可调协"是仅就思想方面说，在此以外，两个阵营并没有不可以和平共处的理由。认定两个阵营绝对不可以和平共处的，是根据了"现状不能变更"的一前提来立论，而这也并不是新鲜的事实了。因为，拿破仑战争的时代岂不就是"维持现状"与"打破现状"两种力量在斗争的结果了么？

　　第二次世界大战之前，德义日三国缔结了"防共协定"，当时并曾声明过除了公布的条文之外，没有其他秘密规定，现在大西洋公约公布了，美国国务卿酷肖着前人的口吻声明并无其他秘密条约，假如我们相信历史是会"重演"的话，在这一事实上面历史是真的"重演"了一回了。

　　复次，北大西洋公约虽然讳言目标，虽然没有指出所要对付的是哪一国，但读历史的人们应该没有忘记一八一五年的神圣同盟，也没有声明目的是为着要对付法国，或者更恰当的那时的法国所代表着的新势力呀，不过谁还会忽略了神圣同盟之外，那时候还签订了一个四国同盟的条约呢？谁又肯相信这英俄奥普的四国同盟不是对付法国的呢？在这一事实上显然看到历史又作了一次"重演"。神圣同盟的结果已经有了历史的答案，新的神圣同盟将来如何，历史也会一样无情地作着它的安排了。

除了思想之外，战争解决不了什么。可是在思想战争当中，筑了一座钢铁的围墙，完全包围不到什么。这理由本很浅显，然而好战主义者总以为几颗原子弹便可以把民众解放、经济不平等这些问题一律像广岛一样炸平，而不肯面对现实，不肯放弃自己的优越地位，这样，谁是真正爱好和平者，谁在制造战争的危机，不就十分清楚的了吗？

不过，有一点倒非常清楚，这便是好战主义者的力量虽然非常强，但和平的力量一定比它更强，而这一点可以从好战主义者的焦急程度看出。

（原载香港《文汇报》，一九四九年四月十八日）

我们要加强对和平的信念

二十世纪的上半期已于昨天过去了。从今天起，随着一九五一年元旦的到临，已经开始了二十世纪下半期的一个历史的新阶段，可能想象，这个新阶段是一定会比过去的一个阶段更加伟大、更加辉煌和更加富有意义的。毫无疑问，二十世纪的下半期，在许多地方将会和过去的半个世纪比较起来完全不同。也正如十九世纪的下半期和它的上半期不同，或者二十世纪的上半期和十九世纪的下半期无论在政治、经济或思想方面，都呈现着显著的不同一样。十九世纪下半期历史使命地把他的上半期自法国革命以来的斗争经验总结、消化、扬弃、提高，这样来进入一个历史的新阶段，无疑地二十世纪的下半期对于历史将会做同样的工作。

过去的半个世纪是历史上一个顶重要的时期，这一点是无可否认的。因为，在那过去了的五十年间，我们看到了什么重大的事件呢？我们打了两次世界大战，遭遇到了两场大灾劫。不错，这是重要的。但尤其重要的是：紧随着第一次世界大战之后，并且即在第一次世界大战的进行当中，产生了社会主义的苏联的新社会，而紧接着第二次世界大战之后，便诞生了新民主主义的新中国，这两个历史的重大事件无疑地将在今后的五十年间决定着人类进化的新动向。

　　站在这新开出来的半个世纪的滩头来瞻望着远景，我们不但感觉到无限的兴奋，我们更感觉到在人民世纪中压在每一个人民肩膀上责任的重大。就我们中国来说，我们更不敢，也不应该菲薄了自己。在迎接一九五零年的新年时，我们的新中国诞生了还不过三个月，但在迎接这诞生后第二个新年的时候，我们的国家不但站得稳而且强大起来了。回顾过去我们在第一个年度的建设成绩，无论在政治、在经济、在文化方面，我们都有着突飞猛进为一般人所料想不到的进步。也许为着了这"意想以外"的成绩，所以继承着已被打倒的日本帝国主义的新帝国主义者才迫不及待地、在完全重新武装黩武的日本以前，加紧向新中国进行侵略。很显然地，日本法西斯侵华主义的继承者是不会愿意看到一个强大人民当权的中国站立得起来的，因为这样的一个强大进步的中国是足以阻挠它的独霸整个世界的迷梦的实现的缘故。也就是为着了这，所以自我们中央人民政府成立以来，许多重要的国家都给我们以承认了，甚至一向与金元国家"亦步亦趋"的英国也略不后人，可是骄横的美国的统治集团竟始终一意孤行，不顾世界其他各国的利益，顽固地不与新中国打交道，更甚而至于中梗中国进入联合国组织。请问这种肺肝，还不昭然若揭吗？我外交部长周恩来在他十二月二十二日发表的声明说得好："尽管数月来，联合国无数次地在讨论中国或与中国有关的重大问题，但唯一能代表四亿七千五百万中国人民的中华人民共和国代表直到现在仍被拒绝在联合国大门之外，而听任蒋介石的一小撮反动集团的代表高踞在联合国的中国代表席上，其无视和污辱中国人民到何种程度？"便是因为新中国在它的第一个年度有了那样突飞猛进辉煌的成绩，也便是因为这些辉煌的成绩是和继承着日本军阀的衣钵的新帝国主义者的独霸世界策略背道而驰的，因而引起它的加紧对中国的疯狂侵略，所以我们对于完成的一点成就，便应该更加爱护，更加努力把它巩固而发扬光大起来。拿过去的一点成绩来做尺度，我们对于将来，对于摆在当前的建设世界和平的责任，应该有更大的自信力。

中国需要和平，这是完全不成问题的。因为中国需要和平来建设。世界各国的人民都没有不需要和平的，因为在他们许多人的一生中已经看到了两次世界大战，第一次大战死的以百万计，第二次大战死的便以千万计了。有了这样的痛苦经验，没有一个人民是不诅咒战争的，只有战争贩子们需要战争，只有人类的刽子手们喜欢战争，这也是千真万确的事实。不过，人民虽然极需要和平，但和平并不是可以侥幸得来，也不是可以不劳而致的：和平有待于争取。在这里，让我从我们政府出席安理会的代表团团长伍修权将军这次离美时在记者招待会上所发表的文件上引出下面的一节话来申明这一点。他说："全世界人民反对战争。但是，和平不是可以用向侵略者让步的办法换取的，只有全世界一切爱好和平的国家和人民加强反对美国帝国主义的侵略，才能制止战争危机使目前国际形势好转唯一的办法。"

和平有待于争取，没有更显明的词句了。也即是说在迎接一九五一年的新年的今天，我们更须不断加强我们对于争取和平的决心与信念。

（原载香港《文汇报》，一九五一年一月一日）

平安年

　　一九五六年算是平安无事地过去了。今天，我们迎接了一九五七年的到临，我们祝这个新来临的也是个无灾无祸的年份。

　　一九五六年过去了，但是一九五六年险些把整个世界投入另一次大战的火焰当中。布达佩斯的暴乱与英、法、以三国进攻埃及的两事件，每一事件都有单独地演成为新的世界大战的可能；可是由于世界和平民主力量的伟大，由于它的坚决的表示，终于把乱局遏止了，化险为夷。一九五六年就是这样安全地度过。全世界也松了一口气。

　　一九五六年度过了一次战争的危机，但战争的威胁并没有完全解除。这仍需要和平的力量继续奋斗。

　　在这原子能的时代，人类的希望存在于和平。全世界人民都爱和平，都在争取和平。这和平是整体的，全面的，不能分割的。一种只有几个大国，主要地是几个殖民国家，才能享受的，而其余大部分被压迫的民族、殖民地和半殖民地国家，只在托大国的洪福，并且拾唾余似地才分惠得到的和平，无疑地并不是真正的和平。因为这是牺牲了小国、殖民地和半殖民地国家的安全和利益，才能换取大国的内部暂时安定所形成的和平，是旧式的、表面的和平，并不是我们的理想的和平。全世界人民所要争取的和平，不可能在"一个非亚洲或非洲的国家，相等于二十个亚洲或非洲国家"这样的情况底下实现的。同样地，这样的永久和平，也不可能在占有全世界四分之一人口的国家，仍被排除于联合国组织之外这样的不合理情况底下实现得来的。不合理的情况，包括了殖民主义和新的集体殖民主义在内，是一定要早日把它结束的。

一九五七年将要在这一问题上面作出重要的决定。

（原载香港《文汇报》，一九五七年一月一日）

对我国热核爆成功发表谈话

昨日我国成功地进行了一次含有热核材料的核爆炸。这是我国在前后不过二十个月的时间第三次进行的核爆炸，它是我国为了加强国防和保卫世界和平，一次新的重大的成就，是我国人民的大喜事，也是全世界人民都额手称庆的喜事。这次高空热爆炸成功，更加证明我国科学技术的进步。

中国成功地进行了高空热核爆炸了，但是中国仍再一次郑重声明对核武器的根本立场，主张全面禁止和彻底销毁核武器。中国声明绝不会首先使用核武器。中国发展核武器，是为了保卫自己，为了世界和平，为了免被核讹诈、核威胁。中国绝不会拿氢弹、核武器去进行讹诈别人，拿核武器去讹诈别人的，自有人在，但不是中国。对这点世界人民眼睛是雪亮的。

（原载香港《文汇报》，一九六一年五月十一日）

对我国进行第二次原子弹
试爆成功发表谈话

　　文化界知名人士陈君葆说："中国在第一颗原子弹爆炸之后为时仅七个月，就成功推行了第二次核试验，这表示了什么？这表示了中国人的聪明才智是杰出的，这表示中国对于尖端科学无可辩争的巨大成就，表示了凡是人家所能做得到的，我们都能做得到，而且会做得更好、更快。不但如此，它更表示了他人做不到的，我们也能做到。这表现在'中国声明绝不首先使用核武器'一点。第一次爆炸成功时，又重申了这一决心，重申了'坚定不移地为全面禁止彻底销毁核武器而奋斗'这样的决心，而这是坚持着核讹诈的美帝国主义所不能做和不敢做的！便是从这里人们可以看到这是毛泽东思想的胜利！"

　　　　　　　　（原载香港《新晚报》，一九六五年五月十五日）

FOREWORD

The world of to – day is a world abounding in contradictions, a world beset with commotions of the gravest kind, Ominous winds and clouds sweeping across the international arena portend invariably unfathomable changes or vicisitudes; international problems ever give rise to innumerable divers schools of thought. Confronted with such a situation, it is therefore incumbent on us that we must, in regard to the different or sometimes even completely contradictory views, form our own opinion, our real understanding of the arguments, before we can avoid falling into the pitfalls of credulity and blind conformity .

In publishing this magazine, it has been our object to bring before our reader the various main trends of thought of to – day' s world, through a reproduction of those articles written on important international questions that are representing the diverse political view – points . It is our endeavour to keep to the medium via, without leaning to either side and not to proffer any course of action that would be tinted of a political colour, leaving it entirely to the reader himself to draw his own conclusion from an objective comparison of the data laid before him .

It is our earnest hope that, with the kind co – operation of our reader, this object of ours will be readily achieved.

（本文原为《Global Digest》发刊词）

乙篇

北游纪实

引　言

在这里我写下了"北游"二字，我想读者不会以为这又是那些甚么"游于玄水之上"的废话罢。自然不是。我说"北游"，因为自己是南边人，身在南方，翘首天门，自新中国诞生了这些时光以来，真有说不尽"依北斗望京华"的情绪，因此由心焉向往而发展到去观光一番，像一颗彗星绕过了太阳的旁边仍回到本来的地方，兼带了一些更多的光和热回来那样，说这是"北游"，倒也切合了事实咧。至于你如果要问，像我好些朋友们曾经问过我那样，说"这是不是跟知问道于无为相类似的一回事呢"？我想谁也不会给你真正"是"或"不是"的答案。

我所知得很清楚的是：自我们中央人民政府成立以后，北京已成为全世界视线集中的最重要点，北京的一言一动，一举手，一投足，都受到全世界人士的重视和注意，而这是好些年月以来所不曾看到过的事实。北京已经不是一八六〇年的北京了，也不是义和团年代的北京了。北京是一个"新"的象征。因此，许多我们的同胞，尤其是青年们，本于一种纯粹爱国主义的心理，都热烈地希望能到北京去看一看新的气象，吸一吸新的空气，这样，他们口有所道，道北京，梦有所想，想北京，一年多以来这已经是一个普遍发展的现象。不过，同时又不难想象，也有不少外国的"朋友们"，他们也极希望能够得到机会进北京去瞻仰一

148

下，嗅一嗅那里的空气，看有无发生别种变化的质素在里边呢！

　　真的，北京是何等惹人悦爱呢。我本来去年暑期就要到北京去走一趟的，可是接二连三的延阻，终于没有去得成功。今年春天二三月间，香港大学一部分同学，因为他们早就听见过我有回祖国去参观新的建设的意思，于是通过了港大中文学会的提议，决定在暑假期内组织回国观光团，要乘我本人晋京之便利，连同北行。我接受了这个建议，我赞同了他们的意见，在一种真挚的、自然流露的爱国主义的感召之下，我是没有法子也没有理由拒绝他们这一项要求的。我答应了替他们向北京方面探问，进行搞回国旅行的手续，同时我也告诉了他们，要他们自己负责旅行团组织的一切工作。这是四月底的事。

　　便是这样，当时所要正式称为"港大同学回国观光团"的组织，略具雏形地搞起来了。一时报名加入的倒也十分踊跃。其后的发展，因为遇到了环境上的困难，有许多地方未能尽如人意，虽属事实，可是现在游罢归来，回到原来的岗位，统观这一次"北游"所得的结果，大概还不至于十分辜负当时大家之所期望罢。

出发之前

我们是七月四日离开香港北上的，但在这以前，有过一段事实，我认为有加以补述的必要。

我在上面已经指出过，当时港大同学报名加入这个旅行团，是相当踊跃的。中文学会第一次交来给我的名单，亲自签名的超过了十五人，之后陆续增加，到截止时的最高额，曾达到了二十六人。像这样的一个人数并不算很少的观光团体，大家总以为是相当壮观而感到满意了。想不到过了不久，正当我们要准备动身的时候，许多已经报了名的，他们一个跟着一个地都到我跟前来解释，说怎样因为受了环境的限制，不能不中途退出而不能去的理由。这使我觉得相当难为情了。一个女同学来对我说，她与她的弟弟两人是万分热诚地要进到自己的祖国去看一看的，可是她刚接了一个家里发来的电报，说是如果他们到过北京去，将来休想能够再回南洋。她把电报递给我看。我说："用不着看电报，我一点没有怀疑你的话。不过，你曾否先写信给你家里的人征求他们的同意呢？""正是的呀！"她说，"我们因为忙于预备考试，还没有来得及写信回去报告这事，而这电报已经突然其来了"。

之后，又在一个学生的集会上，好几个同学来和我说，因为他们家庭方面相当顽固，所以终不让子女们进新生的中国去，恐怕他们回来他日要清算自己。一个女学生这样地问我："假如我们进到国内去，共产党会不会随便把我们配给人家呢？"我那时候几乎禁止不住要笑了，但终于没有笑出来。我回她道："凭你念到大学的见识，你也跟他们一样相信那些甚么'天津归客谈'一类的话吗？"她说："不是我自己相信不相信，无奈做父母的总不放心，也难以理喻。"

我想，这也是实情，因此我更感觉到一般地对于祖国的真正认识是怎样的重要了，而若果通过一种旅行参观的方法，能有助于这样的认识，那么，像港大同学们这一类的暑期活动，无论从哪一个角度看，都是具有特殊意义的。

有一天，一个毕了业的同学到学校来看我，他问我是不是真的要到北京去，说话时对于我北京之行这一事表示十分关怀似的。我告诉了他这本来是去年的计划了。他说："他们能让你再回来吗？"我说："他们？"他紧接着答道："是的，他们！"我说："多谢你替我设想，顾虑到这一层，可是又为甚么呢？"他说："因为……不过也许我的顾虑是多余的。"

这个同学又告诉了我，当时在他们同学当中，流行着一种谣言，说是所有参加这次旅行的，一到达广州，共产党便发给他们每一个人以港币五百元的津贴费，此外一切招待舟车往来费均由人民政府负担。这一个谣言对于旅行团组织的进行，似乎曾发生过多少打击的作用。不过，这一作用，纵然能够发生，也是太无聊了。

临出发之前几天，照例是要向一些朋友们辞行的，因之我也到了一位英国友人那里去走一趟。

在谈话中，我的这一位朋友郑重地对我说："你真的要到北京去吗？你曾考虑过你所要做的是一件怎样冒险的事情没有呢？"

我回他说："我不明白你这话是甚么意思。"

他说："如果我是你的话，我便绝对不肯亲身来作这冒险的尝试。"

我："你以为我这是置身于虎口吗？"

他："唔！难道还有比这更切当的比喻吗？"

我："哦！我的看法刚和你相反。并且，你不要忘记，这是我的祖国啊！"

他："当然！可是我不明白，你与我们的自由主义的思想发生了这么多年的接触，受了它这么多的熏陶，而你竟愿意冒昧地进到一个'极权'国家里边去，在那里一点自由都没有，你是知道的。"

我打断他的话说："我正为了这要自己进去看看。"

他接着说："你将来一定要后悔。"

我说："你刚才说到自由主义。对于这，我们正有着不同的见解。我们并不反对自由，我们需要自由跟你们一样，不过我们心目中的自由跟你们的已经有了很大的分别了。"

话几乎要说僵了，后来还是我的朋友打破了岑寂："自然，那完全是你个人的行动。不过，我跟你做了三十年的朋友，凭我们的友谊讲，我以为应该劝告你的。将来如果到了你后悔的时候，请你不要忘记你朋友是曾经劝告过你的啊。"

我："多谢您的好意，您不但是我的朋友，您还做过我的老师呢。可是，对不起得很，我不能接受你的劝告，我们的观点相去竟有这么大的距离。"

用不着说，我这一位朋友的话，完全出于真诚，这一点我是并不怀疑的。

在剑门船上

在细雨霏微中，"剑门"轮拖着它的拉长了的影子渐渐地离开码头。不到一会儿，送行者动摇着的手帕也看不见了，船驶过了青洲，向着急水门，渐渐地没入烟波里去，同时也渐渐地在岸上人们的脑海里消失了。扣着船舷的我们，也渐渐地开始相互间的谈话了。但是回想到刚才在码头上的一段经过，想到那一群最先到了铁闸以内来的搭客，不晓得是其中的哪一个不识高低的开罪了谁人，结果全部都给叫回铁栏外边去再来一次排队那种狼狈情形；想到还不过只有这百来个搭客，便要演成在闸门内外那种"潮水退，潮水又返来"的巨观；想到那时候一种翻箱倒箧，看来像是故意造成而完全不需要的凌乱；想到这一切，禁不住暂时地大家松一口气。

我们七个人当中，杨洁瑗同学已经早一天坐火车先到广州去了，她有亲戚在广州，照例假期都是到那里去度的。我和我的太太带了我们的女儿云湘，陪着她晋京，她是在香港刚念完了初中要到北京去升学，因此我们三人在旅行队伍中显然地成了个家族集团了。两个跟我们一块儿坐船的港大同学，学建筑科的林子实与学医科的俞乃昌。林同学是来自南洋的侨生，他只回到他自己的家乡汕头附近一个小地方去过十天八天，因此他热烈地要回去看一看伟大的祖国；俞同学是要进去看看新中国的情形究竟是怎样的一回事，这心理是和其他在国外求学的青年们一样，但他尤其急切地要到北京去看看他多年来没有见面的母亲。无论如何，严格地说，他们二人连同杨洁瑗同学和我，才真正地算得是这次旅行团的正统派。

何明同学是南方学院停办后压下来的一个问题。她不愿意在香港当一名教师，她要回去为祖国、为人民服务，她决心要自己去求深造。这样，她便成了我们这个旅行团体的"同路人"。我答应了她的父亲尽力帮助她完成她的志愿。

还有一个姓缪的同学，她因为广州方面发下来的入口证还没有寄到，所以赶不及跟我们一块儿走。我们打算到广州去等她一两天，但随后也知道她接到入口证太迟终于来不及了。

是这样的一个人数相当寥寥的团体，又是这样的错综关系与不十分单纯的性质，究竟我们还是维持原议用"港大同学观光团"的名义呢？抑或以私人旅行团的名义进行较为适当呢？船开了之后，我们便讨论到这问题。结果，我们认为这样小规模的团体，是没有理由接受政府方面的招待的，于是我们决定了以私人的名义组织进行一切。

近黄昏了，也是在细雨霏微中我们到达了广州。

在广州

进广州是要经过不止一度相当严格的检查的。也许有人感觉到这是不需要的麻烦，其实那是一种极错误的见解，我们越快把它纠正越好。世界上只有散漫无组织的国家，沦于次殖民地的国家，才容许以前那样任令自由出入，毫无讯禁的混乱状态，那真是一个有组织的国家的奇耻大辱。而就现在的情势来说，一种严密的入境检查制度，毋宁是必需的慎重的表示。

船靠岸了，行李都搬到码头上候关员检查。他们按次序把旅客的东西一包一包打开，很详细很彻底地查看一过，简直无微不至。但是看完以后仍旧替你把东西很慎重地叠好，放回原处，虽不能够完全恢复原来的模样，但已经使得你感到他们的态度是不寻常的了，最低限度也会使得你不起任何反感。有时他们对你的盘问是十分琐碎的，但是从不会有甚么疾词恶色，一种凌厉不可向迩的态度。

也许有人以为这是故意做出来给人看来的。也许！但是，一种造作出来的作为，一种违反自然的东西，又怎样能够维持得这么久远呢？去年我到广州，在深圳的边界上，便发现当税关检查员的有好几个是辅仁大学的毕业生。这些青年们对于事业，对于服务，对于人生种种观点，都完全是新的一套。要了解中国人民怎样成为一个翻身的民族，我以为应该从一些小地方观察起。

抵广州后，我们住在新亚酒店。第二天，杨洁瑷同学来找到我们，商量订购到北京的火车票。因此我们在广州便有两天的勾留了。

对于广州，我们当中大多数是并不怎样陌生的。尤其是我，去年才来过一次，而在以往，甚至于在抗战期间，当日本帝国主义的铁蹄还没有践踏到华南的境土以前，是差不多每年都要到广州一两次来看珠海云山的。自己是粤人，当然更觉得这里的一草一木都无限的可爱。便是几个同学和我的女儿，年青的个子，他们也不肯放过这两日的时光，纵使是夏日如炎，"挥汗成雨"，也把整个广州市，近如中山纪念堂，远而至于石牌中大，都要游一个饱。自然，游五羊城是一定要登越秀山的，不登越秀便看不出"五岭北来峰在地"的气概。可是登越秀最好是在秋高气爽的时候。记得去年国庆日前一天，我趁着文联大会刚开过了的闲空，独自个儿沿着越秀路踱到五层楼附近一带去，一路曝着秋阳，一路看在加紧建筑中的人民体育场的工程，在一种清澈的天气中，才深深地领略到"虚槛松声沉暝壑，极天秋色送征鸿"这句诗的好处。我便在那里的山头留了半日。

北行前夕的快乐家宴

广州不但是我们的天南锁钥，它又是百粤文物精华的总汇。因此，给一两天时间希望能赏识到它的各方面，甚至于领略一下它的若干处风景名胜，是不够的，同时也是十分对不起广州的。可是我们因为要赶程，许多地方又的确无法避免"走马看花"的讥诮。像五仙观罢！就我个人来说，早年间虽然到过好几次，但我总想有一次，能够找到一个风和日丽的日子，到里边去，在那显然微微地永久在摆动着的巨钟底下席地而卧一个下午，仰观那个向你张开着直径约莫有八九尺以至十尺的钟口，一来考验一下自己的胆子，是否神色不变，二来也好借此机会去推究一下，究竟那狡猾无状的"贾胡"，他们当日是为着甚么要把悬挂大钟的巨藤偷换了去呢？像这，像其他好些想头，我们只有暂时按捺着等候再来的机会。

人总是这样忙碌碌地，不知在追求着甚么，一副"沸水沃脚"的苦相。自然似乎在笑我们。然而管它呢！

七月六日那天的下午，我们把较笨重的行李送到大沙头火车站先寄发了之后，大家回到旅馆，正准备要去游荔枝湾，突然来了一个电话，是我的一个隔别了廿多年的朋友罗××先生打来的，他要我马上到丰宁路去见他一面。我赶快到他那里去叙过契阔后，他问我经过武汉时打算在那里住几天。我告诉他这回同行的，有几个是要到北京去升学和考大的，都十分赶时间，所以只打算在汉口勾留半天左右的光景。

罗先生说："这不成！这是太对不起'三镇'了！"

我说："我也这样想，不过时间所迫，没有办法；而他们投考大中学的，也要在十五号以前抵达北京，好预备一切手续。"

罗先生："那么，便是住个一两天也好啊！在汉口举办的中南区土特产展览会正开幕了，你们经过那里一定要去参观一趟，怎能错过机会呢！"

我："正是的啊！并且我也另有一件事情应该要到武汉大学去跟那里的当局谈一谈的，能稍作勾留也予自己方便。"

这样，我便遵依了我这位廿年故交的劝议，决定到汉口住一两天，而罗先生也就立刻提起笔来写了一封介绍信，要我们抵达汉口后到德明饭店去住。于是我拿着回到旅馆来跟大家说明了修正行程的理由，自然"众无异议"了。

匆匆地逛过荔枝湾之后，大家便依约到叶启芳教授家里去赴席，因为叶先生夫妇要替我们这个观光团饯行。本来，叶太太汤慕兰先生，去年上半年还在香港圣保罗书院当教席，因此杨洁瑗、林子实两位同学又是她的入门弟子了。席间，叶太太不但殷勤地招待着大家用筷箸，一种先生爱着学生们的作风，她还替大家讲述她去年秋天独个儿到东北旅行的经过，孜孜不倦。而说到哈尔滨的建筑，长春的街道，松花江之水与沈阳的烟突，真的要使几个青年为之"心旌摇摇"了。

我说："好了，叶太太！不要把我们的问题扩大了。东北之行，我们留待次年罢。"

到武昌的快车夜十一点四十分才开，因此我们喝喝笑笑，一点不匆迫！

车过粤北引起的思忆

从广州到韶关一段程途名符其实地是卧游。我们一到车上找到了座位和卧铺后，倒头便睡，等到第二天起来时，车已经掠过了曲江向着乐昌转动了。

车过乐昌不停站，正眺望着窗外的景物，陡忆起十五年前曾在这里住过一夜，那时粤汉铁路株韶段还没有完全通车，旅客们须要到乐昌来住一个晚上，好赶第二天早晨的车往坪石，然后由坪石转乘公共长途汽车到长沙接上北段。记起来了：那时我们住的是在几只艇子上，也是一个旅行的组织，是"香港大学观光团"，廿四年间破天荒头一次这样的面向中国的表示！

那一次一九三六年春假的旅行团，是港大教育系教授傅士德先生发起的。当时参加的虽然有十一二人，可是其中纯粹属于港大系的，除了傅士德本人外，只有许地山教授、我和一位工科的学生三人。然而在当时看，这样的一个旅行组织，能够着眼到港大的前途与中国大陆的关系，认为是应加重视的，这已经是十分难能而可贵了。

抚今追昔，多少感觉到我们这一次的旅行团竟然是进步了。但从许多方面看，这又是随着时代的转变才能够得到的进步。

便是在这样的回忆的沉迷中，车逐渐进入了粤北的山岳地带，而自己还完全不觉得，直至太太把我从幻想中呼醒过来。列车像一条长蛇那样在万山丛里蜿蜒着，忽左忽右。忽而太阳的光线从左边的窗口射进来，忽而它又移到右边的窗口去了，变化惝恍，使你弄不清楚究竟自己是向北行呢？抑或是向南走？不过也管不得这许多了，横竖心里明白，路子是不会走错的，最后的目的一定达到。

列车沿着北江上游的左岸进行，每每俯视江面，船纤舟子，危滩咽石，都在悬崖数百尺底下，但是清清楚楚可以指数得出来。过了永济桥，一路到罗家渡，这一段在火车上所看到的大概要算得粤北山水最佳的部分了。过了罗家渡不久便到坪石，十五年前的光景——又浮回到眼前来了。那时候北来的人到了这里便要下车，转从宜章那边走公路到衡阳，但一路上到站叫停，倒浏览过不少湘南的景物，探访过不少湘南的土风。这一次坐火车来，那以前在宜章、柳州、耒阳、衡阳的经历，便只在回忆中去重温一过了。

在粤北山岳地带天气还凉快，一过了岭便觉得炎热得很，不停挥扇仍觉无补于事，直至车抵达衡阳后才好一点。过长沙时许多人都在睡梦中了，不知甚么时候下了一场大雨，天气转凉，一觉醒来，车已掠过"湖滨"站开进岳阳了。

到汉口

多少时以来，在新秩序底下交通事业恢复得异常迅速，火车从不误点，这已是周知的事实。可是如果非亲历其境，你仍旧不会知道进步所达到的程度。据说，到中国来参观的东欧人士曾指出过，便是在德国秩序最好的情形也不过如此。然而我们的铁路工友们并不以为满足，他们不断地改善，在要求百尺竿头更进一步！八日早晨到达徐家棚站，看表刚八点三十五分，半分钟也不差。

湖北省人民政府的招待所设在德明饭店。我们下车后连忙过江找到那个地方，见过了交际处长史先生，我把罗先生的信也交代了，他便招呼我们在那里住下。经过了在火车上三十多个钟头的困顿，也够腌臜了，于是大家很痛快地洗了一个澡，这才把精神恢复过来。

德明饭店地方宽敞雅洁，陈设也十分讲究，虽然建筑稍为旧式一点，但在汉口已是首屈一指了。午饭后，交际处派了两部很新式的汽车，由一位王同志引导着，送我们去参观中南区土特产展览会。会场在中山公园里边。人多极了！那排班买入场券的，何止以万计！一条解放路，真是车水马龙，络绎不绝，他们扶老携幼，都来看破天荒未曾见过的热闹的。那些已经进去过看完了的，和那些一时还等不来买门票进去的，他们倒像一种"剩余价值"似的，浮溢到公园里的各部分去，顿增加了不少平日游观的盛况。

看到这人山人海的情形，我们正担心着甚么时候才买到门票进去呢。幸而王同志跟展览会的办事人连络，说明我们是从远道来的回国观光团，匆匆路过武汉，不能够耽搁太多时间的，这样我们才得到破格尽先进去的便利，能够在一个下午把展览会各部分大致都看了一下。

展览会陈列的东西共分十六个馆，要详细地看过整部陈列品物，最低限度也需要三天的时间。因此我们只能"走马看花"似的看个大概，这样，虽然不能够好好地利用这很难得的机会与现成的材料，来对中南区的经济状况作一个比较有价值的研究，但是已经看出中国地大物博，丰沛的生产力量对于新的社会的建设是怎样的一个重要因素了。土特产展览会的主要目的，在于沟通和促进城乡物资的交流。这一点能够做到，我们才可以谈不倚赖外人的经济援助来进行自己的建设。而从另一方面看，土特产展览会又具有一种教育的作用。人民从四乡，从各县各区进来参观，他们带回去的不只是对于中国经济力量一种新的了解，而且是爱国主义思想一种加深和加强的认识。

匆匆地走完了十六个陈列馆后，已经是"斜照入崦嵫"的时分了。因为第二天还要到武昌那边去参观几间大学，所以那天晚上便以获得充分的休息为第一要义了。

在风景优美的武大作客

总有一天，我们把这"三镇"地方用铁和钢来联成一起。这是武汉三镇的人民每一个人心中所怀着的热烈的企望，也是他们在新的社会制度底下所应该具有的决心。武汉市扼长江的中游，为建置中南行政区的中心，水道四达，铁路纵贯，以这样的形势，敷以中部富饶的物质与无限的人力，毫无疑义，它要成为一个工业枢纽的。这里的人相信，随着工业发展，武汉的人口将要增加到一千万，因此一切努力，一切计划，都向着这个目标进行。

照这推想，武昌南部珞珈山一带将来大概要完全成为教育区了。

从江北来，小汽船在黄鹤楼下江边的码头靠岸。那里已经有几辆吉普车在等候我们了。我们仍旧由王同志引导，穿过了武昌的市街，出南面的市郊向珞珈山进发。

珞珈山！多好听的名字！那便是著名的武汉大学的所在，高高地踞着几个山头，林木深菁，野草着径，一方迤东一带还俯瞰着十里汪洋的湖泽，的确是一个优美的风景区。我们到达那里后，先到总务处的会客室去休息一下，等学校方面派人引导参观。

我这次到武汉大学的目的，除了参观外，还为着另外一件事情。先是英国斯巴尔登基金委员会有一批赠给中国各大学和图书馆的书籍，去年已从牛津大学寄到香港来，委托香港大学替他们分别寄发各处，但是因为缺乏正式与适当联络的缘故，除了一小部分业已妥寄外，其余大部分仍贮存香港大学，无法寄出。便是为着这问题，港大的学校当局希望我能趁回国内旅行的便利，为到各有关大学或图书馆访问一下，看对于那一批赠送的图书，应该用甚么最妥善的方法来处置。这一大批赠书当中，有一部分是给武汉大学的，因此我便要趁此机会先见一见武大当局讨论解决问题的方法。

会到了武汉大学秘书长韩德培先生之后，经过一番交换意见，最后决定由韩先生径函港大注册处洽商寄递或移交方法。这问题告了一个段落，我们才到各部分去进行参观。我们最先到那建筑宏伟的图书馆，那是一进校内来使人最注目和给人最深印象的地方。显然地在设计上它是形成了大学的中心。看过了图书馆藏书后，我们按次转到工学院、农学院各部分去，还拍了几个照。

这时已过午了，大学的交际部招待我们在合作社午饭，看馔丰富还不在说，那一种亲厚的情谊，在新的环境中倒使得我们有点不好意思起来。

饭后，逛东湖，参观那里的游泳场。校里的人说：我们是要把它弄好，赛过杭州的西湖的。看着罢。

武大的学习新风

　　离开武汉大学的时候，觉得仍有许多未能餍足的地方。第一，因为时间的限制，不能跟多几个学生作多方面的交换意见，这样来了解他们的生活实践状况。譬如今年春天，他们曾参加过武昌县七、八两区的土改工作，这是很有价值的经验，但是可惜我们除了读到那很详细而宝贵的《参加工作总结》之外，找不到一个机会来从那些当过区干部的师生们口中，直接听聆参加工作经过的描述。第二，对于解放后教育的一般趋势，以及某几种课程的发展，我们总想多知道一点，但是由于我们是旅行参观性质，所以可能得到的也只是一鳞半爪的认识。

　　不过虽则如此，大体上，一般的趋势以及他们针对当下需要所作的课程改革，还是可以看得出来的。例如为谋求理论与实际的一致，讲授"历史散文选"，便特别着重于表现爱国主义思想、为群众服务思想以及反抗强权思想的作品。他们这样做，因为师生间一致地承认：爱国主义是新的教育的基本精神，实施爱国主义教育，是目前教育工作的基本环节。下面让我从他们中国文学系的工作总结中录出一段文字，来表明他们所要建立的历史唯物主义观点：

　　　大家一致认为：我系的工作，应当以学习现代中国文学为中心。自然我们应当学习古代文学，但学习古代，必须肯定是为了现代，因而古代文学的需要。对于外国文学之于中国文学也是如此。正因为这样，所以我系开设的古代与外国文学的课程，对于现代中国文学的课程，就逐渐消灭了相反的情况，而走上了相成的道路。

如文学史教研组一九五〇年秋季总结中写道：

> 教授们一致明确了要学习古代文学，其目的只是为了丰富现代文学，因此，否定了过去希望学生习作古文诗词的教学目的，而代以全新的希望学生通过学习古代文学，而能够借鉴与吸收以创造现代文学的教学目的。而在讲授中，也都对古代作家的生活态度、创作态度从社会背景、阶级立场加以研究，从而进一步说明甚么是今天应该学习的，甚么是今天应该批判的。

这课程内容与教学上的改革是有它的优点的。它的发展也是极堪注意的。对于古代文学的处理，采取了批判地接受的态度，这也正如毛主席所说的："只要是遗有生气的东西我们就应该吸收。"

翻读他们各系各组的工作总结，是一件很有意义的事。这里我只能够举其一二以类其余。

参观中国最早的图书馆

也是为着牛津大学赠书的事情，我不能不到华中大学去走一趟，但是参观仍然是我们的主要目的。尤其是我要去看看所谓"文华公书林"，那据说是中国最早的图书馆，而现在则归华中大学管理，属于它的一部分。

一九三六年那一次的旅行，我和许地山先生两人虽然住在武昌这一边，可是因为要遍游黄鹤楼、抱冰堂、蛇山一带的名胜，剩下的时间还要去踏勘一下张公堤，所以来不及去参观华中，这次可不能错过机会了。

华中大学过去的一段历史是这样：大约在一九二四年间，由圣公会之武昌文华大学、伦敦会之汉口博学书院、循道会之武昌博文书院、雅礼会之长沙雅礼大学以及复初会之岳阳湖滨大学五校合并而成。最初成立的时候，只有文华、博学、博文三校，而以文华大学旧址为校舍。雅礼和湖滨两校是后来才加入的。大概因为这种历史关系的缘故，所以当我见到韦卓民校长向他说明来意之后，他主张对于接受赠书一事采取较慎重的态度，由教育部来决定。后来我想了一下，这慎重的态度也是应该的。

华中的图书馆长徐家麟先生引导我们参观了文华公书林，那里藏书颇不少。建筑从外面看是西洋式的房子，可是内部结构却采取了很精细的中国雕工，储书的地方，分上、中、下三层，颇使人有琳琅满目之感。

中原大学是一所新型大学。它从农村发展到迁入都市，和普通大学有很大分别。

当我们进到校内去参观时，我们看见学生在搬砖运瓦与泥木工匠一道盖房子，看见他们在捡石头、挑泥土自己经营花圃。我们看到他们的刻苦耐劳、简单纯朴的生活，但是也看到他们的愉快活泼的学习情绪。

可是要真正了解这种新型大学也不是容易的事。习惯于旧思想、旧教育传统的人们，当然会怀疑它的效率与价值，便是略为知道革命的需要的，也不一定能了解它的目的和任务。范文澜先生说："新型大学是适应革命需要而创办的，它不拘泥于一般的学校形式，也不硬性规定院系课程与学习期限；在学以致用的原则下，活活泼泼地创造着各种新方法，务使学生经过短期训练，即能走上工作岗位，担负起赋予他的革命任务。"这是指发展到目前为止的一个阶段。在继续发展中，新型大学是要转入正规化了。随着革命形势的变化，它是一定要从短期的政治训练蜕变为比较长期的各种技术业务训练的。

中原大学便是在这种蜕变中。

依依别武汉

那天我们要赶下午七点二十分的直通快车晋京，因此看完了中原大学之后，忖度时间也来不及了，只好放弃参观中华大学的计划。

本来我们不打算在武汉多停留的，但是既然来了而不去多看几处它的"如此多娇"的地方，多了解它，又未免太匆匆了。于是乎在踏上了北行列车的时候，倒真正地感到一点依依不舍的模样。

在汉口车站所见到的良好秩序的情形，似乎又比在大江以南的要进一步。搭客虽然非常之多，可是完全看不出一种拥挤喧扰的情状，车站内静穆穆地像在一座教堂也似的。车开时，站里的职工们以及那些卖零食的，都一道排起班来肃然致敬地相送。这无疑地在新的社会制度下一种新的有组织的生活表现。也许有人以为这是过于倾向形式，不过假使我们没有忘记中国一向所以积弱，大半原因是由于我们的生活缺乏组织与不纪律化，那么这一种训练是仍有它的教育意义的。

车开行后不久便入夜了。在暝色四合的时分，看不见窗外的景物，便只好向车厢内打主意，用谈话来消磨时间了。我们发现有好几个同车的，他们要到北京去出席财经会议，他们有的是单人匹马，有的还带了几个随员。杨洁瑗、林子实等同学，他们也在硬席车厢那边，发现了好些从各省各地来的学生，其中有的是要到北京去升学，有几个则要到鸡公山去。在车厢里谈起话来，集东西南北人在一团，尤其是活泼泼的新中国的青年，各谈各的乡土，各讲各的志向，真是热闹极了。

这样，当车已越过武胜关进入了河南省境，而那几个青年学生也下车转鸡公山去了，我们还不知道时间已不早了。

第二天早晨起来，太阳已经在大平原上照得通红了。约九时左右，车过许昌，远远望见西北角上下平原尽处隐隐有些山岳模样，那大概就是嵩山山脉的余支了吧！十一时廿分抵郑州。正午车过黄河铁桥，由南岸至北岸，历时约二十五分钟，而据说在国民党时期需要两小时半。一路天气都非常炎热，下午更甚。过了黄河抵达新乡以后，逐渐太行山的断层山脉也隐约可辨了。可是等到车过邯郸时已是傍晚，天色渐渐黑暗起来，一切又回复到不可辨认的寂静中去！

就观察所得，生活程度愈北愈低，物价愈北愈便宜，这是用不着怀疑的事实。可是有一点值得注意的：便是我们到了长江北岸以后，发现所有在田里工作的人，都是一律穿着白布的上衣和蓝色的裤子，而且一般地穿得很好。

穿越华北大平原

在这北部大平原上，住着总有一亿三千万以上的人民。这些大部分自然都是农民。他们是以勤敏耐劳见称于世的。可是这一事实并没有使得世界上某一些"好心肠"人物接受一个真理，这便是这些勤苦的人民，是可以并且应该起来当家作主，把自己的命运握在自己的手里的。从火车上清楚地看见，这些农民当太阳还没出来便已到田里来工作，一直到太阳下去已久了，田里隐约地还看见他们的影子，而纵然是"带月荷锄归"罢，回到家的路子仍是那么长！甚么前人"日出而作，日入而息"的话，只写得一半。约略计算，一个农民在田里工作的时间，最低限度总到十四五小时。车中极目所至，真是荞麦青青，全无一线隙地，甚至铁路两旁的洼地，都给利用了，尽地力尽人力到如此程度，大概已无以复加了！

然而所得的结果怎样呢？"终岁勤劳而不得一温饱"，这仍是单纯的看法，而在土改以后，情形当然又不同。不过充其量而言，根据某专家估计，一个农民所创造的价值还不到一个工人的二十四分一，换句话说，就是一个工人所成的价值约于一个农民的二十四倍。譬如：一个农民平均全年仅可生产两吨粮，而一个工人则可以生产到四十八吨。所以我们单靠农民经济是不够的。我们不赶快发展工业，仍旧不能把问题全部解决。

并且啊！住在这大平原上的人民，他们自有史以来便与大自然作着不断的斗争。一条黄河在我们可能记忆的年代中便不知"改道"了多少次！而淮水流域一带，则"大雨大灾，小雨小灾，无雨旱灾"这话，便成了定律般的真确。可是数千年来统治者却告诉了人民去听天安命，去逆来顺受！

还有，在这大平原上，历史曾演出过多少次"血流漂杵"的活剧啊！多少人民的血和肉作过奴隶主的牺牲啊！在这大平原上，更曾发生过多少次可歌可泣抵抗外族侵略的爱国战争啊！

火车越过长辛店向着丰台了，这些问题仍然顽固地在脑子里萦回着。

我们在车上本已商量好：等到站后，打个电话给我的侄女陈碧魂，她在协和医院做事，叫她来接我们。谁想车到站后，我们刚出月台，突然有一位女同志走到我面前来问道："你是陈先生吗？"我说："是的。"她说："我是侨务委员会派来接你们的，我们昨天接到汉口方面的电报，因此知道你来。"这全出乎我们意料之外。

接着政务院交际处也派人来接，于是我们便到交际处的招待所去住。

北京第一天

步出了北京车站，迎面头一个使你不能不注目的东西，便是那巍然耸立着的正阳门瓮城。这个了无依傍的建筑物，雄踞着那城墙外的一席地，像一头狮子也似的，俯瞰着它四周的一切，又像那长江上的孤山那样，任来来往往的人和车辆流水一般从身边洗刷过，而它自己却漠然无动于衷，像这样，它究竟在象征着甚么呢？就建筑上讲，它是失去了它本来的用处了，但这一点显然不是重要的。它无疑地是在代表着甚么似的。如果我的观察不错的话，它显然在象征着一种权力。

是的，权力！也许这是我的一种偏见。因为你可以说：整个北京城都是在象征着一种权力，都是一个权力的象征呀！诚然，整个北京城是由一个有意的计划产生出来的，不过单独就一部分建筑来讲，你的确不会在别一角落能够更清楚地看出这一点来。大概"宅中驭外"这个意思，在内城与外城之间突然地来了这么一座东西，难道不是一个更强有力的表示！

当然，像上面已经说过，这也许只是我个人那一刹那间的感觉。

汽车很快地驶过了正阳门箭楼转到前门大街去，不一下子便到了西单饭店。

西单饭店是政务院许多招待所当中的一个，地点在樱桃斜街，离正阳门大街很近，而从后边走，拐一个弯便是琉璃厂。这在后来被发现时对我是便利极了，因为刻图章买旧书都用不着多跑腿。

到了西单饭店之后，我便和交际处派来接我们的郑意性同志说明我们这个旅行团的总目的，以及它的构成分子的个别不同目的，并且因为这样，所以一切到市内各处去参观的计划，以至于探访亲友种种，最好不要麻烦公家，完全由我们自己来计划进行。郑同志同意了我们这个建议。

于是我赶快打个电话到协和医院告诉我的侄女我们已经到了，然后大家又休息了一会儿，中饭后，才到市街去作第一次的巡礼。

我们走出了正阳门大街，慢慢步入了正阳门，穿过天安门广场，一面瞻仰着毛主席的像，进入了天安门、端门，到了午门然后购门票进故宫去参观。这是我们进北京的第一天。我们先看故宫是很合理而且很自然的。故宫是北京城的中心。整个故宫可说是一所博物馆，许多历史文化都集中在这里。所以到北京来不但不能不看故宫，而且不能不先看一看故宫。看故宫不能一天看得完，有好些人按日到来一连费上几个星期的时光，全不稀奇。

我们这第一次来，意图也只是先看一个大概，以便随后分部再详细参观。我们午后一时许从午门进去，仅匆匆看完中路东路两部分，到神武门来坐车已是五时多六时了。

家庭温暖在北京

在北京第一天的宝贵时光并不怎样平白地让它溜走。晚上，饭刚吃完，我的侄女碧魂便带了她的弟弟文博来看我们。这时候，俞乃昌已去看他的母亲，林子实也找朋友去了，其余何、杨两同学大概又到街上买东西去，饭店里就剩下我们家族集团的几个人。

碧魂在北京解放时一直留在那里没有离开，因此这次大家重见面，自不免有一番叙述当时经过的话。今年春天，她响应了保家卫国的号召，加入东北后方医术工作队，在长春方面的医院服务了三个月，到六月才调回北京，回到原来的工作岗位。据她说，当她最初应征时，一部分朋友和同业们，仍不免有多少顾虑和疑惧，可是到她胜利了回来之后，一般的对于工作和服务的见解都完全变过来了。她感到那三个月时光所博得的是一种无上的光荣。

从她的口中，我们又听到不少关于东北方面的情形，以及战士的同仇敌忾之心和他们的生活状况的话。"在我离开长春那一天，"她说，"当我看到跑了十多里路来送我行的，竟有几个受伤未曾痊愈而支着拐杖的战士，我止不住掉下泪来了！"

我回顾躺在床上的文博说："阿博，你怎么样了？"他笑而不言，依旧看他手上的小册子。

他姊姊接着说："不要说他了，这小孩子太淘气，就只一味爱看书，看故事小说。有一天他真吓煞我了。是一个星期六，照例他是要回家里来的，但是等到晚上八时还不见他到。我急忙打电话到西城他的学校去问，那里的人说他老早就请了假回家了，于是我着了慌，便到公安局去报，同时更派人到处去找。后来终于在一间书店里找到了他，但是我们的腿已经酸了。"

博："八点多，算得甚么？值得这样大惊小怪！北京又不是香港。"

我说："阿博，你到书店去，你不帮衬他们买书吗？"

碧魂："爱吗，他就到沈雁冰部长那里借去。每到他那里去，总是借得一大包回来的！"

博："是的，伯父，您如果要去看沈伯伯，我可以陪您去。我是不要填写访客证的，我一直冲进去！"

我："阿博，你这是没有礼貌！"他默不作声。

博侄今年才十一岁。去年我送他来京读书，许多朋友都说他未免年纪太小。不过我的理由是这样：他父亲在香港沦陷时在日本人手里送掉了性命，这在我心灵上印上了一条无限深的烙痕，所以我以为做儿子的他，应该早一点认识祖国，了解祖国，好成为一个真正的爱国主义者。这意思阿博是明白的。

参观了协和医院

到北京是迟早都应该参观一下协和医院，因为它不但是一家很出名的医院，而就设备说，就业务说，就所造就的医术人才说，它在全国都是首屈一指的。可是我们到了北京才第二天便参观协和医院，则又何其亟亟也！理由是：第一，我自己的侄女在那里服务，这是一个便利；第二，我还有一个侄女，碧魂的妹妹碧山生病在那里，太太是巴不得马上能够约好时间去看她的；第三，我自己也想借此机会看看这一所现在已成为完全为人民服务的医院，它的实际情况是怎样的，而它的为人民服务的努力又达到何种程度。

对于这上面所说的第三点，我在参观完了之后，感觉有了很满意的答覆。

碧山侄女的病据说是严重的关节炎，但我总疑惑另外还有一件事使她精神上也受了很大的打击。去年她两次要参军，但都因为体格的条件不合没有被录取，因此她常自怨自艾，大家曾多次劝慰过她，但总不能使她释然。我自己也向她多方开解，可是她总是半信半疑，大抵以为我的话只在使她心回意转而已。

在大时代中，这是一个典型的例子，是许多例子中的一个。有许多人以为目前在中国的广大地域所展开的爱国主义运动，并不是自发的，而是受了政治宣传的麻醉所产生的结果，或者简直是由政府当局所导演出来的。他们又以为参加军干一类活动，都非出于自愿，而完全为压迫所成。这不是闭着自己的眼睛不肯正视事实，便是妄听谣言邪说，真正的情况并不如此。其实，参军的工作并不是单纯一种，而考取军干也并不容易。录取的标准相当严，需求的条件亦相当多。这是一点。青年人的爱国思想之所以能够激发，是因为它有了真确的认识作基础的缘故。这是用不着怀疑的。怀疑了这，那么，目前在许多民族中间所发生的青年人要求独立的爱国运动便无从解释了。这是另一点。

到了国内后，跟许多青年作过谈话，交换过意见，我更加相信他们绝大多数并不是随波逐流，全无定见，而只逞一时的意气那一类的人。

这些青年所追求的是一种崇高的、有意义的生活，他们绝对不愿意过一种醉生梦死的生活，或者做一个"苟全性命于乱世"这样的人。他们了解自己与国家民族的关系。他们有随时准备牺牲小我以完成大我的精神。他们更有为着大家将来的幸福，准备负起一切责任，付出一切代价，来改造目前的环境，造出一个新的、理想的社会这样的胆量与决心。

从青年新思想看时代

　　当然，一个青年要成为一个真正有用的人才，是要经过考验的，不是一次考验，而是很多次考验。这个大时代是一个熔炉，受到了锻炼，经得起考验，才算得是好的有用的钢铁。

　　在这里我又看见到一个青年的日记，略为翻读了一部分，使我受到很大的感动。

　　他是一个参加了军干的青年，显然地他又是一个有为的青年，但是他的进步是从不断的锻炼中得来的。他在日记里写道："国家民族的需要与个人的企望二者能够一致吗？能不发生冲突吗？要是发生问题怎么办？"这的确不是一个容易的问题。不，它是一个严重的关头。

　　为着这问题，我想不止一个青年，许多人都曾中夜起来，绕室彷徨过不知多少次而仍找不到合理的解决方式。

　　从他的日记里我们可以看到他按月的学习计划。在检讨会上，他检讨了自己，发现许多缺点：像个人英雄，出风头主义，联络和帮助别人不够，政治学习不起劲，对政治不感兴趣等等。别人提意见也说他不重视政治，同时也瞧不起别人。于是他了解到要"从实际中锻炼自己"了。他开始认识自己的学识太浅薄了，他开始知道要多看书了。

　　四月一日他写道：

　　吃过饭后，自己开始作思想斗争。我为甚么参加革命？我是否应该服从组织分配工作呢？甚么地方需要我就到甚么地方去，这话是对谁说的？经过两个多钟头的考虑后，思想上有了一点变化，基本上认识到当前工作的需要，同时更想起同学们对自己说的一句话："不应该学一门怨一门"。对！我不应考虑自己的兴趣，同时我更认识到这是考验自己的时期，我应当放弃个人的一切，服从人民的利益。

　　一个老党员的村干，从老远的地方到营里来找他的儿子。当他发现他儿子已经脱离他们不在那里了。他气得几乎要发昏。他说这儿子太不像他自己了，他感到失望。

"这一事实给我很深的印象，它教育了我了。"日记上写着。我看完了日记，我对这个青年只有无限的敬佩。

在拖着沉重的脚步离开协和医院时，我想起鲁迅先生"俯首甘为孺子牛"这话来了。孺子应该受到我们敬重，并不是因为他们知道的会比我们多，而是因为他们没有像我们的重若千钧的"旧包袱"，以前听惯的"孺子可教也"一句话，现在是很有理由改写成为"要向孺子学习"的了。我们一定要向我们眼睛一向看不起的人们低头。我们眼睛要向下，不要向上。把握到这一点，才能认识时代的新精神，才能了解目前翻天覆地的大转变。

参观古旧的文化

我们七月十一日到北京，一直到七月三十一日才离开，因此有很充分的时间来领略首都的各方面，虽然有好些地方我们仍旧没有去或者找不到机会去。大概除了访友，或者几个同来的要办投考手续之外，全部时间差不多都放在参观和逛名胜上面。

我们去得最多的要算故宫博物院了。我简直记不清楚自己究竟去过多少次。大概每从那里经过，如果不是特别的事务羁身的话，便进去看几个钟头，总有所获。

有一次我进南部去参观，正在文华殿的三间屋子看革命史料部分，突然有人出其不意地从陈列橱的对面叫我一声，拧头一望，却是广州广雅中学校长卢动先生。他是参加了到东北的教师参观团，业已游罢归来，再过首都回南边去。欣然握手之下，我们热烈地谈起来了。他告诉我，东北的中小学校，一般的水平低，这大半是由于以往在日本人长期统治之下，所施的都是愚民政策，实在谈不上甚么教育，其次则物质的条件也太差。但是，他指出，东北的教师和学生，他们的政治水平却特别高，他们对于自律方面，有时检讨到十分细微的地方，南方人恐怕就会容易受不起。我问他例如甚么呢？他说：例如吐口痰或用抽水马桶后忘却扯水，虽出于一时的不经意，但要计算到这所给别人的不需要的麻烦和所带来的不经济的效果。此外，还有一点，便是东北的天气太冷，所以关内的人轻易不肯到那里去当教员。

历史博物院本来设在午门城楼上，俗名五凤楼。可是这次我们来的时候，那里正举行"抗美援朝展览会"，历史文物则在重新整理中。午门城楼本身是个很壮丽的建筑，站在那里，凭高南向眺望，天坛祈年殿一带景物，远与天际，真是气象万千。

在国民党时期，故宫因为久置失修，所以许多地方已见剥落的痕迹。现在在人民政府之下，各部分都在加紧修理，粉饰一新。据博物院里的人说，一切粉饰修理等费，都不必另外由政府拨款，单靠门票收入所得，已足开销。这也是出人意表的。事实上，每天进故宫来参观的，人数真不晓得有多少。我们到里边去，有时发觉有些地方，忽然之间异常挤拥。参观的人不少是农民，他们也许是从附近的地方进城里来的，但我也遇到过不少拖男带女，扶老携幼，是从邻省如山东等地来的，他们大概以在休假中之军人家属为多。

在参观的当儿，如果你肯花一点时间兼注意一下这些农民或者从田里来的军属们，留心他们所特别感兴趣的是甚么，留心他们对奢靡的帝王生活的反应，留心他们的话和意见，这不但是很有意思的，而且也使你得到不少辅助的资料。

古城添新颜

北京，这个古旧的文化城，现在它是人民的庄严静丽的首都了。它有七百多年的历史，这是在旧的一方面，它保持着一些不可磨灭的地方，也就是一般怀故依恋之所系望。但是，它又是在新的一方面，它显然地以前所未见的非常姿态出现，成为一个划时代的革命精神的象征。

这一现象常会引起人们对北京作种种不同的揣测和论断。北京将朝那一方面发展呢？新旧两方面将怎样调合而趋于一致呢？有合一炉而共冶的可能吗？是新的将要把旧的一概抹杀从新建立起来呢？抑或新旧两者之间将要建立起一道桥梁来呢？

这一系列问题，当我在北京时，虽然没有向京里的朋友提出讨论过，但显然地它是在许多人心目中存在着。譬如说罢：表现在建筑和都市的设计方面，我们将会遇到这样的问题，便是新的大建筑物，根据了新的需要，将采取摩天大厦的西洋式呢？抑或保持中国固有形式而加以若干调整？像故宫部分，它自成一个体系，假如他日东城一带都建筑摩天楼式的房子，两者是否能调和，原有部分是否还能维持它现在的壮丽雄伟的气概，诚不无问。题。又像天坛和祈年殿，大概是中国最美丽的建筑了，如果它的四周都绕以摩天楼式的近代建筑，那么，它的庄严之美将被戕夺净尽了。

对于首都的都市设计专家，这些都是相当绞脑汁的问题。不过，以我国人的智慧，不但这些困难终会迎刃而解，也许新型的建筑形式还可以创造出来呢。

依据目前状况与将来的需要说，北京的工业区很可能将沿着铁路线向东南方面发展，这样一来与天津方面的工业区连成一气。这自然是一个伟大的计划，实现是有待相当长时间的。

但是在另一方面，北京西郊很快地便要完全成为教育区了。所有大中学校据说都准备在短期内迁到那里去。现在一出西直门不远，我们便看见那里一路到海淀去都是"大兴土木"的盛况。将来这一区的建筑工程完成以后，所有"广厦千万间"，庇的都是学子的"欢颜"，这在我们的教育史中，将要辟一个新纪元了。那时候，这个古旧的文化城，不但披上了新装，而在南郊和西南郊方面，也一定有与这相配合的新发展，又不难想象。

北京是在不断革新了。天桥一带已全改旧观。像北中南海的明媚风光，什刹海的热闹，现在来登临览胜的游客，也许会逐渐淡忘了当时疏浚工作的艰巨。但是龙须沟的成就，将永远被歌颂着。我们曾到雍和宫去过两次，每回经过北新桥附近，便看见那里修理下水道挖出数百年积秽的工作，从而想象出要把整个北京革新是怎样的一回事了。然而人民的努力并没有松懈半点。

京华访故旧

　　记不起是抵北京后第几天了，我大清早到文化部去看沈雁冰部长，他开会去了，见不到，只见到孙秘书长。出来后，因为朝阳门相隔不远，便顺路步出城外，一看东郊的风景和住在那里的人民的生活状况。漫无目的地逛了一会儿，终以太阳太厉害了，而且路子也不大好走，便很写意地夹到一长列骡车当中去，浩浩荡荡地再进城来。

　　进城后，另雇一辆三轮车转到华侨事务委员会去看何香凝主任。一进门，那天派到车站去接我们的那位陈曼云同志告诉我，廖夫人到了北戴河养病去，要两星期后才回来。同时廖承志先生也开会去了，因此我只见到副主任李铁民、庄希泉两先生。庄希泉先生的名字，我很早就熟识了，他是星架坡的华侨，因反对学校注册条例而被遣逐出境，当一九二一年我初到星架坡华侨中学去教书的时候，他已经离开那里，屈指一算，不觉已三十年。

　　在北京，你要看朋友，非预先约好不行。他们个个都非常忙。开会忙，听报告忙，工作也忙，一般的开始办公时间是上午七点。有一天，我要去看彭泽民先生，早上六点多打电话给他，我满以为一定还没有出门不成问题了。是他儿子接电话告诉我说：他父亲昨晚开会到三点钟，刚回来睡着了不久。这样我只好再约时间了。

又有一天，我要去看叶誉虎先生，先给他打电话。出乎我意料之外，是他自己接电话。我说："现在才六点半，我赶七点钟左右到来看您，会不会太早呢？"他说："从你那边到东城来，大概总要半个钟头罢。今天我们刚巧有一个会，就准备在七点半钟开，难道我们仅仅谈个二三十分钟？并且这个会恐怕得费整个上半天的时间，你下半天来如何呢？"那天下午我刚约好了要去看故宫博物院院长马叔平先生，因此只好改在第二天早晨去看叶先生了。

那天我到侨委会去过之后，本来预备下午再去北海公园游一趟的。不知怎样，大家一谈竟谈到过了中午了，我被留着吃过午饭才出来。从王大人胡同坐三轮车，经北新桥径往鼓楼钟楼方面走，然后向南穿过地安门到景山大街神武门一带，一路欣赏着紫禁城垣和它的角楼的气势，一面又听着那三轮车夫絮絮叨叨地讲他家里的生活。车正走近围城，我突然想起柳亚子先生住在北长街，于是便放弃了到北海去的原意，转到北长街去找他了。

门铃按过后，我才想起这里的人，遵守着"健康第一"的原则，午饭后是一律要睡一两个钟头的，亚子先生当然不会例外，而且他年高了也需要午间的休息。待要转身回去，改日再来看他，正迟疑间门已开了，从里边跑出一个应门的青年来。

思想动态与生活在北京

　　柳亚子先生住的房子，结构颇精美，屋后临水便是那环绕着紫禁城城垣的筒子河，倒是一个别饶佳致的好所在。朝晖夕阴，倚栏杆便可以供垂钓，可是环顾左右的人家，似乎都没有这样兴趣的迹象，大概鱼是属于公家的罢。亚子先生初回来北京时，曾住在颐和园养病，现在他病是好了，但据他自己说仍不能多做构思的工作。

　　以我个人看，柳亚子先生这所房子不但很精致，而且密迩中南海，相当便利，且似乎是一个十分适合诗人情性的地方，院子里那几竿文竹格外可爱。他和宋云彬先生住在一起。有一次我去访云彬，一进门便闻到杭州线香的气味，一缕清芬透人心脾，虽在夏日仍觉微微有些凉意。纱窗外仿佛是邻家园子的梧桐，云彬说不妨作借景看。当时谈话中，我起了一个怪异的感觉：这里只少了一个柳亚子！

　　叶圣陶先生他们住在东城，与亚子的地方相隔虽然不很远，可是因为他们大家都非常忙，所以除了开会便很少见面。要么就在公余的时间在文化俱乐部碰面。文化俱乐部是一班文化工作者、作家交际叙会的场所，里边跳舞厅、餐室、剧场，各种娱乐设备应有尽有。一天，是一个星期六的下午，沈雁冰部长邀我们到那里去参加晚会。他说："星期六是最热闹的，你所要会的朋友全部都可以看到了。饭后我们还可以跳舞。"我说不会跳舞。他说："便是坐着看看也好啊！"

也是在这文化俱乐部，我发现了李任潮副主席原来是个玩弹子球的能手。

无论在何种场合，谈话常无可避免地要转到当代中心人物一问题上面来。一位老北京以他不大常有的兴奋对我说："历史上没有见过像目前阶段这样的几个人物。军人方面信仰毛主席差不多到了一种迷信的程度，一般地都承认他是个天才军事家，我们还没有看到第二个人能和他相比。目前只军国大计决于他一人，其余政务和技术上问题一概委诸他的助手。他那种深谋预见，真不能不叫人敬服。远的历史且不去说，自唐以来我们就没有看到过这样的一个伟大人物了。"他滔滔地说，越说越起劲。

他又说："刘少奇主党政，陈云掌财经，都是非常人才，掌握得很好。朱德将军做的是总参谋长的事情。这样的很恰好的人事配合，在近代史上还是第一次见到。"

我问他关于朝鲜的战事怎样？他说："如果不是毛泽东先生的预见，美国的兵现在早已进到了我们东北来作战了。"

我从来没有见过我这位朋友生平曾这样真挚地和毫无保留地推许过人！

畅谈保家卫国的意义

像他这样的论调，究竟能否代表北京中若干部分人的意见呢？我没有作过详细的调查，自然也难遽定。不过值得注意的是：我这一位朋友他是属于"老成持重"的一派，因此他的意见是为很多人所尊重的。当然，年青的一辈也许会觉得他的看法旧式一点，但对于所作的判断则大概全无异议。至于那些纯以唯物辩证法做出发点的，又当别论。

用不着说，京里的人对于朝鲜进行着的反侵略战争，是十二分关怀的。这也可以从人们参观别一项目的展览更为热闹一事实看出。可是一般的对于战事是非常镇定的，这可以说是对于政府以及对于人民志愿军完全信赖的一种表示。

对于朝鲜的战争，作为一个中国人是不能不关心的。如果你住在北京，你尤其会更敏锐地感觉到这一层。北京是中国的神经中枢。我们的首脑人物，我们的文物精华，我们的思想结晶，都集中在这一点。打开地图一看，北京的位置是这样：东去朝鲜的平壤八百公里，汉城九百公里，东北偏东去海参崴千四百公里，东南去长崎亦千四百公里，南至台湾与琉球群岛之西南端亦不过千六百公里。假如我们以一千公里的半径环绕着北京作一个圆圈，那么，在这个圆圈之内，如果有任何一点被放在敌对势力控制底下，则用近代战术的眼光看，都严重地足以威胁到我们这个神经中枢的安全,这大概是容易了解的。这样,我们能不能让"人为刀俎,我为鱼肉"的局势继续下去呢?"卧榻之侧岂容他人鼾睡"这句老话已经多少失了它的时代性,且不去说它了。可是拿过去的事情来说:日本人一占据了朝鲜,马上便伸张势力到我们的东北来,而"九一八"的事件便是这样串演出来的,终于华北也不能守,让敌人进到堂奥里边来,蹂躏了大半个中国。像这样的一连串事实,我们还让它重演一次吗?这是在京里住着的每一个人脑海里不断地盘旋着的问题,也是所有爱国青年们决心要求得到解答的问题。

国民党时期建都在南京,那除了在地理形势上说,在经济需要上说,都是不大合理的以外,在建置上说,显然是对当时日本向着中国大陆发展的侵略势力表示让避。但是结果如何呢?表示了让避,不但仍不能阻止侵略,而且反弄到无以自存。现在我们的国都在北京,这自然是把我们的"首善之区",移到更接近于帝国主义侵略中国大陆的通路了,但这岂不是更强有力地表示了我们人民对于保卫自己的国家和反抗侵略,有着更大的的决心吗?

住在北京,你不会不敏锐地感觉到这一点。住在北京,你会更清楚地了解到中国的人民为甚么不能不帮助他们的朝鲜的兄弟。

中国是"尚德"的民族

美国的统治者侈谈甚么世界性"安全基地",而且还要把这些基地紧靠着太平洋西岸建立起来,造成一道所谓"安全线",这是最不能使中国人佩服美国的领导的地方。因为中国人民会这样说:中国也是一个强大的国家,也像美国一样地需要安全,假如中国也作美国同样的想法,应用美国一样的逻辑,那么,中国的安全基地又应该建立在哪里呢?试问美国的"国防线",它的前哨竟展至离中国的首都不过六百英里,这是谁在威胁着谁的安全呢?

当然,美国的统治者会说:"我们有的是武力,我们有的是金钱,应该我们说话,一切由我们作主。"不过中国人民不明白的就在这上头,中国人民会问:"难道美国一百七十五年的文化,就只教育了他们理会得这一点点?"我们中国很早就懂得"尚德"不"尚力"的道理。中国是一向都尊重讲理的,但从来就看不起那些唯力是视的民族。我们能维持到现在,正因为懂得力是不足恃的。我们有利用力的时候,但是我们从来不专恃力、盲目地崇拜力量。

这是我就各方面对于当前形势的意见观察所得的结果。我曾把朝鲜战争一问题向过好多人发问,他们都一致地认为中国不能让人家威胁着自己的安全,中国一面帮助着朝鲜兄弟争取独立,同时也就是保卫着自己。

"然则支持这持久战的经济力量又怎样呢？"我问。回答是："等你到了天津或其他工业区去看过一回，你就觉得有信心了。"

"难道差不多一年长的战争对中国没有一点影响？"

"谁说没有影响呢！影响还不小啦！毛主席本来答应过全国，今年每人可以领到两套半衣服的，但是因为美帝发动了这次侵略战争，我们现在每人仅能得到一套半了。"

"那么，情形不是很严重了吗？"

"为着民族的生存，为着保障和平，为着正义，我们短少了一套衣服，这算得甚么呢！并且从前我们又何曾有过半套呢？"

朝鲜的战争也大大地改变了一般人对于兵士的看法。以前我们知道他们是能打仗的，现在才知道他们是捍卫国家的战士。以前他们曾以敢撄日本帝国主义之锋见称，现在他们是与世界上武装最好的军队相颉颃了。因此他们受到殊异的优待。

彭泽民先生对我说："当然军属子女要得到国家特别照顾，因为他们拿出了一切来捍卫国家：进学校享有优先权，坐火车也得优先让位，并且不限于硬软席。"这是实情。

彭泽民先生一席话

文化俱乐部是每个星期三晚上都选映世界名片的。那一天晚上放映的是一部东德五彩片子，刚巧彭泽民先生也来了，于是大家坐在一起谈，名目上是看电影，实际上我们的话题却扯到老远的问题上面去。我们谈过中国医术科学化一问题，我们也谈过香港。

过了几天，我又到西城武定侯他家里去看他。他正在自己植草浇花，颇有一种潇洒自如的逸致。他精神矍铄，比在香港时还要好。我们谈话至深夜，而他全无倦容。

彭老先生是个彻头彻尾服膺毛泽东思想的人。他拥护毛泽东先生，因为他全心全意为人民，因为他有广大的胸襟，虚怀若谷，他能够"不遗在远"。而凡有一技之长的，他都给以发展的机会，不使它埋没。"试想：那许许多多奏技卖艺的人，他们的技艺真是令人叫绝的了，但是从来就没有人照顾过他们，稍给过他们以适当的地位。现在这些人们都能够有机会到欧洲去，向国际友人演奏他们的各种绝技了。让他们都出人头地。这是毛泽东先生伟大的地方！"他说。

他又告诉我好几件事情，这些我只能把个大略记下来。

他说：现在大家做事情起来，都完全没有一点勉强。像那一次清理三海的工作，问题摆在当前，是一定要做的了。但由谁动手来做？又如何做？解放军自动地做了！他们脱下了制服，赤着身子把那些很臭、很肮脏的污泥一篓篓，一包包背出来，这样竟把积着已数百年的垢秽挖通了。现在北海公园一带游人如鲫，也许很多人还完全不知道这一些无名英雄的功绩呢！

他又说：傅作义做了水利部长的事情，对于人民利益的贡献更加伟大了，他的干才发挥得更好了。"他晒得面目黧黑，简直像个非洲的土人，可是每一次他从淮河区回来作报告时，我与他握手，更爱敬他一次。"

真的，在新的社会里，一个好人，会使得他更好。

黄河"百害"，这是大家周知的事实了。其实淮水河域，从来也就没有免过灾荒的。去年中央人民政府派出了调查团，由彭泽民先生领导，到淮水区去踏勘一过，回来报告了严重的情形。毛主席听完报告后说道："一定要把淮河治好！"于是"坐语立行"也似的，集合全国水利人才，进行计划，这样治淮工作便马上实行起来。今年那里好些地区，禾出双穗，秆高于人，竟是从来未见过的。泽老说："去年我们去的时候，那里许多所谓防水堤，简直连我们南边的'田基'也比不上呢！"

就我所能记忆得到，在我们的谈话中，泽民先生始终没有提到过毛主席之为一个天才军事家这一点。也许在他的看法，毛主席的最大及最重要成就不在这方面。

访沈钧儒院长想到的

彭泽民先生又告诉我一些关于黄河铁桥的故事。他说："大家都说黄河铁桥要重新造过了，尤其是英美的工程师，说它超龄了，非马上重建不可；但是我们请了几个苏联工程师来，他们亲自入水实地详细检查之后，认为只有少数桥墩不大稳固，把这些加工坚固，桥仍可用，没有甚么危险。于是我们如法炮制，结果便是你们来时所看到的情形。"可能想象，国家因此最低限度暂时省掉好几百亿的支出了！我们现在仍是百废待举、需财孔亟的时候，这倒不算一件小事呢。

在京里的老人，能拥"美髯公"称号的，大概要数张澜、谭平山、沈钧儒三人了。张澜先生我不认识，谭平山先生我们到京时据说已参加土改去了，因此没有去找他，我只去会见过沈钧儒院长。大家相见之下，一谈便是两个多钟头。钧老的精神真堪佩服，他从西北考察回来没好久，便又到欧洲去过一趟，然而，风尘仆仆，看不出一点倦容。他说起话来，声清而亮，有如铜铃一般。朋友说他的秘诀是打太极拳，也有说早晚冷水浴，未知孰是。京里这一班老人，很多都是七十以上或年近古稀的，但是他们没有一个肯自认是"衰翁"，像辅仁大学校长陈援庵，八十二岁了，还要去参加土改，毛主席要阻止他也止他不住。无论如何，国家有这样一批办事有精神、有魄力的老人，用从前的看法，大概也可以说是一种祥瑞了。

记得不知在甚么报纸或杂志上，读过一篇一个外国人写的关于中国目前状况的文字，中间有一节说到马寅初先生写道："像北大校长马寅初先生，他每天都要参加早操，爬上煤山去一趟，晚上还要上俄文课！"辞气之间，若说这都是在强制之下做出来的，好像马寅初先生是应该早晚都醉醺醺地来一个土耳其式洗澡，这才合他的校长身份一样！又好像"学不厌"不是中国人固有的美德那样！

当然的啦，若果像埃森浩威尔将军那样（他是甚么大学的名誉校长，一时倒想不起来了。）终日埋头于"运筹决胜"，于退公之余还能学几个中国字，那才是稀奇的事呢！

为着牛津大学赠书一事，便去见教育部长马叙伦先生。他解释以前外国教会办理的几间学校对于此事所以采取慎重态度的原因。不过赠书出于一番好意，是应该可以接受的。但是，他说，这事他也应该向文教委员会报告一下。

过了一天，马部长给我一封信，说事情已妥，他已分别通知各校接受赠书了。这样我便写了一封信给港大总务处，报告经过。

北京的水果与三轮车

　　北京的水果是著名的，但不晓得怎么样，这次我们在京里住着的一个时期，水果不见得怎样多，而且也不见得怎样好，价钱又不见得怎样便宜，也许还不是大量上市的时候吧。不过这个现象总引起了一些问题来。

　　一天，革命大学的梁××君来看我，我和他一同去戏剧学院访欧阳予倩先生。大家正在吃西瓜，不晓得是谁讲起"北京的水果"一时成了辩争的题目起来。欧阳予倩先生说东西比不上南方种类多而且方便，也不但以水果为然，其他吃食的东西也一样。他举南边卖云吞和卖粥的为例，广州各地，常半夜三更，随处都有，一呼即至，便利之极！言下大有北方不如南方之慨！我初听他的话颇觉诧异，后来一想也自有道理。地方愈北，水果的产量愈少，这是事实。所以欧阳先生说，那一次他们从中国往东欧，经过西伯利亚和俄国一带，发现好些地方。肉类虽有，水果和青菜绝少，这在他实至感不便。其实住惯南方的也自然觉得南方有它的特点。

　　话题转到中国国际贸易一问题上面去了。我问他们自美国对我国实施禁运以来，所给予我们的影响怎样？大家都认为中国的国际贸易并没有因禁运而感到很大的困难，有些地方反因受了刺激而表现着新的发展。在场的一位姓王的朋友指出：苏联和东欧正计划着每年从中国购买水果三十五万吨，而今年立刻需要的是九万吨。这样大的数量，中国目前还没有办法或把握能够答应。但是问题已在切实研究中。至于那今年急需的九万吨，据说中国已答应了运去五万吨，而这数量也就不小了。

自然，欧洲所需于我国的，果类只其一端！

三轮车是北京的一个重要的交通的工具，现在是这样，在不久的将来恐怕仍是一样。它替代了以前黄包车的地位。

我特别喜爱三轮车，因为它轻便，而且在北京这样的都市，游览地方尤其便利。那用劳力的虽然也和黄包车一样在前面，但究竟没有损到人的尊严。它也不像轿子，那简直拿人类的肩膊当作道路看待。所以就许多方面说，我以为这一类的交通工具无妨暂加保留。

在北京市的三轮车真不少，大概总有二万五千架以上。有一个时候，我曾怀疑过，北京虽然人口接近二百五十万了，但是这些三轮如何找到足够的生活呢？每一次坐三轮，我总喜欢跟三轮工人谈谈他的生活状况，不过有时他的话匣子一开了常收不住，因此又不免或多或少妨碍了自己看风景的机会！

一般地说来，他们的生活还过得去，比以前好得多了。他们所要缴的车税牌税十分低。也许这便是北京的三轮所以不断在增加的一个缘故吧。

北京人的俭朴生活

俭朴在北京久已沿袭成一种风气了。你一到天津便看出分别来。譬如表现在节约运动上面，有些虽则是小节本来微不足道的地方，在北京，人们简直"行之若素"，但是在天津，便有点"满不在乎"的样子了。

一般地讲，在北京人们衣着异常朴素，饮食也简单。大概穿的是布衣，食的是窝窝头，仍是普遍的现象。这俭朴的风气自然有它好处，但也是出于一种经济的需要。假如人民的生产力解放了，购买力提高了，俭朴的风气还会保存吗？还会继续提倡吗？抑或它将随着新的经济状况而不能不改变呢？我想都有问题。

北京没有重工业，轻工业也极少，仅有若干特种手工业。这所构成的是薄弱的经济基础。也就是说，人民的生活不能不走向简单朴素的主要原因。一旦消费走向生产，生产大量增加后，一切是要大大改变的。

自然，人民生活水准逐渐提高，节约运动仍是必要的。

正如我们一路到北京来时，大家所十分关切的事情，是美国禁运如何影响中国人民的生活那样，国内的朋友他们所要知道的，是海外侨胞和国际人士一般的对于三大运动的反应。他们不住地对我提到这问题，显示着他们对这一问题的注意以及三大运动的重要性。

他们差不多全无例外地认为三大运动是不能是孤立的，是有着联贯性的。逻辑是这样，土改完成了，生产力解放了，中国很快便要走上工业化的路子上去，这对于帝国主义者是不利的，因而帝国主义者一方面发动在朝鲜的侵略战争，一方面煽动着和支持着各地的反对势力。

这是无可置疑的，所以许多朋友，尤其是教育工作者，他们都热烈拥护这一运动。

颐和园属于人民了

七月十七日，郑振铎、王冶秋两先生招饮于西四牌楼的同和居，那是北京最老的一间馆子，席上遇到了沈仲章与徐伯郊两位旧朋友，真使我欢喜欲狂了。伯郊先生今年五月间北来，这时候我以为他应该已回上海去了，想不到还在这里。沈仲章先生当太平洋战争爆发后还在香港，日本人占领香港后才离开，因此我们不见面不觉又十几年了，相见之下真是悲喜交集。

席终，伯郊约我第二天清早一同往游颐和园。我说好极了。到了第二天早上，我们到前门内棋盘街集合，赶上六点三十分的车，抵达颐和园时还不过七点多。

在早上还不十分强烈的阳光中，昆明湖水仍保持着它的一种便是杭州的西子湖也不能比拟的柔媚，多可爱！

伯郊先生说："我每次到北京，总要来这里一趟，可是这一次因为事情特别忙还没有来过呢，你们来得正好，我也趁此机会了了心愿。"

我们正需要他作我们的引导，指点着一山一石，说出它的来历，讲它的故事。园这么大，里边景物又那么多，要详细带着赏鉴式地看，大概非三四天不可，现在我们要在一天之内把各部分都有系统地领略一过，无有挂漏，那就非有计划不行了。

颐和园山水佳丽，涵华擅胜，在昆明一湖。园中足以娱心悦目的地方固多，然以登佛香阁远眺北京城阙为最妙，因为山色湖光尽收眼底，一时俗虑真觉荡涤无余。清代慈禧太后把建立海军的军费三千万两，移来修理这园，踵事增华，穷奢极侈，自然受到后人唾骂。可是我们倒听到一个游园的这样说："这样的一所地方，如果现在要拿出钱来为人民建造，纵然国家有这一笔款也不可能呢。当年西太后如果把钱用来建立海军，她的海军未必能打仗，五千万两也就早沉到海底去了。盖了这颐和园，保存到今日，现在又归我们享受，这还算她的一点造福人民呢！"这话倒也不无见地。

颐和园里还有一个角落最使人不能忘怀的，那便是僻在一隅的谐趣园。伯郊先生等各部分都逛过了，南湖也坐艇子游了，才慢慢地引我们到这个风景最幽静的地方来，给我们脑子里留下很深的印象。那时荷花盛开，我们不禁又想到如果能够在月夜来游的佳趣了！

园里好多部分都建立起疗养院来。这是一种新的建设，正确地表示着在新的社会制度下，一切为人民服务。

这是我们到北京后第一次来颐和园。之后，各人分别来游的也有好几次，像我的太太和杨洁瑗同学，他们先后来过三次，其余几个同学一二次不等，不可复忆了。

居庸关八达岭之游

大约到了七月廿五日左右，我们默计在京已经住了半个月了，所有内城、外城和近郊的名胜古迹、风景生活，大致都看了一下。访友的大概都访过了，而他们那几个要到京来转学或升学的也考过了，只等口试完后，便可以候放榜进行办入学的手续。这样大家便商量次一步步的计划。

到八达岭去攀登万里长城，怀着这个念头好久了。

也是七月二十五那天，统战部在文化俱乐部设宴招待我们观光团全体。席间王拓处长问我逛过了北京各名胜后还预备到甚么地方去看看。我说我们希望能够到十三陵去望望和出居庸关去走走。他说居庸关还容易，十三陵路不大好走，正在修理，还要等一个时间。因此我们便撤销了逛十三陵的计划，单单准备去游八达岭。

刚巧这时候次儿文蔚忽自吉林来了。文化俱乐部的宴席，他也被邀加入。蔚到北京来完全是我们意想不到的。原来事情是这样：我的太太自到北京以后，因为看不到三儿，常觉郁郁不乐，这情形给云湘窥察出来了，于是她不动声色立刻写了一封信到吉林给她哥哥，要他来看看母亲。蔚接到来信后，马上请了几天假来京，廿四日那天晚上，我们睡到半夜，突然有人来扣门，我正迟疑何以这样深夜还有人来访问，到会客室里才知道是他。我当时问文蔚怎样知道我们住在西单饭店，他只笑而不言。

蔚既然来京，我便想邀他也一同去游八达岭和万里长城。他说假期仅有几天，实在来不及，这样也只好等另有机会才去。

是七月廿九日，我们参观过北大、清华、燕京三间大学的第二天，政务院交际处派了郑意性和另外三位同志陪我们一同去游八连岭。他们还带了许多食品，汽水、西瓜等等，以供路上一天的需要。一番招待的盛意，真使得我们每一个人都感觉到十分过意不去。因为我们的本意，是要轻随简从地只带一些零吃的东西，以便利大家走路和爬山越岭的，想不到他们竟如此周到，连热水壶餐具等东西都全给预备了。

到青龙桥的车八点才开，因此我们到车上坐定了，还有充分的时间来注意到车站其他的事物。

月台上那一边停着一列车，是到青岛去的，不但乘客多极了，而且差不多都是学生，男的女的，小学的和中学的。他们都到那里去的啊？"大概参加在青岛的青年夏令营去罢！"一个乘客回道。好活泼有朝气的一群青年！

突然，雄壮的歌声从他们当中响起来了！声震寰宇似的！

一个过了中年的乘客对他的朋友说道："这有点像日本刚维新后的情形，使人感到兴奋！"

游长城路上所见

车开出后经东便门至城外，沿内城城垣向北行，更绕过城北折向西行至西直门。这一段程途不但给我们许多机会观察北京城墙的剥落程度以及修葺后的状况，同时我们又看到了朝阳门、东直门、安定门、德胜门这四处瓮城的建筑，虽同一作用，而式样各有不同。因此我想假如有时间的话，把内城外城十七座城门的建筑研究一番，一定是很有趣味的。

八点四十分，车自西直门站开向北行，约一小时过沙河遂至昌平县。从车上遥望天寿山，奇峰插天，便是明十三陵之所在，可是诸陵的黄瓦朱垣却不可望见，大抵因为这一天微阴欲雨的缘故。十时，车抵南口。南口，昔人所谓"昌平之屏蔽而居庸之基"，然其地实在察哈尔省的边界上。从这里向西北行，两边山势愈高愈趋紧蹙，极似粤汉路自乐昌至坪石一段情状，而垂陂绝涧，悬崖削壁，形势峻险则过之。自南口至青龙桥，全段路程大约不过廿六公里，计分五站。南口高出海面一百卅五公尺，至东园则为二百廿八公尺，几乎增加了一倍；到居庸关则为三百五十六公尺，下视南口好像在瓮底了；再上到三堡，高度增到四百七十八公尺，比东园站实又高出一倍多；最后到青龙桥，则高出海面已达六百公尺，往下望居庸关，也正如居庸之于南口一样。所以清代龚自珍述居庸关的形势说"下关最下，中关高倍之，八达岭之俯南口也，如窥井形然"，实在一点也不错。

我们十一点二十分抵青龙桥站下车。这时天阴已疏疏地下着几点雨，天气骤觉冷起来。攀登长城时，风飘飘然果有一些寒冽的感觉，因此又不禁想到塞外苦寒的况味来！

这里的住民，生活一定是很苦的。我们一路来从车上所望见，虽不是完全"不毛之地"，但是山峻多石，其势如削，纵能产生一些杏、柿、棠、梨等植物，无如可种植的地面积极小，人民要靠树艺五谷或果实来维持生活，实很成问题。在车站附近，有许多牵着毛驴的待人雇以代步，索价每驴三千元。我们登山，他们也跟着兜揽生意。我问一个赶驴的他们的生活怎样，他说他早上五点便出来，到午后才能吃饭！

我又想起来了，像今天因为是星期日，所以到八达岭来的游客比平时热闹一点，这样他们也就有多找几个钱的机会，倘在平时，他们这一类操业，怎样靠以资生呢？当然，赶驴的正当职业是装运货物，这也许只是他们的副业！

登"极目危峦望八荒"的长城

我们在向八达岭北门进发中，到达一处，牵骡的指点半山石上"天险"二字给大家看。再往北行，路渐高，但不久即抵北门，门额写着"居庸外镇"四字。出关，回头望门上写的是"北门锁钥"，字清晰可辨认。据说关为明代所建。我们便在关外拍了一个照。

从门左边攀登城墙，沿着城头走，虽则雉堞多已圮毁，初尚不觉难，但逐渐斜陂陡急，至接近最高峰处，便有些支持不住了。这里海拔高度八百二十余公尺，凭高望远，诸峰如云涌，如笋出，如浪起，的确是奇观！那蜿蜒不断如巨蟒的长城，穷目力之所及，也看不到它的首尾。下瞰铁路，其细如线。然后才深深地认识到"天险"二字的意义，和"极目危峦望八荒"这话所要指的气势。

可是居庸关的"天险"，其足恃又到若何程度呢？像上面所引的龚自珍就曾说过"疑若可守"这样的话。为甚么说"疑若可守"呢？我以为应该有两层意义。可守者在险；然而能守与不能守在人。这是第一点。守在内不如守在外。这是第二点。世界上虽有最险要的地方，但不能以自守而必有待于人，而人也有善守与不善守的分别，这固然啦。像居庸关的险要，八达岭在北，最高，南口为下关，首尾相去二十余公里，如果守在内，则会像

207

"南口之役"那样，简直是一幕滑稽剧。记得顾亭林《古北口》诗句写道："一从移向山南住，吹角孤城二百秋。"这大概也是要守在外的意思。这次我们动程北来时，某些朋友颇有怀疑政府"援朝"的政策以为非计者，其实他们如果稍为回忆一下中国历代边防的建置所以不能懈怠的缘故，那么他们就会承认目前这样的需要比较往昔还要急切呢。

站在城墩上，倚着残缺的雉堞，呆呆地涉想到我们还不过是在"万里长征的第一步"，不觉站久了，给风吹得有点发抖。遥望几个同学与于、和等同志，他们还在西边高峰的墩上拍照。

八达岭的最高峰在山脉的东首，高度约八百五十余公尺。不过那边山势更险峻，所以去攀登的比较少。也许因为这样，那里城垣可能地保存得比较完整。像靠近关门的一部分，砖石剥落，出于风霜的侵蚀，殆十无二三，而由于人力的破坏，实十居七八。本来当局对于毁坏城垣与移去砖石，是悬为例禁的，可是有些游客仍不免弁髦法令。我曾见过一个游客，他站在城头把脱出了的砖石掷向城外，一块，二块！投掷得往下注视，默不作声。他不像是有意地损毁古物，他像在占验自己的休咎！

他也不像是一个古董家，否则他要把东西搬回家去了！

由长城砖想到文物保护

长城砖，这是一些读书人想能够在自己的书案上或陈列橱里放着的一件东西。有些人也许还会感到特殊兴趣，因为摩挲着自然可以增加炉边谈话的资料，而假如是在希特勒之流的手里，说不定还可以发现秦始皇是阿利安种呢！

当我们从香港动身的时候，一个朋友对我说："你如果有机会去看万里长城，请不要忘记带一块长城砖回来。"留一个借资纪念的东西，这大概是合理的需要，或者还藉以夸耀一下。

然而我这个朋友，他不知道现在的情形已改变了。从前中国人不懂得宝贵自己的东西，因此外国人到中国来，"如入宝山"也似的，予取予携，总不会空手回去。那时候货弃于地，没有人管理，自然也难怪。现在我们已经有了文物保管委员会这样的机构，从此不但秦砖汉瓦，便是稍有价值的器物，也不会不经过正当的途径而流到外国去了。

有人辩护着说，外国人从中国取去若干古物，是为着研究历史，他们在学术方面贡献甚大啊！这虽然不无道理，但目的对，方法难道就不讲了吗？像斯坦因在他的《中亚细亚探险谈》述西敦煌石室写经一事写道：

此处寺宇，本道士所重修，故寺中所有各物，悉为彼有，而交易之道，则余以自由捐助之名义，施诸寺宇，所取诸物，亦以假归细阅之美名，携至余处，初无一人知者。

这种手法，当时或以为高明，现在则全无足取了。

毫无疑问，人民政府对于爱护历史文物之致力，与保全古迹的决心，是从来所未见的。

从八达岭下来，到关门骑驴赶回车站，一路自己想着：这次看居庸关，仍觉得有美中不足的地方。如果再来，应该到南口下车，乘驴由公路经居庸到八达岭。不过这要多费时间了，但从好些方面看倒是值得的。

回抵车站，即往参观詹天佑氏的铜像。像在北月台后，环以花圃。我顾谓林子实同学说："学工程的固当如是啊！"林子实若有所感动。

这时候已一时许。郑意性同志引我们到车站内的休憩室去，把带来的食品都摆出来，大家饱餐一顿，疲劳给驱散了，才出月台去再一次眺望车站上两山间的城垣，比较着长城与铁路两大工程究竟哪一个更为伟大。

从青龙桥回北京的车两点十六分钟开，到东直门已大雨如注了。抵京站下车，忽遇罗应荣先生，攀谈甚欢。他去年年底才从美国华盛顿大学回来，现在在人民革命大学。

离开北京之际

我们在北京的三个星期，只头两天稍为凉快，其余都酷热非常，有时晚上也不能睡。据说，这样的天气很少见，四十年来所没有。

这话可靠吗？谁有这样的清楚记忆力和十分客观的观察呢？不过无论如何，北京今年特别热就是了。

是你们南方人带来的热！这话也并不新鲜了。

正因为我们是南方人，到北京来又是暑天，所以每天都得洗澡，而且不只一次。这本来是很平常的，值不得纪述。可是使我们觉得奇怪的是：这寻常无足道的事，倒影响了西单饭店工友们的思想和习惯。有一天，他们的黑板报上面大字写着：

进行清洁比赛！

向广东来的同志们学习！

一时我们面面相觑，觉得有些不好意思。但是后来知道他们的确为这事开过检讨会，进行过学习。

我们在这所饭店住久了，觉得它有许多可悦爱的地方，而跟几位工友熟识了，大家常在一起谈话，完全没有甚么隔膜。有时候天气热了，更搬几条木凳子到饭店门外去坐着纳凉，无拘束地谈到深夜。

这些工友每天都要按着规定时间轮流上课的，为的是要提高他们的知识与政治水平。当中有一个姓徐的，他是邯郸人，年岁约四十岁左右，曾毕业师范。他说他不大喜欢教书，但也许曾经过不少变迁才转到现在的生活。他家里自然是种田的，可是耕地很少。在饭店里，当他们进行学习时，他大概还负责帮助程度浅的同学学习。虽然操的都是普通清洁打扫的职务，但在他们当中，他要算得是一个知识分子了。

与他不同的是一个姓刘的，年纪四十多岁了。宛平人，能唱京戏，但不肯高声地唱，大概怕打扰宾客吧。他家里似乎没有甚么人，所以他很逍遥自在的。他为人爽直，但知识程度很浅，虽能写几个字，但不会算术，所以拚命在学习，孜孜不倦。他了无畏碍，是最快乐的一个人。

另外还有一个姓李的，涿县人，年纪仅二十三岁左右。他曾随解放军到过延安。他家里分了田，由他哥哥代耕。他不认得字，现在才开始念书，学算术。他天天捧着书本向洁瑷、云湘们请教；虽然天分低些，但很用功。我问他为甚么不在部队里？他说因医术检验，发现他肺稍弱，所以上头不给他去，派他这个比较轻松的事情。他最天真！

在我们离开北京的当儿，我觉得最难忘的是西单饭店的十多个同志，尤其是当他们全体出来与我们握手送别的时候。

在天津

七月卅一日，我们坐下午四点十分的车离开北京到天津。政务院交际处郑意性，李工两位同志亲来送车，还打好了车票送我们，又买了一篮蜜桃、一篮苹果给我们在车上吃。从没有想到政府这样亲切照顾我们这几个人。

撇下了何明与云湘两人在北京。云湘已考进慕贞中学，不成问题。何明虽已考了财经学校，还等待放榜，但是王处长已经答应过我，一切由他们妥为照顾，用不着我们挂心。这样我们自然去得安心一点。

六点五十五分抵天津东站下车。与我们同车到天津来的还有文运昌、文涧泉两位老生，他们是湖南湘潭人，是毛主席的表兄，要到北戴河去住一个时期。因此下车后我们便一同被接到云南路的招待所去。

招待所是一间相当阔气的房子，有花园，有游泳池。这时候太阳已下去了，暮色渐渐迷蒙起来，但窗外仍透进来一派噪耳很尖的蝉声。

晚饭后从远处送来一阵阵锣鼓的声音。因为明天是建军节，所以各处都在加紧作庆祝的准备。两位文先生要到外边看热闹，邀我一同去。他们精神真好，尤其是文运昌先生，他今年六十五岁了，但说起话来滔滔不断，并且越说越起劲。至于文涧泉先生则更年过古稀了。

第二天早上，我们参观南开大学，由该校总务主任杨石先生引导到各部分观看，并解释复校后的情形。南开大学在抗战时期受损失最甚，元气大伤，现在虽陆续在修建中，但要完全恢复，恐怕仍需若干时日。当时日本人最痛恨这所大学，认为是华北抗日思想中心，所以轰炸焚毁之外，又把许多机器搬到日本去。我们又参观过原子电研究室，当值教授并把真空管机器的用法指示给我们看。

下午我们到市内解放公园看在那里表演的腰鼓舞。这时候已下起雨来了，天气稍觉凉快，不似在北京时的闷热。于是我们开始参观各名胜古迹。本来我们到天津来，是要集中注意在工业方面的发展，但因为今天庆祝"八一"建军节，各工厂都放假，不能不改天才参观。因此我们顺路先到东门去看天后宫。这是以前香火很盛的庙宇，自解放后已零落不堪。人民的迷信思想已大为破除，于此可见一斑。

跟着，我们转到北站附近逛宁园。这原为清代袁世凯做直隶总督时的"种植园"，到民国廿年才归铁路局管理。园占地相当广，据说有廿多亩，曲栏水榭，结构十分雅致。我们在园里流连个大半天，而文老先生兴致更浓，傍晚时分了，他还留在湖亭上赏雨。

参观华北造纸公司

天津是华北的工业中心，以全国工业都市说，它的地位大概仅次于上海。因此我们抵天津后，马上就托交际处替我们联络进行参观几间较重要的工厂。

最先参观的一家是华北纸浆造纸公司，地点在灰堆。全厂工人一千五百人。厂长虞颂舜，浙江人；工程师张兴休，河北人。由张工程师引导我们参观，至午十二时始毕。

这造纸厂每日产量约五十吨，为华北各厂之冠。厂地约一千亩，有蓄水池，引海河水注入，厂里所需水量全资给于此。据厂长虞先生说，厂中福利事业，有学校一，托儿所一，现有婴儿二十余名，图书馆一，合作社一。

造纸原料主要为芦苇，这一厂每年所需约五万吨，须先行购备，预存半年光景才能开用，因为一则要待芦苇干透和草皮脱落，二则他们仍没有用化学方法来使芦苇干的设备。芦苇切机为最初步工作，这部分工作极苦，因为灰屑尘垢，四处飞扬，在暑天的时候苦况更不堪言。张工程师说："从这点我们就可以看出工人创造价值之伟大！"我们也亲切地感到"劳动创造价值"一语，完全是真理。

芦苇经切碎后，以三百磅的风力通过巨管，吹送到两个容量达芦苇七十磅与药液一百四十磅的罐子里去，两者混合起来，遂成纸浆。芦苇捆片与药液混合成浆后，更经过许多洗滤漏的过程，然后流入一个个的池里，再由那里转入压浆机。到了这个阶段，造纸才进为渐具意义的工作，但没有那么繁难的准备阶段，这一切都不可能！

在切芦苇的一阶段，草屑四散纷飞，固然使人感到不快，而扑入人面的还有的所谓苇膜，这物质在造成的纸张上常发现，光滑而不受墨，在造纸的过程上是要把它去掉的。但据张工程师说，现在仍没有找出它的可被利用的途径，所以只好当作废料一堆堆地弃掉。

这造纸厂本来是日本人经营的东洋造纸公司，其中有一部分制卷筒报纸的机器，是日本某机器公司的产品，规模构造都相当宏伟。参观到这里，不禁想起日本工业的潜力依然存在，我们实在不能不时时提高警惕。

这一间造纸公司是国营的。天津的造纸厂，除国营的两家外，还有市营的数家，其余十多家都是私人企业。大抵国营的两家，产量占全市各家的总产量百分之六十。

用不着说，目前纸的产量，供不应求。随着教育与文化的推广，造纸业的前途，正在蒸蒸日上。

我们往参观造纸公司，路过新盖好的汽车厂厂址，他们正在那里安置机器，加紧工作准备开工，所以我们没有进去参观，只从外表领略它的规模的宏大。

政府关怀工人福利

午后参观国营第二棉纱厂，这是中纺公司各厂之一。厂长李春篱先生，他先向我们介绍厂的历史和概况，然后才引导我们参观。

据他说，全厂工友七千余人，织布机二千余台，锭数九万三千锭，仅次于天津第一厂之十万锭。值得注意的是，当日本人夺取厂的管理权时期，曾添过一部分新机器，这对于厂的发展来说，倒是不幸中之大幸。

厂中为工人们的福利所设施的，如学校、食堂、图书馆、文化宫、俱乐部等事业，我们在参观时都一一看到，但这些还是次要的，因为我们在别的工厂也可以看到同样的措施。最足注意的一事，是他们去年曾费了一百亿元的支出来建立厂里的冷气设备，这不但使工人们的厂内生活比较以前舒服愉快得多，而生产率也因此增加了不少。因为以往在夏季，厂内的温度每达一百零一度，工人们的辛苦也就可想见了。我们进厂内来时，初不知有冷气设备，正怪一路参观何以总不觉得热，手里的扇子全没有挥过，后来经厂长指出，才恍然大悟，而同时也深感工人的健康对于增加生产是怎样重要的一件事。

全厂女工占百分之四十稍强，约三千人左右，因此便有托儿所的设置。对于这，我们旅行团一行五人当中最感兴趣的大概要算我的太太了，她对那所里的六七十个婴孩，看了又看，离开时还有点依依不舍。女工们按着时间到托儿所来喂奶给她们的孩子，到放工时才各自抱他们回家去。这样的新生活大大地改变了女工们的工作情绪。

李厂长对我们说：在新制度底下，女工们得到了生活保障与照顾，情形大为改变了。本年六月一个月，厂中婴孩出世的数字达一百六十七名，创历来最高的纪录。这因为在产育期间，例得八个星期的休养假期，工钱照给，所以女工们不但能安心工作，也努力于生小孩，完全没有以前那样的顾虑。因此，一般地对于新政府不但感觉到它与旧政府完全两样，而且绝对地相信它。

厂所出的纱布，第一自然是供解放军的需要，其次便要照顾到人民。谈到生产计划时，一个工友告诉我说："如果不是因为朝鲜的战争，我们今年是应该每人能享用到纱布制的衣服两套半的了，但是尽管如此，我们仍一面抵抗侵略，一面埋头努力建设，我们对前途具绝大信心。"

这天晚上，天津交际处连以农处长在起士林餐馆设宴招待我们，起士林是天津最有名的一家外国菜馆子，据说从前是一个德国人开的。饭后去看《翠岗红旗》一片。

天津工业新姿

原拟八月三日离开天津往青岛，但因为还要看一两家私营工业的工厂，所以临时改变计划多留一天。我们看的两家私营工业是东亚企业公司和仁立实业公司，地点均在云南路，离招待所不远，倒还便利。

东亚业务范围，本兼制毛织品，惟现在仅限于制造麻袋。大约麻袋产量每日×××千条，全厂工人一千二百余名。厂的副经理陈锡三先生引导我们先参观福利事业部分，如工人宿舍、托儿所、医药处、工人文化宫、合作社等；地方整洁，俱较他处所见为优。然后才按部参观产品制造程序，计由掰麻、软麻、梳麻、纺织、整理上浆、织布、整理、裁缝，以至打包，共分九个阶段。这厂毛织部分现在暂停，惟织地毯工作则仍继续，不过工厂则在市外另一所地方。

原料最初半用印度产麻，其后改为四分之一，现在则全用土产麻，而据说产品之质与韧度全无分别。

仁立公司与东亚相隔不远，所以我们转到那边去并不费时间。仁立公司的毛织品是很出名的，很可以和舶来品匹敌，但是现在他们已经改变计划，要致全力于制造工业用的毛织品如造纸用的毛垫，和军用的毡子或呢绒衣料几种，就中以军用毛毯产量最大，质亦极佳，所用的原料为国产西宁毛。

引导我们参观的为唐实心先生，他是仁立公司的工程师。

下午我们又参观了天津针织厂。这是天津市营工业之一，目前它每天产量××百公斤，但为着要应急切的需求，正在大批赶紧生产，像卫生衣、线纱袜、女线衫各部门，均在添置机器。

我们在参观时会到了厂的生产管理副课长、陆德闽技术员与龚维岩总务科长，从他们口中，我们听到许多关于怎样厉行节约以增加生产的话，这便是说怎样尽量利用原有设备的力量使生产达到最高度，怎样提高产品的质和量，怎样极力减少废料，同时在工友当中展开对这方面努力的一种竞赛运动。在谈话中他们又解答了许多我们所提出的关于管理制度的问题。

据说，他们现在正在计划建筑新厂，待新厂落成迁入后，不但产量将大大地增加，而且许多管理上技术上的问题都会得到圆满解决。

我们到天津来虽仅看了生产这一小部门，但是对于华北的工业，尤其是轻工业方面的发展状况，已经得到一个很好的概念。这便是在新的环境中，中国的工人阶级无疑地将以崭新无比的姿态，领导着人民走上社会主义的路上去。

津济青道中观艳丽晚霞

在天津盘桓了几日，天天与两位文老先生在一起，大家谈得正好，但是到了八月四日彼此要分手了，他们乘上午十点四十分的车往北戴河，而我们则坐下午一点廿八分的车往青岛。握别时，文运昌先生还对我说，他逛完北边几个地方说不定会到广东走一趟，因此又期着后会。

几日来引导我们到各处参观的是交际处的孙志昌同志，但是到了这一天来送我们车的却是那天接车的胡苏同志，因此我便问他为甚么许多天都没有见到他的面。他告诉我说是因为忙于学习，机关里正开始了整风运动。我正待问他关于整风运动的过程，可是这时候到车上来的旅客也逐渐多了，月台上又站着不少送行的，喧闹一片毕竟不是研讨问题的地方，所以终于没有开口。

来送林子实的还有陈汉明、张炳元等几位在北京读书的同学。从张炳元同学口中，我听到了不少关于青年们何以那样热烈地要献身为祖国服务的话。这些要是记录下来，真可以构成一篇很有意思的叙述。

车从东站开出后，约四点三十五分左右抵沧州，自此南行过了砖河到冯家口便是山东省境了。从沧州一直到东光，津浦铁路紧紧地沿着运河走，有时两者相隔仅一箭之地。可是从车上只见到河堤，始终看不见运河的河面。

车近德州时，看见铁路两旁数里间都像山一样堆着从农村里来的西瓜。这些都是等着卡车运到北京、天津等大都市去销售的。在德州火车站，一个很大的西瓜才卖到一千元。

在这大平原上看日落，总觉得"夕阳无限好"这句话仍有写得不够的地方，但是那片刻间的美丽又只有看过的才领会，非文字所能描写得出来。太阳落下去了，它旁边孤零零挂着一朵云，拳头那么大小，边缘作金黄色，像绕着一条金色的丝线或一道电光似的。不久，这朵云逐渐扩大，成了一个大香菌形，仿佛在画报里所看到过的原子弹爆炸后的云团那样。突然从它的旁边闪出电火来了，那边显然在下雨了。在苍茫暮色中，天空的其他各部分一粒微尘也没有，真不能不说是稀有的奇景！

晚十时三十分车过济南黄河铁桥，黑暗中看不到甚么，只约略辨认出河水仅像一条带那样宽。我问车长，他说如果要像去年那样，水再高十尺，那可不得了啊！

第二天早上，还不到五点我已醒来了。东边的天空逐渐染上了红色，于是起来等待日出。在大平原上看日出似乎又是另一种景致，与日落稍微有点不同。这时车刚过潍县。

十点三十七分车抵青岛站。

在青岛的第一天

青岛市人民政府交际处派来接我们车的是张华丰科长和周传基同志二人。大家通过姓名后，我很快便发现周同志原来能说广州话，或者讲得更切实一点，是他发现了我们是广东人。谈起来才知道他是教育部高教司司长周锺岐先生的哲嗣，所以他又曾在广州住过若干年。

与周传基同志说起南边的事情来，加之以言语的关系，声应气求也似地，大家便觉得加倍的亲切。

交际处招待所在蓝山路，面海。我们抵达后，赶快洗了个澡略事休息。然后到了十二点三十分，林一夫副处长招待我们吃午饭，佳肴美酒而外，继之以冰淇淋。于是几个同学都觉得逾常的开怀，好像在香港浅水湾的海国酒店饮下午茶也不会比这好。自然，借着海风的力量，多少天以来的征尘积闷，真为之荡涤了不少。同时，也许我们南边人，因为习惯了海洋的气候，所以一接触到海风便像陶醉了也似的，也可以说"如鱼得水"那样。在一面啜着茗一面与林副处长谈话的当儿，我曾不止一次想到海洋的势力怎样影响一个民族的性格。而假如有一天罢，我们的人民每一个人在他一生中，都能够到这样的地方来住一个时期的话！是的，假如这可能实现的话！

下午三时，周同志带我们到海滩第一浴场看泅泳。热闹极了，整个海滩都是人。遇到周同志的一位姓邓的同学，他在军管会做事，据说他在青岛已住上五年了，多少觉得有点住腻了呢，但一时也不想请调到别处去。邓是四川人，母亲在重庆。我们在海滩上谈了很久。我觉得他们这一班人学习情绪非常的好，政治认识很高。周说："这正是我们山东大学特出的地方。"

海浴后，转往第二海浴场参观。这里地点面临大洋，波涛汹涌，更为壮观。我们驱车直至太平角附近，才折回市区往游中山公园和体育场。

晚饭后我到龙口路去访问山大校长华岗先生，谈了一个半钟头。他说起当年在昆明的时候，有某国领事曾跟踪过他们几个民主人士从昆明到重庆，又由重庆到上海，其后又由上海到香港，苦苦不肯放松。他说这位领事曾向他们献过殷勤，要用飞机把他们架走，但是终遭到他们婉辞谢绝。其后华岗先生终能从昆明逃出虎口，可是这位某国领事却始终不明白他是用甚么方法逃脱的。

他又说："在××时，我又发觉每次在街上走常有人远远地在后面跟着。我告诉了×校的副校长，他倒说不会有这样的事。"显然，经这样一说，后来事情也似乎好一点。

这是在青岛的第一天。

从工业发展上看青岛

第二天早上起来，刚写好两封寄北京的信，周同志便来告诉我他为我们订好的参观计划。依照这个计划，在工业方面，我们先看青岛啤酒厂，然后按次看中纺公司的青岛第六厂、青岛国营纺织机械厂和针布厂，而在文化事业方面，则古文物保管会、人民博物馆、水族陈列馆和山东大学，均拟分口去参观。同时，我们既然到这海滨的地方来了，也要多腾出一些时间来参加海浴。

早餐，我们吃的是外国菜，我们心里倒不免有点诧异。青岛到底是受过一些外国文化影响的地方，因此风气稍为不同。然而尤其使我们发生兴趣的，是这里所用的各种餐具都刻着"美国海军"几个西文字样。问起来，才知道兰山路招待所这地方，从前是美国海军的俱乐部。怪不得跳舞厅、会客室等设备，都表现着那样生活方式的情调！

早饭后周同志引导着我们先去参观啤酒厂，同时也看到他们自己种的酒花，这是造麦酒不可少的原料，以前都是用外国来的。参观完后，厂当局招待我们喝啤酒，而我们也是第一次喝到未熟过的啤酒，每人最少喝它半杯！

这天下午，参观中央纺织公司的青岛第六厂。厂址在沧口，那是一个离青岛约十五公里的地方，在胶州湾东岸，靠海边。这里一带便是青岛工业区的存在。厂现有工人约×千二百余，设备似乎较天津的中纺第二厂为优。据说，以前最盛时，全厂锭数有×万锭，现在则仅有×万多锭，现有织布机计×千又廿四台。机器看来比较他厂的新，同时也有许多不断改良的地方。

厂长徐缄三先生，嘉兴人，写得一手好字。因为在进门时我看见"办公厅"三字匾额，题的是他的名字，所以问起来才知道他的老师原来是张季直先生。据徐先生说，他的厂以前全用印度棉，现已改用山东棉，棉质比外来的更干净。因为用土棉的日多，所以山东和邻近几省种棉的区域日在扩大中。

八月七日，我们再到沧口去参观青岛国营纺织机械厂和针布厂。纺织机械厂在青岛只此一家，全厂工人约×千二百余名。各种机械、梳棉机、织布机以至零件均由自制，将来打算各部门专门化起来，这样来供给华北各处零件的需求。针布厂，据说现在只针和布两样东西由英国购进，其余各部制造手续所需，均不假外求，实为一大进步。他们所出的针布，如果照顾好，大概可用六至八年。

关于各厂的工人福利事业，大致情形和在天津所看到的差不多，这里不赘述了。一般地说，青岛的工业是在蓬勃的发展中。

景色秀丽文物丰的青岛

无论从工业发展抑或从地理形胜上看，青岛都是有着非常美丽的远景的。目前它是我国沿海第三个大商港，但是它的将来是未可限量的。这样，无怪乎最初是德国人看中了这个地方，跟着日本人也想借以觊觎我国的富源，而在过去不久，还有步着日本人后尘的新帝国主义者，也妄图掌握着这个北洋的锁钥来控制我整个华北和大部分中国的大陆。

然而青岛动人可爱的地方，实在还不止此。它的港湾，水深波阔，风景绝佳；港外大小岛屿，不可胜计。崂山在其东，拔地而起，峰峦嵲屴，海石奇境，几疑天工。以这样优厚的自然条件，那么，对于文化事业所发生的涵孕与辅助作用，大概是不容否认的。

便是带着这样的心情，我们去参观古文物保管会的陈列所、人民博物馆及其他文化机关。

青岛古文物保管会的一批古物，我们参观时还没有完全整理好，所以陈列室尚未开放展览，而我们这一次来，则因为得到政府的特许才由当事人特别开放给我们参观的。会址在从前红万字会。建筑仿宫殿式，颇宏丽。所陈列的品物，由新石器时代的陶器到清代的瓷器，数量颇不少。据保管会的职员说，中国画稍为好的在解放前都给运走了，剩下只是一些日本画。

　　看过了文物保管委员会所保存的一批东西之后，心里有了几点感想。像这许多很宝贵的历史器物，一向由于种种因缘落到私人的手中，并且通过了他们而保存到现在，这自然是一件足纪的事。但是从社会的观点说，私藏的制度究竟是不大合理想的，而现在是人民的世纪了，国家的瑰宝，群众利益之所系，是应该归到人民的手里去了。历史器物存在藏家的手里，是起不了甚么大教育作用的。我在京参观北京图书馆时，赵万里先生告诉我各地正展开热烈的献书运动。这是一种好的现象。人民有了新的认识了，这一种运动一定会推广起来。其次大都市里的博物馆，我想最好都兼设一个原始社会人民生活陈列室，这对于确立人们社会发展史的认识，会起很大的作用。目前这样的陈列室，以在北京故宫博物院所设的为组织得最完美。

　　青岛人民博物馆在海滨的鲁迅公园，依山临海，风景绝胜。陈列内容很多部分，品类十分丰富，组织得宜，不过馆的建设仍嫌太小，扩展实难。主任为赵常春先生，他引导我们参观，一路还为我们作很详细的解说。

　　陈列品中有两项特别惹人注意，这便是日本人所造的华北区产业分布状况的图解模型和黄河水闸模型。从这两件东西，我们可以看出日本的帝国主义者处心积虑来图谋我中国是怎样厉害，以及他们的计划又是怎样的周密毒辣。据赵常春先生对我们说，日本人原有的材料本来很多，图表模型而外，还有许多很有价值的报告、很精密的调查资料，可惜接收时没有人注意到它的重要性，所以到整理时大部分都已散失。这是一个很大的损失。不过就遗剩下来的部分，已足看出日本人的野心和他们所作调查的精密。当时他们进行对中国侵略，曾派出了许多专家驻在青岛策划，中有博士学位者八名，由一个叫浅田的领导。这批经济侵略者计划以青岛为中心，八百公里半径作一圆周，凡圈内地区，均属这侵吞经营的范围。这便是那产业分布图解模型的总意义。根据它，东至沈阳，北达河套，南包上海，西抵东川，俱括入版图，供其支配，真足惊人！当中最堪注意的，是日本人计划自淮水的源头开一条运河从青岛入海，这样一以根绝黄河水患，二以使载重万余吨的船只直抵河南省境。同时，他们又计划在河套控制黄河，建筑巨大的水闸来灌田，从禹门作起点凿开一条运河，建立二千万基罗瓦特的发电厂。

这计划是相当庞大的，根据的材料也是经过长期的精密调查的。也好！这计划现在应该由我们人民自己来把它实现了。我们不但要"把淮河修好"，我们还要根绝黄河的水患。

从文物展中看透帝国主义野心

如上所述，侵略中国的日本帝国主义者虽则曾制订过建筑黄河水闸与开通一条运河来治理黄河下游水患的计划，但是如果你以为这样对于我们华北这几省的人民生计便有莫大的利益，你的看法就完全错了。河套一带地广人稀，把黄河水闸建筑成功，上中游灌溉得宜，农业地区增广，经济开发了，自然会更加富庶起来。至于从淮水的源头建筑一条运河取道青岛入海的计划，其目的大部分显然在运输方面，企图以较廉价的水运榨取我国的资源，而减少黄河的水患还不过是它的附带作用。所以可以说淮水流域几千万人民的问题，他们的大小水灾，他们死活，简直不在这日本专家的计划所计算之内了。

这两个图解模型最受到观众的注意。当赵先生讲解时，真是围观者如堵。他们除了对日本人侵略的野心表示应有的惊怵之外，自然最感兴趣的是经济开发的效果。可是我经过仔细观察之后，总看不出日本人这计划有半点是照顾到人民的需要的，因此希望通过帝国主义者的一种经济计划的实现，以为可以解决或改善人民的生活，以为人民也可以因此得到多少便宜，那简直是妄想，完全不了解资本帝国主义的本质。

从博物馆的其他部分我们自然看到许多，就我们新近所得到的观点来说，分外眼明的东西，像制麦酒用的酒花，像白麻，像

230

棉，像落花生，这些种植区的推广。但尤其使我们感兴趣的是山东矿产的丰富与矿质的优美，你看到上坊子、洪山之煤，金岭之铁，你便可以想象日本帝国主义怎样垂涎三尺了！

我们参观完各陈列室后，赵常春先生领我们到靠海滨的园子里休息一下，同时看看那里陈列在树底下的几块木化石。迎着海面吹来的熏风，心旷神怡，这里正是一个坐谈的理想地点。

我们谈起到博物馆来参观的群众。赵常春先生告诉我说，他发见人民是顶爱知识的，是向上的。从乡下来的农民，他们自然对每样东西都发生兴趣，但他们更喜欢发问，每每"打破砂锅问到底"似的问到很细微的地方，然而总不厌求详。当然，因为他们知识根底浅，缺乏训练，所以解说觉得很吃力，不过看到他们那种"学不厌"的精神，你会感觉到跟他们讲说是一种愉快，一种安慰。

赵先生又说："我从前当过教员的，但从来就没有感觉到讲解的工作会这样吃力。可是我仍乐意这样干。"

的确，这是一个好现象，但也是一个问题。为适应目前的需要，博物馆似乎应该多设几个讲解员，单靠书面的说明，就某些地方看来是不够的。

水族馆即在博物馆的左侧，所以我们也顺便参观了。

参观了山东大学

最后我们去参观山东大学。由山大副校长陆侃如先生接见我们。同时我们又会到教务长余修先生与医学院长徐佐夏先生，便由他们两位引导到学校各部分去参观。

刚巧这时候，青年团山东省工委、省府文教厅、卫生厅、省学联联合主办的山东学生海滨夏令营，已在山大校内成立，我们遂顺便先参观了他们这个组织，借以了解他们的生活状况。这个夏令营的目的在于给山东省大中学校的优秀学生以一种合理而愉快的休息，巩固和发展他们的爱国主义思想，培养他们在爱国主义思想的基础上，不仅努力工作，勤于学习，而且爱好和积极参加与组织健康活动。我们会见了夏令营的领导长蒋奎生同学，与他作了十分钟谈话。他说这夏令营的活动是响应着毛主席"健康第一"的号召而起来的，所以具有很重要的意义。他又说全省参加夏令营的学生约四百余人，可能增加到六百人，他们都是根据"政治水平，团体活动，学校成绩"三个标准严格挑选出来的。

我们参观时报到的学生已有三百七十余名。

蒋同学引导我们看他们各组的活动，如卫生组、生活习惯调查组、出版组，都积极在工作。他们厂每一个人的脸上，都流露着骄傲的微笑；他们知道只有在毛泽东时代的青年，才有幸福的今天，才能在祖国美丽的大海之滨快乐地度过暑假。

　　我们参观夏令营的卫生组，同时也就参观了山大的医学院，因为营的卫生组大部分是借医学院的设备来进行业务的。

　　参观动植物学系时，我遇到了曾友梅先生，他在抗日战争时期曾在港大担任过功课，所以是旧相识，而且他又是广东人，不觉又起了一些同乡之感。

　　到地质矿物学系的陈列室参观时，我们的注意都给一件特异的东西吸住了，这便是在莱阳发现的恐龙化石。这发现在中国是第二次了，第一次是在蒙古。

　　这发现是一个有趣味的事。去年四月间，山大地矿系师生来莱阳县进行实习，无意中发现了恐龙骨化石，这消息传遍了全国，学术界对它非常的重视。跟着，中国科学院根据山大地矿系的材料，更于本年六月中旬派出脊椎动物化石专家杨钟健教授等，组织挖掘队，与山大地矿系师生协作，前往发掘。结果发掘到恐龙蛋一窝，计七枚，恐龙的腿前肋骨、脊椎骨、牙齿等化石。据说，根据初步估计，大约可以拼成完整的恐龙两具。这是山大地矿系去年的发现所引致的特殊效果。

　　用不着说，地矿系这批东西成为山大的至宝了！

山大同学的参军热情

　　山东大学图书馆藏书数量不下廿万册，其中线装书约占三万多至五万册左右，这数字未能十分确定，因为许多书籍是新近搜集得来的，尚未整理编目。馆中担任编目工作的十余人，可见图书馆正在积极发展中。关于学生的实际生活，我们直接观察到的是一小部分，因为我们抵青岛时，正值暑假已开始了，许多学生都离校他去。他们当中有参加暑期实习工作的，而在参加是项工作时，复能注意到克服单纯"游山玩水"的倾向，但同时亦不忽视文娱活动的重要性，致使学习显得过分紧张。这一点可以从学生们自己订的暑期工作方案看出。他们除了参加工厂、农村及其他各种实习调查工作外，还选送优秀的同学三十五人，参加青年团与省工委在他们校里所举行的青年夏令营，并且选派部分同学参加帮助夏令营各部工作。

　　这时捐献运动正在各地普遍地展开，山大的同学当然也不后人，他们热烈地订立了自己的"爱国公约"，热烈地贯彻执行学校的爱国增产捐献计划，例如艺术系同学举行的捐献的义演等等。有许多报名投考军干的学生，因为条件不具备而未被录取，他们也更积极地要通过增产捐献运动来表示他们的决心。这种例子我在京时已见到不少；到青岛这里来看见他们响应着抗援总会的号召也一样地热烈。

海外某些人士对于参加军干运动每有误解，这话我在上面已经说到过。他们以为青年们响应着祖国的召唤，并不是完全由于爱国主义的思想所激发，或又以为政府招收青年学生，完全没有顾到他们学业与时光的荒废，其实两种看法都是绝大的错误。例如今年投考军干，青岛市报名的四千多人，山大一校就有八八八名。这八百余人，初审复审合格并被批准参加国防建设与保卫自己的祖国的工作是一种光荣，并不是没有理由的。

国家怎样照顾他们呢？上次参军的几十个山大同学自海军学校写信给他们母校的同学说：

> 要我们介绍海校生活吗？简单一句：紧张，严肃，活泼，愉快。海校是革命的大家庭，我们虽然来自祖国的四面八方，但却团结得像亲兄弟姊妹一样。首长对我们关怀无微不至，上下级关系非常融洽。干部们大部分都是久经锻炼的革命者，他们诚恳、虚心、直爽的性格和作风给我们以很大的影响和教育。来到这里，我们慢慢的由弱转到比较坚强，……总之，一切都使我们很满意。

我得申说：这不是我所知道的一个孤单的例子。

大学生参加治淮工程

　　其次，在参加治淮工作上，山大的同学也有特出的表现。自中央决定治好淮河后，山大同学首先响应这个号召，他们土木系四年级全体十六位同学，五位教授，一位工友组成工作队于去年十月参加治淮工作。他们被分配到河南开封一带淮水上游工作。他们在工作中克服困难、吃苦耐劳的作风与工作的成绩，受到领导方面与当地治淮民工的赞誉。经过八个多月胜利返校，当我们到达青岛时，他们校内各单位为了庆祝他们的成功，刚开过了一个盛大的欢迎会。

　　淮水上游地区的情形怎样呢？我们看到了一些报告文字，下面是一段关于豫南鸟龙集的记载："这里充满洪水过后的遗迹。大部分的茅草棚都被洪水冲去了，留下来的只有一些残壁断垣，墙上一公尺高的水痕到处可见。当老乡们看到了穿灰装带黄符号的干部，并且听说是毛主席派来的治淮队的时候，他们是多么高兴；我们每到一个村庄，就被一大群的人围起来问长问短：'你们啥时候可以把河治好？我们已经有九年没有种过麦了。'他们热情地招待着我们，把他们的荞麦面和野菜让我们吃，虽然没有床铺，但是很厚的淮草已经使我们很温暖的了。"

　　上面是治淮工作队周转运同学的话。

　　工作时的困难怎样呢？严冬来了，外面下着大雪，淮河里也已经结了冰，但是为了要完成上级交给我们一个月测完的突击任务，只要雪刚一停止，便不顾路途冰滑，带着仪器和一袋干粮，到了工地上去，棉衣已经冰冻得僵直了，当手从仪器架上往下放的时候，可以清楚地听到碎冰索索掉落的声音，然而在这种苦况底下，他们"每位工作同志，并没有因此而松懈了工作，因为自己多吃了一点苦，早完一天工，沿淮广大的人民便能早一天永远不受灾难"。这样热烈的工作情绪，如果不是在伟大的感召之下，怎样能够发动得起来呢！

在实施治淮工作中，涌现了不少治淮模范和特等劳模。山大同学参加了具有这样重大的历史意义的治淮工作，自然是莫大的光荣。根据他们的报告，他们经过了八九个月的工作，不但大家都变得老练了，而且在政治方面也提高了很多，谈到新中国经济建设的美景，更是满腔热情。

参加治淮的同学又说："我们这次大专同学参加治淮工作中，是混合编队的，同志们之间一点隔阂也没有，在思想上也没有校别之分，这是新社会的新气象，正是毛泽东时代青年的新作风。"

听着罢，还用得着怀疑吗？旧时代已经过去了！

山东大学几个特点

现在的山东大学，是把原有的华东大学和原有的山东大学合并而成的，用他们自己的话说："把两个大学的力量合成一个大单位，是两个性质不同的教育队伍的胜利会师，是中国高等教育史上的创举。"

他们在合并过程中，曾经过了一些很苦心的调整，合并了以后，仍设文、理、工、农、医五院。但在组织上有好些特出的地方是值得注意的。他们有一个叫做"海洋研究所"的机构，这是利用青岛所特具的优良海洋环境，于一九四七年成立的，现在正与中国科学院青岛海洋生物研究室合作进行研究工作。还有一个"历史语文研究所"，是解放以后才成立的，它是以新的观点来提高历史语文方面的学术水平而设的一个研究机构。它的特点在于把"亚洲被压迫民族解放斗争史"作为全所研究工作的中心，而这一点是以往的大学所忽略的。

历史语文研究所分两组进行研究，便是历史组和语文组，研究课题为：中国社会发展史、战国史资料辑要、中国经济地理、中国散文史、群经批判、楚辞释注、山东方言调查等。他们还出版了一个《文史哲》杂志。

山大的中国语文系的编制也有很多特点是足注意的。他们这一系的目的是培养学生充分掌握毛泽东的文艺思想，研究新文学，批判地接受文学遗产，锻炼研究和创作的能力，结合实际为人民的需要服务，成为人民的文艺工作者和文教工作干部。其主要课程约分一年级：文艺学、中国新文学运动史、现代文选、中国语文概论；二年级：中国文学史、现代文学名著选读、现代诗歌、历代散文选；三年级：中国文学史、欧洲文学史、现代小说、历代韵文选、语言学；四年级：苏联文学史、文学批评、文字学、现代戏剧、作家研究。

我把这几点不厌其详地记下，我想港大的同学们一定对它会感兴趣的，纵不为别的只就借镜一点说。

山大现在是一所新型正规人民大学了。甚么是新型正规的人民大学呢？华岗校长说："目前中国一般所谓新型大学，就是新民主主义的大学，也就是根据共同纲领第五章所规定的内容进行教学的大学，其目的在以理论与实际一致的教育方法，培养具有高级文化水平，掌握现代科学和技术的成就，全心全意为人民服务的高级建设人才。我们的大学教育必须适应国家建设需要，根据原则，努力进行和改进教学工作，以便源源不绝的给军事、政治、经济、文化各部门输送他们所需要的干部。"

国家进入计划经济建设阶段，这需要就愈来愈大了。

济 南

在我们打叠好了行装准备往济南的时候，青岛交际处张铁民处长不但在百忙中抽出时间设宴为我们饯行，他还派了张华丰科长陪我们到济南去。我与周传基同志握别，总觉得有许多话要讲，但一时又讲不出来。

到济南的火车下午六点十五分开出，第二天早上五点五十七分抵济南站。来接车的有济南文教局长高赞非先生，省府交际处长梁云清先生，和省府办公厅侯林翼同志等几个人。这时天色还带着一些微朦，正不晓得是要下雨呢，抑或是晓雾迷漫的关系，无论如何，这样大清早累他们到车站来，我们实在十分过意不去。

到了省交际处，统战部部长李宇超先生亲自招待我们用早餐，这时我才知道原来华岗先生也是坐了昨夜的火车到济南来的。他说："我在车上就知道你们来了，但因为你们逛足了一天，一定辛苦需要休息一下，所以没有打扰。"事实上，华岗先生也很忙，他要赶到上海去出席华东区高等教育会议，所以在济南只能逗留个把钟头。饭后他匆匆地赶南下的车去了。我和李部长又谈了一会儿，然后大家又休息了一下，才由交际处派了许多位同志陪着我们，分乘三部汽车去参观古物保管委员会的陈列所和齐鲁大学两个地方。

　　李部长问我打算在济南住几天。我告诉他准备当天晚车就走，因为时间关系怕不能多耽搁。他说："这不成！既然到了济南来，最低限度也要住两天。"经他这一劝说，我便决定多留一天，改乘八月十日下午的火车到南京去。同时我又想济南许多名胜地方、历史古迹，虽不能尽游，但趵突泉和大明湖总不能不一看，而这便非半天工夫所能办到。最初，我不打算在济南多逗留的缘故，也是因为怕这里的天气热，不容易抵受。这记不得是听谁说的。济南天气特别热，自然是事实，但也未见得是我们南边人所抵受不住的。最低限度，当我们在济南的一个短期间，虽然闷热，但因为曾下过一点子雨，天上还布着些云气，总觉得好些。

　　省府交际处地点是前国民党时代的省党部，建筑相当讲究，设备也很新式。前面有一个广场，四周还有多少园林，虽在盛夏，但听到了一派蝉声，倒有些两腋生风的感觉。尤其是当你喝了一两碗茶之后，你会感觉到真的凉快起来。不过这一定要像在济南这样的水才能发生那样的效力。早上刚下车到车站里的接待室去时，我喝了第一口茶便忍不住问道："这里是泉水泡的茶吗？"高赞非先生回我说："是的呀！这是趵突泉的水，现在那里都全归自来水公司管理了。"怪不得。这里的水似乎比北京的还要好。

山东古管会巡礼

正像青岛的古物保管委员会一样，在济南的山东古代文物管理委员会也是设在从前红万字会的会址。这里所保存的一批古文物，有从胶东一带收集得来的，也有一部分不属于胶东的。东西真不少，有的地方还赛过北京故宫博物院里所保存着的一批。这也并不怎样的奇怪，因为由于许多时以来的政治变动，故宫里的东西也一定无可避免地遭到沧桑的影响。又像颐和园里的东西，现在到那里去的游人，谁不想念翡翠观音、翡翠西瓜、连城璧、夜明珠、珍珠鞋和其他许多稀世之宝？可是这些珍贵的东西许多年前已被劫走，现在大概一部分还在台湾，一部分已散落到外国去。像这样，我们参观时所得到的印象，便是在济南这里的一批东西比较完整、比较地更能看出一个系统。

陈列分五个部分，即铜器展览室、陶器瓷器陈列室、玉器雕刻陈列室、书画陈列室和捐献室。就中除了书画一部分，因为移到别处去整理尚未竣事，所以我们没有看到外，其余四部分均由古管会副主任引导着我们很详细地参观一过。古管会副主任为谢明钦先生。

这里所陈列的东西大概以铜器最好，通通都是中国青铜时期物品，时间大约由三千年前的殷代到一千八百年前汉代的元兴，前一部分是奴隶社会的，后一部分是封建社会的东西，分烹饪器、食器、乐器、酒器、水器、杂器六大类。这个陈列室里有几件汉代的东西，十分精美可爱。如弘农宫鼎、上林鼎，盖器铭文、书刻皆极精巧。汉代镜背的镂刻，为前代所不及，在陈列的几面镜子中，要以元兴元年镜为最佳。单论铭文，一小圈内铸上六十七字，细如毫发而清晰可辨，真令人叫绝。

据保管会里的人告诉我，这批旧铜器大部分为罗振玉所藏，不知如何为日本人盗去，后来为干部在大连把它发现，至解放后才追回来。其中有一部分是在胶东发现的，它们以前属于地主们，现在则归人民所有了。

陈列的玉器中，有二个白玉瓶，一个玉炉，一个玉山，一个翠印盒，都刻有乾隆的题识，无疑是清宫旧物，但根据整理者的推究，这几件东西并不是由清廷颁赐而来的，乃由八国联军入京时掠夺所散出的。也有别部分的东西，其散落的原由，殆同出一辙。

捐献室里面，我们看到绛云楼旧藏影宋精钞本《唐歌诗》，关系明代边防的孤本《开国图说》，北宋福州刻本《华严经合论》，王渔洋批校的陈伯玑等诗稿，禹之鼎和程鸣画的两幅渔洋图像，高简的山水堂幅等好几种珍贵的品物，都由人民捐献出来的。

参观齐鲁大学

　　齐鲁大学在现代中国学术史上是一所颇有地位及颇著声誉的大学。我到济南后亟亟要参观齐鲁大学，除了别的原因之外，还因为有一位老同学陈耀真博士在它的医学院里担任教授，所以要去访问他一下，却想不到他今年转到广州岭南大学那边去了。

　　随着革命形势的发展，齐鲁大学也确确切切在转变中，逐渐走向新型正规的人民大学路上去。这一所大学，因为有了相当的历史，所以环境很优美，设备也十分完善，尤其是它的医学院是很有名的。医学院除了有自己的图书三万多册和中外杂志一百一十几种之外，还在仪器方面，备有显微镜二百六十余架、幻灯机四架、分析天秤十四架。此外还附设教学医院一所，自第三学年起一切教学和实习都在附设医院进行。齐鲁分设文、理、医三个学院。图书馆藏书约二十一万册，除医学院的三万册外，余储存于馆中之两层楼房。

　　我们到达后，由医学院长兼副校长张汇泉先生接见。他先把齐鲁大学的概况与革新的经过大致介绍一过，然后我们对于当下教育的一般问题，又交换了一些意见，才由注册主任傅为方先生引导我们按次参观各部分。最先参观图书馆与理学院各系，最后才到医学院。

　　谈到高等教育的一般情况时，张汇泉先生告诉我，山东一省升大的能容额量约二千名，而事实上今年高中学生投考大学的仅千余名，所以今年取格便要放宽一些，这与在国民党时期学生报名考大学的常以万计，而取录名额仅三四百，情形已大异。固然，这里边也许还有一种特殊情形，人民大翻身后，已经有机会送子弟入学读书，但这些还要等一个期间才能到升大学阶段。所以现在的问题是：中学须要增多；大学将要合并，好集中力量而节省经费，这已成一般趋势。不过现在的确已无毕业即失业的那一种现象了。

我们又谈到课程改革一问题。改订学制，缩短某一部分的修业年限，这需要已成为一般所公认，但问题将会怎样影响侨校呢？自然，少数是要服从多数，局部是应该迁就整体的。给以时间，适应也不会怎样成问题。就香港来说，密迩国门，中国人民的教育问题，自然不应被忽视，然也要看环境如何和各校的反应怎样，才能谈到发展的途径。照理和就实际的需要说，侨校是应该也避免不掉地要与祖国的教育系统发生密切的联系的，这联系由于我们深厚的历史和文化关系，实非外在的势力所能阻遏得来的。

与齐鲁大学同学在一起

　　张汇泉先生在谈话中所提到的几点，在其后大约在八月底召开的华东区教育会议，似乎有人提出讨论过，不过那是后话，这里也不另叙了。

　　参观齐大完毕，时间不觉已近午后一点了。临行，张副校长与傅主任向我们表示，说那天晚上他们齐大剧团举行捐款义演，演出《前进的美国人民》话剧，希望我们来参加晚会。我想这样也可以跟他们的学生交换些意见，多了解他们的思想，因此便答应了这邀请。但是，当我们要照规矩买入场券的时候，他们却坚决地不让我们这样做，理由是要以贵宾之礼待我们。

　　于是晚饭后，约七时左右，我们又对齐大作第二次巡礼了。这时太阳已落下去了，但天气仍觉得相当炎热，手中的扇子不停挥着。起初我们被招呼着到办公楼上坐谈，后来依了学生们的建议，被邀到绿色的草坪上去，横三直四地放几条长木凳，大家围起来谈，一边喝茶和汽水，一边等待话剧开幕。树荫底下还挂着一列电灯，摆着几张桌子，好些学生在那里下棋。棋盘上已经满布了碰在电灯上而落下来的各种飞虫，显得阵地活动更加热烈。

　　一位粤籍的同学叫关辉的对我说，他是去年北来考进齐大的，他的母校是在澳门的华英中学。去年年底他参加过淄川博山区的土改工作，历时两个月。他担任的是人民法院方面的记录职务，所以对于从这方面所得到关于农民生活状况的资料，知道的更加详细一点。他虽然没有直接参加过分田工作，但就他所知道的告诉我们，也知无不言，无微不至，略无一些倦容。

我们谈到开幕时才转到剧场里边去，在换幕和布景的期间仍回到草坪上继续我们的谈话。

我问他们同学关于处理接受外国津贴的高等学校一决定的意见，他们极力赞成政府的政策。他们说：政府目前对各私立大学以至中学所采取的政策，是最好的与最坏的都立刻接收过来把它们正规化，其他办得差不多而带中间性的则暂时从缓办理，但将来最后的结果，是仍要一概归到国家的手里去的，显然地政府的政策得到多方面的热诚拥护。

姓关的同学是学医的，但他指出要学工科的人一天一天多了。随着中国要逐渐走上工业化路子上去，这看重实科殆属必然趋势。今年全国大学招生，规定工学院名额要占总数百分之四十，是这方面显著的表现，而国家需要各种工程科人才，尤以东北方面为甚。

自然，一般地都注重实科了，文艺科便有不大受欢迎的情势，这也是目前许多地方合并问题所以发生的原因。

游充满诗情画意的大明湖

八月十日我们在济南仅作两天的勾留，因此不能不分阴是惜了，而事实上，一切秩序的安排也不容许我们有半点时光的浪费。昨天晚上从齐鲁大学看完了话剧回来，已过半夜，今天早上起来，梳洗完毕，吃过早点，便赶快准备趁太阳还不十分猛烈的时候去游大明湖。先是交际处梁处长已经跟我们约好，所以一到八点十五分便准时出发。

陪着我们一同去的，除了梁处长之外，还有公安局的孙铭之和宋维悦两位同志。

大明湖在济南城北，因此我们先到大明湖图书馆附近下车，穿过了正在大加修理的街道到湖边去雇船。原来两只船早已由交际处订好了，他们正忙着把带来的东西，像西瓜、莲蓬、汽水等搬到船上去。这时我闲着站在湖堤上瞭望风景，突然发现渡头那边离我们不远，约莫五六十尺的地方，横着一只并没有人管领的画舫，它的船屋上挂着一副对联，上联是"四面荷花三面柳"，下联自第五个字以下便为岸边的芦苇遮蔽着看不见。我指着杨洁瑗们说道："你们试猜猜那最末尾的一个是甚么字呢！联的上半截是'一城山色'，那么第五第六是'半城'两字已不成问题了。"他们有猜"秋"字的，有猜"烟"字的，也有猜"春"字的。

248

　　自然，看过《老残游记》的是知道这一联的来历的，可是那个时候引起我的注意的，倒不单是这联语，而是为甚么这样精致的一只艇子却"空屋无人"地闲放着这一事实。既而我们的船开了，撑上了一两篙从它身旁经过，才知道它原来是一只破旧了的船。

　　因为许多年代以来人们的霸占，大明湖的湖面早已弄成只剩下了几条港汉的模样了，还哪里能澄清像镜子一般，看得见那映在湖里的对面千佛山的倒影呢？不过，自解放以来，人民政府已在有计划地极力整理原有的风景名胜区。大明湖沿岸的湖田已逐渐由政府备价收购，撤销私有的荷田，清除芦苇杂树，这样来增广湖面，恢复旧观，我们在游湖的时候，已经看到一切砍伐野树、浚深湖底的工作都在加紧进行中，因为一到冬令，这种工作便要停顿起来了。可能想象：再过两三年，大明湖不但会完全回复了本来面目，还一定会添上一种新的妩媚呢。

　　船开出去时，经过历下亭，没有进去看，梁处长说：先到北极阁、铁公祠那边去，回头再到亭子里来休息。这是很对的，因为湖的风景尽在北岸，从那里往南望，才可以领略到湖山的胜处，才能看到千佛山的倒影，而那"一城山色半城湖"的句子才有着落。

趵突泉惹人留恋

从铁公祠前远望千佛山，妙境如画，固然。但总看不见那里的梵王宫殿、翠柏苍松。询之同行者，才知在抗战时期，寺院给日本人蹂躏，已残破不堪，只剩下些断瓦颓垣，实值不得一游。这时仍是夏天，但纵使再过一两个月来，也未必能看到秋山红树！

战争所给予人类的是甚么？恐怕世界上没有比中国人知得更真切。

铁公祠旁的建筑现在改为北城工程处，那里门外还悬着一副对子写道："山水精晖，春秋会日；荷花池馆，杨柳楼台。"句颇现成。我们在这里一连拍了几个照。

最后我们到了历下亭。这里风景胜状，实在比不上铁公祠那一带，但这里的对联却不少。进门的一联是"海右此亭古；济南名士多。"亭里的长联，我尤爱罗崇恩的一对，写道："风雨送新凉，看一派柳浪竹烟，空翠染成摩崖画；湖山开晚霁，爱十里红情绿意，冷香飞上浣花诗。"不过尽管如此，我倒觉得这亭子戕害自然的地方实在有点太过了，所以反而不十分觉得它美。

我们在历下亭喝茶，吃水果，看人采芦根，休息了好一会儿，然后才转到公园的南首去参观图书馆。

大明湖图书馆建立于清代宣统元年，现有藏书约五十万册，大部分为线装书，其中善本不少。昨天在古管会所看到的宋元版古籍已很可观，其余山东公家所收藏的大概都在这里了。据馆中人说，还有许多新近搜集的图籍，尚在陆续寄运途中，若全部抵达，藏书可能到七十万册。

我们参观完图书馆后，便去看趵突泉。这时已正午十二时了。趵突泉现归自来水公司管理，泉水清洁可爱，映着池底的植物微带绿色，晶莹像翡翠一般。我们大家到这里来，流连驻足，大有不欲离去之势，水之可爱者大概无过于此矣。附近家家户户，都筑起池子来取泉水，方的圆的，大小不一，从那里经过便可以看见。

七十二泉的泉水都汇到大明湖里去，这是必须存在一个有力的理由。

这一天我们要赶六点四十五分的车到南京去，下午四点李宇超部长设宴为我们饯行，席间我们会到了省副主席王祝晨老先生、文教厅厅长王哲、副厅长王统照和其他省、市、府首长许多人，礼节十分隆重，林子实等都为之惊异起来。我顾他们说："这可见得国家对你们这班青年期望之大。像昨天午间的宴会，来参加的有王哲、张东木、张汇泉、郭贻诚、孟东波、李国屏、郑立夫、张协和、田佩之、华山、高赞非等十多位，他们都是这里文教界的领导人物呢。"

抵 "龙蟠虎踞" 的南京

车上的一夜过得还不错。也许因为实在有点累了，过泰安时也懒得去瞻望一下岱宗！云卿说她看见了泰山，但我不相信。

第二天早上还不到八点经过蚌埠，八点半到临关。这一带地方约略看到多少新建筑起来的水闸，灰泥还很新。安徽省境内的景物，似乎又与北部大平原微有不同，但也很难指出真正分别在甚么地方。

十二点五十五分车到达了浦口，南京交际处派人来说，他们在南京车站接我们，因此我们便乘火车轮渡过江。

现在我们是到了江南来了，还能说是"北游"吗？在过江时止不住这样对自己发问。

想起两年前人民解放军从几路渡江，兵不血刃地进入南京时的声势，想起当时这个消息传到各地去所给人们的鼓舞和欢欣。长江天堑，不能飞渡，这历史给人民翻过来了。又想起二十年前自己到这里来所看见的光景，那正是"九一八"事件刚发生的时候，一种纷乱无办法的状态简直使人愤不欲生。这一次重来，江山依旧，但是已经不是从前那样了！

坐火车轮渡过江是需要更长的时间的，车上许多乘客都在怀疑我们何以不坐较省时间的普通轮渡到下关去，不知我们其实是要借此一看火车过江的情况。这经验是很有意思的。因为我们看到了政府防特、防匪的重要性，同时我们又看到了人民的政治警觉与他们怎样善于保管与爱护自己的东西。这一点在火车轮渡上表现得更积极。

车抵南京刚下午三点，比平常快了好些。到车站来欢迎我们的有南京市交际处史永处长、南京大学工学院长钱钟韩教授、金陵大学戈福鼎教授、民主青年联合会朱成学同志与南京学联徐祖丰同志。大家握手互相介绍过了，然后转到交际处的招待所去休息和详谈。

南京政府的招待所不只一处，我们住的一间地点在中山路。坐定后，史处长告诉我们当天晚上要设宴招待我们，他并问我在南京的朋友有没有哪一位要找来见一见面的。我告诉他我倒想见见博物院长曾昭燏女士，因为香港有一位朋友要问候她，托我把话转达。史处长说："我们已经把她请来了，今晚的宴会她一定来的。"这是再好不过了，因为我也想去参观一下她的博物院。

南京天气很热，这是早在我们的意料中了，但也不十分顶厉害。很痛快地洗了一个冷水浴后，倒觉得清凉起来了。这时候还不过下午五点，我便约了李梁科长带我们到秦淮河夫子庙一带去走一趟，顺便看看旧书摊。秦淮河现在已经不是二十年前我所看到的一渠污水了，桥底下清水涟漪，还系着几只小艇，俨然一种新姿态。夫子庙是没有了，只剩下几方阶石。据说日本人攻南京时，一个最先投弹炸毁的地方便是夫子庙。用不着说，那是麇集着平民最多的地方。

夫子庙一带的书业也有些零落了。在一家旧书店买了一部《外台秘要》，老板索价八万，我还他六万，终成交了。全书二十四册，搬到交际处来也觉得相当笨重，但一时还没有想到怎样寄回香港去。

在史处长的宴席上欢谈

南京，从前人所谓"钟山龙蟠，石头虎踞，帝王之宅"，现在是人民的世纪了，话虽然不是这样说法，但形胜毕竟还在。不过这点亦仅就地利说，因为江南物产富饶，交通便利，自然是经济上经营四方的根本。讲到战守，则恃江以为险，在前代南北战争的时候，还多少适用，若包括海疆的防御来说，形势便不同了。远的如明代御倭寇的事实且不说，即就抗战时期的经验讲，日本人从金山卫登陆，南京便不能不放弃。险在哪里呢？固然，当时守的人未必有任何守的决心，更谈不上如何守的计划，这已不用说，但所谓长江天险实在彼不在此，殆亦无待争辩。

在车上我与李梁同志商量好第二日参观的秩序。

晚上八点赴史处长的宴席。除了午间所会到的几个朋友之外，还有南京大学文学院长胡小石先生和南京博物院院长曾昭燏女士。

寒暄过后，我问曾院长道："您记得施高特他们么？多罗瑟要问候您呢。"施是英国文化委员会的主持人。

曾院长："他们还在香港么？多罗瑟！她是不是仍旧算得一个思想前进人物呢？"

我说："在我们当中，她总算得是思想相当开明的啊。她在南京这里的时候怎样，我可不清楚了。"

她说："不知道她现在仍是我们中国的朋友不是呢？"

我说："他们俩是日夕都盼望能够回到南京来的。他们热烈地爱着中国，这是我知道得很清楚。"

席终，我与胡小石先生谈了很久。谈到去年南京南郊牛首山发现南唐二陵和其后发掘经过一事，胡老先生极力指出考古和发掘古物与结合民众、教育民众、和信赖民众的重要关系。他说："民众有知识，受到教育，不但提高了他们的文化水平，而且他们也更知道怎样为国家、为民族服务，怎样帮忙专家的工作。南唐二陵便是这样，结果不至于被盗掘、被毁掉或搅坏的。如果不是人民的合作，那里能够有这样的美满成绩呢？"他这话很对。

胡小石先生又对某些所谓专家颇有深致不满的地方。他说："专家有时候也不一定靠得住的。如安阳出土图片，好些在中国发表的报告和刊物上面尚未面世或者竟不准备与世人见面的，倒先在日本出版的杂志刊载了，他们是从哪里得来呢？"胡先生又慨乎言之了！

这一天晚上谈得至极欢洽。我们差不多谈到十一点多钟。从谈话中所举出来的许许多多的事例，我们很可以看出，在新旧两种不同的制度下，所得的效果与所发生的影响完全不一样。

南京在转变中

座中要算钱钟韩先生最健谈了。他真是口若悬河,"高谈雄辩惊四筵"这句话恰好为他写照。他对解释新民主主义的精义,发挥尽致。他举出无数他自己亲历的事实,来证实新民主的制度怎样优于旧民主,怎样在新民主制度底下人民才能够各尽所能,才能够真正有发展自己的天才机会。他是留英的,他说在英国的时候,曾与那边的思想文化界人士辩论过多次,指出他们英美的所谓民主有许多靠不住的地方。

林子实坐在钱的旁边,当时他们的谈话大概由建筑工程说起。事后,林子实对我说,他很佩服钱先生学问渊博,只可惜听他的无锡口音,却十分费力。我说:"他是钱基博先生的令侄呢。他说话也太快,所以你们不容易听得懂。"

第二天是八月十二了,是星期日。这一天郊游的人会特别多,所以我们早上八时便动身,先到中山陵,由那里转到灵谷寺,逛完后再往看明孝陵,就后回头到陵园茶社来用午点。下午才去参观南京博物院。

出发时,俞乃昌同学到市上去添购胶片,找了几家卖相机的都找不到,他们说要到上海去才有。显然地南京已不同于往日,它是在急剧地改变中了。

今天早点时,我们吃稀饭,还有南京的鸭子,那是很著名的。无意中我提起南京的厨子来，我说："甚么食在广州的话也不尽然罢。像你们这里的菜还是顶好的呢！"一位同席的回道："陈先生，你不知道，在初解放的时候，我们这里不但怎样养活几百万的居民成了严重的问题，就中我们觉得尤其难于应付的是，单单做厨子的便有八万人，而当奶妈的也在二万以上，那么，你在南京这里吃到很不错的郇厨滋味，还会觉得奇怪吗？"

我问道："现在这问题怎样？"我的朋友说："现在这问题大部分都解决了。当时我们最感头痛的，是旧政权积下来的数字差不多在一十万左右的公务人员，这些一时无论怎样也安插不来，结果只好逐渐疏散。经过了一年多两年的疏散，目前南京的人口大约在七十万左右，所以现在问题并不严重了。"

南京是没有甚么重要工业的，这也是一个困难。像织锦、缎子一类工业目前也不是解决民生的最有效途径。不过无论如何，政府当局在这方面已在想办法。一般地说，南京比较过去是文静得多的一个近代都市了。也许因为这样，我觉得它的可爱实在逾于廿年前的往昔。

吹了一夜颇劲的风，热气也给吹散了许多。今天游陵园一带，还觉得舒服，不怎样出汗。

登钟山谒中山陵

出中山门，遥望紫金山，翠峰如簇，一时顿觉为之神爽。这时候虽不是晚秋天气，还看不到甚么浮金沉碧，但一种凝绿的颜色，已经使你感觉要对终日看一个饱的。经过了十多年的时光，陵园一带的法国梧桐都高起来了，现在游人简直是置身于山阴道上，一点也不差。

紫金山即钟山，高度虽仅四百六十多公尺，但气势雄伟，磅礴奇秀，尤称江南名山。我们谒过了中山陵，在享殿前凭高纵目，远近诸景，如在几席，前望牛首山，如阙如案，心为之悠然者久之。从中山陵下来，转到灵谷寺，看过了无柱殿，然后登国民革命阵亡将士纪念塔。塔在寺殿后，高凡九层，是一种以钢骨水泥造成的新式建筑物。我们攀登到最高的一层，从那里四望，好像身在云端，不敢俯视；西望紫金山，又疑高与峰齐；下望苍松翠柏，野竹青枫，像铺着一张地毯一样，尽在脚下。这时风从东面吹来，暑气顿消，习习生凉，颇有飘飘若仙的妙觉。

明孝陵在中山陵的右边。我这次来是第二次了。记得前一次来，已是深秋时候，满山红树当中，行人还指点半山亭给我看。这一次来，绿阴深里，问守陵园的也不大清楚亭究竟还有没有，真是"欲寻陈迹都难"了。

明孝陵给我们印象，是虚中若谷，深藏而不露。它的规制，颇使人得到一种含蓄不尽的感觉。

　　逛完了明孝陵后，我们到陵园茶室休息。这时太阳正晒得厉害，游客们都集中到这里来，有的在茶室喝茶吃点心，有的则到四周的树荫底下纳凉睡午觉，或者唱歌和下棋。这里已经成为一个人民的大公园了。由城里到这里来有公共汽车，交通很方便。陵园的出产，如瓜果之类，也一天一天的增加，所以它又变成一个生产机关了。

　　在陵园茶室吃过午点，到了下午三时，我们才到南京博物院去参观。博物院在中山门内的半山园，每星期开放六天，由星期二至星期日，星期一休息。每天开放的时间由上午八点到下午四点半止。我们到达的时候，曾昭燏院长已经在等着我们了。她亲自引导我们参观，逐部分加以解释，还给我们充分的时间看完了各个陈列室，直至时间过了差不多到五点半，仍不以为嫌，这使得我们万分感激。

从南京博物院看我国灿烂文化

　　博物院陈列的东西分两大部分。一部分是社会发展史展览，着重地把中国五千多年来物质文化的进程，作一个概括的展出，另一部分是牛首山发掘的南唐二陵出土展览。

　　社会发展史部分所展出的东西很多，据说实物达三千五百余件，图表照片四百多张。分开十二个阶段，六个室陈列。从猿到人这一阶段用图表来说明。原始共产社会一段也先用图表说明，到新石器时代，除了用图表外，还陈列着从中国各地所采集的史前石器和陶器。石器分两系：一是普通的琢制和磨光的石器，如斧、锛、凿、刀等，采集的地方有热河、察哈尔的宣化与龙关，河南的仰韶，甘肃的寺洼，云南的大理等地。另一系是细石器，东西很小，多半要安柄才能使用，采集的地方有黑龙江昂昂溪与新疆的罗布淖尔和库尔克山。这是一种特殊的文化，由西伯利亚传入。陶器也分二系：一为彩陶，陈列的有河南的仰韶，甘肃的宁定、寺洼，平原省的浚县一带所出的彩陶器和碎片。另一系为黑陶，是从山东日照县两个城镇采集的。参看这些石器和陶器的发达分布情状，很可以看出各地域的文化是发展得异常参差不齐的。

　　关于奴隶社会一阶段，这里所据和陈列的实物，全是从平原省安阳出土的。参观时引起注意的，是进门的大厅内所陈列的那

260

个安阳出土的大鼎。这个东西不是有个大工场，配合充足的原料，与大批的奴隶，不能做成的。安阳是盘庚迁殷后的国都所在地，因此这鼎是殷代后期的产品，它是三千年前集整千整万的奴隶们所造成的最伟大、最精美的艺术品。

最可惜的是：据说从安阳发掘出来的一大批古物和博物院原藏的一批周代铜器，都被一些人劫走了。

南唐二陵的发掘、展出的东西，有实物、照片、图表、彩画、拓片等共三百余件，实物是由牛首山南祖堂山下、李升陵和李璟陵两个地方发掘出来的。

二陵的出土物，大致相同。约分为陶俑及陶动物象、陶瓷器、铜铁漆木玉器、建设附件、哀册五类。

出土的陶俑，有男俑，有女俑。男俑有好几种不同的服装，从而看出是好几种等级的人，有侍从的内臣和伶人，有帮闲的官吏和披甲的武士；女俑有宫嫔和舞娅，有侍女，此外又有人首鱼身或人首蛇身的男女俑。动物像多承唐代作风，颜色多可辨认。建筑附件分斗拱、壁画残片、墓砖三种。哀册有李升陵内出的玉制哀册，计完整的十三片，残缺的三十片；李璟陵内出的石制哀册，计完整的一片，残缺的三十三片。

参观唐代的文物

南唐二陵的发现和发掘，无疑地是中国考古学上一个重要的事件。陵墓的结构和出土的古物，在中国建筑史上都有重要和特殊的价值。

关于它在建筑学上的价值，发掘经过的报告里写道："近年来用科学方法发掘出的五代陵墓，只有成都王建的永陵及此二陵。据刘敦桢先生的意见，在建筑学的立句说，二陵的价值实在王建墓之上。第一，在布局方面，王建墓仅有长方形墓室一间，此二陵则有前中后三室，每室内又附有便房二间或六间不等。第二，在结构方面，王建墓系石券建筑，此则除石室外，还有砖室，结构方法比较复杂。第三，在装饰方面，不但有浮雕，又不但模仿木建筑的式样，在墙面上砌出或雕出柱枋斗拱等等，并且在柱枋斗拱的表面，绘有彩画。这种建筑部分的附属彩画，以往只知道宋太平兴国五年（公元九八〇年）的敦煌千佛洞第一三零洞的前廊为海内最古之例，但是李升陵建于南唐保大元年（公元九四三年），比敦煌第一三零洞的前廊还早三十多年。除了年代较早以外，彩画的构图和设色，也有不少新资料，使我们对于唐宋间的建筑装饰得到更多的知识和了解。"因为这样的历史和艺术上价值，所以有人主张把三陵修理一下好好地保存起来，作为考古之用。

二陵的发现是去年的事，先是去年春间，牛首山附近发生盗掘古墓的事情，人民密向政府报告，于是政府一方面依法制止继续盗掘，一方面进行组队调查，结果陵墓被发现了，遂于十月间开始整理，至今年一月工作始完毕。现在墓地由江宁县人民政府保管。

看过这批出土的东西之后，我们本来打算要找一天到牛首山的墓地去踏看一下的，其后因为时间所限才作罢论。

从这批陈列的东西，我们不但可以看出南唐时代的一些生活方式和特殊嗜好，我们还可以拿来和盛唐的或前代的遗物作一个比较，确定它们在艺术上的价值。显然地唐代在中国历史上是文学艺术的黄金时代，各方面都得到充分的发展。但是到了五代，变乱频仍，国力早已衰退了，便是南唐虽然偏安江南、经济衰竭的情状，从二陵出土的遗物也可以看得出来。

博物院里所陈列的唐代品物，有武威出土的金城县主墓志和慕容曦先生墓志以及和林所出的阙特勤碑拓本，有大理出土的南唐有字残瓦，有新疆所出的唐代丝织品的残存与敦煌所出的中文和梵文写经，这都是其中的表表者。尤其重要的为陶动物、塑像、刀壁画还有玄奘法师的两片头骨，弥足珍贵。

在残照中到雨花台上去凭吊烈士墓。

参观南京大学和金陵大学

　　八月十三日要算我们最忙碌的一天了，从大清早一直到晚上十二点，差不多不曾有半个小时的休息。秩序排得很紧密，而我们要看但是又来不及看的地方还有许多，加以这又是我们离开南京的前夕，所以尽可能也不想错过任何能多了解一些秣陵这个富于历史意味的名都的机会。

　　早上八点刚过，先到古物保管会去参观"三十年建党历史展览"，地点在国民党时期的总统府，我们前后差不多费了两个钟头的时间才把全部东西看完。

　　十时三十分参观南京图书馆。南京图书馆分好几处，我们这次来看的一所在山西路，本为陈群的故业。陈氏藏书三十余万册，虽经散佚，但大部分仍幸获保存。图书馆长为贺昌群先生，他知道我们来参观，已经在等候我们。我要看他的原因，也是因为牛津大学斯巴尔登基金会赠书一事。

　　十一时许参观南京大学，由校长潘菽先生引导我们参观，并由学生会派出几位代表招待我们港大的几个同学。南京大学即旧日的中央大学。从南京大学转到金陵大学去时，已是正午了，许多部分都在下班，但金大委员会主席李方训先生仍殷勤地招待着我们谈了许久，他一点也不惮烦地为我们讲述收回金大的经过，并描述革新后的远景。

　　在金大校刊上，我看到一篇以《美帝在金陵大学六十三年》为题的文章，里边引用了五十年前美国伊利诺大学校长詹姆士给美国总统的信里的话，来证明美帝文化侵略的动机。詹姆士写道："哪一个国家能够做到教育这一代的中国青年，哪一个国家就能由于这种努力，取得在精神影响上和商业上最大的收获。"他又说："如果美国在三十年前已经把中国留学生的潮流引到美国来，并且使这潮流扩大，那么，我们现在一定能够使用最圆满、最巧妙的方式来控制中国的发展。这就是说使用从知识和精神上来支配中国领土的方式……为了扩张精神上的影响而用一点钱是合算的，比别的方法收获更大；商业追随精神上的支配，比较追随军队的旗帜更为可靠！"这话很生动地说明了美国六七十年来在中国的文明投资，究竟是甚么一回事，而到了最后，如果精神上的支配失掉了作用，那甚，"图穷匕首见"，出动到"军队的旗帜"，也就不足为怪了。

　　下午游燕子矶，攀上那"势欲飞动"的石壁，俯视脚下的帆樯，深感守江固为下策，然渡江亦非容易。回头又逛鸡鸣寺，看胭脂井，最后游玄武湖，至日暮始归。

　　是晚，他们参观工人文化宫，我因他事没有去。

南京的工人文化宫

这里我把杨洁瑗同学所写的《记南京工人文化宫》一文录出，权作填补自己没有去参观的缺憾：

　　是八月十三，我们离开南京的前夕。游览了整天，该休息一下了，然而大家都没有倦意，显然还想逛逛甚么地方似的。于是李梁同志提议去参观工人文化宫，大家都异口同声赞成了。这时候，刚巧史处长来访陈先生，他们似另有事谈得正浓，而李同志亦因有别约，均未同行，这样就只陈夫人、俞林两同学，学联代表毛贻康君，招待所一职工，一司机，和我七个人同去。转眼间便抵达目的地，由毛同学进去找文化宫的主任作联系。

　　文化宫是一所巍峨华贵的大厦。进门左面壁上红光管闪耀着"工人之家"四个大字，是刘伯承将军手笔。这一个"家"相当大，工人们熙往攘来，表现着活生生的气息。他们很多领带着家属进去参加娱乐生活。

　　主任找到了，他领我先到楼上会客室去坐坐。从这里下望，很清楚地看见"工人之家"四字底下，隐约还有"介寿堂"三字的痕迹。经主任解释，我们才知道这所房子原来是蒋介石当年为祝寿而建的，是为着他个人的享乐。如今改为工人之家，多大众化！

这一晚他们正在球场上进行着杂技团的表演。球场四周早已座无虚席。我们进来时正在表演脚踏车的绝技，跟着一套套均博到满座喝彩。最后一个节目，也就是最精彩的节目，是一个十二三岁的女孩玩弄十多个大碗。看她把碗一个个放上头上去，危颤颤地把看的人全部精神凝聚起来，呼吸都停止了。这还不算，她顶上托着这十多个碗，走、跳、耍拳、伏地转身，作出各种令人叫绝的姿势，围观者已为她捏把汗，而她从头至尾没有半点差错，神色自若，真教人不能不佩服。

杂技团表演完毕后我们才开始参观。文化宫部门真不少：楼下有食物店，有餐厅，能供应工友们喜事及宴会筵席；楼上更有无数消遣的场所，如围棋室、乒乓球室、话剧研究室、音乐室、爱静的有图书室、阅览室、谈天纳凉的则有天台茶社。这一切都成为工人们生活的一部分。此外还有宿舍，给工人们或他们的家属路过南京时寄顿一两天，费用异常低廉。设备有浴室、理发室、健身室，均十分讲究。文化宫内还附设电影院一所，我们参观时正放映着《民主青年进行曲》。步出电影院，天阶外便是新华书店。一切文娱设备总带有向上启发的作用，都是为工人们身心的健康而计划的，都意味着进步。

文化宫无疑是工人们的乐园。它给予我的印象永远新鲜，永远光明，而且永远亲切。杨洁瑷记。

沪宁路上琐忆

八月十四日，我们坐早上八时三十三分的车离开南京往上海。我们抵车站未几，贺昌群先生赶来送车。他说："昨天本来打算晚上到招待所来看你的，就是因为发生了一件重要的事情，开会讨论，到深夜方结束，所以抽不出时间来。"原来他们昨天发现了一个坟墓，疑和洪宣娇的亲戚有关系的，地点在南京市某区杨家的房子的下水道底下。因为关系重大，所以他们一方面报告政府和通知公安局派出人警卫，一方面会同有关方面到该地点踏勘一过后，随即开会讨论整理方法，这样忙了一整天。

这一消息给我们不少兴奋，我对史处长和戈福鼎先生说："如果不是赶时间的话，我自己倒想在这里多留一两天去看看这重要的发现呢。"

与南京告别了，在车上仍然不住地想道：何时再来一看栖霞山的红叶呢！

九点四十三分，车过镇江，遥指金山的江天禅寺予云卿看。她说："你早点提起，就应该在南京多留一天到这里来逛一下了。"我说："这是中国五大丛林之一，白蛇会子的故事又如此深入民间，过京口而不一游也十分可惜，不过这金山寺大前年曾发生过一次火灾，全寺精华都付诸一炬，除了那个七层宝塔之外，其余恐怕剩下的东西也不多了。尤其是那昔年我所看到过的藏经楼的经卷，据说全毁于火，真堪痛惜。现在纵然能够登临送目，也不过江天依旧罢了。"这话说起来总类解嘲。

车过无锡，又不免勾引起许多年前的一些回忆来了。那时我来，目的是要探访一位旧友涂开舆先生，他当时在江苏教育学院，以前曾到过星架坡开办那里的华侨中学，并且担任它的第一任校长。我到华中教书，便是他找我去的。那年我到无锡，便住在教育学院，其后又因为贪看风景，更到梅园去住了好几天。

在梅园住的一个时期，真是心旷神怡，宠辱俱忘了。那时与我一同住在那里的还有两个国联的代表，是到中国来考察教育的。我每天都到太湖去泛舟，尤其爱广福寺中的一联，写道："唤起淡妆人，更何必十分梳洗；商略黄昏雨，只可惜一片清秋。"

记得当时"九一八"事件正在全国掀起爱国高潮，我在上海已经看到过卧在沪宁铁路上的请愿学生。在梅园，有一部分步行到南京去请愿的学生，在半夜抵达，便在我住的房间窗外的雪地上扎营。这些事实给我很大感动。我又记得自己也曾参加过在江苏教育学院与高阳院长、涂开舆、雷宾南诸先生联名发出反抗侵略、保卫国土的电报。回首不觉二十年了。

到了新生的上海了

过了苏州，每一秒钟都把我们向着拥有五百万以上人口的上海拉得更近一点了。刚才一时涌现的回忆，随着这转变已逐渐退居次要地位，所让出来的广漠原野早为一些新的想念进据在活跃了。解放后的上海究竟是个甚么情状的新式都市呢？和以前有没有很大的分别呢？一般在香港听来的传说，甚么"归客谈"之类，说某人被惨杀，某人受刑辱，某人失踪，一似言之凿凿，究竟实际的情形如何呢？这些不但我们自己要想知道，便是异日回到香港去，也要向亲戚朋友们报告和回答他们所提出的问题的。上海是一个充满着恐怖的城市？在香港时也碰见过一些从上海去的人们，他们对于上海的实际状况也说得言人人殊，而且每每一经小心盘问之后，便觉矛盾百出莫能遮掩。有些人说上海生活非常安定。有些人说失业的人非常多，同时市面也没有甚么生意可做。我想两种看法都有它的真实性存在，问题在你的观察从那一方面着眼。在香港时，也有人这样对我说过："自然的啦！你们去，他们只给你们看到好的一面，至于那丑恶的一方面，他们是永远不会给你们看得到的。"真的吗？在这个古老的中国，我倒想看看这种做法怎样成为可能！

也有人这样说过："北京是首善之区，各样事情都比较整饬一点，你们到那里去自然看得到一些像样的东西的，上海可就不同了。"我承认上海情形比较复杂，我个人更是向来都最不喜欢上海，不过也是因为这样，所以更要看看新生的上海是否真正有了新的生命。

另外一个问题浮现于脑际的，便是到了上海我们最好到甚么地方去住。我说过我不大喜欢上海，因此我打算在上海仅仅住个三天或四天。在北京的时候，我跟沈仲章说过，大约八月中到上海来。他说要到车站来接我们。我说这倒不需要，最好能够替我们在一家旅馆预先留下几间房间，我们抵达后，便从车站给他打个电话联络，这似乎于大家都方便。沈仲章也同意了这办法，同时主张我们住大东酒店，因为那里地点适中，并约好我一到南京便给他一封信，然后他就替我们订房间。这一层我依着做了。

火车进入上海市区了。正在从车上眺望着窗外景物，同时又想着闸北经过"一·二八"与"八一三"两次炮火，现在重建的情形不晓得怎样，正在这样胡乱地想着这个，想着那个的当儿，已抵北站了。

出乎我们意料之外。到车站来接我们的有夏衍、周而复、刘思慕和交际处长张苏平先生。相见之下，欢欣之情真莫可言喻。思慕说："金仲华还在开会，不能来。"我说："你们太客气了！"

下榻上海摩天大厦

当夏衍、周而复、刘思慕几位先生在香港的时候，我们这几个港大同学大概还没有机会认识他们，因此我先得给大家介绍一下。我的太太大概也只没有见过周而复先生。至于和张苏平处长，我们自然都是头一次见面。

因为是旧朋友，自然一切便脱略得多了。

上海市人民政府交际处招待我们在上海大厦住下。这便是从前的百老汇大厦，是黄浦滩头最讲究的一座摩天楼。许多人相信它是上海市最高的建筑，但也有人说南京路的国际饭店比它还高，其实都是伯仲之间，谁考据得清楚？比较可靠的说法是，上海大厦比国际饭店高十尺，而国际饭店则比它多一层。上海大厦的饭厅和接待室设在第十七层楼上，从那里凭栏下望，一条苏州河真是小得可怜！向沪西一带望去，除了迷漫的烟雾而外，只是一幅深灰色的瓦块和砖头所构成的不大有条理的图案画。这算不得是人类智慧所产生的杰作罢！

刘思慕因赶着开会先回去了，只夏衍和周而复两人陪着我们到上海大厦来。他们又谈了好一会才别去，这样我们就开始了在这个亚洲大陆第一大都市的七天生活。

俞乃昌："这就是上海了？"笑眯眯地望着远近的摩天楼。

我回道："是的，这就是上海了！凭你目力所及，有的就是砖瓦和一些洋灰。"我举起手中的玻璃杯把最后的一口"可口可乐"也喝了。

"可口可乐"是拿桂皮来做的，而桂皮是我们中国自己的土产。据说那方子我们现在也有了。事实上"可口可乐"这东西我们一路从北京到天津到济南青岛都喝到，不过仍以上海这里所制造的最可口。

我们既然到了上海大厦来住，行李搬停妥后，我便打个电话给沈仲章，告诉他我们来了，请把大东酒店的房间推掉，同时并约他来谈谈，也好出去玩玩。我又告诉了他要看一看森老，并托他约时间。

沈仲章办事的地方在淮海中路，从那边到外滩来，是要费相当时间的。他到了之后，我们才出去到街市上一逛，沿南京路走，看看市面的一般情况，也买了一些东西。交际处又派了一位姓刁的同志陪着我们走。

这时候，近黄昏了，杨洁瑷独自个儿到了淮中路去找她的旧同学。

参观鲁迅故居与复旦大学

上海工业发达，甲于全国，其他许多方面的发展，一向都有着长足的进步，因此要考察真实情况，要作有意义的参观，的确需要比较用诸其他都市更充分的时间，才能办得到，便是稍为随便一些看个大略也不是容易的事。就这一点说，我感觉到这次在上海逗留的几天，交际处的刁同志给我们的帮忙真不少。他费了很多心思，经过一番研究，才替我们订出一个三天游览与参观的计划来，在实行这个计划当中，又能照顾到我们可能花的时间与我们所曾经看过而无须重复一次的门类，这干才是值得佩服的。

八月十五日上午，参观抗美援朝展览。展览地点在跑马厅。这时候，在那里举办的土特产展览会刚告结束了，我们到上海来迟了一步，看不到，很可惜。可是这里所举行的抗美援朝展览，比诸我们在北京所看到过的，不但规模更大，陈列的东西更多，而且组织得也更完密，添设了许多讲解员，因此更能增进观众的了解。

陈列品当中，数量最多的和最惹人注目的要算降落伞和照相机了。此外，各种枪械、血衣、书札、日记、情书，触目皆是。尤其特别的，是各种绘有猥亵画像或附有猥亵雕刻的墨水笔、打火机及其他用具，十足表现那些用这一类东西的人他们的文化倾向和心理状态是怎样的。

　　看完了抗援展览，我们便转到淮海中路去访问徐森玉先生。徐老先生是上海文物保管委员会的副主任，抗日战争时期，他到过香港，因此相隔不觉已逾十年了。在谈话中，我发觉他声音洪亮，一如往昔，走起路来步履也像从前差不多一样地稳健，我觉得私心窃慰。他告诉我文管会最近来了一批很宝贵的东西，当中有几件了不起的铜器，要我无论如何都要去看一看。于是他打电话约了沈仲章来领我们到文管会的陈列室去参观。

　　上海文管会这一批仍然在整理中的东西，它的价值不能以普通的字眼来称述，甚么"美不胜收""琳琅满目"都觉得不大切当。它简直使你惊奇。对于这，我应该另以一篇文字来记载。

　　下午我们看过了鲁迅先生故居之后，到上海市博物馆去参观。在这里我们看到《老残游记》的著者刘铁云所藏的一批甲骨。

　　最后我们参观复旦大学，由副校长金通尹先生接见，并由他和农学院长钟俊麟教授引导我们参观。钟俊麟问我还认得不认得他，原来他是新加坡华侨中学的学生，自毕业以后便没有再回马来半岛去过。

　　复大藏书二十余万册。

　　是晚看《大地重光》一片于上海制片厂，同在一起看的还有两三个苏联人。

中国福利会托儿所儿童活泼可爱

八月十六日，参观大中华橡胶厂。下午，谒鲁迅墓后，并参观中国福利会托儿所和交通大学。在参观交大时，我在校园内的史、穆二烈士墓前又拍一个照，以留纪念。在鲁迅墓前大家也拍了个合照。

大中华橡胶厂工人二千余，日能制造汽车和运输车用胶轮胎约百五十条。此外像自由脚踏车胶胎、胶鞋等产品，犹其余事。闻诸厂中人说，他们现正计划制造飞机用的胶轮胎。

中国福利会托儿所是在孙夫人领导下办起来的，最初在上海陕西北路开设，仅收托儿童三十名，现在的所址在沪西虹桥路，是一个颇具相当规模和良好环境的建筑，所收托儿童已增至二百余名。组织方面，设正副所长各一人，保教员四十余人，全所工作人员计九十余人。关于收托对象，计已入所的二百余名儿童中，其家长全属供给制者八十余人，父母一方为供给制一方为薪金制者五十余人，全属薪金制者约五十人。

我们在各地所看到的托儿所，办理完善要以这个为第一。我们一进到这小孩的乐园来，便发觉每一个儿童都非常活泼好动，全无一些儿羞涩的态度。有时他们还逗着来参观的客人说笑，像在唱歌时，他或她会向你招手，或者当你进课室参观上图画课时，年纪小小的他或她会出其不意地拉着你问道："先生！你说我画的这个好不好？像不像?"问长问短，天真得有趣。

在这里，这些儿童们过着很愉快、很优美，而且有规则、有条理的生活。他们的年龄由一岁半到六岁，六岁以上的遣回家庭管理或进别的学校。他们按着年龄的差别，分为小小、小大、中大、幼小、幼大六班。我们参观过课室、音乐室、游戏室、电影室、医院等设备之后，更到宿舍和厨房去看了一遍。小孩子们的床铺被袄，打叠得非常干净，衣服放置得很整齐。他们的食品，早饭有粥、鸡蛋，早点有牛奶或豆浆，午餐有荤素菜、汤、水果、鱼肝油，午点有饼干、糖山芋、赤豆粥，晚餐一菜一汤，米食与面作适当的调节。

关于与家庭方面的联络，每星期日家长都可以到托儿所来探望儿童，每两周又可以接儿童回家一次。

在目前说，这应该是我们模范的托儿所了。

我们到交通大学，由工学院杨钦教授与航空系主任王宏基先生引导我们参观。

是晚，夏衍先生于锦江饭店设宴招待我们。

饭后八时许，看越剧《杏花邨》。这剧已上演多日了，但仍然人山人海，不容易买到票，我们仅买到楼上座位，票价是三万元。

谒见宋庆龄副主席

　　依照刁同志的计划，第三天我们仅看了两个地方，这便是国营第一印染厂和圣约翰大学，而且都在上午，因为那天下午我们各人还有别的约会。

　　参观国营第一印染厂时，由一位姓古的技师引导，他在短短的一小时内，把全部印染过程都按着程序一一介绍，只在需要时略加清楚简单的解释，但并无一点遗漏，使得参观者与解释者都同样感觉到满意和舒适，这真是值得师法的。这个厂每日出布八千匹，以平均每匹四十码计，约三十万码，但它的产量可以增加到一万匹。厂的其他部分，像工人福利事业，情形与在别处所看到的可说是大同小异。不过上海许多原有的工厂都受了地盘条件的限制，因此要向新的方面求高度的发展，一时仍会碰到不少困难。

　　由第一印染厂往圣约翰大学，路程并不很远。我们到圣约翰大学后，由校长黄嘉德先生引导我们参观。各部分都参观过了，他又邀我们到学校的俱乐部去休息一下。原来他在那里已经预备好茶点招待我们。这俱乐部地方非常幽静，颇有"柳带斜晖竹影长，柴门临水稻花香"的逸致。而建筑却十分讲究，法国式的门窗，低垂的幔幕一直拂到光亮的地板上。我们对这个地方赞羡不置。黄校长说："这所地方从前是××校长的住宅呢！"我们才恍然大悟。记得在北京参观了燕京大学时，领导我们参观的也曾指着那里原来的校长住宅告诉我们说："这座皇宫一样华丽的房子现改为会议室了。"这种改变作风，与圣约翰大学相仿佛，可谓遥遥相对，无独有偶。

午间，金仲华副市长与刘思慕先生请我们吃四川馆子，菜馆在广西路，名称叫甚么记不得了，总之是一家很出名的馆子便是。饭后，宾主尽欢而散，大家各干各的去，同学们或则去采访亲友，或则跟我们到永安公司一带去买东西，三点多以后才回酒店。记得在永安公司买东西时还闹了个笑话。云卿正环顾四周要买无花果，林子实顾张同志说："你知道蜜饯无花果在哪里吗？"张说："我知道，离这里不远。"于是他领我们一直向着大门往外边走。我知道他大概误会了便问道："张同志，你领我们到甚么地方去呢？"他说："太太不是要找工人文化宫吗？"这引得大家都为之捧腹大笑起来。

下午四点，我和云卿到淮海中路去谒见宋庆龄副主席，交际处派来了张国栋同志陪着我们同去。我们谈了一个多钟头。她问我们曾否去看过福利会的托儿所，我告诉她昨天刚去过，我知道孙夫人是最关心这个福利事业的。在茶话当中，我又把太平洋战争发生后，保卫中国同盟在香港的遭遇经过，对她详细报告一遍。

旅途中的一个波折

　　说来也奇怪，不如意的事情每每在你以为是最不可能或最不应该的时间和地点发生，像是自然在故意捉弄人，故意捣鬼似的。到上海来了几天，整部分的时间都尽可能地给利用了，而我们的收获也似乎不少。这一天已是八月十八，大家约定略为休息一下不准备到甚么地方去参观了，要嘛便只是自由访问或观察，搜集各人自己所要得到的特殊资料。午饭后，我正在寄出几封信，突然听说林子实闹肚子痛，他原来留在家没有跟俞同学出去。我急忙过去看他。起初还以为是肠胃病，可能由于多天以来吃的东西不消化所致，后来找了交际处的女护士来诊视，她检验一过，断定为盲肠发炎，结果我立刻会同交际处刁同志把他送到医院去。医生也判断他是盲肠炎，一点没错。可是倒碰到了一个困难：好多家医院都住满了，简直找不到一张病床，这可怎么办呢？于是我们打电话去与卫生局联络，然后由卫生局分别打电话到全上海各个大小医院去询问，看哪一家有空的病床。我们在这所公立医院等着回音，一分钟一分钟地过去虽然很焦急，但自己也明白这焦急是完全没有道理的！我又怕林子实难过，不住地进到医生的诊症室里去安慰他。过了大约半点钟的光景，卫生局的电话来了，说是地方找到了，是北四川路的普庆医院。这样，我们便马上把林子实搬到这边去施手术。这时候是下午两点四十分。

普庆医院离上海大厦不远。本来是一家私家医院，主持者为施磊医生，替林子实开刀的为姚秉礼医生。他说："待一切准备都好了，四点左右开刀，很快就可以完了。"其实到了这个时候，我已经不像刚才那样的焦灼了不得，因为我知道病人已经放在医生的手上了。

我又在医院里准备好了的文件上负责签名了。关于医药手术等费，刁同志说交际处已决定归公家担负，我说这不大合理，但事实上在旅途中我们带在身边的钱并不很多，所以这笔费用最好由交际处先垫付了，然后我们回到香港后照数汇回来。可是刁同志三番四次地说，这一件事交际处已经交代过了，要我们千万不要挂在心上。"因为这也是人民的事。"他们说。

林子实的病，自离开青岛的时候便有了多少征象了。不过当时大家都没有十分留意。有一次，他在海滨游泳不久，便说海水太冷，抵受不住。在济南，他好像精神困顿，异于平时，我虽有时笑他何以竟是个弱者，但也不虞其有他。自然，生病是一件寻常的事，像比我们先几个月到这里来旅行的二十多个东欧学生，他们当中也有一两个在上海病倒了，脱队在医院住了一个期间。

上海医生的新风尚

我们一直在医院里的接待室等着。四点四十分左右，施医生出来向我们报告，说开刀成功了，只再等一会儿我们就可进去看。五点多我进去看，经过情形相当好，林子实神智清醒一如平昔，他说一点也不觉得痛苦，这因为他们用的是局部麻醉的方法。

我向姚秉礼医生道贺了，大家又说了一些关于调护病人和施用盘尼西林的话。

到了这时候，我才真的觉得心上的一块石头逐渐落下去了。继而病房搬定了，我们才回上海大厦去。

这样一来，我们的旅行日程便不能不从新调整了。本来我们预定第二天便是八月十九日的上午火车到杭州去的，尤其是林子实本人，更热烈地希望能够赶到西湖去赏玩"七月既望"的月亮，完全想不到没有机会去划艇子、去玩月的却是他自己。他病倒了，我觉得如果撇下了他一个人在上海，并不是不放心，因为就近医术的进步说，这也算不得甚么的，怕的只是林子实会感到寂寞孤零，而我们把他撇下也会游览得不痛快。并且我们纵然得先走吧，也要看看他的病状发展得怎样，才能决定行期而去得安心呢。

十九日早晨，刚吃过点心后，我们便到医院去看他。最先进去是我的太太。一切经过良好，施手术后他完全不觉得有甚么痛苦。他对我说："我刚才要陈太太在杭州多玩几天等着我，给我机会也看看西湖的风景，便是一天也好！"我说："这个你可以放心，我们一定完成你的愿望。交际处的同志们还说过：将来你的病好了，如果需要的话，他们还可以派一位同志送你到广州去的，看一看西湖自然不成问题。"这虽是主旨在安慰他的话，但也是事实。要紧的他能安心静养，好叫创口容易平复。

在旅途中生病的确是一种麻烦的事情，像小说里所描写的"举目无亲"的情况，有时候也实有其事，并不完全出于作家的虚构或想象。也许因为这样，所以许多人都不敢轻易出门。于是"在家千日好，出路半朝难"这话便成了普遍信奉的真理。然而这是不对的，合理的社会是不会使无论那一个人得不到照顾的。整个社会是一个大家庭，还有甚么"出路"与"在家"的分别？人们做的事情，完全由于服务观点，并不在钱的面上，或其他势位的考虑，还有甚么不平的事呢？记得那一年蔡元培先生在香港病重的时候，许地山先生打电话给某著名的医生，请他来看看这位中国学者的病，但是被拒绝了。这事使许地山先生气愤极了。他几次对我说："纵使不给我脸，也应该对这位北京大学的校长和当过教育部长的中国学者有几分尊敬呀！"

这是社会环境的关系！

从医院看到社会转变

因为林子实生病，我们结果把到杭州去的日期延至八月二十日始成行。

旅途中虽然发生了这样的一个小波折，但我们却增长了不少经验。同时，在考察方面我们自己也有了一些意外的收获。当我在普庆医院等候着林子实施手术的时候，我看到许多进进出出的人，诊病的、进院就医的、送饭的、送被服的、采问的、痊愈后出院的，种类纷繁，真是应接不暇。有时他们坐到自己的旁边来，因而有了机会逗着他们讲话，或甚而至于进一步谈到他们的家庭生活状况。大概到这所医院来看病和就医的，大部分属于工人阶级，可能是在附近的工厂做工的，这可从送饭的和送衣服的他们谈话中所称达到的事物看出，进医院里来的，还有到会计处去交货的送货员，送家具和议价的木匠，他们相互间批评品质、论辩价钱的话，——都听在我耳朵里。普庆医院并不是一所规模很大的医院，它的应接室紧贴着会计处，再往前向着大门便放着两条长凳给送饭的人闲坐，这样我们坐在应接室里边，一切动态，倒真的举目而足。施院长倒像是"无所不在"那样，有时候他到手术室去看开刀，看准备的工作是否妥当，有时候到各病房里去巡视病人一番，有时候出来向我们报告一两句话，有时候则在大门口和探病的人们详细解释病人的情况，和颜悦色，像家人一样。当我看见一个做妻子的，送饭进去给了她的丈夫之后，出来跟施院长谈了几句而感到满意时，我自己也像得到了一种慰安。

这样，我在医院的应接室呆着等候的两个多钟头的时光并没有完全浪费掉。就观察所得，一般的工人的生活状况虽然不见得怎样提高，但是已日趋于安定。最初，政府当局鉴于上海市人口数字太庞大了，曾决意把它减到三百万左右，因此有一个时期的确曾大力从事疏散的过程现在已搁置不谈了。这是一个重要的发展。

这一天晚上，因为没有别的事了，我们便踱过白渡桥到黄浦滩公园去散步，吃冰琪淋和冰棒，冰棒在北京叫做冰棍。海外似乎在酝酿台风，黄浦江面的小艇都一一撑进苏州河来躲避，不到九点，整条苏州河都塞满了船只，排列得密密地完全无一寸空隙了。这时潮水也高涨起来，公园里有些部分还给海水淹没了，游人也逐渐散了。然而到了十一点，天空突然开朗，云都散了，在上海大厦楼头下望，倒想起"滟滟随波千万里，何处春江无月明"这话，庶几相近。

与上海话别时的印象

八月二十日，我清早五点多便起来摒挡一切，先把由北京转来的信都覆了，然后又写一封信到香港给何明的父亲，报告他的女儿已经考进财经学校正式放榜了。

这时候，飓风已在作袭击上海的模样，始初以为它会轻轻地掠过，现在看起来倒不然。昨天晚上还是一轮皓月当空，眼前却是一片蒙蒙细雨；上海大厦朝北一带的门窗，给怒号的风震撼得叶叶作响，一时像是鱼龙的悲啸，一时又像是弹琴的声音。这是我初次领略到上海的台风。

七点多，云卿、洁瑗等往看林子实的病，我没有同去，因为我去访周而复去了。

九时三十分，刁同志冒雨送我们到北站，那里先已有工会的同志在招呼，所以我们很快便找到了座位。刚好把行李放好了，张苏平处长赶来送车，到了火车差不多要开出了的时候，周而复也赶到了。除了送别的话，周还对我说，关于林同学的事，一切有他们照顾，不用我们挂心。

离开了上海了，但没有把上海完全置之脑后！

在横风狂雨中车从沪西开出了，逐渐地摩天大楼烟突也消失了，摆在眼前的一幕景是松江的塔影。车厢里工友们已经在开始一种文娱活动。

在"车辚辚""风萧萧"当中，我也在咀嚼着周而复早上告诉过我那些话。

上海一向是全国最醍醐的地方，也是世界上最醍醐城市之一，并且又以此著名于世的，外国的流莽到这里来，把它做成他们的冒险事业的"天堂"；中国的流莽也集中在这里，进行着他们吮吸民脂民膏、有时更是卖国的勾当。解放后，这一切都一扫而空了。但很少人能真正领会到这个转变意味着甚么，并且又怎样成为可能。两年来，封建势力是不是鉴于转变了的形势，一开始便俯首贴伏地认输呢？并不！他们继续作困兽之斗至相当久。有一次，这些恶势力打算在经济界和政府作一次血战，企图把统制的粮食市场推垮。是农历的年关了，他们在公开的市场开始把米购入，最初是十万担，随后是二十万、三十万担，按次递增。这时候他们的动机给窥破了，政府立刻准备与他们决斗到底。其后，他们购进量增至五十万、六十万担了，但仍然没有停止的趋势。于是政府飞电汉口，百万担谷米源源下江，等到他们八十万担的购置量要达到了，恶势力再也不能吞进甚么而不能不宣告失败了。从那时候起，上海的黑暗势力虽不能说是已经绝迹，但事实上是降伏了。这只是从一个角度看上海。上海的本来面目已在急剧的改变中，新生的上海的姿态自然还要等待一个时期才呈现得出来。

廿年重到西湖路

　　离开了上海，一路从松江到嘉兴都箭一般地下着斜侵的密雨。过了嘉兴，雨渐渐地小了，但风力仍很劲。等到我们到达了杭州，发现湖面已是波涛汹涌，不能划船了。

　　沪穗直通快车下午一时五十分抵杭州，交际处唐为平处长与叶科长到车站来接我们。大家通姓名后，唐处长一面领着我们出车站，一面问讯我们从北京南下沿途旅行的状况。在车站外停放着好几部汽车，唐处长让云卿和我进到一部髹着黄色的上面去。我进到车内，环顾四周，自座套以至窗帘，都是用团龙黄缎子做的，鲜艳夺目极了！当下心里起了一个感觉：假如不是在人民的世纪，这岂不会引起是否有非分之想的一个问题？然而黄色基本地究竟是一种最可爱的颜色，怪不得从前那些做皇帝的都喜欢它。在五色之中它仅列于第二位，也是很有道理的。

　　在车中，唐处长问我杭州和以前相较有甚么不同的地方。我告诉他说："前次我来，马路还没有开好，这一次来，市容整洁得多了，但热闹好像不如从前，也许这是改变了的经济一时应有现象。"其实这猜测也去事实不很远，因为随后我们到杭州的工厂参观时，便逐渐体察出一种新的经济因素在发生作用了。

　　浙江省人民政府交际处位在湖滨，原为大华饭店。地点在从前的涌金门附近，属西湖的南山区。右为澄庐，这在满清时代本是盛宣怀的别墅，其后有一个时期做了蒋介石的私业，现在则为浙江省的儿童保育院。左边向南望，便是问水亭、"柳浪闻莺"、钱王祠一带胜迹，不过你如果询问水亭的故址何在，我想谁也不能切实地告诉你，唯一的影迹似乎只是那个湖滨的造船所。无疑地这是望湖的一个顶理想的所在。

我自己又到西湖来了！这个"淡妆浓抹总相宜"的西湖！隔别了二十年，湖山依旧似乎没有甚么变迁，反之倒觉得比以前更娴静、更幽雅一些。湖面很干净，艇子来往的很少，没有一种嚣杂的现象。始初我还以为是因为这一天风大的缘故，后来知道这有别的原因。在新的秩序底下，一切都比前时更合理、更纪律化了。社会上没有了一班所谓优闲阶级，纯粹的消费分子逐渐减少，纸醉金迷的生活逐渐为有识者所唾弃，那么，不但都市的秩序恬静起来，便是西子湖也庄严得多了呢！

今天我们既无意于泛舟游湖，便只好在午后到孤山湖心区去逛了几个小时。交际处派了陈吟泉同志陪着我们去。从"平湖秋月"看起，一路到放鹤亭、林逋墓、中山公园、西湖博物馆、西泠印社，大略都看了一过。

杭州丝织业一瞥

　　淅淅沥沥地下了一夜雨，在湖边的风声和树声，不但没有扰人清梦，反而觉得酣睡更浓。一觉起来已是六点，抬头望窗外，湖山仍在烟雨笼罩中，是我心目中最理想的一幅烟雨图。我没有把云卿唤醒，独自个儿到濒湖的铁椅上坐着赏玩。这时风仍很大，颇有一些寒意。间歇地又飘着一阵一阵的急雨，显然飓风在袭江浙一带海岸了。大华饭店的工友们对我说："杭州从来没有吹过这样多天的风，一连刮了三天了，但是仍不见停息。"

　　像是夜来着了凉，但也许因为穿的衣服少，冒着斜风细雨来看湖水湖烟，虽然舍不得这景致，但也有点抵受不住。我常觉得自己有一种任性的毛病，但又不能改掉。

　　七点一刻，女管事把牛奶送进来了，我急忙叫醒云卿。八时许，陈吟泉同志来找我们去参观都锦生丝织厂。

　　都锦生丝织品是很出名的。据说不但在中国只此一家，便是全世界也只有他一家，是独特的经营。厂址不很大，原来准备扩充的计划，后来日本鬼子来了，一切又得放弃。我们一进厂里来，便见客厅毛主席的绣像，该绣像很惹人注意，因为用的彩色很多，很复杂。厂中现有织机三十多座，另有新置的两座是用电力的，我们参观时这两座新机仍在试验中，虽有制成品，但不拿来应市。电力机成品较精细而且近看亦逼真。

　　这厂工人仅八十名，分两班工作。关于这一门丝织业的继续发展，主持人说他们正进行着一种新的计划。

　　我们参观的第二个地方是浙江丝织第一联营厂。参观时，厂的总务科长对我们解释，丝织业现在亏本，要待劳保费由政府发下来后才能维持均衡。这是联营事业一个特点。目前这厂加工赶制的产品，全销东欧，因此港粤方面的订单便来不及应付。货品的款式，就港沪标准来说，自然老旧一点，但因为需要不同，不能相提并论了。

　　销东欧的中国丝织品，以供公共场所如会议厅、工人文化宫等地方装饰的用途为最大宗。因此，所选择的花样，山水人物、花鸟虫鱼，颇具一种广东人所谓"古老当时兴"的倾向。联营厂的当事人对我说，他们手上所已经接到的东欧方面的订单，以目前的生产率推算，大概要十个月的时间，这便是说要到明年六月左右，才能够完全交货。从这一件事我们可以窥察出：中国丝织品找到了新的市场了。以前中国丝织品也销欧美的，但数量究竟不大。固然，经营方法不高明，也负着丧失了市场大部分的责任。

参观浙大与浙江图书馆

是日下午往访浙江文教厅厅长刘丹先生，之后又去访问浙江图书馆馆长张间声先生，同时并参观他的图书馆，到五时许，才赶到浙江大学去踏看了一下。

与刘丹厅长谈了颇久。他把解放后浙江一省的教育叙述得很详细。他说，浙江在解放前大约有小学生八十万名，现在已增加到一百六十多万；中学生以前不足六万，现在已接近十万。大学只浙江大学与之江大学二校，浙大学生将近二千，之大学生约九百；中学生考大的情形可以说是与在鲁省所见的大同小异。但浙江教育当局目前认为急务的，是如何大力地推广农民教育。农民大翻身了，这一阶段工作是亟不容缓的。全省现已组织成功能容三十万人的识字班，着重点在政治的训练。

值得注意的一点是：浙省各地已极力推行戏剧运动，民众到处都自动地组织剧团起来。在搞这种文娱活动，自然各地的文工团是处于领导地位的。

当我们进到浙江省立图书馆去时，张间声馆长正在校丁氏所抄补的文澜阁四部书，他说他发现了很多错误，而丁氏所抄又不注明原根据何本，所以又增加不少麻烦。我与张先生见面后，又从怀里掏出宋云彬的信交给他，然后大家又谈了一会，才由他领我们去看馆里所藏的文澜阁四库全书。馆现藏旧版画三十余万

册，外文书不足一万册，大概因为发展的着重点目前并不在这
方面。

　　参观浙江大学时，我顺便把英国牛津大学赠书一事对副校长
王国松教授说明原委。大家又谈了好些关于英国文化委员会，尤
其是关于已故罗克斯比教授的文化工作的话。

游灵隐寺登北高峰

参观完浙大回到招待所来，院子里静悄悄的，各处窗户都因风吹雨打紧紧地关闭着，十足萧条庭院，一雨成秋的况味！晚饭后，云卿、洁瑗、乃昌三人还乘着余兴到解放路中山路一带去逛了一顿，买了一包包茶叶、菊花、蜜枣子、水杨梅等吃食的东西回来。

听风听雨地过了一夜，到了第二天早晨，雨止风也停了。太阳出来了，湖上呈现着一种晴岚耸翠的新气象。

早点后，陈吟泉同志邀往游灵隐寺，顺路至韬光寺并登北高峰。灵隐寺本名云林寺。山门有"咫尺西天"四大字匾额，前次来时，这里香火极盛，记不起是作甚么佛事，禅堂里集合着数百僧众在一起念经，那种嗡嗡之声、梵唱之音、直达山门外都听得见。这一次来，不但罗汉堂没有了，以雕塑出名的五百罗汉也归于乌有，而且大雄宝殿也倒塌了，我们只能从锁闭着的门缝略为窥见内部的佛像。寺内还有觉皇殿、轮藏阁、紫竹林诸胜，现在只能付之追忆。

由灵隐寺后沿山径萦回而上，不久便达韬光寺。这里便是"楼观沧海日，门对浙江潮"的处所。昔年到这里来，因为同行的朋友艰于步履，却反不肯攀登北高峰，每觉至为可惜，今次我们来，虽在盛夏，亦不怕艰苦，沿寺左右磴上，卒至峰顶灵顺庙。从这里望浙江潮，似更胜一筹；山南山北诸景，一览无遗，外江内湖之胜，尽收眼底了。

北高峰山巅有二泉，一曰玉龙，一曰飞凤。玉龙泉似已就涸，水量不多，大概已弃置不用。飞凤泉则水仍丰沛，质味甘洌。我们进到灵顺寺来后，寺僧汲泉水给我们泡了两壶茶，啜着茗凭轩眺望远近诸景，不觉起一种潇洒出尘之想。这所寺庙地位相当好，想象很适宜于秋冬之间到来小住一个时期，或者在夏天来避暑，但可惜林木太少，所谓松峰顶，实在留下没有多少株松树了。据说，峰顶从前本有浮图七级，久已圮毁。事实上，这里多了一塔影，的确是增加湖山之美不少！

从北高峰下来，沿旧路穿过韬光寺到云林寺山门去坐车。顺便逛飞来峰诸岩洞。飞来峰又名灵惊峰，是云林寺前的一系山石。于是我们跨过了溪涧，登冷泉亭，从这里更遍历白猿峰、龙泓洞、理公岩、射旭洞、一线天诸奇景，并拍了好几张照片。

在寺门前一个摊子上买了一根西湖竹子做的手杖。午饭后，我正在日记里把这一事也记下来，写着："西湖竹，手杖最时兴，烟笠雨蓑仍在手，摧云踏月犹余清，长欲住西泠！"也不知它是不是韵语，忽然陈吟泉同志进来说，是要约我们下午去参观浙江麻织厂。

浙江省麻纺织厂

　　浙江省麻纺织厂是一家新型的工厂，不论在组织上说，抑或在事业发展上说，它都是全国首屈一指的一家，所以很值得注意。那天唐为平处长还对我说过，考察中国的工业，这一个工厂是不能不看的。

　　厂址为拱宸桥，依照已拟好的杭州市都市建设计划，拱宸桥区被定为工业区。这一天与我们一同到麻纺厂来参观的还有一班苏联人，他们是专为着考察工业而到中国来的，但是与我们不同，他们在杭州仅停留一两天。

　　麻纺厂事业年来很蓬勃。浙江省许多以前种稻的田地近来都改植麻。有人也许会说：这岂不影响了粮食的生产？不过据我所知，政府也早注意到这一层，改稻田来种植麻是要先得到政府批准的，而且也有若干限制，就目前价格说，土麻每担售四十万元，而印度麻最坏的，这便是说在这家厂里所见到的带黑色而品质很劣的那一种，也要七十万元，还要在上海交货。因此，这便刺激了土麻的生产。但是我们现在需要用麻的地方很多，本国所产的并不敷用，所以仍继续要输入印度麻。

　　当我们到来参观时，这浙江麻纺织厂成立还不过十八个月。但是这十八个月的建厂经过，由无到有，叙述起来倒可以成为一部富有教育意义的斗争史。厂现有工人一千六百名，男女各半。

"可是，"主任工程师陈继善先生着重地指出与我们说，"其中熟练的工人仅三百余。"陈继善先生解释这便是厂中为甚么表现着若干不能令人满意的地方，就是缺乏整齐，组织上面呈现着一种略觉凌乱的状态。其实，如果不是陈先生指出，我们也不会以外行的眼光观察出这一点来。原来厂中在工作的有很多是从各方面派来学习的工人，其中还有几个哈尔滨来的工程师级人员。这一种情形，在总结生产量的时候，是要计划到的。

厂现在日出麻袋一万九千只。据总工程师说，他们正准备增产一倍，这是要在最短近的期间实现的。次一步计划是一年之内增产到六倍，这便是说日出麻袋十万只。陈总工程师并以绘制好的扩增生产至六倍的图表见示。按照这计划，工人将须增加到一万人，货栈将沿运河旁边建设，但比现有的要大好几倍；次则为工场，其中有一间厂计划能容锭子七千，比现有的多数倍；其次为体育场，花园，工人文化宫，俱乐部等设备；又次则为工人宿舍。这样所形成的一个单位，完全是新型的。我们在参观时所看到的是这样的一个单位的逐渐形成。

这一个厂的发展，真是一日千里。它不仅在很短的期间增产一倍，它的扩增至六倍的计划也得到批准了。

从苏织厂看中国人的聪明才智

　　我们看过了厂的纺织部分之后，便到炼制软麻用油部分去参观。这是一个新添的特殊部门，是美国对中国禁运后直接产生的结果之一。炼油厂的负责工程师是陈世桢先生，他发明以植物油拌合矿物油炼制成一种软麻用油，得到了很好的成绩。不但如此，还替厂方省了一笔很大的支出，因为原来用的从美国购进的矿物油，每罐四百磅装的须费人民币七百万元，而现在他们自制的所谓"代用油"仅值二百万。以这一家厂每日用油须四罐计，这数字就很可观了。他们现在正在计划增加产量，每天出油十吨，这样便可以兼供其他各厂的同样需要了。陈世桢先生的发明的重要性于此可见。

　　像这样或同类性质的发明，由于美国对我"禁运"或其他刺激所发生的，全国算起来实不知多少起。就中影响或大或小，或一时还不容易看得清楚的，或属于须要经过更多次实验和改善才能引起一般注意的，总之以我们见闻所及，亦不在少数。有时候我倒觉得"禁运""禁运"，华尔街大亨们的想法真天真！难道当美洲大陆还不过是"兽蹄鸟迹"的时候，我们便没有可能制造指南车？便不能发明火药？以这大半年来的事实看，徒见他们力细而心劳！

　　引导我们参观的负责厂中工人组织事宜的段克杰同志对我

说："陈世桢先生本是光华大学的教授，解放后政府把他调任浙省工业厅，后来又因为公牍不是他发展天才的最好地方，所以才把他调到厂里来，在这里能表现出他的长处来了。厂里的人都非常佩服他。"其实，岂止他们，我们对这位诚朴厚重的发明家也深致景仰。国家能用得其才，人们能各尽所长，这是新的制度与旧制度不同的地方。

关于福利事业，我们看过工人的宿舍，还有在建筑中的工人住宅。宿舍里不但床铺非常干净，胜过许多我所看到过的学校学生们的床铺，而且也有抽水马桶的设备，打整得十分整洁。医药处、疗养所、托儿所等地方均有最新式的设备。最特别的是弄饭利用余剩蒸气，省去柴薪的支出，厨房里干净得无比，厨子均穿白色的围裙，戴白帽子，雪一样地白。我们参观饭堂时已近晚膳钟点了，饭菜都预备好了，八人一桌，四菜一汤，陈列着在一个纱罩子底下，等候开饭的铃声。这样的情形我们是第一次看到。那么，何只工人们自己感到骄傲呢！看到从前饱受鞭策、压迫、欺骗的他们，在在生活在这新的天地里，我们也感到莫大的光荣。看着他们男男女女，围着在草坪上开小组会，讨论增产节约计划，我回顾拿着照相机向他们瞄准的俞乃昌说："这名符其实地是工人之家，是工人的乐园！怪不得费尔敦夫人也誉为是前所未有的了。"

在吴市长宴席上谈拱宸工业区印象

我想凡参观过浙江麻纺织厂的，都一定会像我们一样，得到一种很深刻的印象。这便是：只有在新的社会制度底下，才有创造这样的一种新的生活的可能。在这一个厂里，工人们的生活固然得到保障，这实在已经完全不成问题。工人们的新的工作态度，是他们对于计划增加生产的努力，是他们对于参加创造新纪录运动的热忱。我们亲眼看到过他们吃的是甚么饭菜，我们看到过他们宿舍里整洁比赛的成绩，我们也看到过他们下班后在草坪上围着开小组会互订增产节约计划的情形。这些在旧制度底下是不可能想象的。

那天我们在上海去见宋庆龄副主席的时候，她拿她的一本新著《新中国向前迈进》赠给我，在这书里边有一段话这样写道：

> 这项新制度在工人中间激起了一种极重要的革新运动，因而产生了新型的中国工人，他们是工人阶级中的先锋，他们只从国家的进步着想。他们在城市的地位等于乡村中的劳动模范。他们合力促使新中国向前迈进。

这所说的虽然是指东北的企业管理制度的事情，但是我觉得恰好可以借来说明我们刚在这一个厂里边所看到的一种崭新的形态。

被解放了的劳动力，它的发展可能达到的程度是无可限量的。

参观了这个麻织厂，我个人感觉到中国工业化不但完全成为可能，而且它的实现也当在不远了。厂的陈总工程师对我说过，十八个月前当他们着手建厂的时候，只他和朱厂长两人，现在他们已在准备下一次的扩展计划了。新中国的进步，便是这样好像是一种奇迹，完全为一般人所想象不到的。去年五月间，英国来华访问团抵达杭州看过这厂之后，也承认即使在英国的工厂仍未能达到这样的理想，我们可以相信这并不是溢美之词。

还有一点是很值得注意的。这便是：在这样的一种新的环境中，人们像是经过改造过来的，尔虞我诈的作风完全洗脱了，男女间也真正能够做到互相尊重，互相敬爱。是晚，吴宪市长与刘丹文教厅长设宴招待我们。席间我们的话题也扯到这新型的工厂和拱宸桥工业区上面来。副市长刘开渠先生说起许地山，并问及他在香港教育上所起的作用，大家对于他这样早逝世，又不禁为之深致痛惜。

西　湖

　　到杭州来已三天了，但仍没有坐过艇子游湖。八月廿三日，参观过麻纺织厂的第二天，我觉得再也压不住大家这一方面的热烈倾向了，并且天气晴朗，一般地都想亲近一下西湖的波肤。于是早餐刚过，招待所的同志便替我们准备好了艇子，把茶和各种吃食的东西都搬到船上去。陪着我们一同去的，除了陈吟泉同志之外，还有两位从莫干山下来到这里交际处来学习的女同志，她们都是很年青的、才从小学毕业的学生。

　　我们先到小瀛洲，看"三潭印月"。"三潭印月"是西湖十景之一，是很有名的，但在我看来也不觉得有甚么奇特的地方；那三个小石塔，鼎立水中，所谓借月光的映射，分月为三，自然要在有月亮的时候来，才能领略到这景致，但究竟不是我认为绝妙境界之所在。游这个地方，最好泊舟浙江先贤祠附近登陆，由这里穿过卍字亭、迎翠轩，曲曲折折地踱过了多少赤栏，绿杨掩映里看尽了多少荷花，然后才转到在南边的小瀛洲去，这样你才会觉得"岛中有岛，湖外有湖"的确一点不错。西湖诸景大概应以这里为最擅胜场，其次则为"雷峰夕照"与"平湖秋月"，若湖心亭与阮公墩则只供衬托而已。三潭印月一带地方本为浚湖的淤泥所成，虽属人工，可是它的结构的优美，配合着自然的境界，真足以表现出中国艺术的特性。乃昌游过北京的颐和园后，说它虽然好，但可惜规模小一点，到西湖这里来，他觉得全无闲言的了。我们在这里流连了许久，简直"六曲栏干偎碧树"似的，嗅了一会儿荷香，又去看了一会儿游鱼，总舍不得离去。

离开了小瀛洲打起双桨向着苏堤的南段进发，穿过了锁澜桥进到里湖来了。一路看"花港观鱼"、蒋庄和丁家山的刘园，然后才从压堤桥转出外湖来逛湖心亭。花港的鱼在沦陷于日敌时期遭到很大的灾劫，大概都给日本人捕食了，所以现在已非曩日"锦鳞游泳"的胜概。陈吟泉同志对我说，现在池里的鱼都是新近养的。蒋庄和刘庄现在一部分都做了劳动人民的疗养所。在刘庄的仿佛是铁道部职工的休养所。尤以蒋庄地方都非常宽敞雅洁，尤以蒋庄保存得更为完整。两所地方划出来做休养所的似乎只是较小的一部分，其余大部分则仍属私人庄墅的范围或开放给公共游览。

午饭后略事休息，到四点半才去游净慈寺并看雷峰塔的遗址。访月下老人祠不见，只见白云庵，原来祠已废，月下老人却发现在白云庵里！我们到南屏山时，太阳还烈，归时日已衔山，这应该是最快意的一日游！

游龙井与虎跑泉

苏东坡诗:"秋后风光雨后山。""秋后风光",我们没法等待了,若"雨后"的山色,眼前便领略得到,又岂止"浮生一日凉"而已!在候雨霁的时候这样想。

本来约好了下午去参观美术学院,因为阻于雨,去得稍迟,到那里时已经四点多了。美术学院院长刘开渠先生,那在吴市长的宴席上已见过面,我在谈话中也和他说过要来参观美术学院的意思,所以今天我们到的时候他早已在等着我们了。

我们到会客室里坐定后,他先介绍我们与教务长庞薰琹先生和系主任莫朴先生相认识,谈了好一会,又把学生们的绘画作品搬出来给我们看了一遍,然后才领我们分别到学院各部分去参观。

美术学院学生三百余人。我们所看到的成绩品,以油画和水彩画占较大部分。油画用的材料价钱日昂,因此这方面的发展将来也许会遇到限制。传统的中国山水画似乎不大受到提倡,大概因为山水画已不能表现时代精神的缘故。

美术学院在外西湖,地点本是苏白二公祠的故址,离"平湖秋月"很近,是一个美术工作者绝对理想的地方。艺术家晨夕对着"西湖天下景",灵感的力量虽然浅深不同,但对艺术的创造有着很大的帮助,则实无疑义。

我们离开美术学院与刘院长握别时，已是灯火黄昏的时候了。想不到留在那里竟然有这么久！

廿六日，游龙井与虎跑泉。龙井泉水泠然，可是不晓得怎的，寺里所供的茶倒不觉得怎样好，殆非上品，无论如何，和九溪十八涧那里国营茶场所供的比较，便有上下床之别。这样倒引起一种不快来！因为坐在古寺旁边的八角亭，本来想一面看飞瀑，一面喝个"卢仝七碗"的，然而茶味不佳，便觉有些美中不足。

到龙井寺去，山门外有过溪亭，又称二老亭，据说为元净送东坡处。龙井上更有"湖山第一佳"刻石，又晓邨诗一绝，诗与书法均甚可观。

从龙井寺往虎跑寺，路上经过"双峰插云"一敕石，说是清帝康熙题的，地点在九里松。这里除了地在南北两峰之间，别无题咏的意义，徒见做帝王的"好事"。

虎跑泉在定慧寺，这便是东坡诗所谓"虎移泉眼趁行脚，龙作浪花供抚掌。至今游人灌濯罢，卧听空阶环玦响"的所在。泉水仍甘冽异常，但是现在已分建二池，取水要受到管理，不像以前那样随便"灌濯"，全不顾到大众的利益了。

夜游三潭印月

　　廿四日，出钱塘江望大铁桥，登六和塔，溯江而上，因至九溪十八涧。十一时，抵云栖寺。云栖坞虽仍景地幽邃，但实已非复旧观，为日寇砍伐的竹林，默计非二三十年不能够重睹万条翠玉的盛况。几日来游踪所至，有不少地方都植着"封山区"的牌示，这些是和重造园林与增广西湖风景区的计划有着直接关系的，自九溪十八涧以西至五云山一带，封山区的范围看来似益发增大。从这一个事实更可以看出，培植树苗与建设园林的工作是在积极进行中。政府的计划是要在短期间把全个西湖风景区做成中国最大的一个人民公园。吴宪市长对我说过，市人民政府正在着手把西湖浚深至三公尺左右，通过这样来增加湖的蓄水量，并取得所预期的调节气候的作用。很可以想象得到：环绕着西湖的濒湖各区，将有更多的人民疗养院出现。

　　夜里游湖自然以有月亮的时候为最好。可是即使像昨天晚上那样，我们到了中夜时分，才与陈吟泉同志打着双桨向三潭印月的地点进发，在作淡黄色的半规凉月的笼罩之下，去辨认湖心的三个塔影，摩挲着那几个似瓶非瓶的东西，同时倾听着远处的摇橹声与近处的鱼跃声，虽然不是月白风清、一碧万顷的境界，倒也有它的别致。而今晚泛舟湖上，月亮是没有了，可是一面是杭州市街的万家灯火，这一面是水面吹送过来的西湖歌艇一片清脆的歌声，在黑压压的夜里倒透露着一种热闹。云卿蛮喜欢越剧，对水面的清唱尤感兴趣。据陈同志说，天气热的时候，湖上固然格外热闹，便是普通到了星期六、星期日两天的晚上，也觉得无论晴雨，荡舟的游客总是不会少的。因为在这两天，机关的人员和工人们都比较闲空。

廿五日，游北山诸洞与保俶塔。我们到黄龙洞下车，庙门的一副对联写着："黄泽不竭；老子其犹。"是易大岸的手笔，这洞里所堆的太湖石，虽然仍有些造作的痕迹，但比诸北京故宫御花园里或甚至颐和园里的，都好得多，天然得多了。这里的石曲折多奇趣，有时竟是你意想不到的，想当时一定有个匠心经营者，故一切不能落俗。固然，这里也得力于山的形势，因为林壑优美，本身已很自然，实不假雕琢。他处殆莫能及。

出洞沿山径上不远便抵紫云洞。在这里我们遇到岭南大学的同学六七人，他们也是暑期来旅行的，大家同在紫云洞品茗。洞里的和尚道士现在均已参加生产。出紫云洞转左不数百步便是金鼓洞。这一带岩洞未经人工修治者尚多，一时游殆难遍。归途中登宝石山看保俶塔，遥望初阳台。

是日下午苦热，旋雨！

别杭州

 日子愈接近我们预定要离开杭州南返的时候了，便愈觉得西湖还有许多角落，我们都未能寻幽选胜，一履其地，或者纵然到过，亦不免来去匆匆，浅尝辄止，未能领略到它的好处，这样，心里总有些不十分餍足也似的。像钱塘观潮，西溪秋雪庵看芦花，现在还不是时候，自然不必去说它了。但是像烟霞洞，它是西湖诸洞中最古的一个，我们却终于抽不出时间去探看一下。我们登过北高峰了，却没有勇气再去爬上南高峰，前次我来，游西溪的花坞，历访那里的云庵精舍，费了一整天，入夜后才乘着月亮回城里来，这次我们却没有涉足到古荡、留下镇那边去。龙井与九溪十八涧，应该在同一日游，两处地方汽车路未通，更以步行为便。然无论濯足九溪或观瀑龙泓，都需要准备多一点时间才能尽兴。这些总觉仍系在心头。

 游完了虎跑寺回到大华饭店来后那一个下午，本来要去看看吴山十景的，然卒因事不果行。傍晚，打算要去重游孤山，又阻于雨。入夜，雨越下越大了，困在斗室中，便只好写信，一连写了七八封信付邮。这时夜渐深，凉气渐重，也不由你不"洗足关门听雨眠"了。

 我们从上海到了杭州之后，我曾写过一封信给林子实，告诉他安心静养，以恢复健康为重。前天唐为平处长从上海回杭州来，带了林子实的一封信给我，说他明白了要多在医院休养几天，待创口完全平复后才能就道到广东去，所以他愿意让我们先走不要等他。我接到他这一封信后，也觉得收拾行李南行去得更闲适一点。

不过，这几天以来也有另一件事情使我觉得不能不担心的。这便是：自从我们到了西湖以后，俞乃昌食量渐觉大不如前了。他本来是食量很豪的，并且大华饭店这里的菜肴十分精美，一时无两，可是对着这他有三两天竟懒洋洋地不大下箸，这便教我狐疑起来，怕他又是生林子实同样的病，好在过了一个期间，他也不觉得有甚么了，然后大家才稍为放心。

廿七日，我们准备好坐下午两点五分的沪穗直通快车往广州。清早，交际处把打好的车票送来，同时又把我们订购车票的款全部退回；唐处长坚持着要由交际处负担。我没法劝转他，只好接受了他的一番厚意。

早饭后，到市府和省文教厅去与吴市长、刘厅长辞行。回来的时候，顺路到孤山去一看苏曼殊的墓，这样象征着与西湖话别。

一点三十分，我们到车站，先把行李搬好了，又在候车室里坐了一会，到了一点五十分才登车。唐处长赶来送车，还有陈吟泉、缪金山、陈灿洪诸同志，我们均深受感动。

浙赣路上书所见

　　火车从杭州站开出后不久便下雨了。杭县萧山一带都普遍地下着。车过钱塘江大铁桥的六分钟时间，也不知大部分是在赞美桥的构造抑或在赏玩四周的一片空蒙山色。过了诸暨，雨便逐渐少了，从这里车路沿浦阳江河谷上行，一路所见的田都呈现着龟坼的形状，如果再不下雨，旱象便成了，眼看着这样的情形，一幅一幅干涸了的禾田都印到脑子里去，自己也不觉为农人们焦急起来！

　　从济南一路南下，到处都听见人们说这一年雨量较少，恐怕弄成旱灾，但是从另一方面看，翻了身的农民，是不会完全靠天的，他们团结合作起来，是一定能想办法把这防旱的一个问题圆满地、有步骤地解决的。

　　在外陈、牌头与郑家坞间的一带峰峦，看来似甚雄伟，大概属会稽山支脉。有些山，秀丽并不亚于杭州湖上所见，不过因为稍僻远，故来游者少。游地方，在可能范围内，总要多携带些图籍，以备参考。当然，有地图也不能给你很大的帮助，不过有总比没有好，"见山好，不知名"也是常有的事，像在这里的山岳地带。我们忽然发现一条相当大的乡村，它不像是一个市镇，那里的庐舍是依着一个山的山脚建筑的，错错落落地排列得占地很长，房子也盖得十分齐整，大略算一算总有一千几百户人家。从

310

这一点很可以看出这个地方的经济地位，但是地名叫做甚么再也查不出。

过了义乌以上，诸山更为雄奇！自然的啦！从这里再往东去，岂不就是"天台四万八千丈，对此欲倒东南倾"的所在，而诗人所为要写"我欲因之梦吴越，一夜飞渡镜湖月"的奇句子了么？常常听说浙东山水比浙西还要杰出，我们现在正从浙东地面走过，更觉为之神往。

孝顺以西，天色渐黑，窗外景物渐觉不可辨认，比抵金华，时已七点。夜幕张开了。在停站的时候，许多旅客都下车购买火腿，售价每只十万至十五六万不等，似比沪杭市上较廉宜，但货色如何，在夜色昏暗中似非内行者不容易辨别。

车厢中颇觉闷热，入夜后稍凉，当车过了衢州，抵玉山、上饶，进入江西境时，大家都在睡梦中了。

第二天，车抵向塘，我们已起来了。这时候还不过早上六点多，天气便已相当的热，大概这里气候比不得沿海省份，受不到海风的调节力量，在田里作工踏水车的，有许多简直脱得全身精光。可见天气的炎热！

向午，车过宜春。在我们的左手边，一列大山，看去真是翠峰如簇，高入云霄，地图中所注不大清楚，疑即为"武功山"，过此则渐近湖南省境了。

火车上的良好服务

离宜春不远的一个地方，地名记不起来了，车到站停下来，大家满以为这里有了水塔，到洗手间在经过分宜时便告匮乏的用水的供给现在应该可以恢复了，谁想倒不然。我下车去察看原因，原来因为天旱的关系，为着要救荒，车站水塔的水倒给暂时移用去灌溉附近的农田了。这个车站依山建筑，水源大概从高地接来，所有这一地区的田都在下手方，这样，利用水塔的水来解救一时的困难，不但是一个聪明而且很合理的办法，同时也可以看出，只有在铁路工人与农民之间有了真正的了解与密切的联络的情况底下，换句话说，就是在人民的政治认识提高了的情况下，才有这样的合作与利用现成的便利的可能。当我在水塔旁边看着新开掘出来的一条一条的水道引到田间去的时候，遥望那里，说得稍为夸张一点，"万顷江田白鹭飞"的一带地方，纵然等不来"老天"的眷顾，也能得到灌溉的利益，我又不禁想起天下间许多为争水而打架至于头破额裂的事情来了！

这可能地不是一个孤立的例子，虽然我在这袁江流域其他地方没有看到过同样的或类似的事情。

从杭州到广州一段路程共需四十六小时零十分。在车上除了排好的文娱活动外，每小时都有广播报告，直至入夜十时为止。从报告中每每听出一些很有趣味的事情来。最常碰到的，是从各

312

处小站头到车上来的旅客，尤其是上了多少年纪的女客，每每在登车的时候，把一部分行李遗落在月台上，车开后仍忘记去找寻，这些都由车务员替他或她们提到车上来通知失主到行李室去领取。这一类的事情，差不多每一站都发生过。不过最使我惊奇的，是把手表遗落在洗手间脸盆旁边这类事情之多，竟至于扩音器每一个上午或下午都要发出一两次叫失主去领取的报告。

在车上，一切医药、看护的设备均应有尽有，但我们始终没有遭到过一件孩子在火车上诞生的事情。从上海到广州去的乘客当中，有好几个苏联人，大概都是技术员，此外还有三个英国人，一个大概是传道的牧师，一个是做生意的，据说是上海没有甚么商业活动的余地了，所以不如回英国去，其余的一个是年纪约十一二岁的男童，他父母仍留在上海，自己则要回到英国去念书。

我对这几个新在车上点首认识的外国朋友，一时颇感兴趣，不过他们都表现着不大热心想说话的模样，所以交谈的机会并不多。他们大概没有一个认得中国字的，因为火车上到站离站的牌示，现在均一律只用中国文，而他们直至火车已经过了源潭了，还以为自己身在湖南，后来我告诉他们快要到广州了，他们才去收拾行李。

倚湘江望南岳

　　宜春就是袁州，是一个军事冲要。自来从江西窥视湖南的，总是利用这个据点密谋进取，因为从这里西出至醴陵，长沙便近在咫尺，西南向更足以争衡州。从宜春往北行，约五十公里，公路直达万载。

　　南昌到长沙的一条公路，万载是中站。十多年前，我从长沙取道浏阳往南昌，走的便是这条公路，路线与赣浙铁路差不多平行。这一次坐火车经过宜春，想起当年车子在上高出了事，结果到南昌渡江时已过了夜半那种狼狈情形，仍觉有多少回味。

　　从宜春西行，山愈多，川流愈急，过了泸溪，重峦叠嶂，更见峭拔。这里已是罗霄山脉的分布地域了。铁路两旁，山石壁立，多作黑漆色，在午间的阳光底下闪烁着，耀入眼帘，倒以为是玻璃。

　　午后一时四十五分车抵萍乡。未抵站已看见通往安源煤矿的支线和在它上面走着的运煤列车。在萍乡，到处所接触到的无非石炭，这亮晶晶的黑色的宝贝，铺着在路上，践踏着在脚底下，在车子上推着，在篓子里挽着，全都是它。它真是无所不在，它是这里一切的主宰！除了石桥下的一溪带绿色的流水，再也没有甚么东西能够和它挈长较短、斗美争妍了！

　　过了萍乡进入湖南境，天气更热得厉害，看温度表达华氏一百零二度有奇。车厢中的座椅，用手抚摩虽不觉得怎样"热不可耐"，但是一坐上去，屁股便像受了油锅般的煎迫一样。这样的酷热，从萍乡到衡山县全段路程都没有低减过。在火车上的人们倒真的有点像热锅上的蚂蚁，不住地走来走去。好在一过了株洲，到达渌口，便远远望见衡岳，这在我来说，倒勉强可以借"望岳"的心情，来忘掉一时天气的炎热。火车沿湘江的江岸南行，从高处下望，江水像一面镜子，波光帆影，在苍松翠竹间掩映着，荡漾着；对岸的冈陵起伏，衬托着那更远的、拔地而起"盘绕八百里"的南岳，说像一幅翠屏罢，仍表达不出它的美丽。于是止不住拿起笔来在日记簿里描画出衡山的模样来，云卿笑我画得不像，真不懂得山形随处改的妙理！

　　到衡阳，天色已黑了。当火车停在车站的二十分钟，工友们拿着手电筒把火车各部细细检察一过，无微不至。这一种工作，各站均进行着，不过以衡阳这样的大站做得更为完密彻底。在衡阳这里集合了许多木材，据说都是准备运到东北去的，因为那边的建筑工程正在蓬勃地发展。

　　说起木材，不免想到江西那边的情形。豫章历史所谓盛产"懦梓梗楠"的地方，但这次我们就浙赣路上所见，林木茂密的地方便十分稀少了，看来林政是亟不容缓的。

又回到广州来了

    火车的轮子隆隆然向湘南转动，也不知甚么时候到了耒阳，甚么时候过了郴州，隐约地听见有人在叫"坪石"，车已戛然而止。一阵凉风飒然吹进车厢里来，心内明白自己到了粤北境，但也无意起来探首一看窗外的景色。天明，车已过乐昌向着韶关进发。五点十五分抵韶关，七点四十分抵英德。这一段路山水特佳，我们来时因刚在夜里经过，欣赏不到，现在趁清晨来看一个饱，正好偿还那一次的损失。有佳山水处且一淹留！这里的风景倒有些像广西桂平附近所见大藤峡的模样，而奇险逊之。约八时左右至连江口，看连州江与北江合流处，江水绿如油，似昨夜这一带曾普遍地下过雨来。

    站着在车厢走廊的窗口眺望一路到琶江口的粤北的山水，足有两三个钟头，心里一边在想：何时芒鞋藜杖，再来一次，遍历这里的名山胜迹，才偿夙愿呢！

    九时四十九分车抵源潭，过了源潭以下，接近三角洲地区，风景又换上另一个样子了。逐渐我们看到农人利用井水来灌溉田亩的现象。田里竖立起一枝一枝的竹竿，竹竿的一端系着一个吊桶，这样的景象随处可见，可是在岭以北，就我记忆所及，倒好像没有看到过。

    车抵大沙头火车站，刚十二点一刻。交际处派来接我们的，是黄德存同志，他持着杭州交际处唐处长的电报来问我们才知道。这样我们便仍旧到招待所去住，同时又请黄同志替我们打听一下到香港去的船期。也怪不得我们有点着急，因为这一天已是八月廿九，我们的旅行证也快到期了。

我们又回到广州来了，屈指一数，距上月六号晚从这里出发开始北行的时候刚好五十四天。隔了短短不满两个月的时间，广州本身也呈现了若干转变。有些变革是很容易看得出来的，像三轮车兜接生意时的情况，比起北京来说，虽然还有不如的地方，但较诸我们离开这里时又已改进了许多了，而比较去年这个时候，则简直不可以道里计，这虽然是件很小的事情，但即小可以见大。广州是在一天一天进步，正如整个中国也是在一天一天进步，这是毫无疑问的。清理暗沟的工作也大致上成功了；广州市居民晚上睡觉用不着挂蚊帐子，这还是头一次见到。

尤其引起我们注意的，是西堤一带的马路正在加紧修理，铺石子，注柏油，工作异常积极。这自然不仅在整顿市容，而且也与在十月十四日开幕的华南土特产展览交流大会有着直接关系。朋友们都希望我们能再来一次看展览会，而我们也着实体会到这个展览会的重大意义。我们怎好失掉机会呢！

广州访故知

八月三十日的房舱早卖光了，我们只得改坐三十一日的船到香港去，这样也好，因为我们可以借此机会在广州多游几个地方和多看几个朋友。第一是俞乃昌，他对于广州不像我们三个人那样熟悉，他要多到市街各处自己去蹓哒蹓哒，还要去看看黄花岗。杨洁瑷同学也急于去探望亲友，午饭刚过便去找她的表妹。我自己也有一两件事要赶快把它办妥。

午后，我和云卿去访叶启芳先生伉俪，他们都不在家，开会去了。到永汉北人间书屋去找华嘉，也不在。于是我们便路到中国图书公司去看张文洲，与他谈了很久关于这一个新组织的最近发展成立的经过。十个月前我到广州来的时候，曾在中华书局住了一个时期。当时这个新组织还在酝酿，我曾以旁观者的态度小心观察蜕变的迹象，我深深地感觉到"一切有困难，但也有办法"，这一次来跟张文洲谈起，发展的经过都证明了上述的一点。转变是要经过斗争的。

经过大佛寺，顺便进去踏看了一回，这时虽然"灯光已黄昏"，但零零星星地还有几个烧香拜佛的人。

晚上，叶启芳教授到招待所来看我们，谈到深夜才回去，并约好了明天大家到叙丰园去饮茶。他来的时候，我们刚出到外边去吃烧鸭粥，不晓得怎的，回到广东地面来，"烧鸭粥""鱼生鸡粥""红豆沙"这一类食品比较更受到胃口的欢迎，也许因为暑天的天气关系，但也许因为这些家乡味道在"外省"领略不到的缘故，当然，像西湖的鲈鱼莼菜，纵使不是张翰，有时也免不掉在月白风清的时候一想到的。

第二天，我们依约先到华南联合大学去访叶启芳先生，同时也想参观一下联大各部与它的图书馆。联大图书馆长是何多源先生。太平洋战争爆发前的一个时期，岭南大学搬到香港来，借港大的校舍上课，我和他晨夕见面，因此不特是旧交，简直是共事，这样，叙丰园的欢叙，他便坚持着要他来作东道。他还怪我前一次来不通知他住在那里，教他没处找，其实那时候我来是为着开会，正忙的不得交开，所有酬应都乐得谢绝，便是许多朋友都没有机会去看呢！

何多源先生又兼任中山大学图书馆的事情，因此他提议吃过午饭后到石牌去走走，看看那在建筑中的新图书馆。这建议我首一个接纳了，俞乃昌也赞成一同去，洁瑗与云卿因为有别的事转回招待所去了，叶老因为还要继续开会不能去，于是我们便坐了两点二十分的中大校车出发。

参观中大图书馆

车甫出东郊，便远远望见白云山一带。黑云下垂，快要落雨了。等到我们经过南方大学时，白云山已蒙蒙一片，完全为珠箔一般的雨所笼罩着。车驶进中大校门，我们即就仍然支着木架在加紧建筑中的图书馆旁边下来。何多源先生说："恐怕雨下起来不好走，倒不如先看看这个图书馆的工程，然后再到其他各部去参观。"我想这也好，因为第一我们的主要目的是来看图书馆，第二我们大家都没有携带雨伞。这样，我们便跨过一堆堆泥沙碎石，踏进这个在形成中的新建筑物里去。

我们弓着腰穿过许多棚架，沿着还没有扶手栏杆的楼梯到第五层上面去，正在那里预备将来做天台花园的地方眺望学校全景时，雨点已像飞泉一般泼到脸上来了，我们只好避到屋内去，避到架着竹木的支柱和横着无数板条的楼层里边去，可是房子还没有屋顶，固然没有窗牖，便是墙壁都没有建立起来，我们站在那里，"上雨傍风"，左右都无是处，便只得再退到第四层去躲避。在这里，我们捡了一些红砖分作两堆架起一条长木板，权作板凳，这样来一排坐着谈，等待雨过。谁想这一场雨倒真不小，由下午三点起到四点半才停止，足把我们困起来一个多钟头。不过在这一段时间当中，我们倒谈了不少问题。

这个中大新图书馆是一所六层楼房的西洋式建筑，本来依照原定的图样是要采用琉璃瓦的，但因为太费钱了，所以现在把这一项删改，其余照旧。馆址在校园一进门的右手边，这个地点在学校整个规划来说是否最适当的，似乎不无问题。其次，这是一所六层楼的大厦，它的庞大的体积几乎把校内其他各部分的建筑物都掩蔽了，或者使得它们显得更渺小了。同时，它又和校内的其他建筑物都不大调和。但是就另一方面说，这图书馆本身的确够宏伟。将来建筑完成后，怎样地富丽堂皇、美轮美奂，自然难形容得出来，不过在规模上，大概可藏书百余万册，其中最大的一个阅书室同时可容读众二百人，其他分类阅读室，研究室所容尚不在内。据说，将来每一个教授都占到一个研究室，此外研究生又另设研究专室若干个。这是相当大的规模。

然而使我们惊奇的当然是：它的建筑费并不是一个小的数目。国家在目前经济并不十分充裕，百废待举，各方面的困难仍有着的当儿，竟毅然拨出人民币六十亿元来马上兴建这所图书馆，这一方面固然看出政府对中大的重视，而另一方面也可见人民政府力量的强大以及对一切困难都有办法。中大图书馆只是许多例子中的一个。

中大有优良的传统

何多源先生又告诉我说：政府除了拨出六十亿给中大完成图书馆之外，还预定每年发给图书购置费四亿元，另外并已拨给第一次图书馆用具购置费一亿元，可见得政府对于发展中大图书馆，真是不遗余力。

中大在革命运动史上起过很大的作用，有过很光荣的一页。在那年代，它的同学更不惜以流血、以掷头颅来与凶狂的法西斯主义搏斗，这是会永远地起着廉顽立懦的作用的。站在这图书馆尚未完成的楼头，想到了这，想到了在当前展布的远景，自己也为之鼓舞起来。站在这里的楼头，对着云散雨收、逐渐开朗的江天纵眼一望，朝烟暮霭，春碧秋晴，那岂不就是前人所谓"九州南尽水浮天"了吗？祖国的山河，到了这里，已经是极六合之大观了，然而比之以往，遵海而南，我们的先民又复不怕万里重波，到处筚路褴褛，开出许多新的天地来，并且梯航所至，声教所暨，每每还绽出文化的萌芽来，这些谁也不会忘记，在本源上是与我们沿海尤其是粤海地区的人民有着息息相通的密切关系的。因此我更感到中大的历史使命的重大。

雨霁了，一片夕阳无限好！图书馆四周都是一洼一洼的水，我们还要涉过或跃过了这些才能到马路上去。经过了一番雨洗，每一棵树的叶子都像睡醒过来也似的，而在斜照当中，显得更加鲜艳。不觉想起苏轼的句子来而欲改写道："半展蕉心新雨后，欲倾葵叶夕阳边。"

本来打算顺便去找冯乃超校长谈谈，后来因阻于雨，而且参观了各部分后时间已来不及，匆匆地要赶回招待所去办另一件事，因此便没有去看他。

回到招待所后，管事说省委统战部罗秘书长有过电话来找我。其实我也早就想到这一点了，今天如果不是临时决定到石牌去，我本来预定午饭后去看他和饶彰风部长的，后来到中大去，也没有想到竟给一场雨耽误了那么长的时间。于是我急打电话给他，说明了一切。他说，他接到交际处的报告，才知道我们来了，因此他约我们明天到统战部他那里去午餐。我只好答应了，接受他的盛意，并改定明天一道儿去看他。

我从早上出门到猫儿岗去跑了一趟，回头又到邮政总局去领取南京交际处李梁同志替我寄到广州来的书，午间参观了华南联大后，又到石牌中大去巡礼，这样整天都在外边跑，颇觉有些困乏了，但是到了晚上七点半，交际处还有一个音乐晚会，近水楼台，又舍不得不参加。

节目过了一半，叶启芳教授来，找我去看一个朋友的一批古董字画。

在罗秘书长的宴席上笑谈谣言

在北京的时候，有一次沈规征大夫请吃饭，因此认识了罗文柏先生。他对我说，陈寅恪教授听见我要离开香港，心里十分焦急，因为他有好些书籍和旧稿都寄放在港大冯平山图书馆内，不晓得将来怎样。其实对于他的东西，我早就安排好了，倒用不着他操心，可是我自己倒颇悔不该在上一个月北上经过广州时，没有到岭南大学去看他。这样，这次重过广州便不能不去拜访他一次了。

清早，乘南郊线公共汽车直抵岭南大学，看到了陈寅恪先生，谈了很久。我告诉了他前次到广州来，实在因为时间太匆迫，所以没有来看他，同时我也没有想到，因寄存在冯平山图书馆的东西这一事，会使得他感到不安。我说我要看看冼玉清教授。他领我去参观岭大古物馆。我们看到冼玉清馆长后，大家又谈了好一会。

冼玉清馆长陪同我去访文学院长王了一先生。见面后，王了一先生说："香港有些报纸说我给人打死了，你说奇怪不奇怪？"说时带着微笑。我一时也有点莫名其妙。

我说："我倒没有看到那些报纸。是怎样写的？"

他说："那些报纸说我在孔圣诞那天，开会时为愤怒的群众殴毙。而我现在仍跟你们在这里谈话！"

我知道了一先生大概误会了，以为我是刚从香港来，因此我说："这造谣太卑鄙，太拙劣的了。不过我是刚从杭州到这里来。所以没看到过香港的报纸。同时，我也差不多忘记了孔圣诞就在前几天呢！"

于是大家付之一笑，便谈到别的问题去。

离开了岭大，在车中听见人们说，河南第一次接通了水管，开始用自来水了。如果不是这些人提起，我倒完全不知道这些年来，广州已有了自来水公司，但是河南的居民还一直在用着井水。

午间回到招待所，会齐了杨、俞两同学与云卿一同到统战部赴罗理实秘书长的宴席。座中除了饶彰风部长，古科长、张泉林同志外，还有丘哲、李伯球先生和一位南洋的华侨，都是旧相识。

因此谈得非常的欢洽。

饭后，大家正在开始吃水果，李伯球先生接到了一封信在拆读着。他吃吃地笑起来了。大家问他笑甚么？他说是香港方面的朋友来信，问他是否安全无恙。原来刚才在王了一先生处所听到讲的关于圣诞日的造谣，也有说到李伯球先生的地方。他说："这造谣便不高明了，我还在这里吃水果！"于是大家都笑起来。

饶彰风部长接着说："替你作义务广告还不好吗？"

造谣的便是这样地无聊！

人们说：谣言止于智。谣言怎样止于智呢？关键不在谣言，关键在于智者。智者的头脑是空洞的，则先入为主，接受谣言的可能性很大。当然，空洞的头脑根本也不能够称为智，不过这里所说的仍指他有成为智者的可能。虽然他自己不是这些谣言的根源，有时他甚至有意无意中做了传播这种谣言的媒介。谣言止于智，智者是拿正确的思想对待谣言。

踏出了南天门

这一天是星期五。晚上，京华公司蔡语邨先生伉俪招饮于其寓次。座中除了叶启芳教授伉俪外，还有一位清远县的人民代表，因此我们得畅谈广东各区一年来的庶政。我乘间索观蔡先生所藏古书画碑帖，惜以时间关系，十不能尽其一二。席既设，主人出其所藏茅台酒，瓶甫启，香气四溢，破流酥，不饮亦几醉了。这时候，忽然下起大雨来，雷电交作，心里正挂虑着这样大雨怎样搬行李到船上去呢？好在席终雨也停了，稍为释然。

九点多，交际处长黄德存同志送我们到码头上去，并替我们照顾一切。在刚下过雨、道路仍泥泞的时候，他的照顾更给我们不少便利。不过，读我这篇"纪实"的朋友们，不要以为我们这次旅行到处受到招待，那么我们来往出入，行李是可以不受检查的。完全不是。我们的行李是一样地要受严格的检查的。记得从浦口过江到下关时，我们还要经过搜身，并无例外。在这里码头上，他们对于我的东西似乎十分注意，一纸一墨，也要盘问过，甚至连我在京刻的私章。有一件小铜器，是一个牙签筒，它是一个京里的朋友托我带到香港给他的老弟的。关员说："这是古铜器啊，照规矩不能出口的。"我回他说："这当然是铜器，但如何古法呢，可就难说了。假如我说它并不是古物，你也未必肯相信，并且我又如何去证明它不古呢？"经过许多讨论，关员们终不肯通过。我说："这是国家的法律，凭你们的鉴别力作断好了。"结果没法，我只得把这件小铜器托黄同志交给来送行的叶太太暂时收起来，回头等我告诉我朋友再作道理，税关人员办事认真如此！

可是，还有文蔚从吉林带到北京来给他母亲的两盒子野山参也引起问题。关员的理由是：这是贵重的东西，照例非申请不能出口。其实我们也的确没有留意到这点。其中一个关员说："那个大盒子的倒无所谓，但是这个小盒子的是有价值的东西啊。"于是我对他们说明一下这两盒东西的来历，是因为做儿子的听见自己的母亲到了北京，才从吉林请假赶来看她，同时带了这一点东西来，也是为着他母亲身体瘦弱的关系。这样，他们几个关员经过一番讨论之后，卒予放行。后来我一想，如果不让出口，那就未免太辜负了文蔚一片孝心了！

十时船开，一路都下着微雨，出了虎门才觉天朗星耀。这时船上的人多已就寝，只杨洁瑗还在贪看风景，到十二点还不去睡。她像是在咀嚼着祖国所给她的一切！

祖国的可爱

　　夜深了，一阵暴雨把船舷都打湿了，迫得退到房舱里边去，黑漆漆本来看不到甚么了。但眼光仍不肯从窗外疑若可辨认的景物移到别的东西上面去。

　　心里在想：凡是像我们这样地在短短的不足两个月的时间，看到祖国的许多东西，接触到它的各阶层人物，都一定会得到一种很深刻不可磨灭的印象，从而更了解它，更爱它，更爱这个"有光荣革命传统和优秀历史遗产"的中华民族。我们热烈地爱我们祖国的大地山河，热烈地爱我们的民族，热烈地爱我们的文化、我们的历史传统。我们感觉到做一个中国人是一种无上的光荣。

　　但是，我们应该怎样爱我们的祖国呢？《人民政协共同纲领》第四十二条这样写着："提倡爱祖国、爱人民、爱劳动、爱科学、爱公共财物为中华人民共和国全体国民的公德。"这现在已经成了我们国家的文化教育政策最重要的一个目标了。可是爱祖国，不应当它是一件古董这样来爱。这样的爱法是一种赏鉴家的爱，是把东西放在橱窗里的爱，是没有最高意义的。真正的爱祖国，是要把自己看成祖国的一部分，而祖国也成了自己不可分离的部分，自己与祖国打成一片，这样才是有意义的。爱我们的祖国，并不仅仅去赞美它的锦绣山河，固然这也是很重要的，而且是除了欣赏之外，还要献出自己的一切来把它做成比现在更为美丽、更可爱的国家。爱我们的人民，也不是仅仅对他们发出一种同情心便算完事。我们说爱人民，是要把自己锻炼成有用的人才，一心一意为人民服务，并更进一步推广这个意念，准备为世界人民服务。所以，我们说"爱祖国"，说"爱人民"，都不是空空洞洞的爱，虚有其表的爱，或更其甚者夹杂着一些不纯全动机的爱。

我想：我们说"爱劳动""爱科学""爱护公共财物"，这是"爱国家""爱我们的人民"的具体表现。没有这些具体的表现，说"爱祖国""爱人民"便会流为空洞的口号。在新的中国，不会容许一个"四体不勤"、不劳而获的阶级的存在。

在新的中国，只会奖励科学，促进人类进步，不会崇尚迷信。在新的中国，一切财物将属于全体的，因此更加需要爱护，而爱护公物也就成为国民的公德。

我们说要"爱劳动"。这是顶重要的，固不特因为劳动创造一切，而且是因为在改造过的人类社会制度底下，消极方面一个优闲阶级的存在将成为不可能。在合理的社会里，游手好闲、不事生产的人将告绝迹。要做一个真正的爱国志士，一定要以忘我的精神，直接参加生产，参加建设和保卫国家的工作；拥护祖国的一切。我们的民族是以刻苦勤劳著称于世的，因此"爱劳动"是不成问题的。中华民族一向都不是一个恶劳好逸的民族，这样，由于他们的勤劳与努力所创造出来的历史文化，他们是一定热烈地爱着，珍重着，这也是不成问题的。

这次我们回到自己的祖国来观光，一方面固然在看新中国诞生以来的一切伟大的成就，另一方面并且是尤其重要的一方面，是要从观察它的伟大的成就，从观察它在推翻旧制度以建立新制度的过程中所遭遇的困难与所采取的步骤，来认识新的中国的性质与面貌，以及它的历史任务与其在整个革命运动中所处的地位。我们所观察到的，使得我们对于祖国更加强了信念，更加深一层了解。我们走过了十二省地方，参观了许多工厂、学校和其他文化机关，看到过了许多方面的活动，这一切非但加深了我们对祖国的认识，而且也使得我们清楚地了解自己应该做的是甚么，可能做的是甚么。我们的祖国是可爱的，但是我们祖国的真正可爱还在将来。将来是属于我们的。我们热爱自己的祖国。这是我们足以自豪的，这是我们的骄傲。但是只是这样仍然不够，我们有了一个可爱的祖国，我们一定要下决心来实现它的更大的和真正的可爱。对于这，我们现在更用不着怀疑了。

有一句古老的话一向都在使我受到很大的感动。这便是，"力恶其不出于身也，不必为己"。我这且不必去管这是否孔子的思想，或者是否属于儒家的思想体系的。总之，它是我们先民的思想，是我们中华民族的智慧所产生的，这就够了。"力恶其不出于身"，这岂不就是"劳动"观点？"不必为己"，这也就是初步具体而微的"忘我精神"。有了这观点，有了这种精神，才可以谈建设新的国家，建设新的社会。新的国家、新的社会是属于全体人民的，是全体人民所共有。这一点我们也看出来了。

同时这一点也坚定了我们的爱国主义的思想。

新中国的性质是确定的了，新中国的历史任务也是很明确地被钩画出来了。这是用不着怀疑的。我们对于这一点一定要有正确清楚的认识，才能够真正地爱我们的祖国，才能够建立起我们的真正的爱国主义。

回到香港来以后

　　我们九月一日回到香港来。还不到正午，"剑门"号轮船已经靠了码头了，但我们差不多等了一个半钟头才能够离开那里。到家里时，他们中饭也吃过了。

　　杨洁瑗回到她自己家里去，情形想也差不多一样。

　　这时港大还没有开学，因此俞乃昌便要到同学家里去暂住。

　　这次我们北行，朋友当中有好些人以为我们是不会再回来了，也有以为我们将不能够回来或者回来不得的了，总之各有各的看法，不一而足。现在我们都回来了（除了留京的二人和仍在养病中的林子实而外），自然他们又不免作种种揣测了。不过这些我们也不去管它了。

　　当然，我是不住地惦记着林子实的，因为自己总觉得多少要负一点责任。但是他终于能在开学时赶回来。在他给我的一封信里，他很详细地告诉我他在上海留医时的情形和一些关于他也到过杭州去的话。

　　他说，他八月十八日进医院，八月二十九日才出院，一共在医院里住了十一天。医药费共计人民币二百零五万四千七百元，这笔钱由上海交际处垫付了，其后他回到香港来把款汇给上海交际处，但交际处却又把它退回来，说帐已报销了。

　　子实本预备九月五日才离开上海，但在九月四日那天的下午，恰好有印尼华侨观光团团员三人，也刚病好要赶到杭州去归队，交际处派人护送他们，于同志问子实要不一同去，子实觉得这样更加便利，答应了，就这样匆匆地离开上海。

护送他们四个人到杭州的是张守仁和另一位同志。抵杭州后，交际处派汽车把他们接到大华饭店去，后来又因为大华饭店已有六十多个印尼华侨住满了，才于吃过晚饭后把子实送到新新旅馆去住，这也是一间招待所，在里西湖。

子实又说，他本来打算在杭州住两三天便赶回香港，但招待所再三留他多住几天，说他身体不好，经过多次要求后才答应给他买车票。九月九日他离开杭州了，坐的是软席卧铺。在动身的前两天，交际处还给他请了一个医生来看过伤口，是否可以坐火车，这样才给他走。在杭州住的一个星期，他不但游了湖中区诸名胜，还看过岳王庙和玉泉寺。这时候他身体已完全恢复健康，所以到广州去已不需要人护送了。

港大开学后，中文学会开会邀我报告北游经过。这时候林子实已回来了，他也一同出席参加，还对我的报告作了好些补充。

（曾在香港报章连载，作于一九五一年）

丙篇

十载观成散记

北京在飞跃中

冠盖京华思味覃，抡材应是愧梗枏。

曾教印象留东北，十载观成更向南。

今年九月二十六日抵首都参加建国十周年的庆祝典礼，观礼后于十月五日出都赴洛转西南诸省参观，这是倚装待发时所写成的一首诗，诗并不怎样好，不过倒是当时的实在情境，所以把它保存下来。回忆建国以后，我曾到过北京好几次，每一次都想到我们国家当时唯一的重工业基地东北去观察一下，但总没有去得成功，一直到一九五六年秋天才达到愿望。今年首都庆祝建国十周年大会，被邀请参加，不但是有生以来莫大的荣幸，同时它还给予了我一个稀有的机会，得以参观西南几省的新建设，这也使我感到不少兴奋和鼓舞。

记得在初开国的时候，曾看到过一篇沈钧儒老先生写的文章，上面仿佛有着"不虚此生"这样的一句话。其实岂独沈钧老，许多当时年已过半百的都有着同样的感想。看到自己的祖国终于从一个半殖民地的地位翻了身站立起来，摆脱了封建主义与帝国主义的双重枷锁，成立了一个新的国家，这是头一次感觉到做一个中国人的骄傲，头一次足以吐气扬眉。现在新中国成立了，不觉已十周年，国家固然在蒸蒸日上，而年已近九十高龄的沈钧儒先生仍然健在，比五一年和五五年我两次去看他时，似乎精神还更矍铄，相见之下，无论在公在私方面，这一喜是可以想象的。

正如人物一样，北京本身也是在"大跃进"中。去年这时候，孩子写信来说：功课稍忙，一个多月没有进城，许多地方都变了样，认不出来了。当时，我半信半疑，以为不免夸张了一点，这次到北京观礼，才知道她并没有言过其实。出永定门或者朝阳门，看到的完全不是四五年前的景象，固不必说了。便是往西走出阜成门罢，那是比较熟识的地方，因为不久以前还在阜成门外的西郊宾馆住过一个时期，但是现在从那儿经过，许多角落的标识都模糊了。国庆前夕，我和一位朋友去访问李淑一，她住在复兴门外三里河，那与西郊宾馆本来相隔不远，却也找了很久才找到。三四年前月坛这一带风烟蔓草，稍为有点荒凉的地方，现在都盖了像计划委员会和它的宿舍整组地这样的新房子。全辨认不出来了，北京在伸展，在扩大。

一九五二年，北京的人口还不过二百三十万左右，而现在已经快达到五百万了，增加不止一倍。这样，建设新北京就不是一个简单的计划，而且我们还要从很多方面来看问题。

暂且把作为建国十周年献礼的十大建筑按下不作连贯的叙述罢。像十月一日那天，你到天安门前去观礼，站在看台上，上面是蔚蓝的天空，朝南四周一望，万里晴空无片云，太阳高高地挂着，光被四表。在你的左手边是革命历史博物馆，右手边是全国人民大会堂，正面在广场的南首是巍峨的人民英雄纪念碑，再往南一些就是正阳门的城楼了。这时，站立在纪念碑面前是四十多万的观众。五色缤纷，把整个广场铺成一个锦绣万花谷也似的，来等待那七十多万的游行队伍雄赳赳地像黄河、像长江从那里经过。你能想象世界上还有别个地方能够看到这样的伟大气象吗！

从天安门说起

人们一同喜爱着北京，爱它的恬静，爱它的闲雅，还爱它的天气和自然条件。许多朋友们都表示过，说喜欢在北京住，不但因为这是首善之区，还因为它给你带来的一种舒适、自由自在的感觉。外国人尤其是，当他们到过或者在北京住过以后，差不多都会举出北京的闲适幽雅的生活来说，认为这最使人感觉到一种心灵上的舒服，是世界上任何其他城市所没有的。

其实，今天的北京何止是一个具有一种文静闲雅的气质的城市而已。文静闲雅仅是北京的一方面。现在，你如果站在天安门的城楼上纵目一望，你会感觉到在恬静闲雅之外，北京还有着一种庄严雄伟、雍熙中带肃穆的气概。在你的前面，展拓着一幅壮阔无涯无际的远景，远与天接也似的。回顾后面是故宫，它象征着我们悠久的历史与文化的负担。天安门本身是个旧建筑，它是在明代初开始时，北京人民首先在天安门前集会。"一九二六年反对日本帝国主义干涉我国内政，北京爱国学生和市民举行的有名的'三一八'游行示威，也是先在天安门集合开会的。一九三五年在北京爆发了'一二·九'运动，反动的军警虽曾用屠杀来阻拦学生的游行示威队伍通过天安门，但是这一斗争终于得到全国人民的响应，揭开了抗日战争的序幕。"在革命战争中，随着北京的解放，天安门也开始了它的历史新页。十年前的十月一日，就在天安门对全世界宣告了中华人民共和国的诞生。因此，现在当你走过天安门时，你会感觉到这个伟大的建筑物，后面负着壮丽的故宫，前面俯临宽阔的广场，它是象征着一种承前启后的重大责任。

天安门广场不但是北京的中心，同时它又是全国的中心。中华人民共和国国徽的万度光芒就从这里发放出来远射到世界的每一个角落。

天坛里边有一个用三层白石砌成的坛叫"圜丘"。有人说，那是天下的中心，因为从前做皇帝的，站在坛的上层最中心的一块圆石上"对天讲话"，自己的声音特别大，这样才能上达"天听"。在今天来说，中国的中心当然不在圜丘，而应该在天安门广场了。在这个天安门的广场上说话的，已经不是皇帝，而是人民。而说的又是人民自己的话，对全世界说，对全人类说。

每逢重要的日子，国家都在这里开大会，检阅游行队伍，或者举行其他仪式。在这种时候，我们的人民也就对全世界说话，对全人类说话了。每一次从天安门经过，望望历史博物馆，望望人民大会堂，又望望车水马龙像一条"天河"的东西长安街，总觉得"壮丽巍峨"这样的字眼仍不足以形容得尽致。要看北京全景，最好是从更高一些的地方。有一次清早起来，到景山上去眺望，得了这么几句：

西山紫气映朝暾，猎猎红旗虎豹蹲。试上万春亭上望，绛云低处接天根。

新北京的建设

　　说东西长安街像"天河"并没有形容得太过。站在天安门前两边张望,穷目力之所至都不会看得见路的尽头。沿东长安街往东走,出建国门继续前进便是建国门外大街,通向通州;沿西长安街向西行,出复兴门便踏上复兴门外大街,一条两旁植双列树的林荫道,而复兴门外大街往西又伸展到甚么地方呢,我曾经企图去发现,但仍然没有弄得清楚,可能是一直延展到石景山去罢。这条很长很长的道路,把北京市划分为南北两部分,清清楚楚地,像天上的银河。同时它又是那样地平坦笔直,我想利用《诗经》上"周道如砥,其直如矢"这两句话来形容它,也是最恰当的。

　　这条长街是北京的大动脉。

　　在一个比较寂静的时间来察看这条大动脉的形态是最有意思的。有一次我住在北京饭店,是一个冬天的夜里,很冷,下起雪来了。天还没有亮,从窗口下望长安街,人流已经开始了,在一片白蒙蒙中,电车、汽车、三轮车、公共汽车、脚踏车,汇成两股洪流东西相对地分头涌进。上班的人们,绝不理会风雪的飘萧,绝不顾虑天气的侵袭,向前冲,各走上自己的工作岗位。我想:正是他们支持着北京的向上,是他们推动着北京的生活向前迈进。

是的，在寂静的时候来细味一下东西长安街川流不息的动态是很有意思的。可是现在在北京这样的大动脉又不止一条了。数不清的宽阔的道路已经冲破了旧城墙四方八面地向郊区伸展出去了。旧城墙在逐渐拆卸中，给新的发展让位。这一次坐火车抵达北京已经看不到熟识了已久的永定门了，隔着残余的城垣，只看见天坛祈年殿巍然高矗的影子在晨光熹微中移动。火车从东便门进入内城，东便门一带的城墙也已拆除。停站的地方已经不是前门车站，而是在崇文门东首的新北京站了。这个富丽堂皇的新火车站，我以为在结构上，在线条的匀称上，是新的十大建筑中的最好的一个。除了附近新北京站这一带以外，城垣的其他各部分，很多都在拆除。像出朝阳门，朝阳门的城楼已经没有了，这里变成了一道宽广的通衢，两边的城墙也日在急遽改变面貌，而往朝阳门外大街一望，远远地雄峙着像一座古代罗马的圆形剧场，那就是能坐十万观众的新体育场。目前，这一带的光景使你想起三四年前复兴门外西郊的情况。可能想象，再过几年，东郊这里的面貌会是西郊的翻版，虽然性质略有不同。

北京全面在大兴土木，全城的各个角落和四郊并无二致。同时，这个扩展又是采取了向天空和平面双方并进的原则来进行的。高度远远超过故宫和旧城楼的建筑物已在逐日增加了。可是有一点，这些新的高楼大厦并不是集中在一个地方，像纽约第五街的摩天楼那样怪难看，而是分散着在距离稍远的好几个角落，因此西望民族文化宫的方顶，东望北京车站的双阙，东南有天坛的圆顶重担，西北则有北京展览馆的尖塔，这样所形成的天空线就更加美丽了。也像中国的文化一样，北京的建筑是先普及而后提高。

十年间的转变

　　作为全国的政治中心已经有了七百年的历史的北京，它的过去是值得人怀想的。而这也不单纯是徒然发思古之幽情的关系。春秋佳日，你抽出一些空儿到团城、故宫、天坛去走一趟；或者到西山碧云寺、香山、八大处去登山临水，摩崖访洞，盘桓一天半天；或则更到十三陵去瞻望一下那里的苍松翠柏，古木长林，你会感觉到处都有着以往的劳动人民的手泽的存在，一切都是劳动人民的血汗所造成的。可是这一切，在那业已过去的一时代，并不是为了替劳动人民的生活和他们的幸福设想而起的。它只是为着要表示封建统治阶级的威权，只供封建统治者和他的权臣亲贵一种奢靡享受生活的需要。旧日的北京原也有它的美丽的一面，但是它的美丽只有极少数人才能领略得到，绝大多数的人们对这种领略是完全没有份儿的。今天的北京不但比以前更加美丽，而且由于十年来经过了一番整顿，把积垢都清除了，又变得更加整洁，更加健康了。每一个北京市民都感觉到，北京的美丽，北京的清洁，是和他自己有着密切的连带关系的。每一个北京市民都为了北京的美丽和进步而感到骄傲。因为他们感觉到这不但是首都，是首善之区，这又是他们自己的城市。

　　曾有过这样的一个事实：北京铁路局决定要建立新的规模宏伟的北京车站，选好的地点是在建国门内崇文门迤东的一带地方。铁路当局和这一带地方的居民商量，要他们搬家到一个指定的地方去，好让出地盘来建筑车站，同时公家负责盖新房子给他们住。起初大家都有点难色。有的是住下了已百数十年的老家，一旦迁移，是有点依恋舍不得离开的。但是经过晓谕和了解国家的需要和政策以后，他们终于答应了迁出，全无异议。其后新车站落成了，他们这些"原住民"是第一批被招待来参观这个堂皇壮丽、"美轮美奂"的新建筑的。当他们看到，替代了他们昔日所住的破旧房子是这样伟大的一个建筑物时，他们心花怒放，感觉到光荣，感觉到骄傲了。他们感觉到，这个伟大的建筑物的每一块砖头和每一条钢筋，都有着他们的贡献在上面。

这并不是一个孤立的例子。像这样的事，我们随时随地都可以听到见到。每一个厂，每一个矿，每一条村乡，差不多都发生过舍己为群，为了全体，为了大众，完全忘记了自己这样的事迹。人们的思想转变了，观点不同了，一切都是为了人民。只有在大家采取了新的风格的条件底下，新的社会才能建立得起来，这一点道理现在自上至下都懂得了。

在北京，人人让路，骑三轮的从你的身边走过，总道一声"劳驾！"这已经是周知的事实了。清洁运动现在已经习惯，成为生活一部分了，但是你从大街小巷走过，却看不到安放口痰的器具的所在，也看不见有"不许吐痰"这样的揭示或标语，然而街道却是干干净净的。保持清洁卫生，已成为社会公共道德的一部分，是每一个市民分内应做的事，行之若素，一点用不着强制执行。这，我想并不是一个小转变。正是：

十年谈转变，思想最称难。积痼从头挖，天倪此见端。

看工业交通展览

　　抵首都后第二天便去参观全国工业交通展览会。展览会在北京展览馆举行，出西直门到动物园去的人们，远远便望见它的鎏金尖塔高耸入云，但是使你感到诧异的，是这个建筑的线条如何有效地与四周的景物调和，构成一种和谐的美。很明显，中国的艺术是容受得起一切外来的影响的，从北京的建筑所看得出来的，除了这，还有北海的白塔，西直门外的五塔寺，碧云寺的金刚宝座塔，都是很好的例子。

　　全国工业交通展览会的目的，在介绍我国人民十年来在工业和交通事业方面所取得的辉煌成就。十年来我国工业和交通事业有了很大很迅速的发展，这是无可否认的。尽管敌视我们的进步的人，尽其伎俩，说怎样只给参观的人们看到好的一面，而那不好的一面是永远不会给参观者看得到的这样的话，但事实是事实，纸是包不着火的，一些人每每闭着眼睛不看事实，但事实毕竟摆在你面前，一睁开眼便也不能不承认。像美国已故的国务卿杜勒斯之流，我倒想应该让他们来看看这个展览会的具体形象。

　　这样大规模的展览会不是一天半天可能看得周遍的。很可惜，我们没有可能抽出更多的时间。不过尽管这样，通过一次拣重点的参观，也可以把握到好几项事实。工业在我国人民生活的比重已经急速地上升。在以前，我国的工业不但很不足齿数，而

342

且主要地还是轻工业，重工业基础、根本异常薄弱，大多数不过是资本主义国家在中国设立的机械修配厂，或者是替帝国主义国家提供原料和半制成品的矿山和工厂，因此工业内部的比例关系是极不调协的，也是很不合理的。事实上，资本主义国家是不会也绝对不愿意帮助中国把重工业建立起来的。帮助中国把重工业建立起来，把重工业的机器设备卖给中国，就无异于把中国的经济地位完全改变，使它失掉它的半殖民地的作用了，这是资本主义国家永远不会干的。在展览会中巡礼一过，人们对这一点都有了更深刻的认识；尤其是在看过冶金工业、机械工业、地质资源、煤炭工业、电力工业、石油工业、原子能、化学工业这八个专业馆之后，你会感觉到那些资本主义国家的专家们，当他们说中国绝对不可能成为一个重工业的国家这一类的话时，他们是怎样地在胡说八道，怎样地想把中国压在半殖民地的地位。

而现在，仅仅十年，情形怎样呢？

让我从一份报告中节录下面的一段话出来：

现在，我们不仅大大扩展了黑色冶金工业、煤炭工业、电力工业、石油工业、化学工业和建筑材料工业，而且也建立了过去没有的合金钢冶炼业和有色金属冶炼业，建立了过去没有的发电设备制造业，冶金设备制造业、矿山设备制造业、飞机制造业、汽车制造业和新式机床制造业。一九五八年，重工业在工业总产值中的比重，已经由一九四九年的百分之二六点六上升为百分之五十七点五。

没有其他文字更能雄辩地说明中国的工业已经有了很大的发展，中国的经济地位已经大大地转变了。

新北京的工业

看完了一次全国工业交通展览，在五色缤纷、绚烂夺目的回想中，你会这样问道：然则北京市的工业发展情况又怎样呢？

当我说"北京在飞跃中"这句话时，如果我的注意力仅放在那几个新的建筑物和那些新的交通工具上面，这观察会是不够全面和不够深入的。譬如"大兴土木"这一句话，在我们读历史时，已经看到不知多少次，可是现在我说北京到处在大兴土木，如果你以为这是和以往帝王时代的"大兴土木"等量齐观的话，这就不对了。现在说大兴土木，很大部分是指建筑厂房和工人宿舍这一方面来讲的。

在过去，北京可以说只是一个庞大的消费城市。在悠悠的几百年的岁月当中，它逐步发展成为唯一的全国性的政治中心了，但同时也就变成了一个最大的消费中心，历史上它的最繁荣的时代，也就是它的消费性达到最极点的时候。

大概在封建统治的时代，作为一个全国性的政治中心，它的发展情形总不免这样。还记得在一九五一年到北京时，看到过一篇北京市工商联合会的报告，在那上面有着这样一段文字：

> 在这七百多年来所谓首善之区的古老都会里，工商业的
> 组织是在历史环境中发展起来的，充分地表现出它们的封建

性和依赖性。在全市三万二千余工商户里面，商店占了二万五千余户，手工艺作坊及工厂仅占五千余户，其中五人以下的工厂又占了百分之七十五以上。商业中如同饭庄、剧场、金银首饰、绸缎布庄、日用百货、迷信用品等行业过去都占了很大的比重。消费性商业和设备简陋组织散漫的工业基础，确实象征着历来北京市的经济的病态。

这一段文章叙述了北京在解放时所接受过来的一份家当，给人予以一个很深的印象。从这几句话，人们可以看到，为使得北京当时商业的比重获致合理的调整，由纯粹消费转向生产方面发展，必须经过如何大的改组，克服多少困难，才能达到目的。北京不但本来就没有重工业，而且甚么轻工业也是少得很的。它的一向出名的工业，也就是所谓北京的特种手工艺。这当中的约略数一下，有景泰蓝、烧瓷、玉器、地毯、紫檀细工如刻匣、盆架、佛像等，印章、铜制文具、纱灯、团扇、雕漆制品，铁画，象牙刻品，像生花如绒绢绸制和纸制花朵等等。大约总有二十多种。这些自然都是劳动人民发挥他们的高度艺术才能创造出来的结晶品，而且又具有浓厚的民族色彩与悠久的历史，但严格地讲，这仍是属于消费性的生产，对于改转我们中国民族在世界上的经济地位，对于改变我国人民的经济生活和对于充沛北京市的经济命脉，是没有直接和最大的影响的。

北京的人民政府一直注意到这一点。它一方面立刻着手把这个古老的消费城市，改变为新生的生产城市，改变它的旧面貌，赋它以新生命；另一方面则把业已陷于不振的地位的特种手工艺业也扶植起来，这样不但挽救了这一部分文化遗产，免使它失传，同时还打开了它的向前发展的销路。

而北京本身在十年内也逐渐成为一个工业城了。与它的过去恰好成了一个强烈的对比，今日的北京已不复是一个纯粹的消费城市，而是一个庞大的蓬蓬勃勃的工业城了；还不只如此，今日的北京不但是个现代化的工业城市，并且它的工业化又是以惊人的速度在进行着的。

北京工业化的程度可以从下面的一些事实看得出来。解放初期，我到了北京。北京四郊的旷野，原也零零星星地散布着几处工厂，但是烟囱冒烟的地方不多，便是石景山的钢铁厂也是懒洋洋的不甚起劲。可是到了一九五五年和一九五六年我一连两次再到北京时，情形已经大大地转变了，高大的工厂厂房已经在各个角落一间一间地耸立起来了。有一次在晓色中坐火车沿丰沙铁路到官厅水库发电厂去参观时，一路所见郊区的新面貌，浓烟蒸汽，铁水红光，机器的声音，烟突的列影，缭绕成一片，不觉为之极受感动。而现在石景山钢铁厂已扩建钢铁公司，成为首都最大的钢铁企业。

十年来，北京的冶金、动力、机器制造、建筑材料、化学、纺织等工业都有了很迅速的发展。当中尤以机器制造工业为发展得最快的工业部门之一。门头沟煤矿、长辛店机车车辆工厂、丰台桥梁工厂、北京热电厂、石景山发电厂、清河制呢厂等全都有了很大的发展，新建的各种现代化工厂、如电子管厂、无线电器材厂、化学工业厂以及毛纺织厂，北京棉纺织第一、第二、第三厂等等，无论在规模和技术设备上，在国内以至国外来说，有许多都是第一流的。

有一次我们去参观国棉二厂，从它的门前走过，如果没有人告诉你，你真的不会相信那是一间棉纺织厂。从外面看，它倒像一间规模很大的学校，也听不到一些机器的声音；到里面去参观，虽然是夏天，却一点都不觉得闷热，原来厂房已有了空气调节的设备。像这也不过是许多例子之一，北京的现代化工厂简直是雨后春笋一般，以飞跃的速度成长着。

一九五八年，北京市的工业总产值比一九五七年增加了一倍多，也就是相等于解放初期一九四九年的二十多倍。毫无疑义，这是一个巨大的飞速的跃进。长辛店的机车车辆工厂是一个六十年的老厂，在漫长的六十年的岁月当中，它只能修理，不能够制造，一九五八年，这个厂只用了二十五天的时间，就研制出了内燃机火车头。此外，北京过去根本不能制造的重要产品如拖拉机、精密机床、发电设备等，现在都能制造了。尤其重要的是，过去北京有铁无钢的局面现在已彻底改变了。一九五八年，北京产钢达到十六万吨，相当于一九四八年全国钢的产量。这不能不说是巨大的成就。

得连带地指出：在短短的十年中，新中国产出了三千九百多万吨的钢，这相当于旧中国从一九〇〇年到一九四九年四十九年间累积钢产量的五倍。从北京的产量情况，也略能窥见全国工业发展的一斑。

十三陵水库

十月五日，在离开北京之前，去看了十三陵水库。十三陵水库在首都北面，相去约五十公里，汽车一小时半可达。地属昌平县。昌平就北京来说，的确是个险要的地方，因为西北去居庸关才不过十五公里。所以前人说："昌平枕负居庸，处喉吭之间，司门户之寄，京师大命常系于此，虽古北有突入之虞，紫荆多旁窥之虑，而全军据险，中权在握，不难于东西扑灭也；居庸一倾，则自关以南皆战场矣。"而明朝的于谦也说过："居庸在京师，如洛阳之成皋，西川之有剑阁，而昌平去关不及一舍，往来应援，呼吸可通。"现代防御虽然有很大的变迁，但地理上的形势则仍然存在。

十三陵水库，是因为明代自明成祖以后，除掉景皇帝陵别葬在金山之外，其余十三个皇帝的陵墓都在天寿山前这一带而得名。因此，凡是去参观十三陵水库的，自然也不免同时逛逛明陵，不是看看定陵的地下宫殿，便是一游长陵，看看那里的数百年古柏。水库在十三陵的东边，群山环绕，层峦耸翠，在蟒山和汉包山之间，一道长约六百卅公尺、高达二十九公尺的拦河坝把温榆河的河道截断了，造成一个碧波万顷的大湖，水光山色，显得更加美丽了。我们来游的时候，水库已建成了一年多，自然许多设置还在继续进行了，但可能想象，再过一些时候，这里不但成为一个林木深菁的大花园，而且包括了十三陵一带在里边，将

348

成为首都范围内最大的风景区了。

　　然而造成一个新的巨大的风景区，这并不是十三陵水库原始的和最主要的目的。天寿山本名黄土山。多少年来，这里现在为水库的水所浸溉的一带地方，黄沙扑面，干燥不毛；温榆河水上流本已涸，但到夏天雨季的时候，山洪暴发，又每每掀沙滚石而下，白浪翻腾，淹没了田园庐舍，泛滥成灾。明代的皇帝只知在这里修陵，全不理会为民害的水患，一九五八年，北京人民为了永远消除水患，才在不到半年的时间内，建成了这个水库。在旧时代，机器尚未发明，科学知识不足，建成这样的水库，自也不可能，不过封建统治者全无肺肝，全不为人民设想，兴修水利，也是很显明的事实。因此，在走过大坝的时候，就禁不住口占一绝道：“十三陵树景常新，水碧山明不染尘。若问从来水不治，只因心不在人民。”

　　十三陵水库给我的第一个印象，是它很有点像官厅水库，虽然大小有点不同。官厅水库面积二百三十平方公里，蓄水二十二亿七千万立方公尺，十三陵水库自不能与此相比，但十三陵水库却比颐和园的昆明湖大二十倍呢，所以作竟日之游后，我就写了下面的几首诗以纪其事：

　　　　波光坝上似官厅，浸灌拦洪最典型。莫羡昆明湖水暖，十三陵树已能青。

　　　　走马长陵更定陵，松楸岂复感飘零。饶他翁仲闲风月，石马犹堪管送迎。

　　　　天寿山前榆水西，秋山未老鹪鸪啼。游人指点经行处，依约明来柳复堤。

在出都时的车中

　　火车半夜十一点多离开首都南下。因为我们白天参观劳顿了一整天，晚上各人又还有一些娱乐和分别应酬的节目，所以车开后不久，大家便渐入了睡乡。从车上望外面景色，丰台、长辛店、良乡都次第过了，下一站便要到涿县。在黑沉沉的夜幕笼罩下，逐渐甚么都看不见了。除了远远地相隔分布着在广阔的原野上的一些红光，映入眼帘来，这一切有点和北京来时经过邯郸、邢台一带所见的相仿佛，不过如果是在白天经过，倒不会看得到这一个景致了。这无异于对北方大平原在大生产中的情况，作了一次实地调查。当时还写了好几首诗叙述一路所见，其中有一首是这样：

　　　　霞皴夜幕展新图，速火星星近点朱。耕织未容钢铁缓，试看遍地小高炉。

　　从夜景想到白天从这里经过所看到的景致，你会问：这里该有多少农村，多少农民！又该有多少我们应参观的地方啊！而这些地方与北京南郊的红星农场比较，同异的地方又怎样的呢？夜虽已深了，车愈向南转进，这类萦回于脑际的问题也就愈多，不禁又怪自己多思和徒思之无益。

350

在北京南郊的红星农场所看到的情形，是值得追述的。

九月廿八日清晨，我们去参观。社所在的地方也就是往时的南苑。这在满清时代是皇帝养马的地方，也还有些残余的建筑和碑碣等遗迹存在。我们去参观的时候，刚下过一场雨，路还是湿润的。

值得人们注意的，是这个场的典型性。它是一个以生产副食品为主的郊区农场，而且还是首都郊区的一个农场，因此，它为首都人民服务的重要性是很显明的。从北京市中心去，只不过半小时略多一些的路程。

红星农场的总劳动力约四万余人，耕地十七万亩。耕作差不多已做到全部机械化。该场拥有拖拉机五十四部，联合收割机十五部，因此从耕耨以至收获，可以说是已做到完全机械化。全场分六大队，均使用电力。在生产量方面，根据一九五八年计算，水稻平均每亩七百斤；奶牛一千二百头，平均每头年产量为一万斤。这还是举例来说，但我们不难由此类推其他。全场的工业，大小工厂四十七个，举出较主要的几项说，如淀粉加工厂七个，糖厂五个，面粉厂一个。

该场已有一百零四个托儿所，四个幸福院。场还设有二百个电话处，四个电视机，有电话交换站，有时用电话开会议。电话会议现在已成了很通行的开会方式了。

根据这个场所制定的一九六○年的计划，每人每月所得的基本供给值将为四元，最低工资为每月四元，因此每人每月实得的最低也有八元。此外则全视其人的生产能力而定。每户另有自留地二分，可利用来种植和养鸡。预计这个场能供水果一百五十万斤，菜蔬一亿五千万斤。合作社所售的日常生活消费品，种类还不多，可见这里的生活水准，仍不能拿来和南方的标准相比。北方人的生活原也趋向较朴素的一方面，这也是大家都知道的了。

在离开红星农场之前，我们还去看了他们的稻田和种蔬菜的耕作。作为打水用的设备，在井边安装了一部抽水机，这差不多是一般的现象了，因此你站在田间一眼望去，到处都看到抽水机。这该省掉多少人力！所谓全部机器化，看来也差不多了。

在南边已看过好几个公社了。到了北京，又看了这个有名的红星农场，但仍觉有多看几个地方的必要。

赴洛途中

　　六日，也就是离开首都的第二天，清晨一觉起来，拉开车窗的帘子一望，太阳刚绽开地平线露出头角来了。在北方大平原上看日出是一个奇景，与登杭州西湖韬光寺或者登泰山观日都有着不同的趣味。坐火车来往京沪和京汉间多次了，每逢有看日出或日落的机会，我总不肯放过。记得有一次从天津南下过德州，正是"残照入嵯峨"的时候，血色的圆球慢慢沉下去了，剩下的是万道金光，穿过了绚烂的红霞向万里晴空发射出去。而恰巧在它旁边，看来相隔大概总有一县地罢，远远地蹲着一团黑云，云在逐渐扩大，它的周围电火不断地在闪耀着，与落日的霞光并排，一动一静，相映成趣。这美丽的景致，自己拙劣的笔墨总觉十不能得其一二。因此，每每以为"天似穹庐，笼盖田野，风吹草低见牛羊"这样的句子，的确有他的不可企及的地方。

　　这一天，自朝至暮，全部时间都在车上过，我们出都后第一个目的地是洛阳。洛阳去北京八百多公里。清早起来吃过早点后不久，不觉车已离开河北省了。入河南境后，十点十五分抵安阳；正午十二点过汲县；十二点二十五分抵新乡，停十八分；两点四十五分抵郑州，我们的卧铺车转挂走陇海线的列车；三点五十分过上街，渐见窑洞；四点二十分抵巩县，这是洛水入河的地方；五点抵偃师；六点十五分抵洛阳西站。

这一段旅途颇有几个地方引起了不少回忆。当中尤其不能忘的是新乡。一九五六年七月，我带领一个参观团北上。廿二日凌晨，车刚抵新乡。便停下来不进，据说是因为前头下大雨，水冲坏了铁桥，已派了工程车去修理，大概不会耽搁很久的。午饭后车仍不能开，同时听说河水又涨了，把铁路一部分也淹没了，要等候十八个小时左右，水降落后才能继续前进。就是这样停下来，我们只好利用时间不止到新乡的市街去巡礼一次，还去参观了新建成不久的卫河胜利渠。这条渠直通天津，能航行五百吨的汽船。到了晚上，后面压着来的列车越来越多了，于是我们的列车便要转到汲县去停站，已越过了潞王坟。多少历史在这一带地方演出过啊！在汲县附近，车停下来了。夜幕张开，天气闷热，车厢不能睡，大家只好把铺盖搬到河边去藉草以卧，一边看月亮，一边眺太行山一带的云堆和闪电，倒觉写意。一直到近天明，一阵雨过，才又转回车厢里。第二天早晨车开动了，抵塔岗，远远望见洪毁路基六十余尺和铁桥一部分。原来太行山地区下了一场大雨，山洪暴发，沿淇水的一条支流滚滚滔滔而下，电话通警报也来不及了，仅一两个小时内便造成了一次不很大但也并不很小的灾害。这时候行车极慢，我们一面察看灾情，一面不能不惊叹修理工作的迅速。过了一些时候，车经过淇园抵达安阳，两个地方都没有下过雨的痕迹。

这一个经验启发了我不少对于水利工程的兴趣。几年来已先后看过了官厅水库、茂名的引鉴工程和在这一次的十三陵水库，如果不是因为时间关系，倒还想也看看怀柔与密云水库呢。可能想象，更多的水库将会在太行山这一带建立起来。到那时候，像一九五六年我们所遇到的那样的山洪暴发所造成的灾害，将会成为过去不复返的经验。

　　这次过新乡，一方面回忆旧事，一方面又看到不但火车站已新建扩大，而且附近一带新的建筑物如厂房，如堆栈，都像雨后春笋一般建立起来了。而相隔还不过三年。

渡黄河过郑州

近十年来，全国各地城市发展之迅速，简直使人难以置信，而新乡仅是许多例子中的一个。像郑州的发展，便是拿"一日千里"这句话来形容，恐仍觉得不够切当。

郑州位于黄河南岸的大平原上，北距黄河岸约三十公里，地当京汉路与陇海路的交会点，因此它不特为河南一省的交通枢纽，也是中原的腹心要地。解放前这里人口不到十万，可是现在恐怕要以十倍的数字计算了。十年前这里本来也有一些棉纱、面粉等轻工业，但是十年来的发展已使郑州成为华北大平原上允称巨擘的棉纺织大城市，它一跃而居于一种领导地位。

每一次从这里经过，总会想起这个城市的过去，还会想到它的悠久的历史关系。周朝初开始的时候，封管叔也就是在这个地方。春秋时是郑地。韩灭郑后，又把国都迁到这里来。无疑地，这个地方"雄峙中枢，控御险要"，所以许多历史事件都在这里演出。像春秋时代晋楚争霸有名的"邲之战"，晋国荀林父师师与楚子战于邲，这个地方仅在郑州东南面六里，也就是邲城之所在。在那个时候，中国民族尚未统一，在内部矛盾演变的过程当中，这倒是一个重要的关键。战国时代，范雎说秦昭王说："王下兵而攻荥阳，则巩成皋之路不通。"从郑州到开封不过五六十公里的路程，所以魏公子无忌对魏王说："秦有郑地，与大梁邻，王以为安乎？"从这些都可以看出郑州这一地在历史上的重要性。现在提起郑州，有时候不但会联想到广武的荥泽，那是黄河铁桥的南端桥头堡了，而且更不能不联想到花园口。人们总不会忘记在抗日战争的一个时期，蒋介石政府在花园口决河，淹没了东南数千里至八年之久这个痛苦的事实。人们总看不出淹没了这么大的一片国土，究竟对于限制敌人的铁蹄，能起甚么军事上的作用。

郑州距离黄河铁桥很近。黄河在这里的宽度很大，桥长达二千九百四十一公尺，长度超过武汉长江大桥。我们北来时已看到一道新桥在建立中，工程已达到紧张阶段，许多桥墩已灌成了，但是有一些还在初步建筑中；可是过了仅仅十天，当我们再渡黄河时，一部分桥墩已在开始架梁了。这不能不使人惊服，大建设的形势只有在中国才成为可能。火车入郑州车站时，也把这一个新认识带到陇海铁路去，来接受一些新事物了。陇海路已在全部开始铺设双轨了，而在黄河溯河更上一些，三门峡的水利工程正在加紧进行中，这些都是使人感觉到兴奋的事实。

这次旅行，北上南下，沿途观察，始终感觉到有一件事耿耿不能忘怀，这就是各地的农业生产状况。一九五九这一年，大自然对中国并不能够说是怎样仁慈的。在这一年当中，尤其是在上半年，水旱虫涝，杂沓而至，被及的范围又相当广，像广东方面的东江水灾和西北江洪水的威胁，是百数十年来所罕见的，像长江黄河两流域所遇到的奇旱，更是六十年所未见，因此人们所不断关心的，便是这场天然灾害对于我国农业生产会发生怎样的影响。然而我们在北京近郊，固然看不到雨涝伤害园圃的遗迹，便是其后往参观的几省，尤其是到了中原地带的河南，也看不到显著的旱象。当然略，缺少雨量，到处尘土飞扬的现象是有的，可是若果在旧时代，这样的奇旱，怕不成为"赤地千里"才怪呢。这是不是社会制度不同的结果！

"洛阳城里春光好"

　　车抵洛阳，已是傍晚时分。洛阳统战部牛奔部长亲自到车站来接我们。经过介绍后，大家便转到国际旅社去，先把行李安顿好，然后再集中到一个大接待室里去，听牛部长介绍情况，同时我们旅行团的团长马万祺先生也把团员逐个介绍与主方认识。

　　我们团的成员一共二十二人，计开港澳方面去的十二人，印尼华侨五人，柬埔寨华侨四人，巴基斯坦华侨一人。此外还有华侨服务社派出陪同我们一道去的工作同志二人，中国新闻社记者一人，所以全体是二十五人。港澳方面国庆日到北京参加庆祝大会的，本来有六十多人，观礼后大部分都到东北去参观，剩下参加西南一线的，为数仅十二名，因此相形之下，我们的阵容顿觉薄弱了一些。可是其后却有十名华侨参加到我们这边来，这不特使我们的阵容壮大了，而且也使我们几个港澳的同胞，得到一种稀有的机会，来同时和好几方面远方来的海外侨胞互倾情愫，畅谈衷曲，纵论天下事，这的确是个十分意外的收获。

　　洛阳的确是个好地方。纵使我们进到旅社，已经是黄昏的时候，行装甫卸，也来不及各处去蹓跶蹓跶，可是就进城时从汽车上沿途所见，也可以领略到一些这个历史名都的风光。我到旅社后花园去踏看了一回，那里长的向日葵，高达十二三尺，头顶开着一朵朵的花，像洗脸盆那么大，从楼上的窗口稍伸手出去就可

358

以摘取。因此我不禁想道：怪不得洛阳自古以来就有"花城"这个称号，又怪不得洛阳的牡丹那样有名，以致诗人白居易还写下"花开花落二十日，一城之人皆若狂"这样的诗句。现在已经是深秋了，深秋的景色尚且如此撩人，如果在春天来，那将怎样更为可爱，就可以想见了。

"洛阳城里春光好，洛阳才子他乡老"，这是唐代诗人韦庄的词句。进到洛阳城里来了，玩赏着明媚的风光，不觉想起他的一首《菩萨蛮》来。我们这个旅行团，近半数成员是从远处回来的海外侨胞，他们当中，我深知道，谁也不愿意老死"他乡"。华侨们离乡背井，"远托异国"，原也各有一段不得已的苦衷存在，可是怀着"凝恨对斜晖，忆君君不知"的郁结情绪，一向又曾有谁来替他们解慰过呢？华侨不愿意永远寄人篱下，不愿意永远离开祖国的温暖的怀抱，这是肯定的。新中国成立后，十年的建设成就，更加深了海外侨胞对祖国的认识，更加强了他们对祖国的向心力。祖国正像一个大花园，那里边的一片融融泄泄的"春光"，是如何强烈的一股吸引力量，只有感受到的人才心里明白。然而正是这些，正是一个蓬蓬勃勃在发展着的中国的存在这一个事实，却在某些地域最近导致了排华、压迫我国的侨胞这样的不愉快的事件，这类事件的发生，明眼人当然可以看出，成因大概不外这几种：第一，由于一种狭隘的民族主义思想在作祟。第二，由于某些方面对于一个强大的新中国惊人成就的嫉妒，于是从中挑拨离间，不择手段，无所不用其极。第三，由于当地统治阶层的某一些人想借排华来取得政治资本。可是这些别有用心的人也不想想，纵使我们在海外的二千多万侨胞，全部都回到中国来，难道"四百神州"的我国就没有方法安置他们了吗？

到洛阳来，固然不同于陆机的入洛，可是每一念及身在"他乡"的"洛阳才子"，总觉忐忑不安。

历史上的洛阳

　　历史的洛阳是最使人向往的。位在河南省西部高原的小盆地，正当华北大平原向西伸展的尽头，这个有名的中国历史古都，也正如《汉书》上说"左据成皋，右阻黾池，前乡崧高，后介大河"，从军事战略的观点看，它的地势险要是很早便被承认的。所以据《史记》所载，周武王也说过"南望三涂，北望岳鄙"——这大概是谈洛阳形胜最早的话了。武王克商，定鼎郊邻，跟着周公旦复经营洛邑，建筑了两座城池，一座叫做"王城"，现在的"王城公园"，也就是它的原址，一座叫做"成周"，在白马寺东三里的地方，这目的就是要把洛阳这里作为"行都"，以便于巩固对东方的统治的意思。"洛邑居天下之中"，周的国都镐京偏在陕西一隅，这个并建两京的计划，可以说是发展得很早，也是适应着当时的环境需要，然而其后平王东迁，以避西方民族的压迫，我想周公是没有把这一点也计算在内的。

　　汉初，刘邦灭了项羽后，曾想在洛阳建都，可能因为这里比较更接近丰沛，而他的谋臣策士也谓"洛阳东有成皋，西有殽黾，背河向洛，其固亦足恃"，可是汉高祖在洛阳也仅住了三个月，便仍迁回长安去。真正在洛阳定都的倒是东汉光武帝，所以班固说，"崤函有帝王之宅，河洛为王者之里"，是全从封建统治阶级的需要着眼，而张衡的《东京赋》也说："沂洛背河，左伊右瀍，西阻九阿，东门于旋；盟津达其后，太谷通其前，迴行道乎伊阙，邪径捷乎轘辕"，这是"审曲面势"，就地理险要的形势立论。可是这几句话仍不足以表出洛阳这个地方的险要。汉景帝时，吴楚七国反，有人向吴王濞献计说："愿王所过城下，不直去，疾西据洛阳武库，食敖仓之粟，阻山河之险，以令诸侯，虽无入关，天下固已定矣。"这是一个危险大胆的策略，吴王濞没有胆量敢于冒险尝试。是不是他先已晓得对方也会有人教景帝"据荥阳"这一着呢，书阙有间，没有明白的交代。不过这一点倒很清楚了："洛阳处天下之中，盖四方必争之地；天下当无事则已，有事则必先受兵。"前代建都邑，谈守御，对于这一点，从没有忽视过。

东汉以后，魏、晋、北魏都在洛阳建都。隋都长安，至隋炀帝始迁都洛阳。唐代则长安洛阳并建两京，似乎部分地由于适应经济上的需要。五代时，后梁和后唐均于洛阳建都。到了北宋，虽建都开封，但仍以洛阳为西京，置留守。洛阳的重要性未尝稍减。所以范仲淹论建都的问题对宋仁宗说："洛阳险固，汴为四战之地，太平宜居汴，则有事必居洛阳。"可见在北宋时洛阳是陪都，当时的执政者并没有忽视它。宋以后金人与蒙古人相继侵入，由于战祸的连绵，洛阳经过摧残蹂躏，始日就衰落。

现在我们到洛阳来，对于这个处瀍涧之中的历史名都，就它的军事与经济地位来说，"北有太行之险，南有宛叶之饶，东压江淮，食湖海之利，西驰崤黾，据阙河之宝"这几句话，是能够领会得到的，可是多难以后，历史的建置，城郭宫室，园林花木，甚么"千金竭""九龙渠"早已荡然无存，缅想当时，不无感慨，倒是很自然的。因此曾写下这么一首诗：

九朝宫观委黄尘，堰堨漕渠迹未湮。设想天津桥上望，桥南四馆一时人。

旧洛阳已成过去

　　今天你出洛阳城西南，在新建的横跨洛水上的洛阳桥东边，还保存着一道旧石桥，上面有一座四角亭子，那就是隋唐五代直到北宋经过五百多年的天津桥遗址。白居易的"眉月晚生神女浦，脸波春傍窈娘堤"的美丽诗句，也就是为这里的风光而写照。这道桥初建于隋朝。历史的记载写着："隋大业初迁都，以洛水贯穿城中，有天汉之象，因建此桥。用大船连以铁锁，南北夹起四楼，名曰天津。李密破回洛仓，遂烧天津桥。唐武后长寿中，始命李德昭盘石为岸；开元二十年又复改造。"隋时，宫城正南门叫端门，端门直通外城的建国门，这条大街为天津桥所连缀而成，因此也叫做天津大街。每年正月十五日，在这里有着百戏会演，这就是后来元宵节的滥觞。而在建国门外还设置四方馆，以接待外国使节和管理外国商人。单就这一点就可以看出当时的盛况。

　　北魏孝文帝迁都洛阳，在洛阳故城魏晋的遗址已经大加兴建起来。据《洛阳伽蓝记》所述，城东西二十里，南北十五里，有十二个门，门各有楼，城内开筑广阔的御道，宫殿皆就魏晋故基重建。"正光初，时方强盛，于洛水桥南御道东作四馆，道西立四里，有自江南来降者，处之金陵馆，三年之后赐宅归正里；自北夷降者处燕然馆，赐宅归德。"这在城市建筑的规划上说，颇值得注意。

隋炀帝迁洛后，竭力经营这个新都，为了集中江南和东北的财富，修筑南北两条运河。南运河从洛阳的洛河起，入黄河贯通了淮河过长江直达杭州；北运河则由洛河到黄河通过沁河直抵北京附近的涿州。同时又在洛阳的四周修建了很多渠道，渠道都用大石砌成泻口。因此当时洛阳的水陆交通便显得非常便利，这对于洛阳的经济繁荣与文化发达，是有很大关系的。唐代在隋朝的修建基础上，更踵事增华。到了武则天，不但东西两京并重，并且也把洛阳这个城称作"金城"了。其实这时候洛阳都市经济也较长安为繁荣，商业也愈见发达。

便是因为这样，因为洛阳不但是个全国的政治中心，并且又是个舟车聚凑、交通便利的地方，所以人口便急剧增加了，像武则天时迁关内富户数十万充实洛阳后，人口集中更过于隋。同时引水灌渠，分堰置竭，使园宅有水竹花木之胜，实不特宋代始然，盖自唐以来，已多为游观之地。我们且看一段记载罢："元丰初，开清、卞，禁伊、洛水入城，诸园为废，花木皆枯死，故都形势遂减。四年，文潞公（文彦博）留守，以漕河故道湮塞，复引伊洛、水入城，至偃师与伊、洛会，以通漕运。自是由洛舟行可至京师，公私便之，洛城园圃复盛。"八九百年前的囊迹仍可想见。

现在我们到洛阳来，昔时的巍峨城阙，盛甲天下的宫观园圃，很多已成废墟，剩下的也不是本来的面目，求所谓汉的上林苑，魏晋的华林园，隋的周二百里的西苑，唐代的"南临洛水，西距谷水，东接禁城，北达禁苑"的上阳宫，都邈不复可得。可是我们并不会像后魏孝文帝那样，"睹故宫，咏忝离之诗，为之流涕"。旧的洛阳是过去了，新的洛阳正在建立起来，一个新的工业城市的洛阳已诞生了。

新洛阳在兴建中

在历史上曾经是个九朝都会的洛阳，自宋以后便逐渐萧条，又经过无数次战争的破坏，十年前它的人口只有九万多。没有一个有了三千多年的历史，和有过无数朝代在它的纵横四百五十平方公里的小盆地上建立过国都的城市，曾经有过这样的盛衰兴废的遭遇。国民党时代，洛阳工业零落，市容不整，唯一的建设似乎仅有一个规模很不足道的飞机场。这个飞机场迫近铁路车站，也可见它的作用了。

经过十年的奋斗，洛阳市的落后面貌已经完全改变了，只就工业方面来说罢。以前洛阳只有十六个工厂中工作的工人，总共才有一百六十人，其中最大的工厂也不过有三十个工人，最小的才仅有三个工人。然而十年后的今日，我们来参观，便是拣重点看，最低限度也得看看第一拖拉机制造厂、洛阳矿山机器厂和洛阳滚珠轴承厂这三种从来所不敢想的破天荒工业。

十年前的洛阳与十年来的洛阳，恰成了一个强烈的对比。今日的洛阳，它的人口虽然还没有达到唐代"二十八万户"的最高数字，可是已经超过了五十万人了。随着工业的发展，这数字又在剧增中。

为了了解洛阳工业发展的整个情况，我们在抵达洛阳后的第二天，便先去参观了"洛阳十年建设成就展览会"。展览馆地点在树荫夹道的中州路，离国际旅社不很远，汽车约十分钟可达，是一所旧建筑物，从前吴佩孚练兵的地方。据说，这个展览馆建筑是临时性的，八月间才筹办起来，目的也是为了庆祝建国十周年。展览馆建筑和设备方面虽然有点因陋就简，但是就这一点说，似乎更能看出实际工业建设方面工作的紧张情况。当然，一个规模宏大的展览馆是一定在计虑中的。像洛阳这样的一个重要城市，不可能没有一个较具规模的展览馆，不过就眼前说，内容和实质无疑地实较形式更为重要。

展览会内容分七个馆。我们先看了综合馆，取得一个概观，然后以次分看工业、农业、财贸、军事、政法、文教的其他六个馆。六个馆中，比较看得更深入的，就我个人来说，要算工业、农业和文教三个馆，其余的三个则因为时间的限制，只好大致参观了一下。不过尽管这样，我们对于洛阳这里国民经济各部门的巨大发展，文教卫生事业已取得的成绩，以及洛阳市容的比以前已经大为改观，对于这些已获得了更深切的认识。军事和政法两个馆参观过后，人们对于反匪反霸等一系列社会运动，对于人民思想觉悟的提高，在政治上翻了身，成了国家主人翁，当家作主起来这一个巨大的转变，更有了一种很深刻的印象。文教馆分文化、艺术、卫生、体育四方面叙述了十年来人民精神生活逐渐改变的成就。工业馆显示了拖拉机和矿山机器的制造，在洛阳工业的发展上是特出的，与其他轻工业相较，占了更大的比重。农业馆反映着农业生产的跃进，这事实上也是无可置疑的。总的来说，这是一个极有意义的展览。

一九五三年，祖国经济建设的第一个五年计划开始了，洛阳也和全国一样地大显身手起来。一九五四年，中央正式确定洛阳为国家重点建设城市以后，这个历史古都便被赋予了新的生命和新的活力。现在洛阳已成为祖国重工业基地之一，它的面貌正在"一日新，又日新，日日新"地转变着。

洛阳第一拖拉机厂

那是十月的一个清晨，天气暖融融的，全不是凉秋的况味，我们到洛阳第一拖拉机制造厂去参观创造"东方红"的场所。

第一拖拉机厂在涧西，那是在涧水以西的一带地方，是一个新兴的工业区，也就是往时隋代的西苑和唐代的禁苑的所在。沿着树阴夹道的中州路向西行，跨过了涧水桥，略转向西北，一路像是在一个大植物园里走着，这便是涧西区。根据新洛阳的城市建设规划，市区包括着东周和隋唐洛阳都城的整个面积，把东面白马寺以东，到西面王城以西的一大段地区连接起来，打成一片，在九朝故都的废墟上，建立起一座崭新的社会主义工业大城市，这我想是许多人所想象不到的。

第一拖拉机厂是一个新型的大工厂。依照原定计划，它是要在一九五三年筹建，到一九六〇年交工的；可是当这个厂决定了在洛阳建立以后，事实上是到了一九五四年才开始筹建，着手准备工作，一九五五年十月正式开始厂房工程施工，经过了四年，到我们来参观时，它不但差不多已经全部建成，并且实际上也已正式投入生产（正式投入生产是十一月一日），提前了一年交给国家。这怎能说不是一个大发展？

从厂的大门望进去，全不像一个普通所看到的制造厂，它倒

366

像是一所规模宏伟的大学。厂的规模怎样呢？参观时来不及搜集许多应该可以搜集得到的资料。不过就举一两件厂方的人所告诉我的事实来说罢。厂房最高的达十八公尺，最大的在它的四周转一圈要走上近一公里的路程，而如果你想环绕整个工厂走一圈，那就是在吉普车上也得跑十五分钟或者更多一些。厂地的总面积是一百四十公顷。

全厂工人一万八千名，如果连职员都算在内则为二万一千人，还不包括家属。

这个工厂是一个综合性的厂，一共十四个车间。这当中我们只拣重点看了铸铁炼钢车间、发动机车间和装配车间，其余如标准零件车间，工具车间都没有来得及去参观。精密器械车间的厂房，参观时还在鸠工建筑中。当我们参观装配车间后，还在新装成的一台拖拉机上拍了照；车间的于主任对我说：这台新装配好准备出厂的拖拉机，它的出厂号头应该是四百号到五百号中间的一个。按照原来的设计，这个厂是要实现年产一万五千台东方红牌五十四匹马力的拖拉机的，这种机配备犁头三个至四个，工作量一昼夜可达二百至二百二十亩。可是计划才制定了不久，便感觉到落后，厂要扩建，产量要增加了。预计一九六〇年的产量须要达到三万五千台的指标。厂方的人告诉我们：英国全国在用的拖拉机也不过六十万台，可是我国所需的数量，何止十倍于此，所以我们要满足全国目前的全部需要，非建立一百个第一拖拉机厂不可。这真足令人咋舌！

这是一个具有高度机械化和自动化设备的工厂，该厂的原设备机器，百分之八十至九十是本国自造，其余百分之十分别从各国输入。

　　我说过，厂的门面像一所大学。其实到厂里边去，厂房都比大学的宿舍还要讲究，设计得似乎要比长春汽车厂的厂房还宽大一些，仿佛是后来居上了。车间的设计，特别顾到生活。厂中的一个女职员说："我们要把它建成既是工厂，又是花园。"看来，这也去理想不远了。

矿山机厂和轴承厂

把厂建成"既是工厂,又是花园",这话怎样讲呢?看过鞍钢又看过武钢,看过天津国营棉织第二厂和北京东郊棉二厂的,就明白这句话的含义和其中的分别。洛阳第一拖拉机厂是一个完全新型的工厂,它特别注意为工人们准备了优越的生产和生活条件。每个厂房里不但有冬暖夏凉的生产间,还有舒适的生活间,工人们可以在这里更衣、沐浴和休息。在热加工车间还采用了机械通风,保持车间内空气的新鲜。对电镀和热处理工作部门的有害气体,都采取各种最新式装置加以排除。对冷加工方面则采用各种护罩、工位器具及其他设备,以保证工人的安全。车间与车间之间多留着宽阔的余地,两边种树,中间还有花圃,可能想象,树大了,花渐多,在林木深菁中自然也把声音的喧扰减低了不少,人们就可以在一种比较宁静的环境中工作。这现在仅仅是一种理想了。

在拖拉机厂的南面,与厂房相隔着约有三百多公尺的距离,是工人住宅和生活福利区。那里边有高大的楼房,职工们的宿舍,有剧场、电影院、文化宫、学校,体育场和医院。林荫的道路、精致的园圃,将把这个住宅区做成了一个感到足以优游自在的风景区。它使你联想到上海的曹杨邨和广州的华侨新村。

像这样的优越的生产和生活条件,现在也不只在洛阳第一拖拉机厂才看到，所有其他新建立起来的现代化工厂差不多都按照着一定的标准去进行。我们紧接着在第二天去参观矿山机器厂和轴承厂也不例外。

洛阳矿山机器厂是我国第一个新型的矿山机器厂，是社会主义建设一百五十六项重点工程之一，在一九五五年底开始建设，一九五八年十一月一日正式投入生产。它是一个崭新的和生产能力巨大的工厂，也是一个单件、小批、万能性生产的工厂。它的产品有可以突破岩层、深入地下五百公尺的打眼机，有把矿石和煤炭从地下起运上来的卷扬机，有洗煤、工业用煤的全套选煤设备，有用来对矿石进行破碎研磨的球磨机和破碎机，有把钢轧成各种钢材的各种轧钢设备、各种轧钢机等等。它是这么一个工厂，可以生产炼钢、炼铁、采煤所需的从采矿、起重、选煤、冶炼、轧制钢材等一系列的成套设备，所以有人说，这是钢铁元帅的一个兵工厂。

厂的面积约三十二万平方公尺，而工人住宅等还不包括在内。生产工人约在五千以上，连其他工人，包括职员八百在内，合计达八千多人。参观时，我们看了轧钢、制模、制配等几个车间。

这个厂的建成，标志着我国冶金和煤炭工业设备的制造能力已向前迈进了一大步。

洛阳轴承厂也是第一个五年计划重点工程之一。它在一九五四年开始建设，一九五八年七月正式投入生产。它的基本原机器设备，百分之八十来自苏联，当然设计大，成本也大。它生产的轴承，最大的外径一千零三十公厘，比马车轮还要大，最小的只有衣服上的小钮子那么大；它可以生产像足球那样大的钢球，但也可以生产要用放大镜才可以看得见的小滚珠。

便是这样的一个工厂，它的生产为汽车、为拖拉机服务，但也为海上轮船、工厂里的机床服务，所有机械设备都离不了它。我们费了大半天参观过了，虽然有些地方并不完全懂，但总感到异常浓厚的兴趣。

参观时我们更留意厂的福利设置如业余学校和夜大学等等。

工业城市的洛阳

除了第一拖拉机制造厂、矿山机器厂、轴承厂这三个单位以外，其他像洛阳水泥厂、洛阳钢铁厂、洛阳建筑机械厂和洛阳热电厂都没有来得及去参观。至于洛阳玻璃厂、洛阳棉纺织厂、洛阳耐火材料厂等更无论已，因为它们许多还仅仅部分投入生产。不过尽管这样，尽管我们所看到的只是洛阳这个地方的工业的一部分，但是对于这个成就怎样改变了洛阳的面貌，怎样把一个古老的消费城市变成一个新兴的现代化的工业城市，实实在在已得到一种很深刻不可磨灭的印象。

当第一个五年计划公布了的时候，跟着又透露了国家正式确定洛阳为重点建设城市之一的消息，我想不单只我，许多非内行的人都为之愕然一时，因为不知道洛阳是否具备建设一个重工业城市的条件。到洛阳来参观后，亲眼看到，身历其境，许多疑点才得到解答。像工业用水，在工业上是一个很重要的问题，一切大小工业，非有充分的水量供应是不能进行的。洛阳这个地区，在水利建设方面，虽然兴修了一条长达四十一公里的邙山大渠，把清清的涧河引到邙山的岭上去，但是这条渠，也正如另外一条叫秦岭大渠的一样，主要地是为了耕地灌溉的用途而建的。像最高人民法院院长谢觉哉的"渠长八十里，流量秒三方。洛阳千万顷，为汝换新装"，写的就是邙山大渠的作用。至于工业用水呢，这里的人们没有对我提起甚么建筑水库的计划。洛阳用的是地下水，是河水的伏流呢，抑或是这里有一个地下海呢，我可不清楚了。

又像矿山机器厂为甚么选择的地点在洛阳呢？原来这和矿山机器这一部门工业所用的沙也有关系。洛阳矿山机器厂所用的沙采自北邙山附近，那里蕴藏着的沙量至为丰富，真是取之无尽，用之不竭的。谁能想到那千百年来徒供人凭吊的"北邙山头少闲土，尽是洛阳人旧墓"的所在，它底下却有这许多足供工业用的"货弃于地"的宝贝呢！

这次到洛阳，主要目的是看工业建设。参观过了，使人感觉最兴奋的，是这个九朝故都绝大部分已成了废墟的洛阳，竟能从一个古老的完全消费城市变成一个崭新的现代化工业城市这一点。历史上的洛阳，它的繁荣是建筑在它作为全国政治中心的特殊政治地位的。因为它是一个全国性的政治中心，同时也就变成了全国最大的一个消费中心。隋炀帝时强迫河南富户与全国富商迁到洛阳来充实他的新都，唐武则天时又迁关内富豪数十万户充实洛阳，这和秦始皇的时候从"天下豪富十有二万户居咸阳"，如同一辙。大抵一个纯消费性的城市，它的繁荣总是在这样的并不稳固的基础上形成的。记得一九五一年秋间我到南京，南京的朋友们告诉我说，他们正在为着怎样疏散这个都市的过剩人口到农村去从事生产而伤脑筋，而旧政权所遗下的问题，单是当厨师的就在二万以上，这就是困难的所在。从这一点就可以看出一个纯消费性的城市，它的一时的繁荣是怎样地带依赖性，怎样地靠不住的。一个城市要维持它的永久繁荣，是一定要把它自己改变为一个真正的生产城市才有可能。在这方面，洛阳是个极典型的例子，它真的是个从火的烈焰中出来的凤凰，现在比以前更美丽了！

当然，十年来南京也已蜕变了。一九五六年我再到南京，一个新南京已在蓬蓬勃勃地发展，一九五一和五二年间的问题已不复存在。

伊阙与关林

"龙门山色"，这是洛阳八景之一，凡是到过洛阳的都知道的了。唐代大诗人白居易也说过："洛阳四郊山水之胜，龙门首焉。"史称"隋文帝登邙山对阙塞而叹曰：真天阙也！"而韦应物咏龙门诗也这样写道："凿山导伊流，中断若天辟。都门遥相望，佳气生朝夕。"的确，左渡右涧，"前有伊阙，后背盟津"，洛中形势自有它的不平凡的地方。所以，现在如果你也登邙山去一望伊阙，一定会与前人有着同感，而这，纵使你承认了洛阳"山川秀润有余，形势雄壮差不逮长安"这一说。

人们特别喜爱伊阙这里的山水，可以说是由来已久，而且也代有其人。像白居易寄居洛阳达十八年之久，死后还葬在龙门东山北部的一个小山上，要永远和秀美的山水相伴，这仅是一个较为特出的例子。到洛阳而不去一踏伊阙，等于入宝山而没有看到"明月之珠，夜光之璧"，不单只因为这里山清水秀，风景优美，允称为洛阳第一，更因为龙门石刻这个名胜古迹在艺术上的价值。

龙门在洛阳城南约三十里。从城里去，通过新建的横跨洛水的洛阳桥，撇开了宋代理学家邵康节的故里"安乐窝"，沿着笔直的林荫大道向南走，越过了隋唐故城的遗址，远远望见在你的左手边一些像"烟村四五家"的去处，那大概就是洛城东南的

"午桥"，是唐朝裴度的别墅"绿野堂"的故址的所在罢。再往前走，到了一个林木盛茂、苍翠悦目的地方，在稍形光秃的几处冈陵当中特别显出它的深青颜色，这便是关林了。距关林东南不远便是伊水。

不难想象：这一带现在正在着手重建的广大地区，在过去的悠久日子里，曾有过不知多少次的繁荣历史。《邵氏闻见录》上面写道："午桥西南二十里，分洛堰引洛水；正南十八里，龙门堰引伊水，以大石为杠互受二水。洛水一支自后载门入城，分诸园，复合一渠，由天门街北天津引龙二桥之南，东至罗门。伊水一支正北入城，又一支东南入城，皆北行分诸园，复合一渠，由长夏门以东以北至罗门。二水皆入于漕河。所以洛中公卿士庶园宅，多有水竹花木之胜。"洛阳"土宜花竹"，自是事实，但是造成了"万家流水一城花"的胜概，漕渠水利，实为一个重要因素，从上面一记载可以看出。

我们到龙门去时，经过关林镇刚好是半路，于是先停下来，看看这里"关帝冢"的古迹。"关林翠柏"是洛阳小八景之一。在翠柏森森的深护中，有一座红墙碧瓦规模颇大的庙宇，传说就是埋葬三国时蜀将关羽的首级的地方。所以，这个地方也叫"关陵"。在冢的周围和庙院里边种了几百株大可合抱的柏树。那柏树和庙宇都是明代的遗物，到现在已经有了三百多四百年的历史了。仿佛记得庙里那口大钟还镌着万历廿三年造的。这里的古柏，苍翠蓊郁，十分可爱，因此禁不住在树下拍了好些照片，不但是"雪泥鸿爪"的意思，也是对古柏的一种敬爱的表示。

关林墓上面刻着不少对联，可是好的并不多。当中有一联，联语是："邙北当年郁圣陵，首回伊阙，魂回汉阙；洛南此地埋忠骨，地在天中，心在人中。"同行郭信坚医师说："仅此一联足观。"我最初颇以为异，后来一想，觉得他话很对，因为联写的都是事实。我曾为这个发见写了一首诗，也就是《次洛杂诗十二首》中的一首。我尤其爱"心在人中"一语。洛阳人道新写的一联也不错，联云："扶汉先正名，一统尊而两雄何有；明伦斯为圣，三纲立则万世之师。"作者盖别有深意。

看龙门石刻

关林现在不特以它的宏伟的庙宇见称，它已辟为洛阳博物馆了。这使得关林更为出色。在题作《洛阳今昔》的一本小册子上面写道：

> 这里的陈列品有各个历史时代的兵器、铜器，有东周时窑场的模型，有汉代时灌溉井的模型，有汉代保存至今的粮食，有曹魏时的《正始石经》，有闻名世界的唐三彩人马兽俑，有长达二公尺多的象牙化石，有差不多和排球一样大的鸵鸟蛋化石。解放后在洛阳出土的各个历史时代的珍贵文物，这里几乎是应有尽有。

洛阳发现文物之多，的确十分可惊。试想："邙山无卧牛之地"，那么，古墓里边所埋藏着的历史文物该是如何丰富的，这简直不可以想象。我们到洛阳的工厂去参观时，工厂里的负责人说：洛阳古墓不特多，而且有些墓还埋得很深，发现了古墓有时候需整理，而整理需要时间，每每妨碍建厂进行工作。这段话当时颇引起我的注意，因为一方面中国历史深厚，埋藏在地下的文物一经发现，便亟待整理，而另一方面由于工作面的巨大，更显出考古专家不是太多，而是太少，整理古物，每感人手不够。我国目前的情况是这样：不是怕专家太多，而是感到专家太少了，"人浮于事"这句话现在已不符合事实，甚至在整理历史文物方面说也是这样。

关林已成了一个历史博物馆，因为"洛阳博物馆"在这里设立。这样说，龙门石窟更是一个历史展览馆了。这些石窟是我国佛教艺术的继着大同云冈石窟的又一个宝库。

龙门，也叫做伊阙，古称阙塞山。志书上说："山之东曰香山，西曰龙门，大禹疏以通水，两山对峙，石壁峭立，望之若阙，伊水历其门。"伊阙因此得名。那有名的龙门石窟就是像蜂窠般分布着在伊水两岸的崖壁上。

如果说龙门石窟是部历史的话，那么可以说，这部史书大部分所写的便是从北魏太和年间到晚唐光化年间前后约四百年的佛教雕刻艺术史。最早的洞窟开凿在公元第五世纪末，约当北魏迁都洛阳的前后，其后经过东西魏、北周、北齐、隋、唐，直至晚唐光化年间，洞窟的营造连续不断，这可以说是全盛时期。五代以后，历宋、金两代，雕凿便很少了，统计这个时期所造的仅不过十个小龛。根据《石言》的记载："全山造像凡九万七千三百零六尊，题记三千六百八十品。"按龙门保管所的统计，现在保存下来的洞窟计共一千三百五十二个，小龛计七百八十五个。所以规模之大，简直可与云冈石窟媲美。石窟大部分在西崖龙门山上，南北绵延约二里许。在东崖香山上的石窟较少，且多是唐代所修建。

到来看龙门石刻的，一踏进龙门保管所的大门，第一个大窟就是潜溪寺。我们根据宾阳洞前碑记所载，这个窟是唐贞观十五年开凿的。洞高约九公尺，正中刻阿弥陀佛像，两旁刻阿难、迦叶及左右菩萨。

过了潜溪寺洞便到三个较大的洞窟，这便是宾阳北洞，宾阳中洞和宾阳南洞。三个洞并不是同时或甚至在同一个朝代建造的。北洞是唐时贞观二十二年才开凿的。中洞，本来也就是宾阳洞，是北魏迁都洛阳以后，世宗皇帝为孝文帝和文昭皇太后所修造的二窟之一，同时也是龙门诸窟中开凿年代较早的一个。关于这个窟，有一个事实特别使它叫人注意。根据记载，修造这个窟共用人工八十万二千三百六十六人，自景明元年开始营造，到正光四年始竣工，历时达二十四年，即由公元五百年至公元五二三年。

费八十万二千余人的工力，历时二十四年之久，这不能不说是相当可惊的数字，可是这样所造成的一个艺术作品，雕刻的精美，线条的匀称，雄健而生动，既自然又复写实，简直使你无法不为之惊叹折服，低回久久而不能去。的确，我们在宾阳中洞勾留的时间格外长，至引导我们参观的人催促了多次仍不想离开。怎能见怪呢？这是龙门这里雕凿得最富丽堂皇的一个佛洞，最杰出地代表着我国劳动人民在北魏时期的雕刻艺术的巨大成就呀！"龙门石窟"上面写着："洞内共有大佛像十一尊，本尊是释迦牟尼佛，高八点四公尺，面貌清秀，眉作弧形，目大，鼻高，唇厚，嘴稍上翘，微露笑容，右手向前仰伸，左手向下屈三指，右脚置膝上，衣纹为平直刀刻法，折叠规则，垂在台前的衣边作羊肠纹。体态平稳，是北魏时期的代表作品。"本尊佛而外，左右两侧佛及菩萨像，洞门外的力士像，均雕刻得精致可爱，惹人注目。洞门外右侧还有一块褚遂良碑，是贞观十五年写的，现在也加了垂檐，保护着免被风雨侵蚀，从这一点也可看出政府对于保存历史文物的无微不至、不遗余力了。

不过关于这个宾阳中洞，却有另外一件事是使人痛心的。原来这个洞的前壁左右，本有两大幅浮雕《皇帝礼佛图》与《皇后礼佛图》，不但构图精美，雕法细致，而且是一段历史事迹的生动记载，给古代社会生活研究提供不少关于服饰仪仗制度等的有价值资料。可是这样的两件珍贵的艺术品，却给一个美国人于一九三五年贿通了古董奸商和一些贪官污吏，"将整幅的浮雕盗凿下来，运往美国，陈列在美国纽约市艺术博物馆和城纳尔艺术馆里，现在留在这里的，只是一片盗凿的痕迹"。没有一种强盗的行为，能像这使人感到更恶心的了。当看到了这些盗凿的痕迹，不禁愤火中烧，曾写下这样的两首诗。一首是："伊阙东西一水分，千年垂像著声闻。羯来已觉河山暗，留得龙门盗凿痕。"其余一首说："恍似人天浩劫余，东崖西壁几年窬。摩挲斧凿痕犹在，不见皇皇礼佛图。"自宾阳中洞的《帝后礼佛图》被盗劫后，现在只剩下石窟寺中的《礼佛图》为龙门石窟中仅有的最完整的两幅了。说起来不觉还有点余恨。

看过宾阳中洞后，自然要移步到宾阳南洞去了，虽然去时仍是一步一回头似的，既想再一次地欣赏一下那洞里的背光、藻井的结构和洞口拱额的图案，同时又想多看一回褚遂良的碑记，那种急遽的情状旁观者一定觉得可笑。

宾阳南洞开凿于北魏时期，到了隋朝才完成，历时颇久，计由公元五九五年至六一六年。本尊佛像面部都丰润，嘴唇厚大，衣纹自然流畅，在风格上可以说是上承北魏的刚健雄伟，下开唐代生动圆浑的过渡手法。拿南洞的本尊佛像来和中洞的本尊佛像略为比较一下，这一点就很显著地看得出来。这宾阳南洞里边还有许多唐代时期的小龛造像，上面还有铭文记载，这些都成了研究唐代雕刻的很好资料。

我们依次又看了敬善寺和摩崖三佛像，这样龙门西山北部的石窟就算看过了，到了万佛洞就属于西山南部的石窟了。

万佛洞佛像雄伟多姿

万佛洞是洞窟中最有趣的一个。万佛洞真是名副其实，一个"万佛洞"，因为洞内两边麻麻密密地刻着共有一万五千多尊小佛像。藻井是一朵大莲花，环绕着它镌有"大唐永隆元年十一月卅日成"几个字的题记；原雕飞天，已被盗凿。本尊佛坐八角莲花台上，台座束腰部分雕刻四力士肩托仰莲，生动多姿，比那被罚去背负整个宇宙的阿特拉更觉有趣。因此就在这莲座下拍了一个照。后壁雕莲花五十四枝，每枝坐着一尊菩萨。两壁小佛像下面，还有乐伎浮雕，姿态异常优美。洞前本有狮子一对，不知何时被盗去，闻现在陈列在美国波士顿博物馆中。

步出万佛洞，挨次又看了老龙洞、莲花洞，以及赵客师、魏字、唐字等几个洞窟，然后就到了有名的奉先寺洞。奉先寺俗称九间房，是龙门石窟中规模最大的佛洞，南北宽约三十公尺，东西深度达三十五公尺。洞开凿于唐咸亨三年，至上元二年完成，历时三年零九个月，工程可谓迅速。本尊佛像为大卢舍那佛，像高十七点一四公尺，趋前去瞻望真觉"仰之弥高"，庄严而慈祥可亲。文物出版社的小册子上说："佛像慈善安详，面颐腴润，口鼻端正，两耳下垂，眉弯似新月，目稍向下凝视，昂胸挺腹，权衡均称，衣纹简单清晰，充分刻划出佛的胸襟宽广、慈爱温厚的形象。"我想凡是到过奉先寺这里的，都会毫无保留地同意这一段叙述。左右洞壁雕刻的菩萨、天王、力士像，均造形雄健，精妙绝伦。有些地方像左壁的天王和力士，虽然部分毁坏，但从残存的部分仍可以看出造像的雄伟姿态。据碑文记载，唐武则天为了建寺，曾捐助脂粉钱两万贯，修筑了几间大房。这些建筑年代远，已全部颓坏，可是现在石壁上还留着当年建筑凿洞架梁的痕迹，九间大房既已废毁，这里的佛像便全部露顶在雨雪风日的侵蚀中了。这种没遮拦的情况，从东山对岸更看得清楚。其他各个洞窟情形与此稍为不同，因为造像雕刻都在洞内。不过我想：总有一天，人民会把九间房重建起来，用玻璃做屋顶，这样让已有了千多年历史的精美艺术作品能够更好地被保存着的。这不仅是个愿望，在新中国，许多事情只要想到，不旋踵间便见诸事实，也已不止一次了。

我们在奉先寺逗留了颇久，超过了半个钟头，因此等我转到古阳洞去时，许多同行的已在返洛阳城里去的途中了。

古阳洞是龙门石窟中开凿得最早的一个，计开始于北魏太和十九年，至北齐武平六年始完成。洞中石刻百分之九十以上是北魏时代的作品，著名的龙门二十品，北洞就占了十九品之多。雕刻在两壁上的小佛龛，最为细致精巧，充分说明了北魏时期雕镌技术的高度成就。本尊佛像已部分残缺，清代光绪年间又加以涂饰，更失去本来面目。在这个洞保存着的，是一部精美绝伦的雕刻艺术的遗产。因此为了纪念自己的眼福因缘，我曾写下这样的一首诗：

> 龙门十万佛，洞窟首古阳。镌壁连龛栋，通身见背光。
> 法容观自在，狮吼动毫芒。璎珞垂珠宝，清凉界上方。真如
> 来去住，式启魏隋唐。十地庄严相，莲华生妙香。

匆匆又看过了石窟寺洞和药方洞，龙门石窟的游程便算结束了。归途中过保管会的招待所再登楼一次，也得诗一首：

八节滩头踏雪回，昔人曾此眼明开。只今烟霭登楼望，渡水谁当策马来。

休道秦关百二重

　　来到洛阳，龙门石刻总算看过了。不过来去匆匆，走马看花似的，倒每觉有点对不住那前后历千多年的精美绝伦的雕刻艺术作品，尤其是当中北朝时代的一部分。因为历代帝王卿相埋在洛阳的陵墓虽多至不可胜计，可是北朝时期洛阳贵族的墓葬却没有发掘到，而在中下层的墓葬中发现当代的文物很少，所以龙门石刻便成为可以看到北朝的高度的雕刻艺术水平的宝贵资料。即如古阳洞内壁上雕凿的许多小佛龛，从这些人们可以看出北魏时期房屋建造的一些特征，就是好例子。对这些，便是离开洛阳时仍有多少镇日看不足的感觉。

　　龙门的一千三百多个洞窟，其中有一个叫破窑洞。从洞口走过时，虽在万分匆遽中也按不住要进去窥望一下，为的是被"破窑"二字所吸引着了。是不是从里边可以看得到一些窑洞的生活状况呢？当时自己是这样地想着。

　　黄河流域这一带还保存着一种穴居的生活，这是很多人都知道的。来洛阳时，沿陇海线离开郑州不久，到了上街便开始在铁路两旁看到窑洞了。有些洞穴十分靠近铁路线，里边的设置差不多都窥见一斑。从洛阳西上，进入山区，窑洞更多了。大的小的，"瓮牖绳枢"的，收拾得干干净净、陈设得整整齐齐作为一个村的办事机关用的，这样的窑洞一路都可看到，不一而足。人们说，住在穴洞里虽然简陋，可是冬温而夏凉，倒是一种想不到的舒适。这我想是真话。不过尽管这样，窑洞的生活是终久要摆脱的。"树根石脚露土窑，穴土一尺经旬劳。居人生世稀见日，黑面映户疑山魈。"这是洪北江写函谷关一诗上的句子。他所描述的情况现在已在急剧的转变中了。有几处地方，杂在窑洞的民居当中，还有一些两层楼的楼房和体育场的设置，从这些很可以看出穴居的原始生活方式已在逐渐被抛弃了。

凭窗外望，在暝色四合中，火车不觉也把我自己投进沉思的深渊里边去。想着，想到这一切巨大的转变是怎样得来的，想到在这五百多里长的河谷里多少历史曾演出过，想到二崤的风雨飘萧了多少年代，想到桃林塞的马、华山阳的牛，想到"十亩之闲兮"的诗句与白水投壁时的誓言，想到孟尝君燕太子丹曾从其下经过的函谷关和关尹望气的所在，更想到再过几年，三门峡水库建成了以后，这里漫长的河谷一带地区，东起砥柱，西至临潼，将成为一个大湖，而我们现在坐火车经过的大部分地方，将变成了波流浸灌的淹没区，想到这一切，不禁悠然以思，霍然而起。如果我们的经国者一秉故常，囿于成见，那么人民的劳苦大众将永远处在深渊中翻身不得，无由自拔，而非常的事功又何由得见呢？

想着，火车已抵三门峡站。三门峡据说离车站还有三十多里路，不可得而望见。这时已是二更时分，山高月小，淡烟疏树中略见萧森气象，远在数十里外的三门峡拦河巨坝工程，只好从想象中去揣得了。一路西上，隧洞极多；从辘辘的轮声更可以察知铁路坡度甚大。车抵潼关，夜已过半，从睡梦中惊醒，不复能成寐，因起来把思想整理一下，成截句两首：

河水南流更向东，问渠奚事一九封？卧游不觉升黄巷，百二秦关夜济潼。

想见明来倚翠屏，洪崖几度梦曾经。湖光潋滟东回望，宁信河神是巨灵。

在关陕道中

休道秦关百二重，车通双轨水拦洪。

时平忽忆曹公垒。回首秋山落月中。

  这是离开了潼关过华阴时诌的一首诗。夜露初寒，晓风欲坠，从这一带地方经过，也很难使人不发思古之幽情，更何况其明日又是重九佳节。

  车过了潼关，便想起了汉末"魏武征韩遂马超，连兵此地"的故事。这故事在少年时也从《三国演义》看到过的。《三国志·魏志》上载：建安十六年，张鲁据汉中，曹公遣兵讨之。关中诸将马超、韩遂等疑惧，同时俱反，部众十万屯潼关。曹公自将击之，"与超等夹关而军。公急持之，而潜遣徐晃朱灵等夜渡蒲阪津，据河西为营。公自潼关北渡，未济，超赴船急战，校尉丁斐因放牛马以饵贼，贼乱取牛马，公乃得渡。"诸葛亮《出师表》里所说的"操殆死潼关"，指的就是这一事。而根据《曹瞒传》所述："公将过河，前队适渡，超等奄至，公犹坐胡床不起。张郃等见事急，共引公引船。河水急，北渡流四五里。超等骑追射之，矢下如雨。诸将见军败，不知公所在，皆惶惧，至见乃悲喜，或流涕。公大笑曰：'今日几为小贼所困乎'！"这一段描写得似更生动，活画出一个"了不起的历史人物"的曹操来。的确，无论从武功上说抑或从文事上说，一部廿五史中，曹操的

388

确算得是个英雄人物。郭沫若先生在他《蔡文姬》一剧本的序文上说："我写蔡文姬的主要目的就是要替曹操翻案。曹操对于我们民族的发展，文化的发展，确实是有过贡献的人。"他又说："从前我们受到宋以来的正统观念的束缚，对于他的评价是太不公平了。今天的时代不同了，我们对于曹操应该有一种公平的看法。"因此郭先生也就写了一篇《替曹操翻案》。

其实，对于历史人物，人们的看法依据了阶级的观点各有不同，那倒是很自然的事了。"孔墨皆称尧舜，而取舍不同"，其他更何论呢。把曹操这样的一个特出的历史人物，在一般的心目中"固定成为一个奸臣的典型"，这大部分是《三国演义》和舞台艺术的影响的结果。可是读历史的对于曹操采取较公平的看法，还他一个历史人物的本来面目，也不是并无其人，不过像郭先生那样的彻底翻案似乎还是第一次。在北京时见到了郭先生，本想和他对于这一点有所商榷，一聆他的意见，可是在一个盛大的酒会上，这样的交谈倒成为不可能，因此总耿耿在心，南返以后，最近读到曹聚仁先生的《京居二月记》。曹先生说："舞台上的曹操和历史上的曹操，原是不同的，稍微有点头脑的人，不会混为一谈。"我完全同意这一看法。不过曹聚仁先生又说："用蔡文姬这题材来替曹操翻案，并不适当。"关于这点我却与他意见相左了。我倒看不出通过写蔡文姬这样的一个剧本来替曹操翻案，有甚么不适当的地方；在我看来，这倒是最经济的表现法，似乎要比"从赤壁之战"写起要经济得多。而且这里还有一个实际需要的问题。

车过了潼关，循渭水而上，这里已是大陆高原的气候，逐渐更感觉到天气的干燥。翻翻箱里的几本旧书，感觉到对于古代史的研究无甚裨益，便也想呼呼地睡去。然而心里总还想念着，前些时候，大概是一九五七年罢，中国科学院古脊椎动物研究所在这一带地区进行三门峡水库淹没区的第四纪地质调查以及脊椎动物化石采集工作时，不是曾发现过一些旧石器的材料。丰富的旧石器的材料埋藏在这一带是可以想见的。可是再历些年，这里恐怕又已"江山不可复识"了。

登慈恩寺雁塔

抵西安时，天还未亮，火车站银烛辉煌的灯光更显出像仍是深夜时的情景。一阵小风吹来，稍微觉得有寒意，心里在想：这已是凉秋九月的季节了。

我们下车后，被招待到西安宾馆去住。这是一所建筑得相当讲究、相当富丽堂皇的六层大厦，规模布置有些像北京饭店。我们住在第五层楼，推窗四望，整个西安旧城的景色都收入眼底，仿佛在北京住在华侨大厦凭栏远眺所得的情况。西安宾馆靠近城北，朝南望，东南角上，在晓烟的微茫笼罩中，隐隐约约可以看出像一个锥形的影子，那便是大雁塔了。它的位置使你联想到北京天坛的祈年殿。才卸下了行装，还未安排好参观的行程，就已经远远地瞻望了大雁塔一回，巴不得一时攀登这个七级浮屠的回梯，纵眼秦地山河，作一次"城南望城北"的回盼。从前人说的"秉烛夜游"，那迫不及待的情形，想也不过如此。

到西安后，第一个参观节目便是大雁塔，这好像是根据着人们的要求，是"人同此心，心同此理"也似的，到西安这个历史故都，第一个要看的是大雁塔。其实大雁塔是经过重建的，现在的大雁塔已非完全一千三百多年前的旧观了。我们去时，路上先去参观了钟楼。西安的钟楼是一座相当雄伟的建筑，重楼高耸，踞着西安市的中心，更显得非常壮观，便是从西安宾馆远望，也会感觉到它的巍峨气象。北京、南京和西安都有钟楼和鼓楼的建筑，不过单就钟楼来说，我还以为西安的钟楼应该居首。缓步而上，到楼的上层，窗轩开朗，就像一个大殿一样，这时候你就有一种"登兹楼以四望兮，聊暇日以销忧"的感觉，心旷神怡，一切积闷都忘记了。所以这样，后来我细细一想，大概因为这个建筑在西安市区中特别高耸的缘故。离开了钟楼出城南，不久便到了慈恩寺。大雁塔就在寺内。

踏进了慈恩寺的大门，略为看了一下寺中的殿宇和"雁塔题名"的石刻，又细细读了塔底层正面唐褚遂良书《三藏圣教序》和《述三藏圣教序记》两碑之后，便缘回梯而上，直登塔顶。大雁塔高六十四公尺，缘梯上到达最上层计二百五十一级。从塔上四望，远山近树都一览无遗，东南下望曲江，直在眼底，其他像交通大学、师范学院，和这里文化教育区各个学校的许多新建筑物，都莫不历历在目，了然如掌上观纹。真的，当拾级而上时，简直就没有想到一个高才不过二十丈的塔，竟具有这样的形胜。尤其使你永远不能忘怀的，是当你遥望着列峰若翠屏的秦岭时所得的印象。因此回宾馆后也就写成了下面的一首诗：

晨登大雁塔，遥望终南山。平野分泾渭，凉云自往还。渐疑霄汉近，岂畏蜀途难。笑语曲江水，明来看小澜。

曲江目前已涸。汉唐时代那周六七里的曲江池，早已堙为平陆。可是人民政府是要把这个具有特殊的自然条件的地方划为风景区，不但恢复它旧日的繁荣，并且赋予它以新生命的。这里本是秦时宜春苑的故址，汉武帝时就在这宜春苑故址凿成了曲江池。其后到了唐朝开元中，更加疏凿增广，于是南面有紫云楼、芙蓉苑，西面就是杏园和慈恩寺，曲江沿岸"菰蒲葱翠，柳荫四合"，就成了都中人士游赏最盛的地方，而杜甫的"酒债寻常行处有，人生七十古来稀"的诗句，也就是为在这里所得到的感触而写了。不过到了今天，作为人民的曲江，则不特规模要远迈前古，并且还要具有比这更为深广的意义。

西安的交通大学

  西安的南郊被划定为文化教育区，在二十多平方公里范围内，分布着二十多所大专学校和几十所中等技术学校。站在大雁塔的最上层举目四望时，引导我们参观的讲解员指点着说"那是交通大学、工业大学，这里是西北大学，这边矿业学院、石油学院、化工学院和铁道学院，那是音专、艺专、医学院、政法学院，这里还有陕西师范学院、西安师范学院。指点着，真的目不暇给。西安从这边看已是个崭新的城市了。

  南郊这里建成西安的文化教育区，前面远对着"隆崛崔峰"，盘纡回远，深岩邃谷的终南山，情形就有点像北京的西郊。所谓"左据函谷、二崤之阻，表以太华、终南之山；右界褒斜、陇首之险，带以洪河、泾渭之川"的一种前人选称的形胜，即使不驱车到乐游原上去，从大雁塔也可以领略到一二。

  下大雁塔到交通大学去，一路经过都是新开辟的市区。到处都在开辟马路，大兴土木，进行新建筑。学校、宿舍、住宅、医院，简直就是雨后春笋一样。别的城市也在进行着新建设，不过好像没有那个地方能比得上西安的进度。一出南门差不多就是整大片的新建筑活动。解放前西安的人口还不过十八万左右，而现在西安的人口则已超过一百四十万，市区则不特已突破原来十三平方公里的旧城区，而且也逐渐超越了唐代长安的范围，扩展到七十五公里了。这样的急剧扩展是罕见的。西安已不复是一个消费城市，它已经变成一个蓬勃的、发展得一日千里的工业大城市了。

交通大学是一所已经有了六十三年的历史的大学。校址本来在上海。一九五一年我到上海时，领导方面开始在谈院系调整的问题。那时候似乎还没有决定西迁。五二年以后进行了课程改革，到了五六年改革基本完成。也就在五六年这一年开始了分批西迁。五七年交大分两部分，一在上海，一在西安。到了五九年，交大遂分为两个独立的大学。

关于交通大学的西迁，有人以为这是因为怕第三次世界大战爆发，搬到内地高原去，远离沿海地区，希望这样可以避免战火的灾害。这是只知其一，而不知其二。其实，国家着手大西北的建设，所需的人才物力，数量之大是无可估计的。这需要长期的计划，交大的西迁正是适应着这样的一个迫切需要。交通大学虽则有了六十多年的历史，可是到一九四九年学生仍不过二百多人。而现在在西安的交通大学，占地一千五百亩，校舍面积三十一万平方公尺，有五十一个实验室，教师一千一百九十二人，学生九千四百八十五名，比解放前增加了四十六倍。这是如何巨大的转变，是怎样惊人的跳跃！然而西安的交通大学这样每年所造就的大批专门人才，仍无法能满足大西北建设眼前递年增加的需要。

参观时，学校当局对我们说，由五八年开始，交大已进行着教学与生产劳动结合的教育纲领，关起门来办学的思想已完全改变过来。他们指出了本着新的教学方针来配合中心任务的许多例子，像帮助榆林等地办高炉，和办九个工厂以及建纺织厂等，都是很动人的事实。记得在洛阳参观洛阳工学院时，那里的一位姓查的教授也对我说过一些教学改革的实例。譬如他说：有一种煤气机，可以产生多种动力，是天津杨柳青厂发明的，便于农村使用，因为农民容易学会掌握，售价一千多元，这种机洛阳工学院正计划制造。这可以说是同调之歌了。一个重要的关键是在怎样发挥学生的积极性与自动性，似乎实施教育者大家都在集中注意这一点。

十年增长七十倍

　　教学结合生产劳动，这现在已成为全国一致推行的教育纲领了。最近几年来，我已参观过新会圭峰山下的劳动大学，顺德大良的县一中，以及中山石岐的华侨学校，这次到西北，又看了洛阳工学院和西安的交通大学，对于这个新教育原则的实施情况，已略见其梗概。我觉得这当中以洛阳敬事街小学的例子最为特出。这个敬事街小学共有学生一千一百八十多人，办了无线电收音机、制药、化学制板、美术颜料、工艺制品五个厂，然而学生学业成绩并没有因此受到顾此失彼的影响。反之，从一九五八年优秀生占百分之八十三这一点来看，更显出不但实施情况良好，而且成绩在逐年增加。现在大家都承认，教育结合生产劳动，不特打破保守思想，是一个新发现，它也是中国社会建设中一个重要发展。

　　参观过交大后，当天下午本来预定去看一个棉织厂的。后来因为我的一个在西安东门外坝桥医院服务的侄女，她是学医的，要到宾馆来看我，并且还带了她的爱人和小孩子同来，而那天又是他们能够请假一同来仅有的一天，那么，我就只好牺牲一个节目不去参加看棉织厂了。陕西遍地都种棉花，我们离西安往成都时，火车经过咸阳、兴平、宝鸡，一路都看到棉花的堆栈、棉花的货运与棉花踏得满地都是。从这一点就可以看出这里棉织厂的重要了。

然而西安的新兴工业还不止此。遍地开花的例子真是更仆难数。姑举西安人民搪瓷厂来说罢。到了西安的第二天，我们一清早冒着微雨去参观这个厂。从外表看，并不是一个怎样的规模宏伟、建筑讲究的厂房，可是里边却蕴藏着的确使人钦佩的创造装置。这是当常克忠厂长一面引导我们参观，一面对我们介绍情况时，我所得到的印象。我感觉到解放了的人民的力量的伟大。

西安人民搪瓷厂是在一九五一年至一九五二年间建成的，资本为人民币二十万元。参加这个企业的一共四十一人，当中廿余人来自上海，其余则为转业军人与青年工人。厂初开办时，技术差，成本高，困难多，而成品又积压。到了一九五六年仍有困难，几次几乎弄到关门，向银行贷款也有问题。可是在新社会中，有困难，但也有办法，厂终于有了转机。到我们来参观时，厂一共有一千四百多工人，但是仍然没有一个正式的工程师或技师，负重要责任的都是"土拔土养"出来的。可是就是这样的凭借，这样的基础，厂的产品在一九五八年为二百八十种，而现在则已有三百多种了，并且已能生产工业搪瓷。比较初开办时，年产值已增至一千倍了。这个厂在五六年有了转机以后，经过五七年与五八年的改进，产品质和量两方面均有所增加，它不但自己修补了原有的破烂的机器，还制造了一些新机器。在产品方面，五七年已赶上了上海，经过五八年更进一步的改进，五九年的产品有些品质已达到了世界水平。销路据说也很好。

搪瓷虽是简单的器具，但制造过程也不简单，自一块铁片以至于印花印画，是一段有意思的工作。而这个厂由二十多万元的年产量，不到十年发展到现在的一千四百多万元，这是耐人深味的。这是从无到有的一个典型的例子。

骊山与华清池

到骊山游华清池像是一个很不平凡的节目。那天准备着出发时，大家就有点异于寻常的兴奋模样。这我想是可以理解的。人们还未到过骊山，但对于"高高骊山上有宫，朱楼紫殿三四重"，对于华清池，早已向往，早已有了个影子。这来源大部分可以说是由于读白居易的《长恨歌》。譬如说罢"春寒赐浴华清池，温泉水滑洗凝脂。侍儿扶起娇无力，始是新承恩泽时"，那杨贵妃的"玉颜"自然不可得见了，但"温泉水滑"则仍旧和唐明皇时一样。因此，你还未履其地，就先已在想象中向往了那"骊宫高处入青云，仙乐风飘处处闻"的骊宫，而对于那"七月七日长生殿，夜半无人私语时"的发誓地点，或且作了种种臆测了。换句话说，你还未看到骊山，你就对于骊山心目中已有了一些内容。这是历史给你造成的。

其实，作为一个风景名胜区来说，骊山也不见有甚么特异使人神往的地方。"骊山晚照"说是关中八景之一，可是"夕阳无限好"，也不独此地为然。当然，骊山海拔一千二百五十公尺，造登绝顶，凭高望远，八百里秦川都来眼底，的确会是一个奇景。但深山幽谷，层峦翠嶂，寒泉绝涧，朝晖夕阴，则恐远非嵯峨秦岭之比了。而前人也说过：骊山崇峻不如太华，绵亘不如终南，幽异不如太白，奇险不如龙门。骊山之所以擅胜，在于它的温泉。这对于历代帝王与封建统治阶级，特别是一种吸引力量。其次就是骊山去长安才不过五十里，近在咫尺，对于建筑离宫别馆，都感到便利。所以游过后，我就写了这么一首诗：

> 茂陵松柏萧萧雨，千古终南月色寒。不是华清池水暖，始皇争肯葬骊山？

"骊山的温泉，自秦始皇建阿房宫，北构而西折"在这里砌石起字过以后，经过历代相继崇饰，到唐贞观十八年建温汤宫，天宝中又改温泉宫为华清宫，这是华清池在历史上最盛的时代。可是在这个所谓"盛时"，华清池只是牺牲了无数人民的血汗，以供帝王一人与他的封建统治阶级极少数人的淫乐享受，它起的好作用是最小的。像刘梦得在他的《华清词》一诗里就写到过："言昔太上皇，常居此祈年。风中闻清乐，往往来列仙。翠华入五云，紫气归上玄。哀哀生人泪，泣尽弓剑前。"封建统治者所关心的，那里会是人民的寿夭死活！又像白居易所说的："骊宫高兮高入云，君之来兮为一身！"这一身的享受所带来的是甚么呢？那《骊宫高》一诗上面又写道："一人出兮不容易，六宫从兮百司备。八十一车千万骑，朝有宴饮暮有赐。中人之产数百家，未足充君一日费！"

也就是这样，当你的车子在临潼县南门外停下来，当你缓步踏入华清池的范围里的时候，你浏览着新的光景，回忆起温泉的过去与悠久的历史，想到在敌寇已深的日子里仍然有人猷在这里贪图一时的享乐，想到这一切，你会抱着一种沉重的心情来进行游赏。那天的我便是这样，虽然自己也已经知道现在华清池水已完全归到人民的手中来。

　　华清池的水，温度是摄氏四十三度。洗过温汤后，又读了一回郭沫若的《游华清池》诗和董必武的和诗，才结束这一次的唠游。董必武的和章中间有一联这样写道："始皇大冢埋劳役，天宝清池浣寿王。"这提到寿王的一句，使人联想到李义山的《骊山有感》的诗句。李的诗句是："平明每幸长生殿，不从金舆唯寿王。"

痛恨美国盗我国宝

——参观西安博物馆有感

因为是在西安勾留的最后一天，清早起来便应了郭增恺先生的邀约，到钟楼大街附近的一家馆子去吃羊肉泡馍。到西安而不吃泡馍，便真的有点像入宝山空手回。本来北京西直门内有一家馆子也以泡馍出名的，可是因为抽不出时间，在北京时倒没有去吃过，这次到西安来却吃到了，快意之极。郭先生在西安住过了十年，所以这次的东道只好由他做了，而酒阑人散，我们赶收拾行李往成都，他也在等下一班机西上兰州去了。

也就因为是在西安的最后一天了，所以在上火车之前，终于挤出时间去参观了陕西省博物馆。陕西省博物馆地点在西安的孔庙。它是在全国范围内规模仅次于北京故宫博物院的博物馆。这因为关中是我国古代十一个王朝都在这里建都，特别是周秦汉唐几个朝代，文物鼎盛，长安成了当时政治、经济、文化的中心，因此陕西这个地方在地上和地下的文化遗产都异常丰富，远非别个地方可比。陕西博物馆的性质主要在表现周秦汉唐这几个时代的历史，陈列着大部分是陕西出土的各种文物，全部陈列的文物约有三千五百余件。馆的组织分两大部分。一部分是综合性的历史陈列，包括周、秦、汉、南北朝、隋、唐、宋、元、明、清各个阶段；另一部分则为专门分类性的陈列，分石刻艺术、青铜器、历代陶瓷、东汉画像石、工艺以及"碑林"六大类。全馆共有十三个陈列室。

这十三个室的陈列品，要详细地看一过，恐怕非十天八天的时间不可。我只能比较集中注意地看石刻艺术一室和碑林的一部分。石刻艺术一室陈列的内容为自汉到明代的各种石刻，主要的有绥德出土的东汉石刻浮雕和隋唐石刻佛像。陕西刻石文化发展得较早，制作也较多；在巨型的圆雕和浮雕方面，陕西都存有全国最早和较早的作品。碑林陈列着由汉到清，尤其是唐代的碑石共一千七百多块，是全国集中古碑最多的地方，但我们也只能择要地来看。这当中如《大秦景教流行碑》，如僧怀仁的《大唐三藏圣教序》，如《颜氏家庙碑》，如《玄秘塔碑》，如蔡邕的《石经残石》《曹全碑》等，那是无论如何都不会放过的了。碑林的六个室中，第六室简直就是一座石质的大书库，它的全部内容就是一套刻石十三经，也就是有名的《开成石经》。还有著名的《石台孝经》，石台上刻有精美的花纹，配着刻有卷云纹的碑头，那是放在第六碑室附近的一个亭子里。这是一个石刻艺术的珍品。但是尤其宝贵的一种唐代名刻是《昭陵六骏》，它陈列在碑林六室西面的石马廊中。

昭陵六骏是世界著名的石刻浮雕，是贞观十一年前后的作品。它是我国有数的国宝。可是现在陈列在博物馆内的仅为"什伐赤""青骓""特勒骠"和"白蹄乌"四骏，那名叫"拳毛騧"和"飒露紫"的两骏，却于一九一四年为美国盗走了。这是一件令人十分愤慨的事。参观至此，为之不快者良久，因写成一首长句来表达对帝国主义者的痛恨：

　　昭陵六骏亡其二，拳毛騧与飒露紫。云是盗劫居然涉大洋，贿迁东去万余里。奸商巨蠹诚可恨，以国藏奸何无耻。尚余四逸支解体不完，亦欲潜移运输美。可怜神骏遭戕戮，艺术泥涂堪发指。龙门已失礼佛图，来此复嗟遗骒耳。昔人言盗亦有道，贪戾乃一至于此！强盗行为七海惊，明抢暗夺胡底止？即今骅骝凋丧沦异邦，蹴踏烽烟鄙顾视。目中黑囡乃尔骄，忍痛恍若昔着矢。我来省识披画图，筋骨雕镌妙神理。磊落丰姿意气雄，想见当年霜蹄斥八极。也知赵璧终不使入秦，黩武穷兵宁足恃？会见龙媒归故乡，卓立长嘶秋风里。吁嗟乎，何日神物归来兮，为你刮垢磨光洗毛髓。

月夜过秦岭

　　草草用过午饭，赶十二点四十五分的火车离开西安往宝鸡，抵宝鸡时已是黑夜了。火车六点十分过郿县，八点三十五分开始爬上秦岭面向重岩叠嶂的山区进发，回望宝鸡已相隔有两个站的路程了。

　　当过郿县时，也知道这里距那"武功太白，去天三百"的太白山又怎能望得见呢！记得上一年，友人吴其敏先生到这里来游，也是夜间翻过秦岭，他在《走马十二喊》上面写道："有一件事至今还是觉得遗憾之至的，就是火车跨越秦岭，偏偏要在夜间。"今次我们来，本来计算是可以避免这一缺憾的，可是因为赶不上早上十点的火车，所以仍旧要落到夕阳下山以后才抵达秦岭的山麓。

　　不过尽管这样，尽管看"山从人面起，云傍马头生"的景致，尽管要真正体验到"两山对话一日走"的实际环境比不上白天，但是"夜过秦岭"仍旧给你留下一段稀有不可磨灭的经验。这时候已是过了重阳节的第四天，月已渐圆，在雾锁烟横的山中气候，它的影子忽隐忽现，像是孜孜窥人也似的，顿使你忘记了在半山中一片岑寂的境界。火车由两个机车牵着走动，在万山中左回右转，穿过一个接着一个的隧洞，比前几年在丰沙铁路线上所看到的要多得多，也险峻得多了。同时，你又察觉到上山车路坡度之大，逾于寻常，因此也有点提心吊胆起来。

　　九点十五分，车抵观音山车站。是不是这里附近也有个观音岩呢？可不晓得了。这时我们已在万山丛里，天气虽然还不十分寒，但也已使你感觉一些深秋的凉意了。在静静地欣赏着这山中的景物时，得诗一首：

> 昨梦褒斜谷，今来大散关。悬泉秋凛冽，野燎路纤盘。
> 露缀林初白，云开月欲环。不知试新险，凭轼度重山。

也是在观音山车站这里附近的一段路，在十分兴奋的紧张中来不及把真确的地点记录下来了，我们在多处重叠式探射灯的照耀中，从最高一层看到了那有名的铁路线和隧道进口所盘成的双马蹄形和"8"字形了。在夜间看到，这更是一个奇景，因为在沿铁路线的一颗颗像明星的路灯和强烈的采射灯光的照耀中，这个景致就像在电影院看银幕上的景物一样，是在白昼里所看不到的。"回头下望来时路"，你远远地望见那在约莫一小时左右以前，你从那里隧洞口经过时，所看到的一段在进行中的车路电气化工作，在望远镜中连铺设电线的活动都看得一清二楚了。这时候你忽然想起了在高空中还有个月亮的存在，但是它的光辉已为华灯所掩盖，所夺去了。

十点五分抵青石崖站。这时天气已真的有点冷，但是我们一面发抖着，一面仍然下来瞻望了一回悬崖削壁的大爆破的痕迹。十点二十五分抵秦岭站，停二十分。夜深了，经过一天的紧张生活，倒头睡下，不久也就呼呼地睡去了。第二天一觉起来，身已在广元。掀开窗帘往外一望，微微蒙蒙中还在下着雨，虽然不似"细雨骑驴入剑门"的情景，可是"石黛碧玉相因依"的一派嘉陵江水色已在向你招手。不！它简直是扑面而来，使你无法不感觉到自己是处在一种诗的境界。

夜过秦岭仍是深足回味的。

灌县都江堰

四川是个大省份，但这次我们参观每个地方所能花费的时间不多，所以只能拣重点来看，而在四川方面说，这主要在成都和重庆两地。

抵成都的次日便到灌县去参观都江堰。这是到成都的人们无论如何都不能不去看的。因为都江堰是我国历史上一项巨大的水利工程，创始于公元前二五〇年秦庄襄王时，二千二百多年来，一直为农业生产服务着。在古书上说，蜀守李冰"凿离堆以避沫水之害，作大堰以扼蓄咽喉"，穿二江成都之中，引水以灌田，分洪以减灾；又说"穿三十六江，灌溉川西南十数州县稻田"，信可见都江堰是我民族伟大祖先的宝贵遗产。这话怎讲呢？

都江堰管理处编制的小册子《都江介绍》上面写道：

> 岷江是长江一条支流，发源于四川省松潘境内，海拔高度三千公尺，灌县以下川西一段，水面比降，平均亦在千分之四左右，山高水急，时常发生暴水，造成泛滥，使岷江两岸人民受害。我国古代劳动人民把灌县城外岷江左岸的山石凿开，使一部分江水流入长江的另一条支流沱江。开凿出来的那个口叫"宝瓶口"，而开凿后和江岸隔离的石堆也就叫做"离堆"。他们并且在岷江中建造了大堤，把岷江分成外

江和内江。外江就是岷江的本流。内江引导岷江的一部分江水，从宝瓶口进入走马河与通向沱江的柏条河和蒲阳河。这个大堤后来就叫做都江堰。在大堤的前端，是分水鱼嘴，这是内江和外江分流的起点。在鱼嘴和离堆之间，又修建了飞沙堰、人字堤等工程。飞沙堰实际上就是一种溢洪道，作用在平时让江水流入内江，而在有洪水的时候，可以让多余的水漫过它，流回外江，这样来控制内江的水量，保障内江的安全。在岷江两岸，还开了许多灌溉渠道，引水以灌田，分洪以减灾。这样就不仅防止了洪水，还把为害的洪水引到有用的地方，使数百万亩农田得到了灌溉，形成了沃野千里的川西平原，称为"天府之国"。

这一段文字我把它全引，就因为它叙述得比古书上所看到的要清楚得多。都江堰的确可以说是我国古代劳动人民智慧创造的结晶。在以往没有近代科学发明的帮助的时代，他们竟能建成这样的一项合乎科学方法的伟大工程，这是值得景仰、值得尊敬的。有一点值得人们特别注意，就是都江堰所用的建筑材料，主要是竹子、卵石、木料、泥土等，这都是就地取材，工程也简易，不需很高的技术，而经济价值却很大。所以毛主席指出都江堰的重要性，说有三点：一、历史长；二、灌溉区大；三、就地取材。这几句话提醒了我们，使我们想到了"两条腿走路"的办法，为甚么在我国建设上极其重要。

解放后，人民政府对于都江堰，不但加强灌溉管理，修治好失修已久的堤防，还修建了很多钢筋水泥新式水闸，扩大了灌溉田亩到三百二十余万亩，而往后还要继续扩大灌溉面积，极力发挥防洪与水利作用。

　　我们抵成都那天，刚巧董必武副主席陪同匈牙利主席道比·伊斯特万到都江堰来参观过，并赋诗以纪其事。这里把他的诗录出如后：

　　鱼嘴分江内外流，宝瓶直扼内江喉。成都坝仰离堆水，禾稻年年庆饱收。

　　李冰父子功劳大，作堰淘滩尽手工。六字遗经传不朽，友邦人士共钦崇。

所谓李冰六字诀，就是"深淘滩，低作堰"两句话。

红光公社及其他

灌县离成都西北约五十六公里。我们参观完都江堰，回程经过郫县——传说是蜀主杜宇曾在这里建都的地方——因此也就顺路去访问了那有名的红光公社。

红光公社，成立于一九五八年秋收后。那年三月毛主席到来视察过，作过指示，据说社就是按着他的指示办起来的。到我们来参观时，这个公社已经有了一年的历史了。党书记介绍情况时说："在一年后的今日，公社的优越性已经看出来了，这特别由炼钢炼铁一事看得更清楚，大协作解决了劳动力缺乏一问题。"红光公社拥有一万六千九百多户，总人口为七万一千人，分五十个乡。这个经济基础，拿来和首都南郊的红星公社作一个比较，是一件有趣味的事。红光公社全年的粮食总产量为二亿斤，去年小麦丰收，达到一千一百二十万斤，平均每亩产量为一千一百六十一斤。这个公社一共办了一百六十二个工厂，这当中有机械、石灰、肥料、副食品加工等厂，还有四个水力发电厂，全个公社饲养了毛猪三万头，三鸟十八万头，而猪在上一年还不过两万头，一年的增加是可观的。蜜蜂场到处可以看到。所以这个公社以农业为中心有了相当大的发展。社拥有拖拉机五十三台。

在文化教育方面，红光公社办了中学一所、小学三十三所，有电影队两个、广播站三个，四百一十八个喇叭筒。此外，他们

410

还办有食堂四百三十四个，托儿所三百廿五个，幼儿园二百四十个，保健站十八个，幸福院三个，里还住着二百一十二个老年人。最后，不应该忘掉，他们还有一百零二个缝纫队。这样，他们的生活情况也可见一斑了。因此，整个公社呈现着五种满意：一、当家人满意；二、妇女们满意；三、青年人满意；四、单身汉满意；五、干部满意。

十月十五日参观了成都量具刀具厂。

由参观一个以农业生产为中心的经济组织，到参观一个以精密的工业工具生产为中心的经济组织，并不是一个寻常的转移。在参观的时候，似乎在若干方面还缺少了一些思想的准备。譬如说，囿于成见的，对于我们中国是否能够自己制造精密的工业用器具，也许还有怀疑。而这也难怪。

成都量具刀具厂是这样的一个组织，它生产九十多种工具，备着一千多种规格。这个厂于一九五六年五月动工开建，建筑费二千多万元，次年一九五七年便建成，这是全世界所无的。不但如此，它的建筑费比预算省了四成多，尤为特出。一九五八年它正式投入生产了，也就在这一年完成了国家所交给它的任务的计划生产六倍余。在别一种情况底下，这只有用"奇迹"一词来形容。然而在我们来参观时，厂的当事人对我们说，一九五九年的生产计划已于九月底完成，并且成本也降低了，如万能测量器，市面售价仍为一百三十余元，但事实上成本每具已降至仅三十余元。

厂的设备百分之九十五是国产。但是尤其使人感动的，是他们办厂遵守着"先生产，后福利"这一个原则。厂的工人都住楼房了，但办公室等等到现在仍在简陋的草房里。这个方针是很少见的，因此外国朋友来参观都赞不绝口，以为值得取法。就投资说，生产的投资占百分之九十，非生产的只占百分之八。这似乎也只有在新中国才能看到。

下午，到万里桥西去瞻仰了一回杜甫草堂之后，便挤出了一点时间去参观"藏族上层阶级反动分子反动残民罪恶展览"，这是附属在成都举行的四川省农业展览会的一部分，是一个使人惊心怵目的展览！笔者另有文纪其内容。

住重庆的五日

我们初离开首都踏上"西南行"的路上时，大家心目中总以为采取了这一条路线，主要目的在看历史上的名胜古迹，而新兴的工业建设则因为尚在幼稚阶段，大概是无甚可观的。可是到过洛阳、西安以后，更由西安转到成都和重庆来参观，才知道当时的见解实大谬不然。十年来，这方面的工业建设成就简直是想象不到的，如果不是自己亲自到来参观，接触其人，目击其事，你简直就不会相信。像洛阳的涧西新工业区，像西安市工业区和文化教育区的一日千里的扩展态势，又像以"锦官城"见称的成都一跃而为建有许多现代化大工厂的城市，这些如以耳代目，也真是不容易使人置信的事实。不过令人惊奇的还有重庆。

重庆市三面临江，一面连陆，远远地倚着中梁山脉的重峦叠嶂，这也就是前人"堑岩为垒，环江为池"的地方，号它为"山城"，的确也名副其实。江面与市区交通，悬崖数百尺，从前多靠拾级而上，现在已在很多处铺设了缆车路。市内交通，从前的电车路轨都拔起了，改成了无轨电车，而许多马路也开宽了。重庆的人民大会堂，比北京的人民大会堂先建成，而重庆市的人民体育场，规模宏伟，也足以傲视一方。所以这里的人说：十年来重庆的面貌已全改变了。

我们抵达重庆时，本来打算只住两日，但结果却住了五天。

在这五天当中，我们看了不少新事物，也游个痛快。我们到过"红岩村十三号"，这个有名的抗战时期八路军办事处，参观了"八路军重庆办事处革命纪念馆红岩村馆"回程时，又参观了"曾家岩馆"，那是革命纪念馆的分馆，也叫做"周公馆"，因为周恩来总理曾在那里住过。参观过两个地方时，真有点"低回留之不能去"的感觉。第二天参观了重庆十年工业建设成绩展览会，还看了重庆乐器工厂和重庆木竹工艺厂。十八日上午参观了重庆钢铁厂，下午参观了沙坪坝红旗人民公社，这情形类似北京的南苑红星公社。十九日参观了重庆五零七火力发电厂。五零七发电厂，五四年四月安装第一台发电机。跟着又安装两部一万瓦的机器，而从第三号机组起，这个厂的建造计划已完全进入改用国产阶段了。这是最感人的事实。

> 五日山城住，烟横雾锁开。轻舟向三峡，秋月逐人来。

这是离开重庆时写的一首五言绝句。重庆的雾也的确讨人嫌，一来就是一连几天。十月二十日这一天，我们本来准备清早七点下船，赶"民众"号轮在八点半启行，可是因为雾重，船终于延迟到下午两点才开。在重庆多逗留这大半天，我们便趁机会到鹅岭公园去逛了一次；在园里的古物陈列室看到一幅黄鹤山樵《秋山图》真迹，是至正二十六年写的。

逛过鹅岭公园回到重庆宾馆后，还在宾馆门前拍照留念。其后照片印出寄到手上来了，我便在《寄题十周年国庆观礼第十五队西南线旅行团重庆留影》一诗上面写道：

> 五日山城住，临江待雾开。联翩下三峡，留影约重来。

识面真如故，谈心喜暂陪。极知沧海上，归思日千回。

　　观礼渝州过，山城望上都。地原巴子国，疏凿禹王余。
十载多新事，千村改敝庐。红岩风日好，低首记修途。

　　这差不多可以说是我们这次旅行参观纪盛的结语了。不错，
船抵达汉口，在武汉勾留短短的两天，我们还参观了不少新建
设，像长江大桥、武汉肉类加工厂等，其中尤以武钢给人印象最
深。可是，由于武汉的地位关系，水陆交通方便，行旅来往的人
也多，上面的几种参观项目，许多朋友们都经历过，逐渐成了家
喻户晓的事实，似乎不需要在这里特为记载，而像长江大桥，则
自建成以来，即已驰誉宇内，无远弗届了。其次，当我们离开重
庆时，有几位海外回来的侨胞就留在那里，候飞机飞往仰光转回
海外去，而当我们到了汉口，从印尼回来的华侨杨先生夫妇已飞
回北京去，吴槐庭伉俪、吴炳昌先生、潘校长和周明老先生，则
联袂往南京上海，南下回广州的队伍寥落可数，因此又不禁有一
种同人星散的感觉。这种离合聚散的际遇，在下江船上的几天，
尤其强烈地感觉到。
　　在"民众"号江轮上的几日，生活过得舒服极了，愉快极
了，不单只因为这船上的房舱十分舒适，而还因为这是一艘完全
由我们自己在江南船厂建造的轮船，一九五八年才下水，因此很
自然地感到一种骄傲。在船上端居多暇，一路浏览风景而外，便
是把一个多月来的日记略为整理一下，间或写几首诗，多属"纪
游"的一类。同舟的吴槐老诗兴勃发，写了很多佳作。这里我把
我和他的几首录出如后：

【香山文库】

陈君葆全集

文集　下册

陈君葆
刘秀莲
谢荣滚　著
　　　　主编

SPM
南方出版传媒
广东人民出版社
· 广州 ·

图书在版编目（CIP）数据

陈君葆全集.文集/陈君葆著，刘秀莲，谢荣滚主编.—广州：广东人民出版社，2018.12
ISBN 978-7-218-13290-7

Ⅰ.①陈… Ⅱ.①陈… ②刘… ③谢… Ⅲ.①陈君葆（1898—1982）—全集 Ⅳ.①I217.2

中国版本图书馆 CIP 数据核字（2018）第 287463 号

CHEN JUNBAO QUANJI · WENJI

陈君葆全集·文集

陈君葆 著 刘秀莲 谢荣滚 主编

出 版 人：肖风华

出版统筹：柏　峰　张贤明
责任编辑：张贤明　李沙沙　周惊涛　陈其伟　刘露露
装帧设计：彭　力
责任技编：周　杰　易志华　吴彦斌

出版发行：广东人民出版社
地　　址：广州市大沙头四马路 10 号（邮政编码：510102）
电　　话：(020) 83798714（总编室）
传　　真：(020) 83780199
网　　址：http://www.gdpph.com
印　　刷：广州市浩诚印刷有限公司
开　　本：787mm×1092mm　1/16
印　　张：60.25　插页：9　字数：710 千
版　　次：2018 年 12 月第 1 版　2018 年 12 月第 1 次印刷
定　　价：260.00 元（上下册）

如发现印装质量问题，影响阅读，请与出版社（020-83795749）联系调换。

丁篇

谈艺论学

汉译《伊斯兰真义》序

去岁秋，余友苏菲加芙尔君示余以古蓝亚马特所著《伊斯兰真义》（*The Teschings of Islam*）一书。余读而善之，曰："回教入中国千余年，于兹矣然。方穆罕默德之兴也，固尝借兵力以推行其教义，故不三十年，遂奄有西亚波斯以与我葱岭以西诸地相接壤，余威所被且于后此百年间囊括北非，席卷西班牙，几撼东罗马帝国而摧陷之，其功业可谓盛矣！乃其教一入中土，即改易趣尚，不复以耀武扬威为事，何哉？岂以震旦文治之涵濡，足以去其凌厉耶。然余稽诸穆教经典神圣战争之为义，各宗所训不无异同，逮十九世纪末古蓝亚马特出倡阿密地耶宗于印度之般遮比省，所橥教义独与他宗异，盖主张对异教持一种宽大主义者也。其训神圣战争，则谓为神灵生活，对恶生活与非正义之决斗，对异教或不信教义者则怀柔之，以和平方法而不主用兵。是知余绪流风有历千百年而犹不足以尽其美者，非粗藏之深、植基之厚，曷克臻此。今诵古蓝氏之书，想见其为人宽柔诚朴极似耶稣，其以救世主自称，良非过侈也。夫清真之为教，奉一神而行简易，尚虔敬而轻祭祀，无种族之界限，无阶级之歧视，信仰既一，如同兄弟，其切于民生日用若是。故虽崛起一隅而信奉之者遍于寰宇，此岂偶然也哉？抑阿剌伯自古即为游牧民族散居之地，其族生活无定，往来飘忽，虽时自此侵入他邦，启图沃宇，蔚为大国。然在阿剌伯，则有史以来实未尝成为一政治单位，穆罕默德兴，乃揭教义，借兵力以统一全岛，更挟其余威乘破竹之势，以从事于以《可兰经》征服全世界之举，此其计划不可谓不宏伟！且揆以当时之情势，又不可谓为无成功之可能也。故史家威尔斯氏曰："假使回教徒中有数十青年具阿布伯克之性质者，其事业必有成功之一日。"所谓已近成功之境者，因阿剌伯此时已为回教信仰及意志之中心，且因当时世界除中国外，且除在俄罗斯草原或土耳其斯坦诸地中，已再无精神自由之人民。能团结为一而深信首领者。夫以散漫之游牧民族，一旦乃借宗教力量，混为一体，固结以向外，此宁非历史一异迹欤。余因之而重有感焉，古蓝氏余不得而见之矣，得读其书，揣摩于其所以立教之由，从而寻译天经之真义，则古所谓宽柔以教者，其不在兹乎，其不在兹乎？加芙尔君曰："子既善之，盍遥译为中土文字，以广布其义。"余曰："诺。"乃以授课之余，闲日翻译数页，计历时凡数月始蒇事，中间又得黄国芳、程挚二君相助为理，乃底于成。感幸之余，为识其事之原委如此。

中山陈君葆识于香港大学

中华民国二十五年春三月

（一九三六年）

口号与民族革命战争的文学

　　无意中翻到了一篇鲁迅先生在一九三六年六月发表的文章，题目叫做《论现在我们的文学运动》。在那篇文章，他开宗明义地说："左翼作家联盟五六年来领导和战斗过来的，是无产阶级革命文学的运动。这文学和运动，一直发展着；到现在更具体地，更实际斗争底地发展到民族革命战争的大众文学。"跟着他指出了，这"民族革命战争的大众文学"的新口号的提出，并不能看作革命文学运动的停止，或者说这路走不通。它不是停止了历来反法西斯主义，反对一切反动者的斗争，而是将这斗争更深入，更扩大。并不是革命文学要放弃它的阶级底领导底责任，而是将他的责任更加重，更放展。他说这话时，是五年前的事了。那是在文学界的统一阵线喊出了"国防文学"的口号之后，我们应该还没有忘掉。

　　为着提口号的问题，当时还引起过一段很剧烈的论争。这大概因为在他那篇文章里边，鲁迅先生有过下面的几句话的缘故。他说："民族革命战争的大众文学……大概是一个总的口号。在总口号之下，再提些随时应变的具体的口号，例如'国防文学''救亡文学''抗日文艺'等等，我以为是无碍的。不但没有碍，并且是有益的，需要的。质难的人并且用到'标新立异'这样的字眼来指摘。"其实，他的所以要提出一个新口号，为的只是在推动一向囿于普洛革命文学的左翼作家们跑到抗日的民族革命战争的前线上去；为的是在补救"国防文学"这名词本身的在文学思想的意义上的不明了性。这，在别一个地方，他是曾经很明白地指出过来的。他说："民族革命战争的大众文学，这名词，在本身上，比'国防文学'意义更明确，更深刻，更有内容。"在抗战已经进入了第五年的今日，我们感觉到他这话是具有伟大的见地的，正如历史上其他的先觉者一样，他是比较常人更能，并且更大胆地抓着现实。

那一回以口号的问题为焦点的文学论争，在现在事过境迁之后看起来，虽然觉得当局的人未免浪费笔墨一点。然而从另一方面着想，却是富有意义的。即以鲁迅先生那篇《病中答访问者》很简短的文章而论，那涉及的问题便很多了。而这些所涉及的问题，在现阶段的文学，似乎都有"重话旧桑麻"的必要。

严格地讲，文学要在抓到了现实才能够有真实的广大的内容。失却了现实，则口号仍只是口号而已。我们不能够否认口号是有它的用处，有它的力量的，但是单是口号是不行的。鲁迅先生不是说过了吗？提口号，发空论，都十分容易办。问题不在这里，问题在批评上的应用，在作品上的实现。他指出应该特别注意的，是民族革命战争的大众文学不应当狭窄，应当十分广泛，"广泛到包括描写现在中国各种生活斗争的有意识的一切文学"。作家如果领会到这一点，他是可以自由地去写工人、农民、学生、强盗、娼妓、穷人、阔佬，甚么材料都可以，写出来都可以成为民族革命战争的大众文学。也无需在作品的后面有意地插条民族革命战争的尾巴，翘起来当作旗子，因为正如不在口号主义的样，文学的生命不寄托在尾巴主义之上的。

为鲁迅先生的周年祭作，九一八

（原载《时代文学》第一卷五六期合刊，一九四〇年九月十八日）

有关中国文化与新文字演词

　　三个月前，记得那天仿佛是美国的国庆日——香港远东情报局要我作播音演讲。我选的题目是拉丁化新文字。今天是我们中国的国庆日，我应了他们的邀请作第二次演讲。选的题目又是拉丁化问题。这一点说起来也有趣。

　　今天国庆日，照例应该讲些什么双十节感想一类的话，像这讲题似乎不大应景。然而在这"普天同庆"的情绪当中，我并不是没有如我们许多同胞共通的感想。例如对于中国宪政问题的感想。民国建立已经是廿九年了，但是我们的民族仍然在那里争（手旁）扎。仍然在那里极力求翻转身来。在这种情形之下，究竟什么时候才使人民得到参政？我们的政府又何时才能够"还政于民"呢？这真是"望得人眼欲穿，想得人心愈窄"的事！然而对于这种问题，凡是国民分子都刻刻关心的问题，我倒感觉到"徒思无益"。反正在目前国内许多地方都因为"战事影响，交通不便"，国民大会实在不容易召集，这也难怪。便是国民大会召集了，又如何呢，全国人民的百分之八十是不认得字的，这民意你怎样去体会出来？又怎样真正地去代表？所以纵然使政府"还政于民"了，试问他们又如何去运用所得到的参政权呢？所以脚踏实地的人们就每每间这样想：以其多作空想，倒不如在劳苦大众的身上做点实际工作，比较有用，比较基本。因此我今天

422

又再来谈谈拉丁化的问题。

文化与文化的关系

我这一次只摘出两点来讲。

第一，反对中国字拉丁化的最强有力，而又是最耸人听闻的理由，是说中国的文化是和中国的原有文字有着很密切至不可分离的关系的。若是离开了中国文字，那就无从理解中国文化了，尤其是"中国古代的文化，必须用汉字作工具去理解才容易领受"，骤看之，似乎很对，但仔细分析起来仍不免是带感情的话。我们应该承认一国的文化，一部分，而在中国也许是大部分——是寄在那国的文字身上的；但只是部分而不是全部分。因此我们也得承认要理解一国的文化，自然也以了解那国的文字为一种主要的途径。但也只是途径而已，而不是唯一的途径。这为什么呢？因为文化不是单纯地只寄在文字身上，它同时也寄在语言，在宗教，在伦理，在衣服器具，在生活习惯，在建筑，在艺术，在音乐及其他。所以纵然离开了文字，从这各种途径也一样地可以理解，可以领略一国的文化。许多不晓中国文字的外国人，仍然能够十分理解中国文化、中国历史，而且也有些外国学者作家更进而翻译中国的文学作品。同样地，又有许多不认识中国本土文字的华侨，对于中国固有的文化仍能够有很深刻的观念，他们并没有因为不认识中国字而忘记了自己是黄帝的子孙，也没有因为自己所晓的只是外国文字，而对于婚姻丧祭的事情，完全抛弃中国的礼俗。很显明地民族意识是与民族本位的文化有密切的关系的，而这关系也许会因文字的特性而更能团结。但这并不是说，除了文字以外便没有别的因素的，譬如在"小国寡民"的理想社会当中，文字的作用便减少到很低的限度了。反之，交通工具发展到很高点的国家，假使我们能想像每一个人身上都有着一具无线电收音机，并且每家都装置着电话的时候，那文字的作用也一样地减少了许多，虽然不至于完全废弃。

在往昔，文字是常带点神秘性的，但是时代愈近，人民接触的机会愈多，这神秘性也就逐渐消失了。无论如何，在近代人的眼光中，文字只是一种工具而已。

新文字将促进文化

第二，反对拉丁化者又说："人家正在企图毁灭我民族历史的时候，我们以废除固有文化来号召，更非其时。"既然说是"非其时"，那末，用推理我们当然可以说，若果在不同的情境之下，便是现在的反对拉丁化者也会主张废除固有文字了。本来对于这问题，早就有好几种不同的看法。从纯理来讲，文字向着拼音方面发展，是合理的途径。留恋着方块汉字，只是感情作用，但在目前拉丁化者并没有主张一定要废除汉字。反之他们倒主张文化与汉字相辅并行。但是撇开这点暂且不谈，我们还要问这方块的固有文字，是真的够得上来做保种卫国的利器吗？是真的具有那样的力量吗？我希望拥护汉字的人们，千万要认清事实，假使这一层能够证明，当然我们也就无话可说。不过历史的事实是，方块字一样地存在，而中国的历史却演成了好几次的被外族征服，好几次外族入主。虽然每次结果我们都能够把异族同化，自己翻身起来，但是把这功劳全归到方块字的身上，似乎是只知其一而未知其二哩。因为与其说这是方块字的力量，毋宁说是中国文化的力量，中国字对于这力量固然有它的贡献，但无论如何只是一部分而已。这是应该认清的第一点。其次，一向在历央上和中国接触的异族（连有文字的满洲在内），他们的文化都比我们低，所以我们就可以利用我们较优的文化来同化他们。假使我们所遇到的民族，他们的文化比我们高，或是和我们的文化不相上下，那末我们历史上的遭遇也许就没有那样的侥幸了。还有，像满洲入主中国，当时就极力"严满汉之防"，假使他们能够维持那种防闲的方法到底，始终能够维持那统治者对被征服民族的地位。而同时又假使他们当中能够产生一种较优势的文字出来，那末凭着政治的势力，则"汉之为汉，未可知也"。我不是说我们不要爱护我们的文字、我们的历史，但是我们不可过分地相信我们固有文字本身的力量。

我们认为中国字拉丁化不但不会妨碍中国固有文化，而且相反地，它还可以更有效地推广固有的文化。同是英文，英国人用来宣传的是英国的文化，美国人用来宣传的是美国的文化；固然，他们两个民族不但同文而且同种。有许多不认得中国字的华侨是通过一种外国文字来认识中国文化的，这也是目前中国字拉西化运动在三藩市和美国其他好几个地方所以蓬蓬勃勃的一个重要理由。同时我们又得到消息说蒙藏学校的学生也在那里推行蒙藏拉化运动了，这事关系中国文化的前途很大。所以改中国字为拼音制不但不妨碍中国文化，而是相反地可以加速和普遍中国文化之传布。

汉字弱点困难学习

难读，难写，难于记忆，这是我们为中国百分之八十人民设想不能不抛弃汉字的理由。陈鹤琴先生说"要学习到能读、能写作（指汉字），至少要学习五六年，要读一张普通的报纸全少要记忆一千到四千的单字"。汉字之难大概是无可否认的事实了。然而反对拉丁化的人们，仍然有坚不承认汉字难学的，他们说："假使这些不识字的人们是入了学而字还不识，或者因为汉字难识……那末我们还有什么话可说？可是多数人不识字是因为不得入学，所以不得入学，是因为没有普设学校。试问学校不普及就使拉丁化了，人民还不是不得入学吗？"这话似是而是非，因为我们可以问："那末，为什么学校不能普设呢？"中国用方块的汉字来推行平民教育，并不是不曾有过的事情。但是成果怎样呢？办过平民教育的都能够知道困难之所在，这是摆在前面的事实。反之外国的传教士到中国来，曾经用过罗马字来写出方言的《圣经》，曾收到很好的结果，"不但《圣经》的销路广起来，就是罗马字本身也流行一时，成为一般不识字的民众用作通讯记流水账的普通记号"。这也是不可抹煞的。总之，若果不是汉字难学，为什么我们这个最看重读书人的民族到现在仍不能够个个都认得字呢？有了几千年文化的民族而识字的只占百分之二十，经济落后自然也是个大原因。但汉字本身之难识也是不容否认的事实。二百四十个部首容易呢？这是廿八个字母容易呢？

（原载槟城《星槟日报》，一九四〇年）

水云楼随笔

"吃饱了整天闲着，一点子事也不关心，这可不得了啊！"

这是那"栖栖一代中"的孔夫子所说的。

他老人家还说："与其这样，倒不如下下棋或是打几圈麻将还比较好些呢。"

这听起来好像是圣人在提倡或者在默许赌博也似的。其实，如何去消遣空闲，正和如何去花用多余的金钱一样，并不见得是件容易的事，而且那里边还含有不少危险的成分。所以怪不得他老人家担心，而且还想到那"退而思其次"的消极办法。无论如何，我不能够想象他老人家也是喜欢玩几圈的，正如我相信他有时是漫喜欢喝三两杯的一样。

闲着便会发愁，便会感觉无聊，感觉得没有生趣，这是危险之所在。因此我们有"消磨时间"这句话。为应付这问题，去拾贝壳啦，搜集旧邮票啦，收古董字画啦，砌砖墙啦，盖凡尔赛的王宫啦，这和其他的许许多多……连看男人或女人都在内，只要不是"无所用心"的，都不失为方法的一种。记得有一位朋友，据说是很爱抽大烟的。每天晚上从十一点起，他便横床直竹地，由他的姬妾轮流伺候着，开始他的吐雾吞云的工作了，一直到三点多四点。这时候，他烟也抽够了，便慢慢地把卧室里的夹万打开，从那里依次一个一个地把大大小小的金表、银表和其他形形色色的表检出来，欣赏了一回，有时抹抹油，然后开足法条，又摩挲了好一会，才又一个一个把它们放回去，再把洋夹万关上。这么一来，天也亮了，他才去睡。这似乎有点……可是他倒成了一个研究各国名厂时表的专家。

无疑的，喝酒也是排除无聊的一种方法。那回到家里去种田的陶渊明，终于做到"聊复得此生"，我想得力于"杯中物"很不少；要不然，也许他不会哼出"此中有真意，欲辩已忘言"的诗句来。并且，"公田悉令吏种秫"，你能说他不是真爱酒吗？

是哲学家罗素这样说："一个对于某一种嗜欲放纵自己到把其他一切欲望都牺牲掉的人，在他的心里常深深地蕴藏着烦恼，那是他整天在想着怎样可以摆脱的鬼怪。那狂饮烂醉的，很显而易见，为的是要忘记了一切。如果不是因为有那鬼怪，他们是不会感到醉后比醒时更为适意的。"

罗素的意思，以为所有过量的东西都是偏颇的，纵欲者所追求的不是东西的本身，而是那使他能忘记眼前一切的境界。他是要到醉乡里面去躲避恶魔。

"沉迷酒色"，这多少总是句贬词，因此觉得有点不应该，如果应用来品评人物的话。说得较堂皇冠冕一点，"醇酒美人"，但这也不就是颓废主义。无论如何，目的总不外在逃避现实。

固然，歌颂大自然的陶渊明倒不一定要到醉乡里去才能逃避现实的。在他，"悠然见南山"也就足够了，虽然韩昌黎倒有点不肯这样相信。

＊ ＊ ＊ ＊

回到大自然去，如果可能的话；否则回到往昔去。正如大自然一样，回忆也每每给痛苦的灵魂以不少像母亲的爱的慰安的。

＊＊＊＊

在《竹素堂全集》序里，陈眉公这样写道：

> 往陆文定公尝谓余曰：细阅后生真有道，欲谈前事已无
> 人，此东坡赠文潞公诗也。若必欲寻往人谈往事，彼此俱作
> 无口瓠耳。余曰：然则晚年何以为乐。公曰：危坐焚香，手
> 不释卷，诵读融液，流而为诗若文，此亦晚年最乐之真境
> 也……

纵然找到往人谈往事，结果彼此都不过是个无口瓠，这诚然
像陆文定公所说，而且又何只如此呢？可是东坡的意，陆文定公
的话似仍不足以尽之。固然，“发明东坡之意，以馈学者”，放
翁已“谢不能”，何况更在数百年后？诗人的意思，每每为文字
所限制，这在中土的文字尤其甚。

在《沙漏》里，梅德林有一段文字，我以为不妨拿来作东
坡那句诗的注脚：

> 我们总没有想到一个和自己仅有一面之缘的朋友死去
> 了，却会留下一个无可填补的陷洞的。
> 我们常抱恨，对于我们所爱慕的人们，不曾知道更多一
> 点。好像他们只有在已作了古的当儿，才真正地表现出来。
> 但是，如果他们一旦回转来的话，则死亡所赋予他们的一切
> 便立刻消失了。
> 和那仍活着的不同，已死去了的人保持着我们的爱心一
> 直到我们自己也没有了的时候。

可是仍然得问：为什么我们不对待那仍在生活着的人们跟那已经死去了的一样？不可能么？

（原载香港《华侨日报》，一九四四年五月二十八日）

猴子的悲哀

——水云楼随笔之七

　　许久没有看到猴子了——记得最近的一次是在到沙田去的途中，新雨之后，一大群猿猴到路边来抢东西吃，可是这已是四年前的事了——今天从中文学院走过，偶然看见在山指甲树底下用一条铁链子系着一头很小的，活泼地上下跳跃着，不晓得是谁人的物，禁不住驻了脚一看，一时倒有些"久别重逢"的感觉。那家伙爬向人的面前来，无疑地是要讨东西吃，可是我没有像落花生或别种果实之类带在身边，所以只好任他攀腾爬跃，拉得铁链子丁丁的响，对于他的失望仍无所补救。也许因为我不能答应他的要索的缘故，结果他负气地爬到树枝上去，把耿耿有光的一双眼钉注到我的身上来，肃穆中倒带些怨恨的样子，虽然还不至于狞狰可怕。从他的目光——那老像有泪要掉下来的两眼——你可以看出一些悲哀来，"一种怪异而十分紧张的悲愁抑郁"，恰如罗素在一个动物园里从他的弟兄的眼中所看到的一样。

　　在达尔文未出世以前，我们不妨这样想象，他已经在感觉着他是应该跟我们一样进为人类的了。可是怎样才能够达到这目的，他始终没有找到这秘诀。这是他的莫大的悲哀！在进化的长途中，他不晓得在那一个三叉的路口迷失了，和人类分了手，以

431

后自己便远远地落在后头，眼巴巴地看着他的弟兄爬上更高的枝上去了。后来虽曾学得些穿衣服、戴帽子的技能，然而和人类一比，究竟相差一间。这想是他的双眼常要掉泪的理由。

在和那猴子相对熟视的短短的几分钟当中，我曾这样地想着。我对他表着不少深切的同情，我想这是应该的。我像在对他说："你这样对我怒目而视是不中用的；可是我不应该怪你，也不会怪你。"

然而进化的程途毕竟是多荆棘的。纵使猴子当时能迎头赶上，与人类并驾齐驱了，难道便能免除一切懊恼、一切怨恨了么？

那一次，在沙田道中看见的一群猴子，有许多它的臀部是臃肿溃烂的。当时我顾同车的老范问道：这是什么道理。老范说：是性病！我有些不相信，不过也没有方法证明他是扯谎。

过了好几天，傅诺曼告诉我一些关于韩小姐和她的一头猴子的趣话。他说，有一天他去看韩小姐，那猴子却不见了。他问韩小姐，韩小姐说，已把她送到维医生那里去了。傅说："甚么病？"韩小姐说："大概梅毒之类。"傅说："这话我不解。"韩小姐说："诺曼，你知道的，常常到我这里来的几个男朋友，谁能保证他们个个都是规规矩矩的呢？"说话时，她一双媚眼注视着窗外的云不稍移动。

傅诺曼始终找不出一句答她的话。

是人类对猴子不住罢，难道猴子有对人类不住的地方吗？

一九四四年七月廿五日

（原载《华侨日报》，一九四四年七月二十五日）

对教育的讽刺

"教育是清苦事业"，一样地这样承认着。

这里"清苦"二字得加以分析。"清"自然是对"浊"而言，而"苦"也许便是"无乐可言"之谓。

就"清"的一方面讲，既然说是"清"，那么当然不会和"浊"相同。"泾清而渭浊"，各有很明显的界限，不可以同时也不应该相提并论的。"清"既然与"浊"对举，于是乎在它的对方的一方面，乃有着"污浊""恶浊""浊世"这样的字眼，而这些是和"清雅""清高""清品""清流"的一类东西绝不相侔的。教育家的操业，便在这里的评价和分类的过程当中，被塞进"清高"的一个鸽子室里边去了。教师是比普通人们较为"清高"的人物，人们以这样的眼光看他，而他也一样地以这样的眼光看重自己，因此教师在人类社会的地位是应该相当"高贵"了，然而事实上却不然。

教师的操业是否真正清高，换句话说，教师的操业是否应该用"清高"两字来评价，我想人们的意见未必一致。不过，教师的事业实在相当的苦，这大概没有人不承认了吧。可是，依我们上面所说的"苦"，若果是"无乐可言"的意思，那末这岂不是和孟子所说的"得天下英才而教育之，三乐也"的一句话，发生了矛盾？

　　在这里，我们要指出的是，那孟子所说的"乐"是真正地存在，这一点完全用不着怀疑。反之，我们没有理由相信这所谓"乐"是不可以扩大的，这便是说，我们没有理由相信这"乐"是只在得到"英才"来教育时，才能够获致，因为我们相信天下无不可教之人，问题只在应用的方法。但是有一点，这种"乐"只是教育者主观地自己感觉到，并不是可以客观地由旁的人们体察得出来。例如教育者无论怎样"乐"法，也不至于"足之蹈之，手之舞之"这样来表现的。因此，旁的人们对于教育这一个事业便不从这点着眼，倒在它的"苦"的一方面着眼。

　　这便是"清苦"两字的由来。

　　　　　　　　（原载香港《星岛日报》，一九四七年七月十一日）

《教育周刊》编后话

　　编完了这一期的稿，不觉起了如下的感想：中国是一切均落后的国家，这一点我们从来不曾否认过，不过落后到什么程度，还要等到"惨胜"以后的今日才逐一逐二地暴露出来，这才是一件伤心、一件使人气结的事。早些时，人们面对着凡百都不像样的局面，倒是教育办得还算有些起色，以为中国的希望也许就在这里。然而现在教育倒弄到有点像"求生不能，求死不得"的模样，在这样情况之下，有些人甚至作出"政府不如干脆地把整部教育停起来"的愤激话来，因此，还有谁去顾念到成人教育的一问题？更还有谁单独去顾念到海外侨胞们的成人教育问题？从这一个角度看，师山先生提出这问题，倒有点像在沙漠中叫出来的呼声。

　　可是问题的严重性却真实地存在着。对于这一问题的看法，若果仍囿蔽于什么"迂阔"，"不切实际"，"舍本逐末"一类的见解，以谓这不是"目前当务之急"，那我想便是莫大的不幸。譬如说：辛亥革命多少是靠华侨的力量来完成的呢？然而现在功成名立了，我们倒把华侨的切身问题抛诸九霄之外！华侨在海外的伟大事业，很少是倚仗着本国政府的力量来完成的，即以教育来说，自清末刘士骥到海外宣扬"声教"以来，那里的教育事业还不是华侨靠着自己的力量才整部建立起来！不过，在过去他们能够如此，以后能否继续一样的做，便很难说了。像现在华侨在印尼所遭遇到的困难一问题，无论如何，总会使你联想到"国力"的重要，其次便是侨胞本身的教育和智识的程度。智识便是力量，我们不要忘记。

因为：我们不能想象世界上其他国家，它们的海外侨民也像我们的一样，是"文盲的成人占上绝大多数"。一个到中国来做事的英国人或美国人是不识字的，或不曾受过教育的，那是绝对不会有的事。并且，像那本来没有祖国的犹太人，现在正闹着"打回老家去"的复国运动，你想他们的力量是完全在"犹太人的金钱"吗？我想并不然罢。又假如我们的侨胞却不幸地与他们易地而处，那末将怎样办呢？到这儿我也不想写下去了。

（原载香港《星岛日报》，一九四七年八月十五日）

《教育周刊》编后记

这一期有两篇文章是关于教育现况的报道，一篇是张春风先生的《东北教育近况》，一篇石泉先生的《台湾教育现况与今后计划》。张先生是东北人，在沦陷的许多年当中，虽然不能不撤离故乡，到远地来过流荡的生活，可是对于"生斯长斯"之地，自然见闻较切。这样他所搜集的材料，也就是值得我们特别重视的。

然而拿这两篇文章来帮我们作一些比较研究，我们却发现了这样的可惊事实：根据张先生，辽宁一省的大中小学全部学生人数仅得六十万零四千余名，而辽宁一省在版图中总算是一个重要省份，人口也相当的繁密。至于台湾，则根据了石泉先生的报道，去年上学期统计，及学年儿童一百另六万二千五百廿七人中，仅八十七万五千一百六十八人得有就学的机会，虽然在今年计，失学儿童的百分比又增加了，但和辽宁两两相较，真不免有上下床之别，纵使就战后的一切情形来论。并且在目前两个地方都是在人家觊觎之中，更是使人痛心的事。

向荧先生的《从岭大殴师惨案说起》一文，不就案情本身来讨论，转欲探本穷源地检讨教育制度来找寻答案，这是值得大家深深加以考虑的。

（原载香港《星岛日报》，一九四七年八月二十二日）

关于八人画展

关于八人画展，我觉得有不能不说几句话的必要，虽然不一定是介绍，因为我对于艺术是一个门外汉，尤其是对于画，我不懂什么叫"六法"，东洋的或西洋的。

发起组织南方学院的几个同仁，在着手之先已经知道了"兹事体大"，困难尚多。可是为着要应青年们目前的迫切需要，便不能不硬着头皮，以"坐议立行"的姿态，把学校办起来了。现在学校成立未久，基础未固，充实扩展，在在需财，也并非完全初料所不及。然而正在这个当儿，高谪生先生、黄新波先生等八位艺术作家，竟慨然肯伸出援助的手来，为一个刚出世的教青机关担负集款的责任，就这事实本身来看，我们不但感觉到这是难人之所难能，简直树立起一个"废顽立懦"的新标准来，并且也的确给予我们几个教育工作者以不少的鼓舞和勇气！

因此，我益相信有所谓"为人生的艺术"，而"为人生的艺术"和"为艺术的艺术"这两者中间是隔了一道很深很大的鸿沟的。因之是我又益相信，凡是不为人生的艺术一切以深居高拱于象牙之塔里面的艺术作家，采取着那种"聊以自娱"的态度，是不足以言真正的艺术的。凡是真正伟大的艺术作家，都没有不以广大的民众为对象的，纵然是在一草一木，海边的一拳石，或者一只飞鸟的羽毛的描写。

　　八位画家他们的作品，有些我已经领略过，沉醉过，有些我还是正在开始欣赏，开始学习领会。着色用墨，虽然各有不同，可是有一个共同点倒很清楚地看得出来，这便是他们的艺术都是为"人生"的，都带着很浓厚的为人生的色彩，很强烈的为人生的情调。

　　前几天无意中从一本书翻出一幅《八仙过海》的插画来，一时我对着它凝视了好久，心里"若有所感"也似的。今天我提起笔来写"八人画展"，不觉连想到那《八仙过海》的画面来了；我对自己说道："在艺海中的八个画家，那不也是艺术家很好的题材吗？"然而我也想到一些分别来了。那"八仙"无疑地是在"自渡"了，可是我们这"八个画家"呢，他们意不但是在"自渡"，而且也在"渡他"的啊！

　　　　　　　　（原载香港《华侨日报》，一九四八年六月二十日）

关于艺术的一个观点

大家都知道在《论语》有这一段记载，子夏问孔子"巧笑情兮，美目盼兮，素以为绚兮"甚么意思？孔子说："绘事后素。"子夏说："礼后乎？"跟着孔子便赞许地说道："起予者商也，始可以言诗矣。"这一段话对我，是提供了这个意见：证实了文化是建设在物质的基础的。也许有人讥这是附会！

我不是说孔子是个唯物历史观的信奉者；我只想说是到现在为止我仍找不到一些理由来使我放弃"一切文化的上层建筑是建立在物质基础的"这一个理念。

我不是一个绘画家，我不懂绘画，没有这方面的天才。不过对中国画与西洋画的分别这样的问题，我要求理解的时候，每会想到每一方面"所采取的形式来表达它的艺术观点"这一个问题上面去。譬如这样的一个例子。大家知道衣士金木人擅长于雕刻象牙或石一类东西。一个叫比亚士的给一个衣士金木人以纸笔叫他绘画出猎取海马的情状，但屡次尝试，都画不成功，随后卒给他象牙，结果他在这块象牙上面刻画出一幅很美丽的猎海马图。这事实说明了一点，便是人类要抛离了他所惯用的艺术形式，企图转用一个新的形式来表达他的艺术，是不容易的。中国的墨水画，西洋的油画，都可以从这个事实得到些解释的帮助。

一般来说，绘画和其他部门的艺术一样，要有好的成就，得有：（一）余闲；（二）余力。但艺术的主要题材是甚么呢？生活！所谓生活——正如邓初民先生所讲的：是吃饭与睡觉的问题。卡啦哈里沙漠里的 Bushman 族山洞里的壁画，比里尼斯两边的壁画——住在那里的有西班牙人或古代法国人，最少在二万五千至五万年前了，他们在洞里的石壁画的甚么呢？天堂之失吗？魔鬼的诱惑吗？洪水吗？地狱之火吗？不，绝对不是这些！他们画的是他们取得的食品——蹄类的动物：马，鹿，他们靠了这些东西来养活自己。在一个山洞里满装着成千上万的兽骸骨，这些和壁上的画的题材成了个对照。在写人物当中，画女人像的据说占多数，这无疑是因为生产育与人类生命延续的关系的缘故。这个"生生不已"的目的便成了艺术的主题。而在这里人类的基本要求便是和平，便是充分的"食色"的机会，充分的生儿育女，舒舒服服地居住，能围着炉取暖，能自由地大家做朋友的机会。他们在争取"民主"吗？"自由"吗？也许！关于"民主""自由"，曾听见过一个朋友这样界说：能够痛快的吃，痛快的恋爱。真的，吃得痛快，恋爱得痛快，是再好的没有了。总之，目的在求自己与自己所爱的"饱食暖衣"的条件的具备，这是原始或初民的艺术的艺调，而在现在吗！也没有理由不应该作我们的艺术的基调的。

人也许不知道自己为甚么被创造了送到这里来，但他现在则已接受了这个"生命"的一个事实了，也正如他们接受了在上面的"日月星辰"和在下的"山河大地"的事实一样，因为这些都给予了他以一种快感的。我仍没有理由说"生命"将不会或不能够同样地给予他以一种快感的。也许我们的艺术要从这方面去找寻它的路线吧！

有人说过，埃及的文化历史很久时期在同样的心理与社会情状之下发展着，因此进步停滞。又说：古埃及文化使得年青的埃及人在他们还未出世以前已经成为"老成人"了。对于中国的文化传统我也有这样的感觉，也许因为这样，所以我看重了那"少年老成"的人物，其实在这里我倒感觉到要极力摆脱古旧的枷锁的，包括艺术如绘画之类在内。

至于美术一科教学上的一切问题，内容问题，这是座谈会诸位的责任，门外汉不便多说话；但有一点，倒应该指出（正如在座某女史所讲的），图画乙科目的不在造成许许多多的画家，而是在给学生以一种美术的修养。这一点很重要。普通一个人，应该进行若干美术的基本训练。

（在红黄蓝美术研究社第一次座谈会上的演讲，一九四九年一月十五日）

关于中国图书的播迁

在军事阶段当中，比较少注意到文化事业，这本是无可如何的事。并不是看轻文化事业，而是在政治得到解决之前，一切文化事业合理的发展在势都不能不受到一种偏颇的拖累。自然，一旦政治发现了曙光，或者军事阶段已在好转的当儿，人们也就有较多余的时间与力量来顾到文化生活的各方面，正像我们一向所常听到的"偃武修文"这句话所要表现的一样。不过我以为这仍是不够的；我以为纵然在军事阶段，纵然政治还没有得到解决，我们仍会感到文化生活的需要是刻不容缓的，因之在军事阶段或在政治还没有得到解决之前，凡可以利用来实现或丰富人民的文化生活的手段或机会，我们都不应该轻易放过。就这一点着想，眼前的一个问题，便是关于本国图书的播迁所能引致的影响。

这一个问题，据我所知，一直到现在还不见有人提出来讨论，但很显然这并不是说完全没有人注意到这问题。

全面抗战的长期间当中，中国图书的损失，公私两藏，简直无可计算。这自然是一件痛心的事情。就中尤其使我们不容易忘记的，是由于敌人以炮轰或用飞机炸毁所给予的损失，如天津南开大学图书馆，上海同济大学图书馆，长沙湖南大学图书馆，上海市立图书馆，暨南大学图书馆，这些连云锁屋，皆化为灰烬，已无可补偿。然而中国若为一个稍有组织的国家，或者当时的政府对于国家与全体人民的事情若稍能存心作妥当和较合理的处置，则最低限度大部分的损失是可以免除的。我们虽然不能够希望当时的政府有像英国疏散伦敦那样的计划，但若果当时的"食肉者"们稍移其为自己打算的精神于公家的事体上头，那末我们想事情也许不至于那样糟透。现在事过境迁，硬要把这损失的责任派到某些人的肩膀上，自然也十分无谓，并且本着抗战那许多年的苦经验，惩前毖后，在不幸而遭遇到再一次国际战争的来临的时候，我想我们是应该知道怎样应付这样的问题的。可是目前在这所谓"内战"中，在这大家都承认是政治斗争，是"内部"矛盾的过程中，我们竟然听到南京方面在计划把图书，把国家的瑰宝运到海外去，到台湾去，最后也许到"金元国"的府库里边去。这是多么使人听了不禁作三日呕的消息呢！人之不肖，乃至于此！

我们真想不出在进行着人民的战争当中，两方面的无论那一方为着甚么理由，更根据着甚么权利要把属于人民全体的东西搬到国外去寄存。若果单单为着它的安全起见，那末，东西既然是属于人民的，则人民对于它的安全岂不更加关切？以中国之大，难道为着这一点子的东西竟会找不到一些不设防城市，或想不出一些方法来使它避免战火吗？本质上人民战争与以前的抗日反侵略的国际战争有很大的分别。以前侵略与反侵略之间，壁垒森严，所以托"孤"寄"命"亦不为过；现在人民的战争是"自家事"，国家的瑰宝转到异国的手里去，不同意的主人纵然没有提出抗议，难道接受者就能免于"接赃"的嫌疑了吗？联军入京之役，德人把浑天仪搬往柏林，中国人民莫不引为耻辱；现在若果把许多珍本善本的书籍，都往外国的宝藏库送，他们能够忍受吗？并且又所为何事呢？

　　台湾虽说是归还中国，但在和约仍然未曾签订的今日，谁相信寒盟背信之事不会随变迁的环境而发生。垂棘之璧送到虞国去，虽然可以说是"藏之外府"，但若果西入于秦，则纵然以蔺相如的能干，也恐怕有些兜不转既成的事实了。为着了这，我想我们应该唤起大家的注意。我们应该大声疾呼着：国家的瑰宝，民族精神的结晶，是属于人民全体的，我们断不能容许它被盗卖流入异国的手里去。许多年以来，中国的孤本古籍之辗转入于外国人手中者，已不知有多少，若敦煌石室的秘藏，我们所得的且非完璧，更令人气沮，因此为中国学术的前途计，我们应该在这紧急关头，急起直追，不要让出卖民族利益的行为行所无事地继续下去。

　　　　　　　　　　　　　　　（一九四九年二月写于香港）

观曾幼荷女史国画后记

　　这几年来，在香港一隅之地所看到的当代国画家的作品，可真不算少了。可是看过了使你感到真正惬心，使你感到从作品一般表现来说，中国的艺术传统还不是完全没有前途的，像这样的恐怕仍不多见罢。在这一点上曾幼荷女士也许是个例外了。我还并不是说她的造诣现在已足揽场，压倒一切了，而是说以她那样年青的作家，自己又是个女性，而有这样湛深的造诣，她的作品又到处流露出那突然改变作风和打破绳墨桎梏的可能性，这一个事实应该是凡看过她的作品的都不会忽略的。名气比她大的艺术家不是没有，不过能够像她那样富于革命与创作底可能性的倒有几个呢？

　　毫无疑问，幼荷女士的国画是从宋元入手。所谓"取法乎上"，的确是她的作品所以能够超迈隽逸的得力之所在。她的作品以山水为主，花卉无甚奇特的地方，大抵偶一为之而已。就山水说，这次展出数十帧当中，我最喜欢《雨前》和《黄昏》两帧，虽然许多批评家都一致极力推崇她的《北平郊外十二景》和《北戴河八景》，以为最得溥雪斋神髓。《雨前》和《黄昏》两个作品在你心中所起的，是一种像看到夏珪或马远的作品时所起的一样的快感，一种安逸淡远的感觉，尤其是《黄昏》一幅所引起的情绪，也许是"列嶂罗峰，结云万里，飞仙之所不能临，而得之于尺幅之间"这样的几句话仍不能描写得尽致呢！也许你会说这是从《长江万里图》割取一段所成，不过便是这样，岂不就是"乱剪秋江"的手法而越见高妙吗？又如《戊子秋过闽江时作》一幅，以着色变化米家虫法，虽不能说是绝对成功，但很可以看出作者革命企图的路线。这些都是批评她的画的人所应该注意的。

幼荷画人物，我以为非其所长，也许她致力的地方并不在此。不过幼荷若求继续发展，找寻中国艺术的新出路，则似乎不能不向着写实方面走，而这里应该存着不少她的回旋的地方。画家固不能样样都工，便是大家有时也不免有意外的纰漏。记得有一次某耆宿与评张大千先生画菩萨像，以为以他那样的造诣，仍然未能十足满意地表出"菩萨相"来，像缺少了什么也似的，因叹艺术之不易言。我当时对他说：你的意见是指不够庄严吗？他说，大概是如此。诚然，假使画菩萨的面孔而画出樱桃小口来，那恐怕不会是"菩萨相"了。

（原载香港《星岛日报》，一九四九年九月二十五日）

鲁迅与现阶段的文艺

今天我在这里来讲这个题目，真的有点感到像"百感交集"也似的。同时，我选了这个题目也是经过了一些多余的考虑的。

大家都知道，鲁迅先生是曾被称为"现代中国的圣人"的。去年这个时候，马季明先生曾跟诸位讲孔子，那是古代中国的圣人，现在我来跟诸位讲这个现代中国的圣人，我想诸位心里一定在说：这转变可真不小了！我也是这样想的。可不是么？十四年前，当鲁迅先生去世的时候，在香港的文艺界所发起的追悼会，便是在这里并是就在这屋子里开的，那时许多人对于这一点还不免窃窃私语呢。从那时候更推上十年，大约是一九二七年吧，鲁迅先生曾到过香港，他没有被邀到我们这个"最高学府"来演讲过，他只到了青年会去作过一次演讲，讲题是《无声的中国》，——据说，他去演讲时，那里的主持人曾受到了不少困难，先是遭到干涉，中间又有人把入场券收藏起来阻止听众出席，后来还闹到讲稿不能登报，这都是当年的事。那一次演讲，当他在讲词里提到"文学革命"这句话时，鲁迅先生曾问听众说："革命"这两个字，在这里不知道可害怕？当年的情景的确有点那个，不过现在若果我在讲词里提到"革命"两字来，诸位不会觉得害怕了吧！

我要谈的题目是《鲁迅与现阶段的文艺》。为讨论便利起见，我想我们先问：现阶段的文艺是怎样的，它是依着怎样的路线发展的。这里我有引用一下毛泽东先生的话的必要的，这我想诸位一定不会觉得奇怪的，因为我刚才所引述的"鲁迅是现代中国的圣人"那句话便是毛泽东说的，而鲁迅先生，正如大家所知道的，是一直都做着中国的左翼文坛的盟主的。在论"文艺问题"里边，毛泽东先生说，那是一九四二年离现在已好些时候的事了，但现在文艺的发展仍是依着那时所指出来的方向进行着，而新的材料还不妨稍等一些时间才好利用。他说："革命的文艺，是人民生活在革命作家头脑中的反映和加工的结果，人民革命文艺是整个革命事业的一部分，是螺丝钉。"他又说："一切革命的文学家艺术家只有联系群众，表现群众，把自己当作群众的忠实的代言人，他们的工作才有意义。"这解答了文艺是为谁做的这问题，解释了立场，对象的问题，没有更明确的字眼了。正像鲁迅在《文学和出汗》所说的，"要做长留世上的文字，是描写香汗好呢，还是描写臭汗好"，这问题得先解决的。

"鲁迅的方向，就是中华民族新文化的方向"，这话一点也不错，把握到这一点，那末一切这许多年来的变化和机窍都把握到了。可是鲁迅是否一开始就体认出"人民和革命是需要文艺作为它的斗争武器"这一点呢？不是的。这只能在革命实践的过程中体验出来。譬如说吧：当一九二五年他写"还是思想革命"的时候，他对于离开"五四"运动已有了这些年的革命进程，便觉得有点悲观！他仿佛还没有体察出人民有为的可能性。

在辛亥革命以前，鲁迅，正如一般有思想、有热血的青年人一样，是参加过革命的团体和作过社会思想的表现的。那时他的思想是受着进化论与个性主义的影响。便是到了"五四"运动的时候，那是这位巨人开始发出光芒来的年代，他的思想，还是以进化论和个性主义为根据的。这毫不足怪，因为发展个性，思想自由在当时是的确有它的革命意义的。"从进化论最终走到了阶级论,从进取的争求解放的个性主义进到了斗争的,改造世界的集体主义"(瞿秋白语),这是一九二五年——一九二七年大革命以后的事,因此我们可以看到从"五四"到大革命这十年间,便是鲁迅的思想最重要的时期。

在"五四"中,鲁迅是以小资产阶级的知识分子出现的。"五四"后若干年,他还没有走向最积极的文化思想,可是他正单独地担当了对黑暗的斗争,并且表现出"骨头是最硬的人"。他出身于士大夫阶级,但他能抛弃了这,倒向人民的怀抱里,与人民结合为一。这便是他的不可及的地方。

我们便拿一九二七年来说吧。那年,他在黄埔军校讲"革命时代的文学"时说,革命与文学的影响可分三个阶段来讲:

(一)大革命之前,我们对于社会种种状态觉得不平,觉得痛苦……但并无力量……文学作家止于叫苦,呼不平而已,苏联革命前便有过这样的文学。

(二)到大革命时代,文学没有了,没有声音了,大家为革命潮流所鼓荡,由呼叫而入于行动……因此大革命时文学只好归于沉寂。(这话我仍有点怀疑!)

(三)革命成功后,生活有余裕,这时候才产生文学,而这样产生的文学也可分为二:A)是赞扬革命,称颂革命……破坏旧的,建设新的,都觉得有意义;B)另一种是哀吊旧社会的灭亡。

有些人说这是反革命文学。在这方面,我以为值得注意的是鲁迅那时的思想。他说:"倒无须加他们以'反革命'这样大罪名。革命虽进行，但社会旧人物还很多，决不能一时都变成新人物。……于是怀旧不已，乃为常情。诚然，他们唱出挽歌，就表示已经革命了。"但问题仍存在：究竟怎样对付那唱挽歌的呢？现在似乎是面对着这问题了。

至于歌颂的文学又是甚么呢？鲁迅先生又说：到革命成功后，情形怎样不得而知，"但推想起来大约是平民文学吧，因为平民的世界是革命的结果"。

而从这里看，那史诺所说的一句话，"鲁迅并不比辛克莱更加是一个普罗阶级的作家"，似乎是很有所见的。

同一年，他在暨大讲的《文艺与政治的歧途》里说："所谓革命便是不安于现在，不满现在的状况。文艺的作用在催促旧的灭亡，在催促新的诞生，这也就是革命。"这可以说是与在《革命时代的文学》所讲的大同而小异。

清党的血的事件最后决定了鲁迅在大革命以后的方向了。单是正义感已不容许他有采取别一种路线的可能。这样，左翼作家的大联盟组织起来了。

一九三二年，鲁迅在《论第三种人》的时候，他批评第三种人的"搁笔"，并不是因为怕左翼的批评，而是做不成"第三种人"，根本没有第三种笔的可能。他说：

> 生在有阶级的社会里而要做超阶级的作家，生在战斗的时代而要离开战斗而独立，生在现在而要做给与将来的作品，这样的人，实在也是一个心造的幻景，在现实世界上是没有的。要做这样的人恰如用自己的手拔着头发，要离开地球一样，他离不开是用不着说的了。

记得列宁也说过类似这样的话:

> 生活在社会中要想离开社会而自由是不可能的。资产阶级作家,艺术家,伶人的自由,仅是依靠金钱,收买,豢养等实情的伪装罢了。

文艺是离不开人生的,那所谓"为艺术而艺术"的艺术,躲到象牙之塔里边去,忘记了时代,是不可能的。

在《二心集·序》里写着:

> 象牙塔里的文艺,将来决不会出现于中国,因为环境不同,这里连摆这"象牙之塔"的处所也已经没有了。

自然,无产阶级革命文学自初兴以来便受到迫害,"禁止书报,封闭书店,颁布恶出版法,通缉或驱逐作家,逮捕,拘禁,秘密处死",无所不用其极,但无产阶级的文学仍然滋长着。(《无产阶级革命文学和前驱者的血》)鲁迅说:"我们同志的血,证明了……文学和劳苦大众同受着压迫,作一样的战斗,也有着一样的命运,这是革命劳苦大众的文学。"

"这其实就是唯一的文艺运动。"这句话是鲁迅为美国的《新群众》刊物写的,那是一九三一年的时候。

从一个人的作品看出他的思想发展以及他的战斗过程,这话大概没有比应用在了解鲁迅时更为恰当的了。瞿秋白说的更具体:"鲁迅从进化论进到阶级论,从绅士阶级的逆子贰臣到无产阶级和劳动群众的真正友人以至战士。他是经历了辛亥革命以前直到现在的四分之一世纪的战斗,从痛苦的经验和深刻的观察之中带着宝贵的革命传统到新的阵营里来的。"这一个事实很显明地表现在从《文化偏至论》以至《死魂灵》那大部的著作上面。

鲁迅是始终一贯的，但这一贯的精神完全没有带着停滞不变的意义的。鲁迅是始终追求着中国民族的进步，他的思想是始终朝着进步的一方面去发展的（参看胡绳著：《鲁迅思想发展的道路》）。我们要把握到这一点才能真正认识鲁迅。

让我引他在《论现在我们的文学运动》的一段话来证明这一点，同时也结束今日的演讲吧：

> 左翼作家联盟五六年来（鲁迅说这话时是一九三六年）领导和战斗过来的，是无产阶级的革命文学运动。这文学和运动一直发展着；到现在更具体地更实际斗争地发展到民族革命战争的大众文学。民族革命战争的大众文学，是无产阶级革命文学的一发展，是无产革命文学在现在时候的真实的更广大的内容。

他又说：

> 新的口号的提出，不能看作革命文学运动的停止，或者说"此路不通了"。所以决非停止了历来反对法西斯，反对一切反动者的血的斗争，而是将这斗争更深入，更扩大……将斗争具体化到抗日反汉奸的斗争，将一切斗争汇合到抗日反汉奸斗争这总流里去。……一致去对外，这民族的立场才真是阶级的立场。

末后又说：

中国的唯一的出路，是全国一致对日的民族革命战争。懂得这一点，则作家的观察生活，处理材料就如理丝有绪，作者可以自由地去写工人、农民、学生、强盗、娼妓、穷人、阔佬，甚么都可以，写出来都可以成为民族革命战争的大众文学。

鲁迅说这些话时，已在病中，过了不久，他也就逝世。这是他最末期的思想，也是他的思想到达了最辉煌、最高度发展的时候。

大众文艺，这是鲁迅的道路，也就是现阶段文艺所走着的道路。

（在香港某集会上的演讲，一九四九年十一月十八日）

从历史角度看艺术

我对于艺术没有甚么研究，应今日的演讲不免滥竽之诮，但还是抛砖引玉的意思。企图在十多分钟的时间作学术演讲，自然做不到，所以只好随便说说这次展览会的感想。

我以为一个时代有一个时代的生活方式，因此一个时代便有一个时代的艺术。一个时代的生活状况常在它的艺术反映出来。这一点便在这个展览会也很容易看出。例如古玉，有礼器祭器，如圭璧，如琮；如属于饰器的，如佩，如环，如玦；从这些我们可以看古代生活的一片面。后代这些器物便跟着时代的生活状况而呈现变化，这因为需要不同的缘故。研究古代文物的人们便依着这不同的器物来求出文化变迁的形迹。不过有一点要注意的，那便是时代愈古，则人民生活方式愈简单，时代愈近则生活愈繁，可是若是我们看古代玉器上面的镂刻花纹，是如何精细，真令人为之惊讶不已，因为想象到当时在这些现在称为艺术品的上头，所费的时间，精力是怎样的不可思议？这些东西，玦璜、圭璧、佩饰，在当时是日常生活的必需品，表现出当时生活的一方面，正如我们今日的时表、口唇膏、墨水笔等等一样。因此我们不妨想象这些东西也许有一天变为骨董而被藏家收藏起来。尤其使我们讶异的是古时人民哪里来的那些空余时间？他们在找得了基本生活之外，在"不违农时"的条件底下，还来得及来这一套,而有这样的成绩,这是值得我们闭目一想的。例如周代文物之盛,大概是无疑的,因此有"郁郁乎文哉,吾从周"的话。所以古物的研究是拿这些东西作材料来理会出那时代的社会组织是怎样的,人民生活状况是怎样的?

生活是向上的,若以目前为满足便没有进步,没有发明。玉工、石工、陶工拿一些很平常的材料,运用他的思巧,来满足他的生活需求,这便发生了艺术。并且他的生活需求愈高,愈复杂,愈近于抽象的,则艺术也愈高。一个很普通的工人,放下担子过新年,买一枝梅花插在胆瓶里供养,他认为这在他是少不得的,这便是艺术,这便是生活。这和诗家要格格吐出诗句来才快,与乎画家要画几笔才能罢手是一样的"欲罢不能"。因此,可以说"艺术即生活"。

拿起一个"商爵"或"秦镜"在手,欣赏那工刻的精美,样子的匀称,说那是后人无论如何赶不上,今不如古,古人之不可及。可是若果孔子能坐航机到现代来,他也会一样地惊,不浸乎手表、原子笔、收音机、玻璃丝袜为不可及呢。古今人不相及,因为这里边有许多客观的的条件,我们作比较研究,正不必强同。例如刻用刀,玉用琢,若在毛笔发明以前,想文兴可也不能够画他的竹子呢。古玉碉琢的精巧正因为礼是支配了那时候人民全部生活的缘故,若在后代谁去从事那些呢?近代人到处都有照身大镜,谁肯去注意一面像秦时的铜镜呢?

因此,我觉得"爱古"与"嗜古"不同。所谓"爱古"即杜说"不薄今天爱古人"那样。"嗜古"是指那些嗜好古老的东西而至于成癖的意思。这近于偏。要知道,凡有所偏,便有所蔽,古之所足尊者并不纯在它古老——洪荒之石岂不更古——而在能还它的本来真面目,并不是古必逾于今的意思。看古代文物只是读一部历史，不是以所藏来夸耀的。目的在看出我们的先民，尤其那些无名的先民，他们的精神、努力的所在。要这样，才不会犯玩物丧志的毛病。

一代的器物既足映出那时代的生活，因此凡符合此一条件的均在研究之列。大家都知道瓷器之可贵。一件均窑动值过万。但研究者眼光不在此点。一片汉砖，一块铜雀台的瓦，它的价值，不在它的古，而尤在它使我们得窥见那时代的社会、政治及一切生活状况。并且器物的贵贱，用途的大小也没有多大关系。正如茶壶的研究并不比其他器物为低。又正著砚史的米芾说："人好万殊，而以甚同为公，甚不同为惑。"这是有所偏了。

艺术与时代的治乱有关。文物有先民精神之所寄托，但到现在存在的只一部分。其余大部分：（一）失于时代久远，效用不同，又所用资料，如纸本画之与油画之比较；（二）失于兵乱如建筑（洛阳宫殿、丘墟）画，北宋之画苑随徽宗北行而全毁，晚代陵墓之发掘。这与埃及金字塔比较如何呢？

（参观一个艺术展后讲话，一九四九年）

《一九五〇年人民年鉴》序

　　过去一年间，或者说得更确切一点过去三年间，在中国这一片大地上所发生的一些事实，不但无可否认地决定了中国自己的命运，同时也决定了世界上被压迫民族争取独立解放的唯一与可能的途径。我想凡具有历史眼光的都会承认这一点，而那些漠视了这一点的真实性的将不免受到了历史的唾弃。说中国人民争取独立解放的革命战争是进入这世纪以来紧随着十月革命之后的第二件重大的历史事件，是一点没有夸张的。因为在这一个事件上面，人类看到了希望的火炬更加强烈地，更加光耀地燃烧起来，人类光明的前途更加坦荡地被开出来了。从今天起，社会主义的斗争更不会是孤军作战，孤立无援的了，也从今天起，社会主义的斗争将会更广泛地，更顺利地展开以至于达到最后的胜利为止。

　　因此，在过去的十多个月中间所发生的一些事实，从土改以至于成立中央人民政府，从淮海战役以至于解放大西南，对于人类历史的发展是具有决定因素的作用的。当目前这革命战争已达到了它的最后胜利阶段的时候，回顾着过去的程途，如何收拾经验，排比事实，估定了人民的丰功伟绩，自然是历史家的事，可是即就讴歌革命一点来说，把这些岁月以来发生的几件较为重大的事迹记录下来，辑成一帙，使得大家都能够手各一编，一来以备参考之用，二来也知有所矜式，这大概是很有需要的。沈颂芳先生编《一九五〇年人民年鉴》既成，要我作序，我便把这一点意见写上。

（原载《一九五〇年人民年鉴》，香港大公书局，一九五〇年）

值得推荐的《不要离开我》

　　彻头彻尾一部悲剧的作品，《不要离开我》是以反对侵略战争，刻画战争的残酷为它的基调的。战争虽已过去了，但是在战争的祭坛面前，好战分子，一些靠战争来讨生活的人仍然罗拜着，顶礼叩首；在这种情况之下来看《不要离开我》一部片子，来细味一下"不要离开我"一句话，是应该有特殊意义的。每逢一次战争结束了，总有一些反战的作品出现，然而事过情迁，日子一久了，人们便不免对于以往甚至是自己经验中的一切逐渐淡忘，后的一代对前一代的经验有时也觉得相隔一间似的而体会不到。因此，我们常常问着：是人类的记忆薄弱？是宣传反战的作品做得不够？

　　便是在这种情绪的困扰当中，我去看了《不要离开我》。

　　这是一部相当成功的影片。戏剧通过歌女穆桑青的身世，把战火余生中几个悲惨动人的故事交织起来，写成一幅比"流亡图"还更深刻的描绘，同时还觉得很自然，一点没有穿插勉强和生硬的痕迹，在纯技术上讲这也是极难得的。自然，在有些地方说服的力量似乎仍然不够，但这些毋宁说是大瑜中的小疵。

　　作为一部对战争的罪恶作正面的控诉的作品，也许我们会有这样的感觉，以为《不要离开我》还留着好几个不曾解答或者未能圆满解答的问题。像乐队指挥龚尹吾的妻子，因战时失子，至抱着枕头当她自己的儿子，郭树声医生把一个孤儿送了给她，医好她的病，这只是医疗上的代替作用，并没有摸到问题深处而把它彻底解决。又像郭医生，在桑青的鼓励之下，他对自己的外科手术的自信力是恢复过来了，可是战争在他心灵上所划的创伤未见得就能够因此泯灭。把情感移到别一个人身上，只说明了心理学上一些转移作用，只是另一问题的开始而不是原问题的全部解决。这些也许剧作者要留给新作品去解答罢。

（原载香港《文汇报》，一九五五年七月十八日）

果戈里的名著改编

昨晚到利舞台去看了《视察专员》一部影片。我想凡是看过这部片的人，都会同意我的说法，认为它是一部改编得很不错而又充满了健康的噱头的谐剧。

在这里，已经有好些时候，我们没有看到过像这样地富于讽刺性而又与生活逼真的好戏了。一部有生命的滑稽剧，不能专以胡闹见长；它一定要切合生活，一定要能够起批评人生的作用，才够得上被称为有意义的作品。的确不错，《视察专员》是根据果戈里的名著《巡按》改编的。这可能是它本身先天的优点，但我们不能忘记，凡是根据外国作品改编的东西，总或多或少受着原作的限制，这是不能免的。可是，纵使作为一种创作看，《视察专员》也并不是没有它的站得住脚的地方啊。

记得像是伯纳萧曾说过这样的话："当艺术呈现了枯竭的现象的时候，现实主义便是它的救星了。"我们当然不能否认，假"自他之耀"是有它本身的可嘉和巨大作用的，但是我们希望中国也能产生的是自己的果戈里。

（原载香港《文汇报》，一九五五年八月七日）

关于李郑屋村古墓的发现的一些论据

　　李郑屋村古墓的发现，在香港史上说，无论从哪个角度看，都是一件顶重要的事情。因为严格地说，除了这里的山石和泥土之外，它实在比所有其他无论那一件东西都更为古老，虽然它的年代到现在仍然没有十分确定。考古的专家们，最初有说它是六朝的，也有说它是晋代的，不是西晋就是东晋，最近又有人把它的年代推得更远一点，说是汉、西汉或东汉，或甚至有人相信秦也有很大可能。这本来是考古家的事，一般民众对问题不一定发生很大兴趣。可是，自墓中明器移到港大冯平山图书馆去保管，古墓随着开放与民众参观以来，扶老携幼去参观的倒像越来越多。他们都不是为着趁热闹去的。能够在猛烈的太阳底下排长龙等着进去张望一下空无一物的墓室，你能说他不是感到兴趣吗？

　　所以一听见说古墓一经开放给民众参观过后便要把它拆毁的消息，好多人就感觉到非看不可，生怕失掉一次瞻仰先民的遗物的最后机会也似的。在廿一日那天晚上，在英国文化委员会举行的座谈会上，有一位发言的指出，日本人在这里的时候，把宋王台的古迹毁掉，是一件使人们痛恨的事。

　　像李郑屋村古墓这样的一个稀有的历史遗迹，墓的构造又如此完整，人们总希望它能够保存，不被拆毁。纵使不为别的理由，而只为供人们研究历史文化的帮助，这样的保存下来的工作也是具有很重要的意义的。关于墓的年代，众说纷纭，莫衷一是，在古墓发现还不过短短一个多月的时间，这是不足为异的。由于出土器物的数量并不很多，而且若干种陪葬的东西，如俑之类，又独付阙如，这样，专家们觉得不容易骤下断语，毋宁是审慎的表现。不过，我个人的意见倒以为，如果要在这种情形之下推定墓的年代，我们何妨即以墓的构造、墓的形式、墓碑和砖的花纹图案来作根据呢。并且墓室的建筑一定在器物放进之前，建成以后又不是可以随便移动的，所以它的可靠性应该更大。墓的制度，每随时代而变迁，纵使沿袭前代的，也有各个时代的特点。譬如说罢，假如墓所用的是汉代或晋代的砖，要么，到了唐代或宋代后而广泛地用着仍是千多年前那种制度的砖，这大概是不可能的，实在用不着说明。有人假定李郑屋村的古墓是汉代的，但也有人怀疑这是不可能的，他们的理由是汉代这一带还没有文化，还是荒烟蔓草，荆棘纵横，完全是野蛮民族，最多也不过是一些渔夫樵妇住着的地方。那也许真的是这样。我并不主张说当任嚣到广州来的时候，这李郑屋村一带的地方已是文物之邦了。不过我们应该注意这一个历史事实。任嚣死的时候，对赵佗说过这样的话："番禺负山险阻，南海东西数千里，颇有中国人相辅，此亦一州之主也，可以立国。"其后，这役属"东西万余里"地区的"蛮夷大长"真的"乘黄屋左纛，称制，与中国侔"起来了。在这种情形之下，南越与中原形成了对峙的局面，南越的文物自然比不上中原，但一定受中原的影响很大，而九龙这个地方离广州不过数百里，是海疆的门户，以形势论，难道没有设防守御的必要？这是值得注意的。南越自赵佗称王独立，历五世九十多年的时间，然后才失掉自主的能力，这一段期间的成就与文化建设，可能是相当可观的，否则汉朝的统治者也不至于要用那么大的兵力，费那么长的时间，才能够把一个小朝廷清算，其次，南越这个王国崩溃了以后，史书说吕嘉建德逃亡入海，"以船西去"。入海既然有个去处，那么，一般地说，防这些残余的势力卷土重来，在大陆的政权是不会不在海疆要塞的地方设防的，这大概不难想象。所以我们很难相信，便是在秦汉的时代，这里纯然是一片榛莽。

就南越赵佗的一段史实来推论，所得尚且如此，那么，较近的时代就更可想见了，佛教向东土展布后，印度与东南亚间的海运交通是一个重大因素，这是不能忽视的。那些年代，这九龙，屯门一带可能仍是草莱之区，但更大的可能是，这一带都是中国的海疆要地。

在本文里我所要说的，是在这一带大家相信以为是"荒僻"的地方发现一个甚至是汉代的古墓，并不是不可能的事。至于确实的年代，那只好待考古专家根据更多的材料和更充分的研究去确定了。可是有一点：集中到这里来的专家倒也不少了，然而正当大家期望着他们的意见时，他们却欲言而讷讷不出诸口，何哉？

（原载香港《新晚报》，一九五五年九月二十五日）

《阖第光临》的讽刺性

才是昨天的事似的，江桦在《父女之间》一片饰一个掌上明珠的少女，天真活泼，楚楚动人，现在在《阖第光临》这一部喜剧中，她又饰演一个后母，骤然看起来，倒使人有着垂垂老矣，正有点像江边的白桦树那样的感觉！可是这只不过是一刹那间之感觉，随着戏的发展它一下子便在谑浪笑傲当中消失了。

由江桦，人们会很自然而然地想到费明仪，是不是她会比江桦较为幸运一些。正如《父女之间》一片，《阖第光临》所处理的也是儿女和父亲两代之间的思想冲突一问题。年青的一代，他们嗅着新时代的气息，受着新事物的熏陶，憧憬着新社会的远景，毫无疑义，他们是有他们自己的一套的。他们的一套，年老的上一代不一定能够了解，能够同情，也毫不足为奇；而严格地说，上一代的思想和见解，又自有它的时代背景和成因，有时候你还不能直截了当地完全推到封建主义头上去。像饰演父亲的李清，他曾抛家别井，不辞万水千山的劳苦，梯山航海去找几个钱，在他的数十寒暑当中，曾受过多少铜臭儿的气，在他的"远托异国"的生活，又遭遇过多少歧视，受尽了多少压迫，更作过多少比奴隶还不如的挣扎哩！这一切都会在长期间养成他的"不甘居下流"，向上扒，高攀门户的心理，习而不察，他还以为不这样便是不争气，够不上称为有志气、有成就的人。这一种见解，在一个特定的社会是有它的立论根据的；试想，某一种阶级社会，如果没有这样的风尚，这样的一套，又怎样去维持它的特殊权利，怎样去巩固它的势力呢？存在于高远、费明仪与李清和江桦之间的便是这样的一个矛盾。故事发展，并不是新旧两种思想的冲突——问题得到了圆满的解决，而是一方面在力图改造自己，而另方面仍不能够完全抛弃旧思想包袱的人类的弱点，在受到了应有的和更深一层的讽刺。

人海万花筒！当你听到了《想念我的妈妈》和《去年今日》的两支曲子的时候，你的反应是笑是泪，那还容易解释，至于那使你哭不得又笑不得，或哭笑难分时所迸出来的泪，就真有点"不可说，不可说"了！

（原载香港《文汇报》，一九五五年十二月三日）

新出版的《韬奋文集》

　　《韬奋文集》已由三联书店出版了。《韬奋文集》在此时出版是有它的特殊意义的，因为再过一个月就是韬奋先生逝世十三周年纪念的日子。

　　韬奋先生以未满半百之年便离去人间，这是国家一个莫大的损失。他是一个真正的爱国者。他毕生绝大部分的精力都用在爱国运动，为社会、为人民群众服务的工作上面；可是他没有亲眼看到人民的政权、社会主义的制度在中国建立起来，没有看到几千年的封建制度被铲除、帝国主义在四亿神州的神圣领土上被消灭。他甚至没有看到日本帝国主义在中国被驱逐出去。人们翻开他的集子，有时候总不免为它的作者感到一些遗恨。

　　《文集》出来了，拿到手里来偶然翻翻，好多文章以前读到过了，都不是"生面客"，而是有点像久别重逢的"故知"，因之就有一些亲切之感。像《我们的灯塔》一篇上面写道：

　　　　民族未解放，个人何从获得自由？个人不是做集团的斗士的一员，何从争自由？个人离开了集团的斗争，何从有力量争自由？以个人的利害做中心，以个人的利益为背景，又怎样能团结大众，共同奋斗来争自由，所以我们要应现代中国的大众需要，就必须克服个人主义，服膺集团主义。集团获得了自由，做集团中一员的个人，才能获得自由。

这是一九三五年写的。那是敌寇已深的时候，全国的人民，全国的青年，都在大声疾呼要抗日救国，要停止内战，团结一致对外，然而当时的国民党政府却反其道而行，置民族的危亡于不顾，置人民的需要于不顾，韬奋先生指出"力求民族解放的实现，封建残余的铲除，个人主义的克服这三大目标"正是当时怒涛骇浪中的"灯塔"。他在上面的一段话正呼出了千千万万人心中所要作的呼声。我们现在读到这一段文字时还可以想象当时一般的创巨痛深的情况。

这样的呼声占了他这一个时期的作品的很大部分，"发聋振聩"地给予人们尤其青年学生们以很大的鼓舞力量。读他的作品，如见其人。

可以说，他的作品中，《萍踪寄语》与《萍踪忆语》尤其得到读者的普遍的喜爱。我个人也是通过了他这两部著作受到他的思想的最大影响。在他的作品里他常爱举出了许多事实来做理论的根据，所以很能够深入而浅出，而这也是他的所以特别受欢迎的地方。像在《家丑》一短文上面，他写道：

我旅行到苏联南方的时候，有一次参观一个休养院，里面有一个正在休养的女工问一位同游的美国准死硬派某甲："你们美国对工人也有这样的优待吗？"他竟欺骗着说有！可是同时有几位同游的前进的美国青年却提出抗议，当时说他撒谎！他轻声用英语打着招呼说："你们不要疏忽，使她（指那工人）对美国得着不好的印象啊。"在这个准死硬派觉得是不可"外扬"的"家丑"，而那些前进的美国青年却不一样，这是因为后者认为资本主义制度的罪恶用不着掩护，只有努力铲除的一法。

听了这一段话，我们就知道为什么在美国会有麦卡塞这样的人物，会有"安全小组委员会"这样的组织，又为什么发生传讯拉铁摩尔和甚至日人都留重人教授这样的事实。

其实，韬奋先生在苏联南部那所休养院所经验到的只是许多事实中的一个例子。我自己也有过差不多可以说是类似的经验。大约是一九四九年时候，有一次我被邀参加一个所谓"智囊团"到昂船洲的英国陆军营里去作一次友谊的访问。访问的一个目的是备英国新到香港来的军士们的咨询，替他们解答所提出的种种关于香港社会、生活、文化的问题。

当中有一个上尉级的向我们发问道："我从湾仔一带经过，时间已经是晚上十点半了，许多中国的小孩子还在街上闹着玩，而在我们英国，在这个时间小孩子们都到床上睡觉去了。中国人做父母的为什么这样不好好地管理他们的孩子呢？"

我们当中一个女的回道："大概做父母的因为工作太忙来不及照管他们的小孩子罢。"

一位姓奥的团员显然看出这个答案不能满足发问者的意思，因此他补充着说："街上凉快，空气更新鲜，我想他们做父母的大概喜欢孩子们多在那里玩一会儿，他们也是很讲究卫生的啊。"

"先生！"那上尉紧接着说，"在这样的寒风萧瑟的天气，他们不怕小孩子们着凉生病吗？"

我有些忍不住了。我说："我的意见跟他们两位不同。我以为如果我们进到那些他们住的楼房去看看，我们就可以明白为什么到了深夜，那些小孩子仍不回到家里去睡，而要留在街头闹着玩了。"

一阵寂静。

说不定我的话当时给了某些人一点难过。不过从那一次以后，我也再没有过一次机会作同类的访问了。

（原载香港《文汇报》，一九五七年六月十四日）

关于降头术

不久以前，《下午茶座》编者要我写一篇文章谈谈"降头术"一问题，当时我是"漫应"过的，就打算在短期间写成，既而卧遁了数日，到现在才能执起笔来属稿，却已经不是"一两天内"的事了。

编者要我发表意见的理由，是因为我曾旅居南洋多年，必定有所发见，可是我在那边虽然住了一个时期，但对于"降头术"实在也没有甚么研究。并且着手研究这个问题也的确不是一件容易的事；方以类聚，不是"同道"的，一般地大概也不会以"秘密"语人。因此这里所谈的，也就难免有道听途说之嫌了。不过尽管这样，就自己所知或传闻所得，略加以臆说，大概还可以有一些足资谈助的作用吧。

"降头"一语始于闽侨

"降头"一词，似并不源于马来语。在有些地方，例如印尼的某一部分，"降头"，依马来语叫作"衣留巫"（Ieumu），或急读作"衣巫"（Ilmu），不知何所取义。根据许多人的见解，"降头"一语，实始于福建的侨民。南洋一带福建人最多，而他们又去得最早。像降神、降僮、神能附托在人身上的一类事情，在中

472

国又并非不习见，因此一旦和土人接触，习染其风俗，把原有的事物概念类化起来，倒是十分可能而且也很自然的。《史记·封禅》书上说："越人俗鬼，而其祠皆见鬼，数有效。"又说："昔东瓯王敬鬼，寿百六十岁，后世怠慢，故衰耗。乃令越巫立越祝祠。"这可见闽瓯一带巫祝由来已久。究其实，"越祠鸡卜"也正如"降头"一样，是属于巫术之一端，也就是原始民族对于自然界事物缺乏充分的认识的一种表现。

我最初到南洋去时，不少朋友便对我讲起降头术，说它怎样怎样可怕。可是到了南洋以后住久了，倒反而很少听见人们说起这类的故事，除了在茶余酒后，打开话匣子找资料的时候。是见怪不怪呢？抑或因为自己所处的社会阶层不同，操业的性质所限制，所以接触到这一类异闻传说的机会比较少呢？又或者，也好像我的一位从南洋回来的朋友所说的那样，这种"黑色的方术"魔道，见不得光明，一到大都市里边来，便作用消失，无所施其技呢？好几次，我也在这些问题上面动过脑筋。但这并不是说，在南洋一带"降头术"业已成为过去了。

吉隆坡一怪事

当我在吉隆坡住着的时候，那是二十年代的事了，有一天，一宗怪事的新闻在朋友间传遍了，大家都在纷纷议论，或则更引为趣谈。事情是这样：有一位青春少妇，她大概是人家的姨太太吧，嫁得的如意郎君，却是个喜欢拈花惹草的人物，因此在一种"得宠忧移失宠愁"的情况下，她便设尽种种方法来维持她夫婿对她的情爱。有一天晚上，她亲手弄好一碗鸡蛋莲子羹给她的丈夫回来吃，可是因为"待得郎来月已西"了，她便自己先去睡，同时并吩咐女工人："二少回来侍候他吃糖水。"那一晚二少爷终于没有回来。第二天，那女工人便忽然疯疯癫癫似地，紧随着少奶奶，揽头抱颈，要和她亲昵起来。这弄得少奶奶非常狼狈不堪。后来有人告诉她去找一个"降头师"来"解降"。这个降头师对她说要到三岔路口去把一些垃圾扫回来煎水服，就可以解了。于是依照行事，而女工人不久也清醒了过来，逐渐恢复常态了。之后，少奶奶私下问她那碗鸡蛋莲子糖水怎样处置了？她说：二少既然没有回来吃了，我觉得糖水倒到垃圾缸里去未免太可惜，所以就自己吃了。

降头多与男女间事有关

少奶奶的莲子羹放了一些甚么东西进去呢？那降头师从三岔路口扫下来的又是一些甚么类型的"垃圾"和肮脏东西呢？谁也不知道。不过如果人们稍为动用一下想象力，也许很容易明白过来。这一事发生在通都大邑的马来联邦首会，但是像这样的例子，在稍为偏僻的地方，常常可以听到，也正如一个作家孟兰所说的，"真是俯拾即是"。故事的内容，总是大同小异，不过有时听腻了倒反而不大觉得是怎样怪事了。

可以这样说：降头术的很大部分是与男女间关系的事情有关。像上面所述的一个例子，很显然降头师教少奶奶用的是一种媚药。媚药可以说是"蛊毒"的一种，是否用红蝙蝠抑或用西班牙苍蝇制成的，暂且不去管它。得了蛊疾的人一定是相当麻烦的。这在中国也不是前无所闻。《左传·昭公元年》的记载写道："晋侯求医于秦，秦伯使医和视之。曰：疾不可为也，是谓近女室，疾如蛊，非鬼非食，惑以丧志。"一个叫赵孟的问医和

"蛊"是甚么？医和说："淫溺惑乱之所生也。于文，皿虫为蛊，谷之飞，亦为蛊。在《周易》，女惑男，风落山，谓之蛊。"这是对于这个问题很早的记载。最堪注意的是"惑以丧志"一语。《本草纲目》"蛊虫"条下写道："造蛊者以百虫置皿中，俾相啖食，取其存者为蛊。"这和相传降头术中制炼降头药的过程，说是"首先捉了好几种毒蛇、毒蝎、毒蜘蛛，以及其他恶毒的昆虫，然后把它们困在一只竹笼里面，不给它们食物，等到它们饿得要命的时候，自然会弱肉强食，结果那最恶毒的一个，就把那些弱者全都吃了，只剩了它独自生存。"情形倒是很相仿佛的。广西南部，近恩乐十万大山一带，在不久以前，听说还有"放蛊"这样的事实的存在。

对南洋女子的传说

像上面医和所指出，沉迷于女色大盖是蛊疾的最大根源。他说："淫则生内热惑蛊之疾。"这里边当然也有心理暗示作用的存在。像春秋时代，"楚令尹子元欲蛊文夫人，为馆于其宫侧，而振万焉"。这是企图利用音乐歌舞的引诱力量来影响一个寡妇的心理的一个例子。其次，普通所谓"女色"一语，我以为应该包括"房中术"的意义而言。一般相信，南洋一带的土生女子，比较善媚而又特别工于房中术的，这是许多人都听到过了，不管传闻是否有根据。这种传说又糅合着降头术一事在里边，于是乎面对着这样的实际环境，父告其子，兄诫其弟，朋友间互相劝喻，说降头怎样怎样的可怕，土生女子怎样怎样的近不得，大概一种好奇而带警惕的心理也不难了解。记得丘菽园先生在他的《赘谈》里边颇谈到这些问题，可惜这本书现在已很不容易找了。不过在《菽园诗集》倒有一首题作《或劝取岛产人女为副室者一笑谢之》的诗，虽不直接讨论到这问题本身，却非常有意思，因把它录出：

齐秦赘婿客为家，金齿蛮风更海涯。宛若尽迎方朔妾，懊侬莫采日南花。随阳信断偏回雁，适野谣兴陋寄豭。长笑苏卿对胡妇，可能弗忆旧春华。

字里行间，不难窥见当时的社会思想背景。

降头术是原始巫术

霜崖先生在他的《原始巫术真相》一文里，提到十九世纪法国画家果庚的轶事，说他为了避免欧洲文明的生活，只身跑到太平洋上的塔布提岛去住，虽然曾经回过欧洲，但是仍抛弃了家乡回到塔布提岛去生活，终于死在那里。这据说就是为了他的土籍情妇已经向他放了甚么"蛊"的原故。岛产的情妇在果庚身上放了甚么"蛊"，现在当然难得考查了，不过如果当年有人对他讲出"莫采日南花"的道理来，我想果庚是不会终于抛弃法国的。

人们每每就是这样，他们每每并不安静下来问问为甚么这事会这样呢？事情是怎样发生的，是怎样的来历呢？好像有一些宗教家的见解那样，他们只知道说：一切都是为了夏娃和蛇的缘故。夏娃是女人，而蛇也就是魔鬼。女人们到处都有，而且也无所不在啊！便是这样也可能产生了一种对土生女人的偏见。

降头术是原始巫术的一种，但它除了为害和十分可怕的方面，还有应初民生活的需求而起的，如治病、抵抗自然灾害等等这一方面，是不应该被忽视的。例如以符咒治病，这种巫术过去曾盛行于湖南辰州，所以有辰州符之称。在南洋一带，鳄鱼、长虫、蛇蝎、毒虫特别多，可能想象，用符咒来驱除毒害的事实是一定有的，不过像孟兰先生所述的用降头驱逐鳄鱼那种过程，是单纯靠几十只小鸡和念几句咒语，抑或还有一些药物抛入河水里去呢，倒真是一个问题。下面让我述一个据说是用符咒来捉蛇的故事。

我在新加坡当教员时，有一个姓黄的学生是来自仙丹坡的。仙丹坡是一个小岛，离新加坡约一夜汽船可达的路程，那时候是属荷兰的殖民地。黄生的祖先大概很早便到南洋去求生活。从他的曾祖开始，直到他父亲，一连三代，都以"降头"为业，到了黄生本身，因为到新加坡来念中学，便没有再继续"传业"了。黄生对于这种巫术的态度，大抵是疑信参半，而由于环境与自幼耳濡目染的关系，可能是倾向于信的方面居多。譬如他说："这类东西，你说它没有，它又实有其事；可是如果说它有，又如何解得通呢！"记得前些时，我把这个问题向一位医生提出，他回答我的正也是这几句话。

有一次，是一九二九年，黄生因事回到仙丹坡去了一趟。在离开那里的前夕，他的堂兄邀他和一个马来人的降头师一同去捉巨蛇。这个马来人是曾到过麦加、朝过回教圣地的。黄生接受了邀请，于是他们约定了，吃过夜饭后黄昏时分动身。降头师只带了一个麻包袋，此外便甚么都没有，真是手无寸铁了。他们到了海边草林附近山坡的地方，这时月亮已升起来了，降头师指着一堆岩石低声地说："扫把就在那底下了。""扫把"是当地土人叫"畜生"的意思。他们逐渐走近岩穴了，马来人回转头来叫黄生和他的堂兄两人沉静地站在他背后，还坚嘱他们无论看到怎样可怕的现象，都不要声张，不要叫起来。他说："这脏东西如果出来，它只有两个可能的动作，或则一闻声便向我们袭击，或则掉头回洞穴里去。"这样说过了，马来降头师便在草丛中正对着他所指为巨蛇所藏伏的地方蹲下来，把带来的麻袋用左手持着，打开袋口，然后用右手作招引蛇进入袋里去的形状，同时口中不断地念着咒语。这里足注意的，是每一段咒语的最末尾一句总是"耶克·依拉·希路拉，穆罕末，罗沙路拉"（Jak—ilah Hilulah，Moh amet，rasalulah），也不晓得是甚么意思。可是咒念了一个时间，那家伙真的出来了，始初蠕蠕然动，然后呆望了一会，最后果然遵照了摇摆着的手的招邀，很驯服地钻到麻袋里去。

这说起来好像是奇迹，但第二天，当黄生坐船回新加坡去时，他便高兴地把这条重七十多斤的巨蛇用木箱装好，带到新加坡去，以每斤叻币一元的价格卖给那里的动物园。黄生不相信马来降头师曾用药物。我对于这一点倒有些怀疑，不过他究竟弄的甚么虚玄呢，也只好存疑了。

巫术中有一门类，是要把要向之施法者的照片，或他的生辰八字，或头发指甲等物，或制木人，通过祈祷或者别的手续来起降祸于其人的作用的。这最不足置信。《史记·封禅书》有一节述周末时的鬼神方术这样写道："是时苌弘以方事周灵王。诸侯莫朝周，周力少，苌弘乃明鬼神事，设射狸首。狸首者，诸侯之不来者。依物怪，欲以致诸侯。诸侯不从，而晋人执杀苌弘。周人之言方怪者，自苌弘。"这和上述的方法很相类，苌弘可以说是早期的"降头师"了。然而到了现在，似乎还有人相信苌弘的。甚至甚么飞刀于千里外割取人头，甚么"千针降""铁钉降""牛皮降"，也有人以为是实有其事，言之凿凿，这就有点不可解究了。像有一位作者写他所"目击的降头"，说是他在到"医生楼"去看他的"祖父的病"时所遇见的怪事。是甚么地方的"医生楼"呢？他没有指出来。他说"沙笼满插着成千上万的钢针"，然而后来钢针到了那里去呢？怎样消失的呢？文中没有"归结"。如果发生怪事的地点是靠近医院吗，为甚么"救急扶危"不更跨进一步，把遇祸者带到医院里去检验一下呢？又其次，既然为了"好奇"心，为甚么当患者苏醒过来之后，不寻根究底，问他究竟是为了怎样天大的仇恨至"为降头鬼所追逐"呢？这些我想凡是读过那篇文章的人们都想知道的。

黄公度《人境庐诗草》里边《新嘉坡杂诗十二首》有几句这样写道：

飞蛊民头落，迎猫鬼眼瞋。一经簪笔问，语怪总非真。

黄遵宪先生写这几首诗的时候，已经在六十多年前了，所指的也当然不是仅仅新加坡一隅的情况。

又像中国历史上有名的汉武帝时"巫蛊之狱"，被遣派"穷治其事"的江充，到"太子宫掘蛊，得桐木人"，这样就"以为左右皆为蛊道祝诅"了；然而到最后那好神仙、信方士的汉武帝自己也得承认"巫蛊事多不信"。

吐火吞刀，一向总以为仅是幻术的，然而有些地方却用以"娱神"。居留南洋的时候，每年总看到好几次吉灵人的神会。一个脸色青灰像喝醉了酒的吉灵巫师，他用一根小指般粗大的铁条，横穿着自己的两边面颊，在游巡的行列当中，载歌载舞地赤足跳跃着踏过熊熊的炭火，行所无事也似的，而他头上还掮着一个重约七八十斤像个神座的东西。看着，有时真不能不使你为之瞠目结舌。这种事实好像是不可思议的；研究心理学的认为"狂人的观念力"的表现，我以为倒是一个妥当的解释。固然，这当中还有很多"宇宙的秘密"一下子还没有启发得出来，像所谓"心灵能力"就是其中之一。面对着问题的这样的现实情况，我以为我们的正确态度，应该是"存疑"，而不应该是"宁可信其有，不可信其无"。对"降头术"一问题，尤其如此。

巫术常常和宗教糅合在一起，互分不开的。这倒是一个很有趣的问题，不过不能在这里讨论了。

（原载《新晚报》，一九五七年）

读画偶笔

　　偶过商务印书馆，看见陈列着好几幅最近从内地来的现代名画家的作品，感觉到有说不出的高兴。这些作品中，随便指出，有倪墨耕的《腊梅白鸡》，有齐白石的《鸳鸯》，有吴湖帆的《半窗晴翠》，有汤定之的《松》与陈半丁的《花卉》，还有于非闇的一幅《双清图》。这几幅都觉得特别可爱。固然，所谓艺术的欣赏与爱好，大部分仍然不可避免地是以个人的好恶为根据的。

　　我这里特别提到于非闇。记得不久以前，在这里开的一次"中国现代名画家作品展览"，看到于非闇的《朱荷》《牡丹》《菊花》《墨竹》四条幅，为之驻足良久。就中《荷花》一幅还有着"泛舟昆明湖得此画本，以朱砂写之，荷谱中第一品也"这样几行闲书。写的是几页败荷，其上飞着一只小蜻蜓，水里则为三两小鱼，悠然自得也似的，设境至觉妙静，不禁为之神往。此外，他还有一幅萝卜，也是精品，肤色作茄皮紫，叶略带扶疏，下手方画二小草虫，浅青色，衬托得极妙。这两幅后均为人购去，可是风清月白，自觉不能去诸怀。因睹《双清图》又复想起，大抵画之引人入胜每每如此。又像吴湖帆，你在这里看见他的一幅小品《半窗晴翠》，便想起他的其他许多佳作，不过近来看到的湖帆的作品，总是这么零零星星的一两张，也不晓得什么道理。

白石老人的《鸳鸯》，有人说它写得稍觉笨拙，尤其是那一双水禽，画得呆头呆脑也似的。我最初几次看时也有这样的感觉，其后多看了若干次才味会出其中的一些道理来。话也得说回来，鸳鸯如果不是写得呆头呆脑也似的，那才怪！也许就是因为这样，所以画家在许多年后重见到那帧画时，又复加题其上。

汤定之写松，别具风格，这是许多人都知道的了。以前我藏有两张他的作品，一张是直干，上干云霄，下临无地，其余一张则枝干横出，宛如虬龙。太平洋战争，香港沦陷，日兵入城挨户搜索，这样我失去了一幅，到现在仍觉得可惜。列在这一批新到的作品当中，也有他的松，虽亦天矫尽态，不过自己稍觉得，持以与失去的一帧相较，还是那不在当前的略胜一筹！自然，证那不可再得的便是最好的，这不免也是偏见。

（原载香港《大公报》，一九五八年二月十四日）

写在一个画展之前

读书如读画。诚然。不过我想，那我们似乎更应该这样说：读画也如读书。读书要细嚼深味，精研体会，揣摩出作者心坎里所要倾吐的话来。读画又何独不然。泛泛的浏览，走马看花似的，所得几何呢？这又如何能够说得上深入，如何能够说对得起艺术作品呢？每当看到一些艺术作品时，自己总不免有着这样的感觉而"内自讼"起来。

不过，人们的生活是这样地紧张，在百忙当中能够偷出一些闲隙来，纵使是匆匆一瞥，"点水蜻蜓"似地略为在精神的食粮上面染指一下，我想也会得益不少。对于画展、艺展，我都作如是观。

看一幅画，似乎不一定要单从它的精到处，见长处着眼，尤其是那些长处是一般地大家都可以看得到的。我以为欣赏一种艺术作品，更应该留眼到它的拙处，因为每每拙劣的地方说不定就是作者最用力的地方。不过这里得补充一句说：我们应该以同情的眼光来看拙处。"文章千古事，得失寸心知"，对于最用力的地方，了解得最深切的大概无过于作者自己了。

一种艺术作品，不能够都尽如人意的。纵使是桃花一簇罢，"不爱深红爱浅红"，也各有各的看法与各所采的角度。也正如这次"中国现代名画家作品展览"所展出的一百多幅作品，我说我特别喜欢的几张，有汤定之的"松"，曹克家的"猫"，吴昌硕的"牡丹"，黄宾虹的"山水"条幅，溥心畬的"山水"横卷。尤其是这横卷真使你得到一种卧游的快感！可能你会完全不同意我这看法，但这又何妨呢！

（原载香港《大公报》，一九五八年九月二日）

伍步云先生的画展

去年看过一次伍步云先生的画展，我曾对他的好几幅作品写过一些自己的意见。十多个月后的今天，又一次看到他的个展，添了许多新的作品，技巧的精到并不稍逊于往昔，生活的表现面倒比以前更廓大了，真叫人有"士别三日便当刮目相看"的感觉。

新作品中要算《舐犊情深》和《欢乐的回忆》两帧最足称"惬心切当"之作。《舐犊情深》以黄昏时候的田野间气氛作为背景，"夕阳明灭"余光的暗度，眼前在逐渐昏暗中的事物，霞彩，土色，离离的原上草，涓涓的浅涧，通过了这些熟落的东西，画家在把自然界的一些永恒的价值介绍到我们的心灵上来。我不知道画家是否有意地或者无意地在这样做，不过毫无疑问，这是一张很富于感染力量的作品。我曾在画家的画室里默对着这帧画好一会儿，仿佛画家他告诉过我这样的一句话，说为了找这一张的题材，他曾费了十多天的功夫，跑了好些个地方，和改变了几个不同的时间。才最后"妙手偶得之"的。我相信真正的经过，正是这样。

与《舐犊情深》同为新的作品的《欢乐的回忆》是一幅写人像成功的作品。很可能在画家自己看来，它也是得意之作。内心的表现是最难着笔的，这已是尽人皆知的了，何况更是回忆过去的愉快日子！写一个老妇人，□皮鹤发，瘦骨崚嶒，这是许多人都能够笔到意到的，独至于一颦一笑，一爱一喜，就非高手不办，而悲欢的回忆更难表现。不妨这样说：就技术上讲，这一幅应该是无间言的了。

伍先生的作品以人物为主。像《我们要活下去》《今夜不知何处宿》和《卖尽了精力以后》几幅，记得前次展览时，我都写过些意见，这里不再赘述了。《唱出内心的喜悦》一幅，明眼人当能看得出来，是本地的风光，据说是画家经过钻石山所写的，只要艺术者眼明手快，得来原也不费功夫！这一幅曾在北京展出过，那里的人们怎样批评，我不清楚，不过在我看来，它与《舐犊情深》一帧，在作意上，在气氛上，在用笔上，都有异曲同工的微处。两帧都是我所深爱的，可不知道"同予者何人"，想的是。

《竹丝鸡》写两只白鸡，好极了！比《群鸡》的一幅还要好。它是写于二次大战期间当中的，这大概许多人都知道；人们所不知道的是：在这活跃着在画布上的一双白鸡的后面，却有着一段悲剧的存在。时间逐渐地成过去了，悲剧却已化作了艺术之花！

在伍先生的风景画方面，我觉得《绿荫深处》和《深林》两幅都各有很高的造诣。我喜欢《秋收》一幅，倒不十分觉得《秋收后》上面所表现的有怎样特别高妙的手法。当然，这也许仅是个人的偏尚，完全不足据为定评。

（原载香港《文汇报》，一九五八年十一月二十一日）

木版水印画展览观后

　　中华书局与商务印书馆联合举办的北京荣宝斋木版水印画展览，于廿八日开始，一连四天。这是一个具有特别意义的艺术展览，给予这里的爱好中国艺术观众以一个稀有的机会，来欣赏一个特殊部门的中国艺术。稍研究过中国版画史的，都知道当我们的木刻彩印技术已经达到很高度发展时，许多西方的近代国家尚在蒙昧时期，根本谈不上什么艺术。到了现在，这种技术又有了更高的发展，它不特保持了千多年来的优良传统，还精益求精，使得一帧复制的中国绘画与原画相较，简直分辨不出孰为原本，孰为复制。像周昉的《簪花仕女图》，当你抚摩着绢，细细辨认那几个印章，便手想一剔那鹤的翎毛时，你没有理由不说一句："技术至此，叹观止矣！"那印版本身便是一种高度的艺术。

　　这是预展时给我的一些印象。展出制品中像齐白石的"虾"与徐悲鸿的"马"，这本来是习见的近人名画，但触到眼帘，仍觉得有些迷惑，骤未易辨识，别的就更不相识了。

　　前几年我在北京初次看到几幅这类的复制画时，心里就曾这样想过：收藏家今后对于一种名贵的艺术，其实大可以不必什袭藏珍，秘不肯示人，而摹仿工匠，也用不着挖通心思，欲以假乱真欺世盗名了。平心而论，得前代名家一缕半纸，尺幅横披，晨夕展读，恍如坐对古人，固然是一种快意的事。可是在复制画成品与原画相较，竟酷似到不可辨别的程度，那么，就欣赏艺术品的需要一层来说，更就推广与普及美术教育一点说，复制画差不多可以说是大大地代替了原画的作用了。这一点是值得特殊注意的。中国民众的审美观念一向都不至太落后，这我想与版画的发达不无多少关系。

至于原画本身，国家瑰宝，王摩诘的《辋川图》、吴道子的《孔子像》，处在我们的这个时代，国家有美术馆、博物院，全民有保管文物的机构，正"不必藏诸己"，才能够对得艺术住的。

看过了木版水印画展后，忽觉有所感触，因又赘上了几句话。

（原载香港《文汇报》，一九五八年十一月三十日）

从影展看家乡新貌

在中总九楼的"家乡新貌摄影联展"开始以来，去看的人一天比一天多。我想这是可以理解的。祖国正处在社会主义建设大跃进的时代，家乡的面貌，建设的跃进情况，正是大家梦寐不忘，所要知道的。能够亲自回到家乡去看，用自己的耳目去接触实际的事事物物，固然好。即不然，就在图片中，通过几十位摄影名家的艺术，像"卧游"一样来欣赏人民的伟人成就，来认识□众的创造性，这意义仍是十分重要的。

这次展出的作品三百余幅，在数量上不算怎样多，但全部作品都是用国产公元纸放大的，这倒是一个特点，不可不一提。其中有几幅用彩色的，更特别令人喜爱，尤其是对于曾亲历其境，对景物曾不止一次地留连过的人们来说，更是如此。像我自己对于新会的农展馆，和顺德大良大街上"八一"建军节时搭的彩门等几幅，就有这样的感觉。可惜在展出作品中，彩色的仅寥寥几张。不过尽管这样，一个巡礼已经使我们起着不少"低头思故乡"的想念了。黄新彦先生在他的一首诗上写得好："跃进情形在眼前，传真半幅胜千篇。"当我参观时，感觉也正是这样。我也做过几首诗，但没有这两句有力。

当然，有些跃进情况，也非摄入镜头就可以表现出来的。像新会县圭峰山上那所社会劳动大学，就是这一类。社会劳动大学是完全一个新型的大学，它具有一种崭新的意义。它并不是一所为"贵游"纨绔子弟而设的大学。在它范围内，可以看到很干净的猪宿，科学方法管理的牛场，可以看到蓖□蚕繁殖场，还可以看到沼气发电□。这些都分别在好几张展出的作品上记录下来了。至于教育要结合着生产劳动这一个重要意义，就要把这许多张以及其他的作品综合来看，才能体会得出来了。

像这样的影展，我希望能够多看到一些。别的人大概也这样想。

（原载香港《大公报》，一九五八年）

漫谈书画展览

不久以前，港九美术界书画联展才开过，现在又举行一次"中国现代书画展览"，有人说这未免太频繁了，使人目不暇给。我的意见与此正相反，我以为这类性质的展览，我们只会觉得太少，绝对不会觉得太多。因为好书不厌百回读，何况一幅精美的艺术作品！

上次港九美术界书画联展开过后，一般的感觉大概是这样：古今书画，好的艺术作品，存留在香港一隅的，其数量之多，简直是许多人意想不到的。这是一点。其次，居留在这里的美术家，并不只时下蜚声的几个表表者；事实上，出地露头角有希望的青年作家，所在多有，只待爱好美术的人们去发现。再其次，每每一次展出的时间，因为受了种种限制，总觉得太过短暂，以致真正爱好艺术的观众，每每得不到充分的机会来作一次畅透的观赏，或者作多过一次的欣赏。很自然地，大家都想到，对于以上的几点要求补救，最大的困难在于香港二百多万人口这样大的都市，竟没有一个适当场所，足供美术展览和固定陈列的需要。前些时，许多人也指出过，如果在筹建中的工人大会堂将来建成了，那么，这些困难最少也会得到一部分的解决。而且现在，为了解决目前的需要，多开几次展览会，倒是一个济急的办法。中国的美术作品是这样多，这样丰富，在此时此地，我们真的要一个固定的场所,一个经常陈列美术品的美术馆,才能够根本解决问题。

这里,我本来是要介绍这一次的书画展览的,可是我说了这一大堆话,却似乎没有一句关系到这一次的展览,不过,我可不同意这样的看法。美术展览是都市人民精神生活的一部分,绘画这样的活动是不能够随随便便的;当然,在适当的条件无法得到的情况底下,因陋就简,在所难免,也是无可如何的,不过如果改善情况事属可能,那么争取改善的条件便刻不容缓了。关心到香港二百多万居民的精神生活的人们,对于这个问题,提出过意见,也不自今日始。

像这一次的展出,就在预展时泛泛地看一下,名书家九十多人的楹联二百多幅,名画家的作品一百多幅,严格来讲,在数量上也算不得怎样的惊人,可是在香港,要把这三百多件东西稍为合理地陈列起来,就不是容易的事了。并且就内容来说:书家当中,自何子贞、阮元、吴大澂、翁同龢,以至康有为、梁启超、叶恭绰、沈尹默,凡九十多人,不可不谓洋洋巨观了。在画一方面,久已著称于世的作家,如王一亭、余绍宋、吴湖帆、陆廉夫、倪墨耕、张大千、汤定之、溥心畬、吴昌硕、黄宾虹、齐白石、徐悲鸿等,约略一数,不下三十余人。像这样广泛的展出,各体俱备,也是很少看到的。也因为这样,所以要将这些作品,逐幅介绍,逐一品评,就更加不容易了,不管是几张吴湖帆、陆廉夫的合作也好,或者王一亭的枇杷,曹克家的小猫,汪亚尘的金鱼也好。因为在要下笔时,你真的感觉到有如定庵所说的:"梅魂菊影商量遍,忍作人间花草看!"

自己每每感觉到,局促在一隅来看一幅好的作品,多少总有点对不起那艺术作家。便是因为这样,所以才有上面的一大堆话。不过我倒作过这样的异想：如果能够在自己的斗室中，把吴湖帆的《邃谷寒潭》，张大千的《风荷》，溥心畲的一幅着色山水，添上康有为的"天地大观游览，山林异趣清幽"一联，悬之四壁，这大概也是以睥睨一世了！

（原载香港《文汇报》，一九五九年一月二十八日）

中国图书展览会漫记数则

在今日开始的"中国图书展览会"所展出的书籍中，不但可以看出我国十一年来在出版事业方面的特别光辉的成就，我还看到特别使我眼明的三部著作，这就是胡绳的《帝国主义与中国政治》、侯外庐的《中国早期启蒙思想史》和许涤新的《中国过渡时期国民经济的分析》。解放前，这三位著者有一个时期都在香港，我们常常碰到面，尤其是在科学工作者协会开会时。解放后他们都到内地去了。一九五一年我到上海，在夏衍的宴席上见到许涤新；一九五五年年底到北京看到侯外庐；但胡绳则几次到北京，始终没有见到过。现在由书而想到其人，想到十一年来的巨大转变，真是别是一般滋味了。要撇开人而论其书，可惜在这里的篇幅不容许这样做。

书凡数百种，在预展时只能略拣几本来翻一翻。

展出的古典著作中，有影印的鲁迅先生手钞的《嵇康集》，那是他在一九一三年从明吴宽丛书堂钞本中钞出来，复经过校勘所完成的稿本。鲁迅先生生前多次想刻印都未实现，到一九五六年才影印出来。我们现在一翻这个集中的文字，更细味"中散遗文，世间已无更善于此者矣"这句话，不但想见嵇康的生平与他所处的时代，同时更想到鲁迅先生所处的时代。

　　《三家注李长吉集》是得到过装帧奖的一部集子。前人说："从来琢句之妙无有过于长吉者。"又说："细读长吉诗，下笔自无庸俗之病。"不难想象，如果李长吉自己刻印他的集子，他对于装帧是一定非常讲究的，而这部"李长吉集"，现在自己一编在手，也觉得"雅"起来似的呢！

　　史部巨制中，最吸引我注意的《宋会要辑稿》一书。这本故籍本来在三十年代就计划编印，可是到现在才影告成功，也是百余年来史学界一个重要事件的完结。《宋会要》成书时，凡二千二百余卷，但早已不全。明代修《永乐大典》时，天渊阁所藏之《宋会要》残本仅得二百零三册，其后又再经毁佚，至万历间已荡焉无书。《影印宋会要辑稿缘起》上面写道："清嘉庆十四年，大兴徐星伯入全唐文馆任提调兼总纂官，时《永乐大典》已佚去一千余册，然所存尚得十之八九。徐氏签注大典时，遇有《宋会要》即另纸标以'全唐文'三字。盖徐氏力不能置写官，不得不借公济私，假托《宋会要》为纂修全唐文之资料，以授写官为之录副也。如是日积月累，所得无意五六百卷。卷帙之巨大可以想见。徐氏未及排比整理而卒，卒后其稿流落北平琉璃厂书肆，为江阴缪荃孙所得。旋转广雅书局，时张之洞督两广，聘缪氏及武淮屠担任校勘，拟付剖厥，仅成职官一门而止。所有原稿，由书局提调华阳王秉恩所藏匿。民国四年，王氏藏书散出，吴兴刘翰怡先生以重金购归。以原稿部类不明，先后杂厕，乃延仪征刘富曾吴兴费有容重加厘订，而纠纷亦自此出矣。"

　　上面的一段叙述好几处使我联想到汪兆镛的《晋会要》的原稿。一九五一年我曾看到这个原稿，就设法让我的一位朋友把它买下来，跟着便寄到北京图书馆去，送给国家。我想不久这部《晋会要》是会印行的罢。

其他许多新出版的书，还看了一本上海出版公司印行的《谭嗣同真迹》。那书的末尾是《江标修书图诗》，是四首七绝。这诗最后一句写道："身已嫌多何况书"。读到了这，一时又不觉为之发一会心的微笑。

（原载香港《文汇报》，一九六〇年一月二十日）

看春节书画展

一年多以来，由中华书局与商务印书馆主办的书画展览，似乎一次比一次精彩，一次比一次地不只在量的方面增加，而是在质的一方面更使观者感到满足。像今日开始在中华总商会九楼举行的一次"春节书画展"，便使人有目不暇给和美不胜收这样的感觉。这次展出有一个特点，就是书法比较多。书法作品在二百件以上，代表着一百六十多个书家，其中包括了董其昌、赵之谦、郑板桥、包世臣、朱祖谋、何子贞、沈子培、吴昌硕、吴雯、俞曲园、翁同龢、梁鼎芬、康有为、梁启超、清道人、陈师曾、张廉卿、张謇、叶衍兰、罗振玉等，几于更仆难数，真可谓洋洋巨观了。品种则楹联、屏条，手卷均备。国画计一百品，代表着不下五十个画家，包括着王一亭、王雪涛、吴大澂、吴湖帆、吴昌硕、吴待秋、倪墨耕、张大千、汤定之、陆廉夫、黄宾虹、溥心畬、齐白石等。他们的作品，一一介绍，倒也觉得真不容易。不过就个人所喜爱，而不能不特别一提的，则有齐白石的《兰花蜜蜂轴》、吴昌硕的《牡丹轴》和黄宾虹的《山水轴》。这几幅真觉百看不厌。此外则陆廉夫的《山水》册页，尤为不可多得，披阅至再，每不忍释手。

正是"腊鼓鸣，春草生"的时节，再过几天便是农历过新年了。在这个时候，来一次"春节书画展"，显得别饶佳趣，似乎并不仅仅是借以啸傲湖山，抒写闲情逸致而已。记得若干年前，这儿每到旧历年底，苏杭街一带很早就有人在摆卖字画，与卖花、卖古董玩具的错杂并陈。人们熙往攘来，真是热闹极了。售字画的多陈设在铺子里，那里边每感光线不足，但欣赏者兴致未尝稍减于今人，盖别有一种风味；那种情景，到现在追忆起来，仍每想追摹其一二。"春节书画展"举行了，忽又忆及往事，因并赘上一笔。

（原载香港《文汇报》，一九六〇年一月二十二日）

潮剧观后感

（《文汇报》报道）陈君葆（著名文化界人士）发表谈话时说："我对于潮剧知得不多，虽然少年时也看过不少次，而它给我的印象却不太好。十年前，曾与已故的马鉴教授又去看过一次，记得他的意见也是潮剧是有它的特殊风格，但也有不少应加改善的地方。前年，我在广州看过一次姚璇秋演《苏六娘》，真觉曾几何时，倒要"刮目相看"了。心想：怎样这一个改革竟在短短的几年间成为可能？回到香港来与朋友们讲，他们也未肯相信。这次潮剧团到香港来演出，真是一新耳目。大家看到过《陈三五娘》《芦林会》《苏六娘》的，都会众口一词地承认唱做俱佳，艺术达到很高水准，而像《辞郎洲》戏里的那一段曲词，更会深深地扣人心弦，余音绕梁三日，使人为之赞叹不置。"

（原载香港《文汇报》，一九六〇年六月八日）

十人画展中的合作画

　　"十人画展"中，合作画差不多占三十幅，超过了四分之一。使观者感到惊奇的是这些合作画，绝大多数都是佳构，并不是随意酬应之作。

　　合作画最难，因为既要顾到构图的全面，也要照应到自己的独出心裁，不失本来面目，如何配合得双方无间，倒是煞费周章的事。从这方面说，合作画有似于诗中的联句，联句体而做到天衣无缝，浑然一个整体的，实不多也。因此许多人都反对联句诗。不过联句的几方面，如果功力悉敌，而又思想一致，思路相逢的，那么联句而得到佳构的，也每每幸而偶睹。像这次"十人画展"中的《秋江钓叟》一帧上所表现的便是一例。这幅不但构图好，使人对之有一种悠然之感；而画显然分三截，为三个人的画笔，远山为一段，近树为一段，中间的小山洲渚又为一段，但配合得如此绝妙，使你感觉到那是一个人的作品，一气呵成的，因之而你为之叹观止矣。这是画的一方面。还有那诗的一方面是值得特别一提的，因为它是一首联句。诗云：

　　　　几时归去脍江鲈，空淡烟波老钓徒。不速俏容分一箸，无携村酒走相呼。

不特画好，诗也好。联句中有这样的佳作，真欲为之浮一大白！展品中的其他题画诗，佳者亦不少。

因画而及于诗，不觉唠唠叨叨地说了这许多话。

此次画展，合作画除此一帧因联句诗而特别提到之外，其他佳作品，如题作《袖里岚翠绕湖湄》的，如《春风澜漫拥楼台》，如《群艳竞春华》，如《观瀑图》，都是使人百看不厌的。当中尤以《袖里岚翠绕湖湄》一帧，我始终以为画家是在写太湖，所以更加觉得可爱。

（原载香港《文汇报》，一九六〇年十二月十二日）

李可染的山水画

从昨日起，又一次的国画展览在举行了。

在这次展出的作品中，有两幅李可染的山水画，特别吸引了我的注意，一幅是题作《江城朝雾》的，写川东的万县，一幅仅题作《山水》，写的是什么地方的风景没有指明。两幅构图布局，几乎可以说是完全相同，像题材本身差不多占了画面的全部，仅露出头顶的一线天空，但细看两幅都有它们各自用笔不同的地方。

两幅我比较更喜爱那题作《山水》的一帧。为什么呢？说不出理由来。也许是由于那一般所谓"第一个印象"的力量罢。我最初接触到这张画时，使我感到怪特的，除了那扑面而来的雄奇突兀的势之外，就是那一簇簇的颜色十分鲜艳的桃花罢！是，一定是桃花，不可能是别的花。说也奇怪，它在我的脑海里所刻产生的联想，是杜甫"桃花一簇开无主，可爱深红爱浅红"的诗句，而不是"渔舟逐水爱山春，两岸桃花夹古津"所要写的境界。李凡夫先生同我一块儿看这张画，他却以为画家是在写武陵源，那自然是读画各人的感受不同，争论谁是谁非，倒也是多余的了。不过这张画的确给我以很深的印象。记得那一年坐火车去参观官厅水库，经过雁翅岭，有一处地方岩岫陡绝，峰峦秀起，村舍依山而建，情势与图画中所见，十分相像。所不同的，只是我当时所看到的，是一片白蒙蒙的初雪，代替了那画中的桃花。那回溪断崖，两山如龙，到现在仍时时萦回于梦寐间。我酷爱的就是这样的境界，因之而我就特别爱上了这幅画了。这也不管画家是在翻译自然，描摹实景，抑或完全出诸想象。

其余一幅是写万县一景。去年我到过万县，不过不是白天，而是在夜里。下江时，船靠万县码头，停泊了几个小时，当然看不到晓雾，更不论那"面揖南山，背负都历"的景致了。不过尽管这样，当第二天早上我经过白帝城时，那在这一张画里所表现着的淡青而带蓝，一种暗示着萧森的寒气的颜色，却看到了。

（原载香港《文汇报》，一九六〇年十二月十六日）

我与《乡土》

——借诗献礼

　　《乡土》出版不觉已满三周年，从今日起就要踏入第四个年头了，这是一件喜事。一个刊物产生在一个恶劣的环境当中，要经过许多挣扎，克服许多困难，才能攒出一头地来，这事本身是足诅咒的，但也说明了社会的确需要这样的一个刊物。《乡土》通过了介绍故乡的消息、故乡的生活、故乡的事事物物，来培养热爱祖国，热爱和平的美德，在这方面，起了不少好的作用，所以我很喜欢这个刊物，可以说，自它出世的时候起我便爱上了它。

　　我喜欢这个刊物，尤其喜欢《乡土》这个名字，它在你的耳朵里响亮起来，像是具有一种魅力也似的，使得你无论在什么时候，也无论在那一种情况底下，都不会忘记它。

　　我是个乡土观念很深的人，我喜欢"月是故乡明"这样的诗句，对于"月亮也是外国的好"这样的思想，感觉到深恶痛绝。我说："我是个乡土观念很深的人，但我坚决地说，这不是地方主义，它和地方主义完全不同性质，应该作'泾浊渭清'的分别。"

　　最近写了一首《即事》诗，刚好《乡土》第四卷第一期付梓，就让我把它作为纪念的献礼吧。

今岁风光胜昨年，豀眸应不借陈编。也知写入关河梦，曾与时添买酒钱。横海燕飞天乍雪，隔林莺啭路多偏。怀归颇复同王粲，况对东风曲槛前。

（原载香港《乡土》第四卷第一期，新地出版社，一九六〇年）

瓶花灯下观书画

从昨天起，在金陵酒家五楼举行的"中国灯饰花瓶书画展览会"，我觉得有几个特点，值得一说：（一）它展出的只简单的几项，也就是灯、漆器和瓷器，大部分是花瓶和名人字画，如此而已，很清爽利落。这一点和许多时下的艺术展览，性质稍觉不同；（二）项目种类虽然如此简单，可是在每一种类下的数量，倒非常可观。约略一数，大概灯饰有三百多种，瓷器不下四千多件，很可以相信在香港所看到的数量如此巨观的瓷器展览，这是破天荒的第一次。此外，名作家的书画，包括了包世臣、朱益藩、何绍基、吴昌硕、齐白石、张大千、傅抱石、吴湖帆、谢稚柳、李可染等人的作品，总在二三百件左右，一时倒弄不清楚，在展出者他们的本意，是以书画品来衬托灯饰花瓶呢？抑或以宫灯、雕漆、瓷器来衬托字画；（三）还有一点，也就是如此规模宏大的一个展览，没有一个相当宽阔的地方，没有一个相当好的陈列计划，参观的人们是不会容易达成他们的欣赏艺术的目的。在这方面，尤其是在陈列的一方面，我觉得这次展览有着很好的成就和很大的进步，这是值得特别一提的。艺术展览毕竟不同于一个年货摊子！

对这次展览，我个人特别感到兴趣的，尤在灯饰一部门。灯饰的制作，是中国的特有的艺术，有着悠久的历史。在展览会中看到许多种灯饰，由宫灯以至于走马灯，六角灯以至于子母灯，不禁使人想起这悠久的历史来，尤其是当现在已经是用电的时代。像王子年《拾遗记》上面写道："海人乘霞舟，以雕囊盛数升龙膏献燕昭王，燕昭王坐通灵堂，燃龙膏为灯，火色耀百里，烟色如丹，不息。"这仿佛是光管。又像《洞冥记》说："武帝尝得丹豹之髓、白凤之膏，磨青锡为屑，以纯酥油和之，照于神坛，夜暴雨而光不灭。"不炮不灭，这倒好像是电气化也似的了。至于汉武帝欢迎西王母时，陈设中所谓"扫除宫内，燃九光之灯"，那"九光之灯"是否也用的龙膏的髓膏的模样，又是否像现在我们的宫灯或走马灯相似，倒是一个有趣的问题。不过现在我们用电了，那么，宫灯也好，走马灯也好，自然就更加妩媚妖娆了。

展品中最难使人忘情的，恐怕是花瓶一项目，因为展会中自东至西，并不完全都是新制品，而是每每立新近产品当中，夹着些精美的"古物"，这便使你感觉到发现了新大陆也似的，一时顿然眼明起来。

（原载香港《文汇报》，一九六一年二月三日）

《关汉卿》在香港

——为华革会戏剧组演出《关汉卿》而写

紧接着在去年差不多也是这个时候演出了一次《夜店》之后，华革会戏剧组这一次又排演了著名的新粤剧《关汉卿》。两次演出都是为了义务替华革会筹募社会福利金，这个目的是相同的，所不同的是在去年排演的是话剧，而这次演的却是歌剧，两者所需要的条件与准备都有着很大的分别。戏在今晚上演，所以要一说的，不但因为是社会福利工作，也是为了剧运的关系。

本来最初打算这一次演出是要在去年年底左右便要实现的，但因为时间和所应具备的条件的关系，终于要拖延到现在。便是选定剧目一层，也是经过几番深思熟虑才作出最后决定的。戏剧组对于选定剧目一事，并不是随随便便，信手拈来，总以剧情是否富于意义与思想性，以及是否适合当前需要为选择的原则；去年的《夜店》是这样，今年的《关汉卿》也是这样。

可以说，在香港，《关汉卿》在舞台上和观众见面，这还是第一次。所以，不难想象，华革会戏剧组本身对于这一次的演出是如何的十分郑重其事，而同时也如何的感觉到是一个大胆的尝试。可是，经过了克服困难，他们终于尝试了！

去年《夜店》的演出，一般的都认为是一次很不错的成功，而给予了好评，无疑地这对于华革会戏剧组的业余演员们是一种有益的鼓励，是很大的一个支援力量。因此，跃进了。

前年，我到广州看到了一次《关汉卿》的演出，对于马红的人物造型艺术，深受感动，尤其是对于红线女之塑造朱廉秀一角色，态度严肃到极，真觉得须刮目相看。其后回到这里来，一连多次看到华革会戏剧组排演《搜书院》和《关汉卿》中的"决写窦娥冤"一节，就中扮演关汉卿的模仿马师曾，扮演朱廉秀的师法红线女，都能够心领神会，深得其意，虽然不能说是维妙维肖，但也有了不少成就。其他配角也表现了经过一番钻研，成绩倒也斐然可观。因此我对戏剧组的成员们建议，应该来一次正式公演。现在这个计议已经得到实现了，我以为我应该在上演时在这里补叙一下。

戏剧是社会教育的一个顶重要的工具，在香港它的任务的重要性尤其不可忽视。在这一点上面，我完全同意了华革会戏剧组在每一次演出时，对于选定剧目和拣取剧本那一种审慎态度。

（原载香港《文汇报》，一九六一年七月十八日）

喜看八人画展

　　"八人画展"定九月十四日在圣约翰副堂开始。

　　在星期六那天，正是雨横风狂之际，我去看了这次"八人画展"的预展。我是去得太早了一些了，画品还没有陈列得停妥，陈海鹰先生还在指挥着布置，挂这一张，搬动那一张，忙个不了，可惜我又不能够帮他一臂之力。不过倒有一点特别好处，他忙他的，我看我的，不但各得其所，而且这本身就是一种享受，无挂无碍地细看。

　　八个画家的作品，最惹我注目的是李流丹的一幅《桥》。我心里在问自己，这倒像是在那里见过的，但这不是"赵州桥"呀！看着题才知道是从化温泉附近，那就和"从化俱乐部"隔水相望，仅一箭地了，不觉一时为之"悠悠我思"然！

　　陈列的几十幅作品当中，我尤其特别喜爱汪澄和吴烈的水彩，也许个人的好尚，是较倾向于自然风景这方面。汪澄的《桂林烟雨》，极富于意，是一幅佳构。吴烈用笔的潇洒，颇似汪澄，他和汪澄两人在展品中都写过《南生围》，两幅都在"伯仲之间"。卢巨川的钢笔画极得人钟意，几乎可以说是无一幅不佳，就中我尤爱《乱云狂风》一幅。那写院子里几棵树的一帧，使人联想到鲁迅的《秋》那一篇小品文的气氛。

　　海鹰虽然也有很好的风景油画，可是他最见功力的地方，似乎仍在人像。作品像《老人像》《少女》《退休海员》等几幅，浑厚熟练，真可说是无一异辞了。

老画家黄潮宽，即使是《造舟》那样的寻常事物，也见气势磅礴。

预展中我来去匆匆，很可惜没有梁风和何侣两人的展品，这只好待正式展出时去补偿了。

（原载香港《文汇报》，一九六一年九月十四日）

记 "冷月栖篁" 盘

　　此 "冷月栖篁" 盘是高奇峰、潘冷残、陈树人合作所成，而达微夫人陈女士于太平洋战争发生后，自香港撤退时曾举以遗余者。盘瓷质，直径不盈尺，画寒雀七，栖竹枝上，下系圆月，作初上时状。据云，奇峰画雀，冷残竹，而树人补冰轮，然年代久远，复无文字，不可遽定也。三月廿九之役，事先党人预运军火器械入广州，密图举事，当时潘达微先生于河南尾凤凰冈附近，择地设一陶器厂，表面上制造陶瓷器皿，实际上暗中兼制造炸弹，此盘即其制成品之一，其流传至今足为革命纪念之资者亦仅矣。十余年来，余日与此历史艺术作品闲思相对，怀想昔贤，兼师史实，不无题咏。如云：

　　　　冷月诗魂在，平安寄一枝。都无文字相，聊复记当时。

　　又七绝两首云：

　　　　高人已去笔犹存，写入丹青壮士魂。拼掷头颅当日事，寒枝立尽月黄昏。

　　　　想见萧萧易水寒，荆卿函首别燕丹。黄花更与何人语，碧血时疑着露盘。

512

今者，辛亥革命适届五十周年，国家正搜集有关历史文物，因借潘剑锷女士以此盘归诸博物馆存藏，并略识其原委如此。

（原载香港《新晚报》，一九六一年十月十日）

喜看中国油画展

一个中国油画联合展览正在中华总商会九楼举行。昨天我去参观了预展，一百多张作品当中，足以娱心悦目的可以说是占大多数。这方面包括了许多描写祖国风光的作品，而尤其是这些特别逗人喜爱。画家如蔡上国、颜文梁，他们的名字也许在当地，一般地说，不十分为人们所熟识，可是他们的作品，一见就知为非出自凡手了。颜文梁的一幅题作《山水》的，我几疑他是在写坪石，写鸡公山，风景逼真极了。写颐和园万寿山的一幅，置诸摄影图片当中，亦足以乱真。《雪景》一帧尤佳。他的画笔，长于写细腻风光，逗人喜爱处，似乎在此。蔡上国的作品，在展览会上看到的，为数不少。就中如《云水苍茫》，如《春风细雨满江南》，如写静物的《凉夏》，俱允称佳作。而那题作《凉夏》的一幅，尤堪细味玩赏。

李慕白写人像很不错，尤其是写小孩的活泼那种笔调。

有一幅是写山水风景的，构图颇为特别，表现出一种大胆作风，一种超越常规的倾向。这一幅的题材，在我以一个外行常人的眼光来估量，是非有相当魄力和组织能力，轻易驾驭不来的。作者为陈葆荪，据说他还是一位青年画家。伟大的祖国，这些年来，正在蓬蓬勃勃地发展，由这些力争向上的青年画家的人才辈出，已可见一斑。每遇有一个新作品的展览，我们固然喜欢看到成名作家的作品，而在我个人，又每每私下这样想着：自己尤其喜欢看到许多青年作家，青年画家的一些成就，看到他们的大胆作风，"欲与天公试比高"的宏愿。这个画展，我看到不少青年画家的作品，这正是我们所应该特别留心和注意的。

"好花须看半开时"，对于一些未成名的青年画家的作品，我也每作如是观。因看过展览，略举所见一二来谈谈，顺赘上这一意。

（原载香港《文汇报》，一九六一年十二月十九日）

还乡记

——石岐华侨大厦落成观礼后作

"我中山人！现在我们说这句话，'中山'二字得说得大声一点了。"是一位归乡的同行者罗先生，在石岐华侨大厦开幕后举行的座谈会上讲话时这样说。很显然，罗先生的意思是，作为一个中山人，现在是更加值得骄傲的了。这话怎样说呢？我想，这是因为现在作为一个中国人，我们感觉到是一种特殊光荣的原故。有了这个前提，那更加值得骄傲的结论便不是凿空而来的了。

中山是一个大县份，它的土地面积不断在扩张，现在划出了一部分来建置珠海县，剩下的人口仍达八十九万，从这一点已可以看出它在珠江三角洲的重要地位。从前有人说过，中山县关起门来三年，不与外间交接，也不会发生饥馑。它土壤肥美，物产富饶，这话是足信的，而中山人也每每以此而感到自豪。

* * * *

不过，在我看，中山人不但有上面所讲的那种自豪感，而尤其重要的，是他们还具有一种爱冒险与勇于进取的精神。这种精神，表现在中山属的华侨在世界各地的分布情况，简直是无远弗届的一事实上面，特别显著。所以这次石岐的华侨大厦举行落成开幕典礼的时候，人们便很自然地联想到这一点，瞻仰着那朴而不华、简单而切实用的建筑物，一种爱慕而关切的心情也就油然而起。梁其颖副县长说："这所华侨大厦号称大厦，其实规模并不大，而是很小，不过它倒的确应合目前的需要。"这话也可以说先得我心。事实上，能够经常容纳得下一百名旅客，又有着第一流的设备这样的居停所在，规模说小也不算小了。并且，现在还是在经济建设的初开始阶段，那大屋顶的一类建筑也的确有些不适合实际。石岐的华侨大厦，在市区西部，临江而建，舟车辐凑，交通固然便利，而且迤西一带，也就是将来市西郊公园的所在地区，扩展自也容易。这一种展望，大概那天在场观礼的人们，每个人心中都洋溢着。在未来的岁月里，这里将是石岐市的风景区啊！

不难想象：建立华侨大厦，并不仅仅以便行旅的往来，供其匮乏，如此而已；建立华侨大厦，是有着它的一种特殊的、崇高的意义的。在我看，我们的华侨大厦，恰好是祖国与广大侨胞联结的枢纽，它象征着华侨的团结力量。"华侨是革命之母。"新中国建立以后，我们的海外侨胞现在更抱着以前所不曾有过的面向祖国的热诚，对祖国的社会主义建设的伟大事业，在在给以支援，作出辉煌的贡献，这些事实是足以使人鼓舞的。因此，我们对于一所华侨大厦，也不管自己是在那里边住过也好，或者仅从门墙之外瞻望过也好，假如感觉到"低回留之不能去"的话，那么这是很可以理解的。

有一张送给石岐华侨大厦的颂词写着"华侨之家"四个大字。读着，我不禁这样想：要是在旧政府的时代，建立这样的

"华侨之家"是可能的吗？而现在嘛，像这样的"华侨之家"，不止在石岐这里，并且也在兴宁、新会、台山、开平和其他好多地方建立起来了。这也是使人兴奋、使人为之鼓舞的。在华侨大厦开幕后到各处去参观时，大家便带了这样的一份愉快的心情去放宽自己的视野和加强自己的信心。

****

二月十四日华侨大厦开幕那天，我们观礼的一百多人，先于上午已参观过中山华侨造纸厂，到了开幕后第二天又去参观了中山糖厂，两个地方都是重点的工业建设。

中山华侨造纸厂地点在沙溪，从石岐西去不过十多公里，可是公路颇有点崎岖，因之来去稍需时间。最初我颇怀疑，造纸厂所在地点，交通至关重要，而沙溪又这样地密迩石岐市，为什么都任令公路失修，不加整顿？其后到达厂址，观察形势，才知道原来这个造纸厂的交通运输，产品和原料的转移进出，事实上全恃水运。因此我又想起了，珠江三角洲，港汊纷岐，水运对于中山县这一带地方的经济发展，是居于首要的地位的，这一点实不容忽视。沙溪这里本已有一间制砖厂和一间粉厂，现在又添了一所具如此规模的造纸厂，很可以想象，在不久的将来，这里一定为一个重要的工业区立下基础。

目前这个厂的造纸原料，主要是稻秆和蔗渣，尤其是稻秆。便是因为这样的事实，远近农余的禾草都一船一船地集中到这里来，而现在全县的农民，不但都知道稻草不仅可以作燃料和供耕牛的饲料，他们并且已认识到造纸厂和他们自己的利益日益密切，是息息相关、休戚与共的了。

中山华侨造纸厂有一个特点是这样：它的全部机器设备是国产，自己制造，自己安装。人们知道，这在不多久以前还被认为是不可能或者有不可克服的困难，因而不肯相信的，可是现在则完全实现了。在这一点上，中山糖厂的情况可以说是一模一样。中山糖厂于一九五五年开始计划，于一九五七年投入生产，也是全部自己设备，自己安装，当中仅有小小的两部糖浆离心旋转机是波兰产，其余的都是自制。无疑地，这也是中山人感觉到足以引以自豪的一事了。

中山糖厂坐落在石岐东北黄圃地区。明代，这里设小黄圃巡司。那么，在古代某一个时期，这地方大抵属于泽薮之区，也正是以前所称为"东海十六沙"的中心部分了。十五日清晨，冷雨初霁，我们应王厂长的亲自来邀约，坐了"海鸥"号轮拖由岐江码头出发，船迎着强劲的东北风，逆流缓缓向北航行，历时四句钟到正午十二点才抵达其地。厂址所在，地名牛岗。这是一个高约百余尺的小山，远从江面望去，倒真的十分像一只黄牛，在我看，它比东莞太平那牛背山，还更加逼肖一头我们在田里所习见的牵引犁耙的动物。可惜在建厂时，那牛头的一部分因建筑的需要被切去了，削为平地，代它而起的是机房以及那高耸入云的烟突，因此现在已看不到牛的本来面目，而因为烟突的关系，牛岗也已变成了一只硕大、孔武有力的犀牛了。到糖厂去参观的，总不会忘记这一幅画图的。

中山糖厂产量每日榨蔗糖二千吨，据说有一个时期曾榨到三千吨，这样它的产量便与江门糖厂差不多并驾齐驱了。在榨蔗的过程中，糖的收回量达到百分之八十九，剩下的百分之十一左右则为桔水、渣滓等物，而蔗渣所含糖的成分仅为百分之一点二左右，这成绩实在不小。再则，据说，每一担蔗可以制得白砂糖十二斤，由此可见成本也是比较低的。厂现有四个车间，另外还有一个机修车间，附带有一个酒精厂，日出酒精约一吨左右。全厂职工一千一百余人，设有医院、影戏院、茶室、餐间等设备。厂是一个国营企业，但职工则绝大部分为中山县人。

参观既毕，与主人道别后仍乘原船回石岐。这时日渐沉西，两岸平畴绿野，映入眼帘，顿觉心神旷朗，稍逾寻常。既而舟重过浮墟一地，时已入夜，江风萧瑟中，不觉心怦然一动，猛忆在旧政权时代，是处实为盗贼丛聚之区，杀人越货，不知丧落了多少行旅的惊魂！而现在我们从这里经过，春江涨绿，孤月悬空，回想视为畏途之前日，真同隔世。志书上说：浮虚山在县北七十里海中，相传山尝与波上下；又引《山海经》谓南海有浮石之山，疑即此。究其实，冲积层在它的初构成阶段，大都有与波涛上下的类似情形，固不独浮虚一地为然。不过在明代，或更远的时间，这里本已设有浮虚营，可见当时对海疆防务的重要，守御之事，未尝或忽。过浮虚不觉重有感焉。

＊＊＊＊

第二天，到石岐来参加观礼的都陆续星散了，回广州的回广州，到澳门去的去澳门，下乡的下乡，而我和郑振雄两人，也拉了马力和郑正心等几位同乡一同回三乡去一走。我家在平岚。平岚在三乡公社中算是人口最多，有过一个时期曾超过二千烟户，因此是一条大乡村了。一九五八年，我曾回去过一次，可是太匆匆了，观察得不多。这次回去有了充裕的时间多看些新事物了，并且也看得比较细致，连平岚和乌石两处的敬老院都参观过了，可惜仍来不及去踏看龙潭水库以及其他水利建设。

新事物是叫人兴奋的。像以前香火很盛的华佗庙，现在改作卫生院，设中西医诊所、配药剂处，分别延聘中西医师、护士，常驻为民众服务；地方整洁，比起大都市的好多医院，实有过之而无不及。这一种情况给人以很深的印象，而我想华佗若生，亦当引以为慰。引导我们参观的还指着邻近的几幢房子说：现在正把它们修理好粉饰一过，辟为留医病院。回想儿时已听过父老们说，三乡要建立一所医院了，可是迟之又久，仍只闻楼梯响，不见人下楼，而差不多半个世纪的时间且过去了，及今思之，真不无感慨。

原来三乡也有一座华侨大厦，是三年前建成的，那真可以说是开风气之先了。建筑物虽不怎样讲究，自然也不能和石岐市的华侨大厦媲美了，但也够堂皇、坚牢而合实用。地点就在公路车站旁边，是一所三层楼的建筑物。饭后，齿舌间还留着濑粉的一种浓厚的特殊美味——三乡濑粉、石岐乳鸽、蚝油、虾酱可以说是中山的名产，而三乡濑粉据说尤以白石所制为特佳，因为山泉的原故——我便央正心等几个人到大厦的最上层去眺望一回。大厦虽仅为三层的楼房，但高度也不小，因为登临其上，差不多整个金斗湾的形势，都在眼底。正心先生指点着对我说：从南面的五指山起，稍西向便是白水林，丫髻山，龙潭水库就在它的脚下，正西在我们后面是金紫峰，迤北一带靠左手边是北边山，再过去便是五桂山的诸峰了。是的，这些都是儿时旧游之地，而远在正东，还有那凤凰山突兀着，孤悬天外似的呢。四山环抱，独阙东南一角，中间平铺着连阡累陌的万顷禾田和错落的远近村落，这些在夏秋的季节，交织成一幅黄金色的地毯，那一种娱心悦目的景致，多少年来每每进到自己的梦里来，也已不知多少次了。

在石岐小住时，华侨投资公司经理郑柏龄先生便对我说过，他们打算把萧家村附近的温泉辟为"温泉公园"，建立起一个风景区。温泉也叫作"冷热池"，那是做学生的时代到雍陌去看会景经过时，每每爱放一两只鸡蛋到泉水里去煮食的所在。解放前，常有些外国人携带鸟枪擅自进到这一带来打猎，这是使人气愤的，现在情形固然不同了，但是当作为一个中美洲归侨的正心先生一面遥指着冷热池坐落的方向，一面重新提起那些帝国主义侵略野心的往迹的时候，大家仍感觉到有点余恨未消的模样。

＊　＊　＊　＊

思乡的情绪这一现象，有时候我觉得不是太容易加以解释的。我们暂且不去说什么"某水某丘，童子时所钓游"那些话罢。便是自己的"无改"的"乡音"，应该说这本身就有着一种莫名其妙的不可究诘的魅力。你在异乡遇到一位朋友，发现了他与你是广东人所谓"同声同气"的，那你就觉得大家更加亲切可爱了。同时，说不定你也微微感觉到"世间何物是江南"这句话未免太没出息。

我的朋友曹聚仁先生爱臭豆腐。我爱中山濑粉，但我也爱臭豆腐。不过，如果"二者不可得兼"，我就宁舍臭豆腐而取濑粉了。这像是可解而又不可解的，但是情形的确会是这样。

"富贵不归故乡，如衣锦夜行。"这一见解虽然也有它的未可厚非的地方存在，但用现在的眼光来看，就不免太嫌固陋了。因为现在那些念念不忘故乡的人们，他们所抱着的一个最大最重要的愿望，就是要把自己的家乡搞好，使得社会主义的社会能早日实现，而不是要炫耀自己。就这方面说，衣锦还乡的见解是固陋而应当唾弃的了。不过反过来讲，像汉高祖那样，他因为太公思东归，便在关内建立了新丰县，一模一样地像着故乡的丰邑，又把丰邑的人民以及枌榆旧址都移到新丰去，可是这又何尝真正能够满足太公的真正需求呢！

这样说，故乡大概又是不可能可以有代替的了。

六二，二，二十八。

香港跑马地凤辉台四号二楼

陈君葆

（一九六二年二月二十八日）

看了第一个儿童画展

——在香港是首开纪录

　　我说"第一个儿童画展"，指的自然是香港。因为就我所知，香港这里还没有举行过一次真正的儿童画展，而每年所举行的"艺术节"，其艺术展览一部门，所陈列的又大都为学校挑选出来的学生习作，性质实与自由参加的画展稍为不同，似当作别论。至于就全中国来说，第一个儿童画展是在什么时候开的，这一点我真不十分清楚。我只记得有一次在上海，仿佛是在陈鹤琴先生的办事处，看到过一次颇具规模的儿童绘画展览，它是一次具有欣赏和研究两重目的的展览，一时颇引起我的兴趣。那是一九三一年的事了，是不是在那以前还有另一次的儿童画展，我也不大清楚。

出小画家毫不稀奇

　　看了今次的儿童画展，我想人们大概总有这样的感想：原来中国有这许多的小画家。其实，这一点也不奇怪。试想：十室之邑，必有忠信。更何况这六亿五千万人口的国家，这一撮天才的小画家，犹如大海中的一些泡沫而已，令人诧异的，是只有这"百花齐放"的大时代中，才让这一批小天才画家有出人头地的

524

机会，这一点是重要的。

以自然为师

就儿童画家本身说，艺术标准应该是怎样的，这我想不应当，也不可能在这里来讨论。不过成年人的画家是否也要向儿童画家们学习呢？这倒的确是一个很有趣的问题。记得曾在好些个作家，像印度诗人泰戈尔，或者英国小说家韦尔斯他们的著作里，每每发现在文字的行列当中，忽然夹着几笔小孩子学涂鸦也似的绘画，骤看去有时还会令你黯然失笑。这些很多时候都不是偶然地笔墨游戏。不过它究竟要与小儿童画家们看齐呢？抑或有意地在摹仿那穴居的原始人的壁画呢？这也很不容易遽定。我们谈国画的有一句话：以自然为师。我以为最懂得师法自然的是小孩子，因为小孩子可以说是纯任自然。儿童本身便是自然之一体，那么，向儿童画家们学习又诚何异足！

"老鼠的敌人"

就上面的一点讲，在这一次的画展所展出的百多件作品当中，我以为最接近自然的一幅，是黑妮的《老鼠的敌人》。因为在这一幅里边，五岁的小画家所做成的，是凭她的直觉来把握到猫的动作，更把这动作和它的意图翻译到纸上来，而且很成功地做到。能与这一张相提并论的，有佟立靖的《大象》，王明明的《春》，以及李庚的《女起解》。其他像黑蛮的《打机》，黄小笃的《戏剧人物》，罗抒的《荷花鸳鸯》等几张，艺术性已经达到相当的程度，似乎应该属于另一范畴，不在此论列。

祛除障碍真正欣赏

成年人看儿童画家的作品，总不免有着成见的障碍，这自是一病。除非我们能够祛除这一些障碍，否则也很难谈得到真正欣赏儿童画，仍不能说是已经觉得越看越可爱，我只能说是越来越觉得儿童画有加以特别研究的价值。换句话说，也就是不特画家应当研究儿童画，儿童心理学家，教育家更应当研究儿童画，给予它的发展以特殊的注意。

（原载香港《新晚报》，一九六二年六月二十二日）

"四人画展"观后记

——为任真汉、李汛萍、陆无涯、郑家镇四人国画联展而写

　　才踏入春节，在"兔年"的名号传称，吹遍了整个世界的景光中开始了第一个"四人画展"，这无论在时间方面、在数字方面说，都是蛮有意思的。联展看过后，我感觉到要一记其事，写写所得到的印象。四位画家，都是我的好朋友，因此由于欣赏作品而至于钦慕恭维，表达了同感赞叹，已不在话下。至于有时话或说得近于挑剔，那我想亦在所难免，而且也应该是"知我谅我"的。

　　四个人的风格各异，但同样地各有使我感到喜爱的所在。

　　姑先从郑家镇的几幅作品说起。这当中，我尤其喜欢写独秀峰的一中条。我以为不单只我个人有这样的感觉，而凡是看过郑的几幅展品的，都会有同感。画面并没有题字，最低限度，在我当时极目力以观，仿佛并没有看到上面写着甚么字。但你一望便知它是桂林的独秀峰。不过有一层，好些年前，我曾到过桂林，但我记忆中的独秀峰，好像比郑家镇笔下所写的，更为苍翠得多，而且山也不止这么高。何以故？后来我想，这可能有两个原因。第一，因为看山时大家所站立的地方，远近各有不同，所采取的角度便各异。第二，那年我到桂林，正是盛夏绿阴幽草的季节，而郑家镇到桂林与独秀峰"相看两不厌"的当儿，大概已

在"橙黄橘熟时"之后了。

家镇写《风竹》的那一幅，也是我十分倾爱的。记得多年前，叶誉虎先生写给我的一个《画竹》扇面，题的一首诗是：

旧干新萌尽化机，群材效用各攸宜。谁知幽谷荒陂里，辛苦山农剪植时。

诗之感人，有时还过于画。我观誉老的画，细味誉老的诗，每觉重有所感，而现在看到了郑家镇画的《风竹》。遐翁赞竹，旨在论竹的功用，而家镇此帧，则在写竹出气质，因而在欣赏画时，也无意中哼出这样的两句：

与君劲节为知己，不数风清月白时。

《山茶花》一横幅，家镇自己亦认为是得意之作。如果这一佳品落在我手上，我正疑心它是否会一夜之间，不翼而飞，为他人所窃去！"夜深睡去"，这山茶花大概是不会的。

郑家镇有一幅写《东涌待雨》，很好。不过这次不见展出。

陆无涯佳作不少。这次联展所看到的，尤其爱他写《奥国到意大利道中》所见到的那一幅，写的是阿尔卑斯雪山的风景。这一张，我特别喜爱，我说。因为对我来讲，它可以说是具有着"一见如故"的一种亲切之感的。预展那天，当我挨近画面去看时，视线集中在图中景物，还没有注意到画的右手上方题的几行字，一边看，一边只暗暗地想道：这像是在甚么地方见过的雪山啊，是的不错！"蓝水远从千涧落"，目不暇给。到达了山坳最高处时，你回头一俯视蜿蜒九曲十三弯的公路，使你感到胆战心骇。这，这正是奥地利旧京音斯蒲洛克以东约八十公里，名为吉士瀑尔的山城一带地。回顾问陆无涯，陆无涯说："是呀，是音斯蒲洛克以东的阿尔卑斯的一带雪山。"怪不得这样地"一见如故"的景物！一九六九年，我到奥地利去时，曾在吉士瀑尔山城住了两天，还曾两次经过这些雪山的峡谷呢。所不同的就是：当时的我，颇感到"眼前好景道不得"，而现在画家的陆无涯，则已"雪岭冰崖挂上头"了。我该怎谢无涯？

另一幅写漓江上的千帆万船，甚妙。不过我仍然以为作者似乎囿于成见，多少受到一些思想上的局限。

多用画山石的大斧劈的皴染法来写江南山水，这我想大概可以说是李汛萍几幅作品的主要意图。在这方面，我们不妨肯定地说，他的成就是未可限量的。不管点苍也好，括苍也好，线条轮廓能以变化出之勾勒豁然。看他这次展出的几幅，尤其是《黄山观云》与《漓江雨霁》两幅，你会感觉到特别喜爱，特别地受到肃然起敬，你会感觉到自己像是置身于河南的林县，从红旗渠上走过去看"周遭碧"也似的，不，你会深深地想着，这可能是一种性格的表现。你的，自然的。

表现性格、形象的艺术、画与雕刻相比较，大抵不相上下，而亦各有短长。然而我曾看过罗丹的作品，但我未敢说它比起别的艺术，如绘画，决定能够更高度地表达得出一种性格的"庄严相"。总的一句说：我以为艺术的表现，雕刻不如画，画不如诗歌，诗歌不如音乐。自然，这当中仍有程度之分。

我每爱与任真汉论作画，但很可惜的是，常常要借助于笔谈。真汉写画的产量很多，而我看到过的他的作品也很不少。这当中，以前些时候他游伊阙，写龙门石刻，跨过秦岭入蜀，写终南山、太白山、"天府之国"诸地的一大堆作品为最出色。前几年，他去过星洲，回来时写过一大堆作品为最出色。前几年，他去过星洲，回来时写过一幅"胡姬"野兰给我，画上面还题了一首诗，诗与画并佳皆妙，真也使你不禁要吟道："丹青妙韵成三绝，低首江南老画师！"这帧兰如与郑家镇的《山茶花》放在一起，晨夕相对，大抵可以说是不相伯仲。

这次"四人联展"，任真汉的几张作品，我以为《不尽长江曙色中》一幅，最得我心。这里，我想集范石湖入蜀诸作诗句，借来表达一下个人对画品的欣赏和体会：

> 举头一握到孤云，自古人来到此难。剩作画图归挂壁，只教长挂水帘看。

注：

首句《判命坡》，次句《九盘坡布水》，三句《初入大峨》，末句《下岩》。

看名人书法文玩展

由今日（六日）开始，一连四天，在中华书局举行的"名人书法文玩展览"，是一次颇饶别致的艺术展览，因为展出的，除了名人书法外，还有石砚、旧墨、印章、画笔、宣纸、册页等精品类。在书法一类，搜集来的楹联屏条，真是琳琅满目，美不胜收。单举作家的名字，约略一数，就有董其昌、冒辟疆、查升、王铎、郑板桥、赵之谦、陈鸿寿、梁山舟、王文治、沈曾植、何子贞、吴大澂、翁方纲、包世臣、林则徐、曾国藩、左宗棠、郑孝胥、康有为、梁启超等廿多人。近人则吴湖帆、张大千其更著者了。这许多家的作品，在公开展览之前，曾以先睹为快地看到一部分。这些如果要一一叙述其内容，在势殆不可能，虽然其中像陈曼生的对联，梁山舟的两幅屏条，气魄笔力，给人印象至深，倒似乎应该特为拈出作介绍的。

不过就中有两个项目，却感觉到不能不一说。一个是冒辟疆写给他的叔祖母，贺她的八十大寿的一首七律的诗。冒巢民的墨迹，这里可以说是比较少见，而另一点足注意的，是他写这首祝寿诗时，已经是七十七岁的老翁了。还有一个项目，是吴大澂写给袁世凯的一副对联。读着联语和它的序文，人们总会觉得它是对袁氏的生平一个莫大的讽刺。联的上比且不必去理会它了，下联是"求忠臣必于孝子之门"这样的一句话。当时袁氏在朝鲜，他因"念母情切",请假回去省亲,"孝子"是没有问题的了,可是他对清室固然说不上"忠",其后又篡夺民国,帝制自为起来,更不能说是丝毫"忠"于人民了。这副对联,它的价值似乎不单只在吴氏的书法,我想应该当作历史资料看待,如果自己是研究历史的,可能不惜重贲把它买下来呢。

印章画笔,这里爱此道的,大不乏人。北京的戴月轩、李福寿等名字,早已驰誉远近,不胫而走。这里我想赘说几句的,倒是关于石砚一事。砚的展出,在香港来说可能还是第一次,以前少有所闻。以前的各种展览会,纵或有它的一席地位,想也不过"聊备一格"的意思罢了。这次所展出的,当中有好多方是端砚。对端砚感兴趣的,当然不限于书家,不过尤以书家为最关切,因为端州的石材现在恐怕已经很少了。记得那天预展,看到好几位文友,当他们在抚摩翻玩那几块紫色或猪肝色的东西时,都集中在讨论"有眼"或"无眼"一问题。甚么鸲鹆眼、鹦鹉眼、猫儿眼、雀儿眼、鹑哥眼,一连串,可能还有别的名目。大概"有眼者方为端石"的理论。可是我倒以为《砚山斋杂记》上面有几句话,更觉有意思;那作者写道:"以余所见,有蕉叶青花,莹然明净如一段玉璞者,玩之令人不忍释手,岂以眼之有无为高下哉!"展出诸品中,有阮元铭的"石鼓砚",一组十枚,每砚均刻铭于底。然仿佛砚石都是"无眼"的。是不是"有眼"者更胜,抑或"活胜死,死胜无"一说已站不住脚了呢?这要让玩赏家去决定了。

谈"小说"

在叙述唐宋传奇文学之先，有一个问题须弄清楚，就是：什么叫做"传奇"？我以为传奇就是怪异的故事的文字，这基本地和现在我们一般地叫做小说的没有什么分别。不过唐宋两代所有的传奇文学作品，都是用文言文来写的，所以传奇文简直就可以说是文言的小说。那么，我们就以这来作传奇的界说罢。

王国维的《宋元戏曲考》写道："传奇之名，实始于唐。唐裴铏所作《传奇》六卷，本小说家言，此传奇之第一义也。"传奇一名的意义，应以此为正，以后的转变，自又当别论了。我们述传奇文学，亦应以此第一义为依据。

小说一名，来源则更远。班固《汉书·艺文志》写道："小说家者流，盖出于稗官。"从这一点可见得当汉代"大收篇籍，广开献书之路"的时候，小说家言是在搜集之列，略备一格，并且很古以来就设官采录，得"充秘府"的。西汉时，刘向、刘歆父子校书天禄阁；向死，歆继承其业，总群书而成《七略》。《七略》就是韩略、六艺略、诸子略、诗赋略、兵书略、术数略、方技略七种。《七略》久已亡佚。班固著《汉书》，删其要以为艺文志。其三曰诸子略，所录的计分十家，就是儒家、道家、法家、名家、墨家、纵横家、阴阳家、杂家、农家、小说家；可是他说：这十家当中，"其可观者九家而已"，小说是不在其列的。但是虽然如此，小说家仍被录存于篇末，像是备充数也似的，计得十五家：

《伊尹说》二十七篇。（其语浅薄，似依托也。——这是班固自注，下同。）

《鬻子说》十九篇。（后世所加。）

《周考》七十六篇。（考周事也。）

《青史子》五十七篇。（古史官记事也。）

《师旷》六篇。（见《春秋》，其言浅薄本与此同，似因托之。）

《务成子》十一篇。（称尧问，非古语。）

《宋子》十八篇。（孙卿道："宋子，其言黄老意。"）

《天乙》三篇。（天乙谓汤，其言殷时者，皆依托也。）

《黄帝说》四十篇。（迂诞依托。）

《封禅文说》十八篇。（武帝时。）

《待诏臣饶心术》二十五篇。（武帝时。师古曰：刘向《别录》云："饶，齐人也，不知其姓，武帝时待诏，作书，名曰心术。"——有某曰云云者，为唐颜师古注，下同。）

《待诏臣安成未央术》一篇。（应劭曰：道家也，好养生事，为未央之术。）

《臣寿周纪》七篇。（项国圉人，宣帝时。）

《虞初周说》九百四十三篇。（河南人，武帝时以方士侍郎号黄车使者。应劭曰：其说以《周书》为本。师古曰：《史记》云："虞初，洛阳人。"即张衡《西京赋》"小说几百，本自虞初"者也。）

《百家》百三十九卷。

　　以上小说十五家，班固还抉其指要写道："小说家者流，盖出于稗官，街谈巷语，道听途说者之所造也。孔子曰：'虽小道，必有可观者焉，致远恐泥。'是以君子弗为也，然亦弗灭也。闾里小知者之所及，亦使缀而不忘，如或一言可采，此亦刍荛狂夫之议也。"这里他提到"出于稗官"。关于"稗官"一名，究竟取义是因为"细米为稗"，而"街谈巷语"为细碎之言，所以这样说，抑或"稗官非细米之义，野史小说，异于正史，犹野生之稗别于禾，故谓之稗官"，如徐灏在《说文解字注笺》所说的呢，我们暂且不去讨论。不过窥班固之意，以为"小道"的小说家言，虽"君子弗为"，"然亦弗灭也"，但毕竟是"刍荛狂夫之议"，这样的看法，似很符合班固的阶级意识，所以他不把这些"或一言可采"的作品列入"可观"的门类，也正有他的道理的。

　　"小说"一名，更早地还出现在《庄子》。《庄子·杂篇·外物上》写道："饰小说以干县令，其于大达亦远矣。"关乎此，鲁迅在《中国小说史略》上指出过，名虽见于庄周的书，"然按其实际，乃谓琐屑之言，非道术所在，与后来所谓小说者固不同"。这点我们不否认，但"干县令"一语，根据马夷初《庄子义证》上说，"县读为郡县之县，战国时县小于郡，县长称令"。我们在这里所要指出的，是这"饰小说以干县令"在那时候是否已成为一种风气？而如果是的话，那么这种风气又是否和唐代应考试者投"行卷"的习俗有相似的地方呢？因为唐代士人"应举者，卷轴所为诗文，投之卿大夫，谓之行卷"，说者有谓这里所谓文，当中就有传奇文一类的作品，而应试者照惯例把这类作品先向主试者投递，希望邀得他的青睐，所以可以说是一种自荐或自我介绍的方法。当然，我们不能说唐代应举者所投的"行卷"，就是庄子所说的"饰小说以干县令"的"小说"，但两种风气有很相类的迹象，倒是显然的。如果臆测不错的话，这点是颇足注意的。

在汉时，"小说"一名亦见于桓谭的著作。李善注《文选》引桓谭《新论》的话说："小说家合残丛小语，近取譬喻，以作短书，治身理家，有可观之辞。"鲁迅论这一点，以为"始若与后之小说近似"，但他仍指出像"庄子云尧问孔子，淮南子云共工争帝地维绝，当时亦多以为'短书不可用'，则此小说者，仍谓寓言异记，不本经传。背于儒术者矣"。大抵寓言异记，合残丛小语以作短书，当时一般以为非道术之所在，这固然。但班固与桓谭均为东汉初期人，而其对于"可观之辞"，看法亦各异，则已如此。

《隋书·经籍志》，经史子集四部，小说录属于子部。而其所论列则仍袭取《汉书·艺文志》之说。所以那上面写道："小说者，街谈巷语之说也。《传》载舆人之颂，《诗》美询于刍荛。古者圣人在上，史为书，瞽为诗，工诵箴谏，大夫规诲，士传言而庶人谤。孟春，徇木铎以求歌谣，巡省，观人诗以知风俗。过则正之，失则改之，道听途说，靡不毕纪。周官诵训掌道方志以诏观事，道方慝以诏避忌，而职方氏掌道四方之政事与其上下之志，诵四方之传道而观其衣物是也。孔子曰：虽小道，必有可观焉，致远恐泥。"这里和《汉书·艺文志》稍为不同的，是它更进一步说明"街谈巷语之说"的不可偏废。它引《左传·僖公二十八年》"晋侯听舆人之诵"一事，如《诗经·大雅·板》篇"先民有言，询于刍荛"之语，以证明众人的言论，或甚至于采薪取草者的意见也不可忽视，而根据了周官，则更设立诵训和官职方式以及其他等来处理搜集歌谣和观察风俗这些事务，可见小说虽"小道"，也不是能以"野"来小看它的。

《唐书·经籍志》所录小说，与《隋书·经籍志》根本没有什么不同，它只删去了一些业已亡佚的书，而另一方面则把张华《博物志》十卷增进去，这书在《隋书·经籍志》本属于杂家，至是遂编入小说类。这事看去虽似不甚重要，然影响史例的变革颇大。鲁迅在《中国小说史略》上写道："宋皇祐中，曾公亮等被命删定旧史。撰志者欧阳修，其《艺文志》小说类中，则大增晋至隋时著作，自张华《列异传》、戴祚《甄异传》至吴筠《续齐谐记》等志神怪者十五家一百五十卷，王延秀《感应传》至侯君素《旌异记》等明因果者九家七十卷。诸书前志本有，皆在史部杂传类，与耆旧高隐孝子良吏列女等传同列，至是始退为小说，而史部遂无鬼神传。又增益唐人著作，如李恕《诫子拾遗》等之垂教诫，刘孝孙《事始》等之数典故，李涪《刊误》等之纠讹谬，陆羽《茶经》等之叙服用，并入此类，例乃愈梦。元修《宋史》，亦无变革，仅增芜杂而已。"例虽愈纷，然《新唐书·艺文志》退鬼神传入小说类未始不是一种进步。

到了明朝，胡应麟以小说种类繁多，内容性质烦杂，因综其大要，分为六类（《少室山房笔丛》二十八）：

> 一曰志怪：搜神、述异、宣室、酉阳之类是也；
> 一曰传奇：飞燕、太真、崔莺、霍玉之类是也；
> 一曰杂录：世说、语林、琐言、因语之类是也；
> 一曰丛谈：容斋、梦溪、东谷、道山之类是也；
> 一曰辨订：鼠璞、鸡肋、资暇、辨疑之类是也；
> 一曰箴规：家训、世范、劝善、省心之类是也。

胡应麟这个分类法有一个特点，就是他把传奇小说和志怪小说分开，而在传奇小说一门类，所举的例子是《赵飞燕传》《杨太真传》《莺莺传》《霍小玉传》，这一类以男女悦爱为中心性质的作品，这对于传奇的范畴显然是个进步的看法。传奇文经这一划分，一方既与志怪如《齐谐》《搜神记》《神异经》《述异记》等分家，另一方亦与杂录如《语林》《世说新语》等记载文字有别，这样它的范围就严紧得多了。

其后，在清朝中叶乾隆的时代，修《四库全书》。纪昀为总纂官。在《四库全书总目提要》上，他论述小说家的流别说："迹其流别，凡有三派：其一叙述杂事，其一记录异闻，其一缀缉琐语也。"他指出这类作品相当冗杂，而"寓劝戒，广见闻，实考证者，亦错出其中"。

因此在旁搜博采时就加了"甄录其近雅驯者，以广见闻，惟猥鄙荒诞，徒乱耳目者，则黜不载"这样的限制。于是他的分类便作了左列的形式：

> 《西京杂记》六卷。《世说新语》三卷等……
> 右小说家类杂事之属……
> 《山海经》十八卷。《穆天子传》六卷。《神异经》一卷。……
> 《搜神记》二十卷。……《续齐谐记》一卷。……
> 右小说家类异闻之属……
> 《博物志》十卷。《述异记》二卷。《酉阳杂俎》二十卷，续集十卷。……右小说家类琐语之属……

这里所指出来的流别三派，如果拿来和上文胡应麟的分类一比较，就可以发现所谓三派，事实上只是胡氏的两类。这就是说，所谓"杂事之属"即胡氏的"杂录"，而所谓"异闻之属"和"琐语之属"也即胡氏的第一类"志怪"，所不同的只是分"叙事有条贯者为异闻，钞录细碎者为琐语而已"。不过还有一个很重要的差别，传奇不著录，可能因为其文不雅驯，或者猥鄙足以乱人耳目，所以黜而不载！至于胡应麟的丛谈、辩订、箴规三类则多改隶属到杂家里边去。这样，"小说家者流"的范围，至是虽然稍觉整洁，但由于传奇一类之不被著录，倒反而显出偏而不全了。

更从另一方面讲，《山海经》和《穆天子传》这两部书一向都是归入史部门类的，但《总目提要》则把它们退居小说地位。其《穆天子传》案语写道："《穆天子传》旧皆入起居注类……实则恍忽无征，又非《逸周书》之比……以为信史而录之，则史体杂，史例破矣。今退置于小说家，义求其当，无庸以变古为嫌也。"又关于《山海经》案语说："书中序述山水，多参以神怪。故《道藏》收入太玄部竞字号中，究其本旨，实非黄老之言。然道里山川，率难考据，案以耳目所及，百不一真，诸家并以为地理书之冠，亦为未允。核实定后，实则小说之最古者尔。"这一论断实亦不容忽视。于是，也诚如鲁迅所说，小说的志怪类中，至是又杂入了本非依托的史，而史部遂亦不容多含传说之书了。

依上所述，传奇属于小说门类的文学作品。而我国小说最早的大概要算《山海经》与《穆天子传》两书。现在让我们先说一说这两部古书的大略。两书所载的大部分都是神话与传说，而《山海经》更多。

《山海经》今所传本十八卷，记海风外山川神祇异物及祭祀所宜。《四库提要》案语说："《山海经》之名，始见《史记·大宛传》。司马迁但云,《禹本纪》《山海经》所有怪物,余不敢言,而未言为何人所作。《列子》称大禹行而见之,伯益知而名之。夷坚闻而志之,似手即指此书,而不言其名山海经。"因此,遽以为是大禹伯益所作固然不对,但像后人所想以为是根据《楚辞》的传说而写成的亦似乎不大可能。书中多秦汉人所增加的,大概亦属事实。这书所载述的故事,最为世间所熟知而乐道的,有昆仑山与西王母。但它叙述山川,参以神怪,所以择录数段于下以见其梗概。

招摇之山,临于西海之上。多桂,多金玉。有草焉,其状如韭,而青花,其名曰祝余。食之不饥。有木焉,其状如榖而黑理,其花四照,其名曰迷榖,佩之不迷。有兽焉,其状如禺而白耳,伏行人走,其名曰狌狌,食之善走。(《南山经》)

西南三百里曰女床之山。其阳多赤铜,其阴多石涅,其兽多虎豹犀兕。有鸟焉,其状如翟,而五彩文,名曰鸾。鸟见则天下安宁。"(《西山经》)

西南四百里曰昆仑之丘,是实为帝之下都,神陆吾司之,其神状虎身而九尾,人面而虎爪,是神也。司天之九部及帝之圃时。(《西山经》)

又西三百五十里曰玉山,是西王母所居也。西王母其状如人,豹尾虎齿而善啸,蓬发戴胜。是司天之厉及五残。(同上)

女子国,在巫咸北。两女子居,水周之,一曰居,一门中。(《海外西经》)

昆仑之墟方八百里,高万仞。上有木和,长五寻,大五

围，面有九牛，以玉为槛。面有九门，门有开明兽守之。百神之所在，在八隅之岩，赤水之际，非仁羿莫能上。（《海内西经》）

西王母梯几而戴胜杖，其南有三青鸟，为西王母取食。在昆仑虚北，有人曰大行伯，把戈，其东有封国。（《海内北经》）

从上数节文字来看，记地理未免太虚诞失真，而其叙述西王母的奇形异相，亦不像是人类，所以《四部总目提要》说它为"小说之最古者尔"，不为无因。但同是西王母，到了见于《穆天子传》的记载，它的形状却有显著的变化，而不是"戴胜，虎齿，豹尾，穴处"这样的怪物了。

《穆天子传》晋时发现。晋太康二年，汲县人不准盗发魏襄王墓，得竹书《穆天子传》五篇，又杂书十九篇，《穆天子传》今存凡六卷；前五卷记周穆王驾八骏西征之事，后一卷记盛姬卒于路上以至于返葬一段经过，这就是杂书中的一篇了。书中也说到西王母，但已经不是个怪物，而升格为人了。

《四库提要》案语说："此书所纪虽多夸言寡实，然所谓西王母者，不过西方一国君，所谓县圃者，不过飞鸟百兽之所饮食，为大荒之圃泽，所谓神仙怪异之事……较之《山海经》《淮南子》犹为近实。"周穆王好巡狩，得盗骊骒耳之乘马，造父为之御，以观于四方，北绝流沙，西登昆仑，见西王母。《春秋左氏传》写道："穆王欲肆其心，周行于天下，将皆使有画辙马迹焉。"《传》所载即其事。下面节录两段关于见西王母的记载。

吉日甲子，天子宾于西王母，白圭、玄璧以见西王母。

好献锦组百纯,组三百纯。西王母再拜受之。乙丑,天子觞西王母于瑶池之上,西王母为天子谣,曰:"白云在天,山陵自出。首里悠远,山川闻之。将子无死,尚能复来。"天子答之曰:"予归东土,和治诸夏。万民平均,吾顾见汝。北及三年,将复而野。"天子遂驱升于弇山,乃纪丌迹于弇山之石,而树之槐,眉曰西王母之山。(《传》卷三)

庚辰,天子大朝于宗周之庙,乃里西土之数,曰:自宗周瀍水以西,至于河宗之邦,阳纡之山,三千有四百里。自阳纡西至于西夏氏,二千有五百里。自西夏至于珠余氏及河首,千又五百里。自河首襄山以西,南至于舂山,珠泽、昆仑之丘七百里。自舂山以西至于赤乌氏舂山三百里。东北还至于群玉之山,截舂山以北;自群玉之山以西,至于西王母之邦三千里。……(《穆天子传》卷四)

又,庚戌,天子西征,至于玄池。天子三日休于玄池之上,乃奏广乐,三日而终,是曰乐池。天子乃树之竹,是曰竹林。癸丑,天子乃遂西征。丙辰,至于苦山,西膜之所谓茂苑。天子于是休猎,于是食苦。丁巳,天子西征。己未,宿于黄鼠之山西口,乃遂西征。癸亥,至于西王母之邦。(卷二)

由此可见其言灵异之迹不多。

《穆天子传》不著撰人名氏,然从好多方面来说,这倒可以说是一部最早的小说作品。自然,这所谓小说,我们不能以现在小说的标准来衡量,并且我国古代之所谓"小说家者流",其用此二字的涵义亦不同。《汉书·艺文志》所录小说"《虞初周说》九百四十三篇",也即是张衡《西京赋》所称为"小说九百,本

自虞初"的量相当可观的巨制，可惜早已亡佚。虞初为汉武帝时
方士，他的著作如流传至今，我们就应该称他或者可以决定称他
为小说家之祖了。

　　小说，唐时人始谓之"传奇"。王国维《宋元戏曲考》写
道："唐裴铏所作《传奇》六卷，本小说家言"，可证。唐代作
家紧承着六朝的余绪，写小说作风自不免仍集中在谈鬼神、志怪
异这些题材上面，可是随着时代的转变，风格也逐渐改进了。在
这以前，鬼神志怪的文字，只是粗枝大叶记个概略，也就是普通
笔记的体裁，并没有刻意描摹，也没有利用高度的想象力。那时
候，一般地没有意识地在做小说。胡应麟在《少室山房笔丛》
上写道："变异之谈，盛于六朝，然多是传录舛讹，未必尽幻设
语。至唐人乃作意好奇，假小说以寄笔端。"这便是说，到了唐
代的作家，才有意地去创造小说，才利用想像力去开拓境界，而
不仅仅局限于谈奇记逸，以"传录"为尽其能事了。鲁迅在
《中国小说史略》论唐代传奇文说："此类文字，当时或为丛集，
或为单篇，大率篇幅曼长，记叙委曲，时亦近于俳谐，故论者每
訾其卑下，贬之曰'传奇'，以别于韩柳辈之高文。"所谓"篇
幅曼长，记叙委曲"，这自然是那时的文学受了印度输入的佛教
经典的影响，而传奇文当中，还有许多是直接写佛教故实或借用
佛教故实的，形式与内容两方面都受到熏陶，这影响于文学的蜕
变可就不小了。那时候也正是排斥佛教最力的韩愈写着"不塞不
流，不止不行，人其人，火其书，庐其居"那些很激昂文字的年
代，又安得不以其为"卑下"来歧视"传奇"这类文学作品呢！

　　这些"幻设"为文的作品，虽不为大人先生们所嘉许，但
世间则甚风行，因此文人往往有这类写作，在投谒时则或用之为
行卷。所谓行卷，便是应举者"卷轴所为诗文，投之卿大夫"，

它的作用也就等于自我宣传。像李商隐在给陶进士的信说:"文尚不复作,况复能学人行卷耶。"这便是行卷虽为时世所尚,究不能与真正文章相比拟。

但这类作品也的确有它的卓越、引人入胜的地方,所以后来就有不少人摹拟。到了元、明两代,作家多本其故事铺排成杂剧或传奇,于是它的影响又转而反于曲了。

其实,像胡应麟所称为"幻设"的作品,早在晋朝就已经盛行。如阮籍《大人先生传》、刘伶《酒德颂》、陶潜《桃花源记》和《五柳先生传》,都属于这类文字。不过本质地它们都是以寓言为主旨的,而文章词采实在犹其余事,所以踪迹它的流变,虽然可以说是衍成了王绩的《醉乡记》、韩愈的《圬者王承福传》和柳宗元的《种树郭橐驼传》等,但究竟于传奇文无关。传奇基本动机起于志怪。鲁迅说得好:"传奇者流,源出于志怪。然施之藻绘,扩其波澜,故所成就乃特异。其间虽亦或托讽喻以纾牢愁,谈祸福以寓惩劝,而大归则究在文采与意想。盖与昔之传鬼神、明因果而外无他意者,甚异其趣矣。"这就是说,传奇虽以志怪为根源,但是在它的演进当中,铺张扬厉,逐渐便脱弃讽喻和惩劝的作用而进入纯文学的境界了。

这种传奇文也可以叫做文言小说。就文体方面讲,它一方面是晋魏六朝鬼神志怪书的演进,另一方面则颇受着当时古文运动的影响。就内容说,有几点是值得注意的:第一,唐代是佛教势力和道教势力并盛,并且对政治的影响又迭为消长的时代。如玄宗宠信道士,宪宗则迷信佛骨,至武后时的广布佛教更是承隋代的余绪了。这些关系都会使得鬼神怪异的故事在传奇作品中特别发展。第二,唐代自武则天做了皇帝,一时也影响到特别把女权提高了。男女的地位渐趋于平等,女人得到了尊重,两性恋爱便向着取得更大的自由方面发展，这样两性间的恋爱故事便成了中心题材。第三，唐代藩镇的专横，加以政治环境的恶劣，便在社会关系上产生一种锄强扶弱、除暴安良的抱不平的心理，于是豪侠行为便成了唯一足以快人心的事，因之而就使得豪侠的故事应运而生了。

以下我们依据着故事的性质，分别来述唐代这类的传奇作品。

唐初有王度作的《古镜记》。这篇大概写于隋唐递邅之交，文甚长，不过也仅连缀许多篇关于一个古镜的简短的灵异故事所成，在结构上仍然是六朝志怪的遗风，和前一时代的制作仅有篇幅长短的不同而已。王度为太原祁人，是文中子王通之弟，而东皋子王绩之兄。他大概生于开皇初年，到隋炀帝大业中做过御史，旋罢官归河东，后复入长安为著作郎，奉诏修国史，又出兼芮城令。到唐武德中卒，其史亦没有写成，遗文仅存此篇。其弟王绩弃官归龙门后，史书亦不言其曾远游，《古镜记》中所言其曾涉江、登庐山、履会稽，殆属假设之词。

《古镜记》自叙得神镜于侯生。王度常以师礼事汾阴侯生，侯生临终，赠度以古镜，并告诉他说："持此，则百邪远人。"王度受而宝之。侯生死，度出入携镜自随，每能降伏精魅。后其弟勣（即王绩）有远游，借以自随，谓"将抗志云路，栖踪烟霞，欲以此为赠"，于是得镜游行，历宋汴，涉江淮，登天台，然后归长安，足迹所至，亦杀诸鬼怪，然镜亦终乃化去。在这一作品里，六朝神异志怪书的形式是很显明的。

唐初又有《补江总白猿传》一卷，不知作者为谁，宋时尚为单行本，今见《太平广记》中。也正如《古镜记》和其他许多这类作品一样，《白猿传》叙一个梁时的大将欧阳纥略地至长乐的地方，深入溪洞，他的妻子为白猿掠去，等到获救回来，则已有了孕，周岁生一子，状貌肖似猿猴。欧阳纥后为陈武帝所杀，其子欧阳询由江总收养成人，入唐有盛名。《白猿传》末段写道："纥素与江总善，爱其子聪悟绝人，常留养之，故免于难。及长，果文学善书，知名于时。"这显然因为欧阳询在唐时享有盛名，而貌则类狝猴，嫉忌他的就借此作传，说是"补江总"，实则假小说的笔墨来对人进行诬蔑，这种仇家挟怨报复、不惜污辱人的风气，盖由来亦已久了。

然后此的百年中，写神怪故事的传奇文乃无一篇可见，有之即为武后时的《游仙窟》，顾其体制亦与后来的传奇不同。此中想定有原因，然年湮代远，亦复揣测不易。《游仙窟》为张鷟所著。张鷟，字文成，武后时深州陆浑人，以调露初年登进士第，为岐王府参军，屡试皆甲科，以是大有文誉。然性躁卞，傥荡无检，而姚崇尤恶之。玄宗开元初，御史李全交劾鷟讪短时政，因贬岭南，旋得内徙，遂终司门员外郎。无疑的张鷟是个有才情的人物。他的《游仙窟》在中国久已失传，但在日本却有《游仙窟》一卷，题宁州襄乐县张文成作。唐莫休符《桂林风土记》说："鷟弱冠应举，下笔成章，中书侍郎薛元超特授襄乐尉。"然则那篇传奇作品大抵他年少时所写的了。

关于《游仙窟》的内容，鲁迅先生在《中国小说史略》上这样写道：作者"自叙奉使河源，道中夜投大宅，逢二女曰十娘、五娘、宴饮欢笑，以诗相调，止宿而去。文近骈俪而时杂鄙语，气度与所作《朝野金载》《龙筋凤髓判》正同"。《唐书》谓"鷟下笔辄成，浮艳少理致，其论著率诋消芜秽，然大行一时，晚进莫不传记。新罗、日本使至，必出金宝购其文"。这大抵都属事实，否则他不会有"青钱学士"的称号。然张鷟的文章既然并见重于外国，那末它传入日本，究竟对那边的软性文学起了若何程度的影响，倒是个有趣味的问题。下面一节文字，转录自《中国小说史略》，可略示《游仙窟》体制的大概：

十娘唤香儿为少府设乐，金石并奏，箫管间响。苏合弹琵琶，绿竹吹筚篥，仙人鼓瑟，玉女吹笙，玄鹤俯而听琴，白鱼跃而应节。清音眑叫，片时则梁上尘飞；雅韵铿锵，卒尔则天边雪落。一时忘味，孔丘留滞不虚；三日绕梁，韩娥余音是实。……两人俱起舞，共劝下官，遂舞，著词曰："从来巡绕四边，忽逢两个神仙。眉上冬天出柳，颊中旱地生莲。千看千处妩媚，万看万种媆妍。今宵若其不得，刺命过与黄泉。"又一时大笑。舞毕，因咏曰："仆实庸才，得陪清赏。赐垂音乐，惭荷不胜。"十娘咏曰："得意似鸳鸯，情乖若胡越。不向君边尽，更知何处歇？"十娘曰："儿等并无可收采，少府公云'冬天出柳，旱地生莲'，总是相弄也。

唐代传奇文最盛的时代，在玄宗开元天宝以后。其时有李朝威著《柳毅传》。李朝威，陇西人，生平已不可考。《柳毅传》叙述唐高宗时有书生柳毅，因下第还乡，道经泾阳，遇一牧羊女子，说她自己是洞庭龙君的少女，嫁与这里泾川龙君的次子。"夫婿乐逸，为婢仆所惑，日以厌薄。既而将诉于舅姑，舅姑爱其子，不能御；迨诉频切，又得罪舅姑，舅姑毁黜以至于此。"因此，她恳求毅为传书于她的父亲。毅不知如何传书，她于是告诉他但击洞庭湖上的大橘树三下，当有应者。毅依着她的话做，果然三击之后，有一武夫从波间出现，导引毅入水进龙宫。既见洞庭君，洞庭君有弟钱塘君性刚暴，洞庭君不敢约了他来计议。

既而钱塘君径伐泾阳，杀"无情郎"泾川君救了龙女回来，想把她再配给毅，因毅坚辞而止。其后，毅两次娶妻，均早亡，徙家金陵，常以鳏旷多感。藉媒氏，娶范阳卢氏女，则竟为龙女。龙女与毅很相得，过了一下，大家徙居南海，后复归洞庭。毅的表弟薛嘏，尝因谪官经洞庭，毅遇之于湖中，并出仙药五十丸赠给他，说是每丸可增寿一岁。此后遂绝影响。

这篇虽仍涉神怪，但文笔曲折多变化，描写颇为动人。试举文中写钱塘君抢救龙女的一段如下：

> 须臾，宫中皆恸哭。君惊谓左右曰："疾告宫中，无使有声，恐钱塘所知。"毅曰："钱塘何人也？"曰："寡人之爱弟。昔为钱塘长，今则致政矣。"毅曰："何故不使知？"曰："以其勇过人耳。昔尧遭洪水九年者，乃此子一怒也。近与天将失意，塞其五山。上帝以寡人有薄德于古今，遂宽其同气之罪；然犹縻系于此，故钱塘之人，日日候焉。"语未毕，而大声忽发，天拆地裂，宫殿摆簸，云烟沸涌。俄有赤龙长千余尺，电目血舌，朱鳞火鬣，项掣金锁，锁牵玉柱，千雷万霆，激绕其身，霰雪雨雹，一时皆下。乃擘青天而飞去。毅恐蹶仆地，君亲起持之曰："无惧，固无害。"毅良久稍安，乃获自定。因告辞曰："愿得生归，以避复来。"君曰："必不如此。其去则然，其来则不然。幸为少尽缱绻。"因命酌互举，以款人事。俄而祥风庆云，融融怡怡，幢节玲珑，箫韶以随。红妆千万，笑语熙熙，后有一人，自然蛾眉，明珰满身，绡縠参差。迫而视之，乃前寄辞者。然若喜若悲，零泪如丝。须臾，红烟蔽其左，紫气舒其右，香气环旋，入于宫中。君笑谓毅曰："泾水之囚人至

矣。"君乃辞归宫中。

这节文字盖甚美，中间描述龙女回来一段，并用韵语，更见姿态。《柳毅传》传至后世，金人则取其事为杂剧，元尚仲贤则作《柳毅传书》，翻案而为《张生煮海》，清李笠翁则又折衷之而成《蜃中楼》。

代宗大历（七六六至七七五）中，沈既济作传奇《枕中记》与《任氏传》。沈既济，苏州吴人，史称他经学该博，以杨炎荐为左拾遗史馆修撰。贞元时杨炎得罪，既济亦以连带关系贬处州司户参军。既入朝，位礼部员外郎，卒于官。撰《建中实录》，人称其能。《新唐书》有传。《文苑英华》录其《枕中记》一篇，为小说家言。

《枕中记》叙少年卢生遇道士吕翁于邯郸逆旅中，道士见卢生侘傺不乐，因授以枕。枕两端有孔，生俯首就之，见其孔渐大而明朗，乃纵身入，遂至其家。数月，娶清河崔氏女，由是举进士，登显位，官至宰相，与萧中令嵩、裴侍中光庭同执大政十余年。于是：

> 嘉谟密命，一日三接，献替启沃，号为贤相。同列害之，复诬与边将交结，所图不轨，下制狱。府吏引从至其门而急收之。生惶骇不测，谓妻子曰："吾家山东，有良田五顷，足以御寒馁，何苦求禄？而今及此，思衣短褐乘青驹行邯郸道中，不可得也。"引刃自刎，其妻救之获免。其罹者皆死，独生为中官保之，减罪死投驩州。数年，帝知冤，复追为中书令，封燕国公，恩旨殊异。生五子……其姻媾皆天下望族。有孙十余人。……后年渐衰迈，屡乞骸骨，不许。

病，中人候问，相踵于道，名医上药，无不至焉。……薨！生欠伸而悟，见其身方偃于邸舍，吕翁坐其旁，主人蒸黍未熟，触类如故。生蹶然而兴曰："岂其梦寐也？"翁谓生曰："人生之适，亦如是矣。"生怃然良久，谢曰："夫宠辱之道，穷达之运，得丧之理，死生之情，尽知之矣。此先生所以窒吾欲也，敢不受教！"稽首再拜而去。

诚如鲁迅先生所言："如是意想，在歆慕功名之唐代，虽诡幻动人，而亦非出于独创。干宝《搜神记》有焦湖庙祝以玉枕使杨林入梦事，大旨悉同，当即此篇所本。明人汤显祖之《邯郸记》，则又本之此篇。"鲁迅又谓："既济文笔简练，又多规诲之意，故事虽不经，尚为当时推重，比之韩愈之《毛颖传》；间亦有病其俳谐者，则以作者尝为史官，因而绳以史法，失小说之意矣。"此意亦极是。

沈既济之《任氏传》则叙妖狐幻化为人，助郑六立家业，且能守志拒暴，盖有足多者，然终为猎犬逐毙。作者在篇末写道："异物之情也有人道焉！遇暴不失节，徇人以至死，虽今之妇人有不如者矣。"设言讽世，大抵亦有所感而发。

旨趣与沈既济的《枕中记》相同的，有李公佐的《南柯太守传》。作者李公佐，字颛蒙，陇西人。尝举进士。宪宗元和（八〇六至八二〇）中，曾为江淮从事，后罢归长安。会昌初，又为杨府录事。宣宗大中（八四七至八五九）二年，坐累削两任官，盖生于代宗之世，至宣宗初犹在，余事未详。所作传奇凡四篇，其中三篇为神怪故事：《南柯太守传》《庐江冯媪》与《古岳渎经》，而《南柯太守传》最有名。其余一篇为《谢小娥传》，则属豪侠小说一流。

《南柯太守传》述东平淳于棼，是吴楚间一个游侠之士。家住广陵郡东十里，所居宅南有大古槐一棵。贞元七年九月，因沉醉致疾，二友扶他归家，把他放卧在堂东庑之下，而自己则秣马濯足来等候他醒过来。淳于生解巾就枕，昏然若梦，见二紫衣使者称奉王命相邀，于是不觉随之出门登车，指向古槐穴而去。使者驱车入穴，忽见山川景物，与人世甚殊。终进一大城，城楼上有金书字，题曰"大槐安国"。生既入其国，便拜驸马，复出为南柯太守，守郡垂二十年，"风化广被，百姓歌谣，建功德碑，立生祠宇。王甚重之"。递迁大位，生有五男二女。其后檀萝国来侵伐，王命生领兵拒战，师徒败绩。这时候，刚公主又病死了，于是变故渐多。生罢郡赴国，而威福日盛，王意疑惮，遂夺生侍卫，禁生游从，处之私第。生郁郁不乐，王亦知之，已而遂命遂归田里。生曰："此乃家矣，何更归焉？"王笑曰："卿本人间，家非在此。"然后生始逐渐发悟前事，遂流涕请还。既醒，则"见家之僮仆拥篲于庭，二客濯足于榻，斜日未隐于西垣，余樽尚湛于东牖，梦中倏忽，若度一世矣。"

这篇造意虽与《枕中记》同，但描写得更为尽致，其于物情容或未尽，然已非《枕中记》之所及。明汤显祖作《南柯记》，盖本此。

篇末叙探寻槐穴，后见蚁聚的一段文字，极有意思，为节录如左：

> 生感念嗟叹，遂呼二客而语之。惊骇，因与生出外，寻槐下穴。生指曰："此即梦中所经入处！二客将谓狐狸木媚之所为祟。遂命仆夫荷斤斧，断拥肿，折查枿，寻穴究源。旁可袤丈。有大穴，根洞然明朗，可容一榻。上有积土壤以

为城郭台殿之状，有蚁数斛，隐聚其中。中有小台，其色若丹。二大蚁处之，素翼朱首，长可三寸，左右大蚁数十辅之，诸蚁不敢近，此其王矣。即槐安国都也。又穷一穴，直上南枝可四丈，宛转方中，亦有土城小楼，群蚁亦处其中，即生所领南柯郡也。……追想前事，感叹于怀，披阅穷迹，皆符所梦。不欲二客坏之，遽令掩塞如旧。是夕，风雨暴发，旦视其穴，遂失群蚁，莫知所去。……复念檀萝征伐之事，又请二客访迹于外。宅东一里有古涸涧，侧有大檀树一株，藤萝拥织，上不见日。旁有小穴，亦有群蚁隐聚其间。檀萝之国，岂非此耶？嗟乎，蚁之灵异犹不可穷，况山藏木伏之大者所变化乎？

《庐江冯媪》的故事很简单，不过记董江妻亡更娶，而媪见有女泣于路隅一室中，后乃知即亡人之墓，事闻于董江，董江则罪媪以妖妄，逐亡出邑。事固简单，词复不华，然李公佐犹寄诸笔墨者，揣其意，大抵以为有妻更娶，虽泉下人犹有嫉妒之心，嗣子重婚，即舅姑亦每怀偏袒的倾向，这类事体似亦常见而不一见，故因之而有感罢！

其余一篇为《古岳渎经》。记永泰时，有楚州刺史李汤，因闻渔人见龟山下水中有大铁锁，乃命人用牛把它拖出来。铁锁出水时，风涛陡作；"锁之末见兽，状有如猿，白首长鬐，雪牙金爪，闯然上岸，高五丈许。蹲踞之状若猿猴，但两目不能开，兀若昏昧。目鼻水流如泉，涎沫腥秽，人不可近。久，乃引颈伸欠，又目忽开，光彩若电。顾视人焉，欲发狂怒。观者奔走，兽亦徐徐引锁拽牛入水去，竟不复出。时楚多知名士，与汤相顾愕栗，不知其由尔"。此篇记事亦甚简短，字数尚不足八百，然

"征异话奇"，颇起人想象。以上为文之前半，其后半则叙公佐访古东吴，泛洞庭，登包山，入灵洞，探仙书，于石穴间得《古岳渎经》第八卷事。然其经文字奇古，编次蠹毁，颇不可解，于是公佐与道士周焦君共读之，文如下：

> 禹理水，三至桐柏山，惊风走雷，石号木鸣，土伯拥川，天老肃兵，功不能奖，禹怒，召集百灵，搜命夔龙。桐柏千君长稽首请命。禹因囚鸿濛氏、章商氏、兜卢氏、犁娄氏。乃获淮涡水神，名无支祁，善应对言语，辨江淮之浅深，原隰之远近。形若猿猴，缩鼻高额，青躯白首，金目雪牙。颈伸百尺，力逾九象，搏击腾踔疾奔，轻利倏忽，闻视不可人。禹授之章律，不能制；授之鸟木由，不能制；授之庚辰，能制。鸱脾桓胡木魅水灵山袄石怪，奔号聚绕，以数千载。庚辰以战逐去。颈锁六索，鼻穿金铃，徙淮阴之龟山之足下，俾淮水永安流注海也。庚辰之后，皆图此形者，免淮涛风雨之难。

鲁迅《中国小说史略》写道："宋朱熹（《楚辞辨证》中）尝斥僧伽降伏无支祁事为俚说，罗泌（《路史》）有'无支祁辩'，元吴昌龄《西游记》杂剧中有'无支祁是他姊妹'语，明宋濂亦隐括其事为文，知宋元以来，此说流传不绝，且广被民间，致劳学者弹纠，而实则仅出于李公佐归设之作而已。惟后来渐误禹为僧伽或泗洲大圣，明吴承恩演《西游记》，又移其神变奋迅之状于孙悟空，于是禹伏无支祁故事遂以埋昧也。"

观此，则无支祁一角色实原本于李公佐之幻设，其创作力至堪惊异。李公佐之生平不甚详，从本文中所得考见者，则彼以贞元十三年泛潇湘、苍梧，至元和九年春，始访古东吴，泛洞庭，登包山，以得《古岳渎经》之残卷，中间相隔凡十七年，而后此一篇短文之前后事实乃赅备，盖亦异己！其著作存世虽仅得四篇，而影响于后来之作者实巨，尤以此篇为然。

白行简字知退，其先盖太原人，后家韩城，又徙下邽，为诗人白居易之弟。贞元末进士第，官至司门员外郎主客郎中。宝历二年（八二六）病卒，年五十余。著有文集二十卷，今不存，传奇则有《李娃传》及《三梦记》。《三梦记》所记三事为："彼梦有所往而此遇之者，或此有所为而彼梦之者，或两相通梦者。"自来言梦者多，然未有载此三事，故白行简于篇末复以是为言。三事均特瑰异，而以第一事为尤胜，为录于后：

> 天后时，刘幽求为朝邑丞。常奉使，夜归。未及家十余里，适有佛堂院，路出其侧。闻寺中歌笑欢洽。寺垣短缺，尽得睹其中。刘俯身窥之，见十数人兒女杂坐，罗列盘馔，环绕之而共食。见其妻在坐中语笑。刘初愕然，不测其故久之，且思其不当至此，复不能舍之。又熟视容止言笑，无异。将就察之，寺门闭不得入。刘掷瓦击之，中其罍洗，破迸走散，因忽不见。刘逾垣直入，与从者同视，殿庑皆无人，寺扃如故。刘讶益甚，遂驰归。比至其家，妻方寝。闻刘至，乃叙寒暄讫，妻笑曰：'向梦中与数十人游一寺，皆不相识，会食于殿庭。有人自外以瓦砾投之，杯盘狼藉，因而遂觉。'刘亦具陈其见。盖所谓彼梦有所往而此遇之也。

以记梦为题材的尚有"吴映才人"沈亚之的《异梦录》与《秦梦记》。沈亚之（约八二五前后在世）字下贤，元和十年进士第，累迁至殿中丞御史内供奉，终郢州掾。有文集十二卷，中传奇文三篇。亚之有文名，自谓"能创窈窕之思"，故其传奇文皆以华艳之笔，叙惝怳之情，又好言仙鬼死生事，颇与同时文人异趣。如《湘中怨》记郑生遇狐女汜人，能诵楚人《九歌》《招魂》《九辩》之书，尝拟其调，赋为凄丽之词。然相依数年，一旦诀别，自云是"蛟宫之娣"，留之竟不能。其后十余年，登岳阳楼，望鄂渚，复遥见之于画舻中，长袖起舞，含嚬凄怨，而风清崩怨，竟失所在。此篇实以两歌词为中心，铺排成一首传奇文，其云"著诚"，始属余事。其《光风词》云：

隆佳秀兮昭盛时。播熏绿兮淑华归。愿室羲与处萝兮，潜重房以饰姿。见雅态之韶羞兮，蒙长霭以为帏。醉融光兮渺瀰。迷千里兮涵洇湄。晨陶陶兮暮熙熙。舞婑娜之秾条兮，娉盈盈以披迟。酡游颜兮倡蔓卉，縠流电兮石发髓施。

又其舞歌云：

溯青山兮江之隔，拖湘渡兮褰绿裙。荷卷卷兮未舒，匪同归兮将为如？

所谓"凄怨"之思盖指此。

《异梦录》记贞元中邢凤梦见一美人，示以《春阳曲》并"弓弯"之舞，及王炎梦侍吴王，忽闻箫鼓，乃云葬西施，因奉命作挽歌，得吴王嘉赏事。文章似亦由二诗曼衍所成。其《春阳曲》云：

长安少女踏春阳，何处春阳不断肠。舞袖弓弯浑忘却，
罗衣空换九秋霜。

而葬西施挽歌则云：

西望吴王国，云书凤字牌。连江起珠帐，撑水葬金钗。
满地红心草，三层碧玉阶。春风无处所，凄恨不胜怀！

至《秦梦记》则事更奇妙，盖亚之自叙将往邠，道出长安，
客橐泉邸舍，梦为秦穆公官，有功，时弄玉婿箫史先死，因尚公
主，题所居曰"翠微宫"。穆公待亚之甚厚。一日，公主忽无疾
卒，穆公伤悼不已，将葬，命晋之作挽歌，其歌曰：

泣葬一枝红，生同死不同。金钿坠芳草，香绣满春风。
旧日闻箫处，高楼当月中；梨花寒食夜，深闭翠微宫。
白杨风哭兮石巇峉莎，堆英满地兮春色烟和。殊愁粉度
兮不生绮罗，深深埋玉兮其恨如何！

既而穆公以女已物故，乃不复欲见亚之，因遣他回去。去
时，公命制歌，其歌曰：

击髆舞，恨满烟光无处所。泪如雨，欲拟著辞不成语。
金凤啴红旧绣衣，几度宫中同看舞。人间春日正欢乐，日暮
东风何处去？

又有至"翠微宫"辞别题宫门诗：

君王多感放东归，徒此秦宫不复期。春景自伤秦丧主，
落花如雨泪胭脂。

三篇传奇文，每一篇都有艳丽的诗句，这是它的一个特点。亚之
自己说是"能创窈窕之思"，殆即指此。

现在我们得说一说牛僧孺的《玄怪录》与《周秦行纪》。

牛僧孺，字思黯，本陇西狄道人，居宛叶间。元和初以贤良
方正对策第一。条指失政，鲠讦不避权相。穆宗时，官至御史中
丞，后以户部侍郎同中书门下平章事。武宗时累贬循州长史。宣
宗立，召还为太子少师。大中二年，卒，年六十九（七八〇至八
四八），谥曰文简，有传在两《唐书》。僧孺性坚僻，而识见高
异。颇嗜志怪，所撰《玄怪录》十卷，荟所著传奇文为一集，
今已佚，然据《太平广记》所引，尚存三十三篇，可考见其大
略。他的传奇文虽与别的作家所写的没有十分大的分别，可是倒
处处流露出是出创制，并不求人相信。这也正如鲁迅所言："盖
李公佐、李朝威辈，仅在显扬笔妙，故尚不肯言事状之虚，至僧
孺乃并欲以构想之幻自见。因故示其诡设之迹矣。"下面举《元
无有》一篇为例：

宝应中，有元无有，常以仲春末独行淮扬郊野。值日
晚，风雨大至，时兵荒后，人户多逃，遂入路旁空庄。须史
霁止，斜月方出，无有坐北窗，忽闻西廊有行人声。未几见
月中有四人，衣冠皆异，相与谐谈吟咏甚畅。乃云："今夕
如秋，风月若此，吾辈岂得不为一言，以展平生之事也？"
其一即曰云云。吟咏既朗，无有听之具悉。其一衣冠长人

即先吟曰："齐纨鲁缟如霜雪，寥亮高声予所登。"其二黑衣冠短陋人，诗曰："嘉宝良会清夜时，煌煌灯烛我能持。"其三故敝黄衣冠人，亦短陋，诗曰："清冷之泉候朝汲，桑绠相牵扯常出入。"其四故黑衣冠人，诗曰："爨薪贮泉相煎熬，充他口腹我为劳。"无有亦不以四人为异，四人亦不虞无有之在堂隍也，递相褒赏。观其自负，则虽阮嗣宗《咏怀》，亦若不能加矣。四人迟明方归旧所。无有就寻之，堂中惟有故杵、灯台、水桶、破铛；乃知四人即此物所为也。

牛僧孺此篇情节颇与《东阳夜怪录》相类似，郑振铎《中国短篇小说集》以为"是同出一源的"，然《东阳夜怪录》文字十倍于此篇，所叙情节亦较复杂，疑为后出之文，或踵事增华，欲与前贤争捔之作。其旧题《王洙作》，非是；盖叙王洙述其所闻于成自虚，夜中遇精魅，以隐语相酬答事而已。

牛僧孺之另一部传奇作品《周秦行纪》，事实上并不出于僧孺手，而是一个叫韦瓘的所写的。晁公武《郡斋读书志》说"贾黄中以为韦瓘所撰；瓘，李德裕门人，以此诬僧孺"者也。牛李两党之争，载在史册，其烈盖罕见。惟牛僧孺既有才名，复好为小说，则李德裕之门下客韦茂宏（瓘字）因于仇怨，托僧孺名撰《周秦行纪》以肆其诬蔑，大抵属事实。《周秦行纪》用第一人称叙僧孺举进士落第，归宛叶间，经伊阙，因暮失道，投止薄太后庙中，因与汉唐妃嫔饮宴。太后问今天子为谁？则对曰今皇帝先帝代宗长子。于是太真笑曰："沈婆儿作天子也，大奇！"后复各赋诗，终以昭君侍寝，至明始别去。此篇文字甚美，自是佳构，然作者果抱着何种动机而戏弄笔墨呢？根据当时的伦理思想，说他是牛僧孺写的，也很难令人入信。其为假托以陷害人之迹盖甚明显。最堪诧异的，是《李卫公文集》里竟有《周秦行纪论》一文，文的末端并殿以"因援毫而摅宿愤，亦书'行纪'二迹于后"这样的两句话。在这《周秦行纪论》一文里，李德裕指摘谓僧孺姓应图谶，所著《玄怪录》多造隐语，意在惑民，《周秦行纪》则以身与帝王后妃冥遇，欲以证其身非人臣相。又谓："及至戏德宗为沈婆儿，以代宗皇后为沈婆，令人骨战，可谓无礼于其君甚矣！怀异志于图谶明矣！"因此其作逆"若不在当代，必在其子孙，须以'太牢'少长，咸置于法，则刑罚中而社稷安，无患于二百四十年后。"这是要使他族灭，自来假小说以构陷人，大抵没有比这更为狠毒深刻的了。所以明胡应麟说："牛李二党曲直，大都鲁卫间，牛撰《玄怪》等录，无只词构李，李之徒顾作此以危之。於戏，二子者，用心睹矣！"史书上亦称李德裕"南迁，所著《穷愁志》引里俗牸子之谶，以斥僧孺，又目为'太牢公'，其相憎恨如此！"然世间以是反更知道僧孺的文名，至于《穷愁志》，则譔者盖寡了。

可以这样说"专以写爱情故事为主的，是唐代传奇文的最精彩、最令人百读不厌部分。其实，专写情爱的小说，在中国文学史上，亦始于唐，前此是没有的。不过倒有一个特点，就是这种所谓艳情小说，虽以写才子佳人的风流韵事为主，但并不一定是团圆的结局，许多故事结局都是很悲惨的，自然这就更觉哀艳动人之小说近似"。然仍指出"庄子云尧问孔子，淮南子云共工争帝地维绝，当时亦多以为'短书小可用'，则此小说者，仍谓寓言异记，不本经传，背于儒术者矣"。合残丛小语以作短书，当时以为无关于道术，这固然；但班固与桓谭同为东汉初期人，而其对于"可观之辞"看法亦各异，则已如此。

关于龚自珍、谭嗣同

龚自珍亦名巩祚，号定庵。生于乾隆五十七年，卒于道光二十一年，即一七九二至一八四一年，享年五十岁，早死于魏源十五年。他是今文家，乾嘉以后今文家之兴起，诸说并详。章太炎《检论》、皮锡瑞《经学历史》可参考。以"有事天地东西南北之学……卒不能写定易书诗春秋"。（《古史钩沉》三）侯外庐著《近代中国思想学说史》说："他的思想中心是他的社会批判论，而他的经史之学则为附属的东西。"他的诗有"人生合种闲花草"之句，这我想不能作退隐解，除非你能了解"野"和"山中之民"等的意义。

段玉裁的外孙，以段为名古文家和小学家，自珍的家学可知了。可是使他大发议论的，是那时代使然。他说："士大夫奄然而无有生气……不可不为变通者。"正是所由"有事东西南北之学"。今文家侧重情感，多带浪漫色彩（如章太炎，他是古文学家，他推重朴学便侧重在实事求是），故思想亦多倾于革命性（自然章太炎也是革命家）。章太炎在《检论》指出他们多为继承桐城文士的词章家，"其义瑰玮，而文特华妙，与治朴学者异术"，是这些章藻文士，藉经典以自重，则批评又未免过火。

要之，如梁任公在《清代学术概论》所说："晚清思想之解放，自珍确有与功焉。光绪间所谓新学者……初读《定庵文

560

集》,若受电然。"梁任公评朴学又有"以复古为解放"之言。《乙丙之际塾议第三》很深刻地写出封建制度的弊处说:"析四民而五,附九流而十。"这四民而外的第五种人,岂不就是那超经济剥削的官僚阶级吧!他的文章描写起来却那样的沉痛!(《补编》)《尊隐》为一篇妙文,意思非常明白,他比晚清王朝为日之将夕的黑暗社会。到"京师"一切失道的时候,他要属望于"山中之民"了,这是农民运动、民变之先声。

他的诗有一首"少年哀乐过于人,歌泣无端字字真。既壮周旋杂痴黠,童心来复梦中身",我前已对诸位指出过。他这篇当然也是真话。这也就是他诗句中所谓"少年尊隐有高文,猿鹤真堪张一军。难向史家搜比例,商量出处到红裙"。"尊隐"不是要做隐居岩穴之士去,而是要寄希望于山中之民的"野"了。这是大胆的话,但又不敢十分明言。

我们又试读他的《病梅馆记》,所谓"予购三百盆,皆病无一完者,既泣之三日,乃誓疗之、纵之、顺之,毁其盆,悉埋于地,解其棕缚,以五年为期,必复之全之"。这完全是争取解放的呼声,而龚子之生,我们得注意,正是当法国革命后的年代!一何偶合!昨天我已对诸位提到过定庵是由于不满当时的情况"士大夫奄然而无有生气……不可不为变通者"的原因,所以才"有事东南西北之学",而"上下乎求索"地找寻所以改革("穷则变")之道。我又指出感情丰富的人,带浪漫色彩,也就多革命思想的倾向;历史上这种人物如屈原,如拜伦等南欧三杰,如歌德、海涅都是例子,而今文家定庵之后还有康有为、谭嗣同与乎"笔锋常带情感"的梁启超!他们都是不满于现实,而自珍特其较早的一个,如卢骚之于欧洲而已!我还指出过他"少年尊隐有高文"的一首诗,这些所谓"一箫一剑平生意",正是浪漫主义的表现，所以打动读者的地方在此。也正如莱曼托夫之于拜伦。

我有仿定庵题散达耶那《唯我主义之与德国哲学》读后——"此生肯作野牛看，血色罗衫雪样寒。争似平芜秋欲老，月明犹得梦中还"。

定庵《重过扬州记》写道：

> 天地有四时，莫病于酷暑，而莫善于初秋。澄汰其繁缛淫蒸，而与之为萧疏澹荡，冷然瑟然，则不遽使人有苍莽寥泬之悲者，初秋也。

这可以说是忠实地写出龚定庵的时代。他的时代正如此。

如果我们说龚自珍与近代中国的革命思想有点关系，这关系便在于他敢于揭露封建的黑暗与乎预言民族的危机。他语多愤恨，这在富于热情之人总不免如此。同时在《尊隐》一篇也流露出多少悲观的思想。

定庵与林则徐关系（《送钦差大臣侯官林公序（戊戌）》）；上书言三种决定义，他又看出封建制度所产生的奴性人物，为谋改革者之大患。朝廷无"敢言者"，于是林则徐终被弹劾至远戍新疆了。（可读林复书）

关于两昆仑，许啸天校的《谭嗣同集》引梁任公之说："两昆仑者，其一指南海，其一乃侠客大刀王五。"梁传又谓："君之未被逮也，有日本志士数辈，劝其东游，君不听。"

侯外庐在《近代中国思想学说史》说：

这里就可以知道他的做人的态度。他的死亦明白慷慨，以显示人心之向背，即《仁学》所言以己度人，"有死事的道理，而决无死君的道理"。是其意义至巨，何得曰无谓！（他在死事时有诗，相仿因感大刀王五救其出京而作，亦谓有恐祸及其父继询——湖北巡抚，不肯逃难，殉身自任，都不正确。按大刀王五为清末之名标客，《春冰室野乘》云："五故与谭复生善，戊戌之变，五诣谭君所，劝之出奔，愿以身护其行，谭君固不可，乃已。谭君既死，五潜结壮士数百人，欲有所建立，所志未遂，而拳乱作，五遂罹其祸"。嗣同崇尚任侠，见于《仁学》，和王五的友谊，事或有之。

谭嗣同理论虽有突出处，如反君主制度，如不满清政府，但不能据此则谓与保皇党主张不同，一如不能以其死于知主光绪因谓为死命无谓，而实不知其为变法而流血，"请自嗣同始"本诸殉道精神。复生：生于同治五年，卒于光绪廿四年，一八六六至一八九八。章太炎称他为敢死。其论冲决网罗，"春秋三十有三"。

"塞些事乎庐"之类

　　昨天在会督府的一个茶会上，遇见了郑铁如先生，他告诉我说：南唐酒家的一副对联，联语应该是"建伟业于港；塞些事乎庐"，而不是"于此"和"适些事"。在这里，我得对他的纠正了我的错误，先表示感谢。是的，是"于港"两字，而不是"于此"，不过，对于是"塞些事"抑或是"适些事"呢，我倒没有那样的肯定。整三十年了，在这个期间尽有不少沙泥已从太平山上被冲刷到海港里去，把千顷绿波填塞了成为陆地，要想从苦苦的回忆中重拾起一些变了形的字眼，已经不大容易，更何况"鲁鱼亥豕"，又不是自己的事呢！

　　事情大概是这样：当我念着那下联的一句时，不知怎的竟联想到一个叫做"适庐"的地方去，自己心里想，要是"适"字，那不更好吗？便是这样，那"适"的一个字就牢牢地附在脑子里而始终没有模糊掉，直至昨天郑铁如先生提醒了我。当然，那是进化论的观念在作祟。

　　至于"适庐"，那在我的生活经验中是个俱乐部的名字，自然是男人的俱乐部咯！男人的俱乐部，名正言顺地应该称作总会，如夜总会之类，那，大家知道，是稍为自爱的女人都不应该去的地方。有一个作家曾这样地写道："在那里边，他们活着，歌唱着，喝酒跳舞，谈战争的离奇故事，追述自己祖先的勇敢事

564

迹。在这些人当中，没有一个女人的名誉能够感到安全。"这自然是持之有故、言之成理的，不过我现在要说的倒不是这一类话。

那一次我最初提到这"塞些事乎庐"的一副对联时，我其实仅是偶然触起，倒没有想到人们对问题竟会发生这样浓厚的兴趣。现在，由于得到了郑铁如先生的启示，我倒想进一步对话题作一点补充的述说。

依我的看法，联语的造意是直接在英文"成功"这一词的基础上面建立起来的，先有了下联，然后再配合上联的对文。尽管你说这是由于一种"外铄"作用的结果，但是成立的过程怕正是这样。下联联语既为英文"成功"一词的中国字读音，那么，它的字数便是先天地被决定了，这是毫无疑义的。不过就联语本身来说，骤看下去，也并不完全没有意义可讲的。形式上，"塞些事乎庐"倒有些和"塞乎天地之间"一类古典文学的句子相仿佛，说不定还是从那里套取过来。"庐"想一定也有所指。指的是甚么庐呢？我以为大概不会是"敝庐"或"茅庐"，或"草庐"，更不会是"诸葛庐"；唯一的可能是"穹庐"，因为前人不是有过一首诗，说甚么"天似穹庐，笼盖四野"了么？不过，自然这也只是假设，大胆的假设而已。

既是"穹庐"，为何不言"穹庐"而言"庐"？曰：势不可也，是犹上联之言"于港"也。

上联："建伟业于港。""港"者何？香港也。香港则曷不云"香港"而云"港"也？曰：是省语也。省语则为何仅去上而不去下也？曰：去上，"平头"（不是"四声八病"的"平头"）也；略下，"截脚"也。平头，如"港府""坡督"之类是。截脚，如"澳督""莎翁"之属是。既截脚，则无须乎平头；既平头，则不复取截脚。二者若"言微，不称在；言在，不称微"也。曰：是亦有说乎？曰：有，今之言"港督"，亦犹昔者"日治时期"之言"香督"也。然事有不得不采取"截脚"一方式者，像这一联："竟有艾森豪主义；岂无纳塞尔精神？"如果在"艾森豪"底下再加上"威尔"二字，便不成文章，故不能不把它割弃，盖势使然也。此则方块字之妙处也！

也许你会以为这是近于胡诌了，也于"治道"无补。不错！不过，假如你能够设想自己是个一九五七年的人物，你难道不会感觉到这样的说法，比起我们现在对于"大治历"这一类文字的种种揣测，纵然不较胜一筹，但也应该可以说是后先辉映吗？"后之视今，亦犹今之视昔。"

从这一点讲，我倒不肯同意洪膺对于香港的许多事物，例如山水的看法，以为是"平平无奇，算不了甚么"，反之，我倒觉得"凡物皆有可观"，这句话也一样地可以适用于香港。

文字缘同骨肉深

　　是龚定庵的诗句："文字缘同骨肉深"，这句话给予人们一种强烈的暗示，通过了文字，人类的情感怎样可以组织起来达成一种崇高的目的，这是一个重大而迫切的要求。一般地是不是这样了解，我不知道。不过我个人的感受的确如此。

　　文字感动人的力量有时候的确伟大，尤以诗的文为然。有人问甚么叫做好诗？回答这问题的说：好的诗句，就是个个人心中都有着但不是个个人口中所说得出的话，要写成最好的诗句，要说出个个人心中所要说的话。这第一需要胸襟，第二需要识见。像这一次苏联主席伏罗希洛夫到中国来访问，到处受到热烈欢迎，形成了"一百万人歌且舞，喜从天上降明星"的空前盛况。文人、作家、艺术工作者以诗歌、文字及其他艺术作品来表示热烈情绪的，真是风起云涌。蹻蹻皇皇，蔚为大观。然而等到你读到了毛主席为了欢迎伏罗希洛夫而写的题词，你才不能不暗暗地惊叹：这才是个个人心中所要说的话，这才是诗。

　　　　中苏两国人民的团结极为重要，
　　　　这两国人民团结一致了，
　　　　世界人民的团结就不困难了。

这是何等胸襟！何等见识！这是高度的哲学。是发展到高度的哲学，所以也就是诗。

诗人喜欢谈共鸣。在这寥寥仅三十五个字，透露出不单只是百万人、千万人的话，而是六万万人所要说的话，这是共鸣的极致。立言要讲见识。在这简单几句话当中，指出了人类的坦途，见识也没有比这更卓越的了。在这几句话里边，我们看到了共通的情愫，我们体会到骨肉的深缘。

毛主席的《十八首诗词》在《诗刊》创刊号发表了以来，远近传诵，欣赏并进一步对之进行研究的人越来越多。不过，纵使是属于浅尝方面，有些特质还是容易体察得出的。像《浪淘沙》写北戴河的一词写道：

> 往事越千年，魏武挥鞭，东临碣石有遗篇；萧瑟秋风今又是，换了人间！

这所表现的是一种襟怀，不是单纯的感慨。又像那咏昆仑的《念奴娇》一首后半阕写道：

> 而今我谓昆仑：不要这高，不要这多雪。安得倚天抽宝剑，把汝裁为三截！一截遗欧，一截赠美，一截留中国，太平世界，环球同此凉热。

这便不只是广大的胸襟，而且也表现着极伟大的理想、极奇妙的想象力了。这不但是诗，而且也是哲学。谁说诗不能说理呢？

文字是的确有所谓因缘的。记得苏曼殊译过一首《沙恭达罗》（Sakoontara），刊在《文学因缘》上，那诗写道：

春华瑰丽，亦扬其芬。秋实盈衍，亦蕴其珍。悠悠天阆，恢恢地轮。彼美一人，沙恭达纶。

他自序道："沙恭达罗者，印度先圣毘舍密多罗女，庄艳绝伦。后此诗圣迦梨陀娑作《沙恭达罗》剧曲，纪无能胜王与沙恭达罗恭慕恋事，百灵光怪。千七百八十九年，惠廉·琼斯始译以英文。传至德，歌德见之，惊叹难为譬说，遂为之颂，则《沙恭达纶》一章是也。依斯脱威克（Eastwick）译为英文，衲重迻译，感慨系之。"

这真是所谓"文字缘"了。通过文字的感召，不但情愫可以通，而世界人民的团结也不难实现。现在毛主席的《旧体诗词十八首》，又逐渐译成很多国文字，读着龚定庵的诗句，不觉重有所感。

就一些诗句谈起

上次茶话，我提到民国初元所看到的一位姓马的"马嘶衰草黄沙外，人枕荒城落日中"一联，也说及熊希龄先生过台湾海峡时写的"遗民血泪流成海，海有枯时泪未休"的诗句。这些句子感人之深，在于它的直接的力量。像"马嘶衰草"一联，显然脱胎于许浑的"鸟下绿芜秦苑夕，蝉鸣黄叶汉宫秋"，娥媚的地方虽或不逮，可是悲壮则过之，使人联想到"落日照大旗，马鸣风萧萧"的景色。当时打动一般青年人的心弦，难道不就是此等处！

说起熊秉三先生过台湾海峡的诗，那透露出自己对于不可分割的国土沦丧在异族铁蹄下的一种悲痛，是用不着指出了。凡是一个有血性的中国人，都不愿意看到祖国的一尺一寸土地被控制在外国人的势力底下，不管他们所说的是怎样甜言蜜语的"世界主义"的一套。人们痛恨当年爱新觉罗氏的统治，不单只因为它的无能，丧权辱国，而尤在它的"宁与外人，不与家奴"那一种畏外、崇外以至媚外的卑劣心理。记得那一年，熊先生奔走国事，他是与陈鹤琴先生一同到香港来的。他们去过爪哇，那时候荷兰的殖民地，和南洋一带地方；凭他们一次旅行的观察所得和与华侨的接触，他们是有很多话要和我说的。那时候我在港大，主持冯平山图书馆的事情。许地山先生是中文系的主任，同时也是港大中文学会的会长。于是我们就用中文学会的名义开了一个欢迎会来招待熊希龄先生和陈鹤琴先生，并请他们演讲，特别报告华侨教育和文化情况。可是使我们失望得很，到会来参加听讲与座谈的，真是寥寥可数。这一事给予人们的印象是：也正如大家所已认识到的，香港的学术空气并不浓厚，虽然这里有大学也有专门学校。而另外尤其重要的一点，即为这里的教育政策，它的目的似乎在把莘莘学子的眼光局限在一隅，把他们的思想，如果做得到的话，蔽锢在一个小天地里边，使他们安于一个小圈子的生活而不会或讨厌于注意到邻家的离合悲欢。这样的教育是成功，抑或是失败，这里且不去说它；不过可能它起过了某些作用。

就我所知道的，许地山先生对于这种"香港本位"的教育，是极不以为然的。他到了香港来虽然前后仅有六年当中，他曾作出过种种努力，想把风气改变，而风气也的确为之改变了不少。他要把学生们的思想廓大一点，要把青年们的眼光放宽一点，在这方面他都得到不少成功，所以在他死后青年们都对他非常的怀念。一个外国朋友傅朗斯对我说："你们把许地山做成一个神话人物了。"这话是可以深味的。

不过问身外事，对于别人的苦乐，看作"秦越人之视肥瘠"，这像是自命清高了，可是并不见得这不是对于自己十分有害。反之，秀才略"知天下事"，目的也并不一定在"造反"，有时对自己说不定还有点益处。像一九四〇年的夏天，同事范博文先生突然辞职回澳洲去，我在送船时间他："您真的怕战争的危险吗？"他笑着回我道："陈先生！贵国的《易经》不是有句话么？'知几者其神乎！'我正不想留在这里准备去过那俘虏的生活啊。"那时候，日本人刚进据了越南，打算打通到滇缅。

　　过了不久，是一九四一年的春天罢，一位朋友也是旧同学来跟我商量，说他要离开香港了，因为他渐感觉到这个地方不大安全。他说，他要到马尼拉去，问我好不好。我说：马尼拉和香港有甚么分别呢？日本人能得到香港，也一定可以到得菲律宾的，甚至南洋各岛。因此我劝他不离开香港则已，要离开香港，最低限度也要避到檀香山去。后来他依了我的劝告终于到了美国去了。假如他那时候是去了小吕宋，我真不敢替他想下去，当麦克阿瑟将军败退了到班丹半岛的当儿！

　　正写到这里，刚好门铃响处，送来了一封信，是寒松先生写来的。在信里他指出了我在述汪精卫那首过雁门关的诗的末句时所作的错误。是的，我记错了，末句应该作"雁门关外度重阳"。在这里我谨对寒松先生的雅意表示感谢。同时，也正如寒松先生所指出，那诗是在扩大会议之后写的。全首如下：

　　　　残烽废垒两茫茫，塞草黄时鬓亦苍。剩有一杯酬李牧，雁门关外度重阳！

　　"残烽废垒"，茫茫四野，但愿人类不再走上那条毁灭的路子上去，就好了！

诗话台湾

近来我颇写了一些旧体诗，因此曾引起朋友们的注意，尤其是青年朋友们。前几天参加一个酒会，有一位青年朋友还从口袋里掏出一幅剪报，指着上面我的一首诗来问我，那真的有点使我感到汗颜。我并无意于提倡旧体诗，不过自己觉得有些情感，拿白话诗来表达，凭自己的一些学养，实在更不容易写得好，于是便不知不觉仍乞灵于旧形式了。

说语体诗容易，在我倒完全不见得。语体诗比较容易写得出来，但并不容易写得好。自然，这和自己的训练有着直接的关系。我自"束发受书"以来，便和旧体诗接触比较多，所以受它的影响，尤其是形式的影响，也就比较大。可是话虽则这样说，思想内容仍是决定自己对于一种作品的高下的主要因素。记得二十年代，我在报上读到汪精卫《过雁门关》那首绝句，中间第二句道"塞草黄时鬓亦苍"，不禁有"此老亦一野狐禅"之叹。接下去"剩有一杯酬李牧，雁门关外送斜阳"两句，又颇复置疑，以为何乃颓唐至是！因之而这首诗所给予我的感染力量，就比不上下面的两句那么大："马嘶衰草黄沙外，人枕荒城落日中！"这诗我是在民国初元从一本旧诗刊看到的，作者姓马，忘其名，是个二十岁左右的青年学生，可能是留东的。诗是一连很多首七律，其中不少很可诵的句子，不过事隔四十多年，也逐渐模糊去了。

可是倒有这么一点：那时候青年人的作品，一般地给予我不可磨灭的印象，是它的强烈的不可遏止的爱国思想。

这一点一直在支配着我对于环境事物的一切一切发展的看法。

一九三一年年底，我从上海坐船到香港，船由北向南航驶，进入台湾海峡，茫茫四顾，海阔天空，东望台湾，西望金厦，不觉为之黯然神伤。那时候，刚"九一八"事起未几，创痛正深，自己刚去过南京，看到过请愿抗敌救国的学生，听到过"收复失地"的口号，一时曾感觉到血管里的血液在沸腾；可是现在嘛，却只对着天水相连一筹莫展，这正是人生最无可如何的地方！船停泊厦门时，逛了鼓浪屿一下，反而益添惆怅。经过澎湖群岛，想起唐代诗人施眉吾的诗句来：

腥臊海边多鬼市，鸟夷居处无乡里。黑皮少年学探珠，手把生犀照咸水。

屈指元和年间，那已是一千一百多年前的事了。历史变迁之迹，澎湖则于宋隶同安，元朝末并于其地设巡检司，这都是彰彰可考的。然而台湾海峡毕竟仍是台湾海峡，"已知中国全归汉"了，盈盈一水，它又复把我们和这孤岛隔开，这就免不掉对海峡有些憎恨了。自然，这憎恨是没有理由的！

一九三七年，抗战军兴，熊希龄先生到了香港来，他写了一首他经过台湾海峡时做的诗给我，那诗道：

四十三年割地羞，谁知国难又临头。遗民血泪流成海，海有枯时泪未休。

我把这诗裱了条幅，挂在客厅里当眼的地方，一直到抗日战争胜利以后，从来就没有怀疑过，纵使海枯石烂，台湾是终于回到中国的怀抱来的。

明朝末年，鄞县人沈光文到台湾依郑成功，在台湾活了三十多年，结社吟诗，说者称他开了海东的文运。他有《山间五首》一诗，这里我把头四首录出：

> 战攻人世界，隐我入山间。且作耽诗癖，谁云运览闲？
> 松杉生远影，风雨隔前湾。天路遥看近，归云共鹤还。
>
> 已当天末处，地亦近南交。欲雨虚帷润，无家壮志抛。
> 桐看几落叶，燕记屡营巢。正作还乡梦，虚窗竹乱敲。
>
> 只说暂来耳，淹留可奈何？驱羊劳化石，返舍拟挥戈。
> 我耻周旋倦，人言厌恶多。旅途宜自惜，慨以当长歌。
>
> 饿已千秋久，人堪饭首阳。苦忧徒反侧，无事笑徜徉。
> 慨想风云合，回思雨露长。只今空寂寞，能不恋沧浪。

这几首五律，如果不告诉你是明末一个官至太仆寺卿的做的，你还会以为是草山下近人的作品呢。当然咯，正如住在台湾的许多人一样，沈文开他是一定有着"还乡梦"的。不过有一点他倒足以自慰，虽然他客死在诸罗；那就是他随郑成功到台湾，他看到了郑成功不会容许荷兰人鼾睡在自己卧榻之上，而且更绝对地不会替荷兰人"驱除难逆"。

目前，东望台湾，正是"梅花才放见荷花"的时节，我倒忆起崔涂的两句诗来："自是不归归便得，五湖烟景有谁争！"

几首诗

汉生新居落成，置酒高会见招，而预备的又是广东菜，于是就一口答应准时到了。还没有到入席时间，大家已一杯在手，汉生招呼着我说："你且慢着饮，让我先把一个发现给你看。"

所谓"发现"是一张残旧的信笺，上面写着几首诗，墨水已经有些褪色了。诗是这样：

忍惭挈眷疏散归乡拟先到惠州赋赠

陋室何年重写铭，待笺经卷负余生（居士筑静室于大屿山上，颜曰"陋室"，拟晚年栖息其间，从事迻译大智度论）。琵琶洲上纤纤月，记听天风狮子声。

分蔬商略到耕烟，谁意南柯趯息肩（余每次与居士共登山，中道憩息，居士均有欲卸下担子之语）？俯涧笑窥沉醉月，悔曾从问驻华年。

散花火雨夜凄清，时去堪怜昨岁情。此别应添各惆怅，金炉谶语梦丁宁（去年十二月七日余与居士尚留居大屿山上，其夕回到香港，而翌晨则战事爆发矣！）。

官窝山前杨柳枝，秋来惜别尚依依。归时若向丰湖过，为觅湖东碧藕丝。(十年前,余曾与振威、泽泉诸子作惠州西湖之游,故云。)

忍惭冰织侊俪归惠州与
谈养羊货殖之事兼示悟缘时十一月五日也

生事稀微计稻粱,栽松种竹费商量。何当白石东门外,尽教仙人化作羊。

百花洲畔理千丝,记读前贤五别诗。今日送君何意绪,等闲风月菊开时。

诗是我的,字也是我的字——我说——不过,它怎样到了你手上来呢?"这个你且不用管了!"他回道。他总不肯告诉我是怎样得来的,他要保持着这秘密。奇怪!汉生他抗战时期住在澳门呀!

对于这几首诗,我并不是怎样地特别喜爱。但是更重要的是,我差不多把它们完全忘记了,而这倒有点不应该的。因为这几首诗关系到一些人,也关系到一些事,一些并不十分寻常的事。

事情是这样:一九四一年深秋的时候,《中国的危机》(*Crisis in China*)一书的著者詹姆斯·贝迪南决计离开香港北上,打算取道北平进入五台山山区。"保卫中国同盟"的同仁纷纷给他饯行,我并于其行前特地约他到大屿山上颜居士的山居去住几天,顺便借幽静的环境谈谈其他的问题。那时候,我们大家已理解到太平洋方面的战争实在十分逼近了。根据贝迪南的预测,日本人很可能在农历新年左右发动,因此我自己的一切就依着这个风信来作准备,十二月五日,我与忍惭陪着贝迪南到了山上。白天大家去爬山,摘山花,曝秋阳,远望琵琶洲的浅浪,近挹凤凰峰的浮翠,这样倒觉得很写意。夜饭后,或则到涧西远参法师处去听他讲经,或则天气冷了,回到"陋室"来在佛灯前围炉共坐，谈论天下事。便是这样我们很愉快地度过了那后来才知道是一个非常严重的周末。

十二月七日我们回到香港来，已入夜了。当时发觉情况有点异样，军运像频忙起来也似的，但仍不以为意。一宿无话。到第二天早晨，旌旗都变色了！

战事既起，大家又忙乱了一阵；到了九日下午，贝迪南与我约了几个朋友开过一次会议，想组织起来进行一些救伤工作，但由于某方面的官僚作风，我们的计划终于告吹。贝迪南固然有点愤愤不平，我也觉得有"时去"之感。其后香港投降了，贝迪南也进了俘虏营，又过了一段时间，我才从日本人方面听到他仿佛由于交换战俘已回到纽西兰去了。不过这已是后话。

一九四二年的下半年，许多人都要疏散归乡了，忍惭也忙着筹备举家回去。就在那时候，我每爱到九龙他家里去住一两天，托他办一些事。月白风清的夜里，有时更到屋顶天台上去望望对海的萧索景象。"战事方殷的时候"，他说，"我们每晚都到这里来隔岸观火，日人的炮火集中在跑马地一带，那里简直成了个火海，我们满以为你们都成了炮灰了！"于是乎我又想起了我家门口的石阶的血迹！

忍惭冰织归乡了，我写了这几首诗送他们。但事情并不中止在这里。他们到了惠州，不能叱石成羊，便又转到老隆去。大概在老隆罢，变卖故衣物求活，这本来是无足怪异的，但谁也不会想到他们竟以此得祸。因为有人在故衣物中，除了这几首诗之外，还翻出一首我写给一个日本人的诗稿，于是就引起问题，颜氏父子便被抓到县署去，系于缧绁了。后来过了一个月，居士的旧友，一个姓王的师长，从桂林打电报去营救，才把他们释放。起因虽不在这几首送别诗，可是文字足以贾祸这倒是一例了。自此事后常耿耿于怀！

《礼蓉招桂厹缀语》发刊序

　　《礼蓉招桂厹缀语》，柳亚子先生盖为一九二八年"清党"荼毒秋石女士成仁事而写也。一九四八年余编《华侨日报·文史周刊》，曾分期刊登，既而环境变迁，是非异道，刊遭停止，《缀语》载至第廿一期亦告中辍。今秋刘子仲英与语偶及其事，感时伤旧，弥用慨然，因商得星洲《南洋商报》重为全部登载，以飨读者。乌丝重写，碧血犹新；青史长存，丹心不泯。将使秣陵秋雨，还赓绝唱之词；南国春丛，一播沉冤之韵。殆亦究史者之所许欤！是为序。

读《假若胡适也看看东北》后

在报上看到何永佶的《假若胡适也看看东北》。这是一篇好文章。正如我上次说过的，作者的好文章还在后头呢。

但是在这一篇文章，何永佶所提到的倒是一个重要的问题，就是所谓"胡适思想问题"，因为这样，所以文中有几点便觉得更足注意。何先生指出：关于帝国主义究竟有没有这样的一个东西，胡适说没有，而何先生他自己有一时期也颇倾向于这种看法，但只没有那样肯定。其次，明明是中国自己不争气，自己搞不好，却怪人家，把过错一咕噜都推在"帝国主义"身上，这是无中生有，不应该，所以胡适才这样问过："帝国主义为甚么不能侵入日本？"再次，何先生他自己看清楚了，殖民地主义的确要不得，而他"一面看一面心里暗想：可惜胡适不来东北看看，他若来看也许会修改他的意见，也许知道的确有'帝国主义'这个东西"。最后，他还不惮其烦地为胡适的"帝国主义为甚么不能侵入日本？"的一问找求答覆，忘记了日本其实也是"帝国主义"之一体。

胡适说，完全没有"帝国主义"这个东西。只有"五大仇敌"，也即"五鬼"。他叫做甚么"五鬼闹中华"，这已是旧事重提了。他说，这"五大仇敌"当中，"资本主义不在内，因为我们没有资格谈资本主义。资产阶级也不在内，因为我们至多只有几个小富人，哪有资产阶级？封建势力也不在内，因为封建制度早已在二千年前崩坏了。帝国主义也不在内，因为帝国主义不能侵害那五鬼不入之国。"胡适所说的"五鬼"，是指"贫穷、疾病、愚昧、贪污、扰乱"这五者。而现在这五个东西没有了，不单只在东北，在整个中国大陆都没有了。帝国主义也没有了。这样，我们正怀疑着，当帝国主义还在中国的土地上大肆猖獗的时候，并且是事实昭彰有目共睹的时候，胡适博士尚且不肯承认"帝国主义"是实在有的东西，现在"帝国主义"已经在中国的土地上消灭了，成了"死魂灵"了，那么，又怎能叫胡适去承认它曾一度存在过呢？他岂不是要叫你"拿出证据"来了么？所以我以为何永佶叹惜着胡适不到东北去看看，而如果他去看看，也许会改变他的意见，认为"帝国主义"的确是有的，这可能过于天真了。因为甚么呢？因为前人不是有句话么？"唯上智与下愚不移。"胡适博士固所谓"上智"咯！他的思想是不容易转移的，固然；同时，他的思想的固执性，一如许多所谓"上智"的一样，也许会发展到不肯承认错误的程度。那何永佶先生有甚么方法呢？

也正如何永佶所已经知道的，胡适曾咒过爱国主义。他说："呜呼，爱国，天下几许罪恶假汝之名以行！"他写过一首《睡美人》的诗，诗所表现的不是那"不如从嫁与东风"而是"嫁与西风"的思想。那诗道：

东方绝代姿，百年久浓睡。一朝西风起，穿帏侵玉臂。碧海扬洪波，红楼醒佳丽。昔年时世装，长袖高螺髻。可怜梦回日，一一与世戾。画眉异深浅，出门受讪刺。殷力遣群侍，买珠入城市。东市易宫衣，西市问新制。归来奉佳人，百倍旧姝媚。装成齐起舞，主君寿百岁！

这首诗读起来，总觉得心里有点不舒服。它是反对民族独立的思想，这固然啦，而人们念到"装成齐起舞，主君寿百岁！"两句，因为不知怎的，却会把它来和唐人杜甫的两句作一个强烈的对照：天寒翠袖薄，日暮倚修竹。

胡适所憧憬的是"一个很服从的女孩子，她百依百顺的由我们替她涂抹起来，装扮起来"，嫁与西风；而我们所宁景仰的却是那"摘花不插鬓，采柏动盈掬"而"幽居在空谷"的"佳人"。这不能不说是相当大的距离了。

这距离不改变，只回去看看，恐怕也是没有多大用处。不过能够回去看看总是好的。最少可以令他看到一个没有"五鬼"侵扰的社会。

胡适当时"行行去故国"，大概是抱着"此行任所适，故乡不可期"这样的心情去的。无疑地这是可哀的，而这"可哀"我想是大可以不必的。

谈谢松山先生的《血海》

　　新加坡《南洋商报》谢松山先生以他的《血海》和《赤雅轩忆语》两部著作远道寄赠。《血海》于一九四九年初出版，现在已三版了。《赤雅轩忆语》则在一九五三年出版。《血海》是诗；《忆语》是杂文。

　　两部都是与一九四一年十二月八日发动的太平洋战争有关的著作。这里单谈《血海》一著。

　　《血海》是日本人占领新加坡进行了大屠杀后，继续至一九四五年八月他们投降这一个时期所施行的残暴政策的实录。作者用一百零八首绝诗，每首诗之后附以百数十字至数百字的短注，说明事件的始末，这样来记载那三年半当中在日人统治下的惨痛经过，体裁是特别的，故事是可哀的，因此它可以说是我们马华侨胞在二次大战期间的一部血泪史。作者自己在序文上面写道："耳闻目见，以其事之可传也，恐日久遗忘，爱效古人，以诗纪之，借留一信史，俾后之人知吾侨在日人统治下之所谓'昭南'市民如何度过此三年余之悲痛生活！"这是"秦妇吟"之嗣音。

　　以当时道路传闻所得，日本人于一九四二年二月十五日占领新加坡后所施行之屠杀，实较"扬州十日""嘉定三屠"为尤烈，然而事过境迁，人们当中大概也有不少徒然抚拭一下创疤，逐渐便把痛苦的经验淡忘了，假如没有松山先生《血海》这样

的著作，后来将如何去"哀之"而复"监之"呢？前人称杜甫
为诗史，我对于松山先生的百多首诗，也有这样的感觉。

诗的第一首和第二首这样写道：

楚歌四面迫孤城，一木难支大厦倾。十万英军齐解甲，
可怜鸦雀寂无声。

杂沓辚辚载鬼车，道旁无客不欷嘘。是谁城下签盟约，
百万生灵釜底鱼。

读着，当年的事如闻其声，如见其影。新加坡陷落的消息被
证实了。那时候香港投降给日本人已差不多两个月，大家还在惊
魂未定，又听到那边有集体屠杀，对华侨进行大肃清的计划的事
实。不少人有亲戚朋友在那边，怎能不提心吊胆，终日为他们担
忧呢？有一点人们总不能够容易明白，就是日军既已占领了一个
地方，当地的英军又已解除了武装，为甚么日本人还对非武装的
平民采取那样的敌视态度，还采取那样的残暴酷烈的手段。日军
的残忍无道，当日在中国的"三光"政策已昭彰在人耳目，且
不必去说它了；但人们总不能无疑，当新加坡订城下之盟的时
候，那些负责签约者对于占居民百分之八十以上，而又因为抗日
战争致处于一种艰虞地位的中国人他们的生命安全，究竟作过了
相应的交代没有呢？我想：我们提出这样的疑问，并不是过分
的，也不是多余的。战争结束已十二年了，这个时间并不太长，
有时候我们是需要一些较长的时间才能够把事实辨认得清楚的，
尤其是历史的事实。在中国历史上，也有过不少个专制的君主，
在他们亡国的时候还会说一句"幸勿杀吾民"这样的话。这或

许无补于事，但总算对应负起的责任作了一些交代。

松山先生的著作对于这一点似乎没有透露过甚么。

历史是一种批评。在书上松山先生这样说："日军肃清新加坡华侨办法系集中一切男女，任何人不得逗留屋内，违者格杀勿论；全岛集中地点，市内分为五大区，市外分为三区，集中地点各围以绳，守卫日军荷枪看守，四周架机关枪，如临大敌。"松山先生这是在作了批评。当他写着这样的诗句：

> 杀人者死罪应偿，中外古今法未亡。差幸元凶无漏网，人间正义再伸张。

他也是在作了批评，虽然"杀人者"不但可以不"死"，而且还可以用飞机送走使之逍遥法外，最近也有过这样的例子。松山先生又写道："当东南亚临时战犯法庭将新加坡检证七元凶分别定谳宣布后，诚以新加坡华侨遭难者奚啻万千，虽磔七被告尚未足抵偿其屠戮无辜之罪，且七被告罪证确凿，罪行昭彰，此外尚有无数刽子手现尚逍遥法外，如斯空前浩劫，试问向何处索仇人耶？"他写这几句话时更是在作着批评。

历史如果不作批评，历史便辜负了它的使命了。

附：忆江南

> 南回雁，系足有传书。一片降绛余血海，十年忆语痛池鱼。谁与问居诸？

南中谢松山先生所著《血海》及《赤雅轩忆语》见寄，读之潸然，辄题其上。

也谈谈《赤雅轩忆语》

　　上次谈谢松山先生的《血海》一著，话刚讲过便接到许多方面的电话，索观这本书，因为要的人多了，而我这里只有著者送给我自己的一本，没法，只好连夜写信去南方请他寄来。像《大公报》陈凡先生，他在电话中就说不但他要一本，因为是"信史"，而且他也正在搜集这一类的资料。很显然，华侨问题是大家十分注意的。

　　正如上次所说过，我本来只打算单谈谈《血海》，并无意于介绍松山先生的另一部著作《赤雅轩忆语》，但由于感觉到既已引起了人们的兴趣，假如对《忆语》却略而不谈，似乎有点不公道，厚彼薄此，而且《忆语》里边也的确有不少很足注意的材料。《忆语》收的是二十多篇散文，就中和二次大战有关的，像《纪槟城吴世荣》《吴世荣与汪精卫戴季陶》《高广峰——一个中日混血儿》《死于日人手内的余君》《江晁西的惨死》《菽园诗集拾遗》这几篇都是。

　　这当中尤以《江晁西的惨死》一篇最使我读之惊悸不已。江是我的旧朋友，曾任霹雳州和丰华侨学校校长。往年我居南州时，每经过其地，必造访扳谈，相与流连竟日。其人固一刚烈喜言之士，不谓竟以此致遭日寇毒手。《忆语》述其被杀惨状写道："手臂刀伤十余处，胸前中两枪，颈被刀砍，仅余寸许皮连接着头部。"

然而日本人还夸称这是杀人的"艺术"！

我不能更往下节录了，这实在太惨酷！苦痛的经验是不容易忘记的。不过人们不能够一辈子都在愁苦中过活。有时候我们总要从远一些地方着眼，有时候更不能不抚摩着创伤，把疮痂的碎屑扫下来又重堆积到上面去，希望那创痕在这样的掩护当中更易平复。

《赤雅轩忆语》也有几篇使读者觉得较为爽朗文字。像题作《麻将经》的一篇，开首便介绍已故词人陈少苏先生的一首《沁园春》这样写道："陈氏晚年患鼻疾，呼吸不灵，据他说，疾起时偶作围城之战，其病若失，寝悟麻将微物，砚稼笔耕之余，大可调剂身心，因戏填此词。"在见惯了"麻将学校"的我们看来，这倒像是陈少苏和谢松山两人都在提倡赌博，或者为"方城之战"的一种玩意儿作辩护，其实两者都不是事实。陈少苏是槟城的知名词人，二十年代，港大林东木先生视学霹雳州怡保时曾与他多所唱和。他是不是溺于四圈，我不敢肯定地说，不过就推测，他大概逢场作兴，寄情诗酒一类的意识居多。这里所要说的倒是那首《沁园春》的词。那词道：

> 春服已成，黄历频翻，旧游未来。料山川绕廓，应嫌杖履，江南吹雨，犹带尘埃。越女如花，吴盐胜雪，词客风流安在哉。当年事，笑青骢多系，油壁空回。　闲来高卧萧斋，更不若围城竹战开。胜道仙老后，痴心养鹤，孤山病起，醉眼望梅。春夏秋冬，梅兰菊竹，信手拈来信手栽。似琴棋书画，大足低回。

这可以说是大足为十三将目了。然而既说"信手拈来信手栽"，你难道疑惑他是个"钩心斗角"之流，要杀个倾家荡产，"非汝死，即我亡"者可比！我这里自然是在特别欣赏他的那一首绝妙好词，至于对麻将这玩意儿，有时虽然也"有点技痒，但旋觉索然无味"，这倒与松山先生不约而同了。

《忆语》除论到邱菽园的诗和闽画家谢管樵的画之外，还有一篇写清季诏安女诗人谢芸史的诗，特别提到她的《咏雪斋诗录》。《咏雪斋诗录》现已易得了，这里我且把她的几首咏梅的诗从谢先生的文中摘录出来，以飨同此嗜好的读者。

如《蜡梅云》：

> 江梅换却旧时妆，细样裙儿点额黄。欲比风情惟有菊，更添高格只宜霜。镂金作句诗情速，剪蜡为容蜜色香。忆得冲寒曾访汝，野桥尽处是山庄。

《落梅云》：

> 明窗阁笔句初成，隔水遥闻笛一声。静看阶前堆腻粉，闲从枝上数残英。春风酒醒孤山路，落月香消步客程。我亦从兹诗兴减，无聊相伴到三更。

《红梅云》：

> 相逢月下乍疑猜，第一仙姝带醉来。酒晕未消天又雪，等闲无语立苍苔。依然铁骨傲春寒，一样冰心放岁阑。小学人间脂粉态，诗家莫作杏花看。

一个志行高洁的性格，更无庸别的笔墨来描写了。

从读《窥园留草》看台湾

朋友杨君来信，提议我写一写关于许地山先生的事。他提这意见，大概因为许地山先生是生于台湾的，所以到现在如果许先生仍然健在的话，他对于台湾问题的看法是一定为人们所重视的。我想：这一点固然啦。不过，许地山先生虽然生于台南，可是他出世第二年便发生了甲午的中日战争，而再过一年，他还不过仅仅三岁便随着他父亲许南英先生逃离台湾，过着那转徙"流亡"的生活。他与台湾的关系是为时很短的，之后也就成了"归去已无家"，而到了花晨月夕，也只能像他父亲蕴白（字南英）一样，"剩有延平祠入梦，已无花下咏花人"了。因此，我们要谈许地山先生对台湾问题的看法，我们还得先了解一下他父亲许南英先生和台湾的关系以及他对台湾的思想与情感。

这表现在南英先生的诗集《窥园留草》里，最为特出。像他的《台湾竹枝词十首》，写一年的光景。其第一首写道："年年春色到瀛东，爆竹如雷贯耳中。镇日消寒惟有赌，一声恭喜万人同。"最末一首则说："本来国宝自流通，每到年终妙手空。海外无台堪避债，大家看剧水仙宫。"这是对于赌害的指摘。大凡稍为留意于民事，究心民间疾苦的，对于赌风是断不会不加遏止，或放任视若无睹的，除了别有用心之外。台湾人嗜赌，想由来已久，不始于许南英先生的年代，以前又复教化未大行。记得

590

康熙时著《东征集》的蓝鼎元就写过《台湾近咏十首》，当中有一首道：

> 台俗敝豪奢，乱后风犹昨。宴会中人产，衣裘贵戚愕。农惰上弗勤，逐末趋骄恶。嚚凌多健讼，空际见楼阁。无贱复无贵，相将事樗博。

这情况奸狡之徒乘之，自足导致乱源，而台湾现在情形，道路传闻，岂非更甚？单只美国的生活方式，已足使前代的人为之咋舌而痛心疾首了。目前简直像南英先生在"防匪"一诗所写的，"城社已遭狐鼠毒，溪山竟聚犬羊群"了。

这种城狐社鼠的情况及其背景，在许地山先生所撰的《窥园先生诗传》，可以读到。那里面写着："台湾于光绪十一年改设行省。黄海之败，中枢当局以为自改设台湾行省以来，五六年间，所有新政都要经费，不但未见利益，甚且要赔垫许多帑金。加以台湾民众向有反清复明底倾向，不易统治，这或者也是决意割让底一个原因。那时人心惶惶，希望政府不放弃台湾，而一些土棍便想乘着官吏与地权交代底机会从中取利。有些唱'跟父也是吃饭，跟母也是吃饭'底论调，意思是归华归日都可以。"从这段文字可以看出好几点来。物必先腐而后虫生，这固然啦。此外，策动倾覆运动，企图从内部捣毁别人国家，如去年对匈牙利所施行者，实在无所不用其极，那时候也可以看到，不过于今为烈就是了。而且不但这样，字里行间我还可以看出一些种族歧视的思想作祟，还会感觉到那反清复明的倾向是有着很深远的背景的。

红毛（荷兰人）据台湾，在万历末，这载在明史，是我们知道的。旧志:"顺治十五年(一六五八年),甲螺(华言头目也)郭怀一谋逐荷兰,事觉被戮,汉人在台者遭屠殆尽。十八年夏五月,郑成功入台湾,逐荷兰。冬十二月荷兰归国。"而《窥园先生诗传》则写道:"当嘉靖四十二年,俞大猷追海盗入台湾以前,七鲲身;鹿耳门沿岸底华民已经聚成村落。这些从中国到台湾底移民,大概可分为五种:一是海盗,二是渔户,三是贾客,四是规避重敛底平民,五是海盗或倭寇的俘虏。嘉靖中从广东揭阳移到赤嵌(台南)居住底许超便是窥园先生入台一世祖。"所以乙未岁,也就是清廷割让台湾,澎湖与辽东半岛给日本的一年(一八九五),窥园先生在一首五律《台感》写道:

> 居台二百载,九叶始敷荣。自处贫非病,相传笔代耕。
> 问天何罪庆?误我是功名!一掬思乡泪,松楸弃祖茔。

记得那年许地山先生南来就香港大学教席的时候,他曾秘密地回到台南去过一次,那当然因为他的祖茔在那边的缘故。不难想象,当他去时,他是不会忘却窥园先生在"避地偶随亲友去,隔溪潜约女儿回"两句话所描写的况味的。

我说许地山先生"曾秘密地"去台湾,这是有需要的。《窥园先生诗传》上写道:"台南被占领后,日人悬像遍索先生。"用不着指出,那动机可能就像现在的搞甚么"台湾共和国"一样,要找些"傀儡登场"罢了。我不曾见过许南英先生,对于他的品格,只能从他的作品中去揣拟。不过他为他自己写照的倒有这两句话:"天生傲骨自嶙峋,不合时宜只合贫。"我常常感觉到,"傲骨嶙峋,不合时宜"这八个字,拿来写许地山先生,也最恰当不过。

台湾原是个好地方

——从读《窥园留草》看台湾之二

　　表现在窥园先生的诗篇是纯然一种强烈的爱国主义的思想，这最使读他的作品的人受到感动。"诗为心声"，在诗歌的作品里边，真性情最容易得到自然流露，也最不容易矫揉造作。窥园先生的爱国爱家、不忘故乡的思想，真是一篇之中常三致意焉。像乙未年，他感于"时局变迁，拟焚笔砚"，在和易实甫的《寓台咏怀六首》篇章上写道："仗剑定应除丑虏，执鞭窃愿逐豪游。"在前一年，当中国在黄海之战打败后，他在给祁阳陈仲英的诗里有着这样的句子："已撤屏藩资广岛，那堪保障督并州"和"半世紫光名相业，一朝断送海东头"，愤激痛恨的情绪溢于言表。在同一诗里他又写道："妖氛才息十三年（甲申台北有法人之战），烽火东溟又起烟。秦帝有心收党郡，鲁人无计返汶田。从今梓里非吾土，何处桃源别有天？"他当时虽然仅说起在甲午战役前十三年，法人曾到台湾开衅，但是他当然不会忘记在他还不过两岁的时候，美国船舰曾进入基隆，其后当他十三岁时（一八六七年），又发生过美舰"鲁阿"号漂流到台湾南岸，船员为土人所杀的事件，几乎引起一场灾祸。不过，狼子野心，虽然动机早伏，但窥园先生也断不会梦想到，时至今日，当年的"丑虏"驱除了，跟着在日本帝国主义后面的却是一个更凶的帝国主义。假使窥园先生活着在今日，面对着这样的事实，他会怎样呢？乙未年，他漫游到新加坡时，在《和宗人秧河》一诗中写道："强策驽骀还有力，重来驰骋九京尘。"翌年丙申，他又在一首《题云龙图》的绝诗上这样写道：

> 神龙天表露端倪，亿望苍生望眼迷。尽道风云隆际会，扫清东海恶鲸鲵。

在大势已去之后，他的心情的表现没有比这更明白的了。"将门有子"，我们知道许地山先生他是个血性男儿，如果今日仍健在，他纵不比这更积极、更加呼号奋发，也一定能"及前人之踵武"，毫无疑问。

之后，在辛丑年追述日本人入台南时的情况，窥园先生又在《无题》一诗中写道：

> 压境分驱十万师，家家齐插顺民旗。伤心狐鼠凭城社，还喉胡儿杀汉儿！

在这上面，他对于那些"傀儡登场思作戏"的人物，表示了最愤激的深恶痛绝。

在那残局已无挽回，而"徒死亦何益，余生实可哀"（《寄台南诸友》）的时候，他写个几首和易实甫的诗，这几首七律不但感怀身世，慷慨悲歌，令人不忍卒读，而对于当时巨大转变的经过，也作了详细深刻的分析。下面把他的和诗和易实甫的原作都录出：

和易实甫观察台舟感怀原韵

两岸无水济枯鱼，妄诞纷传鬼一车。愿渡长江追士雅，那堪秋雨病相如。谁偕秦伯无衣赋？犹作颜公乞米书。傀儡登场思作戏，暗中任彼线提予。

悲笳隐隐月当窗，黄鸟哀鸣去此邦。漫道分龙渡东海，竟无苏鲗决西江。干戈满地孤城险，波浪兼天巨舰撞。羡杀余姚吴季子（大抵谓吴季钱），星旗队里换云幢。

东征果尔缺戕锜，壮士南来力不支。新郑牵羊降楚子，临洮牧马许胡儿。丈夫意气千金重，壮士恩仇一剑知。心铁磨余磨毕盾，指挥子弟守城陴。

投鞭快语听符坚，将师弢铃只望天。教战卫公空好鹤，思乡蜀帝共啼鹃。成蛇始信难添足，群蚁如何不慕膻。半壁东南留半壁，余生效死亦时贤。

易实甫原作

此行端不为鲈鱼（时易实甫衔命自山海关往台，至上海即闻台北失守），万里南舟接日车。汉弃朱崖非得已，越熏丹穴果何如？久轻陆贾千金橐，欲达刘公一纸书。碣石潇湘迷处所，海天极目独愁予。

火维朱鸟在南窗，割据英雄有旧邦。方慕班超探虎穴，岂知项羽走乌江。六州错铸金瓯缺，一局棋枯玉斗撞。纵得黄冠归故里，梦魂犹觌碧油幢。

顺昌闻道有刘锜，赤手空拳半壁支。即墨田单为守将，睢阳南八是男儿。两河忠义旌旗在，万福威名草木知。谁识洛阳年少客，抚弦凄壮共登陴。

漫道扶余拥仲坚，海滨邹鲁日中天。潮州谪宦能驱鳄，汐社遗民共拜鹃。千圣降灵留命脉，九州同气拒腥膻。辽东皂帽聊城矢，一节徘徊愧昔贤！

在台湾的大陆同胞读到这些诗，抚今追昔，将有何感想呢？台湾的同胞读到这些诗又感觉怎样呢？台湾原是个好地方，不过自从狼虎寻基地，倒弄得田园庐墓逐年荒了！

《夜店》演出及其他

——写在华革赈灾义演之前

港九是濒海的地区，照理除了海啸以外，一般地是不会受到水灾的威胁的。然而最近几场大雨，不免成灾，山泥倾泻，积水没胫，数十百吨巨石压顶而下，屋塌的塌，人死的死，而受到灾害的又绝大部分是贫苦，穷而无告的人家！

灾情既然到了想不到的严重程度，赈济便也刻不容缓了。

中国人民救济总会广东分会运送白米十六万斤来港九发赈，这是本着救灾恤民的道理。而港九同胞起来自救，更属义不容辞。华革会定本月廿一、廿二两日举行筹款义演，便是根据了这一要求所作出的"不敢后人"的实际行动的表现。作为华革会的一分子，我十分盼望这次义演能得到社会各界人士的热烈支持；在演出之前我更想赘上几句话。

这次义演的节目分两天安排。头一天由会的戏剧组演出四幕话剧《夜店》，第二天则为《世界民间舞蹈音乐大会演》。

众所周知，《夜店》是根据高尔基的名著改编的，在中国不但在舞台上演出过，还拍成电影，在不久以前，如果我们不十分健忘的话，曾在这里的银幕上与观众见过面呢。这个剧应该说是对旧社会的控诉，世界上一天存在着贫富阶级的悬殊，那么像《夜店》的控诉就一天不会休止。是穷人才知道穷人的痛苦，是穷人才能了解穷人的苦衷：在《夜店》里有着强烈的写照。剧中有曾名躁一时而现在则已失业落魄的伶人，有小偷，有流浪儿，有"即是苍生"的妓女，有落魄的贵公子，潦倒到只能吃"拖鞋"饭了；有清道工人，有卖报纸的，有补鞋匠的"贫贱夫妻百事哀"的两口子，有找不到出路的少妇，集中在一起，像是很偶然的但也很自然，因为这是现实社会的一个缩影。"疾痛惨怛则不能不呼天"，像那可怜的病妇，在垂死的时候终于要问有无天堂地狱。像那受尽折磨的少女，既然得不到与所爱的人共同生活，还落得个以一死了之的结局。活该的！"弱者，你的名字是女人。"是不是这就是解释了呢？又像那小偷，他何尝没有"窃钩者诛"这样的见地，然而《夜店》里所有的，所留给人们的，只是"一把辛酸泪"！

华革会的戏剧组只利用了很短的时间来排演这个剧，在许多方面不能够说是已经尽善尽美，已经达到炉火纯青的地步，这是当然的；不过如果说这短期的努力，没有很好的成就，这倒不符合事实。如果演出后能够得到各方面的批评，我以为对于我们剧运的成就，一定有很大帮助。

第二天的节目为《世界民间舞蹈音乐大会演》。就中舞蹈内容有"夜明珠"，表现一个"公尔忘私"的神话故事，有蒙古民间的婚礼舞，有朝鲜民族的"顶水舞"，有柬埔寨的宫廷舞，还有澳大利亚的民间舞蹈，略举一些来作例子，其余不能细及了。

民族主义与爱国

　　上一次，我们谈到爱国主义的思想，我说：中国人总不肯忘记他自己是个中国人，而在某些人的眼里，我们就是这一点看来不大顺眼。因为这和某些人的所谓"世界主义"，真是凿枘不入的。于是有些人就说：这样的爱国思想，岂不就会发展为褊狭的民族主义？

　　不！这是错误的看法！爱国主义的思想是自觉自发的。它是我们对于自己的过去是怎样来历的不肯遗忘和对于将来要负一点交代的责任这样的感觉的一种表现。像我在马六甲所碰见的那个拖着辫子而一句中国话也不会讲的中国人，并没有人向他宣传过要他不要忘记自己是个中国人的道理，可是他始终要做个奥郎支那（Orang China），纵使他的唯一可能的表征仅仅是一条辫子！这种思想不是"外铄"的结果，它也不可能"挖根"来消灭。它爱国家，爱民族，爱自己的人，"物以类聚，人以群分"，这个自然啦！可是它的"爱"倒有点近乎"孤芳自赏"的"爱"，而并不带有向外"扩张"的倾向，在这一点上面，它和褊狭的民族主义分了家。

　　我们得承认：中国人爱中国，美国人也爱美国。美国人因为爱中国，自然也有中国的安全的问题了。可是中国人并没有为了中国的安全想到有在檀香山建立我们的安全基地的需要，而美国人为了美国的"安全"倒要把美国的原子导弹基地在中国的领土台湾建立起来了。这是不是爱国主义暂且不去说它了。不过，纵使你说这是褊狭的民族主义吧，也恐怕不能够包举净尽。

也许有人会这样说，五月七日，美国宣布将在台湾驻扎装备导弹的美国空军部队，这无疑地是美国政府的一意孤行，冒天下之大不韪，然而"物必先腐而后虫生"，如果不是吴三桂，难道清兵就会容易进得关来了吗？话虽然可以这样说，可是蒋介石虽则犯了许多错误，但人们总不肯相信他连中国也不爱。蒋介石总不能与廖文毅相比。中国并未遗弃蒋介石而不顾，蒋介石岂便自绝于中国了吗！蒋介石不但也一定爱中国，并且他应该还是个血性男儿。人们因此不难看出，除非蒋介石已经不爱中国，已经自绝于六万万同胞，否则他一定不愿意看到虎狼遍地，纵横于台湾，更不忍让外人以台湾作原子导弹基地来屠杀自己的同胞，这样招来后世的唾骂。不！美国之宣布台湾为美空军基地，拣的又偏是以前日本对北洋军阀政府提出二十一条款的日子，它心目中那里有蒋介石政权的存在！操刃入室，扼项夺袂，又哪里有台湾方面自由意志的可能！这是一个典型的例子；这是美国统治阶级的"爱国主义"，是"世界主义"的一个表现方式！

毫无疑问，台湾的同胞是一定不愿意看到台湾再度沦为殖民地的。便是台湾的国民党难道就忍于看到自己国家的领土变成外人的军事基地了吗？对于二次大战后民族主义的勃兴感到最大兴趣的，大概莫过于美国。不久以前，美国政府派了理查兹到中东去兜售"艾森豪威尔主义"，去颁发美援，那自然是对阿拉伯国家的民族主义的抬头表示极大的关心。而当约旦王国发生了政潮的时候，又复命令在地中海演习的美国舰队在三小时内开拔往中东。这也十足表现对于厌弃封建制度、争取自由民主的弱小民族，"爱护"无微不至了。洛克菲勒在他给美国总统艾森豪威尔的秘密信里写道："我很高兴看到政府终于不再骑在军事同盟的墙头上，无能为力地观望着在同时接受美国的军备和俄国的技术的亚洲各国人民当中民族主义的发展。"他又说："我们必须继续采取目的在于创立和加强我们的军事同盟的措施，因为这可能有助于阻止任何共产党的侵略和防止民族主义的爆发。"在洛克菲勒的字典中，大概共产主义与民族主义已成了可以互换的名词了。对于殖民地国家争取独立自由的人士，他又写道："要求独立的愿望最后可能会变成十分强烈的民族主义，以致于不仅老殖民国家不能控制，而且我们也不能控制。"对于民族主义的发展，真是一篇之中，凡三置意焉！这是为了甚么呢？"司马昭之心，路人皆见"了。

　　有些人是不大愿意看到阿拉伯民族把他们自己的命运掌握在自己的手里的。可是在他最近出版《阿拉伯人的民族主义》一书中，著者哈森·察基·努塞北（Hazem Zaki Nuselbah）却还没有看出这一点。是沙尘迷了眼吗？

努塞北论阿拉伯民族主义

《阿拉伯人的民族主义》一书，著者哈森·察基·努塞北自己是个阿拉伯人，以阿拉伯人谈阿拉伯的问题，当然有他的独到透辟的见解，有他的比较明确的观察，然而对于这部著作的出发点，我们仍然不能无疑。

书的主旨在对于大战后广泛地存在于中东一带的变乱、军事独裁、种种不安定状态，企图作出妥当的解释，同时对于澎湃勃兴的民族主义，并拟替它寻求正确发展的途径。这是值得赞许的，也是应该的。阿拉伯民族分布着在中东这一地区，广土众民，事实上是亚、非、欧三洲汇合点之所在，因此阿拉伯民族主义的发展，不但在东西的国际关系上举足轻重，而且对于近代史的现阶段的发展，将是一个顶重要的因素。"艾森豪威尔主义"特别拣了此一地区另眼相看，未始无因。

努塞北的书叙述阿拉伯民族政治思想的历史，探本穷源，条理毕贯。其实，阿拉伯民族主义思想的抬头，还是第一次世界大战以后的事。像 T. E. 罗兰士就曾写道："有些英国人，其中主要的是吉青纳将军，他们相信如果能够得到阿拉伯人起来反抗土耳其，这样不但有助于英国对德作战，同时也可以借此击败土耳其。这些人对于阿拉伯民族的本质和力量所具有的知识，使得他们想象，以为对土耳其帝国的叛变将是如意的算盘。"罗兰士这话透露出当时的政治家一般地对问题的看法，同时也指出了阿拉伯民族在本世纪初期的思想情况。由那时候到现在整四十年过去了，人类也挨过了两场大战争。地图上出现了无数新的国家，而中东的面貌也大大地改变了。努塞北写道："我们试看在两次世界大战中这一期间阿拉伯国家的宪政运动的发展，无可置疑地一定会发现在在都有着不是这一个，便是别一个外国势力在幕后操纵一切。"人们不会忘，在第一次世界大战之后产生了所谓"托管制度"，载在国际联盟约章里面。这托管制度，实际上是一种"维新"的、改头换面的殖民主义的政策，它一方面要应付许多被压迫民族渴望翻身、争取自由独立的要求，另一方面也想玩弄狙公的手法，不能不把旧的殖民地制度略为改革一下，好使得它业已过时的躯壳能够更维持一个时期。在托管制度底下，所有基本政策的决定，完全不容托管地的人民参加或甚至置喙过问，这固然啦。究其实，当时所谓托管地的独立自主的程度，虽各有不同，但稍为重要的问题，或行或否，它的最后决定权总是操诸外国手里，也正如努塞北所指出，托管也，殖民地也，同义而异词也。

在努塞北的书中，有一章讨论到托管时期由于外人主政所给予阿拉伯国家人民的政治思想的影响。他指出托管国家与托管地这种关系的伤害结果说：第一，由于托管制度，政治领袖因为不能真正负起责任，所以就不能取得政治经验。所有以前的努力都消耗在革命活动中，而这些活动为了求得解放，虽属必要，但究竟对于执行政权方面说，不是有害便是无关。第二，托管制度的结果，使得人民对政府不信任的态度永久存在。经过多年的体验，人们已经把政府与帝国主义认为是二位一体，如何要他们改变观念，效忠政府，与政府更始合作，实非容易。第三，在托管制度底下，由于长期间受着外人的"保护"，结果人民对于远大的、基本的问题，便觉得眼光模糊了。第四，只要这些国家的最终极的主权仍然一天掌握在外国人的手中，那么，人民就一天得不到机会来考验他们自己希望着用和平和有秩序的手段来改换他们的政府的能力。

读了这四点，不禁掩卷以思：像最近一次在约旦发生的政潮，美国政府命令在地中海演习的第六舰队在三小时内开往中东，这是不是给予约旦的人民一种机会，来考验他们本着自己的愿望，用和平和有秩序的手段来改换他们的政府的能力呢？努塞北又说：二次大战以后，阿拉伯国家的政治发展已进入了第三阶段，在第一阶段，外人的力量已在减退中。事实是这样吗？从最近的事实看，从去年十月以来的事实看，人们对于中东局势的发展，难道所得到的不是"前门拒虎，后门进狼"的一种现象吗？努塞北的大著还是今春才出版的啊！

中东——这个大部分是阿拉伯民族所住着的地区，它比印度半岛还要大！有人觊觎这块地方是可以理解的。然而历史上，古代埃及人、赫提族、波斯、希腊、罗马、突厥、佛兰克都在这里建立过基地了，可是没有一个能够永久站得住脚。历史的确是无情的！

戊篇

友朋忆旧

胡适与线装书

　　本月廿九日下午八时，港大中文学会举行第三次普通大会，并请副会长陈君葆演讲，略谓，像是提倡摩托救国的吴稚晖先生罢，主张我们此后不要读"线装书"，然而这些年来，据胡适之先生告诉我们，读线装书的人，毕竟比以前增加许多了，我想读线装书的增加这件事是和胡适之先生不无多少关系的。所以那天中文学会要我来讲一讲"胡适"，我想了一想，于提倡科学方法的胡适之先生，想到提倡不要读"线装书"的吴稚晖先生，更由被打倒的线装书想到胡适之先生，就随便起了这个题目给他们。讲胡适极不容易，第一胡适是当今学术界的权威，批评他，真是谈何容易；第二因为他尚生存，工作尚未完毕，自不好妄下批评，但是就他所已经发表的文章，已经完成的著作来说，我们已经有了不少作根据的好材料了，这样下批评又并不是不可能。不过我今晚也不敢说是来批评胡适之先生，只能够说谈谈他，对于他的思想得一个大概罢了。

　　胡适之先生所以出名是由于他在新文化运动中所努力的工作和所居的地位，那末我们讲他只好从这里讲起，现在为便利起见，我打算分开哲学、文学和国学三方面按次讲下去。

一、哲学方面

　　记得在某一本书上，是这样记载着胡适之先生的话："哲学是我要想毕生致力的，文学只是我的玩意儿罢了。"这样，他的一生的旨趣是很明显的了。虽然到现在他还没有像张东荪一样地把自己的哲学写出来，他在美国的时候，习的是哲学，他作过一部《先秦名学史》，是用英文做的，他治中国哲学，出版了《中国哲学史大纲（卷上）》《淮南王书》《戴东原的哲学》。这几本书当中以《中国哲学史大纲》的影响力量最大，在某方面看它真是"空前创作"，所以梁启超先生评他有"锐敏的观察力，致密的组织力和大胆的创造力"，蔡元培先生又称他"为后来的学者开无数法门"，而他自己则说，"中国治哲学史，我是开山的人，这一件事要算是中国一件大幸事，这一部的功用，能使中国哲学变色，以后无论国内国外研究这一门学问的人，都躲不了这一部书的影响，凡不能用这方法和态度的，我可以断言，'休想站得住'"。这当然不能是说过于自许的话。他介绍过多家西洋哲学思想，实用主义（胡适译作实验主义）是他介绍过来的。他是实用主义的信徒，无论在那一方面，治学也好，他都以实用主义做方法。实用主义成了他的法宝。所以我们要明了胡适，先要明了他的实用主义。然则实用主义是什么呢，实用主义是皮耳士所首倡，而以詹姆士、杜威、席勒三人为这派的正宗。实用主义的基本观念在"实用"两字，这在皮耳士、詹姆士、杜威、席勒四个人的哲学都是一样的。胡适介绍皮耳士的哲学，在他的《五十年来之世界哲学》一文里这样说："实用主义最初的宗旨是要用科学方法来把我们所有的意义弄的明白。"皮耳士是一个大科学家，所以他的方法只是一个"科学试验室的态度"。他说："你对一个科学实验家，无论讲什么，他总以为你的意思是说某种实验法，若实行时定有某种效果，若不如此你的话他就不懂了。"

他生平只遵守着这个态度，所以说"一个观念的意义完全在那观念在人生行为上所发生的效果。凡试验不出什么效果来的东西，必定不能影响人生行为"。所以我们如果能完全求出承认某种观念时有那么些效果，不承认他时又有那么些效果，如此我们就是有了这个观念的完全意义了。除掉这些效果之外，更无别种意义，这就是我所主张的实用主义。

他这一段话的意思是说：一切有意义的思想都会发生实际上的效果，这种效果便是那思想的意义。

皮耳士又说："凡一个命辞的意义在于将来，何以故呢，因为一个命辞的意义还只是一个命辞，还只是把原有的命辞翻译成一种法式使它可以在人生行为上应用，所以一个命辞的意义即是那命辞所指出一切实验的现象的通例则。"这话怎样呢？——适之先生举两个例——譬如说"砒霜是有毒的"，这个命辞的意义还只是一个命辞，例如"砒霜是吃不得的"，或是"吃了砒霜是要死的"或是"你千万不要吃砒霜"这三个命辞都是"砒霜有毒"一个命辞所涵的实验的现象。又如说"闷空气是有碍卫生的"和"这屋子里都是闷空气"，这两个命辞的意义是叫你"赶快把窗子打开换换新鲜空气"。考证了一个"了"字或"们"子的历史，都只是这个目的。

这样，适之先生把"实用主义"或实验主义，应用到中国哲学史上面来使，寻出了墨子的"应用主义"应用到政治讨论上，便提出了"好人政治"的主张；而应用到文学上面来使，产生了他的"白话文学"。

二、文学方面

在文学方面，讲起胡适之先生，便离不开讲"文学革命"，因为他以"文学革命"出名。但是，若果以为"文学革命"完全是胡适或是胡适和陈独秀一班人出来的，那实在不对。陈独秀说："常有人说，白话文的局面，有胡适陈独秀一班人闹出来的，其实这是我们的不虞之誉，中国近来产业发达，人口集中，白话文完全是应这个需要而发生、而存在的，适之等若在三十年前提倡白话文，只需章行严一篇文章，便驳得烟消灰灭，此时章行严的崇论宏议，有谁肯听?"（《答适之——讨论科学人生观》）"文学革命"是什么一回事呢，简括地说，"文学革命"只是新文化运动的一方面，也许是最重要的方面，为什么有"文学革命"这一回事发生呢，胡适之先生在《白话文学史》这样地告诉我们：国语文学乃是一千几百年历史"进化的产儿"，它若没有一千几百年的历史，若不是历史进化的结果，这几十年的运动决不会有那样的容易，决不能在那么短的时期内变成一种全国的运动，决不能在三五年内引起那么多的人底回应与赞助，现在有些人不明白这个历史的背景，以为文学的运动，是这几年来某人某人提倡的功效，这是大错的。现在这些话，胡适之先生是告诉了我们一个历史背景论，他解释"革命"的意义说，"革命不过是人力在那自然演进的缓步徐行的历程上有意的加上一鞭"，（《白话文学史引子》）他又说，"自然演进到了一个时期，有少数人出来认清了这个自然的趋势，再加上一种有意义的鼓吹"，那便成了革命。"文学革命所以当得起'革命'二字，正因为这是一种有意义的主张是一种人力的促进"。真的，文学革命不是某人某人提倡得来的，文学革命是有它的酝酿的时期的，文学革命的发端虽然在胡适之先生发表他那著名的《文学改良刍议》一文，但是文学革命的酝酿，已早在一九一六年以前，本来在这次文学革命以前，我们中国文学界里，便有过好几次改革运动，最显著的一次是在唐朝，稍有点中国文学史知识的人，大概都晓得"文起八代之衰"的韩昌黎，对六朝的骈体文起的反动，所以苏东坡称他"自东汉以来道丧文弊，历唐贞观开元而不能救，独公谈笑而戏之，天下靡然从公，复归于正，文起八代之衰，道济天下之溺"。从此"文以载道"的道统，一直维持到明朝，便起公安派的反动。公安派的领袖是三袁，袁宗道、袁宏道、袁中道，他们的主张是"独抒性灵不拘格套"，他们反对模拟，反对复古，反对法度，所以袁中道评汪进之的诗说，"信腕信口，皆成律度"。继公安派起的有陵派，但在这里不及说了。周作人在讲中国文学的变迁时说："那一次的文学运动，和民国以来的这次文学革命运动很有些相像的地方，两次的主张和趋势，几乎都很相同。"他的话很对，就一方面看，这次文学革命可以说是在甲午中日战役后康有为"公车上书"时已经开始了，康有为著《新学伪经考》《孔子改制考》和《大同书》三部巨著，他本想借此驳倒古文学、建立今文学的理论，但思想界却因此而得到解放。那时有一个黄公度，他主张以俗语入诗文，排斥尊古，在他的《人境庐诗草》里一首杂感有这样的句：

> 我手写我口，古岂能拘牵。即今流俗语，我若登简编。五十年后人，惊为古烂班。

　　胡适之先生说他："这首诗很可以算是诗界革命的一种宣言，末六句竟是主张用俗语做诗了。"

　　他能够不避俗语方言，凡"古人未有之物未辟之境，耳目所及，皆笔而书之"。所以梁任公极推许他，说"近世诗人能熔铸新理想以入旧风俗者，当推黄公度"。同黄遵宪一样地不避俗语兼插入译名的有谭嗣同。谭嗣同的仁学，胡适之先生也说它在思想方面可以算得一种大胆的作品，他反对"好古"，他诋斥"名教"，他主张"冲决网罗"。总而言之，他是想将传统的思想束缚摆脱，求一个彻底的解放。至于梁启超更不必说了，在思想界"他的破坏力确不小"，他办《时务报》，又办《清议报》《新民丛报》。他做起文章来"务为平易畅达。时杂以俚语韵语，及外国语法……其文条理明晰，笔锋常带情感"，对于读者具有一种魔力，所以又影响很大，所以钱玄同说"梁任公实为近来创造新文学之一人"。此外对于此次文学革命表示反对的，而西洋的科学哲学和文学本是由于他们的介绍才得输进中国的，便是译《天演论》的严复和译小说的林纾。还有王静安先生，他在文学革命中有很大功绩，并且他的努力来得实际，他是第一个有文学见解文学眼光的人，他以戏曲小说为"纯文学"，而小说中他独推《红楼梦》，他将《红楼梦》比《浮士德》，由他的《红楼梦评论》《宋元戏曲史》，我们就可以看出他怎样看重诗、歌、戏曲和小说了。这样到了民国初元，文学革命确已酝酿成熟了，实在随时都有一触即发的可能，所等待的只是一个表现的工具，而这利器、这工具便由胡适之先生指出来了。

　　当胡适之先生还在美国的时候，北大的陈独秀办了一个《新青年》杂志，提倡思想革命，适之先生写信给他讨论改革文学，提出八个主张。陈独秀接到他的信，对于他的"八事"大加赞许，称为"今日中国文界之雷音"，便怂恿他"详其理由指陈得失，衍为一文，以告当世"。这样《文学改良刍议》便作了出来登载在《新青年》杂志上（民国六年）。那时，适之先生的改革论调是很和平的，在那《文学改良刍议》里可开列的八个主张是这样：一须言之有物，二不摹仿古人，三须讲求文法，四不作无病之呻吟，五务去烂调套话，六不用典，七不讲对仗，八不避俗字俗语。后来这八个主张，又确定用否定语气写出，而且排列次序，也有多少更动。它的次序是这样：一不做言之无物的文字，二不做无病呻吟的文字，三不用典，四不用套语烂调，五不重对偶，文须废骈，诗须废律，六不做不合文法的文字，七不摹仿古人，八不避俗字俗语，这便是所谓"八不"主义。

其后又经过了一年多这"八不"又用肯定语气改成而总括作四条如下：一要有话说方才说话（八不之一），二有什么话说什么话，话怎么说，便怎么说（八不之二三四五六），三要说自己的话不要说别人的话（八不之七），四是什么时代的人说什么时代的话（八不之八）。这样，"八不"括而为"四要"。胡适之先生更显明地说他的建设新文字论的唯一宗旨只有十个大字："国语的文学，文学的国语"。又明白地主张白话文字为正宗，说"中国若想有活文学，必须用白话，必须用国语，必须做国语的文学"。

上面不是说过么，胡适之先生最初的论辞是和平的，《文学改良刍议》还是很和平的讨论。这篇文章，引起新旧文学争论则有余，推进文学革命运动则不足，所以毅然地扯起"革命"的旗子，便有待于陈独秀。

在《五十年来中国之文学》一文里，胡适之先生这样写着，胡适自己常说他的历史癖太深，故不配作革命的事业，文学革命的进行，最主要的急先锋是他的朋友陈独秀。陈独秀接着《文学改良刍议》之后，发表了一篇《文学革命论》，正式举起"文学革命"的旗子，他说（六年二月）：

> 余甘冒全国学究之敌，高张"文学革命军"大旗，以为吾友之声援，旗上大书吾革命军三大主义，曰推倒雕琢的、阿谀的贵族文学，建设平易的、抒情的国民文学；曰推倒陈腐铺张古典文学，建设新鲜的、立诚的写实文学；曰推倒迂晦的艰涩的山林文学，建设明了的、通俗的社会文学。

陈独秀的特别性质是他的一往直前的定力，诚然，胡适是历史癖太深了，如果文学革命是一个革命，那末我们可以说胡适之先生是其中的改良派，而陈独秀是其中的革命派。如果要拿进化论的眼光来说文学呢，那末胡适是代表渐变的，而陈独秀是代表突变的。

胡适之先生又写道，那时胡适还在美洲，曾有信给独秀说：

> 此事之是非，非一朝一夕所能定，亦非一二人所能定。甚愿国中人士能平心静气与吾辈同力研究此问题，讨论既熟，是非自明，吾辈已张革命之旗，虽不能容退缩，然亦不敢以吾辈所主张为必是而不容他人之匡正也。（六年四月九日）

可见胡适之先生当时承认文学革命还在讨论的时期，他那时正在用白话作诗词，想用实地试验来证明白话可以作韵文的利器，故自取其集名为《尝试集》。他这种态度太和平了，若照他这个态度做去，文学革命至少还须经过十年的讨论与尝试，但陈独秀的勇气恰好补救这个太持重的缺点。独秀答书说：

> 鄙意容纳异议，自由讨论，固为学术发达之原则，独至改良中国文学当以白话为文学正宗之说，其是非甚明，必不容反对者有讨论之余地，必以吾辈所主张者为绝对之是而不容他人之匡正也。

这种态度，在当日颇引起一般人的反对，但当日若没有陈独秀"必不容反对者有讨论之余地"的精神，文学革命运动决不能引起那样大的注意，反对即是注意的表示。

的确，"胡适倘无陈独秀之唱和，则文学革命之旗帜，恐一时不易树立"，所以文学革命之倡道不能不归功于陈独秀，当时还有钱玄同、刘半农等许多人加入讨论。对于胡适的主张，很多补正的地方，就中精于言语学和音学的刘半农，写了一篇《我之文学改良观》，是一篇重要文章，他对于文言白话的语论，意见和胡适、陈独秀稍为不同，他以为"文言白话可暂处于对等的地位，何以故？曰此二者各有所长，各有不相及处，未能偏废故"，但最后他期望，"非做到文言合一或废文言而用白话之地位不止"。

胡适之先生既认定了白话为文学正宗主张必须做国语的文学，又说"这二千年的文人所做的文学却是死的，都是用已经死了的语言文字做的，死文字决不能产生活文学"。因此，颇引起关于文字死活的争论，例如周作人就表示和胡适的意见不相同的，他在《中国新文学的源流》里说：

　　我以为古文和白话没有严格的界限，因此死活也难分，……文字的死活只因它的排列法而不同，其古与不古，死与活，在文学的本身并没有明了有界限，即在胡适之先生他从唐代的诗中提出一部分认为是白话文学，而其取舍却也复有限分明朗的路线，即此可知古文白话很难分，其死活也难定。

然则所以要用白话的理由何在呢，他又说：

　　因此我以为现在用白话，并不是因为古文是死的，而是尚有另外的理由在：（一）因为要言志（和载道不同），所以用白话。我们写文章是想将我们的思想和感情表达出来的，能够将思想和感情多写出一分，文章的艺术分子即增加一分，写得出愈多便愈好……我们既然想把思想和感情尽可能地写出来，则其最好的办法是如胡适之先生所说的，"话怎么说，话怎么写"。必如此才可以"不拘格套"才可以"独抒性灵"……现在并非一定不准用古文，如有人能用古文很明了地写出他的思想和感情，较诸用白话还能表现得更多更好，则大可不必用白话的。然而，谁敢说他能够这样做呢。（二）因为思想上有了很大的变动，所有须用白话，假如思想和以前相同，则可仍用古文写作，文章的形式是没有改革的必要时。现在呢，由于西洋思想的输入，人们对于政治、经济、道德等的观念，和对于人生、社会的见解，都和从前不同了，应用这新的观点去观察一切，遂对于一切问题又都有了新的意见要说要写，然而旧的皮囊盛不了下属的东西，新的思想必须用新的文体以传达出来，因而便非白话不可了。

在文学方面，胡适之先生的著作颇不少，他的劳绩最好用他自己的话来说，在介绍他自己的思想一文里，他写道：

我在这十几年的中国文学革命运动上我的贡献在：

（一）我指出了"用白话作新文学"的一条路子。

（二）我供给了一种根据于历史事实的中国文学演变论，使人明了国语是古文的进化，使人明了白话文学在中国文学史上占什么地位。

（三）我发起了白话诗的尝试。（《新月》第三卷第四期）

但是，十多年来，胡适之先生的思想，显然有很显著的变化，这变化从比较他的诗一方面的前后作品最容易看出，例如《威权》《上山》与一九二七年做的《旧梦》。

三、国学方面

胡适之先生为什么提倡整理国故呢？

在《新思潮的意义》一文里，他嫌陈独秀要拥护"德""赛"两先生，便不得不反对国粹和旧文学的话笼统，他说：

据我个人的观察，新思潮的根本意义，只是一种新态度，这新态度可叫做"批评的态度"……（用尼采的话）来说便是"重新估定一切价值"，这种批评的态度在实际表现时，有两种趋势，一方面对于讨论社会上政治上宗教上文学上种种问题；一方面是介绍西洋的新思想学术、新文学、新信仰，前者是"研究问题"，后者是"输入学理"，这两者是新思潮的手段。

"新思潮的唯一目的是再造文明"，然则，"新思潮的运动对于中国旧有的学术思想持什么态度呢"？

胡适之先生的答案是"也是评判的态度"，他说，"对于旧有的学术思想，我们有三种态度，第一反对盲从，第二反对调和，第三主张整理国故"。跟着他又说："我们对于旧有的学术思想，积极的只有一个主张，就是'整理国故'，整理就是从乱七八糟里面寻出一个条理脉络来，从无头无脑里面寻出一个前因后果来，从胡说谬解里面寻出一个真意义来，从武断迷信里面寻出一个真价值来。"

他反对许多人高谈国粹而根本不懂得什么是国渣，什么是国粹，因此他说要知道什么是国渣，什么是国粹，先须用评判的态度、科学的精神，做一番整理国故的工作。他相信那故纸堆里面有无数老鬼能吃人能迷人，所以他提出一番打鬼捉妖的工夫，这便是整理国故的目的与功用的结果。这样他喊出了"整理国故"的口号来了，他把"整理国故"认为新思潮的一部分，但是什么叫做国故呢？在《国学季刊》发刊宣言里面，胡适之先生这样说：

中国的一切过去的历史文化，都是我们的"国故"。研究这一切的过去历史文化的学问就是"国故学"，简称之曰"国学"……国故包含"国粹"，但它又包含"国渣"我们若不了解国渣，如何懂得国粹？所以我们现在要扩充国学的领域，领域包括上下三四千年的过去文化，打破一切的门户成见，拿历史的眼光来整理一切。认清了"国故学"的使命是整理中国一切文化历史，便可以把一切狭陋的门户之见都扫空了。

在刚才所指出的一节里面，他不但说明了什么叫"国学"，他还提倡扩大研究的范围，他承认从明末到现在这"三百年是古学昌明时代，总括三百年的成绩可分为三方面"：（一）整理古书；（二）发现古书；（三）发现古物。但是，他说这三百年的古学研究，在今日估计起来，实在还有许多缺点：第一，研究的范围太狭窄了，大家注意力的焦点究竟只在儒家的几部书……一切古学都是经学的丫头。第二，太注重功力而忽略了理解，"三百年中只有经师而无思想家，只有校史者而无史家，只有校注而无著作"，除了几人外。第三，缺乏参考比较的材料，譬如"宋明的理学家所以富于理解，全因为六朝唐以后佛家与道士的学说弥漫空气中，明的理学全受了他们的影响，用他们的学说，作一种参考比较的资料，清朝的学者反对宋明，但结果只做得个'陋'字"。

因此在方法方面，适之先生叫我们，"如要想提倡古学的研究，应该注意下列几点：（一）扩大研究的范围；（二）注意系统的整理（索引结账专史式）；（三）博采参考比较资料。国学的目的，是要做成中国文化史。"而他"理想中的国学研究"，是"最少有这样的一个系统，中国文化史：（一）民族史；（二）语言文字史；（三）经济史；（四）政治史；（五）国际交通史；（六）思想学术史；（七）宗教史；（八）文艺史；（九）风俗史；（十）制度史。"

胡适之先生提倡国学，应用了他的科学方法，于是乎在国故整理方面，遂有这样的成绩：（一）《先秦名学史》；（二）《中国哲学史大纲》（上卷）（这本书奠定了他在学理上的地位）；（三）《戴东原的哲学》（一九二七）；（四）《白话文学史》（一九二八）；（五）《章实斋年谱》（一九二二）；（六）《词选》（一九二七年在这书的文学见解很不错，《词底起源》一篇也很可取）；（七）《淮南王书》（一九二一）。除此之外，还有好些文章，如《清代学者治学方法》之类。

这样，适之先生走上了"国故"（旧文化的革新）的路子上去，他的成绩的确很可观，而他的影响可就不小，据他自己说，由于他提倡整理国故，读古书的反日增加起来，古书销流也日见畅旺。而据西滢说，"因为他同梁启超争开国学书目，结果是线装书的价钱十年来涨了二三倍"，这正应了他在《国学季刊》发刊宣言里所说："……我不但不抱悲观，且并还抱无穷乐观，我们深信国学的将来，定能远胜过国学的过去。"那末怕古学沦亡的先生们，大可不必忧心了。讲毕，茶会而散。

（在香港大学中文学会演讲全文，原载香港《华侨日报》及《华字日报》，一九三五年三月三十一日至四月四日。）

前进底思想与思想的前进

——纪念蔡元培先生

蔡元培先生的去世，无疑地是中国的一个大损失，尤其是中国思想界的一个大损失。许多人更感觉到，中国正在抗战的程途当中，他老人家竟这样便撇开我们而去，这好像黑夜里的破舟在惊涛怒浪中失去了明灯一样。说确切一点，自从卢沟桥事变以来，每经过国难的一度加深，或是每当着战局发生剧烈变化的时候，大家总是本着"以彼一言为重"的心情，盼望他对时局发表一下意见，好来做他们行为思想的指南针。这迫切的盼望，在汪兆铭叛国从重庆出走以后，更为显明。自从汪氏出走，继着发出艳电，引起东亚局面的许多波澜，这总算是一件大事，因此一般人总想蔡先生应该有些词严义正的文章，对这事作个公道的批评。但是迟之又久，这位哲人终于一句话也不说，一个字的评判也不加，于是许多人不免怀疑起来了。国家在绝大的危难当中，思想是最容易乱淆的，怎样"正其视听"，这正是拨乱扶危的第一要着，而现在蔡先生竟缄默起来，又何怪大家都莫名其妙呢？难道蔡先生把国家民族都置诸脑后了吗？我想并不如此。我想一个人对于某一件事情的真正态度，常可以从他平日所表现的思想和行为观察得出来。"读圣贤书，所学何事。"汪"先生"与蔡先生所读的书，并没有两样。汪"先生"与蔡先生之所学，也并没有两样，但是到了发而为思想，表现于行事，一则淡泊明志，一则卖国求荣，相去竟然这样的远。蔡先生是有血性的男儿，对于这样不肖的黄帝的子孙，焉有不深恶痛绝而想痛加斥骂的道理？但是他始终不出一句声，这正见得他对于腼颜事仇者的深恶痛绝之甚。这正是孟子所谓"不屑之教诲，是亦教诲已矣"。因为既然痛绝深恶到了"不屑""不齿"的程度，即是"与国人共弃之"了。既与国人共弃之还有甚么话可说呢？《春秋》有"严于斧钺"的"一字之贬"；不过我想无字之贬也许会比那有字之贬来得更厉害咧。

这样蔡先生之死，的确是"重于泰山"了。但是我以为蔡先生的伟大，还是在他对于思想的态度的一方面。他的一生最大的贡献也在这里。五四运动奠定了新文化的基础；同时也就做了国民革命的先驱，这我们大概都一致地承认了。但是若果不是因为蔡先生，那末，历史上会不会有五四运动的一回事，就成了疑问。若果没有五四运动，二十年来的历史，它的演变会作甚么方式，那倒是一个很耐人寻味的问题。固然，一种思潮的发生与进展，是受了历史的定律所支配的，是有它的必然性的。但这并不是说一种思想运动的发生与进展，并不关系乎人，并没有人事的成分在里头的。只要是真理，结果一定会压服一切敌害的势力，而得到最后的胜利，这多少总是一种期望的想法。事实上，真理而受到横暴的压迫，不得伸张，历史上这样的例子并不少。含有十分真确性的思想运动，每每因为某一种势力的排斥与压迫——例如宗教徒之被杀戮禁锢——结果非完全被禁绝便是因为受到阻遏而倒退了好几百年。耶教在罗马帝国期间卒不至完全被禁绝，真不能不算是侥幸的事。穆勒说的好："如果我们说真理本身具有不可磨灭的力量，不怕牢狱也不怕焚烧，那简直是慰情的空想罢了。人们爱好真理并不比他们倾向过恶更心切,因此,在它初萌芽的时候,如果施以相当的法律或社会的禁制,则遏制真理将会和禁绝过恶一样地成功。但真理却有这样的一点便宜,即真理可以一次、两次以至多次被禁过至绝,但在长久的年代中,总有人会把它重新发现,也许终归有它的恶势力,以后便蓬蓬勃勃地发展起来,一切禁绝它的企图都归于无用了。"所以我们有时也感觉到五四运动的成功,最少一半是由于天幸。幸亏那时掌北大的是蔡先生。又幸亏他的主张是:"对于学说,仿世界各大学通例,循思想自由原则,取兼容并包主义……无论何种学派,苟其言之成理,持之有故,尚不达自然淘汰之运命者,虽彼此相反,而悉听其自由发展。"要不是如此,谁能够想象我们还能够在这里来提倡新文学呢?

古语说:"流水不腐,转枢不蠹。"思想正像水一样,它一定要不断地在流动着,永远地自新,才能够发生好的作用,一旦停止,便会变为臭腐了。历史上每一个大时代,总有一种前进的思想做它的主要的决定因素,而这种前进的思想的进展与所采的方式,又每每要看思想的领导者来决定。许多人称道蔡元培先生,总说他老成持重人,也许这个观察不错。不过我以为蔡先生真正教人佩服的地方却在他的思想永远是前进的这一点。正因为他的思想是前进的,不拘于成见,不囿于因袭,所以在二十年前,他才会相信"白话文一定占优胜的"。又正因为如此,所以在二十年后的一九三七年,他才会领衔发表了《我们对于拉丁化新文字的意见》那一篇宣言。我还记得那年萧伯纳到香港来的时候,香港大学开会欢迎他,临时请他演说。他在演词里说道:"如果一个人在他二十岁左右不是一个革命者,那末,等到他四十岁的时候,你简直可以当他是已经死去的了。"那时,这位幽默的诗人自己已经是七十多岁的白发老翁了。当他说这话，对于他自己究作何感想，我们可不晓得。不过若果那时的欢迎会上蔡先生也在座，我想他一定会作"会心的微笑"的。

（在一次集会上的讲话稿，一九四〇年四月十三日）

伟大的呆子

    特地出了王宫，弃了妻子，走进檀特山去的释迦，是大大的呆子。被加略的犹大所卖，遭着给家狗咬了手似的事情之后，终于处了磔刑的基督，也是颇大的呆子。然而这样的呆子之大者，不独在日本，就是现今的世界上，也到底没有的。纵使有，也一动不得动罢。不过从乡党受一些那是怪呀偏人呀疯子呀之类的尊称，驯良地深藏起来而已罢。然而，我想，不得已，则但愿有个嘉勒尔，或伊孛生，或者托尔斯泰那样程度的呆子。不，即使不过一半的也好，倘有两三个，则现今的日本，就像样地改造了罢，成了更好的国度了罢，我想。

    在《出了象牙之塔》，厨川白村很太息地这样写着。厨川白村说的是二十年前的日本。现在的日本怎样，和能否仍然这样想，我可不知道。倒是现在的中国，却正愿意有三两个像嘉勒尔，或伊孛生，或者托尔斯泰那样的呆子呢。

    中华文化，可怜得很，真是一泓死水呀！这话十年前我不这样说，五年前我不忍这样说，或是聪明人所不说的，而呆子也就是从来不肯向因袭和偶像屈膝的人。不过，我不大明白的，倒不是刚才所引的那几句，是否聪明人的话。我所不明白的是，何以地山先生要说："这话十年前我不这样说，五年前我不忍这样说，最近我真不能不这样说。"他指出了"十年前""五年前"，然则这话是有他的时间性的了。他说"不忍"，说"真不能不"，然则这不是无聊，不是没有分寸的话了。他究竟何所取义，我们现在是无从"起许先生于九泉之下"来问个清楚了。但是我们虽然是个记忆力不甚强的民族，对于发生的事情之几件荦荦大者，也许还没有完全忘掉的。"十年前"，东北三省还没有失掉。"五年前"，"华北"还不至于非我有。没有气骨的文化人，还不至于出丑，腼颜事人。在抗战已进入第五年的今日，而许先生乃在说他现在不能不说这话，这，我想，是我们应该"深长思之"的。

还有，他说"得温饱才能讲人格"。"中国学术界中许多人正在饥寒线底下挣扎，要责备他们在人格上有甚么好榜样，在学问上有甚么新贡献，这要求未免太苛了"。这岂不又是呆子的话吗？因为聪明人是不会忽略了，中国文化所足宝贵而异乎西洋文化的，是在它的精神方面，虽然"衣食足而后礼义兴"和"君子谋道不谋食"两种古训同被看重。因为聪明人是应该像德国的戈林将军那样地说，而且也应该说得更慷慨激昂一些。戈林有一次对众演说道："我已经少吃了许多牛乳油，结果我的体重减低了三十五磅。我们的领袖正在建立一个强大的国家。如果我们吃得太多，我们是会长得太胖了的。我自己现在已逐渐减少食品了，而我是常常惦记着，我们领袖是不吃牛乳油也不吃肉的。他所能做的，我们大家也能做。"聪明人所以应该如此说的，是因为正如黎特尔教授所说："只要一天大多数人民都是在饥寒线底下挣扎着，那么，拥护目前的经济秩序的卫士们，是一定要强调那非物质的因素的重要的。"然而我想目前的中国还不至于有这样的唯心论者罢，至于地山先生，更不会是这样的唯心论者。

在《国粹与国学》一文里，他指出了"现代学问底精神，是从治物之学出发底"。又说："治物之学，是导源于求生活上安适的享受的理想，和试要采求宇宙根源的谜。"他痛恨中国学术与人生分成两截，所以没有成就。因此，他主张"要寻求解决中国目前的种种问题，归根还是要从中国历史与其社会组织，经济制度的研究入手"。这多少也不是聪明人的话；最低限度，是近于任性的话，而为目前的中国所不大喜欢听的。然而在呆子看，"当前的中国是疯了的"。

　　　　　　　　　　　　　写于许地山先生追悼会之前七日

（原载《追悼许地山先生纪念特刊》，一九四一年九月二十一日）

纪念鲁迅先生

今天是鲁迅先生逝世十二周年的纪念日。

时光过得真快，不知不觉这位哲人离开了我们已是整十二年了。记得那年在香港这里还开过一个追悼会，真好像只不过是昨天的事。用历史的眼光来看，自然十二年的时光只不过一刹那，可是实际上十二年的岁月也不能算很短的时间了。若果鲁迅先生到今天还生存，他对于眼前的一切，这些年来的一切，该怎样呢？但是我想鲁迅先生始终没有离开过我们，他真是始终"活在我们千千万万人的心里"，并且时间过得愈久，他便愈成为我们生活当中的不可分离之一部分，这一点是愈来愈显明了。

就青年人来说，鲁迅先生是个伟大的导师。虽然他不肯以青年的导师自居，虽然他曾说过"青年人必胜于老年人"的话，但毫无疑问，他是一位很好的青年导师，而且又是历史上稀有的导师。他不肯以青年导师自居，这不全因为谦虚的缘故，而是因为他的认真不苟且的态度。他并不是不乐意做青年人的导师，而是怕指不出路给他们走，或者指错了路给他们。他说，有一次，有一个学生来买他的书，从衣袋里掏出钱来放到他手里，那钱上面还带着体温。鲁迅先生受感动了，他说："这体温便烙印了我的心，至今要写文字时，还常使我害怕毒害了这类的青年，迟疑不敢下笔。"像这样的态度，我们能够说不比得那"无以吾一日长乎尔"更积极而更温暖吗？

由于他的慎重与严谨的态度，我们更能看出鲁迅是一个伟大的导师，一个稀有的导师。我不希望也不愿意以"圣人"称他，而我想鲁迅先生他也一定反对这称号。

（原载香港《星岛日报》，一九四八年十月十九日）

一个先驱的拉运领导者

——纪念冯裕芳先生

　　我最初认识冯裕芳先生是在一九三九年，当中国新文字拉丁化运动切实地在香港展开工作的时候。我个人倾向拉化的主张，虽则是比这更早的事，可是一直到认识了冯先生以前，都不曾切实地参加过倡道新文字和利用新文字来扫除文盲的活动。我终于参加了拉化运动，可以说是最低限度一部分是受了冯先生发动的革命力量的影响。在第一次在张仲老的公馆里开的座谈会席上和跟着在冯先生自己的公馆里所开的讨论会席上，他的言论与思想，他的积极的态度，他的刻刻不肯离开民众而点点完全为民众设想的精神，给予了我一个永远不会磨灭的印象。从那时候起，我们缔交了前后凡十年。在这个期间当中，除了太平洋战争爆发以迄于日敌投降的几年外，我们间或不见面，便互相问讯。而大家见面的时候，他口有道，必为新文字，计议有所及，必为如何扫除文盲。在这十年当中，我也的确不曾看到第二个像他那样的对于新文字的前途具有坚定不动摇的信仰的人。他宣传新文字，一站起来便讲一个多钟头。他一谈起扫除文盲的问题，便开口不能自休，有时在哮喘当中稍停一会又再讲，完全是一种"鞠躬尽瘁，死而后已"的精神！冯先生不是一个宗教家，可是他所采的好像是和好些宗教家一样的态度。

冯先生病逝于沈阳的噩耗最初传到这里来的时候，我想，第一个感觉到这是人民莫大的损失的会是拉化工作者，因为就一个拉化运动的工作者来看，他的溘然长逝的确是一种无可补偿的损失。没有他那样的广大同情心，一定不会发生他一样的革命行动；没有他那样的前进思想，也不会有像他一样的彻底和不妥协的精神。他在人民的解放革命战争稳握到胜利的当儿逝世，这自然使得每一个拉化工作者都感到异常悲悼；但我们知道徒然悲悼，徒然纪念是不够的，作为一个拉化工作者，是一定要把冯先生的革命精神在拉化的工作上头充分地表现出来，这才是真正有意义的纪念一个先驱的领导者。

"拉化是一定成功的"，冯先生已诏示了我们。

（原载香港《华商报》，一九四九年二月十四日）

悼念冯裕芳先生

冯裕芳先生溘然长逝了。当噩耗最初传到的时候，我为之黯然者许久，虽然我知道这并不是完全意想不到的事，因为以他那样的病体是无论怎样受不了北地苦寒的天气的。他离开香港时，是冒着非常大的危险，违反了朋友们关切的劝告，而苦苦地支撑着病弱的身体去的，可是有一点：他抱着绝对愉快的心情到自由的天地里去。

冯先生是逝世了。可是冯先生实在没有死，他实在没有离开我们，他始终与争取人民的解放与自由的斗士在一起。记得萧伯纳说过：若果一个青年人到了二十岁的时候，还没有把他自己造成功一个革命家，那末等到他上了四十岁时，你简直可以当他已经死去了。若果萧伯纳这话不是胡说，那末冯先生实在并没有死，一个"革命家"的他仍然活现于人民的面前。忘记了自己的一切，一心一念只为人民的利益着想，数十年如一日，到了年衰力弱的时候，还支着重病的身躯，千里跋涉，一定要到冰天雪地里去一吸自由的空气而后才觉得愉快；他这一种精神也将永远活现着于人民的面前。

我最初认识冯先生，是由于他的宣道"新文字"的因缘，在这方面的运动他是个重要的原动力量，但他尤其使我钦佩的，是他那种不断前进的革命思想和那锲而不舍的精神。

现在革命已经达到了它的最高潮，人民也快完全大翻身，我想冯先生是一定可以瞑目的了。

（原载香港《星岛日报》，一九四九年二月十四日）

关于龚自珍

龚自珍亦名巩祚，号定庵。生于乾隆五十七年，卒于道光二十一年，即一七九二年至一八四一年，享五十岁，早死于魏源十五年。他是今文家，乾嘉以后今文家之兴起，诸说并详。以"有事天地东西南北之学……卒不能写定易书诗春秋"（《古史钩沉三》）。侯外庐著《近代中国思想学说史》说，"他的思想中心是他的社会批判论，而他的经史之学则为附属的东西"。

段玉裁的外孙，以段为名古文家和小学家，自珍的家学可知了。可是使他大发议论的，是那时代使然，他说"士大夫奄然而无有生气……不可不为变通者"，正是所由"有事东西南北之学"。

今文家侧重情感，多带浪漫色彩，故思想亦多倾于革命性。章太炎在检论指出，他们多为继承桐城文士的词章家，其议瑰璋，而文特华妙，与冶朴学者异术，是这些章藻文士，借经典以自重，则批评又未免过火。

要之，如梁任公在《清代学术概论》所说："晚清思想之解放，自珍确有与功焉。光绪间所谓新学者……初读定庵文集，若受电然。"

昨天我已对诸位提到过定庵是由于不满当时的情况"士大夫奄然而无有生气，……不可不为变通者"的原因，所以才"有事东南西北之学"，而"上下乎求索"地找寻所以改革（穷则变）之道。我又指出感情丰富的人，带浪漫色彩，也就多革命思想的倾向，历史上这种人物如屈原，如拜仑等南欧三杰，如歌德、海涅，都是例子，而今文家定庵之后还有康有为，谭嗣同，与乎"笔锋常带情感"的梁启超！他们都是不满于现实，而自珍是较早的一个，如卢骚之于欧洲而已。我还指出过他"少年尊隐有高文"的一首诗，这些所谓"一箫一剑平生意"正是浪漫主义的表现，所以打动读者的地方在此。也正如莱曼托夫之于拜仑。

《乙丙之际塾议第三》很深刻地写出封建制度的弊处，说："析四民而五，附九流而十。"这四民而外的第五种人，岂不就是那超经济剥削的官僚阶级吧！他的文章描写起来却那样的沉痛！

《尊隐》为一篇妙文，意思非常明白，他比晚清五朝为日之将夕的黑社会。到"京师"一切失道的时候，他要属望于"山中之民"了，这是农民运动，民变之先声。

他的诗有一首"少年哀乐过于人，歌泣无端字字真，既壮周旋，杂痴黠，童心来复梦中身"，我前已对诸位指出过。他这篇当然也是真话。这也就是他诗句中所谓"少年尊隐有高文，猿鹤真堪张一军。难向史家搜比例，商量出处到红裙"，《尊隐》不是要做隐居岩穴之士去，而是要寄希望于山中之民的野了。这是大胆的话，但又不敢十分明言。

我们又试读他的《病梅馆记》，所谓"予购三百盆，皆病无一完者，既泣之三日，乃誓疗之，纵之，顺之，毁其瓷，悉埋于地，解其棕缚以五年为必复之全之"。这完全是争取解放的呼声，而龚子文生，我们得注意，正是当法国革命后的年代！一何偶合！

我有仿定庵题散达耶那《唯我主义之与法国哲学》读后，"此生肯作野牛看，血色罗衫雪样寒。争似平芜秋欲老，月明犹得梦中还"。

定庵《重过扬州记》写道：

> 天地有四时，莫病于酷暑，而莫善于初秋。澄汰其繁缛淫蒸，而与之为萧疏淡荡，冷然瑟然，而不递使人有苍莽寥汰之悲者，初秋也。

这可以说是忠实地写出龚定庵的时代。他的时代正如此。

如果我们说龚自珍与近代中国的革命思想有点关系，这关系便在于他敢于揭露封建的黑暗与乎预言民族的危机。他语多愤恨，这在富于热情之人总不免如此。同时在《尊隐》一篇也流露出多少悲观的思想。

（在一个座谈会上的讲话，一九四九年）

十六个年头过去了

——为纪念邹韬奋先生而写

我认识得邹韬奋先生很迟,一九四一年他离开重庆到了香港来时才和他初次见面。不过"心仪其人",向往他的行事,以为只有像他这样才足以发聋振聩,才可以使"顽夫廉,懦夫有立志",那倒是更多年前的事了。

还是二十年代的下半期,那时候我在马来半岛吉隆坡住着,经常从一家叫做"化南书局"仅占有半边铺面的小书店看到一些进步的书刊,当中就有后来曾风行全国拥有很多读众的《生活》周刊这个刊物。化南书局现在是否仍存在,我可不知道;不过在当时它的确做了些"拓荒"的工作,而这一方面说,《生活》周刊的出现,最低限度在我个人的意识界里,好像是象征着一种"生力军"的新姿态也似的。大概就在那个时候,"邹韬奋"这个名字便深深地印入了我的脑海里,也正如它印入了别的千千万万人的脑海里一样。

凡是读到过《萍踪寄语》和《萍踪忆语》的,都一定会得到对于原作者一种不可磨灭的印象,那是和一个普通的写作家所给予你的很不同的印象。因为和许多作家不同,韬奋在他的作品里边表现得特别强烈和特别始终一贯的是他的爱国思想。《小言论》的序文上写道:

> 作者相信在现阶段内的我国革命，须考量国中的特殊情
> 形，应暂以中国民族为本位；但相信革命的最后目标，是世
> 界各民族平等自由的结合。

他写这些话时已在"九一八"和"一·二八"以后，但仍
没有到他流亡海外到欧美去的时期。一九四八年八月，香港的生
活书店为了韬奋先生逝世四周年纪念，出版了一部《韬奋文
录》，胡愈之先生作序。在序文上面，胡愈之先生引述着他一九
三六年在新加坡写过的一篇纪念韬奋的文字里边的话这样说道：

> 韬奋不是一个思想家，也不能算是一个不朽的作家；但
> 是他是一个真正爱国者，伟大的爱国者。一个真正的爱国
> 者，不一定需要有激昂的气概，伶俐的辩才，也不一定需要
> 有高度的写作技术，只要他有坦白真诚的热情，他的主张就
> 引起广大群众的共鸣，他的言论就成为人民大众的喉舌。

我完全同情了这几句话，在当时，甚至也到了现在。一个人
的作品有时候是要经过一个相当时期才能估定它的价值的，尤其
是就思想与行事所起的交互作用所形成的人格方面来说。韬奋先
生的作品里边如果有着一些不朽的质地，这些不朽的成分我想也
要经过一些时间才能辨认得出来的。

像在上面所说过，《萍踪寄语》和《萍踪忆语》这类作品给
了它的广大的读众一种很深刻的印象。不过我以为对韬奋先生更
深刻的印象，是由于他和其他的几个救国会领袖沈钧儒、沙千
里、李公朴、史良、章乃器、王造时等被捕入狱一事的发生所造

成。没有一件当时国民党政府所干的压迫思想自由，违反人民利益的事，比这更玲珑浮凸地显出一个保存正气，不畏强御也不为暴力所屈服的伟大人格了。一个伟大的爱国者，他"永远站在中国人民大众的立场，面对现实，有知识便求，有阻碍便解决，有黑暗便揭发，只问人民大众需要和公意，不知自己一身的利害。"沈钧儒先生这几句话十分有力地写出韬奋的伟大的精神，伟大的人格。

决心为人民群众服务，准备牺牲一切像韬奋先生这样的精神，是不会为恶劣的环境所屈服或与环境妥协的。很早期他便这样地写过："反抗的环境正是创造我们能力的机会，反抗的环境能使我们养成更强烈的抵御的力量。"这里所谓"反抗的环境"自然是指恶势力而言。

在《生活周刊究竟是谁的?》一文上面，他写道：

> 我们办这个周刊不是替任何个人培植势力，不是替任何机关培植势力，是要借此机会尽我们的心力为社会服务。求有裨益于社会上的一般人，尤其注意的是要从种种方面引起服务社会的心愿，服务所应具的精神及德性。

似乎在他以前还没有人用过这样明确的话透露出这样的需要。需要是存在着每一个人的心坎里的，可是没有人把它直截了当地吐说出来。当时由他接编的《生活》周刊所以引起广大读众的注意的地方也许又在这一点。他的事业观点并不是从个人私利出发，孜孜不倦是为着群众的利益，群众的需要，也正如他自己所说的："我们如为社会公共福利而努力于一种事业，把它看作社会的事业，而非个人的事业，便觉得奋勉。"这种精神是值

638

得敬佩的。

最能表现他的伟大人格大概可以说是爱国运动方面的一切活动。当一九三五年敌寇已深，国家的命运不绝如缕的时候，他参加了组织救国会，热烈支援学生救国运动。对于"一二·九"学生运动，他在《学生救亡运动》一文里写道：

> 我们觉得这个运动的最大的意义是：久在高度压迫下的郁积苦闷悲痛愤怒的全国大众对于民族解放的斗争情绪，好像久被抑制的火山，在这里迸裂喷放怒号一下，换句话说，这决不是仅仅北平一个地方，仅仅北平数千的热血青年对于国事的态度。这个运动实在是足以代表全国大众对于救亡的坚决意志，实在是全国大众对于救亡的坚决的意志之一种强有力的表现。

在二十多年后的今天读到这一段文字，还可以想象当时人民尤其是青年学生，一般地对于国事危殆，当局麻木的悲愤情况。学生救亡运动是民族解放运动的急先锋。所以韬奋先生又写道：

> 学生运动的前途怎样，便是整个民族的前途怎样！

在有些作家，爱国思想每每容易发展为一种狭隘的民族主义色彩，这自然是因为有所偏蔽的缘故，但是韬奋先生并不如此。韬奋先生是个强烈的，真诚的爱国者，但他坚决地反对狭隘的民族主义。当他流亡在外国的时候，接触到"有色民族"的问题，身历其境地感受到蔑视和侮辱的刺激，这一方面固然激发了他对压迫底下的民族的同情，另方面更加强了他对祖国的热爱。他揭

639

穿了在帝国主义麻醉下的种族成见写道："种族的成见把中国人都看作'劣等民族'的一分子。"他又写道：

> 除了思想正确，不赞成剥削的社会制度的一部分人外，受惯了帝国主义统治阶层的麻醉的一般人，对于种族成见，根深蒂固，几已普遍化。在这一点，各国对中国人的心理，原都没有什么根本上的差异，所不同者，有的摆在面孔上，有的藏在心里罢了。

耳闻目见，这种种族歧视的例子是多得不胜枚举的。

美国是资本主义的魁首。第二次世界大战打过以后，它更是"横绝四海"了。在二十五年前，这个金元王国所给予韬奋先生的印象是怎样的呢？倒是一个有趣的问题。对于美国的前途，他在《萍踪忆语》里面曾这样地写过：

> 劳工运动的怒涛一天一天地在继长增高着，没落中的资本主义者是否能起来作最后的挣扎，挽救没落中的资本主义，对劳工的组织作尽量的压迫，利用国家的机构以求保存日暮途穷中的资本主义制度？倘若是这样，那是有一个时期必然要走上法西斯的路。即使法西斯的运动不能在短期内抬头，而劳动阶级的抬头的客观条件还未成熟，那末资产阶级还要利用他们的资本主义的组织向外争夺市场，对远东和南美都必需作进一步的掠夺，以维持他们的残喘。

这些话虽然写在二十多年前，但对于美国资本主义的前途所作的分析，仍是很有价值的。我们固然不能说他是百分之百预言中了，但是现在的美国显然走上法西斯的道路了。

一九四一年初，生活书店在全国各地五十多个分支店先后被封闭的消息传遍了世界，人们为之惊讶，瞠目结舌。邹韬奋先生也辞了他的国民参政员的职务到了香港来。大家见面的机会多起来了。他为"保卫中国同盟"的英文会讯撰写文章，因此开会的时候也常聚首，但并不是晨夕相对。这一点回想起来颇觉可惜。

日本人占领了香港而后，到了一九四二年的二三月间，我从一个新文字学会的会友才晓得韬奋先生取道东江地区到了广东的东北部去了。这一事最初颇使我觉得奇怪。他为什么也不到桂林去呢？但是后来我才知道他不但重庆不能去，便是无论什么"抗战后方"也不能去！于是我瞻望一回遥远的云天，又不禁回顾了一下自己的影子。

十六个年头过去了！

（原载香港《乡土》第一卷第十三期，新地出版社，一九五七年）

柳亚子先生的六封旧札

柳亚子先生去世后，我回忆起一些旧事，想从一堆旧书札里找寻出两首他寄给我的诗。诗找来找去找不着，可是倒发现了几封十年前他给我的信。睹物思人，一时过往虽不很久，但已略被尘封的事迹，又复浮现到眼前来。

信一共六封，都是他在从一九四七年年底到一九四八年初这两个月多一些的一个期间内写给我的。计有：（四七年）十一月廿四的一封，十二月十一日的一封，（四八年）一月五日的一封，一月十三日的一封，一月廿六的一封，一月廿九的一封。几封信都是用钢笔墨水写的，有好些地方字迹还不大容易辨认。

在"十一月廿四夜"的一信上，他写道：

> 各种稿件，寄存兄处者，务恳一为整理，以便觅便交还，千万拜托之至！
>
> 再者：太平洋战争以前，香港出版之《笔谈》《时代文学》等，均请设法向图书馆一查，如尚有存留，可否借弟一阅，或觅钞手将中关于弟之写作，悉为钞出见畀亦可。

这一事当时曾尽一切可能力量为他办妥。关于《笔谈》《时代文学》几种刊物，当时冯平山图书馆所藏的，实绝无仅有，而且都是私人方面所购赠。那时候，冯平山图书馆每年规定的购书费，仅得六百元，杂志刊物，实无从买起，更何况那些带有"政治性"的刊物！

然而那时候我并没有把这一切都告诉了柳先生。

在十二月十一日的一信上，他提到马季明先生借给他的《剿闯小说》二册，可是当他写道："我放在此生兄的一本书，想来兄也收到而转交给马先生了吧？"那一本是什么书，现在倒记不起来了。这一封信的信封，倒有一点值得一说的，就是它上面印着"南社纪念会通讯处——萨坡赛路二九一号上海市通志馆"这样的几行字。现在到上海去的人再也不会看到"萨坡赛"那些字样了。

"一月五日（一九四八年）晨六时写"的一封，告诉我他已"迁都九龙"，搬到白加士道转角宝灵街一号四楼去住。信里还谈到他的《旧诗革命宣言》一文，又叫我找人为钞出《国民党第六届中监会报告书》的一个文件。他说："这文件极重要，如……无暇钞，请兄在图书馆中觅人一钞，保留起来，将来修中华民国及党史，均为极有关系的重要材料也。"文件是替他钞出来了，可是并不是"图书馆中"人为钞的。过了几天，柳先生也到图书馆去过一次，参观了一下。

第四封是"一月十三夜"写的，字写得很草，墨很淡，又有些褪色了，我把它录出如下：

> 一月十日信到，初知兄星三（明日）来九龙请弟饮茶，昨晤启芳兄，知展期。顷晤云彬兄有星六（十七日）举行之说。惟弟星六有他事，最好改下星期三，即廿一日，希望兄将《笔谈》《时代文学》《大众生活》等刊物有拙作者带

下，则大妙矣。扶余诗社第二次集会拟廿五日（星期日）在九龙半岛酒店举行，一切办法，亦甚愿与兄一商也。

这封信里所提到的"星六有他事"的"他事"，究竟是什么事呢？我翻开一月十七日的日记，在那上头却有这么的一段记载：

> 邓文钊请春茗。傍晚七点，我踱到他家里去时，许多客人都来了，当中有李任公、蔡贤初、何香凝、邓初民、郭沫若、沈雁冰、陈其瑗、侯外庐，都是已认识的。跟着，章伯钧、谭平山、沈钧老、刘王立明、乔木、龚澎等也陆续到了，真是济济一堂。我打趣着对陈其瑗说：天下英雄尽在此矣！陈其瑗回道：这话怕有语病。我还来不及请他解释，柳亚子在旁插口，他倒赞同了我的话。于是大家又说笑了一回。客人愈来愈多了，满满地压了几间屋子，我正想找个机会和连贯谈谈，却给任公拉着。他问我对于在香港成立一个"人权保障委员会"的意见，我告诉了他我异常赞成，不过应该扩大一些基础……

那天的事情是这样，我和亚子先生后来又同席，谈个痛快，也可以说是"不期而会"的。是十余年前的事了，现在回首前尘，在此时此地提起"人权保障"，当年事又兜上心来，真不知话如何说了。

记得那天我们的一席上，虽然差不多都是文艺界，但话题中心不知不觉地，总也是环绕着"保障人权"的一个问题。

又过了两周，我收到了柳先生"一月廿六日午刻"寄来的一封信。这一封信最初提到发表他的《礼蓉招桂鬼缀语》一事，但只是附带说的，主要的内容是谈他的《图南集甲辑三卷》。他要我替他找人把《图南集甲辑》重钞一过，好与乙、丙、丁辑配成一部。这一件事我记得并没有辱命。

第六封信是一月廿九写的，一如第五封信，也提到《礼蓉招桂鬼缀语》与重钞《图南集甲辑》两事。那时《图南集》稿子已送了来给我了。他在信里写道："因纸式大小参差，殊不称意；拟乞兄重觅大纸，设法将'甲辑'各卷另钞一过，与乙丙丁各辑配合，未知事实上可能办到否？"其后"甲辑"钞一过了，总算完了愿。

《礼蓉招桂鬼缀语》后来在《华侨》的《文史》双周刊发表了，不过仅发表到第廿一则，因局势转变，《文史》遭停刊了，于是剩下的十一则就没有刊出，一直到现在。

现在亚子先生已溘然长逝了，我这里的一个愿仍没有完，重翻旧简，睫泪莹然，又不觉感慨系之。

五八，八，廿八，君葆于香港

（原载香港《乡土》第二卷第十九期，新地出版社，一九五八年八月二十八）

悼念郑振铎先生

那天是十月十九日，我刚参加过鲁迅先生逝世二十二周年纪念的一个座谈会回来，打开晚报一看，一条使你胆悸心惊的消息触入眼帘；由北京飞往莫斯科的"图——一〇四"客机一架在苏联境内失事，乘客和飞行人员疑全部牺牲。当时我读完这段新闻后，许久仍觉得两手微微在抖颤，心里总不安地在问：不晓得遭厄运的有没有我自己认识的朋友在里边？那天晚上总睡不好。第二天早晨起来看报，十月十七日的客机失事，郑振铎先生也不幸罹难的噩耗，竟赫然在目了。同时遭难的还有其他十五名中国人和到中国来访问后分别回国去的外国友人以及离华返国的外国专家共四十九人。那一节记载几乎不忍卒读。

十月二十日那一天下午，我到火车站去接从北京回来的马季明先生的车，他下车后头一句对我说的话是："振铎遇事牺牲掉，你知道吗！"我说："知道了，今天报上看到的。"于是大家又不禁为之黯然，长太息了一会。

郑振铎先生之死，对中国文化是一个极大和无可补偿的损失，这是不容置疑的。新中国建立而后这几年间，他曾出国多次，参加或领导文化团体到外国访问，对于沟通中国与友邦间的文化关系，尤其是对于中印的文化交流，作过非常有价值的努力与贡献。他这一次出国，是以文化代表团团长的资格率领团员十余人前往阿富汗和阿拉伯联合共和国访问，意义是十分重大的。可惜还未抵达目的地，便中途遇祸，这是最使人扼腕的事，对国家，对与友邦间文化关系的损失是莫可计量的。

我认识了郑振铎先生，可以说是一九三九年便开始了，虽然一直到十二年后我们才第一次在北京握手。抗日军兴后，敌人逐渐践踏到户庭里边来，有心人大家对于中国的文化产品，公私两方面的瑰宝，总不免怒为而忧，悚然而惧。那时候，有一个人，在一段相当长的期间内，不断地把许多中国书用包裹一包一包，从上海寄到香港大学冯平山图书馆来转给许地山先生，包裹外面寄件人仅写个“郑”字，这人便是郑振铎。这批书绝大多数是罕见本，以当时货币估计，大约价值在七十五万至一百万元左右。后来这批古籍经过整理，分装为一百一十一箱，正打算要由航运先寄到仰光然后转运重庆，可是给封锁过后的滇缅公路却不能为抢救这些文化古物的工作服务，于是它就留在冯平山图书馆，一直到日本人占领了香港，才给他们掠搬到东京的上野公园去存放，这自然是后话了。不过我在这里带上一笔，目的是要说明，方国家在危难之秋，个人的力量关系到大局，有时是怎样的重要而不应该被忽视的。像春秋时郑国的弦高，汉代的卜式，大概就是这样的人格的表现。

从许地山先生处，我听到过不少关于郑振铎先生的话。是许先生告诉我，他是怎样的一个自己苦学而获得了很大成就的人，而不并是普通所称作一个“学有师承”的学者。起初，我不知道西谛就是郑振铎。一九二八年，我在以《中国文学研究》为题的一期“小说月报第十七卷”号外上面，读到好多篇郑振铎和西谛以及其他如许地山、朱湘、郭绍虞各人的文章，并没有想象到郑振铎和西谛就是一个人，不过我倒特别被《研究中国文学的新途径》和专号的《卷首语》这两篇文章所吸引住了。

《卷首语》虽然寥寥几百字，但作者引述了古代两个武士对于一面盾的争论这个故事之后，写道：

> 近来为中国文学而争论的先生们，不有类于这两个武士么？有的说，中国文学是如何的美好，那一国的作品有我们的这么精莹；有的说，我们的都是有毒的东西，会阻碍进步的，那里比得上人家，最好是一束一束的把它们倒在垃圾堆中。他们真的还没有见到这面盾的真相。

继着，他还这样说：我们的愿望，就是要"就力之所能及的范围内，把这面盾的真相显示给大家"。郑先生多年来孜孜不倦地进行着的，也就是这一个艰难而伟大的工作，而这几年来之所以三番四次的出国访问，也可以说是为着对于这一项艰巨的工作，继续努力而扩大它的作用起见。因此，他这次因飞机失事而遭难，真使人有"出师未捷身先死"之感，岂仅文化界的一个损失！

在《研究中国文学的新途径》一文的结论里面，有着一段文字，当三十年前我初次读到时，曾给予我在思索上一些并不很小的影响。作者这样写道：

> 胡适说："学问是平等的，发明一个字的古义，与发现一颗恒星，都是一大功绩。"有大功绩与否，研究者不能去管他，却是研究者发明一个有力的证据，或得到一个圆满的结论，其本身的快乐，倒真与天文家之发现一颗恒星没有什么差异。

当时胡适之的思想还是披靡着一世，但是我总觉得拿他的见地和郑振铎相较，虽然在这样微小的地方，后者比较更持衡而合理。《文学大纲》出版后，更决定了我对郑振铎先生的钦佩。

《研究中国文学的新途径》一文里面，还有一节很详瞻的文字，讨论到佛教思想和印度的文学对中国文学所发生的影响一问题。从他这一段话里边，很可以看出他在研究中国文化艺术的主要动向以及兴趣的所在。新中国建立以后，在这方面是给予他更大的便利与更多的机会了。我们正为他的多年来的愿望终得大偿而感到欣幸，可是谁又想到正当他要作出更大的努力，大有作为的时候，他的寿数却从他的手里被夺了去呢！

记得一九五一年在北京时，我到团城去看郑先生（那时候他是文物局局长，文物局设在团城）。在谈话中他提到许地山先生，对许先生的不幸短命而去，表示很大的惋惜。可是现在郑先生他自己也是不能"终其天年"的，对于这，我们也免不掉对他有着像他对于许地山那样的感想了。是"彼苍者"在嘲弄人生么？抑或我们更应该认识事实上尚有"共业"的方面存在，而就这方面着眼，郑振铎先生的劳绩自然永久存留，我们其实也用不着过于哀"天地之委形"呢。

（原载香港《乡土》第二卷第二十二期，新地出版社，一九五八年）

悼念马季明先生

马季明先生已溘然长逝了，可是我感觉到他像仍然存在着人世间一样。他的英貌音容，他的思想言论，他的和蔼可亲的待人接物的态度，这些将永远保留着在我的脑海中不会磨灭。

在生命的程途中，季明先生他只是走先了一步。不过，不能不使我深深地受到感动的，是他对生活的勇往直前，兴趣盎然的态度。还是在他去世前大约仅仅一周略多一点的时候，我和一位姓刘的朋友去看他的病，那时候他病已经很深了，可是他对于自己的病是一定会治好的这一点，仍完全乐观。在谈话当中，偶尔涉及文学、文化等问题，他表示了很大的兴趣，高谈雄辩完全忘记了他的病也似地，毫无倦容。只是我们怕他兴奋过度，才向他告辞出来。然而谁又想到，那竟是我们和他最后一次拱手道别呢！

第二次我再去看他时，赶到医院里，他已经在绝气中了。想起还不过几日前他那说话时的兴奋神态，不禁为之掉下泪来。那是五月廿三日的早晨。

我和季明先生认识，前后不觉已经二十四个年头了。在这并不算得很短的一段期间当中，除掉香港在太平洋战争中沦陷于日本人手中那几年以外，我们都同在一个地方，同在一起做事，不但过从至密，实在也差不多天天见面。在我的记忆中，季明先生大概是一九三五年年底到了香港来。他是应香港大学的聘请来的。那时候港大中文系主任是许地山先生。我们办事的地方在邓志昂中文学院，季明先生的屋子也就在中文学院的二楼。不晓得怎样的缘故，大家下课后总不期而然地集合到马先生的屋子里来谈天，来讨论问题，展开辩论。经常到来加入这种茶话式的论辩的，有教历史的傅朗思，还有工学院的范博文，他是澳洲雪尼人，和英国文学系的裴德生。不但如此，人们还常常可以看到很多学生也来凑热闹，参加这个差不多每天都举行的茶话。学生、教员、中国人、外国人、男的、女的，常常把马先生办事的地方压满了一屋子。我始终没有弄得十分清楚，在这一切当中的真正吸引力究竟是什么。是马先生无间断地供给大家的龙井茶呢？抑或另有所在？马先生所备的龙井茶无疑地是顶讲究的，而在那些岁月里边，我们总共喝了他多少百斤龙井茶叶，恐怕谁也算不出来。

学生们十分爱戴马鉴教授，我想大部分原因在于他们佩服他的教学法。"循循善诱"这句话，我以为他最能当之无愧。常常一种很不容易领会的见解，经他轻轻一点破，便觉得"一旦豁然贯通"也似的，这正是他给人治学问的得力处。

季明先生对青年们爱国主义的教育，起过并不小的作用。记得日寇占领了香港的时候，一个青年去向他请教，说他自己要回到自由的中国去生活，但是他的父亲却要他留下来，并且指出给他说与日本人合作也一样地有前途。后来还是马先生告诉了他一些民族大义的话，他才坚定不移跟着光明的路子走。这也并不是一个孤立的例子，像这样的事还有个别的好几宗。

二次大战结束以后，季明先生颇挤出一点教学的时间来注意在学生方面的戏剧运动。当他还在港大任职未退休的时候，固然在港大中文学会范围内提倡剧运，不遗余力，便是他退休了以后的几年，一直到他病逝的时候，他仍担任着中英学会中文戏剧组的主席。许多朋友们都这样想着：如果马老还多活几年，相信香港青年界的剧运一定会有更多更大的成就。

在季明先生到了香港来这一段并不很短的期间当中，他参加了许多社会教育和文化事业的各方面活动，固不用说了。不过就中应该特别一提的，倒有下面几件事。二次大战以后，他一直担任着拉丁化新文字学会的理事长，一直到它被停止了活动的时候为止。当南方学院被取缔时，他是这个苦心孤诣培养出来的教育机构的董事长。今年年初，他被推举为中业学校的董事长。从这些事实看，很显然地马先生他是一个"一息尚存，志不容稍懈"的真正工作者，是一个"乐以忘忧，不知老之将至"的特出人物。

还有一点值得人们景仰的，就是他对于所有他参加的事业活动，都一贯地主张"脚踏实地，稳步前进"的做法，极端反对冒进。这种作风，我私衷每每认为是他最堪师法，最不易企及的地方。

在悼念他的当儿，我还想附带地说一句：就是季明先生，他曾不止一次对我说过，南中人物，他最敬佩的一个是李铁夫。去年年底，他在病中还这样对我说："待我的病稍为好一些，我就执笔为李铁夫写成他的传了。"谁又想到他稿未及属，便离去人间呢！死生契阔，情何能已！那天我送他葬后，就写了这么几句诗来表达这一点情感：

抱病谈文陋俗儒，不堪此日痛黄垆。只应地下修文事，作传仍教首铁夫。

（原载香港《乡土》第三卷第十二期，一九五九年）

李淑一访问记

那是在北京人民大会堂举行的建国十周年庆祝大会的第二天。在休息十分钟的时候，一位参加大会的从未谋面的华侨跑到我的座位来对我说："你是陈先生吗？我是赵善钟。"

我说："啊！赵善钟，是你。"

我们通过信，但见面还是第一次。

赵："我有个意见，你还没有认识李淑一吧？我和你去访问她，怎样？我来介绍。"

我说："好啊！甚么时候？"

赵："就在明天一清早。"

我说："那不太突兀吗？"

赵："不会！李淑一先生为人很爽朗，她又最喜欢华侨。"稍为停了一下："并且你们又都是搞文学的呀。"

第二天大清早，赵善钟依约到华侨大厦来找我。他坐了他的脚踏车来，于是我们雇了一辆三轮，我们一同走过景山公园面前，沿西安门大街，转取道出阜成门向南走。李淑一住在复兴门外三里河。那里赵善钟本来是去过多次的，但这次他却找了好些时候才找到，原因是他以前每一次去都走西长安街出复兴门，而我们这一次则取道阜成门外大街，所以许多界标他都认不出来了。便是那骑三轮车的，他不是也多次问过途人到三里河去路怎样走吗？我不禁暗暗在惊叹北京之大！

地方终于找到了。在一处大概是属于计划委员会管理的新房子的门前，我们看到了诗人陪着她的小孙女儿在石阶上玩。介绍过后，她说："我不是住在这里，我们住的地方要往里走，还有一点子路。"于是我就随她两婆孙坐了我的三轮，我和赵善钟两人在后面跟着走。

李淑一先生通常住在长沙。她这次到北京来，住在她的媳妇的家里，她是国庆应邀到首都来观礼的。

回到她媳妇的家里，坐定了以后，寒暄也道过了，我细心观察了一下李先生的言貌举止，觉得她一派清秀之气溢于眉宇。突然间，我想起一个隔别了已很多年的朋友来，我问她说："从前我有一位贵本家的朋友，也是贵省人，女性的，叫李仲思，认识她么？"

她说："是我的妹妹。你怎认得她的？"

我："原来是令妹！二十年代，我们大家都在吉隆坡教育界服务，所以认得她。在当时一班朋友心目中，她也是个'湘中健子'呢。她特别写得一手好字。现在她在那儿呢？"

"她在长沙，在省文史馆里。"

"那么，还有当年新加坡华侨中学第一任校长涂开兴，训育主任文大衡，商科主任陈友古呢？都认识罢？都在哪里呢？"

"他们都在省文史馆。"

消息隔绝了已多年的几个朋友，现在知道他们都健在，都集中在湖南的省会，这是何等足以欣慰的一件事！因此心里在想：总得找个机会到长沙一走去看看他们。我早年结识的朋友，当中不少是湘籍的。我常常觉得湖南人的气质，有点和广东人相近，但有些地方实在还要比广东人强。湖南人爽直，率真，一般地不怎样喜欢弄乖巧，这是我最敬佩他们的地方。"刚毅"两字，求之别处地方的人，不是失之过偏，相去以间，就是受了"文胜质"的影响，往往觉得不大容易说得上；可是在湖南人，倒像是我行我素也似的。鲁迅先生是所谓骨头最硬的，但是如果我不是先已知道他是浙产，我倒真的会以为他是个湖南人。

李淑一很健谈。谈着，一席话不觉把我藏在心里已久的对于湖南人的性格的一些看法，又搬动了出来翻版一次。

在谈话当中，赵善钟已经把他要介绍来访问的目的之一说过了，那就是想我也看看毛主席的几封亲笔信，其中有一封是关于《送瘟神》一诗的解释的。

我又补充了一句说："尤其是关于《送瘟神》的解释的一封，因为有一个时期，大家纷纷其说，莫衷一是。"

"本来都没有问题，不过不巧得很，那关于《送瘟神》的解释一封，刚给人借去，要今晚才能够送回来，等送回来，我抄一份寄给你罢。"于是她又解释着说，那不是给她的信，而是毛主席写给湖南副省长周世钊的一封信，跟着她把信的内容大略讲了一遍。

国庆日过了，她把录出来的一节文字寄给我，信写道：

录毛主席写给周世钊副省长信内一段：

（一）坐地日行八万里是有数据的。地球直径一万二千五百里，以圆周率三点一四一六乘之，得约四万公里，即八万华里。这是地球自转（即一天时间）里程。坐火车，轮船，汽车要付代价，叫做旅行。坐地球不付代价（即不买车票船票），日行八万华里，问人这是旅行否？答曰不是，我动也没有一动，真是岂有此理！囿于习俗，迷信未除，完全的日常生活，许多人却以为怪。

（二）巡天，即谓我们这个太阳系（地球在内）每日每时都在银河系内穿来穿去。银河一河也，河则无限。"一千"言其多而已。我们人类只是"巡"在一条河中，'看'去可以无数。

（三）牛郎晋人。血吸虫病，蛊病，俗名鼓胀病。周秦汉以来，屡见书传。牛郎自然关心他的乡人，要问瘟神情况如何了。大熊星座，俗名牛郎（是否记错了？）是属银河系。

这比其他任何解释都更为详尽明确。经此一解释，一切疑团都可以说一扫而空了。

另一封是毛主席写给李淑一的，上面写的日子是一九五七年五月十一日。那有名的"我失骄杨君失柳"一首蝶恋花词也就是写在这封信里边，作为内容的主要部分。读着这封信，我觉得有两点引起了我的注意。第一，在那首词本文前面，还写着这样的一段话："有'游仙'一首为赠。这种仙游，作者自己不在内，别于古之游仙诗。但词里有之，如咏七夕之类。"这几句话像是那首词的序言，说明一种创格。第二，词下半阕"寂寞嫦娥舒广袖"一句，在信上是漏掉"娥"这一个字的，自然是笔快的缘故。李淑一先生告诉我说：后来报上发表，是添回去的。

从这两点，可以看出那巨人的作者，在日理万机当中，是怎样挤出一点子时间来写这一封信的。在我猜想，词是在着笔时才想起的，因此，这也就是底稿了。这一点从词中有两处涂过的地方可见。一处是"骄杨"之前本先写了个"杨"字；另一处是"忠魂舞"三字曾叠了一次，是单纯的误复呢，抑或是他在刹那间忽然想到另一个词牌上去呢？这些揣测自然是多余的了，而且作为从心理上来推论这首词的成长的企图，根据也是不够的。

　　道别时，李淑一先生把这封信的一张照片送给我作为纪念。她说："这是手上所有的最后一张了。"

（原载《文汇报》，一九五九年）

柳亚子先生逝世三周年纪念

爱国诗人柳亚子先生离开了我们不觉已经三年了，今天是他逝世三周年的纪念日。

三年前，亚子先生病逝于北京那一天，正是旧历的五月初五端阳节，也就是历史传下来的屈原沉江的日子。这一点，当时没有留意，可是到了第二年他逝世一周年纪念时，我倒想起来了，所以我在那一次端阳节的一首诗上便写有这样的结句："悠悠千载两诗人！"

亚子先生是最景仰屈子的一个人，于诗文中常常见意。像在《纪念诗人节》一文里，他写道：

> 战国时代是楚民族和秦民族争霸时代。楚民族以屈原为代表，文化较高，是主张仁义政治的。秦民族则文化较低，是主张暴力政治的。屈原虽然只是一个统治阶级的士大夫，但他有他的伟大的政治理想，就是想用楚民族来统一中国，实行仁义政治。因为理想失败了，所以披发行吟，悲愤万端，卒从彭咸之遗则，不愿哺糟啜补，与俗浮沉。他的人格，非常高尚，所以他的文学作品，也就成为不可磨灭的光芒了。

在这一段话里，亚子先生表达了他对于二千年前屈原这位爱国、爱民族诗人的景仰，是因为他有"伟大的政治理想"，因为他"人格非常高尚"，因为他"主张仁义政治"而唾弃，深恶痛绝"暴力政治"的主张。所谓"暴力政治"，用现在某些人的话来说也就是甚么"实力地位政策"在这一段话里，亚子先生虽说根据了郭沫若先生的主张，其实也是他多年来自己所抱定的见解。所以他对"诗人节"的主张，用很明确的字句这样说着：

"本来伟大的诗人，都是有他政治上的主张和抱负的。杜甫的许身自比稷契，陆游的垂死而望中原，都是好例子。这样，把屈原怀沙自杀的日子，作为诗人节，不但有文学上的意义，还有政治上的意义。"而在他写文章的当时来讲，那"政治上的意义"还比起"文学上的意义"要来得大。

柳亚子先生景仰着屈原的高尚人格，景仰着他的伟大政治思想，景仰着他的光芒永远不会磨灭的伟大作品，这在他的诗文里时时流露出来，因此，柳先生逝世的时候，不迟不早，就在"诗人节"五月五日这一天，这像是很偶然，但的确也有它的很不寻常的地方的存在。亚子先生有三首悼念秋石的律诗，其中有两句这样写道：

嵩生岳降万灵哗，俍幸长松荫弱花。

诗的题目是这样几句："十一月十一日亡友张秋石女士四十一岁初度。翌晨为十二日，则中山先生诞辰也。枕上追赋三律。盖距女士环首南都时，岁星已十四周矣。"在诗的自注里，亚子先生还写着："君后中山先生三十五岁生，诞辰则先一日，亦异数也。"的确，持此以相例，那么，亚子先生逝世在旧历的五月五日这一天，也应该可以说是"异数"，是不寻常的偶合了。

我想，说他们"悠悠千载两诗人"，我以为这样说是不为过当的，早已有人把柳亚子先生和屈原相比拟过了。"亚子先生今屈原"。而郭沫若先生也说过，"作为杰出的诗人，有人把亚子先生比拟屈原的"。不过亚子先生自己的看法又怎样呢？他有两句诗写道，"匡时自具回天手，忍作怀沙抱石看"。其实，时代不同了，遭遇自各异。郭沫若先生说："但我认为亚子先生和屈原也有不同的地方，那就是屈原不能彻底地控制自己的感情，而终于像原子弹一样爆炸了。"诗能寿世，固然。可是，如果亚子先生生在屈原的时代，易地而处，会不会也"像原子弹一样地爆炸"呢？就他的感情丰富而每趋于急激一点来说，倒很是一个问题。

像在三十年代，他写如下的一首诗的时候：

人亡国瘁恨难平，空遣深源负盛名。一样刘樊仙侣事，可怜双照愧双清。

或者像在《秋石初度有作》一首里所写的：

碧血红心几泪痕，每逢初度一招魂。镰刀赣水成孤注，烽火辽阳忍再论？空有雄心调洛蜀，苦无良策挽乾坤。年年酹酒愁私祭，风雨危楼静掩门。

或者更如在《哭邓择生》的四首绝句：

噩耗传闻杂信疑，伤心此度竟非虚。爱书三字成冤狱，谁向临安救岳飞？

欧刀灼酒血流红，玉敦珠盘正合同。自坏长期檀道济，忌才岂独是枭雄。

举旛太学惨舆尸，黄鸟歼良又此时。哭过中山陵下路，沉吟天意总难知。

北海当年重豫州，避人一面竟无由。胥门抉目观吴沼，太息乾坤剩几头？

像当他写下这样的诗句的时候，试想一个感情奔放，热血沸腾的他，怎能不会有像颗原子弹一样随时爆炸的危险呢？亚子先生晚年患脑病，常多休养在家，我想一定是他多年来当国是日非的时候积压下来的宿疾的影响。那是很可惜的。毛主席赠他的诗有两句说，"牢骚太盛防肠断，风物长宜放眼量"，那我想正是指他不能控制感情的地方，太与屈原相似了。

当敌寇侵略中国的时候，柳先生不只是发牢骚了。太平洋战争发生之前，他避到了香港来，香港新文字学会开会欢迎他，他在欢迎会上做了一首诗，诗写道：

斗室摇灯静不嚣，沉沉长夜坐今宵。婵娟都有如虹气，领袖宁忘前马劳！革命青年新世界，大同国父旧风标。平生饥溺衷肠在，百感交萦沸怒潮。

他的感情的热烈，讲话时神态的激昂，我们至今犹能想见。诗中"婵娟"，指赴会并讲话的雷、蔡两女士。他说："雷蔡两女士陈词，极慷慨之致。"可以看出，柳先生不但他自己说话时，极慷慨激昂之致，他还最佩服别人说话时那一种慷慨激昂的气概。雷女士现在还在广州呢。

"亚子先生是一位典型的诗人。他有热烈的感情，豪华的才气，卓越的器识。"这话说得最恰当不过。

在他的一篇在一九三二年写的"自传"里，柳先生说："一八九八年，在中国思想史上是大变动的一年，我此时是十二岁，已能做五七言的旧体诗，和写洋洋万言的史论文字了，戊戌政变对我颇有影响。因为父亲是赞成变法的，所以我写文章，也就惋惜谭林，希望康梁，而痛骂那拉后了。一九〇二年，我考取了秀才，思想却渐渐变化，从维新走上了革命之路。"

值得特别注意的是，亚子先生大半个世纪以来，始终走在这"革命之路"上面，而且愈走愈积极，愈彻底。

（原载《新晚报》，一九六一年六月二十日）

冯春航与柳亚子

前几天读曹聚仁先生的《如寄录》，他在一段讲吃素的文字里，提到民初毛韵珂与冯春航齐名，写道："朋友之中，捧冯捧毛，各有其人。"他又补上一句说："当时柳亚子先生也颇有豪情，写了许多诗，记得他是冯派的'戏迷儿'。"几句话又引起了一些关于柳亚子先生的追忆。

曹聚仁先生文里所说的"许多诗"，前年出版的《柳亚子诗词选》没有选进去，这里我把几首录在后面，大概就是曹聚仁所见到过的罢。如《海上访春航奉赠一律即题其见惠小影》云：

> 相思十载从何说，今日居然一遇君。说剑吹箫余感慨，寒兰纫蕙惜芳芬。悬知沧海难为水，只恐身心或化云。一幅秋山劳汝赠，江湖归去定香薰。

又《屏子以春航化妆小影寄赠奉酬两绝》云：

> 歌场驰骋未忘机，一卧沧江绮梦非。多谢故人能念我，肯将眉黛慰朝饥。

> 活色生香第一春，冷风寒雨独精神。群儿底用轻相诮，

万古江湖属此人。

读了这几首诗，我感觉到柳亚子先生所要透露的并不是一种普通的对舞台上艺人的"捧"。他还有一首《将去海上留别春航》的长句这样写道：

　　十年苦恨相逢晚，相逢恰又归期限。优昙一现讵忘情，就里因缘问谁管？一曲惊鸿可奈何，樽前我亦惯闻歌。终怜脂粉污颜色，输与庐山面目多。元龙作意征歌舞，泥我春江三日住。媵以人间绝妙词，天花乱落飞红雨。一时豪俊叙天涯，狂杀娄东俞剑华。最是虞山庞处士，拈毫惯赋断肠花。裙边袖角留题遍，王沈姜连称巨眼。酒绿灯红兴未阑，骊歌忽又催吴苑。吴苑春江尽可怜，飘鸾泊凤自年年。五湖他日能偕隐，愿作鸱夷不羡仙。鸱夷纵负平生志，还恐盟寒马鲗字。一集春痕意苦辛，及时行乐今何世。潭水深情空尔为，坠欢重拾知何时。愿求玉体长生诀，万一能留相见期。

这写倾慕的情绪，更加缠绵而带悱恻的成分了。

冯春航的剧艺是十分动人的，大概毫无疑问，不过是否也像毛韵珂那样具有"惑阳城，迷下蔡的本领"那可不知道。不过我想"春航"不是他的名，而是别号。庞樗农在他的《冯春航传》写道："春航姓冯氏，名旭初。"又说："昔京伶有常子和者，以能演青衫员盛名。及春航出台，声音笑貌，莫不与常子和逼肖，于是小子和三字，遂腾于一时。常能者冯无不能。"似冯春航又是个具有天才的艺人，所以亚子才这样倾倒。

而且也不止这样，那时候新剧盛行，春航自己编剧，还抱有一种志愿，要"以改良社会教育"为己任，所以颇见推重。很显然，柳亚子先生曾加入过那时候的新剧运动，那是在他感觉到十分消极以后才采取的活动的路线。亚子先生自己说："一九一三年，我忽然醉心于新剧运动，和冯春航、陆子美交际，出版了《春航集》和《子美集》。但不到几年，子美夭折，春航脱离剧界，我对于戏剧的关系，也就此终止。"这是很可惜的，因为如果他保持着那种对戏剧的关系，是不是他除了是一个爱国诗人之外，还会成为一个"二十世纪的关汉卿"呢？这倒是一个很有意思的问题。

当年写诗颂扬冯春航的，除了柳亚子先生以外，还有不少人，多是南社的社友。就中我最爱俞剑华《赠春航集定庵句》的十六首绝句，为录两首于后：

　　文人珠玉女儿喉，凤泊鸾飘别有愁。撑住东南金粉气，万重恩怨属名流。

　　难凭肉眼测天人，歌泣无端字字真。万种温馨何用觅，只容心戛咛秾春。

（原载《大公报》一九六一年七月六日）

665

梅兰芳在香港时

——追记在港大中文学会欢迎会上的梅兰芳先生

梅兰芳先生病逝于北京，恶消息传到这里来，我写了几首挽诗表示悼念。因为诗中有"难忘面壁斋中话，小语精微沥耳圆"这样的两句，所以许多朋友们打电话来问当日面壁斋中欢迎会的经过。其实，当日的情形，现在事隔二十年了，也的确有些模糊，连日子也记得不十分清楚了。欢迎会是用港大中文学会的名义组织的，本来会开过后是有一种纪录的，可是其后太平洋战争爆发，香港陷落于日寇手中，学会的纪录也就随着散失，事过情迁，一切也逐渐淡忘了，这是很可惜的。现在连当时曾否拍照留个纪念，也记不起来了。

三十年代那个时期，梅兰芳先生真是蜚声海外，名扬寰宇，是他的声誉达到最高顶点的时候，所以人们听到他已到了香港来，渴瞻望一下丰采，真是人同此心；而就香港大学的许多同学来说，因为他们正在提倡中国历史剧，更感觉到能够亲炙一下当代卓越的中国剧曲艺术家梅兰芳先生，不但是一种光荣，而且也是一个需要。这是港大中文学会举行那一次的欢迎会的基本动机。欢迎会是本来打算请梅兰芳先生作个关于中国剧曲艺术的演讲的，当时我也曾向许地山先生提过这样的意见，只是由于梅先生的过于谦逊，而我们也感觉到因为时间、地点以及其他许多关系，不便勉强，终于作罢，而欢迎会也就以亲切的座谈会的方式假许先生的面壁斋举行。参加欢迎会的，除了学生，中文系教授和几位英国教授外，还有三两个外边的文化界朋友。在我的回忆中，无可否认，那是一次最有意思的，也正如我曾说过的，一次别开生面的欢迎会。

那一次梅兰芳先生是因为敌寇日深，避地南来，这一点表现更引起人们对他的敬仰，尤以知识分子，青年学生为然。

在欢迎会上，梅先生就像一颗明星，它不特为几十双眼睛注意集中的焦点，它简直使得满室生辉也似的。人们对于他的一举一动，一抬眼，一颦笑，都不肯稍为放过地注视着，就像当他在舞台上表演时一样。记得他穿的是一套浅灰色的薄绒西装，很淡雅，很齐整。他坐时，坐得很端正，很雍容，稍为拘谨一些，没有他晚年时那一种闲放而略带随便。是许地山太太周俟松悄悄地对我说："你看他完全是个女性的模样！"我说："是啊，完全是个女性美的化身，是艺术的重现！"不过也得指出：就我个人的观感来说，当时的梅兰芳先生给我最深的印象，是他具的那一副庄严相。我看过一个名画家写如来像，我约略揣摩得到他内心所要表现的是一种什么境界。当我面对着坐在面壁斋中那一张椅上的梅兰芳先生的时候，我发现了那是同一样的境界。那一种端庄雅淡，雍容娴静的仪容，除了梅兰芳以外，我不曾在别一个人的表现上看到过。第二次使我感受到同样的印象，是在伊阙看奉先寺石刻瞻仰大虚舍那佛像的时候，此外便没有了。

在谈话中，梅先生说得比较少。很可以想象得到的，他为人相当矜持，还带一种书生的态度。多半的时候见许先生讲，或者学生们提出问题，而梅先生作答。此外，讲得最多的要算马季明先生了，他对京剧有着特浓的兴趣，问题自然也更多。梅先生说话时，声音比较低，但极为清晰，他的谈吐本身就是一种艺术，所以我感觉得要形容，它就只好借用龚定庵的诗句了。

那时候，大家都已知道梅兰芳先生不但是个卓越的剧曲艺术家，他还能书工画，是个中国书画家。不过在欢迎会中，有人请他写画，那他自然也谦逊一番推却了。

在欢迎会中我还对许地山先生说："我以为港大应该赠给梅先生以法学博士的荣衔呀，您觉得怎样？"他笑着说："是的啊！"

（原载香港《文汇报》，一九六一年八月十六日）

异乎寻常的人物

——记陈嘉庚先生给我的印象

剧曲艺术大家梅兰芳先生病逝于北京没几天，而爱国老人陈嘉庚先生又以辞世闻，噩耗传来，真教人有老成硕彦相继凋谢的一种悲感。

我认识陈嘉庚先生，已是四十年前的事了。那第一次印象是我永远不会忘记的。

那是一九二一年，我初次到新加坡就任华侨中学的教职。华侨中学是当时新加坡一地，不，应该可以说是南洋一带的最高学府，它的课程是介乎大学和高级中学或者专科学校的一种程度，选定非常的严格。当时负责协办主持这所学府，以及在成立后又担任它的董事长一职一连好几年的，不是别人，也就是陈嘉庚先生。而陈嘉庚先生同时又在创办厦门大学。

有一天，陈嘉庚先生到华侨中学来视察，仿佛刚是从厦门回到新加坡不久的时候。视察后他对全体教职员生讲话，目的主要在谈他办学，提倡教育救国的宗旨。那时候华侨中学开办还没有好久，一切还未脱离草创阶段。学校还没有一个礼堂，人数较多的集会便只能在图书馆旁边的一个草坪举行，那儿如果遇到早晚时间适合的话，有时也可以借图书室的高墙壁来对猛烈的太阳作若干程度的荫庇的。那天的集会就在这所地方举行。时间是午后二时。椅子长凳统通都陈列在草地上，四周头顶完全没有遮蔽，演讲者和听众，大家都暴露在烈日的照耀底下，像举行一次日光浴也似的。可是，便是这样，陈嘉庚先生作了一次一连三小时的演讲，到下午五点才散会。

当然，他讲话时还有一位同学替他作翻译的，记得是星洲诗人丘菽园的女婿王盛治；陈先生用厦门话讲，王君把它翻成国语，是撮要的译意。

那一次讲话给我很深的印象，第一次的印象！还不完全是那一次讲话的内容，而是他那一次讲话时的一种表现。

陈嘉庚先生那时候年纪多大呢，我没有问坐在我旁边的同学或同事们，不过在我当时猜测，他大概总在五十岁左右了。他给我的印象是已经有点苍老的模样，脸皮上仿佛呈现着一些阅历的皱纹，虽然是很浅的，脸儿看来有些瘦削，比不得若干年后到他晚年时我们所看到的那一副较丰满的面庞。显然地他是一个好沉思、坚毅有魄力和"铁肩担道义"似地具责任心的人物。他头发剪得很短，也就是当年所通称为"陆军装"的形式。可能因为他觉得面孔有些尖削的缘故，他那时候已长了胡子了。他穿得很朴实，但这一天大概因为他看重到学校来视察一事，他穿的一套西装，是白斜布的裤子和一件黑羽纱的外衣。然而在那一段前后差不多三个小时的讲话，我始终没有看到嘉庚先生掏出手巾来揩过汗。这对于我，作为一个坐在那里汗流浃背的听众来说，是一次很大的考验。

从他的像这一类的表现，我已约略认识到他的为人，认识到他的坚苦卓绝的性格，认识到他的事业之所以得到成就，并不是偶然的事。同时，我也约略了解到为什么他创办厦门大学，特别聘请了林文庆去当校长，以及其后和他始终如一，经过变幻，而初志不渝。

他站起来讲话，还没有开口，他的庄严的态度已经使我深深地对他钦佩；他的话还没有讲完，我已经在对我自己说：陈嘉庚先生，他是一个异乎寻常的人物！

整四十年过去了，这第一个印象还一样的新！

（原载香港《大公报》，一九六一年八月二十日）

倾家兴学的陈嘉庚先生

——为悼念爱国老人陈嘉庚先生而写

人们谈起陈嘉庚，总是把他倾家兴学一事连结在一起来想见他的为人的。这是很自然的。因为倾家兴学一直是嘉庚先生的爱国主义思想最具体而又最特出的表现。

四十年前已听到说陈嘉庚先生倾家兴学，一时海内外人士，大家传为美谈，称道不已。那时候，第一次世界大战刚结束不久，欧洲几个所谓大强国，真是满身疮痍，都各自忙于经济恢复，人们谁也不会把教育放在思想第一位。而就中国来说，参加了对德作战了，结果在巴黎和会上却换来了一次莫大的耻辱，给人家出卖了。便是在这样的国情，这样的国际环境迫促之下，陈嘉庚先生毅然拿出五百万元的巨款，独力创办厦门大学。这是一个高谊可风的举动。这使人不能不惊叹，嘉庚先生他不但是能人之所难能，而且也一定具有过人的识见与异乎寻常的抱负。

在当时说，五百万元的确是一个并不很小的数目了。试想：在那个时候，像香港大学这样的一个颇具规模的教育机构，它每年经费支出，也不过一百三十万元，其他更何足论。我到南洋去后，对于当地华侨的经济状况，曾作过一些调查。就一般估计，大约当时陈嘉庚的资产，最多也不会超过二千万。而与他同时并峙的商实业界巨子，像黄仲涵的号称四万万，陆祐的号称一万万，余东旋也骎骎乎六千万，富力都在他之上，看来陈嘉庚还未必能跻得上第四名。然而拿出五百万的巨资来办厦大，这实际上已经占了他的全部产业的四分之一，说他"倾家"，实也不为夸大。于是人们就不禁有这样的想法了：假如那些拥有巨额资产"富敌王侯"的侨胞，也能像陈嘉庚先生这样的热心于教育事业，闻风而起，那该怎样地有助于造福人群和提高国家民族的地位呢！

我说：倾家兴学一事，是陈嘉庚先生的爱国主义思想具体而又最突出的表现。这固然啦。但是，我们单着眼在倾家兴学一事本身，似乎仍不足以窥见这位爱国老人的远大眼光与抱负，仍不足以测量他的胸襟。

马来亚，包括了当日的所谓海峡殖民地在内，大小不下百余埠。在二十年代，这大小百余埠的绝大部分，我差不多都到过，自我国五四运动以后，各地华侨的民族意识大大地提高了，侨胞自己办学校的风气，一时风起云涌，于是乎不旋踵间，半岛上几乎每一个地方，甚至一个小埠，都最低限度有一所侨校。这现在大概已是周知的事实。不过倒有几点说不定仍是人们很容易忽略的。在那大小百多个埠当中，开设有陈嘉庚树胶公司分号的，我想总在过半数以上。马来亚以外的地方还不在此内。很可以想象得到，每一个小市镇的陈嘉庚公司分号，它的业务都不是仅限于销售树胶鞋和其他橡胶制成品，而是在这以外还包括着收购树胶和管理在当地所拥有的树胶园的。不过最引起我的注意的倒不是这一点。引起了我的注意和兴趣的是：这许多陈嘉庚公司分号的经理，几乎没有例外的总是由一个毕业于集美学校的来担任。其他高级职员，如会计和管出纳的，是集美旧生更属常见。从这一事的表现，我们可以看出，陈嘉庚先生的提倡办学，并不是徒托空言，更不是本诸好虚荣的动机。他的教育方针是从实际中来，又归到实际里边去。集美学校毕业的学生，并不都到陈嘉庚公司去服务，但是有了陈嘉庚公司这样的大商业组织，容纳许多人材，毕业即失业的威胁，最低限度是应该"另眼相看"了。这是一点。

其次，就我个人在马来半岛的一个时期观察所得，凡是设有陈嘉庚公司分号的地方，几个大都市除外，这个分号对于那个地方的华侨教育的一切措施，每每负着很重要的责任，尤其是在那些仅有一所侨校的小市镇，陈嘉庚公司分号的经理，差不多毫无例外地不是那所学校的总理，就是它的财政员。有时候，一个小地方的华侨学校，如果没有这一支的支援力量，简直可以说不可能办得下去。记得雪兰莪州的巴双，有一所中华学校，它的总理一连十年都是由那个地方的陈嘉庚公司分号的经理担任。类似的事实，或多或少，也发生过在彭亨的立卑和关丹，以及霹雳的实兆远等地。这些例子显示着陈嘉庚先生不单止在祖国创建了集美学校和厦门大学，在新加坡创办了华侨中学，事实上凡是办有华侨教育的地方，他无不在给予着最大的支援力量。这是第二点。

还有一层，而这是更为重要的。很多人拿出钱来办学，有时候总不免当它是一种慈善事业来进行，可是陈嘉庚先生却完全不是这样的看法。他和这样的看法根本格格不相入。我们从来没有听说陈嘉庚先生办过什么义学。要知道，义学和义务教育是两件事，不可混为一谈。在我看，陈嘉庚先生兴学和他谈兴实业，办工厂，是有他的一贯的想法的。他办工厂，以解决民生问题为鹄的。（别的且不说，在南洋一带，你提起"陈嘉庚树胶鞋"，人们便立刻联想到一般老百姓的需要！）他提倡办教育，以贯彻爱国主义思想为中心。这两方面像一辆车子的两个轮，是相辅并行的。

毫不用怀疑，陈嘉庚先生这样的抱负，这样的胞与为怀的经营工商业计划，这样的高瞻远瞩的办教育方针，是不为帝国主义者所欢迎的，是不为帝国主义所乐于看到的。陈嘉庚先生的一生也体现了这一斗争。

（原载香港《大公报》，一九六一年九月十日）

《生春堂集》著者陈少苏先生

前人说过："文字缘同骨肉深。"真的，我想也只有个中人才真正能够体会到这句话的意义。又说："海内存知己，天涯若比邻。"可不是吗？天壤间只要让他知道曾有过自己这么一个存在，这也就够了，别的更何必论。每每一翻阅陈少苏的《生春堂集》，上面所引的那些话便浮现于脑际。

二十年代，我初到南洋没好久，即闻有陈少苏其人，他是以工于填词见称于当时的士林的。那时候我在新加坡已见过丘菽园，因此我心里想：星洲有丘菽园，槟城有陈少苏，炎岛的江山不愁寂寞了（两人均为闽产：丘海澄，陈诏安）。既而我转到吉隆坡做事。有一次我到槟城，在槟城钟灵中学校长顾因明先生的席上，始获识少苏先生而与之订交了；可是终少苏先生的一生，我和他觌面，相与握手言欢的，也只有这一次。他掌教钟灵中学；我虽住在吉隆坡，但槟城也并不多去。

那一次在槟榔屿盘桓的几天，我游过极乐寺，我住过春潮馆，我还攀登过"千二层峰"的西峰。在登过槟城西峰以后，我还用《疏影》一词牌写了一首词，那在当时言也应该可以说是率意之作，可是少苏先生却给我和韵了一首，记得是登在槟城《光华日报》上。他的词如下：

疏影　登槟城西峰和君葆先生之韵

　　苍茫何极，向烟波千顷，漪痕如织。拥翠层峦，夏木垂阴，一片浓云初滴。山灵时迓仙车至，增几许天台春色。叹古来白练如飞，染就奇峰凝碧。　　回首当年汉使，经诃陵岛上，弯弯鸣镝。瘴海擎鳌，万里乘槎，安见重洋水黑。黄英已被秋风误，却只恨天边残月。听枝头，鸟语咿哑，犹话旧时鸿迹。

　　这是一段文字缘的开始。读着他这首词，真不禁为之击节，一唱三叹，尤其是当读到"回首当年汉使，经诃陵岛上，弯弯鸣镝。瘴海擎鳌，万里乘槎，安见重洋水黑。黄英已被秋风误，却只恨天边残月"这下半阕的几句时，更使你不觉为之感慨万端，低回欲绝。试看，一方面是黑水，一方面是黄英，在当时来说，这是何等强烈的一个对比！

　　前些时，一个南边的朋友寄了一本《生春堂集》来给我。这是少苏先生死后，钟灵中学校友会搜集了他的遗稿所编成的，计有词五十六首，诗七十三首，文若干篇。我想少苏的作品一定不止这样少。"遗著编委"在编后语上写道："门生故友，或有珍藏先生之宝墨者，亦于沦陷期间，丧失殆尽。"一九四一年太平洋战争爆发，日寇南侵，槟屿旋告陷落，而少苏先生亦于此后不久病逝。就他的许多作品的内容来说，大概在日寇占领期间，朋友们因不敢保存而毁弃者，总不在少数。这一类性质的作品，例如在得漳州《墨西来书》后写的：

　　人间皆已沦焦土，君等真成百炼身。传语漳江诸父老：勿忘三户复强秦！

又如《"九一八"八周年纪念为英儿题册》写的：

> 对此天南景色妍，思量故国更凄然。辽东原是秦时郡，狐兔巢居已八年。

更如在一九四一年的"七七"，他在《题曼沙兄纪念册》的一首五律上写着：

> 四载驱胡战，声威继阪泉。河山收半壁，牛女喜先鞭。塞北防元昊，江南活褚渊。待歼群丑日，瓜果话庭前。

类似这些，都是藏有者在日本人淫威之下，所不敢放心的，这倒很可以理解。至于像"七七"那一首，其中有一些见解，如果作者多活几年，能看到后来的光景，那就会不同的，这里要注意的，是诗写成于二十年前的那个时代。

少苏的功力在词。我爱少苏的词，我更爱他在词里所表现的那一种爱国怀乡的思想和情感。下面让我举出几首来作例子说明这一点。《后庭宴》：

> 万里炎荒，春归何处？遍天涯问寻归路，花昏草暝两无言，园林寂静应无主。　　西风不断长吹，怪底芳菲难住。南回燕子，语向庭前树：云聘得东君，欲来时已暮。

这一首作者深恨着"南国长年酷暑，了无春意"，故"作寻春词以抒积闷"。"西风不断长吹，怪底芳菲难住"，这意也似未经前人道过。下一首是他"送友人回国"写的《沁园春》：

　　唱罢阳关，待发舣舟，郑重前陈。念三亭窗下，已成雪印，十年海表，劳碌风尘。王粲夏来，松莼味好，把酒依稀灞水滨。留恋处，恨无情江水，只管催轮。　五陵裘马轻肥，岂料我如今剩此事。叹君谋南处，鬓毛似雪，洛阳亲友，聚散如云。北望神州，思归未得，长自江皋送故人。凭君语：道天涯陈子，依旧沉沦！

　　好一个"长自江皋送故人"的影子，写尽多少"下亭漂泊，皋桥羁旅"的情态！又像这一首《珍珠帘》：

　　兰成老去增萧索。羁愁在，椰雨槟风城郭。湖海忽相逢，慰客中寥漠。衣袖留香经握手，只一笑，纵横三秋然诺。又歌残南浦，楼船吹角。　吾道此日西行，似龟山南下，远辞京洛。故国黯风云，悲虫沙猿鹤。雪耻仗春风铃铎，还记取炎乡，烟水盟约。待归来，细诉伤今感昨。

　　这一首题下注着："民廿六年九月王君维诚讲学牛津，道经槟城作三年后十日平原之约，因以为赠。"王维诚先生现在在北京科学院哲学研究所。记得他是一九四一年从英国回国的，那时候他重过槟城是否看到少苏先生呢，我可没有问过他。

　　五十六首词当中，我几于要说：没有一首不好，没有一首我不喜爱。

（原载《大公报》，一九六一年一月十一日）

在南洋发达的陆祐

　　到过马来亚去的，大概无有不知陆祐其人，这不特在二十年代为然，便是现在恐怕还是一样。陆祐，他倒不像郑太平[1]或者林明[2]那样，自己的名字被用了来作地名，永远地固定下来挂在人们的口边；可是现在谈起他来，无论识与不识，大家总不会不知道他是当时矿业家的翘楚，是华人中的表表者，而知交旧雨中称他作"弼臣公"的，大概仍十分普遍。在马来亚，他的名字真可以说是家喻户晓。

　　我知道陆祐其人，倒不是到马来亚去过以后的事。事实上我到南洋去时，他已作古。我知道他，是因为香港大学的礼堂，早在一九一七年左右就已悬挂了他的油画画像。而同学间，尤其是南洋方面来的同学，一说起他来，总是交口称道，而这倒不完全因为他是个有钱人的缘故。

　　我初抵马来亚，常常听见人们说着这样一句话：中国人是马来亚的脊骨。最初颇怀疑其言是否过于夸大，是否含有骄矜自满的成分。其后住久了，观察范围起广，始渐悟这话并没有言过其

_____

〔1〕　太平在北霹雳；郑太平，郑桂的儿子。
〔2〕　林明在彭亨东北部，为一个广袤约四百方英里的锡矿区的中心；最初在其地斩荆披棘、开采锡矿的为一个叫"林明"的中国人。

实。马来亚的繁荣，马来亚之能有今日，绝大部分的工作应该可以说是中国人辛勤劳动的成就。这些辛勤劳动者当中，陆祐可以说是一个典型的、而又杰出的代表人物。

吉隆坡的朋友告诉我，陆祐以锡矿业起家，他的锡矿场有很大部分在彭亨的文冬。文冬去吉隆坡东北约四十英里，到那里去要越过一度高达四千八百英尺的马来亚山脉。山路盘纡屈曲于崇山峻岭中，从前交通工具唯恃牛车，便是陆祐每次到他矿区去巡视也得乘坐牛车的。可是到了有汽车出现的时候，别人都风驰电掣着，飞逸绝尘于道中了，而陆祐则不改故常，依旧坐他的牛车去视察矿山，一点不觉得不体面。有人以为这实在近于矫揉造作，不过深知陆祐少年时的遭遇和他的艰苦生活的，大概会认为他的表现十分自然，而如果他这样做还具有一种矫世的目的的话，那我想这也就是他之所以极受人们爱戴的一个原因罢。

听到这样的一个关于他的故事：有一次，是英王寿辰的日子吧，新加坡总督府开了一个盛大的庆祝酒会。被邀参加的自然是当地的富绅巨子、社会名流了。就是有一点，新加坡总督府的地点，是在新加坡市中心区登零大马路靠东边的一带小山上，富丽堂皇的建筑高踞着山巅，离开头门差不多有大半英里的路程。那一天，酒会的时间到了，登零一带车水马龙自然有一番热闹。到总督府去参加酒会的，大概总没有不是一车两马或者坐最新式汽车的。可是当中却有一个人，手里张着一柄蓝布的雨伞，身着一领对胸衫，足登双梁鞋，纯粹中国装束，沿着漫长的路子向总督府踱进来。他刚走到大门口的石阶下，站在那里的卫兵不让他进去，挥手要他离开。后来，还是跟在他后头坐车子来的宾客，有些是认得他的，为他向守门的说明，他才得进去。这个没有邀守门者青眼的他，不是别人，就是千万富翁的陆祐。我想陆祐，他大概不会是傲物玩世的意思，不过那以乘车戴笠来妄加人青白眼的，有时也实在太觉可笑了。

陆祐经理他自己大小事业的商号，叫"东兴隆"。这名称上面嵌上一个"东"字，我想大概指广东，可能是寓他倦念着家乡的意思。记得荔垞师对我说过多次，余东旋的名字所以取"东旋"二字，是因为他立心终久要回来广东，因以见意，也许陆祐也有同样的见解。事实上，陆祐死后是依照他的遗嘱归葬唐山的。据说，他在遗嘱上还规定葬费不得超过三千元。以他那样的财力，说他"俭德可风"，似乎仍不足以道出他的过人之处。

（原载《海天集》，三育图书文具公司，一九六三年八月）

纪念孙中山先生逝世五十周年

　　今天是孙中山先生逝世五十周年纪念日。诸位为了纪念这个日子，邀请我来作一次讲话，我感觉到这是一种很有意义的光荣。我万二分敬仰这位伟大的革命家、伟大的革命先行者，万二分服膺他的中国革命的思想和理论。不过在讲话这里，我只能说到一些自己对于他的事功的感想，一些"高山仰止"的敬慕的话，而对于他的哲学思想、意识形态、他的学说这一类的话，则不打算讲，而且也不可能在这样的简短讲话中说得出甚么来的。

　　三月十二，五十年前这一日，孙中山先生病逝于北京，消息不久即传遍了整个世界。我那个时候寄居在吉隆坡，噩耗传到吉隆坡，吉隆坡的华侨便在一个号称为"大伯公山"的广大运动场开会追悼。参加追悼的达数万人。追悼会的情况，大概"百姓如丧考妣"这句话，差足以形容。记得行礼时致哀悼词的为彭泽民，他真的哭得如泪人一般。我那时也参加了追悼，并写了一副挽联以表达哀忱，那联语是："凭谁洗甲天河挽？哀此崩颓梁木倾！"这联文的意思是很显浅易晓的，是完全没有含蓄着甚么特别作用意义的。可是不知怎的，却引起了吉隆坡的华民政务司和七州府副提学司的注意，曾三番两次地要我详细解释意义，并把对联译成英文。事情何以看得这样严重呢？"天河洗甲兵"难道是指与流血的革命有关？后来我想起来了，那时候正是新加坡反对学校注册条例的一事件发生过没有多久的几年。是"提高警惕"的一类表现。

像上述的一类表现，别的地方也看到，虽然不一定是司空见惯。记得若干年前，就在这里的屋檐庇护之下，我们开会纪念鲁迅，讨论鲁迅的作品，会开过后，学校当局还要质问我讲过些甚么话，结果我还得写个讲话的说略呢！

不过那是以前的事了，今天的情况可能不是那样。

今天我来讲话，来纪念中山先生逝世五十周年，我得首先一述上面所说的一件不能忘怀的事，这样，一则写了我自己当时的感想，我个人对中山先生的景仰，次则也略为追叙了海外同胞对孙中山先生的爱戴。然而从那个时候再数上去十四个年头，便是辛亥革命的爆发，便是武昌起义与"民国"的诞生。

武昌起义以后的事件，孙中山先生"自海外归"，被举为临时大总统。有一次，他坐了招商局的"广大"号轮来香港，香港的侨胞假座洞天酒楼开欢迎会欢迎他，我也以三尺童子，"一介书生"的资格参加欢迎者的行列，可是出乎我们大家意料之外，香港政府竟不许可他上岸，结果，只由他派了廖仲恺和李茂之二人作代表出席了欢迎会。那一次，我听到廖仲恺先生讲话，讲的是中国经济建设计划，李茂之讲的是关于财政的问题，大略是这样。

大家对于孙先生不能够到来对我们讲话，都感到很不愉快。有些像失望，气愤。

之后，过了一些时候，孙先生又第二次到香港来了。香港的侨胞，主要是香山侨商，设宴于香江酒楼欢迎他。这一次听到中山先生的讲话了，讲话逾一小时，但我们总觉得娓娓不倦。他讲话中有一段，是答欢迎会的主席所提出的一个问题而讲的。便是他这一段话开始了我对中山先生的敬仰。先是欢迎会主席在致欢迎词时，提到"东海十六沙"的争界问题，意思是希望孙先生以同乡梓里之情谊，利用些压力，教邻县让步划出些地界来。孙中山先生在答话中，说了很详尽的一段话，阐明了中国是一个大家庭的意义，要团结以御外侮，而不要"兄弟阋于墙"那样，自己搞内部分裂，惹人家轻视，一番话说得非常动听。至于争地划界问题，沟洫之间，如果尚有应该调整之处，则应该去问胡都督。胡都督，指胡汉民。一席话，豁达大度，明大体，而洞悉时弊，使你肃然起敬。

孙中山先生是会说话的。他是个很有名的演说家。他用英语演说，更得到许多外国人的佩服。他曾在港大这里作过一次盛大欢迎会上的演讲。你们这里有一位已故的旧教授辛浦荪先生，各位是知道的。有一次（那是在爱丁堡时，我去访他。），和我谈到，过港大来演讲的世界名人特别值得怀念的几个，我特别提到萧伯纳。辛浦荪教授说，他特别觉得不能忘怀的有三人：第一孙逸仙；第二萧伯纳；第三罗文干。我说：林文庆如何？他说，林文庆到港大来接受博士学位时，他还未到香港来任教职，因此没有听到过他的讲话。至于他对孙博士的讲话，的确佩服之至。

几个世界名人的讲话，我在这里提到，并不是企图作任何比较，也并不是说特别推重孙中山，或者特别推重萧伯纳。不过在这里我不妨追述一段旧经过。记不得那一年了，萧伯纳到了香港来，还到港大来演说，于是我也赶快来听了。……他的话最引起我注意——虽然我并不是思想上完全没有准备——是这样的一句话。他说："假如在二十一岁时你还不是一个革命者，那么到了四十岁时，你简直可以当自己经已死去了。"我记不得这话当时是否博得听众的全场掌声，可是第二天我看报纸，发现刚巧这句话被删去了。

有时，我也想过：萧伯纳那句话，恰好可以作孙中山先生的革命思想的注脚。

誉孙中山先生的一生为伟大的革命家，在五十年前的那个年代，亦只可为知者道耳。像是《伦敦蒙难记》的写序者说过的罢："中山先生勇迈沉毅，百折不回之精神，足为后世取法。"这正是孙中山先生"所以大过人"的地方。

许多年前，在吉隆坡一个朋友给我看过一幅据说是孙中山先生写的对联，联文为："惟大英雄能本色；是真名士自风流！"联文是不是真的他写的，很难辨识，至于署名"孙文"的两字，倒很陈是他的笔迹。"风流在武昌"，想起了当今之世，"数风流人物"，大概孙中山先生总要在数一数二之列了。

孙中山先生"致力于革命"时期，得到日本朋友的帮助很不少。我看到过一个日本人名冈崎的或冈田的，即席写了一首赞美孙先生的七律，诗的主要意思，是以汉光武刘秀来比孙中山先生，全文记不得了，只记得首两句为："梅园初会印人士，始识孙公革命宗。"美诗的意思，是中山先生会见印度人士，是为了革命，是为了要"联合世界以平等对我的民族，共同奋斗"，要这样才能达到革命成功的目的，这是显而易见的。

孙中山先生是一手缔造"民国"的人，这一点是得到一般公认的，虽然到他逝世的时候，这个"革命的先行者"，他的统一事业仍未实现，"革命尚未成功"，但那我们要从另一角度来看问题。

孙中山的故乡为翠亨，在那儿有他的故居。郭沫若先生有一首《题中山故居》的诗，写道：

　　酸树一株似卧龙，当时榕树已成空。阶前古井苔犹活，村外木棉花正红。早识汪胡怀贰志，何期陈蒋叛三宗。万年史册千秋笔，数罢洪杨应数公。

　　这诗誉孙中山先生为堪与洪杨相比；在我看，孙的思想事功，似乎还在洪杨之上呢。时间越过得久，便越觉得孙中山先生之伟大，这是我的感觉。

　　　　　　　　（在港大一个学生集会上讲话稿，一九七五年）

悼冯玉祥先生

当我在报上初读到冯玉祥先生在黑海船被焚身死的噩耗时，我的立刻反应是震惊，跟着便进入了一个疑团，到现在仍然不完全消释的疑团。

我想，凡是同情民主与为争取中国的民主而奋斗的人们，无论认识或不认识冯先生，对于他突然与世长辞，都会感觉到是一个莫大的损失。我虽与冯先生无一面之雅，但对于他三十年来的思想与言行，曾不断加以注意，至于抗战军兴以后，则其所发表的言论，虽半词只字，差不多都可以说是"先得我心之所同然"。不少人说，冯先生有些举动近于矫情。我以为，假如目的在于为国家，为民众，在于移风易俗，那么，纵然近于矫情一些，又有甚么相干呢？伯夷叔齐也有人说过他是矫情了；但像"箕子佯狂""微之去之"难道也说是矫揉造作！矫揉造作只能维持于一时与一种限度，一过了这个限度便不能把他作"矫揉造作"看了，不然的话，钉在十字架上的耶稣也是矫情的了。"数十年如一日"的一贯行为，这正说明了冯先生是一个真正为人民的斗士。

今年春节，在一个宴席上，李任潮先生对我说起冯先生在美国的状况，我说："那里的情形恐怕不能容许他久居下去，还是叫他转到欧洲去，再想办法吧"。真想不到才过半年，他在要由欧洲回到中国的途中，竟于到达目的地的前一天死于火焰里。冯先生之死，固然是一个无可补偿的损失，但为争取民主而奋斗的人们，当然知道这并不会削弱人民的力量，反之只会加强人民奋斗的意志。一个倒下去，千百个起来！

（原载《冯玉祥将军纪念册》，香港复兴出版社，一九七六年四月）

柳亚子与南社

柳亚子先生是去年（一九五八）端午节逝世的，朋友们提起这事，总不免想到柳亚子与南社的关系一问题来。现就手边所有的材料，对问题略为一说。

在柳先生所写的《南社纪略》里边，有一篇题作《读南社补记后答张破浪先生》的文章，上面这样写着："我是南社三位发起人之一，而南社又是我所'卵而翼之'的，讲一句夸口的话，没有我怕根本上就没有南社吧。"事实上柳先生对他和南社的关系，并没有丝毫夸张。他说他是南社三位发起人之一，其余两人就是陈巢南和高天梅。南社成立于一九〇九年十一月。柳先生在《我和南社的关系》上面写道："一九〇九年（清光绪三十三年）冬天，薄游上海，偕刘申叔、何志剑、杨笃生、邓秋枚、黄晦闻、陈巢南、高天梅、朱少屏、沈道非、张聘斋小饮酒楼，便孕育了南社的精虫。好容易怀胎十个月，到一九〇九年阳历十一月十三日（清宣统元年十月一日），这晚清文坛上的怪物，居然呱呱坠地了。"

那十一月十三日第一次的集会，到的十七位社友，其中属同盟会会籍的十四人，所以柳先生写道："足可证明这一次雅集革命空气的浓厚了。"这革命空气，他在一九三二年写的《自传》上也提到。他说："一九〇九年，和陈去病、高天梅两人发起了南社，以文学来鼓吹民族革命。"那时的文学作品，可举柳先生自己在一九一〇年四月写的一首词来作例子：

金缕曲　三月朔日，南社同人会于武林，泛舟西湖，醉而有作。

> 宾主东南美。集群英，哀丝豪竹，酒徒沉醉。指点湖山形胜地，剩有赵家荒垒。只此事从何说起？王气金陵犹在否？问座中谁是青田子。微管业，付青史。　　大言子敬原非戏，论英雄安知非仆，狂奴未死。铁骑长驱河朔靖，勒石燕然山里。算才了平生素志。长揖功成归去日，便西湖好作逃名地。重料理，鸱夷计。

这真是一腔热血的流露，并且还是"在虏廷监视严密之下"进行的。

在柳先生的见解，南社是有它的本来的出发点的。在有一个时期，他曾退出南社，为了解释这一事，他曾这样写道："我只是由于爱护南社的出发点，不愿南社落在我当时所认为不满意的办法之中，便以去就力争，力争不行，便毅然脱离吧了。"（《答张破浪先生》）他又说："我对于南社，是有我的基本见解的，绝对不能和开倒车的朋友混在一起。"这所谓"出发点"，所谓"基本见解"，是怎样的呢？在《自传》里，他很明确地指出最初阶段的情况说："一般半新不旧的书生们，挟着赵宋朱明的夙恨，和满清好像不共戴天，所以最卖力的还是狭义的民族主义。南社就是把这一个狭义的民族主义来做出发点的。"至于他自己呢，他继续着写道："我个人，在当时，一方面崇拜人权论，自称为亚洲的卢梭了；一方面又受刘光汉《天义报》的影响，颇倾向于安那其主义的铲除贫富论，已不是最狭隘的民族主义能够范围我的思想了。"南社的本来面目是怎样的，读了上面的两节话，已思过半矣了。

有人说柳亚子"善变"，那也近于无聊。思想是随着时代环境转变的。关于这一点，柳先生在给蒋慎吾的一封信里讲得最清楚。他说："时代是进化的，尤其是孙先生指示我们，达到民生主义的社会，才是至善至美的社会。……不了解民生主义的人，不配称三民主义者。我，三十年来的论调，始终是一致的。"这封信写于一九三六年二月。那时候，不但南社已经完全停止了活动，而且在一九二三年成立的"新南社"也已蜕变了为"南社纪念会"了。此中消息，不难从上面所引的一段话寻味得出来。

给蒋慎吾的信，是为对南社的估价一问题而写的，但是它正好作结论似的说明了亚子先生和南社的关系。

（原载《艺林丛录》第一编，谷风出版社，一九八六年九月）

黎萱与《桃花扇》

　　几个月前，当中国民间艺术团到香港来演出的时候，我想凡是看过它的，大概总不会忘记黎萱其人。在节目单上黎萱并没有担任那一项演出，对于这一点当时便有许多人认为是一件憾事，可是事实上与观众见面次数最多的要算她了，她是报幕员。单就一点讲，她可以说是当时穿得最好的一个，真的楚楚动人。我这样说也并不是指那些甚么宝气珠光、绮罗香软一类的打扮。人们看见过根德夫人的，总会承认说她是穿得最好的，实在名不虚传，衣服不负她，而她也没有负衣服。对于黎萱，我们想也有同感。

　　前天元旦零时一分，广州广播电台播送新年祝词，那祝词便是由黎萱播出，人们又一次听到这位清圆的语音像音乐般动听的报幕员，真觉耳福不浅。

　　不久以前，我到广州去的时候，听说《桃花扇》要上演了，是黎萱饰演李香君。朋友们邀我去看，我就立刻答应了，座位早卖光了，就在第一列前面加了几张椅子。我很高兴，主要的目的自然是要看黎萱，但也因为由欧阳予倩先生改写为话剧的《桃花扇》，这还是初次在广州演出。

　　《桃花扇》改写成话剧之后，听说不久以前，北京中央戏剧学院还把它作为导演训练班的毕业公演剧目，在首都演出过。很可以想象，这一事给予了我国戏剧界的导演艺术不少影响。在广州的演出，华南话剧团是根据了中央戏剧学院导演训练班的毕业公演来规划的，所以值得重视。另一个值得注意的问题是改写或改编旧剧的需要。

原为清初戏剧家孔尚任所谓"历时十余年，稿凡三易"才写成的传奇名著《桃花扇》，写的是三百多年前，在南明灭亡的前夕，一个"复社"少年侯朝宗和秦淮歌女李香君的恋爱故事。写的根据了历史事实，并证以当时的诸家稗记，所以孔的自序上说："香君面血溅扇，杨龙友以画笔点成桃花，亦系龙友言者，遂本此以撰传；于朝政得失，文人聚散，皆确考时地，全无假借。"大概并非虚语。时人还有指出过"此剧语多征实，即小小科译，亦有所本"的，可是若果根据了这话，便以为孔尚任的作品，即传奇即信史，则亦未为近是，像写侯朝宗的个性便是一个例子。

商丘侯朝宗，是明朝户部尚书侯恂的儿子，前人所说"与阳羡陈定生、如皋冒辟疆、桐城方密之并以名卿子折节读书，倾家财交天下名士，天下称为四公子"的，也就是他。蒋永修的《陈迦陵外传》写道："四公子深相结。南渡时，定生罹党祸，朝宗捐数千金力为营脱。侯无德色，陈不屑屑颜谢，相与为古道交如此。"这也就是《吴梅村集》中《赠阳羡陈定生》一诗的"却话宋中登望远，天涯风雨得侯生"的句子之所由发的了。然而我们看了《桃花扇》里侯朝宗与李香君定情的一折，侯朝宗一切都任由杨龙友摆布，自己坐享其成；到了新婚的次日，杨龙友来透露阮大铖的意旨，侯朝宗还迟疑着没有一句明确的答话，李香君便已识破了阴谋，坚决地把一切妆奁退回奸佞：这两者相形之下，又何其于取舍之间、公私之际，相去远耶！

改写了的《桃花扇》便是在此等地方抉剔出前人之所不能言，发前人之所未发。它通过了李香君与侯朝宗的恋爱故事，写出一个可歌可泣的爱国斗争，在这个爱国斗争当中，真正爱国之士常常不是那些士大夫阶级，厌膏粱、衣绮绣的人物，反而是贩夫走卒、下层阶级的劳动者！它不但揭穿了统治阶层的奸邪丑恶，它还痛痛地鞭挞了那些像侯朝宗一类的动摇变节、没气骨的所谓"文人"。试想：中了顺治副榜的侯方域，他如果听到了苏昆生、柳敬亭唱出那"俺曾见金陵玉殿莺啼晓，秦淮水榭花开早，谁知道容易冰消！眼看他起朱楼，眼看他宴宾客，眼看他楼塌了。这青苔碧瓦堆，俺曾睡风流觉"的曲子，将作何感想呢！怪不得当他"翎顶皇皇"地到南京城外的葆贞庵去"接"李香君的时候，李香君愤恨得要抉去她自己的两只眼睛了。

在这一部新剧里，黎萱表现得可以说是"情文并至"了。

从萧红想到东北

前几天，叶灵凤先生在中英学会作了一次关于中国现代女作家萧红的演讲。那天去听演讲的逾常地多，座为之满。不过细心观察的人们大概总会看出这一点，就是听众当中有不少东北人。很可以理解，理由之一是因为萧红生长在东北，她的作品描写的又是东北的生活，所以这里边便有着"乡情"的一个因素的存在。但是另外的一种吸引力量，可能仍是在"东北问题"本身的重要性。人们谈起萧红的作品，便联想到东北，而一提到东北，便禁不住会想起过去几十年东北那一部悲痛的斗争历史了。

那一次演讲，叶先生没有谈到这个问题，只在叙述萧红的作品时略带上几句话。随后，开展讨论，大家也没有提到关于东北的一些问题。不过，可能想象，深深地蕴藏着在人们的心坎里，仍有一些对于白山黑水间的怀念与紫想。

在抗日战争以及抗日战争以前的一个相当长的期间，东北曾无间歇地吸引着人们，尤其是青年们的想念，也正如现在"解放台湾"一个问题一样，使大家为之梦寐不忘。记得新中国初建立的时候，许多有志的青年，听到刚解放的东北疮痍满目，残破不堪的状况，便自告奋勇，挺身而出，要到那边去帮助恢复工作，参加建设。像现在停办了已差不多六年而在那时候是在林焕平先生积极的领导下办理着的南方学院，就有好几个同学到了关外去服务。就中也有一两个，因为过不惯那边冬季严寒的气候，而终于在过了一时期后仍转回这里南边来，但一般地说来，虽然有着许多自然条件上的困难，青年们对于东北这个富于引诱力的地区，仍是心焉向往的。不久以前，我有一次到了北京，无意中在故宫博物院里遇见卢动校长，他是刚从东北参观过回来，正要到广州去。我们扳谈起来，他告诉我一些关于东北的教育观察所得，以及那边青年教师们的生活状况。他说：经过日本人多年的摧残和压迫，东北的教育情况是不堪说的，中小学教育要从头做起，需要很大数量的教师。卢动先生说那几句话到现在又过了些时候了，现在的情形虽然改善了许多，但随着东北人口的急剧增加，尤其是都市的人口，例如去年八月我到沈阳时，那里的人口是二百六十万，长春九十万，鞍山七十一万，这样学校也增多了，教师问题便仍然严重。这只就许多问题当中的一个来说。它只涉及生活的比较窄的一方面。但即此已可以概其余。

萧红在《生死场》所写的是一些简单朴素的人物，简单的生活，简单的思想。这些简单朴素的人物，遭逢到人生未有的剧变，怎样去抵受，怎样去反抗，怎样悲歌，怎样流泪，这是人们都想知道的。人们总不会忘记：当听到这两句歌词时——"我的家，在东北松花江上"，曾多少次掉下泪来！当深夜里一想起那支曲子时，又曾多少次使枕头儿湿润过！就是那几句话，它呼唤了那昏昏要睡去的黄魂使它苏醒。它使你觉得一阵心酸，但终于使你激励奋发。张学良带了三十万健儿到关内来，流离转徙，昔日的年少青春，而今渐渐老了，胡子也长出来了，这叫他们怎能不思家呢？于是乎"打回老家去"的口号便叫出来了！

这些现在都成了过去，成了历史的陈迹了！东北已经不是从前的东北，长白山也有了它的新意义！

　　然而甚么是历史？记得美国作家拉铁摩尔在他的一部关于东北问题的著作里说过："在满洲的斗争，基本地现在是，而在我们这一世纪中也将继续是，由于几种文化与人民的互相冲突着的迁移，以及各国文化的强加诸别的人民的身上所作出的努力所形成。在这一搏斗当中，政治家、将军们，只不过是历史的偶然事件；传统生活的方式，种族和地区在面对着文化与民族时因为要保持它们自己所作出的努力，以及民族与文化在把它们的力量强加诸种族和地区时的努力，这些才是历史本身。"写在"九一八"事变的前后，这话是耐人索味的。

　　在那本书的序上，拉铁摩尔又写道："在我们这一代，最尖锐的角逐是在满洲展开，而日本则为西方文明在这个斗争中的主宴领先者。"这话也同样地耐人咀嚼，甚至在今日。快三十年了。在这个期间当中，东北的面貌已改变过来了，麦克阿瑟将军也到过鸭绿江边去"窥"了一下而又退了回来！在今天，日本还会当人家的马前卒吗？

我所认识的何永佶

　　有几个朋友要我再谈谈何永佶，多介绍一些关于他的事实。用不着赘述，这是由于前些时我那篇《文章话故知》所引起的波澜。要求是不能不答应的，不过回头一想，谈谈自己的一个老朋友，倒不是一件容易的事。因为你得先决定甚么是你要说的，纵然说了是人家不一定爱听的；甚么是你不要说的，纵使这包含了他们所最想知道的。我不可能知道关于何永佶先生的全部事实，而我所知道的又只能把其中的一部分告诉人们，并且还要经过选择，那你可以想象，通过我这介绍，你所能够得到的对于何永佶先生的认识，它的可靠程度是如何的了。

　　然而对于朋友，我仍是蛮喜欢说几句话的，尤其是对于旧朋友。有时候出于单纯的怀想，有时候却是借此来安慰自己的寥寂。

　　我认识何永佶整二十年了。我最初认识他是由于许地山先生的介绍，那时他大概从美国回来没有多久。一九三六年的春天，我和地山先生他们组织了一个到粤北和武汉去参观的旅行团，经过广州时何永佶来会合，就是这样订交起来。那时候粤汉路还没有全通车，我们坐了火车到乐昌便停下来，住了一夜，到第二天早晨转车到坪石，然后从坪石改乘公路汽车到衡阳。在乐昌逗留的那一个晚上，许多同行的都住到客店去，我们几个人因为要逃避蚊子的打扰便住在艇子上。就在这艇子上，我们听着水声，招邀着微月，谈了差不多一整夜。

漫无拘束的谈心是最有意思的。因为从这些闲谈当中，每每发现关于参加的对方的思想和感情，你在其他的生活关系上永远不会发现的秘奥。在那一次艇子上的夜话，我发现了我和何永佶在思想上有很大的距离。当然咯，这也是毫不足怪的：人与人之间，总有若干距离的；上帝造人就是这一点不公道。这思想的距离发展下去，有时候便不免形成了激烈的辩论。记得有一次，是抗日战争的初期，那时南京已陷落了，何永佶到了香港来，他常到冯平山图书馆看地山先生和我，我们由闲谈而至于激辩，辩论到面红耳热。"君葆！你这是一个所谓社会主义者的思想咯！"何永佶还带几分客气地说。这几乎把局面弄僵了，后来还是许地山替我们解围，一如他每次替我们所做的。不过说来也奇怪，其后不久，何永佶主持了《中华日报》的笔政，他所写的文章，纵横捭阖，有时候积极的程度会使我这个"社会主义者"还不敢望其眉背！可是，是不是因为这样，所以那《中华日报》才终于遭到了仅仅"昙花一现"的命运呢？很难说。

私下地，几个朋友也常谈论到过何永佶的思想的原则性一问题。记不起是谁说的，引用了纳兰成德的一句话："德也狂生耳！"说何永佶狂，倒也有几分是事实，便是永佶自己也多少承认了这一点。不过，若果我是何永佶，我倒想补上这一句说："恨古人不见吾狂耳！"说何永佶狂，这在我看来，正是他的可爱的地方。他把曹禺的《日出》翻成过英文，在他的译笔里大概不可能看出他的狂态。可是，前年我在一本新加坡出版的《马来亚笔会会刊》上面，读到他的一篇以《中国语的罗漫丝》为题的文章，在那里面他的笔锋便有着一些狂态的流露，而最近，在他的《乘风纪游》一连载，这也是常常看得出来的。有时他也显得"落落寡合"。

目前，何永佶是到了新中国去了。据我所知，他现在仍在北京，也许"乐不思"南洋了！这样，何先生的"美国朋友"（引用《中国语的罗漫丝》一文上面的话）是不是会担心着他"投奔"了中共呢？关于这点，我倒没有甚么资料可以根据来作答覆。不过，人们总可以见到，像他那样的一个"才士"，在目前的环境条件下，如果还要哼着甚么"我欲乘风归去，又恐琼楼玉宇，高处不胜寒"，那恐怕又是多余的了。

前几天，《大千世界》把《乘风纪游》的开头一部分刊载了，这是"先得我心之所同然"了，不过作者的好文章还在后头呢。

文章话故知

到广州"小住"了几天，回来案头堆了一大堆新加坡寄来的报纸，急忙打开几束一看，发现了一篇何永佶先生写的以《乘风纪游》为题的连载文章。何永佶是旧朋友。读旧朋友的文章，有一种亲切，但又格外眼明的感觉，因为不单只要从文章发见他与自己思想的同点，而尤其重要的是要发见在久别后与自己思想的异点。"士别三日，当刮目相看"，于是就把那十多篇的登载一口气读完了。何先生是在十月底经过这里到大陆去的。他的文章还没有写完；这里所看到的，只是他踏进国门后在广州勾留的十多天所写的一部分。不过即就这所看到的部分说，文章的风格旨趣也不难窥见一斑。

下面我把他标题作《小钱大用》的一节抄下来：

治术的另一法宝为货币。币重者则政权稳而社会安定，币轻者则政权危而社会骚乱，轻重均以生活用品为衡。（按：此论出管子《轻重篇》。）

十年前出国时，我是个百万穷汉，那时一百万元买不到一件大衣。这次回国，特别注意其货币，在深圳换到人民币时，抚摩不肯释手，即时发见以下的几个特点：

（一）人民币无硬币，元下之角分也用纸。

（二）人民币无英雄相，代毛、朱、周、刘等人出现的是载重汽车、飞机、拖拉机、火车头、玉泉山、天安门。

（三）人民币无英文，亦无俄文，然除汉文上，有满蒙藏文。

（四）人民币只由中国人民银行一家发行，无别家银行亦无财政部参与。

（五）人民币只是一种，无"关金""金圆券""流通券"等等名目。

（六）人民币的最高发行票值为五元，五元以上者无，五元以下者有三元、二元、一元、伍角、二角、一角、伍分、二分、一分的九种。

为欲知道人民币的轻重，我到广州后即试以角以下的分钱买物。以下是实地的体验：一分钱可以买到口糖三粒，蕉一枚，盐一两，香烟二枝，信封三个，信纸五张。二分钱可以买到火柴一盒，柴一斤，鞋带一对，寄明信片一张，寄普通书一本，渡珠江过河南一次。三分钱可以买到炭一斤，椰菜一斤，塘鱼一两，菜油一两，王老吉凉茶一碗。四分钱可买到花生油一两，牛肉一两，糨糊一小瓶，打电话一次，寄市内信一封。五分钱可以买到鸡蛋一只，中等猪肉一两，鸭肉一两，报纸一份，坐公共汽车二公里，看文化、教育、卫生电影一场。六分钱可以买到约四两重咸水鱼一条，白醋一斤，下等酱油一斤。七分钱可买到鸡肉一两，国制铅笔一枝，八分钱可寄国内信一封，坐公共汽车二段即四公里，买杨桃一斤。九分钱可买下等碎米一斤。

清早开门的七件事，其价目如下（单位一斤）：柴二分至二分三厘；米九分至一角六分；油，花生油六角，菜油五

角；盐，生盐一角四，熟盐二角；酱油六分至角三；醋六分
至一角；茶一元至三元。

抄完了，我倒觉得这像是一页经济版的缩影。以前也有不少
人到过中国大陆访问，有些并写过关于人民的经济生活的文章；
可是能像永佶这样寥寥几百字，把人民的每天生活生动地作一个
横切面的剖析，在我还是第一次见到。有些地方，我们也可以说
是习焉而不察的，像纸币和邮票都没有了洋文，火车和火车站上
现在只能看到中国字之类。说起来也是一段笑话：一九五二年我
从上海坐火车到广州，同车的有个在中国经商已廿多年的外国
人，车过了琶江口，他还问我道：你看我们明天这个时候到得了
"坎东"（CANTON）吗？

何永佶是文人，是政论家；他在大学当过教授，也办过报。
在香港，他的名字也不会十分陌生。抗战时期，他在这里主持过
《中华日报》的笔政，所写的社论，议论纵横，词锋犀利，殆一
时无两。其后不晓得怎的，《中华日报》竟突然停版了。许久没
有读到他的波谲云诡的笔调了，这一次打开《星洲日报》与他
重会面，十八年前事一时兜上心来，倒真的"如闻其声"也
似的！

"数风流人物"

　　写人物不易，写大人物更不易。这大概是执过笔的都知道的了。所以难就因为是人物的缘故，而大人物尤难，因为大人物总是"哀乐过于人"，很不容易仅从一个窄的角度来窥察他的全面。就因为这样，描写人物的每每要借助于一些小事体，认为这是和那所要刻画的对象分不开的部分。我所指的就是像史达林的烟斗，或者邱吉尔的大雪茄那一类的东西。不过我以为这是错的。我以为更高的艺术是要画成一个手里没有烟斗的史达林和嘴里没有衔着雪茄的邱吉尔，那才算是真正的造诣。

　　提起大人物，就不免想到当代的大人物来了，这是很自然的。因为我们如果不想到他们，难道要去起历史上的"千古风流人物"，把他们"月旦"一过么？想那也不会与我们有甚么相干罢！毛泽东主席在他《沁园春》一词里写着："数风流人物，还看今朝！"这句话现在差不多挂在每一个人的口边了。不过，如果你要问甚么叫做风流人物，或者要我对"风流"二字下个定义，那我只能说你笨拙，否则也要称你为"愚不可及"风流就是"风流"；如果你不明白这，你就不会明白中国的一切。

　　数当代的风流人物，大概周恩来总要算其中的一个了。这几天他更是常常占了头条的新闻人物。他每到一个地方便成了一种巨大的吸引力量，而这也不完全由于他的政治地位的缘故。这一年来我见过他四次了，每一次都想把印象写下来，但总觉得不容易下笔。他不吸烟，讲话时也不预备讲稿，衣服也没有甚么特别的地方。曾读过很多外国记者们笔下描述他的文章，富有风趣的固然不少，可是对于他的人格个性真正能够体会入微的，实在也凤毛麟角之极。去年年底我到北京，第一次见到他。那一次我和几个外国教授同去。回来，我问其中的一位对周总理给他的印象。这个教授是苏格兰人，他的名字很长，叫庇里斯特藜。当我提到周总理时，他表示对话题有很浓厚的兴趣，像开了话匣子似的，谈个滔滔不绝。

他说："我一生看到过的伟大人物并不很多，不过在这寥若晨星似的几个大人物当中，周恩来要算是最使我永远不会忘记的一个了。我且单就小的事情来说罢。那天的酒会，我亲眼看见他和三十个以上的客人干杯，而单和我就干杯了两次，并且他喝的又是不折不扣的威士忌！他这酒量真不少。而且我们当时也就已知道，他离开酒会是还要去参加欢送东德总理的宴席的，在那里他不但也要很多次的干杯，并且还要讲话！"

庇里斯特藜继续说："周总理，他真是个卓越的了不起的人物，可惜我们派到北京去的那一位，全不是他的对手。"

我说："请恕我！您说'我们'，意思是?"

他："对不起！我意思是我们不列颠。"

我："照您的意见，那么，又应该怎样呢?"

他："我们应该有个像邱吉尔那样的人才派去，才可以和他周旋，应付得灵活。"

我："温士顿，他年事太高了，而且也已经退休了；然则，兰道夫，他哲嗣如何呢?"

庇："唔，太粗莽，不成！"

我："那么，您心目中大概是要贝文那一类的人物了！"

庇："是呀！贝文，可惜他已去世了，他是工党。"

我："这样，您们为甚么不派出一个女外交家，像亨利·鲁斯夫人那样的人物呢？"

庇："对喇！这倒是一个很好的意思。不过那里找这样的人物呢？可是，无论如何，我得把这意见写给曼彻斯特卫报。"

于是我们的话题便转到另一观点去。

清早起来，忽然想起《六人茶话》要交第一篇稿了，正打算动笔写个甚么"谈六"一类的塞篇幅的题目，突见报上头条报道的是周总理访问渔镇的新闻，因改变了主意，先写写人物，还原原本本地从日记里节录一段下来作根据。至于"数论"嘛，则不妨留以有待了。同时也做了几首诗投别个角落去。

迟暮的感觉

　　还不过两三天前的事，在一家报纸的书刊上看到一个已经有了一百一十九岁高寿的老公公的图片，陪着这位老公公在他两旁一同走路的是一群活泼边走边跳的儿童，情状蛮有趣的。当时我曾深感兴趣地注视了图片一下，随后因为别的事便把它放在一边忘掉，这会儿要想找回来多看一遍，正如许多要重寻的光景那样，再也找不着了。

　　不过也不要紧，那图片的内容大致上我是记得相当清楚的。一个拖着一把雪白色的长须的老翁，戴上了一副墨晶的眼镜，还携着手杖，一望倒有点像谭平山先生的神态。这是图片最初引起了我的注意的原因。画刊的说明告诉了人们，老翁是河北省蔚县人，当这里大屿山东涌那几条镌着道光年号的大炮还在佛山铸造的时候，他老先生大概已经呱呱坠地了，而到了英法联军攻进了北京的当儿，他很可能还有过"眼见诸侯尽入关"那样的感慨而至于悲愤填胸呢。

　　蔚县，那是桑干河上游的地方。它是自古以来所谓"多慷慨悲歌之士"的燕赵境域之所在，山川险固，地气丰暖见称，自然也就产生了不少长寿的人物了。不过像这样的地方，疆域辽阔的中国实在也多着呢。如四川，如云南，如新疆青海，都以住着很多百龄以上的长寿者见称于世。便是在海疆一带，有着虚云法师那样的高岁数的，也不见得是绝无仅有。

　　然而话得说回来，我们中国人一向都很看重年纪高的人，齿德并尊，认为寿命长的是国家的祥瑞，一种财产而不是一种负担。理由很显而易见，因为长命的人多，这表示了物力丰富，生活充裕，而只有一个长期间的和平环境才能获致这结果。不过世界上也有人担心到，这样的结果一定会导致人满之患。他们的看法是：年老的不死，只剥夺了壮年人的机会，只阻碍了青年人的发展。这个看法，引申下去，便会发展成为"邻之厚，君之薄"，非汝死即我亡，不是你削减了你的需要，就无从满足我的欲望这样的一套理论。

　　当我对着图片，双目注视着那年高的张全——是的，是"张全"，不会是"张全义"——时，一种如上述基本上是对马尔萨斯"人口论"表示厌恶的尖锐感觉，蓦然地在自己的心灵上拖了一划。这一下子也就过去了，不过它倒使我回想起一件小事件来。

　　是今年春天的一个下午，日暖风和，我沿着半山区的一条林荫道向东走，突然看见我的朋友戴先生迎面踱来。大家招呼过后，便倚着铁栏杆谈起琐碎的事来了。我们眺望着远山近海，鳞次栉比和矗立着的高楼大厦，一时心意悠然也似的。过了一会，我打破沉默说道："想到竟会有人忍心向这样的一个美丽的城市投下一颗原子弹，你说我们怎样去对上帝交代呢？"

　　"那有甚么办法呢！"戴先生不假思索答道。

　　我说："您这是科学的头脑替人类的命运作最后的安排所得出的结论？"

　　他："陈先生！如果你想到这个世界每天在增加着三十万人口，你就明白问题的严重了。再过不到二十五年，我恐怕这个地方再也住不下任何一个新到来的人了。"

我:"那么,照这样说,只有让一部分死去好使得剩下的一部分生存咯!"

他:"事情是那样,难道还有甚么可想的办法!"

我:"然则照你们的意思,哪一部分人类应该被牺牲?又哪一部分应该让它存在?"

一片沉寂!戴先生没有答我的问。

太阳更向西边斜下去了。我们终于分手,各奔前程。当面向着东方缓步前进时,浑身的感觉也有如黄雯医生的诗句所写着:

在今天两个世界之间,我的选择水晶般明朗。

"这里是南边"

那天茶话，霜崖谈起"乔木"，一开口就说"这里是南边"。参加茶话的自然心里明白，可是"隔座送钩"的，很多恐怕仍不了解那是因为霜崖是个"外江佬"的缘故。一下笔就先点题，这是《乔木之什》那篇文章的妙处。

既然"这里是南边"，所以有时候我们又不容自己地问道："这里有没有文化？"而如果有的话，那又是甚么文化？霜崖先生当然用不着和我争辩，说他那句话完全没有暗示着这样的涵义，也不可能引申作这样的解释。我的意思也不过以为一听到他那句话，就不免联想到"这里"的文化这样的问题，也正如诗人说起"南有乔木"，就不免有"汉之广矣，不可泳思，江之永矣，不可方思"那样的感想，如此而已。

这里有的是甚么文化呢？要回答问题，我们还得先解答这里"南边"究竟有没有文化这一点。

大约是一九四七年左右，人们在这里热烈地讨论着香港的史迹一问题。有一位马先生公开地讲，说当一百多年前英国人初到这里来的时候，他们所发现的只是一个一无所有的"荒岛"。这一说人们不但觉得很不容易接受，而且就提出问题的时候来讲，也觉得十分诧异和莫名其妙。有一天，我在扶轮会碰到了周寿臣爵士，我问他对于"香港一百年前是个荒岛"这一说的看法；

711

他很激动地说："那是甚么话！当英国人义律初次踏上这个岛来的时候，还不是我的先祖朝衣朝冠亲自去接受他的第一道布告吗？""朝衣朝冠"，这指的是清代戴顶拖翎的礼服，如果那时香港仅是几个渔夫樵子之所止舍，或者甚至是海盗出没的地方，那么，难道那些"皇皇翎顶"，都是从百里之外租借得来的么？

自李郑屋村古墓发现了以后，人们对于这"南边"的一个小角落很早就有了文化这一点，大概不再多去晓晓置辩了。不过，近几年来却有不少人曾经在"香港本位文化"这个小宝贝身上打过若干主意。事情也并不怎样怪特。像二十年代的日本人，不也视为奇货可居地在从北京被逐出来的溥仪身上打过类似的主意了么？问题不在这一点。问题在甚么叫做"香港本位文化"？

早些时曾听见有人说过甚么"香港现在已经成为中国文化唯一的堡垒"这样的话。从这句话推想下去，大概"大陆中国"已经变了一片文化荒漠了，而香港则已从一百多年前还不过一个"荒岛"，一跃而成为东方的亚历山特利亚城，那岂不"猗欤盛哉"吗？这是问题的一个看法。问题的另一个看法是：香港既是香港，它应该保持它的独特的性格，它要和与它相连的地方绝缘，尤其是要与"文化荒芜"的"大陆"绝缘，这样才能符合它的"本位"所需要的标准。香港处在"卫星地带"的最极边缘，它一定要建立起一个独特的性格，才能够发生它的作为一个"堡垒"的作用。这是多么如意的逻辑！

香港这个"南边"的地方，要和"大陆"绝缘，要"洁身"自外，要不受也不沾染中国文化的影响，这是可以做得到的吗？飘了一百多年的"欧风美雨"，让我们看看这里开出了甚么文化的花朵。说来已是二十多年的事了：有一次我从新加坡回到这里来，朋友们假座南唐酒家设宴为我洗尘。一位老同学指着壁上的一副对联对我说："您现在是文化人了，请您先讲讲联语给我们知道，然后大家好就座。"我当时想：这顿饭好不容易吃也！望联语，上联是"建伟业于此"，下联是"适些事乎庐"，这几乎把我难倒。我想"伟业"大概不会指吴梅村，难道那"适"字出典于"天演论"！好在诵上口之后，灵机一动，想通了。原来这是标准的两种文化的合璧，下联就是英文 Successful（成功）那一个字的读音。

这也不过仅得"全盘西化"的一半。自然，如果合理的话，作为一个"中国文化的堡垒"，我们仍旧希望香港会"适些事乎庐"的。

圣诞节的回忆

  微雨霏霏，春寒料峭，正是"晚来天欲雪"的况味，如果不是对面礼拜堂的钟声，我简直没有留意原来圣诞节已经到了跟前来。

  许多年来这悠久的岁月当中，过得真正快乐、真正有意思的圣诞节倒没有几个。我不是基督教徒，在学校的时候很少参加圣诞节集会一类活动。不过，在圣士提反中学教书那一年，参加了校长希牧师的圣诞前夜聚餐，天气很冷，虽然不是"门外雪深一尺"，可是寒雨寒风，也够使你发抖；在淅淅沥沥的雨声中，乘着喝过了"薄荷酒"所给予的余勇，带动了刀叉在糕饼堆中小心翼翼地寻取你的幸运的银元，金刚钻戒指或其他饰物，那倒是一次很值得回味的结集。

  灯红酒绿热腾腾的场合，于我总是多少格格不相入的。比较有意思的是，"酒阑灯炧"之后，两三知己，围炉对坐，喝一杯红酒，抽几根香烟，在一个"雪月交光"的夜里，听着远处的歌声。记不得是哪一年了，我在范博文（Penwick）——他是澳洲人——的家里吃过圣诞餐之后，便是在相当于这样的情况之下，淡淡地烧着几条红烛，一直谈到夜深人静的时分。

  在马来西亚的八九年，我觉得圣诞节最过得了无意绪。圣诞树，雪片，这些景物都与热带的地方很不调和。人们已经热得满身大汗，更会对着圣诞老人为他焦急，并且热带地方的人家，有烟囱的很少，圣诞老人在那边出现实在不容易说明来历。

去年的圣诞节在北京过，过得最不平常。

去年十二月，我陪同香港大学的一班教授到了北京。圣诞节的前几天，周恩来总理先后分别接见我们访问团当中的几个中国人和访问团全体团员。当他接见我们几个中国人的时候，对于各人的家庭生活状况问得很详细。当他见到我时，我告诉了他最小女儿在北京医学院读书，有一个儿子文达从朝鲜回来后，现在大同做事，相别五年多了，倒很想去看他一面。他听说后，回顾左右立刻着人打电话到大同去把达儿叫来。这真是"遂令天下父母心"感动得一时说不出话来。过了两天达儿果然来了。

十二月廿三日，周恩来总理在紫光阁接见了全体教授们。

圣诞日，对外文协理事长楚图南先生开了一个酒会欢送港大的教授们，文达和云湘都接到帖子被邀请去参加。酒会开始了，六点稍过，我正在和乔木谈到一个老朋友的事情时，突然有人悄悄地说道：周总理来了。这有点是人们意想不到的事。一时大家肃静起来，觉得有一种说不出的光荣感也似的。他进来了，几百道视线都集中到一个人身上，并且跟着它移动。达儿和云湘开始感觉到能参加这一个酒会的非常意义了。既而"干杯"的声音把气氛弄得非常的融洽了。正在这时候，我和冯友兰先生在大客厅的对面攀谈得很热烈，突然发见周总理移步向着湘、达两人与俞大纲、曾昭抡、狄超白、郑振铎、章汉夫、傅作义几个人所站着的那个角落走过去。我远远地望着，心里有点不安定，因为担心到不晓得两个孩子会不会有失仪的地方；正忐忑着，那边突然腾起一阵笑声！那个角落围着不少人，发生了甚么事我看不清楚。诸桦这时刚站在我的旁边，他对我说："周总理正和您的两位公子说笑话呢!"是甚么笑话呢,我仍狐疑着。

酒会过后,快八点了。达儿回到他机关的招待所去了,我用汽车亲自送云湘回德胜门外北京医学院。在车上她告诉我说:"前些时候,是八号,我当了学生界代表到飞机场去欢迎德国总理格罗提渥,我看到他和我们的周总理握手,我心里想:甚么时候我也能和周总理一握手呢?这还不过几天以前的梦想,想不到今天竟实现了!"我说:"那么,你们刚才笑的又为了甚么呢?"湘儿说:"最初,他走到面前来的时候,我还不大敢伸出手来,是俞大纲教授叫道:'湘,你还不跟周总理握手!'这样我就趋前伸出手来了。这时候,曾昭抡副教育部长就给我们介绍道:'这是君葆先生的公子和女公子。'接着周总理便说道:'为甚么不早给我介绍呀!'就是这样引起了一阵笑声来了。"

圣诞节过了没有几天,我们坐飞机南下,路上遇大雪,在开封迫降,过了二十个小时才能再起飞。那也可以说是去年的圣诞节的余韵了。

一九三六年的圣诞节,我在广州。不过那是另外一篇长话了,改次再说罢!

己篇

琐谈杂感

证明书

  兹派委本馆职员陆恩敬君带同馆役若干名到九龙西洋菜街一八一号四楼冯先生住宅分批搬运所藏书籍回馆寄存,仰沿途各冈宪兵队给予通过便利,此证。

  右证给陆恩敬君收执。

馆长陈君葆

昭和十七年六月九日

(一九二六年六月九日)

青年节感言

前天下午茶话的时候，杨君要我写一篇纪念青年节的文章，我当时因为时间很逼促，还没有切实答应了他。正在这样踌躇的当儿，座中有一位友人指着一本刊物里的一篇文章高声地说道："像这样人的文章，叫青年人看见了，怎样不起那侥幸仕进和贪图富贵的心呢？"我听了他几句话，想到后天的青年节，又想到我们中国的许多青年人，不禁觉得有点不寒而栗。因为某君所指的那篇文章，是一个著名的汉奸在附逆以后，现在已成了伪组织里的贵显，而且腰缠百万了。这教爱博取"金玉锦绣"和爱找寻捷径致富贵的人们，如何不羡慕，如何不动心呢？我因此想到了，横在我们青年人的面前的一道绝大危险的深渊，与夫他们的责任在现阶段的重要性。同时我也感到了青年节在目前的特殊意义。

本来一提起青年节，便会同时联想到青年的责任问题去的。这是很自然的，正像一讲起妇女节、教师节、记者节，便会立刻联想到妇女、教师、记者他们各各的责任一样。但是青年节的意义，实在比诸其他几个节的意义，还来得深广，来得普遍。这不单只因为"青年"两字，包括了两性的人类，和各种职业、各个阶层的分子在里边的缘故。孔子指出过来了，人们在血气刚旺的时期，是容易和人家起争执和不轻易放过别人的；可是等到年纪大了的时候,情形便不同了。他说:"及其老也,血气既衰,戒之在得。"这话很值得注意。这是说,要做到"富贵不能淫,贫贱不能移,威武不能屈"的条件,血气方刚的青年人比血气既衰的老年人,可能性要大。换句话,老年人是只有在常常能够保持着他的青年的心理、青年的勇气的时候,才能做到"富贵不能淫,贫贱不能移,威武不能屈"的理想人格。青年人比较顾虑少,计较利害的心不重,这无疑地是青年人的好处。因此,从反面来说,我们可以想见,若果青年人早就失掉了他的本性,老早便染上了那老年人的通病,那岂不是没有希望了吗?所以我希望我们的青年人,要时时不断地在这一点上省检自己,策励自己。然则这样看来,纪念青年节,不单只是青年人的事,而应该是一般的人,尤其是老年人,都认为含有重大意义的了。俗语说道:人老心不老。这本来是多少带点讥刺的意思的。但是从某一个角度看,人心是唯恐它老去呢。孟子说:"大人者不失其赤子之心。"我们也可以说:能够常常保持着他的青年人的心、青年人的勇气,这才叫做大丈夫。

什么是青年人的责任呢?尤其是什么是现在中国青年的责任呢?就我个人的意见,这可以简单地这样说:凭着你自己的理智,认清了当下应该做的事,拼命做去,一点不犹豫,一点不顾虑,这便是青年的责任。我说"当下",这是没有计及我们所站的地位的。因为在现阶段的中国,我们不要过问各个人所在的是怎样的地位,只要抱定了"临难毋苟免"的态度,来尽自己所应该尽的责任,那么事情就有办法了。苏联的人民实行史太林的焦土抗战政策,当着敌人在前面时,尽力把他歼灭,尽力把一切足以资敌的东西摧毁,连一根草儿也不留给他;若是敌人越过了到自己的后方去,则把敌人的后方作前方,继续进行歼灭敌人的方法，以血还血，以死还死。这是尽责任的最好的例子。邱吉尔昭示英国人民说：我们遇见了敌人就打他，无论在什么地方。这是尽责任的最切实的方法。

关于青年人的责任，我还想举出下列的三点来略说一说。

第一，我们要做革命的青年。青年人对于国家、对于民族、对于社会、对于世界的责任既然如此重大，那末，如何才能够负得起这个责任呢？好些年前，萧伯纳在香港大学对全体员生演说时曾这样说过："一个青年，在他二十多岁的时候，若果没有革命的思想，那末，等到他已四十岁的时候，他可以说是已经死去的了。"这话听来好像是很激烈，其实岂不就是我们中国古圣贤什么"日日新，又日新"那句老话吗？也许有人说或相信革命的思想就是危险思想，那是不对的。革命的意义在转变，因为是转动，所以是进步的，正如轮子转动，那车才能够前进一样。但这与危险不危险无关。说革命的思想是危险的思想，正像那些看到现代的战争利用科学，因而诅咒科学，说科学是杀人的一样。

第二，青年人应具有世界性的思想。第二次的世界大战已经演到了目前的阶段，法西斯侵略主义和反侵略主义已开始了在拼个你死我活，这两者间的斗争，实在没有任何调协的余地，而我们也不要希冀任何调协的可能。在这种情形之下，青年人的思想何适何从，关系至大。自从苏德战争发生以后，中苏英美的联合民主阵线也逐渐完成。这民主阵线是有它的世界性的，而自从罗斯福、邱吉尔连合发表宣言，公布八点之后，这世界性更有了它的坚固的基础了。青年人在适应这新的环境，具有新的世界性的思想是一个重要的条件。这并不是说，我们现在应该或是可以抛弃了民族和国家的思想了。我们要知道，单是民族和国家的思想，在适应目前的环境，是不够的了，所以我们不应该以此自囿。

第三，青年人应有的精神。关于这点，我举一件事来做例说罢。我的朋友 Y 老先生前月由粤北到此，为述滇黔道中所见。他说，有一次在贵阳道中，所乘的长途汽车出了毛病，司机和他的助手和搭客都束手无策。看看暮色要来临了，再没法修理，他们便要在万山丛林里过一夜了。刚巧这时前面来了一辆□□□□□□□□□□，□□□□□□□□□□□□□。果然不一刻完全修好了。一班在四顾苍茫中的乘客，自当感激不尽，并且暗暗纳罕。

（原载香港《大公报》，一九四一年九月四日）

从"双十"说到辫子

提起"双十"节，便会联想到"剪辫"的事情。这并不是因为对于已经割弃了三十年辫子有甚么留恋，反之就是因为对于它有一种不可名言的厌恶的缘故。固然的，世界上有辫子编得长长地拖在后面，有时竟拖到脚跟，却只有"支那人"了。至于拖一条长辫在后面，这事的本身不能算一回甚么奇耻大辱，我们大概也得承认。

记得"光复"的那一年，那天晚上，我刚在基督教青年会里上课，补习英文，突然地辟辟卜卜全市的居民放起爆竹来了。当时听说革命军攻陷了武昌了，大家都表现了一种异常的兴奋。教员先生伸首望望窗外的大钟楼，这时还不到九点。他宣布把课停了，大家跑回家里去探问消息。第二天，我把辫子剪掉。我觉得异样的愉快，因为我对于辫子实在太厌恨了。原因之一是，我同时有一位姓冯的同学，他年纪比我小两岁，却能够自己理辫子，而我竟莫名其妙。我有点不服输。现在我竟然能够把这讨厌的东西处决了，这一喜可知。还有，我的祖父在光绪卅四年间已经把辫发剪去了，但那倒不是"反清"思想的结果。

事情是这样：他年纪太老了，自己不能理辫发，但他性子很急，有一次他等理发的人来等得有些不耐烦了，竟拿起剪刀把辫子割掉。我想起他这直捷了当的办法，曾有好几次想学他。但环境不许可。

辫子这东西历史地是满清的统治者给与中国的特殊赐予，譬如捉人，如果能抓着他的辫子，的确是再好没有的便利。我们试想石壕村的老翁，如果当时便有了辫子，谁敢说他卒能逾墙逃脱呢？满清的统治者在这一点上的确比前代高明。对于辫子感觉到特别兴趣或留恋的，我想只有当时的士大夫阶级。至于一般老百姓，对于它固然感不到一点用处，而且对于它所象征的是甚么也许不十分了解。他们为着生活的实际，每每要把辫子卷起来结成一髻，或者盘绕在脑袋上。他们这样做，是否也为着要避免比较地容易被抓着的动机呢，可不大清楚，然而老百姓的辫子随时有被抓着的危险，却客观的存在，这倒是事实。在这里，奇怪的现象是，□□□□□□□□□□□□□□□□□□□□□？

现在，辫子是剪掉了，但爱抓辫子的劣根性似乎还在我们当中普遍地存在着。

（原载《华商报》，一九四一年十月十日）

保卫中国同盟三年来工作报告

在晋东南作战的八路军所遇到的最严重的问题，不是别的，却是医药用品和医术人员二者。因为运输不便和与延安隔绝，自民廿八以来，西洋药品到达这个地区，已经十分困难。而在××× 医生去世以后，整个华北便只剩下一个检定的医师，这样，在晋东南的八路军得到少年英俊的反法西斯德国医士牟拉尔博士随军服务，真是侥幸了。

但是情形虽然如此恶劣，工作仍然做得相当满意。军医院能使每一个伤兵都得到疗治。每一师的驻区里都设有裹伤站，每一旅则有随军救伤队，各队约医师一人，看护士二人，药师一人。他们直到前线去工作，与士卒同甘苦。大多数伤兵要接到后方去施以疗治，任抬工的都是农民。当白求恩医生在世之日，他在五台山的地区服务，常走到战线上去施行割疗，因此救活不少重伤的兵士。

晋东南计有军医院八所，可容六千人；残废士兵医院三所，可容五百人。它们都常住满。

医术人员的训练

在服务中的三百个医师中，只有一个是具有检定的资格的，便是那德国人。他们百分之六十是在军队训练出来的，不是延安的医校便是在赤军的时期训练出来；百分之四十则来自中国各地如上海、汉口等处。其中许多本来只是护士，平均每一个所谓医师要照料二十名以上的病人，好在各医院各救护还来技术队人员分配得宜，有时刚从延安的医校毕业出来的医生要照料到六十名以上的病人。因此这不单只是苦一个医生的技术能力上的问题，而是从哪里找得到相当数量充分的"医师"来担任这许多做不少的工作。这样，延安的医校与战线上的医务人材教成所实同等重要。

晋东南的医校，设立于民廿八的五月。十四个月毕业。课程规定兼有四个月的制药学的训练。到现在为止，毕业的已有百余人，其中成绩较优的，都被派到各军队或游击队里去服务。医校所收的学生，有全无医学智识者，也有从前曾随军任看护或裹伤的工作者。

医校最大的困难是书籍与最简单的设备的缺乏。在一九三九至四零年间保卫中国同盟曾寄给×××纪念图书馆以大批书籍，在途中竟为政府当局没收。学生用书既然如此，而教员参考书更感缺乏，凡关于这门类的书本，不管中英文或法文的，假能汇送进去，真造福不鲜。

去年本有看护士养成所的建议，然卒因款项无着搁置。其他类似的计划都因经济环境而放弃，实不只一宗。

制药厂

八路军在晋东南开了一所小规模的制药厂。这因为药品缺乏，而中央军队又不许西洋药品输入八路军的驻区。八路军驻陕办事处向当局为人民请命，但卒无结果。流行症最厉害的，在冬令为流行性感冒，在春夏两季则为疟疾、痢疾、伤寒与四肢热。肺结核极为蔓延，这原因在工作过劳与营养不足，同时治疗方法也不良。割疗术没有相当设备，又没有消毒器，所以死于败血症的为数不少。×××医生便是这样牺牲掉的。许多捍卫国家的斗士，竟因为缺乏最寻常的药品而送掉生命。所以八路军便不能不采用当地的植物来制造代替药品。计制药厂所制成的有好几种治血亏症的药和一种代替金鸡纳的药品。但是制药的小型机虽然有三架，然而产量仍不足供所需求的百分之三。药棉与纱布虽已能自制，但质极劣。这地区的医院正像其他与延安隔绝的医院一样，对于下列各项至感缺乏，即：（一）一切外科用的器具，尤其是极轻便而又极齐全的外科手提袋；（二）消毒器；（三）温度表与洗射器；（四）金鸡纳霜、阿士匹灵、苍铅、消毒药与其他各种救急药物。

此外则显微镜亦极需要，但这不能自己制造。去年医务处由天津购进一具显微镜。这时刚巧抗日大学的校长染到痢疾，正在群医束手的时候——因为他们手上没有显微镜，找不出病原——这法宝来了，把血菌一验，对症下药，他才得救。当时若果不是这个救星，那末经过万里长征而到达西北的他也许为区区的痢疾而捐躯了。八路军对于这一切的重要性自然认识得很清楚，但在财力不逮、交通阻绝与夫中央军的限制底情形底下，可有什么办法呢？

食品与精神生活

在八路军军中，上自朱德、彭德怀，下至普通士兵，每天例给饭钱四个铜子。但受伤或重病的将士则给四角，轻伤的发给十二个铜板。因此普通病者每天得食饭三顿，重病的得食五顿饭，食品亦较精细，大约鸡蛋、小米粥、面、菜与肉类。八路军曾有肺痨病疗养院的计划，但因为经费无着与日敌之频频进攻，迄未能实现。中央政府本来答应每月发八路将士每人每日二元五角，但自一九三九年十二月以来，这仅有的恩赐也断绝了。受伤士兵的物质的生活虽然如此拙劣，但精神的生活仍不许落寞。他们当中有自动文化的集合，每十人八人不等为一组，阅读书报，每星期开会一次报告时事动态，或加以唱歌舞蹈，或戏剧等活动。较大的医院且有剧团之组织。

怎样增大医院里的设备，真是十分棘手的问题。从前线退下来的伤兵，每每一点东西都没有，医院要替他们补置，又力量做不到。太行山地带寒冷异常，士兵常苦衣服不够，堕指裂肤的很多。受伤的士兵，每人给毯子一条、棉被一张，他们睡在炕上，但在严冬这是不够暖和的。八路军本有一所制毛毯的工厂，但用的是土法，质量自然很差。因此不能不靠外边的捐赠。医院的经费每月只有一百五十元，管理当局于是有时不能不把自己的铺盖让出予病人应用。有时医院借用当地的民房，情形反比较好些，因为山西一带的民居，地方还相当宽敞，似更适用。施行疗治不分贵贱，一以需要的缓急为准。有一位驻晋南的中央军上级军官，在参观过一所医院后，也对于办理完善表示极度称誉。

这样八路军在晋南已尽了他们最大的努力，但是神迹是造不出来的。每一个中国人、每一个中国之友对这努力都应该给予尽可能的帮助，这不独为正义自由计，而尤其是为人道计。多给他们一分钱，多寄他们一点药物，这对于中央对八路军的医药封锁线……（以下疑缺）

附注：在不久以前有两位贵阳万国红十字会的英国籍队员携带重约八吨的海外捐赠的药物至西北去。三月十四日他们从西安报告说，虽已得当局许可进到九十三军与新四军的防地分发重约二吨的医药品，但尚未得重庆方面批准他们越出新第五军战区，进到边区政府的地带，把药物带给国际和平医院。他们曾力向重庆方面陈说他们在道义计，断不能在没有把东西交割竣事之前半途回去。并且他们又指出依《日内瓦万国红十字会公约》所规定，即在交战团体封锁的情形之下，寄递医药品仍是被许可的。

（一九四一年）

不谈政治

　　拿起笔来便对自己说道：这一次不谈政治了。像这样不知道有多少次数了。然而………

　　平心而论，"不谈政治"，从好些方面看来，的确有不少好处，譬如说：避免误会，减少"阻力"。因此许多聪明人都绝口不谈政治。不但如此，我还看见过有些文化团体，在它的组织章程里面特别声明"没有政治作用"和"没有政治背景"。像这样的声明，岂不令人怀疑到政治是一种瘟疫、是一种"避之则吉"的东西吗？然而在另一方面，人类又矢口不肯承认他不是政治的动物！

　　人类的历史便这样地演进。

　　主张"不谈政治"的对于这问题大概有几个看法。第一，以为政治是不值得一谈的；第二，以为政治是谈不得的；第三，以为政治并非不谈，可是并不是一谈可了的。

　　第一种看法是一口咬定了政治是天地间最龌龊、最不足道的事情。我们中国人很早便有了"朝市""山林"的辨别。海通以来，又从外国的词苞介绍了些像"玩政治的把戏"或"政治手腕"的名词和意念进来。这些都一般地表现了对于"政治"两字总有点看不起的模样。譬如说某人是"政客"，这固然自然而然地会使你联想到一个挟着公事包，天天忙着奔走于权贵之门的往日曾熟识的朋友。可是，便是说某某人有政治家丰度罢，你又何尝能够从他的"丰度"看出他真正是"思天下有饥者犹己饥之也，思天下有溺者犹己溺之也"一样的人物呢？

这是对于政治根本怀疑的一种态度。依据这种看法，不但"尧舜"是扮演来哄骗小孩子的，便是"民主""德谟克拉西"等等又何尝不是拿来骗取政权的工具呢？这一派是太偏于理想了，好在它占人数不多，否则作目前方式的社会便无从维持下去。

第二种的看法以为政治是谈不得的。这理由很简单。凡是掌握着统治权的都不大喜欢人家批评他的所作所为的。历来所谓从谏若流的，大半都是"伪也"。几曾见到那"贞观之治""开元之治"以后的君主还像以前的听从人臣的诤谏呢？其实好些做君主的还在爱好着那"从谏"的美名。不过这些还可以说是"言路"。至于那"不在其位"的自然是无从去"谋其政"了。最理想的环境自然是做到"庶人不议"，而达到这目的也不一定要应用到那"偶语者弃市"的惨酷手段。

也许你要说那只是专制君主时代才如此。然则在开明民主政治底下又怎样呢？到应该说话而不说话的，是否规避责任？是否忘记了地位？到可以说话而不说话的，是否有所顾虑？是否受了威胁？从前有所谓"批逆鳞"的一个譬喻。其实这一个譬喻不单只可以应用来讲君主，便是大而至于一国与世界，小而至于地方或团体，也一样地可以应用贴切。

政治是绝对谈不得的。譬如说资本帝国主义是要靠广大的殖民地来维持它继续滋生的罢。根据这个前提，正要发展到顶点的美国资本主义便不能不找寻广大的殖民地了，于是乎你说。可是这样你便不免有"诽谤友邦"的嫌疑了。但是摆在眼前的事实，是当全世界都在向左转中，美国却单独地向右转，最近国会选举已清楚地证明了这一点。资本家重复掌握着政权，于是取销统制，限制劳工，增加生产，提高关税壁垒，低减入息税，所有以前罗斯福的"新政策"都要反其道而行。为着要增加资本家的利润，便不能不增加生产和限制劳工；为着大量的生产便不能不找足供倾销的市场；为着找可靠的市场便不能不拥有相当广大的殖民地；为着保有广大的殖民地便不能不维持庞大的军备和战略据点。然而话又说回来了，这不难是又一次战争的威胁，无疑地，这近于非议"友邦"，可是很显明地这是逻辑的结论。华莱斯极力抨击英国的帝国主义，可是他却忘记了自己国里的新帝国主义。因此政治是谈不得的。

至于那第三派人的意见，以为政治非一谈可了的，已经是超出了谈的范围，在这里且不去讨论了。

（原载香港《万人周刊》，一九四六年十一月十八日）

扩大"新"的领域

无论什么事情，总有个开始，但这并不是说所有开始都具有"新"的意义的，譬如"开倒车"。开倒车不但沿着原来的路子走，并且它的最后结果一定会到灭亡的陷阱里去，可是自以为是的开倒车者，倒以为是"前无古人"的聪明的自鸣得计。

凡是好的都必然是新的，这也不是说旧的里边没有好的存在，而是说凡是不好的，不免在旧的一边。新的所以变旧，因而变为不好，就是因为它不能维持"常新"的缘故。假如能够的话，像"日日新，又日新"那样，"垂之永久"原是可以的。

新自然对旧而言，但新的开始，并不就是旧的结束。旧的本身虽然不是绝对的存在，可是正如光明之于黑暗，新的发展和长成是与旧的消失作正比例的。站在新的开始的尖端来望瞻前景，自然是一片光明，可是不要忘记的是，环境在后头正是一幅广漠的旧势力的分野，这旧势力的阴影，时时刻刻在伺机扩展它的领域。所以新的一定要不断努力，不断把前景扩大，由一个锐角扩为直角，更由直角扩为百八十度的半圆，更进而成为统一的圆周，把旧的完全扫除，这才是新的最后目的。

《华商报》复刊二周年纪念，恰逢元旦，为述"新"的意义如此。

（原载香港《华商报》，一九四八年一月一日）

733

开端语

——从学潮说起

　　无论着手什么事情，总得说几句"开场白"的话，这已经成为一般的风气了，但也许是"于古有之"。不过个人的见解仍以为做了而不说的好。

　　像现在的一个问题——教育，假如我们跟随了实验主义者说什么"教育即生活"的话，那末我们不但感到像一部"廿四史"，真不知从何处说起，并且拿眼前的事实来印证，倒像我们的教育既然不"生"不"活"，而我们的生活也很快要弄到"无教"而且"无育"的境地了。谈这个问题，劈头便遇到"学潮"这一件事。你不能闭着眼睛当看不见这事件，良心上也不许可你不当它是一件重要的事来看待，因之而说话的时候便不能不从它说起。然而内心里总觉得有些那个。

　　譬如说：为什么谈教育"开宗明义"地便要"从学潮说起"？难道经典里边有"《左传》之一章释学潮"这么的一个例证？

　　不过我们仍然不能不从学潮说起。

　　理由之一是我们既然于此"万方多难"之秋，而这又是一种际会，我们总得问问这"学潮"是怎样起来的。我们总得问问：这学潮反映些什么？我们也得问问中国的教育是否有了问

734

题。如果放着这问题不去理会，十年，八年，二十年，结果将会怎样？

这是谈教育的人们或关心中国教育的人们大家一致的感觉。

"百年树人"这一句已经是很古老的话了。可是从这句话所推想出来的结论却是这样：现在一辈子经纬国家事业的人物，都是满清最后阶段直接或间接所造出来的人材。有了"兴学校""劝学"蓬蓬勃勃的工作，才养育了那许多后来建立民国的人材。有了"开言路"的倾向，才发生了"上书"的事实。有了"开议会""办报纸"的事实，才慢慢地养成了自由思想、自由言论的风气。这些都不是一朝一夕所能够实现的。其后由于这些竟然闹出乱子来了，到了它的最末阶段，满清政府也不免有些追悔而企图用高压手段把事情镇压下去了，可是结果呢！历史家不会因此执怪满清政府，以为他们当日不应该答应"开言路""开议会"，不应"兴学""立宪"的。不，严正的历史家只会责备他们做得不彻底，"立宪"没有诚意，才弄得后来残局无可收拾。

拿以往的事实来证今日，我们只能顺着巨大的潮流前进，勇往的前进。无论如何，断不能寻前代的覆辙来重蹈。

经了八年的抗战，国土的大部沦于敌人铁蹄之下，教育生机真是不绝如缕。在这个时期，大家侈谈复兴工作，当然领会到基本而最迫切的实在莫过于办好教育。学生们忍着饥饿当然不能够安心读书。至于教授所收入，若果连妻子的一个温饱还希望不到，那末国家将任令他们一个个地改业吗？教育经费，最高不能占到总预算百分之五，最低则只至百分之一点八四，并且这可怜的数目又并不全部用于正常教育上头，这绝对不合理的情形，在复员后差不多两年的今日仍然不改善，政府又怎样能辞其咎呢？

中国的教育问题，最重要的目标本在如何提高与如何普及两点。不过现在呢，怕连原来已达到的水准也维持不住了。这是问题的严重性的所在。学生何罪？教师何罪？

（原载香港《星岛日报》，一九四七年六月六日）

"师道"

在中国，师道尊严那是毫无问题的。可是，在以往的确如此，但在现在和将来，这样的情形能否继续存在和会不会发生巨大的变化，倒不是全无问题的。

在中国的教育发展史上，"尊师重道"的确是一个特殊的优点，而这优点在西洋人的眼光看来，更是值得重视的。普通一个教师在社会上所站的地位是和在西洋社会中的传教师相等，或者更为重要，而"国师"或"帝师"的地位则简直和古代社会的"祭司"差不多。但是不可忽略这"尊师重道"的风气，是有着我们的社会制度和经济组织作它的背景的。当着我们的社会制度和经济组织继续存在，不会发生什么巨大变动的时候，这种风气自然会维持下去；可是到了我们的社会制度和经济组织发生了变化的时候，则这种风气能否维持于不坠便成了问题了。

那"尊师重道"的"道"，是指的什么东西呢？依我个人的见地，那是指怎样维持与发展统治阶级的统治权的一套。"师"是担任了这一套东西、这一套道理或哲学的宣传和传授的责任，这便是他的地位所以被看重的理由。他不但与统治者发生了密切的连系，并且很显然地他是被认为属于统治的一阶层了。我们本来有一句"政教不分"的话，这话可以从这里的一个看法得到解释。

　　处在"闭关自守"的时代，这样的发展是很合乎自然原则的。换句话说，中国的经济是一个农业社会的经济，是一个力求并且很可以做得到的自给自足的经济，最低限度在过去是这样。因为这样，所以不假外求，不注重商业的发展，而只是关起门来，以怎样维持巩固自己的社会经济组织为第一要义。这可以说是农业社会的意识，在这意识形态当中"师"的地位自然更显出它的重要。他不是知识的贩卖者，他是知识的统治者。农村中有了一个穷秀才，无论他怎样地穷法，纵然他的生活有时只是几个学生的"束脩"来维持，但他可能地操起一乡中的生杀予夺之权。他可能地是村中的立法者和司法者，因为他把握着知识的缘故，而其余的人也许都是目不识丁的。在这种情况下，"师"的生活虽然相当地"清苦"，但他的地位的确相当地尊严。

　　然而这"尊严"现在将怎样维持得下去呢？海通以来中国的经济体系起了很大变化，跟着这经济的变迁，便是教师的以前尊严地位也不能不发生变化了。从前教师是管制知识的现在变成了知识的买卖者了，若果这个比方不是拟于不伦的，那末，最低限度在普通人们的眼光当中，教师的地位已不像以前那么重要了，他们的尊严是贬损了许多了。从前书院的确是以训练道德的人格为目标的，可是现在的学校只成了贩卖知识的场所，而就这点来说，以中国一切均落后，物质条件尤不如人，所谓知识的贩卖又更没有很好的货色，也不问而知。从前"为人师"的，责任在于怎样培养成一种理想的人物，一种便于统治者利用的典型人物，这便是"士"，便是"君子"。在孟子的一本书中，"君子"与"野人"对举，便是这个道理。国家的教育政策，在于如何"养士"，而所谓"贡举"的制度，便是应这一需要的最巧妙的方法！于是乎"师道"之尊遂毫无疑义了。可是现在呢？

在闭关自守的时代，教育的设施，若果能够成功造成一个"事君能尽其忠"的人物，那最高的目的总算已达到了，并且此后也想不出有其他目的。在这种情形之下，"师"的地位的重要是很容易看出的。因为"致君""泽民"的人物的重要性是不容否认的。自从海禁大开，我们应了新的要求创设学校以来，形势完全改变过来了。学校教育所造成的人才，并不是完全为着做官的，但大多数所谓人才，仍不免终于钻到那做官的一条路上去，这是一点。训练成一个"学而优则仕"的人物，和练就一个从事商实业或商店或工厂的职员的人才，其间的比重——最低限度，就现在来说一般地仍保持着这样的见解——似乎有很大的分别，这是第二点。学校既成了仅为贩卖知识的场所，而它所贩卖的知识又并不一定靠得住作为致身显贵的敲门砖的，因此，无论你怎样宣传着"教育是神圣事业"，这信仰并不是容易维持的。这是第三点。假如一般地以看铁匠的眼光来看教师，以看学徒的眼光来看学生，那么教育只不过是百工之一，而教育事业的神圣也只与其他劳工相等而已，这是第四点。

不错，对所谓"教育是神圣事业"，我们也许不应该只作这一个看法的。不过这么说来，我们先要问问什么是我们的教育理想了。就目前的境况来说，我们的一切设施显然和目标脱了节。我们得先问一问，我们要把下一代造成什么，然后才能够决定把什么东西灌输到他们的脑子里去。近百年以来，我们的社会经济已发生了巨大的变动，可是我们的教育的理想仍然在摸索中啊！在这未被决定了以前，教师在社会的地位和比重的问题，遂不幸地成为一个悬案了。

譬如说：在现在仍是"军事第一"当中，假使我们的教育费也跟人家一样地，能提高到占国家总预算百分之三十，或甚至百分之廿五或十五吧，那我们虽然不能便说教师的重要性也以同等程度增高了，但是我们总可以知道，教育事业在国家各部门活动中，已经不是只占到百分之一点五的比重而已。无疑地，这将给予从事教育事业的人们以无限的兴奋与慰藉！

（原载香港《星岛日报》，一九四七年七月十八日）

从增加学费说起

关于增加学费一问题，我们以为有关方面的学校当局，应该从整个社会的观点着想，切实考虑到若果不顾一切，只本着一己的自私动机来向学生父兄身上进行刮削，则这将给予教育本身和一般对教育的信仰以若何不良影响。我们诚然明白办学者的苦心孤诣，教育者不能够"枵腹从公"，他是一样地要吃饭，教育也不能和普通所谓慈善事业一体看待。但教育者自己，在他参加这一部门的事业的当儿，在负起他的"神圣"的使命时，想是抱着一种信仰、守着若干基本的信条的，像做官的也念烂熟了像什么"文官不要钱，武官不怕死"一类的信条一样，不然的话，则真正的教育便无从办起。

从许多方面的调查，我们知道学校商业化的恶劣风气实在不限于香港一隅。但这个问题目前在香港似乎要比任何其他都要严重。并且，纵使情形不会比别的地方坏些，但问题若果得到合理的解决，则这对于整个局面的影响总会是好的。

第一，在战争的长期间当中，许多及学年的儿童都因为"救死唯恐不暇"而不能不失学或辍学。复员以后，许多做学生父兄家长的经济状况，仍旧在千疮百孔当中挣扎，但为着子弟们的学业问题，却不能不"牵箩补茅屋"也似的极力支撑着。这已经是它难得的了。普通家庭，平时早已不十分重视教育：比年以来，风气虽稍稍改变，但仍不过是萌蘖始生的情状，因此若果学校当局对于增加学费这样的问题，徒然在收支的数字上盘算而不计及其他，其结果将是社会人士对于学校的教育的信仰。这影响之所至将是悲惨的。明眼人所以诅咒学校商业化，便是为了这个缘故，而增加了家庭的负担的一个直接的影响，尚属次要的。我们不能不警告的说着：教育者要从大处着想，不应沾沾于小利。

第二，在理，学费的最高额应该由一个地方的教育当局明白规定，或加以限制，这样，办学者便有所遵循，而不至于参差不齐，各自为制。在香港，当地的教育法令似乎并不赋予行政机关以这样的权力，因此，过着目前的足以影响民众、足以召致紊乱的问题发生时，当局似乎除了用"忠告而善道"的方法，更没有别的可着手了。这就某些观察点说，是一件憾事。然而学校当局便利用这个弱点来胡作胡为起来，收费之不能，便换以"送礼"方式，"留位费"之不足，更加之以"校舍建筑捐"，这样又怎说得过去呢？

第三，在香港，异乎在别的地方——比如说，南洋——社会对于学校教育的发展，不晓怎的，总采取一种冷淡的态度。在他方面，学校方面也很少设法使学校与社会间发生密切的关系。这不能说是一种好现象。要学校教育发达，多少总要靠社会裁制力量在建设方面推动起来。

（原载香港《星岛日报》，一九四七年七月二十五日）

罪　言

在目前，横梗于每一个中国青年心中的问题仅有一个，这便是中国究竟往哪里去？这一个问题一天得不到合理的解答，则全国的青年将一天在苦闷当中煎熬，在彷徨无措，在不顾一切地冒撞。

一切的一切都系在这个问题的得到合理解决，然则青年人能够奋不顾身，不把眼前的一切都置之脑后，试问这是好现象，还是坏现象？

"大时代"曾来临，又过去了！试问我们所得到的是些什么？有人自然在说"少安毋躁"，可是"俟河之清，人生几何？"并且我们又怎能禁得青年们不作如是想？

历史的转轮向前推进了，中国像命定了也似地永远撇在泥涂里边，永远跟不上轮子前进，"谁实为之，孰令致之？"青年们真是百思不得其解！

我们为什么不让青年们起来，大家把历史的车轮推动？是的，我们为什么不让青年们起来，大家把历史的车轮推动？难道我们怀疑他们的力量？难道我们还怀疑他们的动机？

（原载香港《星岛日报》，一九四七年十一月十六日）

打破因袭的教学

——为持恒函授学校写

在电车上遇见一位朋友，他问我持恒函授学校最近发展的情形怎样。我反问他为什么对持恒学校注意起来。他说："这有什么奇怪，摆在眼前的事实，不是青年人失学、彷徨无措成了普遍的现象了吗？没有钱的进不得学校，进了学校的，有时不是因为思想'有问题'被摈斥于校门之外，便有被抓去'再教育'的危险。因此，为青年们打算，稍留得一些子求学上进的机会，一点点'道问学'的自由，那总算是好的"。我听完了，一时找不出答案来。

□□□□□□□□□□□□□□□□□□□□□□□□□□□□□□□□□□□□□□
□□□

"我们面对了两件事实：其一是失学的青年一天一天加多；其二是有志进修的青年也在一天一天加多。今天一般的学校不能适应他们的需要，于是不知有多少青年为学习问题而感到苦闷，或者根本摸不到学习的门径，或者摸到了一点门径而学习的效果异常低微。针对了这些青年朋友的需要，我们集合了教育界文化界人士的力量创办这个学校。"

毫无疑问，持恒是一个所谓"应运而生"的学校，

□□□□□□□升，班级教学的教育是否最合理的，甚而至于最合乎经济原则的。好些时，我更以为那些"全盘接受西化"的主张，纵使这是为着需要迫切像教育一类的部门，也只有增加了纠纷，而决没有做到对症下药、恰到好处的地步。这一点不能不使为中国设想的人们吃惊：为什么竭尽了我们全民的智力，花了半个世纪的时间，还弄不出一个自救的方案？有一个时期，我们自己还相信教育事业办得差强人意，但现在看起来，倒觉得十分空虚。又像邮政，海通以来办得和外国人相较略无逊色的，也算□□□□□□教育、辅助教育的工具，向这里去费费脑筋，又有几个呢？从这一点想开去，我以为我们的教育工作者，不单只要打破因袭，打破传统，而更其重要的是，把握现实，把握时机。

每每打开前人的集子，发现许多文人或思想家的文字，大部分都是"讲道""论学"的书札；这些文字的价值，不单只在它的内容本身，而尤在它所含孕的一种"精神感召"的教学方法。也可以说这便是函授方式的胚胎。

目前我们自然谈不上什么电化教育。落后了已经超过五十年的中国，为着要迎头赶上，是一定要把一切找得到的工具都握在手里的，并且还要尽可能灵活地利用，□□□□□□□□□。

（原载香港《华侨日报》，一九四八年一月十五日）

745

中国婚姻的故事

【特讯】扶轮会昨日开会。由香港大学讲师陈君葆讲《中国婚姻的故事》。兹录如后：

中国婚姻制度，其传统习惯之主要目的，系使其系统宗祧之延续，故当一双年青男女结婚时，其家长紧握大权，结婚者本身悉听家长之命，其人并无主意者，街谈巷议，不是说某人结婚，只说某甲娶媳，某乙嫁女，或某人为子完娶而已，即是说，某人为子完娶后，将家庭责任转负于此一双新婚夫妇之意。婚姻事件进行，男家即隆重其事，认是盛大庆典，女家则否，女家反觉不大喜庆，盖认其女长大成人，今一旦"过门"，感觉于典礼中有惜别之意，故有痛哭等情事。新妇过门，例在晚上，翌晨始行谒祖礼，拜见翁姑，至是始说正式承认为家人。此种古旧之一切婚姻仪式，无疑系随时代而改革，但大体上世代相沿，不能免俗。至于男女间择偶，操于家长者，固为古旧婚例必然之举，但有时未必尽然者。难在家庭制度羁紧牢固之时代下，女子竟能破例，自操配偶权，芬举一例言之：

汉之孟光年卅未婚，有人问其美人迟暮矣，何以三十未嫁？堪与匹偶者，惟梁鸿耳！梁鸿系当时名士，闻言奇之，遂娶之为室，致造成一段世代称颂之美满良缘，此是女子自由择婚者之一。其次，卓文君与司马相如，卓文君新寡，不堪邻人司马相如琴弦之挑动，终成好事，卓父怒，彼俩私奔成都，卓当炉沽酒，司马卖文为生，此是妇孺皆知之中国古代罗曼史也，至女中自由择婿者，古代又有李林甫及张嘉贞之女，皆用抛绣球方法，选择丈夫。

汉光武帝之姊朝阳公主，新寡未婚，光武关怀乃姊婚事，乃在姊前列举朝臣，以征询其对象，朝阳公主说：以仪及表本领言只有宋弘一人系对象耳。只宋已有妻室。帝知姊意，决玉成其事。一日，帝召宋至，命姊隔帘细听，语中，帝讽宋弘，谓人贵转妻，卿何不再娶也？宋答谓："糟糠之妻不下堂。"帝默然，即转首向帘细语姊曰："姊已无福妻宋也。"又徐吾犯有妹，艳甚，拟与公孙楚订婚，讵有公孙子哲者，亦向彼妹追求，徐惶甚，无从应付，乃问计于子产，子产未置可否，徐亦无决作主，乃授意于妹，命在两人中自由选择其一。是日，公孙楚及子哲同馈送礼物至，子哲为一书生，衣服丽都，自命名士，楚则戎装佩剑，赳赳武夫，一文一武，在彼妹前表演姿态，彼妹在帘内窥见，赞曰："戎装壮士，有英雄气概者，是吾夫也。"终与公孙楚结婚，以上系父权鼎盛时代之自由婚制，故所谓婚姻操在家长，亦未必尽然也。

父权社会在周朝最为鼎盛，成为家庭制度之中心。关于嫡子承继权，其系统中心，可分如下：（一）长幼问题，承继权操在长子，但若长子系次出，而次子则为正室所出者，则次子居嫡，长子居次，其系统总以正妻所生者为嫡子；（二）孝之原则，亦在此嫡次系统产生；（三）男主外，女主内。

关于中国婚姻制度，从理论及事实上，均实行一夫一妻制，尤其一般百姓为然，此是从人事及经济方面所造成者，但皇室及公侯将相公卿士大夫则否，此是因官宦婚姻及权势所造成，根据历史，天子之合法妻室为皇后，皇后之下，有三夫人，九嫔，七十二细妇，八十二御妻，此种多妻制，系因皇室家政使然者。天子之外，公侯有一妻九妾，宰相一妻二妾，士大夫一妻一妾，百姓则一夫一妻，此已成为夫妻制度之通常规定，但值得吾人惊异者，先圣孔子，一妻无妾，因孔子是士大夫也。但百姓中之一夫一妻规定，亦未必人人遵行者，反之，士大夫虽有纳妾权，亦多放弃不纳者，如北齐时，朝臣多无纳妾。庶民有纳妾野望者，如卫朝时，有一卫人偕妻至神庙求神，妻向神祷告，愿佑以绸缎百匹，夫闻言，谓百匹过少，妻谓足矣，夫问其故，妻谓如赐赠过多，汝则纳妾矣，此可见一斑。

现代妇女多反对多妻制，在古代之中国，早已有反对多妻实行多夫之事，试举一例：南宋时，宋帝之小贤公主反对宋帝多妻，谓宋帝有妻三十，渠则未享此多夫权。帝为表示共乐其乐，乃在朝中选择壮汉三十与之。

关于中国婚姻制度之良好与否，自有批评，但能沿用至今，仍未全替，可见此制度之在中国社会，殆尚具有其优点也云。

（在扶轮会席上演讲摘录，原载香港《华侨日报》，一九四八年四月七日）

"五四"的革命传统

今年在匈牙利举行了一八四七年革命一百周年的庆祝大典。参加过这庆祝大典的苏联政府代表伏尔金这样说道："唯有在匈牙利，才看到这由民众示威游行及政府方面明令来盛大庆祝的表示，虽然多年来革命并不限于在匈牙利发生，而是曾扩大到欧洲各国去的。"他继续着说："这是十分自然的，因为法国的许曼政府和义国的加斯里波政府都不愿意回忆起法义两国人民的革命传统了，虽然这些革命传统，是永远也不会从这些国家的人民大众的回忆中黯淡下去的。"

对于"五四"，我想许多人正有着与伏尔金说这话时类似的感觉。他这话正好拿来解释我们面对的某些怪现象。

在这当儿，站在最前头，高举着火炬跟斗士们一齐往前冲，这是每一个文艺工作者抱定不移的志向，然而左顾右盼，他会在阵地里发现些什么呢？"变节"的"变了节"。意志薄弱的找地洞往下钻。那"利令智昏"的也想拐弯别寻路线了。

但这些事实一点也不奇怪，虽然这也不就是"司空见惯"之谓。譬如，你不见阵地上的战犬吗？也许在它的进行的程途中，它会把口衔着的血所写成的字条放下，而去咬那旷野中的"死鸽子"；但有一点是不难想象的：它不会是一个早已存心的机会主义者！

749

近来颇有些人讨论到"五四"是否一个意识的文化运动一问题。这问题之被提出和被注意，正表示它最低限度在一部分人的心目中是俨然的存在着。可是这样还不打紧。若果在"机会主义者"的眼光看来，那作为思想革命运动的"五四"，怕快要成为"告朔之饿羊"了。

（原载香港《新生晚报》，一九四八年五月四日）

日本投降三周年感想

　　日本投降已经三年，可是由于美帝的扶翼，日本法西斯余孽的死灰复燃所给予我们的威胁，却越来越清楚。要消除这威胁，唯一的希望是把日本的自由民主思想培植起来，可是麦克阿瑟管制日本的政策刚好与这背道而驰，这结果一定引到第三次大战的路上去，而首先吃亏的当然仍是中国。我始终担心日本的军阀是只在等着机会卷土重来的，不过若果没有美帝的帮忙，他们抬头的机会自然也很微，因此，我感到一切仍要看那当年以抗日为主旨的"人民的战争"的继续努力，来完成它的最大使命。

　　（原载香港《华商报》，一九四八年八月十一日《日本投降三周年感想专栏》，同时在该"专栏"发表感想的还有郭沫若、章乃器）

三十七度的国庆日

一般地讲，纪念"双十节"的情绪，今年和往年比较不会有什么两样，或者除了在日本刚投降的那一年。这是因为以往的三十多个"双十节"实在过得太平凡了。太不足以副全国人民一般的期望了，所以这第三十七个纪念日有使人们特别兴奋的地方。但是，从另一观点讲，今年的国庆又的确有它的特殊意义，因为我们今天初次看到中国的人民的力量长成了，壮大了，而这也就是我们三十多年所日夜馨香祷祝、梦寐不忘以求其实现的一件事。从这一事实，并且只有通过了这一事实，我们才看得见中国的前途是光明的。

建国以来，一直到现在，我们都是在苦难、在极端的苦难当中过日子；我们竟然容忍了把"拨乱反正"的一阶段工作，拖成几乎和"五代"一样长的时间。这是为了什么原因呢？这是因为我们错把革命的伟大事业，完全付托在一个不能充分代表全体人民甚至大多数人民的利益的阶层的手里，所以才把灾难拖长了。我们当时由于错误的认识，由于认识的不足，以为满清的统治既被推翻了，此后依赖着一个阶层的领导，便可以把中国脱出于奴隶民族的地位，而完全没有了悟到满清纵然被推翻，但封建的基础却依然存在，一点没有动摇。结果，不久以后，这些封建余孽便与处在国外的帝国主义勾结起来，于是推翻共和、帝制复辟的活剧，便一幕一幕地演出了。这是辛亥革命的失败。

这失败明白地告诉了我们两点：一是认识不足；二是力量不够。辛亥革命的失败，证明了人民的事一定要人民自己动手来做，一定要靠人民自己的力量来完成，而这在人民的方面看来，真是一些儿"责无旁贷"的。这失败又证明了凡是怀疑人民的力量的，或者不相信人民的，结果都必至于欺骗人民和最后出卖人民。这个事实所以不得不然的道理，是因为它是封建主义的一个内在的矛盾。

五四运动憬然于辛亥革命之所以失败，是因为缺少了一种真正的革命力量，因此为了填补以前的缺陷，便转移注意于加深和正确认识，与找求真实力量。这是很对的。但一般地说，"五四"的错误，是仍然误会了以为真正的革命力量大部分依托在知识分子的身上。革命的力量无疑地是一部分存在知识分子的身上，但仅靠着这是不够的。"五四"的时代没有完全认识广大人民的真正力量，这是一件憾事；并且纵使那时候是认识了这伟大的力量了，但也不知道怎样去动员这一个力量，怎样把这个力量强固地表现在革命的伟大事业上面的。因此，我们的伟大的革命事业遂又无可避免地延缓了这些时日了！

在人民大翻身的今天，在人民本着正确的认识，把他们的真实与无比力量翻译成反帝反封建的伟大革命事业的今日，我们所看到的，一方面是无比的牺牲精神，另一方面是无比的焦急与惶恐。这个尖锐的对比所显示给我们的，不单只是人民力量的伟大，而大家所企望的新中国的实现也应当不远了。在这样的情绪的缭绕中来庆祝"双十"，应该是富于特殊意义的。

（原载香港《文汇报》，一九四八年十月十日）

我的中学时代的回忆

　　我的中学—阶段的教育——假如在这里这个名称能适当地被应用的话——可以说是完全在香港接受的。这便是说，在中学时期，当许多同年龄的朋友都进了那时已开办了的"学堂"去念书的时候，我却到了一个在外人统治下的地方来读英文，最低限度次要的目的是读英文。我这样说，因为我的父亲并没有看轻本国文字，反之他很积极地主张没有先把国文的基础弄好，不应该学习别一国文字。他本来打算在我还不过九岁的时候，便把我带到日本去求学，可是后来因为祖父生病，跟着我父亲在日本做的生意也有些退板了，结果他逐渐把横滨神户一带的庄口结束，撤退到香港一隅，这样，我到日本去读书的计划便根本改变了。这事情，我每回头想起，倒觉得是自己一生中的一个重要的关键。

　　就他的思想训练来说，我的父亲本来是倾向康梁一派的。但好多时候他却作出很大胆的主张来，表现他的思想相当的前进。跟那时代许多有真知灼见的人们一样，他提倡开学堂，提倡立宪，但尤其使我佩服的，是当满清"五大臣出洋"经过日本的时候，他以横滨商会代表的资格，向他们献议"统一国语"的办法。他的办法很简单，他建议由政府颁令全国中学以上，一律用国语（那时叫官语）教授。用不着说，他这办法若果在当时推行起来，一定会遇到很多阻难，但不能说是太涉空想。无论如何，他对于这一个问题的主张，倒跟我自己很早年便学会了讲普通话的一个事实，有着很密切的关系。他在家里常常鼓励我们学国语、讲国语，在旁人看来，他总不免近于迂阔，并且又是广东人学讲官话！那是第一次世界大战后发生的那一年，我进孔圣会主办的夜学去学北京话；担任教授的是一位姓贾的，天津人，他同时也是香港大学那时的副监督伊律爵士的西席。在那些年头，学北京话的人并不多，偌大的一个香港，仿佛除了孔圣会这样的一个"国语班"之外，并没有听见过第二个同样的组织。并且便是就这一班来说，也不过寥寥的七八个学生。

辛亥革命那一年，我进了育才书社开始读英文。在香港的"书院"当中，育才书社是比较注重中文的一间，这也许便是我父亲特别拣选了它的缘故。在英文方面，我排了第八班，那便是最低年级，可是中文却进了第三班，这就现在的编制来说，应该是高中一了。但这还不算，过了没有好久，我的中文程度却擢升到第一班去了。在这一班中我年纪算是最小的了。

在育才书社的一些岁月中耳濡目染的一切，给我一个很深切的印象。这里不但一般地比较注重中文，同时尊孔卫道的风气也较岛上别处为浓厚，在教员学生当中，的确不少以"起衰救弊"自任的人物。在这里，每当下课的时候，我们不晓得曾召集过多少年龄大小不同的同学，开过多少次会，作过多少讨论！在这里，每当上课的时候，我们也不知道听过多少次数校长鞭笞学生的声音，使得同学们都面面相觑，不寒而栗！记得那时候中文用的课本，有一部叫做《论说入门》。教师先生讲解这一本东西，真有些近于出神入化。不过我自己写作时，也每每洋洋洒洒地写上一二千言的文章，而什么"优胜劣败""天演淘汰""适者生存"一类的隽语，也用得烂熟！这样，我不但在作文一科博得很高分数，而到家里来，还得到父亲的一些赞赏。

其实，像上述的一类好听的名词，我老早就从我父亲那里听到不少了。现在做文章用起来倒觉十分现成也似的。在这以前，父亲曾对我说过不晓得多少次关于日俄战争的事迹。这有一部分是根据他自己的经验，因为在辽东战役的时候，他曾随着日本的战地记者，去参观过战争，而这是当时很少人能够做得到的。我父亲非常佩服日本人的纪律性、他们的爱国热诚和组织能力，而我也当然不免受他的影响。可是到了后来，我读到了梁任公先生《异哉所谓国体问题者》和其他同一时期发表的文章之后，我便逐渐厌恶日本起来了。从那时候起，我不曾对日本起过一些好感！我感觉到日本对中国的态度，跟日本的男人们对女人的态度一样，根本没有一些儿合理性的。

我喜欢旧体诗，到现在还没有改变这嗜好。这并不是说，我反对新体诗，而是因为在我个人的见地，新体诗还没有产生它的合宜的形式出来，而在这新的合宜的形式产生出来以前，旧体诗仍有它的继续存在的需要。在少年时代，我虽读了好些旧诗，但真正引我到喜欢诗词和诗的试作上头来，还是进到育才书社读英文以后的事，而督促我向着这方面努力的倒是一班同学。在整个中学阶段读英文的期间，从先生一方面，从来就没有人同我讲过一首诗。由同学的启发，我开始学着做诗；由同学的启发，我跟大家一块儿研究《哀江南赋》，甚至于黄慈博先生的《追远阁序》。因此，我那时候感觉到最愉快的，是每个礼拜三或礼拜六下午老远的跑到一个同学的家里去作课外阅读，研究做诗。

然而奇怪的是，这一连串的事实，竟没有引起我们对于学校的课程发生过疑问。

（原载香港《学生文丛》，一九四七年十一月一日）

动　机

我说：我们不应该怀疑青年们的动机，我们没有理由怀疑他们的动机。不，我要更进一步说：怀疑青年们的动机是一种罪恶。

这话怎样讲？

从前人说过："赤子之心。"假如这是真实存在的，而不是全凭虚构，那末，青年人保有赤子之心，应该比老年人更多一些了。也许便是因为这样，所以那孔老先生才老实不客气地提出警告说："及其老也戒之在得。"青年人有时也许会有"稚气"的毛病，也许会"好勇斗狠"，可是一当他们认清了"真理"之所在，他们那种勇往直前、不顾一切的气概，那种"当仁不让"的态度，倒真的非上了年纪的人所赶得上的。

因之，你说：这是阅历较深的缘故，是懂得"世故"，是审慎；而青年人则不免莽撞、盲从、盲动，不免受人利用。可是你能不承认这便是"朝气"与"暮气"之所由分吗？

并且，你现在拿来说青年们的话，不正是二十年前、三十年前他们拿来说你的话吗？

（原载香港《星岛日报》，一九四七年十二月二日）

一九四九年的展望

一九四八年是革命解放的胜利年；那末，一九四九年应该是我们开始建国工作的年头了。时光把我们涌进了新阶段，这是可喜的。

为迎接这一个新阶段并使它早日有效的实现，我以为最低限度我们应该抱有像下面的决心：

第一，我们应该把建国工作的基础尽量地扩大。用不着说，建国是非常艰巨的工作，尤其是就中国这样的幅员广大的国家来说，这工作的艰巨简直是无可比拟的。因此，动员一切可能的物力与人力来达成这目的，不但为必需的，而且就目前的国际情势观察，也是唯一的途径。如何把建国工作的基础切实地扩大，遂为我们新年的第一课题。

第二，选择参加建国工作的基础材料，应该以认识为最基本的标准。要基础建筑得稳固，这一点固然非常要紧，便是为着一新面目起见，这样的步骤也是需要的。建国的基础是为着百年大计，一些儿假借不得，我们鉴于辛亥革命之所以失败，在这个阶段更不能不凛然于"慎始"的必要了。

第三，我们应该提防和杜绝投机分子的倖进。这与上面第一点所指出的并不相悖。投机分子本来也有两种：一种本来是无十分显著的色素的，或者是淡白的，于是"染之苍则苍，染之黄则黄"，这样还可以成材、可以中看；另一种则本来是已经乌黑黑的，现在企图在上面擦了一层白粉，便当起五彩来，冒充"正货"，这是应该戒慎、应该杜渐防微的。尤其是现在还是"戎马倥偬"的时候，这一点更不容忽视。

（原载香港《文汇报》，一九四九年一月一日）

谈所谓法统

从客观实际出发，但以马克思主义的一般原理为基础，这就是毛泽东结合中国革命的具体实践与马克思主义的普遍真理的第一个方法。

谈中国历史的人们，每喜欢用"一治一乱""治极必乱，乱极必治"或"天下合久必分，分久必合"这一类的词句。这些"分合""治乱"的字眼，用来指出某一种迹象，原是相当确切的，但利用来解释历史演变的过程，则显然不够。譬如说，在上述的一些命题中，虽然指出了一些历史事实的必然性，但完全没有确定历史发展的规律。因此希望通过这一套来了解历史，实在只暴露了自己的固陋。而在今天，若果仍然袭用了这些陈腐的意象语来解释历史，则不但会重落前人的窠臼，并且也有因此而摸索到迷误的歧途上去的危险。

在"治""乱""分""合"这些命词里边，并且通过这些命词的成长过程，显然存在着、流行着一个所谓"正统"的意念。这便是说："治"是"常"的，"乱"是"变"的；"合"是"正"的，"分"是"伪"的。因此，凡是"常"的、"正"的，都是"合法"的、"受命"的；凡是"变"的、"人为"的，都是"不合法"的、"叛逆"的。这无疑地便是蒋介石与国民党反动派"法统"这个理念的理论根据。这个所谓"法统"

之所以成为革命与进步的障碍，正因为它根据了似是而实非的理论，并且又因为依傍以托命的需要，它更不惜以一脉相承地继续着曾胡左李以后的"道统"自命而深自期许。

正因为这所谓"法统"认为它自己是"正常"的，因此是不变的，而一切"变"便只能是暂时的、没有永久性的，由于这个看法便不难产生了所谓"以不变应万变"以至于"苦撑待变"的想头，是完全可以想象的。"变"既是暂时的，因此应付得了，便仍然会回复了往日的"正常"，而纵然应付得不好，还可以利用"变"的矛盾来维持一种"均衡"。这，我想，正是那妥协的逻辑。布哈林说过："内在的均衡要靠外在的均衡作它的存在条件，它只是外在的均衡的一种机能。"假如"苦撑待变"的一个想法，是依照了这样的思想路线，那无疑地是误入了迷途了。因为布哈林的均衡论虽然没有否认内在矛盾的存在，可是他却抹煞内在矛盾的具有决定作用这一点，他以敌对力量的调协来替代了它们的冲突，因此曲解了统一性的分裂。其实，不止布哈林如此，比他更早，斯宾塞尔解释进化论便曾表示过这样的见地，因为他指出在自然界存在着互相敌对的力量，但是在它们当中结果终能够维持着一种均衡，而在每一个现象当中，决定运动的方向的因素，则为两敌对方面的量的绝对优势。均衡说的弱点，它的受指摘的地方，是在于它只着重于量的一方面，而轻视了质的一方面，更在于它完全忽视了内在矛盾本身所具有的决定因素的作用。均衡说的出发点原本于调协相反的两方面，一开始便着眼于如何维持原有状态，并认定相反的两方面是可以，并且应该在原有状态的一阶段上完成它们的统一，同时这统一是只可以由外在的力量来改变，而内在的力量自己是改变不来的。本质上这是反动派投机主义者的理论根据。蒋介石的"法统"便是建立在这样的理论上面，而这理论是完全否定了内在矛盾的绝对性的。

　　这"法统"的一个意念，虽然完全缺乏了正确的理论根据，可于纵然是个游魂，它若果被放任而不加以吹散，恐怕仍有摇惑的力量呢。正如列宁所说过的，"相反的统一是有条件的、暂时的、过渡的和相对的"。"唯物的辩证法是批判的与革命的"，一切都要做得彻底。旧的要死去了，我们不能让它像一条冻僵了的毒蛇得着怀中的暖气而复苏起来；新的已诞生了，我们也不能够随便放他在院子里而不提防在外边窥伺的饿狼。并且，新与旧之间又哪里还有妥协的余地呢？

　　拉斯基说得好："没有持久的和平的可能，除非大家对于维持和平感到同样的旨趣。"主要寻取到战争来做解决矛盾的手段时，问题已不在和与战上头，而是在于什么才是最可靠与最有效的解决方法这一点了。因为有了那所谓"法统"，"放下屠刀"是可能的吗？

　　　　　　　　　　（原载香港《文汇报》，一九四九年二月十八日）

祝拥护和平大会的成功

　　世界拥护和平大会今天在巴黎开幕了。跟着在三月下旬在纽约所召集的保卫和平大会之后，它终于排除了万难，终于"横眉冷扫"着反动势力的横加阻逆而开会了。这表示了什么？这表示了世界五十九国爱好和平的人民，在认清了好战主义者的狰狞面目之后，毫不犹豫地不避刀锯鼎镬的威胁，坚决地互相团结起来，向着唯一可能的途径迈进。只有这样才能够粉碎制造战争者的迷梦，也只有这样才能够把世界的真正和平建立得起来。建立真正和平的责任完全落在这些爱好和平的分子的身上，这责任更无旁贷的可能了，因为这真正的和平是属于他们的。

　　真正的和平不会属于战争制造者，因为战争的制造者根本不关心和平不和平，战争的制造者根本与和平绝缘。在战争的时候，充炮灰的、断脰绝胸的不会是战争的制造者自己；流离失所、啼饥号寒的不会是战争的制造者自己；在战争结束之后，受到战后失业的影响也不会是战争的制造者自己。战争的制造者靠战争来生存，靠战争来养活自己。战争的制造者休养生息于战争当中，战争便是他的空气。因此，跟战争的制造者谋和平，实在甚于"与虎谋皮"。

　　现在巴黎的和平大会既已开幕了，全世界的人民都对它寄予非常深切的期望。而我们尤所企望的，是这个集合五十多个国的代表的拥护和平大会，将以锲而不舍的努力得到如下的成果：

第一，制定一个永久和平的方案；

第二，扩大反对种族歧视的宣传，务使人类在平等相视、平等待遇的条件下得到充分合作的效果；

第三，明白规定"防御战争""地域安全"这些名辞的含义，取消"军事基地"无限制的建立；

第四，规定原子能只限于和平用途。

（原载香港《华商报》，一九四九年四月二十日）

我们谈谈海吧！

　　学生园地编者要我为他写一篇文章，好几次想舍了，但总舍不掉，可是答应下来了，又苦于找不到适当的题材。普通关于学业这一类的题目，训道式的文章，写的固然多，而且不但写的人觉得写腻了，便是读的人也有时不免读腻了的。触忌讳的题目是不能写也不宜于写的，因为足资误会的缘故，譬如说，关于学生应该不应该参加政治的问题，这一类的事体似乎以少讲为佳，省麻烦也省得伤脑筋。虽然你也许会说，联合国组织不也曾提出向学生征文，而写的总不免是涉及政治的题目么？不过那是境界不同，自当作别论了。

　　一般地说，从现在看来，倒多少有点觉得欲畅所欲言，一无顾虑，只是属于□□而上的时代。

　　可是话得说回来了。跟学生在一起，不谈政治又谈些什么呢？尤其是当他们都是中国学生，都有着深厚的中国思想传统来面向着你的时候。那企待着新的社会的来临的人们暂且不去说他了，便拿稍长一辈或思想较保守一点的学生来说吧，在仍提倡着读经或尚未肯放弃读经主张的大圈子和小圈子里，不是随处都发觉到不谈政治便根本没有其他可谈的吗？即拿四书五经来说，这是载着"孔孟之道"的业兴，"汤武革命，顺乎天而应乎人"出于《易经》，大抵不会是"十月革命"的"转注"，《诗经》的

765

"国风"也许"好色而不淫",至于《小雅》的"怨诽"则简直是讽刺时事,针对政治,其余《书》《礼》《春秋》又那一部不是有关于政治的书呢?儒家的所谓"六艺",本来就是政治训练的科目,要是绝口不谈政治,那又将何从做起呢?《大学》一书据说是"初学入德之门",但开章明义便说"明明德","新民"已是政治,闭口说"治国平天下"更是政治,除非你说"立身行道"的"行道"二字不作参加政治活动解,或与政治无关的,否则你便不能说孔子是不教学生们参加政治的。《论语》一书记孔子之言,二十篇"为政"居第二,这不但看出政治的重要,也可以看出人类究竟是政治动物,人类生活不能与政治分离,因此不谈政治不但不合理而且也不可能,这和生存在空气当中而禁止人们提到空气二字一样的没有理由。

中国"士君子"谈政治,参加政治活动的传统,很早便已成立了,并不是近代与别的文化接触后才发生的结果。从历史讲,中国是没有一个时期大家讳言政治的,除了晋朝"清谈"的一个时期,而这却是政治最黑暗,政治空气最窒塞的时期。

我以上这样说,并不是以为学生一定要谈政治,非谈政治不可。我的意思并不这样,我只是要说假如学生心里有这么一些问题存在着,格格欲吐要出诸口,要求得到解答,而我们却不敢正视这一事实,正如我们正视性心理的一个问题一样,反之倒企图转弯抹角去回避讨论,或者更杜渐防微也似地去加以压抑,这不但不会是合理的处置,而且从好些方面看来,还恐怕只会得到那"防民之口甚于防川"一样的结果。

自然,像在香港这样的地方,不谈政治而其他可谈的也正多着呢,耳闻目击,到处都是足以引起注意,都是描摹,讨论的对象。可是这些,大凡有着人的一个因素在其中的事体,一说起来又总难免牵涉到政治的问题上面去，因之而也不十分妥当。这样，我们完全撇开了这而转到自然界的事物去吧！

像海。这是青年学生最喜欢的力量。

住在香港的人们照理很少没有和海常常接触到的机会。海的美丽，她的伟大与力量，她的慈爱与变化，她的白天里的啸歌与半夜里的号泣，这一切的一切都会使得你乐意于永远地向她颂赞。海在这里着实像空气一样的普遍，然而不知怎的她也和空气一样，渐渐使得最需要她的人们感觉到越来越不容易和她接近了。可是这样一想，又不免仍然要牵涉到那些问题上面去了。

（原载香港《星岛日报》"学生讲座"，一九四九年四月二十二日）

纪念"五四"在今天

"五四"喊出了"科学"和"民主"的两个口号。三十多年来，这两个宝贝的东西一直在我们脑海中打滚着，真是梦寐不忘，可是我们总不晓得怎样才能够把它实现。思想方面，剿袭了一些像实验主义一类东西的皮毛，结果仅足以替业已濒没落的朴学撑撑场面，够不上谈什么科学的建立；而政治方面，则拾得一些个人主义的唾余，纵使行得通，学得像，仍不过是只供资本主义的帝国主义的奴役而已。统观一九二七年以后的历史事实，我们似乎很难逃出了这样的结论，在过去的二十年左右的历史演变过程当中，若果不是人民，由于先觉的与干练的领导，由于时机的把握，突然发现了自己的伟大力量，发现他自己的伟大的历史使命，那么，到了今天，中国民族将如何挣脱了它的次殖民地的羁绊，将如何从新安排它自己的命运，实在仍是一个问题。

因此，在今天来纪念"五四"，我们应该从新体认出这个纪念日的真意义。三十年的日子虽然过的相当久远，可是当时所憧憬的不但轮廓仍一样的清晰，而且也依着那时所不曾明确地意识到的方式逐渐具体地表现出来。我们现在体会到了，政治上争取不到民族的独立与人民的解放，则一切民主政治的理论只是空谈，只是骗取选举票的长幡，而政治上争取不到民主，则真正的科学也就无从建立得起来，本来目的在为人民服务的科学可能地成为压迫人民的工具。所以，继承着"五四"的传统，发挥着"五四"的精神，我们目前所要做的，不单止在争取政治的民主、经济的民主，还在争取科学的民主。很显然的，科学被垄断着在独占资本主义的手里，科学的生命被断送了，科学的真精神被埋没了，科学的目的被改变了，这样的结果是无可避免的战争，是人类终被引道到毁灭的路子上去。在这一点上，我们更应该体认到"五四"的一个推广的意义的存在。

本质上五四运动是一个思想革命的契机；"五四"的精神是一个思想革命的精神。配合着新的现实环境，我们实在不单只要把和平民主在民族的基础上建立起来，我们尤其应该在扩大的基础上，把"五四"这个思想革命的精神贯彻到底。这是我们的责任，同时也是我们的光荣。在人民的力量壮大了的今天，这时机更要紧密的把握到，更要好好地利用。

在今天来纪念"五四"的确和以往不同，因为一方面我们已经看到了内在的封建残余势力的总崩溃，另一方面我们也看到了外在的资本帝国主义的彷徨和焦急。但是虽则如此，我们知道我们的历史的使命仍然是"任重而道远"的啊！

（原载香港《华商报》，一九四九年五月四日）

历史不是一个人做成的

一

自从人民解放军渡江以后，乘着摧枯拉朽之势，所向披靡，不到半个月的时间，而攻势的箭头已深入浙赣，向闽省的边境进发，无疑地这是一定会在大江以南的地区引起一个很大的波动的，政治的、经济的，以至于一般心理的。这种波动可能地包含两种因素。表现在根本不同的两种态度上面，一种态度承认这一切转变只是依着历史的规律自然发展，用不着惊奇，只有静待严冬的过去来迎接春天的到临，但在等待当中自不免有一种"欣欣向荣"的表现；另一种态度则因胶着于传统的成见，对于新的事物，不敢置信或多所怀疑，其更甚者，则以昧于时势，尚企图依存于顽固的反动势力卵翼之下，来把那些违反人民利益的旧渣滓，保持得一天算一天，结果便是一种惊惶失措。对于后者，杜守素先生在他的《从明白道理说到逻辑法则的运用》一文里曾这样写道：

　　未解放或初解放地区免不了有一部分民众，因未目睹或未习惯于新的制度和作风，而容易惑于流言，造成多少无谓的庸人自扰的现象，因而妨碍革命的推行和建设的发展。

对于这个现象，我们认为应加以严密的注意。除了那些怙恶不悛者外，都应尽一切可能使明白大道理之所在。

二

一般地说：人们是易与乐成而难与更始的。这一部分固然由于认识不足，但一部分也因为狃于积习。关于前者，我在这里暂且按下不提，而对于后一问题拟稍为多加讨论一下；本来这是不对的，因为思想的习惯也是属于认识的范畴，不应该隔离着来说，不过这倒应分别论列的。

首先，我们得指出，二十多三十年以来，在中国进行着的是一个思想的大革命。对于这个思想革命，看得它的发生很清楚的虽然不在少数，可是真正能够了解这个思想革命的意义与其重要性的，或者更进一步能够知道怎样确立自己的正确态度来接受这个思想革命的来临的，并不见得很多吧。固然，这并不是一件容易的事情，可是正因为这样，所以才看出问题的重要。这个思想革命可以说是开始于五四运动的时候，它是以五四运动为契机的。在五四运动中，中国的人民开始发现他自己，开始发现他们自己的伟大力量。这是在中国历史上不曾有过的事情；当然这也是在"十月革命"之后才能够发生的事。被发现了的人民的力量，一定要有正确的领导才能够尽量地发挥出来，也一定要有正确和高明的领导才能够负得起我们的历史的任务，而所谓正确的领导是一定要以符合了人民的最大利益的需要为它的最高原则的，这便是说，凡是违反人民的利益的，凡不顾念到人民的利害关系的，都不得称为正确的领导，也即是说，凡被人民抛弃了的领导，这一事实本身已足够来证明那领导是根本不正确的。依据了这一立论，我们读到了蒋介石在他四月廿七日所发表的文告里所说的什么"要知道我们过去的失败，并不是'匪'军实力怎样的坚强，是我们政治的弱点，经济的恐慌，内部组织的松懈，使共党有隙可乘，所以他能肆无忌惮的在我们前方军队后方民众中间，埋伏间谍，散播失败主义的毒素，以瓦解士气和人心，所以国军拥有优势的兵力，反招致严重的挫折"这几句话，真不晓得当他执笔（或看他的代笔者）写到这里来的时候，他自己是否会感觉到啼笑皆非，因为拿事实来作前提，这显然不是逻辑，这是穷而无所依傍的遁辞！试想：政治黑暗、经济恐慌、组织崩溃、士不用命、人心瓦解，这是什么景象？国家弄至如此，国将不国，稍有良心、稍具责任感的领袖，纵然没有勇气做到"一死以谢国人"，也应该遁形匿迹，深自明咎，然而他在身败名裂之余，竟然还甘冒着天下的讥笑唾骂，饶舌饰词，晓晓置辩，企图继续欺骗民众，这表示了什么？这表示了一个不认识人民的伟大力量的人，根本就不相信人民，因此他便以为人民是可以并且应该继续受他欺骗的。历史上，欺骗人民的事实不晓得出现了几多回，可是正因为如此，所以才觉得这一次的思想革命的意义的重大。

只发现了人民的力量是不够的，一定要相信人民，一定要把人民在智识即力量的原则底下组织起来，这便是说，一定要让人民认识他自己，认识他自己的力量。只有这样，那思想革命的大业才能够进行到底；也只有这样那我们的历史任务才能够完成。为着要完成我们的历史任务，我们一定要有一个新的办法、一部新的思想，而这是需要把"旧包袱"丢掉才能够建立得起来的。

无疑的，思想改造并不是一件很容易的事情，尤其是当你背负着很深厚的历史传统的时候。韦尔斯说过："人们可能认识一件东西，但仍然认识得不够，如果它违反了他们的传统与习惯。"认识包含着思维与行动，知而不能行不是真知。许多人承认目前的社会制度不合理，但若果说到改变现状便感觉到"谈虎色变"也似的，或最低限度总觉得忧乎其难，这便是"旧包袱"的作祟，思想习惯的拖累。

再则，许多人一听到"思想改造""学习""受训"这些名词，根本不问它的内容怎样，作用如何，理由何在，便一概把它们的存在价值抹杀，以为都是剥夺自由的作风，这是不对的，这是根据了错误的前提的一种误解。譬如即拿"自由"的一个理念来说吧，谈自由的难道主张不工作而徒然享受的自由？可是许多时以来，的确有一部分人是乐意于接受"不作工但仍然配吃饭"这一个主张，并且又希望这个不合理的制度能够永远维持下去的。好几千年以前，我们已经发现了除了自然的力量之外，我们还可以把许多同群们的力量利用来工作，而自己则处于"四体不勤"、不劳而获的地位。其实，自有历史以来，人类的社会早已认定剥夺阶级与被剥夺阶级的相对的存在，是天经地义的事，这即是说，社会一部分人民是命定的要当劳工的，而另一部分人民则寄生在他们的劳动上面。正像某一个作家所说的："差不多所有我们的继承法律都是根据了这个假定来制订的。"几千年以来，人类便在这样的一个假定之下喘息着、挣扎着，便是宗教的经典也无不到处显示着这原是"大法"之一端，至于"补偏救弊"，那只好待诸来世或最后的判决了！盖思想的重"包袱"如此。

三

就上面所指出的一种自由说，这究其实只是借以维护自己的阶级利益的自由。在打破现状与维持现状两种思想的冲突已经到了决斗阶段的今日，人们对于这种纯然以自己的阶级利益为出发点的自由，是否有加以抉择、修正、扬弃的必要，实在也无待乎指出。历史是无情的，违反了适宜的定律是终不免受淘汰的，苦苦地着已腐朽的骷髅并不能引道你到什么天堂去。也许在这里我们会体认到改造思想的确为一种需要。

创造历史的是人民，不会是所谓"英雄"。从前所谓"英雄豪杰之士"，大多数都不是真正能造福人民的，大多数都只会欺骗大众，拿人民来供他们的牺牲，来作他们猎取功名富贵的政治资本；他们对于历史的创造实在没有什么贡献，反之倒每每成为历史演进的一种负累。不过虽则如此，历史却完全不顾这种负累而前进了。推翻秦的统治，是"揭竿而起"的人民。可是以一"泗亭长"起家的刘邦，到了他达到"大丈夫固当如是"的愿望以后，不但把人民的利益忘得一干二净，还贪天之功以为己功呢。像这样能当他是人民的领导吗？又像王莽，当他叫着"天生德于予，汉兵其如予何！"的时候，难道他也在期待像第三次大战一类"天罚""天讨"的奇迹的出现？然而王莽还不只此，他以五石铜铸了一个"威斗"，想用来"厌胜众兵"，众兵给"厌胜"了没有且不去管他，不过若果王莽所代表的那个阶级的构成分子，在王莽没有了以后，以为还可以乞灵于这个"威斗"，日夕向之祈祷，那便有点不大平常了。

依我们所见，真正的领导与偶像有着很大的分别。以崇拜偶像的心理来服从领袖，和以拥护领袖的心情来信奉一个偶像，同样是无当于理与无裨于事的。在水里快要遭到没顶之祸的人们，碰到在飘流中的泥菩萨，或甚至于一条草，也想一把抓住，这心情是可以领会的，可是对于一个小舟上正向着你们招手的老百姓，为什么反而对他怀疑呢？固然，这里边还包含着一些嗟叹"命也夫！"的情绪存在，也足为抉择的一种障碍，不过这理由更薄弱了，刘知几的《史通》上面有一段讥司马子长关于"推命而言理"的文字这样写道：

> 《魏世家》太史公曰："说者皆曰，魏以不用信陵君，故国削弱至于亡。余以为不然。天方令秦平海内，其业未成，魏虽得阿衡之徒，曷益乎？"夫论成败者，固当以人事为主，必推命而言，则其理悖矣。盖晋之获也，由夷吾之愎谏；秦之灭也，由胡亥之无道；周之季也，由幽王之惑褒姒；鲁之逐也，由稠父之违子家。然则败晋于韩，狐突已志其兆；亡秦者胡，始皇久铭其说；麇弧箕服，章于宣厉之年；征褰与襦，显自文成之世。恶名早著，天孽难逃。假使彼四君才若桓文，德同汤武，其若之何？苟推此理而言，则亡国之君，他皆仿此，安得于魏无讥责者哉？

这一段议论，论成败推本于人事，理论虽稍嫌陈旧，然人事莫大于信用人民，则今犹昔，其理未磨，因并附于此。

（原载香港《文汇报》，一九四九年五月八日）

谈香港的革新运动

　　有了一百年以上的历史的香港，到了今天才展开了所谓政治革新运动，这就香港市民本身的立场讲，以至于就民主思想的发展的观点讲，是否应该算作一种进步，自然免不掉"仁者见仁，智者见智"的。但这样的运动终于能够在这里展开，总不能不说是凡是香港的市民都会感觉到足以骄傲的。然而前几天，当英国殖民地大臣克理琼斯氏在下议院答议员质问时却这样地说："若果香港的人民到现在仍然没有取得他们所想望的宪政上的地位，这完全是他们自己的错过。"这便是说，香港行宪的改革之所以迟缓，实由于一般民众对这事情十分冷淡的缘故。这话骤然听来，可能得到两种解释。第一种解释是，香港人民根本反对行宪制度，或者根本不发觉到有宪政改革的需要，最低限度也对这种改革不感兴趣。不过这显然不符事实。自今年二月以来所展开的革新运动，到现在还蓬蓬勃勃，有加无已！这一事实证明了参政的要求早就存在，不是一时激发的。因此我们对于冷淡态度的一个论断的根据，根本不能不怀疑，对于克理琼斯氏的话的第二种解释是这样：一切行宪的改革都有待于争取，历史上的立宪国家，它的一部宪法都不是好好地由统治者双方奉递给人民的。英国本身的宪政发展史，远自《大宪章》的签署，中间通过克林威尔的战争，近而至于责任内阁制的确立，虽一举手、一投票，都是经过长期激烈的奋斗然后得到的，并且也完全不能假手于他人的，这便是政治斗争的一个好规范，然而准是以谈，难道殖民地大臣的意思，以为香港人民是一定要以革命的手段来争取行宪，来争取宪政上的地位吗？恐怕未必吧。"没有参政权，不纳税"，这是美国十三州独立前叫出来的口号。难道现在还有人憧憬着历史的重演？不过从波士顿的居民把茶船上的货品都投到海里去那一事件发生以来，英国的殖民地发展史已经过许多变迁了，配合着这些变迁，十八世纪的手法当然早已成为过去，有远见的政治家甚至认为，纵使开发一个像非洲那样的落后的地方，若果它的主要目的是在于解决英国本国的失业问题，这也不能够叫做社会主义。有远见的政治家许会这样地想着：

> 一个社会主义的政府会完全否认任何英国政府有管领海外属地的权利，若果这是违反了那些地区的人民的意向的话。一个社会主义的政府一定会完全承认那些地区的人民自治的权利，不但如此，它还一定会承认他们的自决权利。无论甚么地方，若果事实上已有了自决的要求，而同时若果那地方的人民表现出能实行自治，那末他们的要求是一定立刻给予答允的，唯一留着待解决的问题仅为在过渡时期中的实在情况而已。（见《一个社会主义的政府的问题》，第一〇七页）

可能的，克理琼斯氏的话，意味着像上面一段文字里边的一种见解，若然，则香港从事革新运动的人们也似乎不至于像要在黑暗中摸索了。

然而，就我个人的意见，问题还不在于香港是否需要民主，问题在于香港的革新派所要实现的是那一种方式的民主。我知道我提出了这点，许多人不免为之表示惊愕，但只要是现实的头脑，都会感觉到香港的人民迟早都要面对这个问题的，目前避开了这一问题，并非证明了它根本不存在。马文辉先生在革新协会演说称："因新中国政府的迅速来临，其主义是专为劳工及被压迫阶级而发的，则一切改革更需要急起直追，否则香港万不配称为民主国家的殖民地。"这话意味着甚么呢？新中国的建设者高举着"新民主主义"的大旗来号召，这"新"的民主主义是对"旧"的民主主义而说的，目前这个"新民主主义"已经如浪潮般冲刷了大半个中国，到了它的政权完全确立了以后，那末这个新的因素在思想上，在人民的观感上，在政治动态上，将给予香港以甚么的影响，此时实无从估量，不过我们所可能知道的，便是这影响将不会是小的。在这个事实里边，也许我们可以看到香港宪政上的改革之所以如此迟缓的解释，因此克理琼斯氏所说的，对于这事香港人民只能怪他们自己，也并不是没有一部分的真理，不过这不能够在这里有限的篇幅讨论了。就目前来说，在中国的广大民众中间，正进行着一个巨大的思想革命的过程，这过程若得到了成功，住在香港的人民，对于这所带来的一切变革，思想的与制度的，若仍然想采取以前的隔岸观火的态度，恐怕是不可能的事。诚然，法理上讲，香港自有它自己的政治系统，它也许要在这个系统的范围以内求发展，而拒绝一切外来的影响，但从经济地位与连锁的方面着想，这又似乎不是完全走得通的路子。便是在这些问题上头，我们正不晓得从事革新运动的人们曾否用过一些脑筋。

北平燕京大学神学院长赵紫农先生，曾就中国基督徒的立场写过这样的话："许多人心里有一个问题：在未来中国的全盘大计中，基督教运动会有一个甚么样的地位呢?"没有人能说，基督教的问题便是香港所面对的问题，不过把握到现实的人们，是会看到两种问题之间是有许多共同的地方的。

（原载香港《华侨日报》，一九四九年五月二十日）

全国文工大会开幕了

在北平召开的全国文学艺术工作者代表大会昨日已光荣地开幕了。这个大会不但在规模方面和以往的同类性质的集会完全不同，即在性质方面讲也显出很大的分别。我们所能够看到的，它将在中国的文艺运动划出一个新纪元来，它将在中国文化史上掀出一页新页，更具体地说，它将总结五四新文化运动以来三十年的经验，配合着人民革命进行到底的需要，订出一个新的工作纲领来，根据着这来发展生产，同时也发展文化教育，以达到我们完成历史的任务的目标。大会主席郭沫若先生说得好："这次大会的任务是总结过去的经验、策划未来的方略，把文学艺术这个有力的武器有效地运用，来提高革命的敌忾和鼓励生产的热情。"换句话说：我们的最大与最高的目标，是进行革命到底，是巩固革命的成果，因为这是人民最大的需要，一切文艺都得依着这个政治路线走。文艺是革命战争的有力武器，它是与革命的战争分不开的。如何把这个有力的武器，经过锻炼与磨洗，交到人民的手里去，给工农兵，觉悟的知识分子、小资产阶级与民族资产阶级灵活地与有效地去利用，则成为当前的最重要问题。不但如此，目前人民的解放战争，虽然已十拿九稳地掌握着胜利，可是反动派的残余与顽固分子，未必遽肯放下屠刀、洗心革面，他们一定不惜利用种种阴谋、最卑鄙的手段来苟延残喘，因此，在进

780

行肃清这反动派残余势力的工作当中，文学艺术工作者将如何团结一切力量，提高警觉来达取这个目的，一如在抗日战争时期团结统一对外战线一样，实为文工大会当前的一个很迫切的问题。只有在这一点也得到了解决，那革命战争的成果才能够巩固起来。

北望京华，今日集中了全国智慧的精华来讨论这些问题，毫无疑问，各代表们是一定能够统筹兼顾、算无遗策的。这里所提出的一点意见，也许早在各人计虑当中，在本人则不过借以表示在远者对大会期望之殷与预祝它成功的恳切而已。

（原载香港《华商报》，一九四九年七月五日）

开学时的话

学校都次第开学了，照例也许应该有说一些"开学的话"的必要，最低限度这是主编者对我表示过的意见。不过，这年头应该说些什么话，话又应该怎样说，纵然是此时此地吧，倒不是可以随便开口的。

放完了几十天的暑假，过透了暑期的生活，现在大家又都"重弹故业"也似的了。提起"业"字，便立刻联想到"学业"上面去，因此又免不掉拖来了一些书生本色，说的总是那一套，这本来是无可如何的，而且早就应该照顾到了。可不是嘛？许多地方这时候还闹着兵荒马乱，连性命都成了问题，那里还谈得到"学业"两字，还谈得到"秋季始业"呢？然而正因为了这，所以我在这里才不能不跟大家来谈一谈"秋季始业"。

用不着指出，"春季始业"，"秋季始业"，这本来是学制上的规定，自然各有各的意义与需要，可是比较起两者的机缘来说，我倒觉得"秋季始业"更寓于深长的意义的。人们总喜欢说什么"一年之计在于春，一日之计在于晨"，骤听起来，这倒好像除了春天以外，其他的季候都是不大方便利用来开始什么行动或发动什么计划的。这无疑的是一种偏见。一般的相信，秋天的季节具着一种肃杀的气象，因此是不能有助萌芽始生的作用的。人们会说，《礼记·月令》上面写着"凉风至，白露降"，这明明暗示着一种惨淡凛冽的威力的来临，使人感觉到触目而惊心，而凡曾咿唔咕噜过欧阳修那篇《秋声赋》的，想都不会忘记下列一段文字：

> 夫秋，刑官也，于时为阴；又兵象也，于行为金，是谓天地之义气，常以肃杀而为心。天之于物，春生秋实。故其在乐也，商声主西方之音，夷则为七月之律。商，伤也，物既老而悲伤；夷，戮也，物过盛而当杀。

或者可像这样的几句话：

> 盖夫秋之为状也：其色惨淡，烟霏云敛；其容清明，天高日晶；其气栗冽，砭人肌骨；其意萧条，山川寂寥。

可是这实在不应该使我们对于秋这一个季节不能够有更深切的了解。在自然界，秋天之为一个充分地表现着肃杀的功能的季节，大概已是不辩的事实，而表现在人类活动的一方面，则两次世界大战都是在"秋收"的时候发生的。而关系到我们整个中国民族的命运的抗日战争，它的发动的两个阶段，"七七"与"八一三"，都在秋季，也不在说，这样看来，倒好像"五行属金"的秋季真的和战神有着不可分离的关系了。不过，"春生秋实"，这固然是自然界的现象了，因此，到了"秋收"而后，大自然的工作既已告了一个段落，这还不应该是另一个新的阶段的开始吗？记得雪莱的《西风辞》上面有一个名句：

> 要以破坏来保存。

真的，没有破坏便没有建设，没有革命便不会有进步。从前每次读到上述雪莱的句子的时候，总感觉到应该拿它来补正欧阳修《秋声赋》的见解，人们实在不应该抱恨秋天，反之实在应该认识它所孕育着的革新的意义的，现在越时愈久，这意义愈加显露出来了。没有秋天的霜露，没有冬天的风雪，那里还会有明媚的春光，而霜露啊，风雪啊，这些还不是都为着春天的到临作准备吗？便是在这里你要体认出一个过程的开始的大道理来了。

生在这个革命的大时代的我们，回顾着在翻转中的过去的历史底陈页，瞻望着一幕幕在排演出的远景，像在迅雷风烈时所遇到的情状，徬徨恐恐固然完全没有意思，便是一种独立苍茫之感也十分用不着，因为这些都不是迎接新时代的合理的和应有的态度。目前中国本身固然在经过着一个严重的历史过程，同时整个世界也在经过着这样一个严重的历史过程。这将是一个新的开始。善于读历史的人们当然会明白，处在这样的一个开始的契机，适逢其会也似地，是应该感到侥幸，感觉到兴奋的。

（原载香港《星岛日报》，一九四九年九月二十三日）

又一次国际正义的伸张

——为庆祝中华人民共和国的诞生而作

不久以前，我写《祝人民政协的成功》一文时，曾提出过三点希望。我说：第一，我们一定要依着新民主主义的路线来达到建立社会主义的中国的目的；第二，我们要大家认清楚"人民民主专政"不但在现阶段的发展已经有了它的逻辑的根据，而且也是整个中国历史的发展必然结果；第三，中国建国大业，一定要在无产阶级领导之下，实现各阶层长期合作与保证合作，始有完成的可能，因此我恳切地希望政协会议闭幕时，对于这三点都有明确的具体的表现。这三点我以为不仅是我个人的见解，而应该是四万万七千五百万的中国人民都"心同此理"的。

当我写那篇文章时，我们还没有看到《人民政治协商会议共同纲领》《中华人民共和国中央人民政府组织法》与《政治协商会组织法》这三个重要文件的全文。今天我们看到这三个重要文件的全文了，我们读到《人民政协共同纲领》第一章第一条有着"中华人民共和国为新民主主义即人民民主主义的国家，实行工人阶级领导的，以工农联盟为基础的，团结各民主阶级和国内各民族的人民民主专政，反对帝国主义、封建主义和官僚资本主义，为中国的独立、民主、和平、统一和富强而奋斗"这样的鲜明的规定，同时更读到在《政协纲领》的序言里面明确地载着

"中国人民民主专政是中国工人阶级、农民阶级、小资产阶级、民族资产阶级及其他爱国民主的分子人民民主统一战线的政权"和"中国人民政治协商会议一致同意以新民主主义即人民民主主义为中华人民共和国的政治基础"这样的文句，真不禁为之雀跃万分，额手称庆，感到从来不曾有过的欢欣。我们的目标确定了，我们建国的政治基础打好了，我们的政权的组织形式也制定了，这应该使得每一个中国人与每一个中国的友人都感到中国的前途有了保障，世界的和平也因之而发见了光明，而表示无限快慰的。

今天中华人民共和国诞生了，四万万七千五百万人民期待已久的新中国是诞生了。人民政协胜利闭幕，中央人民政府也正式宣布成立了。今天，四万万七千五百万中国人民第一次感觉到这才真正是他们自己的国家，第一次感觉到自己是这个国家的真正主人翁，也第一次感到这新近产生出来的政府才能够真正地代表他们的意志。因此，当这个独立自主的新中国第一次站起来的时候，当我们的外交部长将毛主席的公告具函送给各外国政府，而紧随着便接到许多国的政府表示愿意与我建立外交关系的照会的时候，这该使得我们四万万七千五百万的人民感觉到怎样的兴奋、怎样的鼓舞欢欣呢！我们应该认识得很清楚：这不单是个国际友谊的问题，也是个人类正义与公理的问题，因为无论如何，中国人民都不会忘记谁是第一个取消了我们的不平等条约的国家，在抗日军兴的时候，谁是第一个给予我们以物资的和道义的援助的友邦，而在抗日胜利而后又谁在煽动着中国的内战，支援着中国的反动势力，使得中国的和平与统一事业延迟到今日才趋于完全实现，这些事实和其他的一切。今天中国人民经过了这些年的奋斗，终于站起了，这是我们的友人的应该替我们庆幸的。

我们将与我们的友人共同努力于世界和平的建设。外交部长周恩来先生在致各国政府的公函里说："中华人民共和国与世界各国建立正常的外交关系是需要的。"其实，何止如此，我们将在这一个事实的发展当中看到国际正义的又一次考验。

（原载香港《华商报》，一九四九年十月九日）

一年来的香港教育界

　　这里一般地只能就中国人民在香港办的教育讲，原因自然不止一个，主要的是限于篇幅，次则也因为基本地这才是应该被认为我们的合理的讨论对象和工作对象。

一

　　首先，我们得承认，一个教育工作者是一定要抱着一种见解或一种理想来办教育的，要不是这样，你就不会知道怎样办才好，更不会知道所办成功的教育将引致人类社会会到那里去。一个中国的教育工作者，许多年来所祈求要实现的，是建设一个中华人民的新社会与新国家，"在这个新社会与新国家中，不但有新政治、新经济，而且有新文化"。这新文化的内容包含着新的教育事业，而这也就是我们的教育工作者所要实现的目标。每一个教育工作者都下着最大决心，要通过他的教育事业来"建立一个新中国，建立中华民族的新文化"。每一个教育工作者都有着"要把一个被文化统治因而愚昧落后的中国，变为一个被新文化统治因而聪明先进的中国"这样的抱负。自"五四"以来，这已经是全国一致的动向，便是香港也不能例外，而谁不能领悟这一点，谁就不免终为历史唾弃。

在历史演进现在所达到的一个阶段，一个教育工作者对于教育对象和一切教育设施的见解，是以下面的两点基本认识来作根据的。即第一，人类应该一般地有受到教育的权利；第二，教育机会均等，一个教育工作者的活动是否值得我们称道、赞扬或者值得我们给予注意，固然要看它是否符合了这样的旨趣，是否由这样的观点出发。并且我们对于一种教育设施或者一种教育政策的评价，也是要依据了这些来作标准的。固然，在一定的现实社会，有时候理想与实际的距离是相当大的，但这不是说我们因此可以不需要理想，可以看轻理想，并不这样，我们是仍要点出理想为鹄的，仍要提出理论来作实践的指道，因为没有理想的行动只是盲动，只是妄动。

二

我们试依据着这来批判在香港的教育工作与所得的成就。

在一个拥有二百万人口像香港这样的大都市，在一个文化教育工作者的责任是相当重大的，尤其是当我们想到这二百万居民的百分之九十以上都是中国人民的时候。这百分之九十以上的人民是无法使他和中国文化绝缘的，并且也没有人能够想象，纵使是可能的话，强使这近二百万的人民与中国文化绝缘对于香港本身究竟又有什么好处，或者强使这些人民与中国文化绝缘后又将引致若何的后果。一个中国的文化教育工作者所时常会感觉到自己在面临着的便是这样的一个问题。我不是说这样的一个问题现在已经表面化了，或者已在表面化中，我只是想说，一个文化教育工作者在他沉思静想的时候，常觉得有这样的一个问题的存在。

也许有人要提出什么香港本位的文化来。不过那又是什么东西呢？我们不要忘记的是：直至现在为止，香港主要地仍然不过是一个大的商埠，实在没有什么文化可言。

也有人这样地写过："现在香港最严重的问题，是如何训练一般民众使他们成为一群爱香港，乐意为香港服务，并认香港为他们的唯一的家乡的市民。"这位作者也知道要使香港的居民爱护香港，是一定要使他们明白香港有可爱护的地方的，而这便不能不注意到从教育入手了，因此他继续着说："这一问题的解决，无疑的有待于教育的改善，而要使儿童知道爱护香港，则必先示他们以香港有值得爱护的地方。"这本来是无可非议。不过他又以为要达这样的目的，学校必须把香港乡土历史、乡土地理订为必修的科目，隐约地以为这样便足以助长香港本位文化的成立，这就很有疑问了。譬如说，这样做是替代的作用吗？又像，我们大家都得承认香港是有它的"特点"的，也许还有些"不同于中国"的地方的，但是就作为一个文化教育工作者的观点来说，我们是愿意强调这些"特点"与特殊的地方呢？抑或我们将以为较适宜地把重点放到更合理的地方上面去呢？（参看一九四九年《香港年鉴》）

一般地讲，香港的文化教育工作者是朝着光明的一方面去努力、去求发展的。过去一年间事实更显著地表现出这一点。我们可以相信，没有一个受过适当训练并且认定教育为神圣事业的教育工作者是甘于堕落的，也没有一个真正的教育工作者不想在他的事业上头有一些建树的。环境移人，被迫着同流合污的事实固然是有的，但纵使在国民党反动派统治的势力底下，感觉到干着无意义的工作而时怀愤懑的也并不是没有其人，在香港这样的一个特殊环境，教育界当中藏着败类，滋生着咬吃教育的禾苗的蠹贼，倒也不是稀奇的事了。学校变了学店，校长成了老板，把作育英才的事业商业化起来而仍然恬不为怪，这自是我们的耻辱。此外则视学校如传舍，抱着"做一日和尚撞一日钟"的态度的；或则侥幸于自己所得到的环境，养尊处优，完全不想在道德修业方面稍为努力一下，反而日趋堕落，过着颓废，不合理与不健全的生活；这些自然所在多有，但比起那些甘心受着反动派的嗾使来作戕贼教育的鹰犬，还觉得为害较轻些呢。

三

从好的一方面讲，香港的文化教育工作者在过去的几年间的确作过不少努力。在战后刚复员那一年，正是"百废待举"，许多条件都不具备，自然谈不上什么这类的活动，但自一九四七年以后，大家都集中注意到应该努力的地方来了。在孙起孟先生与方与严先生的热烈发起与切实领导之下，港九一部分的教育界同志曾组织了一个定期的新教育问题座谈会，征集各方面的意见，搜罗可能得到的材料，进行对新教育所引起的各项问题作个别的详细研讨，以为实施新教育的准备。这个座谈会前后继续活动了差不多十八个月的时间，研讨所涉及的范围可以说是等于现制的中小学的全部，并曾制定了多种方案作为日后参考的资料。

除了以上的一个座谈会之外，还有一个座谈会是集合了几个专家为着讨论中学课程的组织一问题而召集的。这个座谈会发起于一九四八年年底秋季，直至一九四九年春天才完结了它的任务，前后活动了差不多有半年的时间。另外有一个华南高等教育座谈会，它的成立稍后于上一个座谈会，大约是在一九四九年春间，当时大家所期待着的，是一旦人民解放军渡江而后，则华南解放当在不远，因此对于高等教育的重建应该有若干的准备，这是合理的。

以上三个教育座谈会都是隶属在中国学术工作者协会华南分会之下来进行它们的工作，一直到了一九四九年的夏末秋初的时候。这是一件足记的事实，因为从这里我们不但体验到了在进行教育工作中团结力量与交换经验的必要，我们更看出了前进的思想和落后的思想两者间的不能够拼合的地方来。也是从这一个事实，我们更接触到了新的文化力量，也就是革命力量。靠了这力量我们更有力地展开新的斗争，而这"中国社会的新旧斗争，也就是人民大众的新势力与帝国主义及封建阶级的旧势力之间的斗争"。只有这新旧的斗争，这革命与反革命的斗争圆满地进行到底，才有完全地建立起新文化的可能。

在过去一年间也发生过一两件使人感到不大如意的事。一件是达德学院的被当地政府勒令停闭，而上诉又卒归无效；另一件是一些由劳工教育促进会主办的劳工子弟学校的被封闭或被指令改组。还有，到了十一月又发生根据了新的社团注册条例，港九教师福利会也随同其他许多个文化团体被拒绝了立案的事件。这些事件颇引起了舆论界一些批评和对香港当地政府这类处置的一些疑虑：这仅是憾事吗？而在当地政府的立场来说，这是明智之举吗？我们从需要上讲，从政策的观点讲，总感觉到不能无疑。

我们当然也得承认："国家是阶级统治底机关，是一个阶级压迫另一个阶级的机关，是建立这样的一种秩序，既把这种压迫法定和巩固起来，同时又缓和阶级冲突。"不过，"既不愿工农们在政治上抬头，也不愿他们在文化上抬头"，像这样的一条"文化专制主义的路"大概会是走不通的。

四

前些时，一位新从英国到来服务教育界的同事对我说："香港虽然有了一间大学，可是便是在大学里，学生是不大谈政治问题的，便是挑逗着他们讲，他们也是不大肯发表意见的，正不晓得他们是畏羞呢？还是对政治完全不感兴趣？"我回她说："此其所以为香港也！"她慨叹地说："可是在英国情形就并不如此。在英国，大学的学生没有不谈政治的，并没有对政治问题不感兴趣的，可是这里的情形倒很使人失望。"因此，她极力怂恿我在学生当中提倡一些政治讨论会、政治问题研究会一类的组织。我告诉了她，在太平洋战争发动以前，我自己便曾主持过和参加过好几个"读书会"这样的组织，而当时学生参加的也不少，但是自战后以来，大家"偃武修文"也似的，竟没有人再提过那些事情了。自然，我们不能让事体停留在这一点上的。

上面叙述的一段事实提供了我们什么呢？它提供了两点：第一，我们文化教育工作者到现在所努力的仍然不够；第二，我们一向所走的都是偏颇的路子，往后要改进了。

五

检讨过去一年间我们文化教育工作者在香港所得到的成绩，大概可以说是，在个别的与局部的方面虽然斐然可观，但是在总的方面倒仍然够不上说"无毁无咎"四个字。好些地方都表示着我们配合整个形势发展的工作做得不太切实。也许形势实在发展得太快，因此这里边显然有赶不上时代的迹象，尤其是到了政协成功、新的中国诞生了的阶段，这一点表现得更为清楚。从事文化教育工作的自然都无不决心要建立新文化和新教育，但对于这新文化和新教育是要为新的经济力量、新的政治力量服务的这一点，仍缺乏深切的了解和信心，则大概是事实。

现在一九四九年是过去了，我们展望着一九五〇年，这应该是我们继续努力的所在了。

（原载香港《文汇报》，一九五〇年一月一日）

目前拉运的几个问题

一

新文字现在是应该可以"大行其道"了。多时以来许多朋友们都曾对我说过这样的话，而我想也许有不少的拉运同志们都曾作过这样的想法。这是值得研究的。

曾有过一个时期，新文字运动是经过许多困难才能避免恶运不致连根带叶被拔除掉的。也曾有过一个时期，这个以扫除中国的文盲为目标的运动常常受不到人家的理睬，一般的以为它只是一些"好事者之所为"，一些无识之徒所作的无意识的举动。对于国计民生是不足轻重的。因此，当现在情势已经改变过来了，一般地自然以为往日的障碍目前既不存在，这样往后拉运的发展便是一条平坦的道路了。我以为这想法是仍未能把握到拉运问题本身的现实情形。

自中央人民政府成立以后，随着新的形势的建立与新的事物的展开所给予人们的兴奋，拉丁化新文字运动在中国各地的确比以前更加蓬勃、更加广泛起来了。事实摆在我们面前，单就从各地得来的不太完备的记载所提示，由首都以至于地方，由各都会的大学以至于僻处农村的小学校，不少学生们和教师先生们，他们好多时以来都在集中注意到怎样推广新文字的教育工作和怎样加强新文字的研究这些问题上面。不少地方、不少教育场所曾经广泛地展开了一些推行新文字与设立新文字研究班这样的工作，并且一般地可以说，参加拉运的人们一天比一天地会感觉到这类工作的迫切需要。不过，一方面拉运工作现在虽则是这样蓬勃地展开，而这样的发展现象又是自拉运开始以来所不曾看到过的，似乎可以说是前途完全乐观的指证，但是从前一方面说，许多拉运的同志倒感觉到我们的工作做得不够积极、不够广泛。在他们的意见，我们没有迅速地把握着新的时机以灵活地利用新的优厚条件来展开我们的工作，使得我们能够在短期内达到扫除大部分文盲的目的。在这样的一个前提之下似乎我们不能不对目前的工作从新来一个检讨了，同时我们也发现了一些新的问题。这些问题在以前也不是完全没有人预见到、考虑到，可是由于新的局面的出现，多少总已改变了一些原来的性质。

二

记得东北刚解放那个时期，冯裕芳先生曾对我表示过一些关于新文字前途的意见。他说，他有点不明白，为什么在新解放了地区，新的政权已经成立了，然而政府当局仍没有明令推行新文字和确认新文字的合法地位。我当时对于他所作的解释是这样：新文字运动对于农民大翻身自然发生很大的作用，这是无可否认的，但是国家在战事频仍、戎马倥偬的时候，暂时还不能兼顾到那些可以缓办的事情，也是不难想象得到的。不过主要的问题似乎不在这点。主要的问题是在于汉字既然与我们的文化有着这样长久的历史关系，它们两者之间简直可以说具有不可分解的血缘，因此在中国民族争取解放与独立的过程当中，单就统一阵线一点来说，汉字是仍然起很大作用的。对于这一点不但政治当局不能忽视，便是我们主张改革中国文字的工作者们也应该独具只眼地来正视事实。放开一步讲，我们如果徒然指摘那些崇拜汉字的人们，说他们只是抱残守缺地迷恋着死的方块字，要知道这仍不是办法，仍不是解决问题的合理态度。

冯裕芳先生替拉运尽了很大的力量，他以卫道的精神来进行新文字的工作，这是值得我们钦佩的。我在这里谨以十二分的热诚来表示我个人对他的景仰。不过我每每感觉到他像是"求治太急"也似的。他在世时常常表示要马上把中国占到全人口百分之八十八的文盲扫除，可是他没有真正地估计到这工作在中国这样的社会中间所可能遇到的种种限制。他不断地憧憬着凯末尔对改革土耳其文字所获致的成就，可是我总以为土耳其的问题与中国面对的问题相比较，无论就历史背景说，抑或问题的本质说，两者之间却存在着相当大的差别。

拉运工作者们因为急于要看到扫除中国的文盲的成果，也即是要在短期间内做到普及教育，把一个愚昧落后的民族改变成一个强大有知识的民族。因为这样所以有一个时期，大家曾希望能够利用政治的势力来帮助推动新文字运动。甚至这所要利用的是反动政府的势力也在所不惜。当时因为感觉到需要的迫切，所以也只好冒昧地"与虎谋皮"了。利用政治的力量来达成像推行新文字运动这样的目的，自然有许多便利的地方。但这个做法的成功是有着一个假定的，这便是所要利用的政治力量是一定要和人民大众的利益相一致的，然后才有好的结果可言。否则非徒无益，而又害之。至于就研究工作与制定方案讲，我个人的意见以为暂时仍应该由私人组织的学术团体在政府扶翼奖励之下去进行，这样比较更便利。

三

拉运发展到现阶段，我以为我们的工作，一方面固然在加紧组织识字班与新文字讲习班来达到扫除文盲的目的，而为着了这更应该把工作推广深入到农村去来找寻真正文盲的对象，但另一方面，配合着新的形势，更重要的或者可以说是同样重要的工作是在于加深与加强对新文字方案本身的研究，同时更应加紧制定各种方言拉丁化方案。

我们对于中国的文字终当走上拼音化的途径上去这个终局，一点也不怀疑。凡是研究过语言学的都会承认这是唯一合理的途径。固然，中国文字拼音化并不是一朝一夕能够达到的，它一定是一个经过长期的发展过程，这便是说，拼音化的新文字完全代替了方块的汉字还不是今天或者明天可能看到的事情，可是在今天所完成的各种方言拉丁化方案当中，已广泛地存在着将来完全拼音化的中国新文字的强有力的种子，这实在是不容否认的事实。作为扫除文盲的工具看，作为一个在最短的时间能使一个素不识字的人学会并且能够利用来表达思想的工具看，拉丁化新文字的地位大概可以说是完全稳固、牢不可破的了。次一步的工作自然在于把方案本身逐渐弄得更完善、更周密，字汇更加丰富，文法组织更加适合实际的需要，这样好使得新文字逐渐具备取汉字而代之的资格。

在目前，拉丁化新文字有一个特殊作用。通过拉丁化新文字来学习国语的不但成功迅速而效率大，而且采取这样的方法来学习的人也一天比一天的多。这是一个值得注意的事实。拉丁化新文字和其他国音方案不同的地方，是在于它并不是一种注音符号而是一种文字。

我这样说并没有低估了汉字的价值和力量。同时我也希望从事拉运工作的同志们，不要以为建立一种新文字来替代旧有的汉字是一个简单容易的过程。

四

上面的一段论述把我们引到另一个问题上头来了。这问题的性质是这样：在抗日战争的期间中，在进行解放战争的期间中，新文字运动是无疑地曾尽了它的很大的任务。这便是说，拉丁化新文字的出现是头一次使得一个农民感觉到他自己也有了一副能够表达思想感情和获取知识的工具；也是头一次使得一向被呼做"愚夫愚妇"的，不会看到一管毛笔而觉得它是有着千斤那样的重量的。因此，我们可以说新文字真是人民的文字工具。不过便是在那个时期已经有人指出过，农民们自己虽然学会了新文字并且能够灵活地利用了，但是一和都市里的人民往来或发生事务关系时，便觉得自己精通的一套倒行不通。这是过去所得到的经验。现在农民是翻了身了，是粉碎了数千年的封建束缚的枷锁了，对于文字工具所持的态度是否会和以前不一样呢？这一个问题是不容轻易抹煞的。因为有人说："汉字之所以成为普及教育的障碍是因为它难学，要费很长的时间才学晓，那么，由于革命战争的成功，人民的生活逐渐改善，配合了科学的进步，工作的时间将来是一定可以大加减短的，这样节省下来的时间拿来应用在搞通汉字，便会觉得绰有余裕了。假如真是可以做到的话，新文字的提倡，拼音化的文字改革，便应觉得是徒然多此一举了。

并且，汉字是从前士大夫统治阶级的工具，现在人民已经作了自己的主人了，大权在握，又何尝不会一样灵活地利用这文字的工具呢？文字既只是工具，又何以一定要改制呢?"

这一种论调虽然似是而实非，从语言文字发展的观点说，实不难把它驳正，可是正因为它包含着多少道理，所以也足以阻挠中国文字拼音化的加速进行，这是我们拉运工作者所应该注意并且随时加以辩正的。为应付这问题，我以为最重要的仍在加强与加深各种方言拉丁化方案的研究和尽可能的推广实验工作。

（原载广州《新文字月刊》，一九五〇年九月一日）

伟大的新的一年

第一个国庆日！多么辉煌、多么响亮的日子！更多么伟大！

去年十月一日，我们中华人民共和国宣告诞生。今天我们庆祝这建国后第一个国庆日这个伟大的纪念日，毫无疑问，凡是中华人民共和国的人民，不论在山陬海隅，又不论住居国内抑或远适异国，是一定感到无比的欢欣与无比的鼓舞的。因为十月一日是我们中华人民共和国的生日。作为这个年青的国家的主人翁的我们，今天也竟然有了这么一个能够抬起头来的日子，一个牺牲了许多宝贵的生命、流了许多血才换得来的革命纪念日，于是乎感觉到一点骄傲，这是十分应该的。今天我们不但能够抬起头来，还能够站得住脚，只短短一年的时光，已经孔武有力地茁壮起来，这也是我们历史上未尝有过的无上光荣。

辛亥革命推翻了清室，当时跟着我们也有过双十国庆日。可是因为革命不彻底，专制政体虽然一时被推翻，但政权仍然落在封建势力的手里，结果，三十多年来不但封建的枷锁未尝打破，反而利用着与外帝的勾结日益变本加厉起来，在这样情形下，试问所谓国庆还能和广大的人民发生怎样的关系呢？鲁迅先生不是在《头发的故事》一文里这样地写过那三十多年前北京双十节的情形了吗？

　　早晨，警察到门，吩咐道："挂旗。""是，挂旗！"各家大半懒洋洋的踱出一个国民来，撅起一块斑驳陆离的洋布。这样一直到夜，收了旗关门，几家偶然忘却的，便挂到第二天的上午。

　　是的，"他们忘却了纪念，纪念也忘却了他们！"其实，何止那十年代的情况是如此。三十多年来，由于统治阶级背叛了革命，早与民众脱离，因此"国庆"是一道，人民是一道，两者真是漠不相关。这便是与我们现在这个国庆日不同的地方。现在这个国庆日是属于人民的，是与人民息息相关的。它是人民以自己的力量经过二十多年的奋斗粉碎了束缚着自己的枷锁而创造出来的。

　　从前人说："三年有成。"三年不算是很长的时间，但是拿中央人民政府成立以后的成就来说，这"新的一年"把一切都计算在内，的确和历史上任何一个时期相较而全无愧色。政治方面，我们已经毫不留情地结束了帝国主义、封建主义和官僚资本主义的统治时代，确立了人民民主专政新政权的基础。财政经济方面，完全超出了反动派的一般预计，不但战后金融财政状况没有更趋恶化，反之，自今年春夏以来，各地物价已逐渐稳定，币值逐渐提高，金融日趋于安定，而国家的财政收支遂亦逐渐接近平衡。这些都是大经大划方面彰彰在人耳目的事实，一般地指示着我们的前途是"有困难的，但也有办法"；不但"有希望"，而且充满着光明。

　　反动分子会说："等着吧！他们一定搞不好的。"然而现在怎样呢？反动派的错误，是由于他们估计人民的力量错了。他们像是拿祖母的老花眼镜来测看最近的恒星，结果他们失败了。他们看不见人民，也不相信人民，他们抛弃了人民，而人民也抛弃了他们，永远地抛弃了他们。

有人说："然则你以为这便是长治久安的乐土了吗？"诚然，只有最愚蠢的人才会陶醉于目前的一点成绩的。我相信每一个人民都十分清楚现在所完成的只不过是基础的最初步，往后还有无限的困难，还有许多要提高最大警惕的地方。不过根据这开端的一点成就来推测，我们是有充分理由相信人民一定能够克服一切困难来创造一个新的社会的。我们也许不能说整个东北都找不到一个失业的人民，或者某些水旱疾疠的地区完全没有等待救济的灾民。同样地我们也不敢说若干边陲的地方没有一些反侧分子的不轨行动。但这难道就足以证明一个理想的社会不能够在新的中国建立得起来了吗？在这一点上有思想的人是知所抉择的。

今天我们以无比的热烈情绪来庆祝我们的第一个国庆日，我们感到对前途有信心，但我们也了解每一个中国人民自己责任的重大。我们并不退缩，并不犹豫，我们要作出比以前更大的努力来完成我们的历史使命。

（原载香港《文汇报》，一九五〇年十月一日）

参加广东第一届人代会后书感

　　这次我到广州来参加华南文艺工作者代表会议，闭会后被邀出席广东省第一届各界人民代表会议，觉得有一种莫可名状的欢忭与荣幸。解放后这还是我第一次回到广州来呼吸新的自由空气，屈指一算离开故乡已经十三年了。现在重和父老们握手话旧，像是进入了一个新的世纪，一切事物都呈现着一种新气象。

　　首先，这个全省人民代表会议的召开，仅在广州解放还不过一年和海南岛解放还不到半年的光景。这表示了大家所渴望着实现的"人民民主专政"的诺言，并不是一张不兑现的支票，同时也表示了一切反动派的造谣，以为国民党搞不好的共产党也一定搞不好，以为所谓"新民主主义"只是骗取民众的东西，这些造谣都完全归于无效，值不得一驳。人民现在是自觉地当家作主起来了，那"民可使由之，不可使知之"的时代已经成了过去。开好了会，这是人民民主专政的开始。对于这一点的可能性，我们是更不容有什么怀疑了。

　　当我踏进会场去的时候，一些问题不期而然地涌现于脑际。记得三年前，有一次在一个座谈会上讨论到实行民主政治的问题，一个英国人这样说："民主吗？代议政治吗？这些我们早就讨厌透了，你们如果喜欢就拿去用吧。"用不着指出，我这位朋友对所谓民主是完全失掉信仰了。不过要知道，他所指的是旧民主，是在资本制度底下的民主。在资本制度底下的民主只有形式，而缺乏了内容，只有"自由""平等"这样好听的抽象名词，而没有做到真正自由平等的事实和可能，因为资产阶级所要维护的只是本身的利益。因此一般的对于旧民主的灰心是有很多理由的。新民主主义却与此完全两样。现在正当开始人民民主专政的时候，我们自然要问实施的情况怎样呢。但是无论如何，我们虽然不能说新民主主义是一种"放诸四海而皆准"的制度，可是旧民主实在已经成了没有灵魂的躯壳，大概谁也不能否认的了。《共同纲领》第十一条规定："中华人民共和国的国家政权属于人民，人民行使国家政权的机关为各级人民代表大会和各级人民政府。"这各级人民代表大会和各级人民政府正是新民主不同于旧民主的地方，也就是它优于旧民主的地方。所以我们目前正要搞好开会工作，搞好开各级人民代表会议以至人民代表大会和成立各级人民政府的工作。没有各级人民代表会议或各级人民代表大会，没有各级人民政府，那么一切关于人民民主专政的话都会全归于空谈。像反动的国民党统治时期那样，"训政"阶段，一训便"瞓"了二十多年，若不是人民及早觉悟，在共产党领导下立下决心自己翻身，也许一直"训"下去永远不得起来了。和目前相较真成了一个绝大的对比。同时，这也越加显出法西斯主义者的心肠只在欺骗人民，永远地欺骗人民。

在会场中听到了许多方面的重要报告，同时更听到叶主席说广东"一年来的工作是有成绩的"，这无疑地都会有使到代表们感觉相当的兴奋。叶主席又说，广东的工作仍然存在着若干缺点。他指出：（一）许多下级政权和群众组织都没有经过改造，以致政策不曾完全贯彻；（二）部分干部仍有官僚主义和命令主义的作风，不能和群众密切合作。听了这些话，我个人的反应并不是感觉到政府当局能够有这样精明的观察，而是他们能够互相批评和自己批评，能够准备倾听人民的意见，准备接受人民的批评。我们可以相信，一个有着这样的作风的政府，对于一切的困难是一定"有办法"的。

再则，在会场中集合了八百多个从各地来的人民代表在一起来商量建设一个新社会的大问题，有八十岁以上的耆老，有不识字的文盲，还有少数民族的代表，这也是从前无论怎样也想象不出来的新局面。尤其使大家特别兴奋的，是听到苗民和黎民的代表在大会上的有力讲话。

怎样开好了会？这不是一件容易的事情，现在是体验出来了。大会上长长的报告在进行的时候，从窃窃私语中颇听到一些"疲劳轰炸！"的声音。这，在我看来，与其说是厌倦心理的表现，无宁是一种喜爱的自然流露。有时，像叶主席那样，报告长而不冗，中间杂以诙谐，一两句"妙语解颐"的话，便把极度紧张的疲劳都吹到九霄云外去了；这是发动群众工作中最妙上乘，可是我们不能期望每一个工作人员都能这样做。一般地说，会场上的情况是十分满意并且恰到好处的。至于工作的做得好不好，关键似乎在小组会的组织和小组讨论如何发动。有人说，这次人代会开会不够严肃，这话我不能同意，因为我们走的是群众路线，难道还要叔孙通那一套吗？

我这一次到广州来开会，有一个目的是要多多地知道土地改革问题，多多地了解关于土改问题的一切。可惜因为时间关系，来不及等到开完了会就离开广州，因此许多要听的报告还没有听到，许多要搜集的材料和意见都没有搜集得起来，这是一件憾事。

本来关于土改问题，当时华南文代会开会便提出讨论过。大家都认为配合着广东土改准备于今冬开始实行，来一次文艺下乡运动是绝对应该的并且合理的，问题似乎在于要把工作做得好，充分的准备是必要的，但这样的工作是一定要开展的，大概完全不成问题了。现在广东土改预备在三年内完成，无论在未来的三年当中，遭遇到的困难怎样，土改的工作一定要完成，大家都应该有清楚的认识了。中国革命基本的是一个农民革命，因此中国革命的成功或失败，关键全在土地改革的成功或失败。我们知道足以阻挠我们土地改革成功的因素很多；譬如说吧，要实行土地改革，我们需要一个相当持久的和平，因此争取持久的和平，巩固这和平，便成了保证我们完成土地改革的必需条件，换句话说，凡是企图破坏这持久和平的，都足以危害我们的土改工作，都是中国人民的敌人。

（原载广州《联合报》，一九五〇年十月十六日）

假使鲁迅先生今天仍活着

假如鲁迅先生今天仍活着，毫无疑问，他是一定要为反对侵略战争和保卫世界和平而坚决地奋斗到底的。经过了二十多年的艰苦斗争，今天在中国的社会已经看到了鲁迅先生所指示的光明，已为这光明所普照着，因此我们歌颂着这光明，我们讴歌着人民力量的伟大，但就整个世界的大部分说，一个更大的社会仍然笼罩在黑暗的势力底下。面对着这样的情形，鲁迅先生是一定会本着他的战斗精神，不断地口诛笔伐和发出他的最后的吼声来唤醒一般的迷梦的。

现在鲁迅先生逝世已十多年了，我们一方面固然感觉到在紧急的关头缺少了这一位勇猛斗士的力量，是一种无可补偿的损失，但另一方面倒认为要弥补这缺陷，我们应该集合所有"具有圣人的一体"的进步力量，来继续鲁迅先生的志愿和完成他的未竟的工作。今天我们一定要这样来纪念这位巨人。

自然，鲁迅先生今天如果仍活着的话，总有一部分人是会讨厌他、唾骂他和更想杀掉他的。"托尔斯泰主张用无抵抗主义来消灭战争，他这么主张，政府自然讨厌他，因为反对战争是和俄皇的侵掠欲望冲突的。"这是鲁迅先生说托尔斯泰的话。我们不难想象，不但鲁迅，便是托尔斯泰如果活在今日，是一定会遭受到一些人的讨厌而有着为这些人所欲得而甘心的危险。

　　然而，社会要革命，社会是要进步的。政治家最讨厌的是思想家，他们认为思想家是社会扰乱的煽动者。可是如果你把所谓"社会扰乱的煽动者"的他们都杀掉，或统通都关起来，堵塞他们的口，那你以为社会就可以平安无事了吗？问题恐怕并不这样简单吧！

　　鲁迅先生逝世十四周年了，今年又是我们中国历史上伟大的一年，但是有些问题仍然存在着，伟大的战士们继续努力寻求解决。在寻求这些问题的解决当中，我们一定要加紧一步地发扬鲁迅先生的精神。

（原载香港《大公报》，一九五〇年十月十九日）

在广东各界人民代表会议上讲话

各位代表、各位同志：

今天主席团要我代表香港的同志们来对大家发言，这我实在不敢当，不过我倒想借这机会来和大家说几句话，表达一下我个人的感想。

上月月底我回到广州来参加华南文学艺术工作者代表会议，觉得非常愉快，因为是回到祖国温暖的怀抱里来了。刚巧那天又是中秋节，更有一种大团圆的感觉，这是有生以来未尝有过的。这一次又被请为这个全省为各界人民代表会议的特邀代表，更感觉到真是荣幸极了。跟许多兄弟姊妹们、父老们在一起来讨论建设新的社会这样的大问题，会到许多旧朋友，还看到少数民族的代表们，大家一致团结起来努力于建国大业。因此自己感觉到不但看到了光明，看到了新气象，而且还把握到新民主主义的精神和看到了人民民主专政的基础。老老实实讲，这是一个新的局面，是从前想象不出来的。

几天来听到过了各位的报告，对于广东解放后一年来的概况和今后的施政方针，都十分明了了。这样，自己对于国家前途"有办法"和"有希望"是更加深切地了解和增加了信心。对于当前"困难"的所在，尤其是在听过了萧向荣部长的报告后对于南中国的门户这个地方国防的重要性，也就认识得更清楚了。

　　我们是要把这些消息、这里边所包含的重大意义，带回那些同胞们当中去，向他们宣说、解释，使到他们更加了解现在祖国的真实状况，这样来加强他们的信心，使得他们更能一致团结起来，为反侵略而奋斗，为保卫世界和平而奋斗，也即是为建立一个和平民主的中国而奋斗。譬如土改一问题，这是海外侨胞们所十分关心很想知道一些的问题。假如能够找到一些实在的经验、事实或材料，带到海外侨胞们的知识里边去，这我想不但相当重要，而且也帮助土改的进行。他们知道的真是太少了。

　　香港是个密迩国门的地方，但那里有许多复杂的情形、复杂的因素。可是那里的同胞，除了少数人之外，大概可以说是没有不面向着祖国的。这个向心的运动，随着形势的发展，是愈来愈加显著的，也用不着指出了。那里的同胞们，是深切地了解只有一个富强的中国、一个和平民主的中国，才能作真正世界和平的保证，也只有在毛主席的正确领导和政策之下，才能把这样的一个和平民主的中国建立得起来。所以我们肯定地说，他们一致团结起来，排除一切困难，前仆后继地为这目标而奋斗是不会成问题的。

　　我不善于讲话，一切还请大家指正。

（在一次会议上的讲话，一九五〇年）

庆祝中华人民共和国成立三周年

　　一九四九年十月一日，我们中华人民共和国宣告成立。这十月一日的日子随即成为我们的国庆节。时光过的真快，到了今天不觉已经整三年了。不过，我想我们不单只惊奇于时光过得快，我们尤其会觉得惊奇的，是我们的祖国在这短短的三年时光当中所作成的伟大成就，而这伟大的成就不断地鼓舞着我们，使得我们当亲眼看到自己的国家一天一天地壮大起来的时候，感觉到快慰，感觉到光荣，感觉到做一个中国人是有无上的骄傲，因而乐不可支，以至于竟忘记了已经有这许多岁月在百忙中过去了，正像一句谚语所说的"快活不知时日过"那样。可是另一方面，我们又好像感觉到过去三年实在是一段很长的时间，断断不是仅仅三十六个月的光阴，可不是吗？试打开历史来看一看。我们搜索遍了古今中外的记载，可曾遇到过一个阶段，发现到一个政权，它能够在短短的三年或甚至三十年的时间当中完成一种事业，足以与我们的国家在过去几年所成就的互相媲美吗？没有！的确没有。今天我们来庆祝这个伟大的日子，我们不但看到了这个诞生了才不久的新中国已经站立起来了，我们还看到它已昂起头来大踏步地迈进了许多程途，我们不单只看到它的广大的人民已经翻了身，并且已经当家作主起来了，我们还看到他们把自己的国家造成了"世界和平的堡垒"，这样来负起他们的光荣的历史任务。这怎叫我们每一个人不为之兴奋、为之欢欣而鼓舞呢！

　　回顾三年来的成就，其属于全面性的，如物价稳定，财政收支平衡，在很早的阶段便已达到，又如土地改革、镇压反革命、"三反""五反"以及思想改造几个大运动。这几个都是基本性的运动，通过了这几大运动的成功才能铺平与巩固新的社会制度的基础。在正确的与英明的领导底下，在毛泽东思想的指示底下，这几大运动都次第得到了成功。

　　这是属于全面性的一方面。其他关于单方面的、局部的成就，如果要逐一逐二地举出来，恐怕真的弄到写成一厚册仍旧不能详尽。治淮工程，着手在一项几千年来从没有人敢开动脑筋真正地去想一想的工作。这是十分突出的，固不必说。像成渝铁路和天兰铁路的提前完成；像荆江分洪工程，动员了三十万人的人力，集合了八十至九十万吨的材料，而能在七十五天的时间完成全部工作；又像许多工业部门的大量超额增产；这许多克服了无量数的困难才能实现的成就说明了一点，这便是伟大的人民力量的绝对优越性，而这伟大的力量，只要在联结着的是群众的利益的条件底下，便能够尽量地出乎料想以外地发挥出来。在中国，什么奇迹都有可能出现的。这大概会是那些看过新中国的人们所能得到的结论。当美国以细菌战争威胁着我们的人民的时候，我们自然痛恨他们的残暴行为，但是谁也没有想到却因为这样，中国现在竟成了一个没有苍蝇的国家！其实这些还不过是小者近者，不过即此便可见其大者远者了。

　　站立了起来的新中国进步得实在太惊人了！伟大的祖国实在太可爱了！让我们为三年来辉煌的、伟大的成就而欢呼！让我们为光明的、灿烂的远景而欢呼！

　　（原载香港《文汇报》，一九五二年十月一日）

香港华人革新协会第四届委员就职典礼暨会员联欢晚会代祝词

在七月十九日的会员大会上，我曾说过些关于领导问题的话，现在我不打算在这里把它重述一遍了，不过我倒想趁这机会能够着重地指出一点，这便是一个群众性的运动能否得到成功，主要地靠正确的领导，而对于像华革会这样的组织这一层更觉重要。

什么叫正确的领导呢？让我补充一句，正确的领导一定要以正确的认识、正确的思想、正确的方法来做它的基础的，认识和思想，前次已说过，至于正确的方法，我以为建立起批评与自我批评的态度，这是一个重要的成败关键，今天，我们不能依赖传统的因袭或者偶像崇拜的浅陋见解了。

在这里我想提供给大家作参考的有下面几点：

第一，一般地对于加入此时此地的一些团体，每每以为缴纳了会费便尽了自己的义务，此外便是等待享受组织所供给他的许许多多的权利了。这个看法，应用在像华革会这样的性质的组织，显然是不十分正确的。华革会诚然有着并且也应该有它的会员的福利事业和他们的权益这样的问题，因之而我们知道它在组织上有了一个福利部来处理这类事项，我们又知道陈丕士主席在第四届会员大会上着重地指出过建立会所的需要，而无疑地有了

814

会所一切期望的发展便能够更顺利地进行了。不过，就华革会说，这是重要的，但仍然不能够被称作第一要义。就我个人的看法，华革会的堂皇华丽的建筑，是建立在它的构成分子依照着正确路线所展开的工作上面的。对工作的努力便是每一个构成分子的第一权利。每一个会员应该在他在总的工作上所作出的努力中找寻他最大的快乐。从前人说的"为善最乐"，大概就是这个意见。又说什么"先天下之忧而忧，后天下之乐而乐"以及"乐以天下，忧以天下"，都是着眼在全体大众方面。

第二，会现在是进入一个新的阶段了。在这个新阶段当中，如何把新近吸收的思想和新近获致的经验普遍到各阶层上去，使得它们了解华革会的宗旨是符合着各个阶层的利益的，是以群众的需要为依归的，这我以为是应该马上着手去做的事情，并且也不会像有一些人所想象以为是可望不可即的目标。自然，会在进到现一阶段之前，是经过一个艰苦的斗争时期的，在这个斗争的时期，反映在工作的许多方面，并曾呈现出过一些内部分裂的危机。不过这些分裂的危机，并没有使得整个组织陷于倾覆的地位；反之，正如一个生长的个体一样，由于反抗分裂所引起的剧烈斗争，倒完成了一个进一步向上发展的机会。因为华革会是动的，是有机体，不是没有生命的东西，所以它不断地在变化，在推陈出新。它有矛盾，有冲突，但也有协调，有变革。它有游离分子，有动摇力量，但也有稳定的因素，有激进的力量。这所形成的现象是值得我们加以研究的眼光来注意的。

提起冲突，提起矛盾，也有许多人心里觉得不自在，其实这是不需要的。毛泽东先生不是说过吗？"任何事物内部都有它的矛盾性，因此引起事物的运动和发展。事物内部的这种矛盾性是事物发展的根本原因。"他又说："社会的发展，主要地不是由于外因而是由于内因。内因的发展，推动了社会的前进，推动了新旧社会的代谢。"华革会是个有机体，因此它的发展也一定依着这样的规律，有矛盾，有冲突，又何足为怪呢？

一方面加深对于自己的认识与极力消除内在的矛盾，解决矛盾，另一方面扩大活动范围到广泛群众当中和各个阶层去，这应该是华革会今后的工作路线了。

第三，热爱祖国是今后华革会施政方针重要条件之一，陈丕士主席在第四届会员大会上曾清楚地这样指出过，毫无疑问，如果不是祖国有了这么一个强固的政府，作为我们的鼓舞力量，那么组织现在所得到的一些成就都是不能想象的。如果不是……千二百余万分布于世界各地的侨胞能够抬起头来的事实也是不可能想象的！但是这所指出的爱国主义的精神与和平爱人类的思想却是并行不悖的。祖国在新的政府成立之后，即厉行和平建设运动，不遗余力，而如果不是其后好战黩武主义分子在朝鲜掀起了侵略战争，且把战火烧到中朝边境，并因而引致了我国志愿军加入，展开抗美援朝保家卫国运动，那么我们和平建设的成绩应该更加辉煌、更加伟大。和平建设是新中国建立以来一贯的政策，这表现在早期的如火如荼的和平签名运动，表现在北京召开的亚洲及太平洋区域和平会议的成就，更表现在坚持了已逾两年的开城停战谈判上，大概是再清楚没有了。和平是全世界人民的迫切要求，在停战协定终于签字了的今日，已是无可辩争的事实了。停战协定终于签订，这表示了什么？这表示了全世界人民争取和平力量的伟大，使得好战分子不能不低下头来。让好战分子仍不断叫嚣，但和平已经制胜战争了。

现在朝鲜亘三年又一个多月的战争是停下来了。但是我们从这一场战争中所得到的教训是什么呢？仅就香港这一隅之地来说，通过"禁运"所给予的恶影响，我们最低限度认识了如下的事实，即：一、好战分子的需要与人民的需要是刚刚背道而驰的；二、无论他们说尽了什么骗人的好话，好战分子并不理人民的死活；三、世界愈缩愈小，和平是再也不能割裂来享受的了。由于这样，所以需要和平的，就只能永远地和毫无畏缩地站到争取和平的一方面来，和平与战争之间再也不能有什么犹豫的余地了。

这我想也是我们应该继续努力之所在。

以上是就总的方面说。会要注意的地方当然还很多，要做的真是千头万绪，正如福利部的文章所指出的，"要为居民谋的福利事业实在太多了"。这里我且述一个故事作结。（略）

趁着联欢晚会洋溢着的欢欣气氛，我想把这卑之无甚高论的一点意见提供给参加盛会的每一位朋友，以万二分的热诚来祝华革会前途光明无量。

一九五四年带来的希望

一句古语说得好：鉴往而知来。要知道明天的天气怎样，看今天的云彩便是；要知道今年的光景如何，回顾一下过去一年的往迹便测得八九了。我们且依此来测新踏进的一年。

不少人曾相信一九五三年是最危险的一年。他们以为第三次大战不免要在这一年爆发了，以为美国由于共和党上场，是要采取强硬政策和苏联摊牌了。但是结果怎样呢？第三次大战并没有发生，好战分子的大棍子并没有舞得动！不但如此，由于全世界和平民主的力量日益增大，三年一个月又二日的朝鲜战争终于停止了，《板门店停战协定》终于签定了。历史将一定会写下着：这是一九五三年一年间最重要的一件事实。因为它是人类争取和平的奋斗中的一个重要的纪程碑。

记得一九五二年元旦，我曾说过这样的话："一九五一年过去了，但是第三次大战没有发动得起来，因为人民和平的力量更伟大的缘故。"我又曾继续地说："在一九五一年当中，和平力量与战争力量的对比改观了，整个亚洲的局面也改观了；自然，这个世界的局面也要很快地跟着改观了的。"自进入二十世纪下半期以来，整三年的时光已经过去了，但是毫无疑问，上面所指出的事实是一天比一天地更获得了铁定的确认了。

让一九五四年把这个久已厌恶了杀伐之声的世界更进一步地带到和平协商的光明路子上去吧!

（原载香港《大公报》，一九五四年一月一日）

来期待着质的转变的实现，时间是在帮助着发展的进程的。正当着这岁首的时候，春风扇动着淑气，万物都在发生着。让我们抖擞起精神，把握每一个时候，负起当前的任务来把事情搞好罢。

（原载《香港华人革新协会一九五四年特刊》，一九五四年年初）

欢欣鼓舞祝国庆

国庆节第五届的"十一"国庆，我们感觉到一种不期而然地莫可名状的欢欣和鼓舞。

中华人民共和国成立了才不过五年，可是我们不但以新的姿态站立起来了，我们还以一大强国的资格在世界舞台上出现，以大强国的地位参加了世界重大问题的解决。很显明的，从现在开始，所有世界上的重大问题，尤其是亚洲的问题，要想有成功的解决，中国的参加是一个缺少不得的因素。这因为我们自己所需要的是和平建设，我们所努力争取的是世界和平，我们所信守的是国际间和平协商的政策，而我们所要走的，正如我们的宪法所确定，是社会主义的道路。短短的五年，我们的里程碑已记录着这些进步，这怎教我们不为之欢欣鼓舞！

短短的五年，我们已经把百余年来的积弱一扫而光，现在再也没有人敢以"东亚病夫""一盘散沙"这一类不好听的名词来加诸我们了。而这一切成就，如果不是在中国共产党与毛主席英明领导之下，我们能想象它会实现吗？去年七月，朝鲜的停战协定签订了，我们成功地扑灭了侵略主义者在朝鲜燃点起来的战火，我们争取到了朝鲜和平的实现。今年七月，印度支那停火协定也签订了，八年的战争遂告结束。在这方面，中国的参加和努力无疑地是日内瓦会议成功的一个最大因素。事实是证明了，没统一的大业，也因为如果台湾为侵略主义者所盘踞着、霸占着，那么我们先烈们以鲜血头颅所换取得来的新中国，我们人民所过着和所希望的美好生活，将会受到莫大的威胁。前年朝鲜停战协定签定了，来自东北方面对我国的威胁解除了，去年日内瓦会议开过后，亘八年的越南争取独立的战争也告结束，于是乎紧压着在我西南边陲的威胁亦消除了，目前只剩下隔着一条海峡的台湾仍为隐患之所在。我国人民，为国家民族的安全计，为呻吟着在水深火热的虐政之下的台湾同胞计，为亚洲以至全世界的和平计，怎能够不为之日夕关怀而奋斗到底呢？

一九五五年不能让我们一刻放松这一历史的任务！

（原载香港《大公报》，一九五五年一月一日）

在华革会盛大欢迎会上
陈君葆讲祖国实情

　　《文汇报》报导：香港华人革新协会前日下午在金陵酒家举行盛大欢迎会，欢迎该会主席陈丕士、副主席陈君葆北游归来。

　　欢迎会情形已志昨日本报，以下是陈君葆在会上所作北游观感报告的撮要。

　　他说："作为中国人，谁都热望到我国的首都、到我国的首善之区去观光一番。"

　　陈君葆续说："先谈我的游程。我比港大教授早六天去广州的。我于十二月四日离开香港，一月五日回来，途经澳门、中山、顺德到广州。途中，并下车参观中山故居和离石岐不远的拖拉机站。关于这一点，听说某教授谓由广州至北京未见一辆拖拉机，这实是他的不幸，而是我的幸运处。"（听众哄堂大笑。）

　　他说："我们于十二月十一日半夜离开广州，十四日下午三时零五分到达北京，统计行程，由穗到京只需六十三小时，这还包括卧车渡江至汉口，诸君试回想一下从前的京汉、粤汉车那有如此快捷？在北京，我曾参观京郊、天坛、故宫、景山公园、民族学院等地，并且见到周总理、沈钧儒和旧友郑振铎、夏衍等人，同时看到梅兰芳演的《霸王别姬》。其中印象较深刻的是参观民族学院，我国的兄弟民族有十七个民族有自己的文字，而其他民族皆无文字。现在负责当局正设法替他们创制文字和帮助他们克服困难。同行的一位港大女讲师对民族学院很感兴趣。她说：看过北京的民族学院，觉得英国早应该这样做了。除此以外，我还参观过官厅水库。该库水满时面积比太湖还要大，相当于北京的昆明湖五百倍。水库容量是廿二亿立方公尺，现在只满了三分一。"

"十二月二十五日，港大教授离北京，我与陈丕士大律师多留北京数天，到十二月三十日才坐飞机南返。飞机经开封时，照例降陆加油。因为黄河流域有风雪，我们无意中在开封逗留了二十四小时，得在明月当头之夜见到月夜雪景奇趣，并且得在开封黄河边吃黄河鲤鱼，亦是一大快举。次日，我们续飞经汉口，抵广州，在广州勾留数天返香港。"

"有人说：他这次去，是要找寻事实，我也要找寻事实。但有人是看见而不肯承认它是事实。好比说京汉路上看不见拖拉机，丕士先生却在同一路线上看见过。又说：京汉路是前人造成的，不错，京汉路不是人民政府造的，但是现在从广州到北京只需六十三小时的，这事实是不是说明除了机器之外，还要相当的组织、管理才能达到这个效能呢！"

陈君葆慨然说："有些事实是作为一个中国人民或中国人的友人认为值得注意的，值得替人欢喜的。如长江大桥的建造成功，作为国际友人应该替我们欢喜。然而竟有人拿'完成'这个字眼来开玩笑，说什么是相对的意义啰等等。但横过汉水的有两座桥，我们元旦日开幕的是公路桥，而不是铁路桥。把铁路桥与公路桥混为一谈，并肆意冷嘲热讽，那就不尊重事实了。"

"像这样的事实，作为一个中国人看来是十分关切的。像这次我去看官厅水库，也许有人小看它，以为不是什么科学进步的成就，但不管怎样，它已搁住了'无定河'的水，免除了十年的水患，解决了泛滥的问题。并蓄存廿二亿立方英呎的水量作为灌溉的用途了。从前的'无定河'，现在真变成永定河了。"

"有人说沈阳的工人宿舍单调得像'兵房'。我们说：我们当然情愿住这种单调的'兵房'，也不愿住木屋，或比木屋更差的地方。"

陈君葆又说："现在居然有人否认日本军队曾在中国压迫中国人民。他说他在一九三五年和一九三七年到过东北，说日本人那时殴打中国工人的事无根据的。其实日本人在一九三五——三七年那年代何只殴打工人？我自己的二弟是在日本宪兵的监狱中病死的，我有一个同学谭长护被日本兵挖去双眼，又有一个同学罗栋新被关在雪柜中冻死。这些都是日本军国主义者的罪行。当然那是过去的事情了。"

（原载香港《文汇报》，一九五六年一月十七日）

"五四"在广州

这一次让我来谈谈"五四"青年节在广州。

我不知道我们其余的五位"茶客"是否同意这个题目。很可能他们表示不同意。第一，我这命题没有时间的限制。是不是我准备把三十八年纪念这个节日的经过，都上天下地如数家珍般说一番呢？那恐怕要写成一本小书了！第二，如果说这只是指在广州今年的"五四"，那么，知道的朋友们会指出，今年的"五四"我虽然在广州，但事实上我没有到各处去看过纪念青年节的活动，也不曾参加过任何一个纪念晚会，这样，这个题目就有点不大恰当了。

对！这两个意见都对！不过，我得补充一句说明，就是"五四"在广州这句话，是直接从我的日记搬过来的。因此，我在这里所要说的只不过是我个人在那一天的感想。

一个分别：去年的"五四"，我自己讲了话，对一班青年人讲话。今年的"五四"，我倾听了别人的讲话，讲话的内容没有一个字提到"五四"，但是他的每一句话都是和五四运动有关的。在听他讲话，前后差不多四小时，我不断地回忆到三十八年前的青年们那种爱国主义精神，也不断地对三十八年来所建立起来的光荣传统怀抱着依恋也似的情绪。

太阳从西边落下去了。在华侨大厦的楼头，凭高望远，苍茫的景色，倒有点像在南京从中山陵望牛首山的模样，只是气象没有那样的壮阔。海珠桥上的行人和车，回旋往复，汇成了一条大流，像要和时间争恒久，但在暮色中也逐渐迷糊起来。一个单位在开纪念晚会。我从开会的地方走过，没有进去参观。好些时候以来，人们习惯于开会了，开会已经成了生活的一部分，不觉得怎样新异，也不觉得怎样不自然。

一个朋友请吃饭。在席上认识了一位从马来亚回来的老华侨，是个橡胶专家，已经鬓发皤皤的了，但精神矍铄，勇往直前的气概，不减于一个青年。他是从马六甲回来的。马六甲，这个马来半岛开发得最早而又最饶历史意味的地方！

提起马六甲，就想起一件小事情来。是三十年前了，我和几个朋友到马六甲一个锡矿去，路上经过一个小村落，在一家咖啡店门前，坐着一个拖着一条辫子、肤色黝黑得简直比马来人还要黑的老人。我们觉得奇怪，究竟他是中国人还是马来人呢？老李说："他不会是个中国人罢！"老黄说："皮色这么黑，比马来人还要黑，恐怕连马来人也不是，不晓得他也像'支那人'拖条长辫子做甚么！"说着，我们走近几步去逗他讲话。我们问他为甚么拖着条辫子。他说："我是个中国人呀！"自然，我们是用马来语交谈，因为马来语是马来半岛的普通话。听了老人的话，老李对他说："现在中国人都剪了辫子了。"他回答："知道！"李："那么，既然知道，为甚么又不把它剪掉呢？现在不是满清统治中国了！"他叹一口气说："先生！我的皮色这样黑，我又连一句中国话也不会说，又这一把年纪，你说我还有甚么方法可以表明自己是一个中国人，而不是别的族类呢？"于是我们三个人相顾而笑，默然若有会于心！

在有些人的眼里，我们中国就是这一点可恶！不顺眼！中国人总不肯忘记他自己是个中国人，无论"远托异国"，到了世界上那一个角落。纵使海枯石烂，骨可化，形可销，但他始终要做一个中国人。在泰国南部接近马来亚边境，在吴庭艳目前统治之下的一些地方，人们有时候从一条很偏僻的村落经过，那里人民生活方式、语言、服饰都完全土著化了，可是在过年的节候，大门倒张贴了一副春联出来，这才使你莫名其妙地惊奇起来。联语所用的也许仍是"贺春王正月，祝天子万年"这样的词句，这一点没有多大关系。张贴春联的人是否了解联语的意义，也不十分重要。重要的是联语所写着的几个方块字，对于他来说究竟象征着甚么！

有一个时期，人们曾栗栗危惧地为中国文化担心，现在这种心理已经成为过去了。

"五四"开始了中国的新文化运动。它是中国文化史上的一个重要的里程碑。然而在三十八年后的今天，回想当年的"风流人物"，人事沧桑，升沉蜕变，有时又不觉感慨系之。

（一九五七年五月四日）

"五二四"事件为何会爆发

　　五月廿四日，台湾人民反侵抗暴的大示威爆发了，九百万同胞不可遏止的怒火燃烧起来了。台北市的美国大使馆被围攻，美国新闻处被捣毁，台北市警察总局遭受袭击，参加示威的群众在几小时内由十余人增加到三万人。一切出于自动自发。"美国兵在中国领土上杀死中国人竟可以无罪释放，逍遥法外！"这怒吼响彻了云霄。它使得美国的统治集团为之震惊，为之仓皇失措，使得全世界的人民为之屏息以待，倾耳而听。

　　"五二四"这一大示威为何会爆发？历史家将会大书特书写下来。它将会是一部并不怎样简短的反侵略、反殖民主义的斗争史。这一点我们在这里暂且不去说它了。这里我所要说的是，事件发生以后，大概明眼人总不难看出，美国的反应将一定作这样的方式：就是最初是一种惊慌失措的表现；其次，继着惊奇错愕之后，便是对台湾加紧压迫。这是美国所一定采取的三段论法。这是形式！你说，不错！这是形式。不过，美国一定采取这一形式，否则他们便不能够继续进行侵略，进行他们的新殖民主义政策，也更不能够继续蒙蔽欺骗他们国内的人民。

　　台湾的怒潮掀起后，美国的反应怎样呢？事件的爆发使得诺兰之流感到震惊，这是不难理解的。参议院议员罗拔逊说："台湾是近年来受美国施舍计划之惠最多的地区之一。在这些国家，我们本来是希望通过援助来获得友谊的。然而现在我们把台湾养大了，所得的结果却适得其反。"他因此断定台湾的反美行动是一定有背景的。背景为谁，虽没有说明，但字里行间也不难看出其所指。《华盛顿邮报》指摘得更露骨，它说暴动的原因无疑是复杂的，但有下列的三种可能性："第一，它可能是共产党组织的；第二，可能是蒋介石政权发动的，借以阻遏美国对共产中国作任何政策上的改变；第三，或者也可能出于自发的。"把《华盛顿邮报》所指的这三种可能性分析一下，倒不失为一个有趣的思想练习。关于第一种可能性，仿佛匆匆由香港飞回台湾去的蓝钦就曾说过，他不相信暴动是由共产党策动或与共产党有关。然而远在万里外的《华盛顿邮报》的社论执笔者却把这一项可能性放在首要地位，自然目的是要"为下回张本"了。台湾不可能有三万个共产党，而纵使台湾有共产党，他们也不可能在数小时内发动与蒋介石所能调动的军队作同样数字的群众呀！这岂不是奇迹！企图阻止美国对共产党中国作政策上的改变，在美国方面固不能不说一定有此顾虑，不过就蒋介石集团方面来说，证之以事情发生后对美国的屈膝，董显光道歉，俞鸿钧引咎辞职，婢膝奴颜，惟恐不足，这样，第二种可能性亦不复存在。至于暴动之出于自发，这原是有目共睹的事实。美国的侵略主义到处不得人心，不为人所欢迎，固不自今日始，也不限于台湾一地。《华盛顿邮报》的社论在说到这一项可能性时，轻轻冠上"或者"一词，以为这样便可以掩蔽事实，这是鸵鸟的行径。

美国侵略者在台湾以及其他各处的种种暴行已罄竹难书，它使得台湾同胞忍无可忍才爆发为这一次的群众示威运动。面对着这样的事实，美国的侵略者应该醒悟，应该反躬自问了。美国不要以为出几个臭钱就可以买掉中国人的爱国心。中国人最服膺

"有所不为"这一句话。中国人也许有推许"拜金主义"的，不过真正的中国人断不至于为"拜金"而出卖灵魂。

并且，反美的浪潮又岂限于台湾？马尼拉市长拉克逊说得好："台湾的暴动只能归咎于美国外交政策的错误。再没有一个国家挟更多的威望到亚洲来，但是，你们国务院的错误已在台湾和全亚洲播下了某些种籽，而全亚洲都在仇恨美国人。"这是警告，也是忠告。说国务院所执行的完全是一种谬妄的外交政策。拉克逊又惋惜地说："我替美国痛心，试瞧瞧派到我们菲律宾来的军人罢！"我以为这也难怪，一个与文明背道而驰的国家，我们怎能希望它派出比雷诺兹更好的人物呢？一个要称霸世界的民族是应该具有一些道德上最低限度的基本条件的。

雷州半岛西北的安铺镇

好些时候以来，在报上看到不少关于祖国尤其是农村方面大跃进的报道，未尝不心焉向往，可是总觉得自己没有亲眼看到为一件憾事。今年四月间，我到广州，刚好广东省政协有一个到湛江专区去参观的组织，于是我就高兴地参加了，由四月七日到五月六日，整一个月的时间，给于我一个很难得的机会，来观察，了解许多方面的跃进情况。

这次参观的范围很广，单就地域方面说就包括了遂溪、廉江、化县、茂名、吴川、电白和阳江七个县，不过这里我单拣了安铺镇一个很偏在一隅的地方来谈，因为这是一个典型的思想大跃进的例子。

是四月下旬的一个早上，天气清朗，我们参观团一行五十多人，在吃过早点后七点钟离开湛江，八点经过遂溪，八点四十五分便抵达安铺镇，路程是六十公里。

这个地方给我们的第一个印象，是它的清洁卫生工作，比起我们到那时候为止所看到过的无论那一个地方都要好，都要彻底。譬如说吧，在附近公共汽车站的那一个公共厕所，便干净到已经可以说是理想的程度了。大家知道，公共厕所是最难保持清洁的地方，尤其是旱厕，但是用过安铺镇公共厕所的我们，都得承认进到那里去仅发现过一两只苍蝇。我特别提到这一点，因为在目前经济状况下的中国农村，要保持清洁与展开卫生工作仍是一件极不容易的事情。首先，我们要打破旧思想，改变旧习惯；其次，就要结合农村生活的实际情况。

安铺镇的清洁卫生工作之所以特出，是因为这个地方有过一段惨痛的历史，使人们刻骨镂心，永远不会忘掉。在广西的陆川县，有一条叫龙化江的水，南流入廉江县境东北部，折而向西南流，注于东京湾，在它的入海处不远有一个市镇，这便是安铺镇。进廉江县境后，那条河便叫九洲江，这是因为河道到了冬天便水浅沙露，分出九个沙洲来，河就因此得名。地图上每写作"九州江"，似乎不大切合事实。

那天我们到了安铺镇，那里的镇民正在搞普选，大家都十分忙，还打锣打鼓在预祝胜利。安铺镇是一个拥有三千二百多户，一万三千一百多人口的市镇。在这个数字当中，水上的船民约占一千一百人，工人五百余，商人一千三百，手工业者约一千左右。此外中小学生约三千人。值得注意的是：在这些人口当中，以前在旧政权底下大多数都是不务正业的。由于镇的地位，接近了海滨，腐朽的生活，嫖赌饮吹，样样都齐，那倒可以想象而得了。现在的情形怎样呢？现在全面生产已经得到了安排。解放后，安置了失业或无业的达一千零七十人。所以就目前来讲，安铺镇的安排生产就业的问题，已百分之九十九得到了解决。老弱残废的，政府还完全包下来养。和过去相较，这是如何强烈的一个对比呢！

但是，上面已经说过，安铺镇这地方是有过一段很悲惨的历史的。

因为在以前，它是以全世界第三名鼠疫区著称于世的。

安铺镇的鼠疫流行，大概开始于一八八四年。据说，那一年刚有一个从外边迁来的人在他死后被运回安铺镇埋葬，次年便发生了大疫，死去二百多人。从那时候起，一直到一九四九年止，前后差不多七十年，每年都发生过鼠疫，最多的如一八九三年，死亡数位达一千六百三十人，最少的一年也死去二百人，还有过一年曾死去二千五百多人的，但那是较早的时期，也难于确实指定是那一年的事了。鼠疫流行的期间是极其可怕，极其恐怖的。因为谁也不知道死神将在那一个时间出现和将向那一个人的身上降临！人们总觉得四周都是恐怖，时时刻刻都在恐怖当中。每年从旧历的十一月起，至明年五月，这是疫症最严重的时期。一到那个时期，人们开始逃避，大家都无心生产，多半到外边去。壮年的逃走，老弱和有病的就留着，或者终于染病而死去。被死神抓着的人有时死得很可怜：他们有的俯伏着死在水缸里，有的死在舂臼旁边。更觉可怕的，是在鼠疫流行当中，同时又每每蔓延着霍乱病。有一个奶着她自己的婴儿的母亲，就在喂奶当中死去了。逃避的人逃到附近村落中的茅蓬里去暂住，在大雨中茅屋漏水了，很多人就因此得到了风湿病，到现在仍不能痊愈。这些残疾的人，我们在这次参观当中就遇见好几个。

在那个期间，也就是说从十九世纪末到本世纪初的四五十年当中，别的地方，像梅县，像香港，都发生过鼠疫，并且情形都十分厉害可怕。但比起安铺镇来，那连续不断至亘六十多年，居民一个跟着一个地走到死亡的路上去的悲惨情况，自然更加谈虎色变，言下犹有余怖了。

也许你会问：难道那里没有医院，或者什么救济机构进行过救济工作吗？是的，安铺镇有过一间博济医院，但根据当地人对我们说，那家医院只是方便那些有资产的人，没有钱的便被拒绝不能进去受诊治，因此群众就称它为"剥榨医院"。这我想可能是事实，因为我们不是常常可以看到，有许多所谓医院病院，事实上贫苦无告的人们反不得其门而入么？何况是安铺镇？更何况在旧政权时代？

这是毫无足怪的：在一八八五年的时候，安铺镇的人口曾经达到一万六千人的数位，但到了一九四九年就仅剩有八千人左右了。

安铺镇当年所以成为鼠疫区，一般地说是由于疫菌从外处传入，但也可能由于本地污秽累积，百数十年不讲究清洁工作所致。人民不知注重卫生，政府当局又复置之不理，因此便弄到不可收拾。像一九四九年初，本来"省政府"一方面也派过鼠疫防治队到镇上去进行过防治工作，但那个防治队却远远地在离镇三四里外的地方驻扎着，遥遥指挥，根本没有踏到镇上去，而且不久也就离开那里了。这样又如何能消灭灾害！

解放后，作风完全改变了。一九五零年初，中央派了防治队到镇来，大力进行防治工作，层层调动人员，全面发动群众，全面行动。先是深入各户，彻底教育群众，使大家明白所面对的是一个如何严重的问题，是一个什么性质的问题，使大家清楚了解如何去解决这个问题。这样的教育工作做过了，然后进行全部更换地板泥土，拆毁多年破旧房屋的步骤。全镇在短期间训练成一千四百个卫生干部，规定每年打预防针，不断进行灭蝇灭鼠运动。于是塞鼠洞，消灭跳蚤，洒消毒水等工作分别进行。统计从五零年到五三年这个期间消灭了鼠约五万余头。事实上统计数位指出，到了一九五零年底，鼠疫在安铺镇可以说是基本上已经制止，因为那一年死于鼠疫的仅二人，而另外两个染着疫的随后都治愈了。从那个时候以后，安铺镇便翻了身，太平无事了。一九五三年，安铺镇被评定为全国范围内丙等卫生模范城市，这不是偶然的。

在新中国，偶然的、侥幸而得的成果是不会有的事，一切都是由实践，经过了考验才能获致的。我们到了湛江，觉得湛江的确比广州干净得多了，这使大家都感到非常满意，非常钦佩；但是到了安铺镇，又觉得安铺镇的清洁却非湛江所能赶得上，这就不能不惊叹这里边必定有一种力量，作为一切突飞猛进的成就和转变的解释了。像现在已经是遐迩闻名的茂名引鉴工程，前后仅用了七十天的时间便完成，灌溉了一百八十万亩田地，这是以前所不能想象的。这种例子现在也一天一天多起来了。我们到了电白县去参观红十月社的试验田，李秀英的试验田的亩产量是三千六百斤，这已经使人惊奇，但随后我们又到了阳江参观冈列社的试验田，那里的亩产年量却以四千八百斤作指标，这就使我们更为咋舌了。显然地这是大运动中的一种干劲，一种积极性，但是这种积极性是一定要有方法把它发挥得出来，才能有成就。安铺镇从一个以前全世界第三名的鼠疫区，一变而为现在广东全省最清洁的市镇，这是一个大跃进。这个大跃进里边还包含着一个很重要的因素，就是对于保守右倾思想的制伏。

自然，如果我们要问这个大跃进怎样会成为可能，那唯一的答案就是：群众路线与群众的积极性，正确的政策领导，以及干部的带头作用，这三者是缺一不可的。反覆的推究都在证明这一点。

参观安铺镇时，我们感到值得注意的成就当然还有许多方面，不过就安铺镇来说，如果不是有了这清洁卫生工作做了先决条件，那许多方面的成就是不能想象的，这大概又是再显明不过了。

（原载香港《乡土》第二卷第十四期，新地出版社，一九五八年）

南三联岛之行

到了湛江，一连几天都风风雨雨，早上还觉得有点冷，加上件毛绒背心，仍有些抵受不住寒气；是"一雨便成秋"罢，心里不断在诧异。

午间，又下起大雨来，下午去参观湛江市的自来水厂，还是冒着雨去的。

"明天如果也下这样大的雨，南三岛便不能去了！"大家都在这样盘算着已经安排好的明日的旅程。也难怪，南三岛是一个重要的参观项目。不过，天气到底没有给我们失望。那天晚上虽然也淅淅沥沥地下着雨，并且也间歇地刮着呜呜的海风，可是到了第二天早晨，不但雨停，而且太阳也拨开云幕露出脸来了。这给人们无限的兴奋。当七点多大家到长码头上集合时，太阳已"浮光耀金"一般在海波上跳跃着了。

电船八点钟开，向着广州湾口外最外边的灯塔岛进发。再过两个小时，大家就要抖擞起精神作一次竟日的"抗沙"旅行了！

南三联岛

南三联岛位置，在湛江市东南，也即是东海岛这一个大岛之东北。这里都是冲积层，所以一眼望去，倒好像海天一线略为浮突一些而已。打开地图细看，从西北数起，计有特呈岛、螃蜞岛、北汇岛、调东岛、黄村岛、五里岛、巴东岛、凤辇岛、南滘岛、田头岛、灯塔岛，大小共十一个岛。这当中以灯塔岛为最外，在东边，面积最大，次则田头岛，巴东岛则又次之，其余均为小岛屿。另外还有两个很小的岛，连名字都还没有写上，大概是海中的一些时隐时现的沙洲。把这十多个岛连结成一个大岛，就是联岛的工作，移山倒海，并不是一件容易的工作，但是群众发挥了他们的积极性，终于把它完成。

这一系列岛都在吴川县南，而且均为沙积所成。沙很细，又干涸无水，所以海风一起，就飞沙蔽天，迷目击面，寸步亦不能走动。离这些岛屿不远，在电白县东有一个博贺港，是以渔业著名的地方。许多年前有一次刮大风，一条叫做车络封村的全部房屋都给风沙淹没了；有一个十多岁的青年在海边捉虾，也给沙埋掉，没法逃生。像这样的苦经验，南三岛的长久历史也并不是不曾有过。

海滨人民与大自然搏斗，每每是一首可歌可泣的英雄事迹的史诗。

这样的荒沙岛，要能居人，要防沙御风，唯一的办法是植林。

一个植林模范的经验

我们踏上灯塔岛的沙岸时，已经是十点十五分了。从小电船靠岸的地方到灯塔乡，约莫有大半个钟头的路程，可是我们沿着海滩一片白茫茫的沙带，一步一蹶地走，等到抵达了乡社，已经十一点多，而最使我们过意不去的是那些打锣打鼓，结着很整齐的队伍来欢迎我们的小学生，也要慢步地跟着在我们的后头走！完全未遇到风沙，便已感觉到在沙岛上实在"大不易居"了。听说岛的东北端，还有一个地方叫"漠村港"，顾名思义，可知其地以前简直是一片沙漠。

灯塔社的社长凌权发是一个老实淳朴，负责而果断有毅力的农民。他对我们介绍岛上的情况时，说的虽然带很重的土话口音，但由于他说话时态度的恳切，大家所领会的到的，总达十之八九。

他说：岛上飞沙的灾害，以前的情形是这样：一幅田地，今日还好好的，到明日可能完全没有，整个给沙埋掉。这样，种地下了种，完全没有收成，人民有时仅能吃海草。人们谈起了流沙的灾害，着了慌似的，风起沙扬，简直没有办法。甚至在解放后，像一九五四年那一场台风，五千亩田，剩下的不到三千亩，差不多去了一半。以前也有人提倡过种树了，但没有很好的领导，树也种不成功。群众又迷信，怕种树；怕鬼，也怕风。怕夜间树上呜呜之声是鬼叫；又怕树种了归公家。好容易才劝得他们种树了，然而种下了，树小，给风一吹，给沙埋掉，没有了。于是群众便无信心，很悲观。

听着，我不禁这样想：如何发动群众，鼓舞起群众的干劲，的确不是一件容易的事。

他跟着说：在一九五一和一九五二年，当我们这里还有着互助组的时候，树种还种得很少。在这项工作当中，育苗是一个重要的问题，但又未被注意。到了一九五五年，大会小会都开过了，思想准备进了一步。国家育苗，跟着群众也都育苗了。一九五六、一九五七这两年，大家便大量地育苗，而群众也清楚地看到种树与育苗是一种利源。所以目前不但植树造林有了很好的发展，而且群众也相当爱护林木。

绿化的计划

灯塔社是把七个小社合并为一个大社这样的一种蜕变。这个转变我疑心是与凌权发社长的努力和领导有着很大关系的。灯塔社全社五百二十一户，人口二千零九十人，拥有地三千亩，其中可耕的仅二千四百七十五亩。这样的经济情况并不会是太好的。可是现在农民的生活逐渐提高了，群众对社也有了信心。造林在一乡是要把沙丘荒山一万二千亩完全绿化。到我们来参观时，已种了七千八百四十三亩地，计植树一百八十万株，绝大部分为木麻黄树。社今年内还打算要种一百七十万株，估计这个目标一定可以达到。凌社长还告诉我们说：灯塔社人口约二千人，平均每人植树九百株，也就够了，而这就是在第二个五年计划中我们所要完成的指标。木麻黄树种了三年，估计每株最低价值一元算，这样也很有可观了。

经济基础的改进

凌权发讲完后，我问他农民的一般生活情况怎样，譬如说罢：一天能吃到几顿干饭呢？他说：现在每人每日有半斤米，这样就仍只能吃一顿干饭，一餐稀饭和一些杂粮了，但比之解放前就已有天渊之别。土改前，吃木薯，吃海菜，比较富裕的吃番薯；现在家家都有番薯，而我们就是在这最低的基础上面，逐渐改善。现在大家所有的已超过从前富裕中农的生活。

凌权发不但是个有胆识，有毅力的工作者，他还是一个植林模范。吃过午饭后，他引导我们到岛上各部分去参观，随处把植树的方法，木麻黄的生长情况，以及土壤的性质说给我们知道。我们一个个地踏看了许多沙丘，经过了很多给风沙埋盖了而现在已长满了杂草的田地。他特别带我们去看那在一九五四年的一次台风，在仅仅一个晚上，就完全给沙淹没了的球场。它的旁边的一间办事室，和在它的后面高踞着山岗上的一所庙宇，遭到同样的命运。这些一方面标识着毁灭的痕迹，另方面又说明了沿海一带的风沙，对于田园是如何厉害的一种破坏力量。

很明显，造林的作用在这些岛上，虽然主要在于防风防沙，但人民群众很快地就知道，林木本身是一种重要的财富。像博贺港的造林，由海滩数起，分红木树、木麻黄、竹子、果树的四带，这方法是有计划地兼顾到经济方面的利益了。看情形，南三联岛这方面的造林，也可能采取同样的办法。

南三联岛把大小十一个岛连成一片，这是一项移山填海的工程。我们虽然只看到这伟大的工程的很小一部分，但是从灯塔岛的最高处，差不多整个大岛的许多方面的建置都可以看得到了。岛与岛之间用堤把它连起来。这样的堤共长一万三千四百七十公尺，总共用了八十二万土方。但是，结果扩大了面积达二万二千九百五十四亩。这些将来如果都变为耕地时，那利益就更加大了。连岛后所得的效果是：立刻可以开出七个盐田，产盐可望达到四十五万吨，这合起湛江的其他盐田所产的十五万吨，合计每年就可以达到六十万吨的产量了。这对于把湛江做成一个化学工业城市，是有着很大的贡献的。此外，连岛的工程还替岛上的农民增加了差不多七千亩农田。

岛上的人民是这样地预计着他们将来的利益：盐每担计获益一元，平均每人就可以分到四百元。两年后从田的生产，每人可分得的收益约为一百五十元。树如果到八万亩，收益所得，平均每人就可以分到一千五百元。就现在情形看，这似乎并不是很遥远的远景。

就文化方面说，这里现在有五间小学，一间中学。如果依照了"乡乡办中学"的口号去进行，这岛上不久就应该有三间中学了。

积极性已经发挥了出来的农民，他们苦干硬干的劲头是很大的。这一点看到了就不能不相信。南三岛的农民们现在订好了计划，打算明年买拖拉机三架，买载重汽车五部。路如何呢？他们已经开始自己动手来筑了。这是何等动人的事实！

植　树

拖着稍已觉得沉重的脚步，踏着仍有点不大容易走的沙地，我们跨过了很多个岗顶，又穿过了好多林带，终于走到了白浪滔天、一望无际海滨来。就在这平沙数十里的海滩上，我们准备利用下半天剩下来的一点时间，来参加实际劳动，种他一千几百株木麻黄树。眺望着，我不觉问：这里就是"漠村"罢？

"小树都预备好在这里了！"一位青年的农民指着一麻袋一麻袋的东西对我们说，"这里是锄头。"

于是大家都一齐动手了。

逐渐太阳斜向西边去了。种树时偶尔不免停下手来望望海天一碧的长空。"白鸥波浩荡，万里谁能驯！"一种感觉不禁油然以生：祖国是如何的伟大，如何的可爱呵！

仍然拖着沉重的步伐，踏着漫长的沙滩，正走向电船靠岸的地方去时，我发现在前头的丁波却脱离了队伍，转头向后面走来。我问他说："丁波！你干什么啦？丢了东西？""不！"他回道，"我暂不回去了，我打算在这岛上跟他们住三个晚上，一起生活，多了解一些东西。"

（原载香港《乡土》第二卷第十四期，新地出版社，一九五八年）

也是一次"炉边谈话"

原无意于附庸甚么"炉边谈话"的风雅，可是这回大概也不能不作一次"炉边谈话"了。这几天天气特别冷是一个原因。"这里是南边"。但是过了立春，又过了人日，窗外还是飘着一阵阵的寒风寒雨，向人们耳边吹进一两句"炉边"的话，说不定还可以驱散一些寒气。其次，在这"春寒料峭"的日子，如果能够大家围绕着炉边来一次毫无拘束的谈心，那该是多么求之不得的事！有时你可以放进几粒栗子到火里去煨，而只要你不会存心强迫着别人的手从火中为你取栗，那你便和平共处着谈一整天也没有问题。有时，你甚至把一小串炮仗放进炉里去烧，这大概也会是很好玩的，最低限度总比把喝完了香槟的玻璃杯子一个个扔到火里去更为有意义；不过随着人类文明的进步，现在火炉里的煤炭是用玻璃来造了，这样的玩意儿毕竟是不能够随便的。

谈到炉边就不免要提起壁炉架了，尤其是围绕着在炉边谈话，更没法不瞻仰一下那上面的东西。壁炉架这一项建筑结构，我习惯叫它"火炉头"。不过也不管叫它"火炉头"或"壁炉架"，大概摆设在那上面的一些东西，照例总是惹人注目的。也许不一定是"价值千万奇"的宣德炉或成化瓷，可是人们总爱先瞟它一两眼，然后才坐下来与主人说话。有时他们更会把那"骨董"，如果够得上这称号的话，拿到手里来摩挲一会，是瓷瓶便放到耳边听听，是铜炉就掏出手帕来拭擦一顿。

　　前几天过春节时，亲戚、朋友、同学们来"拜年"，照例自然也垂青到火炉头上面的一些陈设了。这些东西当中，有两尊木雕漆金的神像，人们特别感到兴趣。两尊雕像，一个是天后，一个是姜太公。也不知是为了甚么，有些朋友对这两个形相好奇地望了一望，看神情本来是要发问的了，但终于没有说出话来。其后，一个姓冯的同学终于忍不住问道："想您不是崇拜偶像的，看来它们总有些来历罢！"我说："是呀！"于是就把下面的一个故事告诉她了：

　　是一九四〇年年初，大约也是春节的时候，我和许地山、何永佶几个人到大屿山昂坪的宝莲寺去住了一个时期。下山时取道鹿湖到大澳去坐船回香港。刚出山口，遇见一个相当健壮的挑担子的女子，挑着满满的两大箩木雕的神像！我们问她送这些雕像到那里去。她说："到山上土地堂焚化去。"我说："为甚么呢？你又怎样找得这许多来的？"她说："先生还不知道么？日本鬼子击沉了我们整千整百只渔船，人给他们屠杀了还不打紧，这些神像又到处漂流，有些冲到海岸边来便由我们拾起了。日本鬼子真是亵渎神明啊！将来菩萨也不会放过他们的。"我们相顾愕然，一时也说不出甚么话来。过了一会，我问她道："能不能送给几个拿回去呢？"她略为想了一下说："这倒未尝不可以的，不过先生一定要答应我不要把它们糟蹋。"这样，我就拣了一个天后和一个姜子牙。那天后刻镂得比较好，刀法也不像是入民国以后的，上面的漆金已经给香火熏得黑黝黝的，岁月总归不少了。何永佶先生受了我这一收获的鼓励，也捡起了一大堆，一共十六尊，关帝、天后、观音、伏虎玄坛、洪圣大王、车元帅，差不多应有尽有。我说："何先生！您这是干甚么呢？写一部日本文明出来接见。他问明大家来意后，就在大礼堂中拉了一把椅子，自己站到上面去对大家讲话。他极力劝道同学们，说出一大套什么学生不应该参与政治的理论，还指出了一些"环境"的关系。经他一番"劝谕"后，同学们终于默默地散去。一时的鼓噪渐静止下来，愤恨像石头一样硬咽向肚里去。

当时校外的一般情况怎样，我知的不很多，不过有一两件事，到现在仍记忆得相当清楚。爱国运动发展到全国范围，这里的中等学校的反应，倒有它的一定程度的激烈。大规模的示威游行是没有的，可是零星的，三五个人持油纸伞结队的巡行，并不是不曾有过。油纸伞上面也不过用大字写着"抵制日本""振兴国货"这样的很和缓的字眼。但尽管这样，据说也有好些持伞游行的学生被抓进中央警署去一个时期，经过训诫才释放。

有一所叫做"策群义学"的学校，是当时由各校中学生自己办的。这个义学曾名噪一时，它可以说是那一次爱国运动在这里所产生的一个成果，但后来不晓得怎的却不能继续存在。当时还有一篇以"学生乎？学死乎？"为题的文章，仿佛是在义学的校刊上刊登的。这篇文章曾给许多读者以很深的印象。记得那刊物的编者还为了它被香港当局请去"问话"过。

四十年过去了，很多往事都模糊了，可是这些印象还没有给时间磨灭。

写于五四运动四十周年

（原载香港《新晚报》，一九五九年五月四日）

谈谈鸭馄饨

前些时，读到《霜红室随笔》谈《秀州城外鸭馄饨》一文。作者说：清初大词人朱竹垞也是嘉兴人，他显然也爱吃鸭馄饨，因为他的《鸳鸯湖棹歌》有两句云："鸭馄饨小漉微盐，雪后炉头酒价廉。"我的意思，以为未可因这两句诗遽定朱彝尊真的也爱吃鸭馄饨。那首诗的后两句云："听说河豚新入市，蒌蒿荻笋急须拈。"诗人的真正的意思似乎还在这里。

朱彝尊是秀水人，他写《鸳鸯湖棹歌》时居河北，所以在序上他写道："甲寅岁暮，旅食潞河，言归未遂，爰忆土风成绝句百首。"这是他那"鸭馄饨小"的句子的由来。其后过了三十多年，他倒写了一首《五言赋鸭馄饨》，从这首诗里，比较更能看出他对吃鸭馄饨的看法。我们不妨把全首诗先钞出如下：

禾俗养鸭儿，乐府歌阿子。一雄挟五雌，累百嗖长水。方春谷将出，生意不可止。要术啄菹宜，月雏定起□。浅夫计欲速，火攻迭运徙。半体形已呈，忽然混沌死。他邦尽弃掷，吾党独见喜。铜铛屑椒桂，宠妾洗毛髓。色淆黄白斑，候敛浆汁滓。鸭签哂东京，鸭屏□南史。既免治刀砧，兼弗□牙齿。以之号馄饨，莫审所自始。得非饮食人，桐江方万里？记取秀州门，竹杖扶入市。至今七十坊，馔法传伍氏。物微爱憎殊，留宾姑舍是。二子下箸贪，谓足胜羊豕。作诗

"木棉花开山雨积"的时候

　　二十年前，我不大喜欢盆栽这类的玩艺儿，以为有点近于玩物丧志，把大好时光，浪费在一些小节上，感觉到不值得，是一个理由，而凡读过《病梅馆记》的，又总不免诅咒对自然发展的束缚。并且那些年头，正是国难当头、敌寇日深的时候，自然也容易促成"玩物丧志"这样的看法。不过，当时我正有一套理论来为我的看法张目。

　　事情经过是这样。那已经是《何梅协定》签定后的时候了。爱国志士们正为着敌人已踏到堂奥里边来而扬臂激发，奔走呼号。我的朋友李君又一次在下课后约我利园山上去看盆景。那时后利舞台迤东一带地方，还没有完全削平像现在这样建成了许多摩天大厦，而夹在市廛当中，利园山又的确是一个具有"城市山林"的趣味的去处，因此每当周末，李君和我总喜欢到那里去消磨一个下午，倒是很寻常的事了。

　　这一次，我们照例用过茶点后，李君又引我到那陈列盆景的一个角落去看老潘的新杰作。他指点着向我介绍那一棵松树怎样地古劲，那一盆竹石怎样地苍雅，或者那一盆叠石的盆景的确有丘壑气，可以入画，滔滔絮絮，说个不休，他一半是在自我陶醉。

　　"李先生！你说的都很对。把这样的一些盆栽放置在案头，的确像置身于一个小天地里边，实不只徒供清玩。可是如果为了欣赏自然的美，为什么不直接到大自然界里边去，那'江上之清风，与山间之明月'，真是'取之无禁，用之不竭'呀，为什么反叫我们自己局促在这样的小制作呢?"一有一次我不禁这样反诘老李。

李先生，他是不肯也不会接受我的见解的。不但如此，他还继续申明他的一套这样说："就拿香港这个地方来说吧！的确，也正如你所说的，它有它的自然之美。可是在这像乱瓦砖堆般的高楼大厦掩盖之下，它的本来之美早给戕贼净尽了，你还觉得剩下了什么可作欣赏的呢? 在这样的情况底下，你不觉得那为你的空虚，找来一些填补是需要的吗?"

我一时默然。

太平洋战争爆发，香港沦陷于日本人手中那几年，我开始感觉到对盆栽的兴趣。"野草幽花慰寂寥"的滋味，也开始体会到。回忆战事结束而后，在开过不少次的各种性质的展览会当中，我以为唯一使我感到特殊兴趣而历久不能忘记的，是一次盆栽的展览。展览的地点记得是在九龙塘小学。在当时的确是别开生面，可惜的是，自从那一次的展览以后，就再听不见有继起者，因此那一次便成了孤桐逸响也似的了。

对于盆栽的艺术，我仍完全是个门外汉，只是深深爱好而已。这也有点像陶渊明所说的"不求甚解，每有会意，便欣然忘食"那样。去年杨章甫送我一盆"榆石"，是两株榆树，一株直干冲天，一株略斜而稍矮，旁边佐以一拳英德石。这所谓"榆"树，只是依照当地园圃里花匠们的称谓，并不是白乐天"隔墙榆荚撒青钱"的榆。它是一种小树，叶圆而很小，比小指的指甲形还要小，叶缘边作齿形。这种小树是这里很普通常见的植物，山中所在多有，不过一旦移植到白石盆中来，略加修剪，便觉得体态不同，的确别饶丰致。杨先生送我的这一盆，直干横枝，颇具上冲霄汉的姿势。去年初入我手中时，已绿叶成阴，亭亭如盖，放在窗口当风处，衬托着远山作背景，一时倒使你疑惑那是两棵古老苍健的木棉，那略为倾斜的一株更使我不时想起广州市长堤马路边，那现在已经用石栏围起来的一棵，它的顶已枯秃了但仍然傲岸不屈的英雄树。

我住宅的所在，附近没有一棵木棉，除了远远在半山上的两株。我每每感觉到这不免是一种缺憾，尤其是当你想起陈恭尹《木棉花歌》那几句的时候。他说：

> 粤江二月三月来，千树万树朱华开。有如尧时十日出沧海，又似魏宫万炬环高台。覆之如铃仰如爵，赤瓣熊熊星有角。浓须大面好英雄，壮气高冠何落落。……

诗的美这里且不去说它了。就自己当下的心情来说，看不到真正的木棉，却从一种具有木棉姿态的缩影的植物，去想象它的英雄气概，这倒有点近于慰情聊胜于无，不过这岂不又说明了盆栽之所以特别惹人喜爱。

寒冬渐渐地过去的时候，白石盆上小榆树的叶子也渐渐地落个净尽了。这几天，下了几场春雨，树梢又渐渐地抽出绿芽而且也发叶了。一眼望去，古干的姿态更加像那花初开或花已开过的木棉，越发教你对它肃然起敬。清明已过，杜鹃正在林间啼着。记得朱竹垞有句诗写道："木棉花开山雨积"，他写的正是这样的时节。

说起木棉花，我总不能忘记我的朋友刘草衣的一首《咏木棉花》七律，那是他在抗日战争期间写的。说道：

> 赖与支春破暮阴，烛天吐火照行吟。高花绝世多矜式，
> 故国思乔此托心。揭赤帜来知必胜，抗东风起独能任。待分
> 余絮衣天下，消尽幽寒展纩襟。

这首诗他曾否发表过，我不知道，不过姑且录在这里作结论
罢。那睹乔木而起故国之思的，又宁独于此时为然！

（原载香港《乡土》第三卷第十期，新地出版社，一九五九年）

香港最高的一棵树

上一期《乡土》，黄蒙田先生在一篇谈白兰花的文章上面写道："在香港坚道和植物公园边门之间有一棵白兰树，树干一个人合抱围不拢，高度在十丈以上，恐怕已经是七八十年的老树了；毫无疑问，它是此地最老，最大的一棵白兰了。"这话一时使我想起香港最高的一棵树。

人们说起香港最高的树，大概总会想到白兰。这是很自然的。因为白兰是一种典型的热带植物，它的树干长得很高，并且很容易生长。我曾在马来半岛一个植物园里边看见过一棵白兰。它的高度大概总在英尺二百尺左右，那站在树下托荫的几个过路者真是小得可怜。不过，据我所知，香港最高的一棵树却不是白兰花树，也不是芒果树或者甚至木棉。说起来也许你不肯相信，香港最高的一棵"乔木"是朴树。

这棵朴树并不是生长在深山大壑的地方。我们对它作着瞻仰的表示时，它已经是在市区的范围里边，虽然仍不是市中心区。人们到香港大学堂去，沿着般含道向西走，到了冯平山图书馆的门口，便会发现从略靠右手边一些，扑面而来的一簇青翠悦目的颜色，而如果是暮春的季节的话，那嫩绿就显得更可爱，这是一棵朴树。环绕着它的四周是几丛野竹和一些不知名的绿叶青枝的杂生树，有的是隔着一道高约三四尺的围墙，从枝叶稍为疏落的地方望过去，那隐约可见、屋顶一律作灰黑色的一所房子，便是港大圣约翰学生寄宿的楼房。就因为这一棵朴树，它的植根的地方上距般含道的路面要低陷了一丈多高，所以人们在般含道走过时，倒常常没有察觉到树的真实高度。其实，如果你到冯平山图书馆的屋顶上去眺望时，固然未能俯瞰它的树巅，而纵使你爬到港大礼堂的屋顶上去，也只能得到一个"平视"而已。

就是这棵皮色稍黑而带有灰色斑点的朴树，香港大学生物学系主任香乐思，在第二次世界大战的前几年发现它是港九地区的最高的一棵树。它的高度超过了一百二十英尺。

太平洋战争爆发，跟着不久，日本人到了香港来，他们的宪兵队占住了圣约翰寄宿舍，在那沦陷的三年零八个月当中，有一个时期，特别是接近那个期间的最后一阶段，燃料非常缺乏，于是有些日本宪兵便想砍了这棵朴树来作柴薪。我得到了这个消息，便马上对他们讲，设法把他们劝止。我指出这是香港最高的一棵树，因此可以说是"望树"了，无论从那一种观点看都是应该把它好好地保存的。我的意见被接纳了，这一棵高达一百二十多尺的树终于没有被日本人的斤斧污辱。有时候我私下地为这棵大树感到欣幸。

不过这已经是好些日子以前的事了。

日本人来了又去了。前几天从冯平山图书馆门前经过，圣约翰宿舍早已搬家了，而那棵古老的朴树也终于不免被斩伐。这棵树固然不是一只"不能鸣"的"雁"，为什么它也不能够"以不材得终其天年"呢？不禁为之感到一些迷惘。

（原载香港《乡土》第三卷第十一期，新地出版社，一九五九年）

我的回忆中的新加坡

离开了长夏炎炎的新加坡北返将近三十年了。在这段悠悠的岁月里，也曾不止一次想到对于旧游之地写一篇回忆的文字，但不晓得怎样，一直总鼓不起勇气来动笔。因此，除了在自己日记里偶而录下了一些破碎的印象，或者在百无聊赖的时候写下几页旧体诗，此外可以说什么都没有了。自己也常常觉得这有点对不起这个南边的名城。

新加坡，我们中国人也称它为狮城——多么美丽而典雅的名字！其实，位置在亚洲南部的一个半岛的最南端，雄赳赳地横踞着太平洋与印度洋间的东西交通孔道，新加坡也的确像一头雄狮。至于城呢，有些人却反对这样的称号，以为不切合事实。这我以为未免过于拘泥。作为一个地理上的名称说，狮城是应该和槟城、巴城等排列在一起，相提并论的。它表现着中国人的聪明，中国人的风趣。这也是周知的事实了，中国人足迹所至，总喜欢把自然界的事事物物风雅一过，有时候兴之所至，寄托深远，有时候取义命名，还在牝牡骊黄之外。

那是一九二一年的八月，我第一次踏上了新加坡的陆地。一位父执辈到了码头上来接船。寒暄过后，我们坐了一辆马车，把几件简单的行李搬到漆木街他的店里去安置，先休息一下，然后再找住的地方。漆木街就是新加坡的大马路，中国人的重要商业

864

差不多都集中在这里了。可是这个地方所给予我的头一个印象并不怎样好：路面破烂不堪，凹凸不平，石子既多，又大小不一，而尘土则更多而更讨嫌了；椅桌才经过拂拭，不到半盏茶的功夫，便又蒙上了一层薄雾似的沙土。这是一个工业城市，情形大概免不掉是这样的吧。经过这样一想，便又觉得自己得到了解释也似的。然而才不过半点钟以前，车子经过"土库"，那边和这里相隔不过两三条街的地位，可是银行、轮船公司、外国百货商店，商旅辐凑，有条不紊，不但建筑壮丽堂皇，并且街道也异常清洁。这便有点费解了。岂真都市计划中，也有所谓"中国城"一特别区的设置，与其他各部分比较，要作出上下床的分别来吗？

热带的气候的确有点异样，尤其是初到那里去的人们，感觉也特别敏锐。记得那天，当我们的船还停泊在领海线外寄碇候检查的时候，突然发现"片云头上黑"，这本是十分平常的景象，大家扣着船舷都没有留意，可是不转瞬间，却下了一场大雨，真的落得淋漓尽致，甲板上倒泻银河也似的。既而雨过了，天晴了，不一下子便又恢复了热带的炎酷天气，人们并没有因为下了一场大雨而得到"浮生一夕凉"。热带的天气便是这样。晴雨炎凉的转变，有时候，仅在倏忽之间，可是百变总不离其宗，归根到底，仍是炎热，难耐的炎热。

船靠岸了。从船上下来，一踏步上码头，便感觉到一股不同的气息弥漫着空间，像是青青的树叶在毒热头底下晒过了许久，又加上了一阵海气的淘洗这样所发出来的一种腥味。起初我问朋友们，他们都说不觉得。我怀疑它是一种"青气"，是在强烈的阳光底下所作成的奇臭，可是这也没有什么科学根据。初闻到时，颇觉刺戟鼻观，但在南边住下了，过了约一年左右，习惯了吧，自己也就不大觉得了。我不知道别的人们初到南洋一带去时是不是也有这样的感觉，不过我不肯相信自己的嗅觉特别敏锐。但是感觉敏锐也罢，迟钝也罢，如果不是自己亲身到过"南边州府"，亲自尝过那些毒热头的厉害，你是不会真正明白千千万万那些"筚路蓝缕，以启山林"的中国人，他们是与大自然经过怎样的搏斗，才逐渐把自己的经济力量与地位建立起来的。

那年我去新加坡，是应新加坡华侨中学校长涂开舆先生的聘请去的。到学校后，才知道是要接替陈长乐博士的事，担任英文部主任的职务。当时陈长乐是要到广州去，就任广州英文日报总编辑一职，所以才有这样的安排。事情也真凑巧，就是这样便开始了我前后凡十年在马来亚的炎方生活。

在华侨中学任教职的几年，不单只使我接触到许多当时的侨界领袖人物，许多从国内去的献身于华侨教育事业的教育工作者，它还给我以一种机会，使我能够深切地认识了整个华侨问题的性质，尤其是华侨教育问题的性质，认识到问题的中心，华侨教育的发展以及在这个发展过程中所可能遇到的种种困难和障碍。我初到新加坡时，剧烈反对一九二○年颁布的华校注册条例的运动刚发生过。虽然事过情迁了，但种种迹象仍然表示着：爱国主义的思想，爱国主义的教育，实为引起当地英国政府的疑虑以及种种误会的主要原因。不过在这样的情况之下，人们免不掉要问：难道爱国也有罪吗？难道爱自己的国家，爱自己的民族，不是天经地义吗？浪潮逐渐平息了，人们在心平气静的时候，又不免这样地想：华侨的愿望，不过想办好他们自己的教育，符合他们自己的需要而已；这样的教育，难道不可以在当地政府当局谅解之下，取得和平发展的机会与便利？华侨热爱祖国，这是一定的。他们离开祖国愈远，爱慕祖国的心情也就愈加热烈，这也是一定的。在南边的日子愈久，这一点也愈加清楚地体察得出来。

教育仅是华侨生活的一方面，不过举一以类其余，人们由此也不难推想到他们的活动的其他各方面。"中国人是马来亚的脊骨。"华侨自己固然绝对相信这句话，并且常常引以自豪。便是英国人也从来没有否认过这句话的真确性。

这样，在这个在一八一九年以前还不过是一个荆棘纵横，海盗出没的荒岛的地方住下来，日子久了，便也觉得它是自己的第二故乡了。这是很自然的。

记得有一次一那是二十年代的事吧，是那一年却记不清楚了——位英国朋友问我说："我总摸不清楚，究竟你们中国人在这里要的是什么呢？"我把一杯咖啡徐徐放下回他道："很简单！关于最重大的问题，讲到终极的话，他们的要求是不会低过由他们自己来决定一切的。"诺曼先生远远地望着莱佛士酒店外边海天一线那里的波光云影，沉思了好一会，默然无语。我当时自己心里在说：他们"歌于斯，哭于斯，聚国族于斯"，难道这样的要求永远会属于过分吗？好久好久，这样的问题常萦回着在自己的脑际。

又三十多年的时光溜走了。而现在的新加坡已经不再是英国的殖民地了，它已掀开了它的历史一新页。在它的争取独立运动当中，中国人当了什么角色，作出过怎样的努力，这已是有目共睹的事实。于是我又不禁想起三十多年前自己的一句话。那不是预言，而我也并无意于作预言。无宁说，事情的发展规律使它不能不这样吧。

新加坡有一种水果叫"榴梿"。人们说：所以叫做榴梿，就是留恋的意思。我不十分喜欢榴梿的味道，可是对于新加坡，却真的觉得有不少留恋。新加坡足留恋的地方是多式多样，多方面的，这等待有机会下次再谈吧。

（原载香港《乡土》第三卷第十四期，新地出版社，一九五九年）

再谈回忆中的新加坡

在上次的一篇文章里，我写到过：当年新加坡所给予我的第一个印象，并不怎样的新，怎样的愉快。第一个印象感人最深，但它是不是最可靠的呢，仍成问题，不过这我不打算在这里讨论了。这里要指出的是：当时我所看到的，从而构成了我的第一个印象，只是新加坡这个地形如张翼在飞的蝙蝠的孤岛的一部分，并且还是它的很小的一部分，不过也可能是它的最重要的一部分。之后，我看到了市区的其他各部分了，我的看法逐渐有些不同了，可是那第一个印象始终没有很大的改变。

那上面所说的新加坡市区的很小一部分，是属于所谓"大坡"范围，从这里向市区东面再延长过去便是"小坡"了。在这一区里边，大概当时所有的广帮、闽帮和潮州帮的大商号都包括在一起了。在这里，你可以看到许多酒楼茶室，大小馆子，弄广东菜的，福建菜的，上海菜的，甚至也有一家是弄四川菜的。很可惜，这弄四川菜的一家，开了不久就因为生意不好而歇了业，可能是受到那时候橡胶大落价所形成的不景气的影响罢。是的，在这一区你也可以看到几家演广东剧或潮剧的戏院，还有一两家电影戏院，陈设得都比较朴陋，不像是第一流的。自然，那不可避免的妓院也广集在这里了。"粉白黛绿，列屋闲居"，情形和港岛曩时的石塘嘴差不多。记得许南英先生丙申年写的《星嘉坡竹枝词》，其中有一首这样写道：

> 傍晚齐辉万点灯，牛车水里闹奔腾；笙歌一派闻天乐，人在高楼第几层！

丙申，那是一八九六年，是中日甲午战争后两年。二十五年后，我到新加坡，这情形似乎完全一样，没有改变。

是的，这里是"牛车水"，晚上，尤其是晚上，最热闹的地方，戏院、酒楼、茶室、咖啡店、妓馆、摆摊档的，都在这一区内。不过，特别吸引我的注意的，在当时说倒不是所谓"人之大欲存焉"的一切。特别引起我的注意和好奇心的，使我感觉到要找出一些解释的，是在这一区里边，有两个名称很古怪的机构，一个叫"玻璃住"，一个叫"北麒麟"。起初，我以为"北麒麟"大概是动物园的别名或简称，而"玻璃住"或"玻璃主"则可能是伦敦的"水晶宫"那一类的建筑物，谁知都不是。枉道从那里经过，才知道"玻璃住"是指警察署，它是 Police 一词的音译。至于称"主"的，指人说，也就是警察长了。然则"北麒麟"又是什么呢！

说起来也许你不会相信，原来"北麒麟"指的是华民护卫司这一个机构。可是华民护卫司为什么又要叫做"北麒麟"呢？事情是这样：新加坡开埠以后，头一个被任为华民护卫司的英国人，他的名字叫做毕格灵 Pickering，因此中国人就以他的名姓来称号他的官职，其后也就变成了他的官署的代名词了。

当然咯，跟"玻璃住"一样，"北麒麟"是音译，也都是通俗的称谓，并非正式官名。不过我总觉得这和还有其他好几个用中国字翻译过来的名称，很有意思。记得那一年我第一次从新加坡华民护卫司门前走过，仿佛那里还挂着两个虎头牌，最初从远处看还以为是麒麟，迫近看才知道画的是虎头，不是麒麟。我想我这一点记忆没有错，不过这一点并不怎样要紧。我所要说的，是"北麒麟"这个名字，在中国人的耳朵里响起来，倒是十分好听的。其他的名称，像"公班衙"指当地政府，是 Comgany 一语的音译，使人联想到新加坡与东印度公司的历史关系，那是怪有意思的。又像新加坡地名当中的好几个，如 Kafong 的作"加东"，Pasir Ponjang 的写作"巴斯班让"，Taniong Pagar 的写作"丹戎巴葛"，Chang－i 的写作"樟宜"，以及 Bukit Timah 的写作"武吉知马"，这些不但字音很切当，而且选字造词，亦颇见匠心经营。大抵比香港这里的翻 Waterloo 作"窝打老"之类，其间聪明与笨拙的相去，何止以寻丈计呢！"勿谓南中无人！"那时候我虽然是初到新加坡，但已经有着这样的感觉。

"千艘重译纡闽粤"，这是新加坡老诗人丘菽园的诗句。我每读他的诗，总觉得这是一个语重心长的句子。自来作家用诗来写新加坡的，不晓得多少人了。像黄公度的"地犹中国海，人唤九边门"，自然是很可以玩诵的句子，读起来使人感奋，和它相比较，似乎丘菽园的"天堑资西戍，荒原没故营"一联，略逊一筹。可是"千艘重译"一句，我却觉得它特别摇曳而多姿。我想我应该把那诗的全首抄在下面，它是《星洲杂感四首》的最末一首：

> 雄风四面荡潮流，岛外烟光一览收。庸厚西邻天设险，怜非吾土客登楼。千艘重译纡闽粤，终岁单衣比夏秋。惭愧渔樵成独住，缒隅渐复解蛮讴。

871

纵使是"第二故乡"了，然而，"怜非吾土客登楼"，在好久好久以还来说，与老诗人有同感的，想也不在少数。

初抵新加坡，我对于"北麒麟"这样的一个响亮悦耳的名字，虽然念着觉得好玩，但是总觉得华民护卫司这一个机关的存在，是对于中国民族的一种侮辱。它是迟早应该被撤销的。现在新加坡宣布独立了，我不晓得"华民护卫司"这个机构是否仍旧存在。人们没有忘记，近一百五十万人口的新加坡，中国人占了百分之八十以上啊。

新加坡是一个岛，现在已经称"国"，便是岛国了。不过这个岛，在二十年代，当建立"东方第一个大军港"的时候，就已经筑了一条堤，与马来半岛连缀起来，这样严格地说，它已经不是一个岛了。可是虽然这样，"连山断处见星洲"这句话，便是现在仍然有它的真实意义，因为从柔佛向南走，所见的仍是这样的情况。从大洋方面来，情形倒与此不同；因为新加坡地势平坦，虽然有些丘陵，但起伏性不大，所以从大洋面眺望，除了十分接近海岸，就只能够远远地望见像地平线上的一些略不规则的动荡而已。从前我有一句诗句："海天一线露青垠"，情形仿佛就是这样。我这样地形容，也颇感到不足，不过从海洋面上所得到的印象，又的确如此。

掩蔽着在一层很厚的绿色的地毯底下，新加坡的土壤是深红色的。它的红的程度，有时会使得你起一种反感，尤其是在强烈的阳光底下的时候。这一点我是在抵达新加坡第二天去游植物园时体察出来的。我颇怪他们为什么不把植物园里的汽车路都搁上柏油。土壤是那样的深红，比我从来所看到过的无论什么地方的红土都要红。它比我国湛江市区赤坎一带的红土固然要红，就是和马来半岛西岸红土坎这个地方的红土比较，也还要红得多。然而"红土坎"这个地名，就我自己所知，倒没有在新加坡出现过，这一点我始终不大明白。

（原载香港《乡土》第三卷第十六期，新地出版社，一九五九年）

马来半岛与新加坡

　　"厥土赤埴坟，草木渐包。"这是《禹贡》上面述徐州土宜的两句话。三十八年前，在我初抵新加坡的第二天，独自个雇了一辆汽车作环岛一周的巡礼时，我从岛的壤土所得的印象，觉得恰好可以借这两句话来描述。的确，深红而近赭色的土壤也会讨人嫌，尤其是当一辆汽车飞驰而过扬起尘来的时候，不过它却丝毫不会减损你对于新加坡所感到的兴趣。可能这个面积还只有二百多平方英里的小岛，它之所以特别以肥沃见称，物产特别丰盛，也就是这种深红色的土壤所给予的恩赐。人们说：仅仅隔一条很窄的海峡，在马来半岛那一边的泥土便不同颜色了。是不是真的这样，我倒没有仔细地体察得出来，虽然我曾不止一次到过柔佛的新山。

　　不过尽管这样，尽管诗人说"峡分泥异色"，可是新加坡是不可能因为这"一衣带水"的存在便和半岛隔开的。自从那通火车的长堤筑成以后，新加坡早就和半岛连接起来，虽不是完全打成一片，但早已失掉岛国的意义。并且从历史上说，它本来就是柔佛的一部分。十九世纪初叶，当英国人踏上了这块地方的时候，一个叫阿卜都喇·瞒思的曾这样写道：

　　　　那个时候，没有人敢从新加坡的海峡走过，甚至神仙和

874

魔鬼都害怕，因为这是海盗们利用来栖息和分赃的地方。在这里，他们把俘获的人杀死，而遇到分赃不匀的时候，便也自己互相残杀起来。沿海岸一带，散布着数以千计的人头骨，有的已经枯朽了，有的头发还没有脱落，有的牙一个都没有了，有的则仍存着全副锐利的牙齿。

这样的可怕情况现在已成为历史的陈迹了。一百四十年的白种人的统治，早已把榛莽荒秽，海盗出没，杀人越货的可怕情况改变过来了。不但如此，现在的新加坡更已掀开了它的历史新页，"夜尽昼来"。

然而，新加坡究竟还没有真正和马来半岛打成一片！作为一个政治的和经济的单位来说，新加坡如果撤离了马来半岛，如果没有半岛的广大经济资源的支援，是否能够站立得起来，颇是一个问题。这个问题的存在也不自今日始，早在十二年代，当时的统治阶层就在这个问题上面作过很多打算。而且他们又曾提出过许多政治方案。不过最重要的一点，而又每每为人们所忽略的一点，是这些方案究竟是否符合了最大多数人的愿望和需要。一个人要是打算在新加坡住下去的话，对于这类性质的问题是不会不感关切的。

第二次世界大战的结果给予了新加坡政治地位的转变以莫大的刺戟。

新加坡现在的争取独立，应该说，这不是完全新的问题。前些时，我看到一期人民行动党的机关报，在那里面我十分感兴趣地读到了人民行动党的《政治纲领》。《纲领》的第一条写道："通过星马合并，为新加坡争取独立。"列为第一条，可见这是一个重大也是最重要的需求，是未来一切的先决条件。稍为留心马来亚居民的政治生活的，都会感觉到这号角里所作出的呼声，不同凡响。很明显的事实是：无论从政治的需要抑或从经济的利益着想，马来联合邦和新加坡的相互关系，无可逃避地，合则两利，分则双亏。当然，另一方面，在殖民地资本主义者他们的立场来看，"分而治之"的政策仍是对他们自己比较有利的。

不难想象，星马合并是一定会遭遇到很多困难的。像上面的一句话所提到的，仅是途中荆棘的一种。在人民行动党的机关报《行动》的第二十九期上面，有一篇以《种族主义是建国道路上的最大障碍》为题的文章，里边有一节话这样写道：

> 争取星马合并，是马来亚建国斗争的一个重要部分。两地的分离，有一部分原因是联合邦的马来领袖怀有种族主义的恐惧。他们害怕一旦接受新加坡成为联合邦的一个政治单位，华人就会成为多数。我们人民行动党人，拒绝相信由种族基础决定政治行动的神话。

就我个人所了解，在马来亚这个地方，一个种族的问题是存在着的，这无可否认；同时，在种族间又存在着一个经济冲突的问题，这在某种程度说，也是事实；可是不能相信这经济冲突是纯然发生于种族的关系，而不是根源于阶级的利害关系的。马来亚的种族问题是复杂的，不过单就新加坡来说，问题倒没有像联合邦那样地尖锐。在马来亚这样的地区，联合着马来人、中国人和印度人，大家在非种族的基础上来进行政治和经济斗争，这不但是可能的，并且应该是唯一的合理途径。

文章又说：

　　我们相信，合并的现实，不在于星马两地政治领袖对这件事情所作的决定，而是在于星马两地人民要求合并的愿望。新加坡的人民要求合并。联合邦的人民，特别是马来人，却害怕着和相信合并将使华人占优势。我们在新加坡的人，应该用我们的行动消除这样的恐惧。等到我们这样做，而联合邦的人民也了解种族、宗教是跟政治和经济毫不相干的时候，星马的合并就必定会到来。

　　我相信事情发展会是这样的。这里打的是马来亚问题寻求根本解决的一个基调。

　　从六月三日起，新加坡已成为英共和联邦内的一个自治邦，不再是英国的殖民地了。不过所谓自治邦，所谓"内部自治"，并不就等于独立，甚至还不是共和联邦内的所谓自治领。人民行动党的《竞选宣言》上面有过这样的一句话："我们考虑到，一个内部自治的新加坡并不是一个独立的新加坡，因为我们的外交和防务的控制权，仍然保留在英国殖民部的手上，所以，在某种意义上，我们还是一个半殖民地。"新加坡的人民是不会甘愿处在一个半殖民地的地位的，不过在争取独立的艰苦过程当中，他们也一定了解必须在某些限制底下进行斗争，才能"为未来的社会主义社会奠定基础"。

　　殖民主义的日子已经过去了。目前，反殖民主义的运动正在各地蓬蓬勃勃展开。上个月底，根据吉隆坡的消息，由人民党和劳工党联合组成的马来亚人民社会主义阵线，曾经发表了参加马来亚联合邦下议院选举的《竞选纲领》，《纲领》内容重要的一项，表示反对外国军队驻扎在马来亚国境之内。用不着指出，这要求也是为着马来亚自己的安全打算。马来亚的人民不要外国把马来亚变成军事基地和侵略跳板，因为这样做会使它变成一个军事目标。就半岛上来说，这是一个重要的发展，很显然，反对殖民主义的浪潮的高涨，对于促成"星马的合并"，会是一个有利的因素。新加坡人民行动党在五月竞选的时候，曾经指出过，下一届的政府将会面对三种势力的巨大压力，三种势力之一为"在马来亚联邦有产业的当地特权阶级"。这一项指出值得人们特别注意。因为"星马合并"的成败利钝，关键大部分系在这上面。

可是，虽然这样，"星马一家"并不徒然是个口号，它是有着它的现实性的，因为它符合了马来亚绝大多数人民的利益和需要。

（原载香港《乡土》第三卷第十七期，新地出版社，一九五九年）

陈君葆强烈谴责印尼当局
阻挠华侨回国

《文汇报》报导：本港文化界知名人士陈君葆昨日就印尼逆情悖理的排华行为发表谈话。陈君葆说：

"最近印尼排华事件，发展得越来越不像样了。自从印尼一些地区掀起排华蛮动以来，很多印尼华侨感于主客势异，并且祖国自有大好河山，回来正不愁没有方法安置，因此也就纷纷要求返回祖国。然而在我们的侨胞表示了宁愿回祖国去之后，正当中国政府考虑到当前印尼华侨的困难处境，已主动地派出了船只到印尼去接华侨回国的时候，印尼方面不但没有对华侨要求回国给予帮助，反采取了种种无理的措施，横加压迫，处处刁难，欺骗阻挠，无所不用其极。这种行径出诸一个有了文明的国家，对待另一个与它订了邦交的国家的侨民，简直令人难以置信，当排华活动发展到某种程度时，中国政府曾要求印尼政府安排船只遣送华侨回国，然而印尼政府却置若罔闻。现在中国政府既自动派船往印尼运载归侨，而印尼方面又复横加阻挠，故意刁难，这究竟是何居心？天下宁有这样的逆情悖理的事！"

陈君葆最后说："印尼人民当然知道这样的做法，对印尼全无好处，受帝国主义利用，供人嗾使，其后果是不堪设想的。印尼华侨对印尼当局这样的无理措施，固然极端愤慨，而世界舆论也一定不值印尼方面所为。我希望印尼当局能够幡然改悔，不要继续受帝国主义的摆布，使他们的毒计得售，终以贻误自己。"

（原载香港《文汇报》，一九六〇年二月十二日）

盆栽外语

——记盆栽展览中的几张书画品

盆栽展览，十年前在这里看过一次，地点记得是在九龙塘学校，那已经感觉到是一次别开生面的展览了，今次在圣约翰副堂的展出，更附以古近代名家书画多幅，浓厚的艺术气氛又逾于往昔了。盆栽、盆景，是我们生活艺术的一个方式，也正如木易先生在"栽花小试春风手"里所指出，绝不能说它是小道。从事盆栽艺术的，匠心经营，或以作案头清供，晨夕相对，或以作庭除摆设，灌溉亲施，这当然是各唯所好了。这当中，其规模小的，或仅足备闲窗的欣赏，而其气势磅礴的，甚至足供园林的大点缀，要不可以一概论。不过这不能在这里细谈了；这里所要谈的倒是此次展出的几张画和书法。

几张当中有罗雪谷的指画梅花，绢本。罗雪谷，清同光间人，以善画指头画著名，然画梅倒比较少见。罗为粤人，粤籍鉴赏家自觉更为眼明了。画有题句云："聊将指甲绘孤山，写出天然淡素颜。无雪月时香亦冷，最风尘处愈清闲。"诗味隽永，尤爱其末句。还有一帧也是画梅的，是项圣谟的作品；上面题的诗是："玉雪精神铁石肠，不□凡卉斗芬芳。罗浮山下西河上，独立春风第一香。"画品极佳，繁枝条理，疏密相间，实不易得。这一幅用洒金笺，更见高妙。写竹有两幅：一幅是虚谷上人的

881

《竹鸟》，其余一幅也是《竹鸟》，不过仅是一竿竹、一只翠鸟，这一幅是经亨颐的作品。两张我比较喜爱经亨颐的一张，尤其是那竹旁尺许高的新筍，不知曹聚仁先生看后觉得怎样？此外还有一帧黄瘿瓢的《荷花鸭》，那我想只要是看过一瞥眼的，都一定会讶为是神来之笔，非刻意工求所能得到的作品。这不在此多说了。

书法有两件，一是朱之蕃书《茶寮诗》，一是王梦楼书联。王联云："晓露腴花春风被物，清泉洗研夜月敲诗"，书法高古秀雅，固不必说，其边款字数之多，亦属不多靓。边款有堪注意的地方，因录如下："余游姑苏，见董香光楹联笔法古淡，良可宝也；因临数过，似未洽意，然随临随为人携去，未得存稿，兹背临其意。"《茶寮诗》笔法遒劲，非常可爱，其诗云："开裹云芽碧，高眠待解醒。画长无个事，石鼎听泉声。"

以上诸品，俱归侯宝璋尊藏，如非借盆栽展览的机会，恐怕也不容易得窥秘宝呢！

（原载香港《文汇报》，一九六〇年七月十五日）

洛阳敬事街小学参观记

　　庆祝建国十周年在北京观礼后，于十月五日出都赴洛阳，在洛阳住了几天，临动身到西安去之前，才去参观了敬事街小学。

　　敬事街在洛阳旧城，也就旧日的洛阳县城，在历史上曾经是个九朝都会的洛阳，到了南宋以后便逐渐萧条了，又经过无数次的战争破坏，到解放前它的人口只有九万多，而在旧城里一些可观的地方也已有限，但是敬事街小学，我们倒觉得不能不一看，纵使可能匀出的仅是很短的时间。

　　这个小学在敬事街，因此就袭用了这个称号。比邻的地方倒好像有些是宫殿式的建筑，不过那已经太残旧了。学校所采取的办学方针，是本着教育与生产结合一原则来进行的，而这也就是我们特别要来参观的一个理由。全校学生一千一百八十四名。学校在实施教育与生产结合一原则，办了五个工厂，就是无线电收音机厂、化学制板厂、制药厂、美术颜料厂和工艺制造厂这五个。学校的校长引导我们参观时，一方面又向我们解释，分析各个工厂的作业情况。大概可以说学生最感兴趣的，是制造收音机这一部门。并且不但收音机，收发电报机他们也能制造了，学生们把自己造成的收音机，更改成电报收发机，这使他们更加感到兴趣了，不但在知识方面显示了跃进，而且也增强了他们的自信力不少。据校长说，有些学生已能收发电报每分钟达到一百二十八个字。

　　如果不是亲眼看到，大概很少人肯相信小学生也能制造无线电收音机的。这个学校的收音机厂制成的产品已有很多种，单是长波收音机，据校长当时对我们说，就已经有二千二百多个。成品都相当美观，而且实用。

制药厂的成绩也很不错。陈列品中有黄橙酊、远志酊（这是一种宁神剂）等等。当中还有制糖浆厂，那是制药厂的一部分了。看了这一部门之后，我们还看过化学制板厂的制造家具的工作，学生作业的兴趣都非常浓厚。如果不是因为时间关系，我们还应该把其余的两个厂都要看看。每一个厂都有一个厂长，由推选出来的学生担任，遇有人来参观时，就由这个厂长向他们介绍情况。就我们所听到过的几个厂长，他们都能有条理地和能扼要地介绍，这真是不可多得的。学生，而且又是小学生，而能自己制成工业品，这该怎样地增加了他们的学习兴趣，提高了他们的自信力和使他们感到足以自豪呢！

在实施教育的过程中，洛阳敬事街小学的成就是特出的，所以特别引起人们的注意。教育结合生产劳动，这是我国社会建设中的一个重要的发展，所以捷克和苏联都曾派人到中国来参考、学习，并曾参观过这个小学。

参观后，我曾写下这样的一首纪事诗：

> 洛阳城中有小学，敬事街连古王屋，编制不与他校同，立异非争露头角。不轻书本重劳动，结合生产与教育，学生自造收音机，五工厂中有制药。厂中工作两小时，千二百人移薄俗，我来参观岂贱目？贵耳时时待商榷。'子作父师'何足奇，喜见先知教后知，先觉觉后觉！

（原载香港《乡土》第四卷第三期，新地出版社，一九六〇年）

谈新年希望

踏入一九六一年的第一天，这新年给了我鼓舞。

就整个世界局势来说，去年一年当中，的确是险象环生。美帝国主义的侵略野心变本加厉，日形露骨，但很显明的，今天世界力量的对比是社会主义力量超过帝国主义力量，反殖民主义力量超过殖民主义力量，和平力量超过战争力量。

就我们自己的祖国来说，一连两年我国所遭受到的自然灾害是异常严重的，但是严重的自然灾害并没有阻挡得了我们祖国建设的进程。我们应该相信：一九六一年是二十世纪下半期和平新局面的一个良好的开端！

（原载香港《文汇报》，一九六一年一月一日"谈希望"专栏。在该专栏同时发表此类文章的还有陈耀材、陈丕士、黄祖芬、邓乃森等）

辛亥革命纪念的意义

昨天是辛亥革命纪念五十周年。

回顾一下那一年，三月二十九日黄花岗七十二烈士之役，全国人民反对满清政府、铁路收归国有运动的展开，接着便是十月十日武昌起义的爆发，一连串事实，韶光荏苒，不觉过了半个世纪。然而抚今追昔，一个一向被丑诋为"东亚病夫"、破破烂烂的国家，现在已一跃而成为一个世界上第一等大强国，套用着古书上"周虽旧邦，其命维新"那句话，则不禁私心窃慰，而色然以喜。在今天来纪念辛亥革命这个伟大的日子，尤其有它的特殊意义。

记得武昌起义那天，消息传到香港，刚好是晚上八点多九点的时候，我还正在云成街青年会——也就是现在娱乐戏院这个地点，昂首一观，就看得见当时由平地建起、屹然高矗的大钟楼——补习英文夜学。突然街上腾起了一片派传单的呼声，一人传十地喧嚷着"京陷帝奔"的消息。跟着便是满城炮仗声，隆隆然，辟辟卜卜然，历时至深夜。仿佛当年派传单是不收费的，这和后此卖号外的风格稍为不同。有时我们还从派报人的手中抓了一大叠传单过来，义务地为他分送。

第二天报纸登出来了，不旋踵间，全国十几省相继宣布独立以响应武昌起义的消息也震撼了全世界了。其后事实证明了，

886

"京"虽没有"陷","帝"还没有"奔",但是中国数千年的君主专制政体则给推翻而一去不复返了。随着我们也把辫子剪掉,像这是象征着革故鼎新的决心似的。五十年了。

辛亥革命以后,以十月十日为"国庆日",为方便起见大家都喜欢称它为双十节。可是就我记忆所及,在那一段很长的期间中,并没有那一年的双十节是过得真正愉快、真正觉得高兴的。

一九五六年,在一次纪念辛亥革命的会上,我说过这样的话:"从一九一二年到一九四八年,我们能指出那一个'国庆日'是曾经欢天喜地的过着么?自然,这不能归咎到十月十日这个日子本身。记得有一个时期,每逢这个节日,我们不但鼓舞不起兴高采烈的情绪来,反而觉得非常沉闷与黯淡。"民国十五年,我在吉隆坡,某学校的校长要我替他撰一副双十节对联,我写了"海外又逢双十节,共和曾是五三年",可是他不敢挂上。我所要表达的当然是当时我个人的感想,但也何尝不是他和许多人的感想呢!鲁迅先生集子里有一篇写双十节挂旗的文章,这篇文章正好透露出当时一般人的心情,那就是当时对革命的失望。辛亥只是换了个朝代,革命果实没有得到。

辛亥革命纪念日这个伟大的日子,是有着它的本身的价值与深远的意义的,它的价值以及在历史上的地位并不会因为时间的消逝而有所改变或贬损,它的在革命运动史上的意义则反而随着时日的增加越发弄得明确。

让我们来估定一下辛亥革命在历史上的地位。革命是由于社会发展的一种矛盾发展到了它的一定阶段时所产生的结果。这样,辛亥革命也就是帝国主义与中国民族两者间的决斗达到某一程度时所发生的巨大爆炸。它是一个爆破,正像修筑铁路时一些爆破一样,它炸开了山洞,排除了一些巨大障碍,但是还没有开通了整条道路，引导我们到所要达到的最后目的地去。不过尽管这样，这意义和作用已经是非常重大的了。正如一位哲人所曾指出过，中国发生了辛亥革命，帝国主义在亚洲的寿命已计日而待了。

试回顾一下辛亥以前那一个期间所发生的事件。这是我们应该从鸦片战争说起，因为这一场战争打开了中国人民所受的百多年灾祸之门。一八四〇年发生了鸦片战争，一八五七年英法联军进攻北京，（最初英美的帝国主义者，尤其是美国，是想帮太平军来倾覆清室因而从中取利的，其后看到了太平军不上钩饵，才又转而帮助满清攻击太平军了！）一八八四年有中法战争，一八九四年发生了甲午中日战争，一九〇〇年八国联军进攻北京。在这一连串蹂躏战争之后，中国就几乎无以自存，完全沦落于一个殖民地的地位。当时每经一次失败，满清政府便割地赔款求和，丧权辱国，历史上所未闻。帝国主义者真是如狼似虎，对我五抢六夺，于是日本割据了朝鲜、琉球、台湾与澎湖群岛，英国占据了缅甸、不丹、尼泊尔与乎更早一些的香港，法国占领了安南，甚至蕞尔的葡萄牙也久居着澳门不肯放手。于是中国瓜分、亡国灭种等悲观论调便喧传于宇内。自然，在那种内忧外患交相煎迫之下，凡有血性的中国人是不肯坐以待亡的。那时爱国志士、青年学生，热血奔放、奔走呼号以救亡图存的，真是道路皆是。卖药的，弹唱的，激于义愤，都作着革命宣传。帝国主义的侵略是不会对中国民族长久不发生影响的。问题在这反响将以甚么方式表现出来；

表现的方式有三种。一种是类似义和团运动的农民武装起义。一种是代表着地主阶级和官僚资产阶级利益的一种改良主义运动。还有一种是代表着刚在萌芽的新兴资产阶级的利益，一方面反对封建统治，另方面则反对满清的民族压迫，准备用武装起义来推翻满清的统治，建立民主国家的革命运动。领导这第三种运动的是孙中山先生，领导着革命运动采取了革命路线的孙中山先生，当他组织同盟会时，定的纲领是："驱除鞑虏，恢复中华，创立民国，平均地权"这几句话。当时中国的处境，日受列强像饿虎般的环伺，不住煎逼，战舰大炮日日威胁，人民愤清政府无能，怨怒已极，不知不觉把一切罪过，满清政府自作孽的，帝国主义所横加的祸害，通通都推到满清政府身上，加之以当中还有一个种族统治的问题，因此以为一旦"驱除鞑虏"，铲除了异族的专制政体，日月重光，一切问题便得到解决。然而事实并不是这样。清室退位了，皇帝的制度被推翻了，但实际的专制统治依然如故，换汤不换药。只换了个"民国"的招牌，并没有民主共和的内容与实际。为甚么呢？因为政权只不过由一个大地主的手里转移到另一个大地主的手里罢了。辛亥革命的果实仍由封建地主阶级盗骗去了。革命并未完成。

其实，就广大的人民群众来说，革命的力量是存在的。三月廿九之役，武昌起义，都证明了这一点。在这以前还有过义和团的武装运动，更远一些的则为太平天国的革命运动，他们都没有认错了对象。

问题在于谁来领导一种革命运动。

从鸦片战争，帝国主义开始侵入中国了。这外国资本主义的刺激，一方面对中国原有的封建经济组织起了破坏作用，但另方面复促进了中国民族资本主义的兴起。到了二十世纪初，这已逐渐显著起来。第一次世界大战更给予了中国民族主义进一步的发展。因此，很显然地是中国的资产阶级领导了辛亥革命，它并不是以农民或甚至工人为基础的。就因为它基础薄弱，所以革命的果实便容易仍为封建地主阶级所骗盗了去。其后孙中山先生在他晚年时说的"革命尚未成功",大概就是有鉴于此,因而接受全部被压迫阶级的意识作为运动的基础遂成为必要。扩大革命力量的基础,这应该可以说是"五四"以后或五四运动期间的事。姑无论如何,辛亥革命是曾为日后的发展打了基础。革命不可能一蹴而就,它是要继续"努力"的。辛亥革命只完成了人民革命大业的一阶段,此后孙中山先生的联俄、联共、扶助农工的三大政策,也就是在有鉴于辛亥革命的缺失因而作出的修正的发展。

但是,虽则如此,辛亥革命纪念日自有它的在历史上彪炳千秋、永远不可磨灭的真正价值。是辛亥革命揭橥了国民革命民族主义的思想,是辛亥革命推翻了数千年君主专制制度。是辛亥革命严重地打击了帝国主义在中国的势力,为新的革命斗争开辟了道路。

(一九六一年一月二日)

海边小语

到海边来小住一个时期，不觉整六天已经过去，今天是第七日，照老规矩是应该休息一下了。

我对紫芝说："今天该休息一天了，你的路子修好了没有？不过看来你的路子也许是永远不会修得好的！"

"不！无论如何也得把它修好，我们洒着血，和汗，和泪，也得把它修成功。"头也不回地紫芝依旧工作下去，浪花溅在他身上，把衣服湿透了一大半。

紫芝就是这样顽强的一个人，轻易不肯放下他所掮起来的担子。他的石子路被夜里的狂潮冲刷得无影无踪，一干二净，也已不止一次了。

海面是一片使人兴奋的寂静！

到海边来为的是这一片寂静，这使你感到无穷的生活乐趣的寂静。我最喜欢海。我想世界上更没有一种东西能像海这样使我日夕不忘、萦于梦寐了。我是在一个滨海的地方出生的，虽然不是直接在潮打涛喧的一个村子里，可是那祖居实际上距隔帆影波光、"白鸥没浩荡"的所在，还不到十公里的路程。可以说，我从小就爱上了海，对海发生很真挚浓厚的感情。诚然，从我的祖父和叔祖他们的口中，从小我已经听到过不少关于浮洋泛海、远托异国那种艰苦生活的话，对于我的反应是并不怎样地羡慕，但是它也没有使得我对于海感到望而却步。是的，我对于海有着真正的好感、共通的情愫似的，而纵使当它发怒时，仍不会感到丝毫的憎恨或厌恶。

逐渐我在悠久的岁月中，养成了对洋海一种"一日不见，如隔三秋"的向往的感觉，有时是不可以遏止的。像居留在马来亚的一个期间，因为住的地方离开海岸线约莫三十哩左右，路虽不怎样遥远，可是长林古木，在万绿丛中，却真的每每感到有似于"海水飞不到，山月照仍空"的一种闷闷不乐。于是一有空闲，或者一腾得出时间，自己便要到海边去住几天，或者更短的时间，勾留一天半天也好，对万里长空舒啸一下，把抑郁的重压卸掉。我常常这样想，能让我一辈子过着海滨的生活，日夕坐对云影波光、风帆出没的变化景色，把自己忘记了在大自然的浸灌当中，这应该可以说是再大也没有的乐趣了罢。

海对于我仿佛有一种强固的吸引力量。这种吸引力量的本质和性格是怎样的，一时也说不出来，而我也不想去加以分析，因为怕一经分析反会觉得索然无味了。这正和一朵鲜艳的花一样，你说它"一枝浓艳露凝香"，也就够了，如果一定要追究到它的美艳的程度、香气的成分，那花是会恼怒的。很多时候，海的力量是具有一种抚慰的作用的，尤其是在你的心灵受到了创伤，或者感觉到沉痛的压迫的当儿，而当你感受到它的这样的抚慰作用时，你便舍不得离开它了。不，还不止这样，达到了那个阶段，你会觉得它好像是你的一切希望寄与的所在。也正如英国诗人安诺德所写的那样：

> 当苍莽的荒野在四周展开，
> 当两岸的景色渐趋于暗淡，

当星星一个个地闪耀出来

而夜的轻扬把江水的呜咽

与海洋的香气吹送到跟前，

你的感觉可能就是这样。你对它寄与你那边无限的希望！坐下江的船，到了将近要到长江口的时候，你倚着船舷，左顾右盼，烟水茫茫，暝色四合，所得的感觉正是如此。而当着这样的际遇，你也许还会感觉到一种鼓舞的力量在推动着自己，因之而"欣然自喜，以天下之美为尽在己"了，而又为甚么不应该是这样呢？

前人说过："智者乐水，仁者乐山。"又说："智者动，仁者静。"话是有它的道理的。不过，在我想，真正的"仁者"是应该既"乐山"，又且更加"乐水"的。你攀登珠穆朗玛峰，"一览众山小"，天下的峰峦都在你的脚下；而这些山，千岩万壑，层峦耸翠，一个个像海中的波浪也似的，在远古的年代它们也曾不止一次地像海水那样波动过；而你现在只看到它的"静"的一方面，没有看到它的"动"或者继续在动着的一方面，那么你究竟不能够算得是山的真正知己啊！

世界上的事事物物，我以为海最觉可爱、最美丽，因为只有它是永不停息的，永远地活动着，也只有海波是永远不会睡着的。高站着在浪潮澎湃的岸边，有时你会这样问：海！你为甚么总不能安静下来，你永远不肯安静下来，是因为甚么呢？是因为有着天大的愁闷吗？是因为怀抱着那醇酒也不能消的"万古愁"？海永远无休息地在活动着，滚滚沸腾似地在活动着，是地心的烈火使它这样地沸腾，这样无休止地滚着？蓬莱海水"经三浅"了，往后还能看到几次的"扬尘"呢？这些，和此外还有许许多多的问题，你会在面对着海水时感到压迫着自己。也许这些问题也曾同样地压迫过"东临碣石，以观沧海"的魏武，同样地困扰过那勒马印度河口，望印度洋而兴叹的亚历山大。不过这也暂且不去管它了。

我说，我最爱海。我爱海的柔美，爱它多变换，爱它的混茫的境界、它的深宏的气象。所以每到一地，如果知道有个海边的好去处，总要先睹为快。虽然足迹所至的地方并不很多，可是徘徊依恋不肯遽然离去的海边倒有好几处，就中有两个地方给我印象最深，最使我不能忘怀。这两个地方，一个是马来半岛的白沙瀬，一个是阳江的海陵岛。一九二七年我到马来半岛东岸去过一次，在关丹驻足时，顺便到白沙瀬的滨海渔村去逛了一下；那是正当上一年冬季霪雨所闹成的水灾过了没有几个月的时候，在薄暮的时分，远望着南中国海洋面送来的一排排的巨浪，回顾之下是岸边积着的沙堆，想象到去年的"潮头五丈高"，而今"尚有沙痕在"，不禁为太平洋的力量而暗暗叫绝。自然，这里还不足和日本岛东岸的九十九里滩相比，要看到太平洋的真正雄伟力量，也许你得到日本的千叶县去住一个时期罢。

我到海陵岛去是六年前的事。那一次，我随着一个旅行团同去，我们先到了湛江，看过了南三连岛，也踏过博贺港的沙碛海岸了，最后抵达了海陵岛。在闸坡的招待所住着，翻过山背后，便是海陵岛的南海岸，那海潮的声音就是在住的地方也听得见。从岛上向南眺望，万里长空，海天一色，浩浩荡荡，浑无际涯，突然间你感觉到一种孤零的况味。这时候，太阳已微微向西倾斜，青色的天空，深蓝色的海水，合成一线处，穷目力之所及也看不到一片白帆，天上也没有一点子白云，除了脚下海滩上的一些涛声外，再也听不到甚么声音了。那海天相接的一线，横过整个宇宙也似的，作成了一个长长的弧形，这情景有点像在大洋中倚凭着船舷看天连水、水连天时所见。这时候，你才真正感觉到"九州南尽水浮天"这一诗句之美，而这也是生平所见过的海滨景色最美丽的一次。

那天的晚上是一个阴历十五。正不晓得是因为空气特别澄澈，抑或地点的关系，月亮好极了。那时候夜潮初上，在浮光耀金的海面上，月亮比平常所见过的要大，它简直要向你的一方面飞扑过来也似的。这景致不但非笔墨所能描画尽态极妍，也真的是人生能得几回见！

海上的明月是特别迷人的，我觉得。它比山间的明月似乎还更婀娜多姿。

夜深了。海浪撞击着岸边的巨石，作出了洪亮的吼声，它又一次冲刷着紫芝的石子路，使你重想起了歌德的话：

> 水第一次显出了它的活力量，
>
> 当你阻挡着它的进行的时候。

（原载《五十人集》，三育图书文具公司，一九六一年七月）

下三峡琐记

十月二十日

到重庆来不觉住了已五天，昨天订好了船票，今天就要坐下江的船到武汉去了。本来说是船上午十点钟开，因此大家就忙着准备于早七点半上船。可是其后因为雾大，船改在下午两点开，搭客于上午饭后一点才上船，所以我们就利用了上午这一节空出来的时间去看看鹅岭公园，还眺望了一回嘉陵江。

不能说在重庆住了五天已经住腻了，虽然重庆的雾也委实有些讨人嫌。事实上渝州的好去处还多着呢，北碚和南温泉已用不着说了，便是再住上一个或半个月，大概也不能够游历得周遍。不过这时候，我心里正惦记着急于要看到长江三峡，因此眼前的风光便也不觉退居其次的一种地位了。

长江三峡，自束发受书以后，它便是对自己一个耳熟习闻的名字。祖父是在过湖北经商的，父亲曾几次要到四川天府之国去看看，这些事实在自己的脑海里，大概不能不发生一些波动。多少年来，希望有一天能逾五岭，过洞庭，溯江而上，以一究猇亭之往迹，怀想巫山十二峰、高唐神女的轶事，这样的一种愿望，几乎可以说是萦诸梦寐。我想凡是读过《水经注》的，当他读着"自三峡七百里中，两岸连山，略无阙处，重岩叠嶂，隐天蔽日，自非停午夜分，不见曦月"这一段十分优美的文字时，是一定不会不为之悠然神往，因而飞动采奇揽胜的游兴的。同时，说不定自己有时还会起一种疑问，怀疑那所说的甚么"夏水襄陵，沿泝阻绝；或王命急宣，有时朝发白帝，暮到江陵，其间千二百里，虽乘奔御风，不以疾也"几句话，是否有些言过其实呢！说老实话，我就曾经这样怀疑过书上所说的，怀疑过"朝辞白帝彩云间，千里江陵一日还"是不是与事实相符合。我不敢说"古人下语卤莽"，但总想能够自己亲身经历，庶几不至厚诬前人。三峡就在眼前，焉有不急急以赴、唯恐不及呢！

我们坐的船是"民众"号，它是长江航轮能驶达重庆码头的吨数最大的一艘。船准时下午两点开行。船开行后不久，我和一位朋友到船顶去看那重庆山城渐已消失的影子，以及那"江流曲似九回肠"的景致。这时天气晴朗，阳光还十分猛烈，虽然在强劲的江风中倒也不觉得怎样，不过在上层甲板左顾右盼，无遮无碍地看沿江两岸的风景，这机会实在不易得了，所以只得忍受烈日劲风看一个饱。

不知名的大小峡滩一个一个地过去了。约莫三点五十分的时候，经过一个峡滩，那滩石就像一列鳄鱼群，张嘴露齿也似地呈现着狰狞的面目，可是问舟中人，也没有一个知道地名。四点五十分经过长寿县，桃花溪水像是涸了也似的，大概今年雨下得太不够的原故。五点十五分船经过黄草峡，回望刚才还玲珑在目的庙宇和塔，则已远远地沉没于残霭中了。黄草峡江面很狭窄，如果我们坐的这条船横着，便会把它全堵塞住了。这地方也的确相当峻险，薄暮时经过，雾锁烟低，一滩过了又一滩，如果没有人告诉你，可能还以为这也就是三峡的门口了。黄草峡也就是黄葛峡，《水经注》所称为"山高险，全无人居"的地方，可是如今倒不这样了。

晚饭既过，六点三十五分舟过涪陵，黔江在这里注入大江。我发觉到黔江的水比在重庆所看到的嘉陵江水要清，而且清得多了。这原因何在，有待于说明。

这时候，渐已暝色四合，两岸的景物很快就在朦朦胧胧中消失了。在舟中，谈天倦了，唯一的消遣就是把带来的几种书和在成都买的一部《湘绮楼说诗》，略为翻看，主要目的仍在催自己入睡，但又总像是睡不着。十点，月亮出来了，但是不一下子就也不见了，它不是为云气所隐蔽，就是为岭树所遮断。这样，倚着船边凝望了一回，想着，不禁自己问道：今夜不知道甚么时候才入峡，如果在梦中就经过了，那岂不是太辜负了"薄云岩际宿，孤月浪中翻"那一种境界！

人们觉得最难过的，是眼看着差不多要得到的东西而可能就在这个时间走了样。

就枕，把床头灯关上了，胡乱地仿佛曾睡了一觉。急忙起来，听说船已到达万县，看手表已经一点多了。等到船靠稳了码头，已是两点，可见江流之急。船在万县停泊了一个钟头，到三点才解缆复下江东行。

十月廿一日

一觉醒来，已六点三十分了。立刻起来到船边探头一望，原来在晓色迷蒙中，"夔府孤城"已隐约可见了。这也就是《水经注》上所写着"其间平地可二十许里，江山迥阔，入峡所无"的所在，而杜甫移居时所为咏"禹功饶断石，且就土微平"的诗句了。一位同舟的旅客从我身边经过，他对我说："入峡风大，你老要多穿些衣服才好。"经他一说，我才发觉自己竟在晨早的寒风中颤抖着，因此急往披起大衣。开始感到"巫山巫峡气萧森"的况味了。

七点稍过，船经过白帝城。这时晓月尚在，快要进峡口了，耐着冷风，望一望沉西的月亮，顿感觉到昔人"瞿塘峡口冷烟低，白帝城头月向西"的句子，倒像简直为此时此际而写的，心里有着一种不可名状的愉悦。因此忽然想起，如果昨天不是因为雾大，船依照原定时间于十点从重庆开行，那么此时我们应该已在中间巫峡一段走动，而瞿塘峡一段就已在睡梦中错过了。机会有时候是不可以强求的，于是乎对于昨天的雾就有些不同的看法了。

七点半了。船上的讲解员开始为我们介绍三峡的情况。我们边听边看，左顾右盼，遥望赤岬山的险峻，想象当年公孙述拒守的设置，回看这一边的滟滪堆的危滩咽石，仿佛"滟滪大如象，瞿塘不可上。滟滪大如马，瞿塘不可下"的可怕形象，也早已不在眼内了。

瞿塘峡也称作广溪峡。郦注说："江水又东经广溪峡，斯乃三峡之首也。其间三十里，颓岩倚木，厥势殆变。峡中急水回复，沿溯所忌。"两岸壁立，山重水复，像是无路可通的，这情势自非亲历其境，是很难想象得出的。瞿塘峡并不很长，我们经过时大约不到三十分钟就过完了，可是上水船便不这样容易了。昨读《湘绮楼说诗》，有一节写道："瞿塘峡自黛溪至淫豫，一望之地，上水或一日乃至。"那首诗就是这样说："淫豫东回望黛溪，滩头白勃引蝥啼。行人不觉牵船缓，但怪夔城日易西。"王壬秋这诗，我想是由"朝发黄牛，暮宿黄牛，三朝三暮，黄牛如故"一意得来的，其实从黛溪到滟滪滩，纵使是五月上瞿塘，照我看也用不着一天的。然其诗自佳。

我说瞿塘峡不很长，这是只就一节而言，如果把在西的风箱峡和在东的锁门峡等部分也算在内，那便也不怎样短了。瞿塘峡就像是个总名那样。过了瞿塘峡不久便是巫峡。三峡这一段最长，计约七十五公里，连绵不断，所谓"巴东三峡巫峡长"者是。这一段路有谓"巫山十二峰"的奇景，可是数十二峰，从来没有人数得清的，何况我们又仅是过客，坐船中望山，真是自下视上，亦若是而已矣，不知何者是！姑亦妄言之，而妄听之，也就算了罢。

从来经过巫峡的，大概除了无可避免地要联想到巫山神女"旦为行云，暮为行雨"的一个故事以外，总不会不想起屈原宋玉的。屈原据说生于秭归这个地方，"山秀水清，故出俊异，地险流疾，故其性亦隘"。这一看法也可以说是持之有故，而言之成理。但是昨夜读《湘绮楼说诗》，有一段话却写得很有趣，他说：

> 重读《九章》，颇怪少见放闲处，不言山水之乐，视沅湘五溪巴蜀诸胜地为不可久居，托言远游，犹未忘情于侍从之盛，岂国亡丧礼，不敢言乐耶？方其九年放流，亦何妨暂适，此古人未有游览之事，负此江山。余既非宗臣，又蒙宠妒，往来湘蜀，备睹灵奇，欲作广远游以慰之，但未暇耳。既恨屈原不见我，又恨我不见屈原，长吟舟中，心飞岩壑矣。

古人未有游览之事，这在以前也有人指出过了。不过我终以为王壬秋非真知屈原者，并且他又为甚么不说《九歌》呢！

经巫峡，从九点以前起，一直到十点半左右过尽。这是三峡中最长的一段水程。在我看，这也是三峡中水流较迂缓的一段，大抵地势使然。从十一点二十分起，船开始进入西陵峡的一段路，于是乎甚么兵书宝剑峡、马肺牛肝峡都指点着过去了。我们只觉得两山壁立，其上重峦叠嶂，指点峰巅，何虑以万计，其下则砐石危滩，更仆难数。只是从清早入峡以来到现在中午了，始终没有听到两岸的"空谷传响"的猿声。我对朋友吴先生说："这倒怪了，是不是沿江的林木，经过历代的砍伐，逐渐稀疏，因而猿猴也只得避居他处呢？抑或现在还没有到深秋的季节，因此'晴初霜旦，林寒涧肃'的景象仍属有待呢？"吴老先生只笑而不言。

午餐已毕，而西陵峡也过完了。看时计已是一点了。总计历三峡，从清晨七点三十分起，至午后一点多止，前后凡六个小时，计程途则为二百零四公里，这样船的航行速率大约为每小时三十五公里。这里到沙市还有一段水程，因此说"千里江陵一日还"也差不多了。

既出峡，回望峡口诸山，两岸壁立千仞，蜿蜒绵亘，在漩涡巨浸、波涛汹涌中望去，简直像个大鹏鸟张开两翼欲飞腾的情状；而那向西南伸展开去的一支，群峰插天，波光荡漾，还会使人联想到海上的神山，因而起一种缥缈之思。这光景萦回于脑际，久久不灭。

是日，下午两点船抵宜昌，停泊半小时；四点过宜都；入夜八点十分抵沙市，沙市以下则非"江陵"境了。

（原载《五十又集》，三育图书文具公司，一九六二年一月）

看《小星泪》

　　看过《小星泪》已经有了些时候了，但一直都没有动笔来写文章。原因是这样：很显明的，《小星泪》这部影片是以反对蓄妾制度来做它的主题的，所以当最初去看的时候，我是抱着一种期望以为它对于问题是一定能够提出满意的解答的，可是我失望了。在片子里，问题是提出来了，通过了白帆扮演小星的造型，暴露出旧社会蹂躏女性、压迫女性的残酷是够刻画入微了，但剧情的发展，并没有灵活地把握着事实从最恰当的角度来处理问题，指出一切罪恶根源的所在，这是全部剧作最不能令人满意的地方，虽然整个来说它是一部好的片子。

　　妾的地位之所以可怜，做妾的所感受到的痛苦，是因为蓄妾这一种制度为社会所认可的缘故；固然，在现在说，只能够讲为某一种社会所认可，因此，如果这社会制度改变了，妾这个东西可能根本就不会存在。妾的地位是可怜的，遭受到蹂躏、虐待、大妇的狠毒的压迫，甚而还要过牛马的生活；可是这还只是浮面的痛苦，至于那精神上的痛苦恐怕比这还要大，像《红楼梦》的赵姨娘并没有受到肉体上的折磨，但仍有问题，便是好例子，而纵使是"列屋而闲居"或者是"另藏金屋"的生活罢，精神的痛苦并不会因之而少减。有一句很流行的话："薄命怜卿甘作妾。"这是骗子的话，"薄命"两字是鸦片，"甘"字简直是冤枉，是侮辱，没有一个女人是甘心情愿于作妾的。所以拿"薄命"两字来作出我们对于那些不幸的人们的慰安，以为解决的途径就在这里，就在掬一把同情的热泪，这是错误的。影片在这方面所指出来的路子是对的，可惜故事一路发展，应该用力的地方，尤其是接近高潮的时候，却做得不够。有些地方也不大自然。

现在，大概凡是有思想和正义感的人们，都断不会主张保留蓄妾制度不予废除了罢。主张男女平等的，争取女子解放的，更不能不完全无妥协地反对这种制度的存在。像《小星泪》这样的片子，应该让它更多量的产生，从各个角度更深入挖根似地暴露社会存在着为人类之羞的一种矛盾。

（原载香港《文汇报》，一九六四年三月三十日）

一些回忆，一点印证

——写在纪念孙中山先生诞生一百周年的时候

  毛主席《沁园春》词写着"数风流人物，还看今朝！"这具有革命性的词句，曾给予人们的思想多少改变，曾给予了我们多少鼓舞力量，我想是很不容易估计的。

  从"今朝"稍为推前，若来数现代风流人物，我想总不能不先数孙中山，这大概也是无可怀疑的定论。也正如柳亚子先生所说的"卡尔中山两未忘"，中山先生的革命事业是无可否认，是久而益彰的。亚子诗就是说东西两圣人罢。

  今年是孙中山先生诞生一百周年的纪念日子。前些时广州开纪念的筹备会，散会后我写了两首绝句寄给委员张友仁先生；昨得自曾靖侯转来他的和作，中有两句这样写道："崧生岳降百周年，曾执长鞭学祖先。"两句诗引起了我一些回忆和感想，同时也给予我一点启发。

  当中山先生提倡革命的时候，多少青年志士接受了他的思想，淬砺奋发，争着祖生鞭，以求达取目的，可以说是比比皆是。记得武昌起义，那时候我的生活还是在"束发受书"的阶段（我说"束发"，因为那时我还有着辫子，我的一家最早把辫子割弃的，是我的祖父，他在一九〇八年便把辫子剪掉，所以乡人称他作"冇辫公"），孙中山先生经过香港到南京去就临时大总统职，香港的香山商会同乡在石塘咀的洞天酒楼开会欢迎他，我父亲也携了我去赴会。这在我想来自然是人生很难逢的机会了。可是那一次除了到"广大"船上去迎接他的几位代表，我们没有看到孙先生。大家都没有看到。什么理由呢？据父老们说，是因为香港当局不同意他登岸。经过很多交涉，由上午谈到下午，终归无效。结果，孙先生自己没有来，由廖仲恺先生和李茂之先生两人到会来接受欢迎，廖仲恺先生并作了很详尽的讲话。

这样，那次开欢迎会，虽然没有见到中山先生，没有瞻望到这位革命伟人的丰采，可是大家都像在感觉得夹杂在一些微带愤怒和不快的情绪当中，但已燃起了不少激发人心和鼓舞志气的火焰。

我终于看到了孙中山先生，那是隔了好几个月到了次一年的事情。中山先生又一次到香港来了。他这次到香港，香山县同乡在香江酒楼开了一个盛大的欢迎宴会，对他表示敬意。参加宴席人数共有多少，现在记不起来了，但是很觉荣幸的，我自己也得参末座。与中山先生同来的有宋秘书，此外还有谁是贵宾，也不复能记忆得清楚。只记得是陈赓虞先生当欢迎会主席。

这个宴会给了我一个很深的印象。觥筹交错的情况且不去说它了。给我最深刻的印象是中山先生的讲话。他的讲话不特表现了他的人格的伟大，它还显示了他的政治见解和他的理想。

最先是陈赓虞先生致欢迎词。他的讲话，除了对中山先生景仰外，有一段提到香山与邻县顺德争东海十六沙一问题。他希望孙先生能本着枌榆的情谊，为香山父老争回东海十六沙的合理权益。这东海沙田一问题，为多年的辖辖，我从小便听到过纷纷的讨论，对问题也感到一点兴趣，不过眼前的兴趣是在听听孙先生将怎样答覆父老们的要求，因此格外倾耳细听。在他的答词中，中山先生先把国家建置，画上分疆的需要和作用详说一番，然后提出几点新意义，说我国是一个统一的国家，土地属于人民全体。"它是属于你的，属于我的，也属于他的，我们大家都有份儿，大家都是主人翁。因此不应分出此疆彼界，说你是顺德人，我是香山人，这样反而存有畛域之见了，"他说，"我们应该摒除这种见解，要相视如同胞手足，那么东海十六沙的问题就迎刃而解了。"最后他又说："应用土地，有划分疆界的需要，关于这问题，可向胡都督（汉民）请示，这是属于他的许可权，我见到胡都督时也可以说说我的意见的。"一席话，对我来说，真是如临潮灌顶。我虽没有把话书诸绅，但约略记得其要旨，已觉终身受用不尽。

是五十五年的回忆了。我最早体会到的是中山先生的民族革命思想。然后又过了若干岁月，才又体会到他的"天下为公"的理想，逐渐更体会到他的"联合世界上以平等待我的民族共同奋斗"的真谛。这是一个思想认识的过程。

（原载香港《大公报》，一九六六年四月二十日）

三十年的回顾

华革会成立三十周年了。

三十年，在人来讲，仅为"而立"之年，一个十分短的期间，而在社群的群体组织言，更是一个短暂如一转瞬的期间，可能别有所体会。

华革会发轫伊始，记得是由许（许让成）黄（黄新彦）莫（莫应溎）马（马文辉）四人最初发起组织，召集会议，即假香港大酒店，于枣红色的窗幙下，垂影旁边在微弱的灯光开照着，坐谈计划一切进行，当时我个人亦曾参加末议，至今记忆犹新，恍如昨日事。

那些年代，第二次世界大战刚告结束，联合国发表的《人权宣言》，卡撒伯兰加会议所宣示的清算殖民主义政策号召，正是口碑载道，人人乐言也似的，而即在这一个小岛上，一时也还有过倡导"宪政改革"的活动，风起云涌，喁喁望治之心，真也心同此理。而华革会便也就这样地、在这个时候应运而生。[1]

作为一个群体组织言，华革会的建立旨趣，并不在于标奇立

---

〔1〕 当日，在一次座谈会上，布理雅上校（Colonel Blaire）曾对我说过："有了个革新会，而你不参加，难道要办个党的组织？"我回他道："你这话，只说出现实的一半。"

异，只是在合理的范围号召指引下，为人民群众的共同利益着想，为他们的生活利益关系办点子事，起初，没有会址，要集思广益，我们开会常常要借用曾靖老（当时会的副主席）的月华工厂的地方来安排一切，现在会的规模稍具了，我们不但有会所，有了会员俱乐部，还建立了几处医疗所。不过，已经说过了，我们目的并不在于标异炫耀，我们的主旨，在于为人民群众、为同胞谋福利，为他们做一点事，为人民服务，一句话，为同胞服务。目的在本着"有一分热发一分光"的诏示下，为拥护建设社会主义的祖国而作出最大的努力；在团结一切可以团结的力量，共同奋斗，悉力以赴。

三十年是一很短时间，"人间正道是沧桑"，更三十年人生它怎样！这自然也难以一言决定。不过，便是更历三百年，我们将矢志不渝，那是可以断定的。

（原载《香港华人革新协会三十周年特刊》，一九七九年九月）

图书馆事业与香港

在战前，我想凡是到香港来游历的人们，看见这样大而人口又这样多的一个近代都市，可是连一个稍具规模的公共图书馆都没有，总没不诧异的，本来的大会堂藏书楼，自大会堂拆掉改建汇丰银行大厦之后，所藏图书便分开散置于香港大学图书馆和几间中学的图书室，剩下的一部分，放在大会堂的残存建筑里边，只不过是几辑旧报纸，一些小说一类的读物和一本稍为稀奇的东西，这便是一八四七年版的《韦氏大辞典》。

号称为"香港俱乐部"的图书室，书籍的数量颇不少，内容据说也堪与前汉口英租界的英人俱乐部所藏媲美，尤其关于太平天国一时代的材料颇是稀奇，可是中国人不得进去阅读。

中国人自己所办的只有学海书楼和华商总会的图书馆，前者的内容是偏于中国旧籍的一方面，后者则只以供普通阅读而已，此外，香港仔华南修道院和香港大学利玛宝寄宿舍两藏，数量虽然均不到一万册，可是因为性质均侧重于宗教哲理一方面，倒显出它们的独特地方，但这和港大图书馆一样，都不是公开的。

这样，香港简直够不上说什么图书馆事业。

记得那一年胡适之先生到香港来的时候，有一次演说，他曾说过什么"把香港造成中国的一个文化中心"的话，因为这，曾引起对他一番很剧烈的抨击，当时，我读到他的演说，曾发生

909

过一些感想，我对自己说："把香港造成中国的一个文化中心，这么该从那里做起，香港虽然有了一所大学，可是香港大学里边所藏的西方书籍，还不过五万册，而冯平山图书馆所藏的中文图书，亦仅得四万册，这已经够显出香港文化水准的低落了。把香港造成一个文化中心，经济、热诚、公开的态度，界限的剔除，连种种条件都有具备，谈何容易。"集中在香港大学的两间图书馆的图书事业，实十分落后，已无可讳。

七七事变而后，跟着战火的展布，在有一个时期当中，中国好些地方的图书，竟不期而然地汇集到香港来了，有好几批都移到冯平山图书馆寄存，一时港大所藏的汉籍的数量，竟在十万册以上，实开建校以来未有之盛，其余散置在港大以外各处所者，公私两藏，为数量几何，尚难统计，大约就广东文物展览会出品目录来作参考。也可略窥见一斑了。于是许多人的心里，也许会跟我一样作这样的呆想，把香港造成中国的一个文化中心，大概不是不可能的罢。

每经一次战争，图书便遭一次的劫，损失总不能避免的，这有史以来也如此，在变乱当中，看见一本一本的书放到炉里边去作燃料，固然心痛，可是大局稍定之后，忽地里发现那个叫卖落花生的手边所用来作包裹东西的纸张，却是从一部《清史稿》撕下来的一页一页，你能够怪那目击的人禁不住掉下泪来吗？

战后一个多月，我再回到冯平山图书馆去整理图书，立意要在搜集方面去多做些工作，可是便是在这一方面也不能无遗憾，先是我已知道有一批李文田手批校过的史书是存在赤柱的圣士提反学校里边，因此着手搜集的第一天便冒雨去那里去搜集，但是全校的无论那一个角落都搜遍，结果"没有"，过了一天，再去一次，结果又是一样，那里的人有一个指着一堆灰烬说，这堆东西，当时也有些书籍，可不晓得你所要找的是不是也在里边。

以上所述的现在已成了"追忆"了，但也不无多少鉴往彰来的作用，所以香港的图书馆事业，却又翻了一新页，将来成绩如何，全视各方面的努力而定。

（原载《广东文征》续篇，一九八六年）

谈校名

　　三十五年前，当我初次到南洋去从事教育工作的时候，接触到一个事实，它给我很深的印象。那就是，南洋一带，凡是有中国人的地方，不论大埠小埠，总有中国人自己办的学校，而这些学校所用的校名，一般地说，不是"华侨"便是"中华"两字。作为一个中国人，尤其是一个"远托异国"的中国人来说，两个字倒像是具有一种孕毓的力量、一种无穷的抚慰的力量也似的。经历的地方越多，接触到的海外侨胞的生活面越广，越加使我体会这一点的真实性。校名采用别的字眼的，像"养正""端蒙""育三""育才""培才""明德"等等，随处都有，也令人一见而知为作育英才、设学施教的场所，但总比不上"中华"或"华侨"两字具有更加概括的一种摄引和提振力量。普遍地采用"中华"或"华侨"两字来作校名的，大概是辛亥革命以后的事，它可以说是民族意识提高了以及爱国思想加强了的一种表现。

　　在香港，如果按据当时两个地方在这方面所表现的情况来说，差不多可以说构成了一个强烈的对比。在香港，三十五年以前，采用"中华"两字来作教育机构名称的，大概一所都没有；事实上中国人自己办学校也是绝无仅有。其他团体，以"中华"二字冠上作称号的，就我所知，只有中华会馆。这是一所纯粹中国式的建筑物，原址即现在的育才书社，育才书社建立后，即把中华会馆另建于医院道后面，规模小得多了，二次世界大战后，则连这个具体而微的中华会馆也已"不知所终"了。然而"中华"两字则始终萦回于吾人之脑际！

三十多年来，这"中华"两字，最低限度对我来说，的确有它的一种特殊的不可思议的感召力量。欣逢中华中学建校三十五周年纪念，为述其意义如此。

（为中华中学三十五周年校庆而作）

病

一连病了好几天，倒觉得要说些病中的话，虽然这也许是人们不爱听的。

病是痛苦，生、老、病、死，佛家把它列为四大痛苦之一，是很有道理的。生时的痛苦，老时的痛苦，许多人都知道。病时的痛苦，一生中随时都会遇到，也正是这里所要说的。至于死时的痛苦，那只有死去的人才知道，不过他既然死去了，也就不能把痛苦的经验告诉我们。我的朋友王道安说他曾有过死去一个时期的经验，他并为此在联青社作过公开演讲，而我也去听过，不过就我所得的印象，他对于死去时的痛苦并没有说得很清楚。

病是很苦的，这大概毫无问题，不过我想：病虽然是一种痛苦，但也未尝不可以成为一种享受。苏东坡说过："因病得闲殊不恶，安心是药更无方！"当然，这要看所患的是甚么病。苏子瞻所患的大概不会是牙痛或者痢疾这类的病，因为如果是牙痛或痢疾的话，我相信他是不会"得闲"，也不可能"安心"的。不过，尽管这样，病仍是要让它成为一种享受的。常听见朋友们说："有死的闲空，倒没有病的闲空！"就说这话的人来讲，能够一病总还算是好的了。生活的担子是那样的重，稍得一些喘息的机会便可以说是一种享受，因为比起单独享受到"罢工"的自由的来说，这还较胜一筹呢。

　　我这里说：病应该成为一种享受。这并不是空想。前人有过一句话："人之所病病疾多，而医之所病病道少。"病是不足害怕的，怕的是没有治疗方法。有了高明的医道、精确的技术，疾病的种类虽多，随着人类的进步，二竖子是终于可以制伏的。现代医学重预防治疗，重社会医药，这是再好莫过的，只要做得彻底，做得普遍。谈起病，就会联想到内地这几年来像雨后春笋般建立起来的疗养院。这些都是拣了湖山胜处来作建筑基址，住在里边真使人为之心旷神怡，疾病自然也就会减轻许多。我曾参观过武汉大学的学生养病宿舍，曾看过西湖的几间疗养院，又曾看过好几所北京和上海的医院。在任何一家医院里，不管它外表是怎样地朴而不华，设备或怎样地比较简陋，病者又怎样地挤，但我始终没有看到过病人像"公司三文治"那样作三叠式放在一起的。也无论在甚么地方，都没有发见过候诊的人会用人搀扶着在七八月间的毒热头底下排长龙的。在许多方面，中国的物质条件自然还十分差，不过在那里病人还是当个人来看待，而不是因为贫富的悬殊而视同牛马。

　　上面一节话所提到的疗养院中的病人生活，大概可以够得上说是一种享受了。这享受是一点不为过的，当我们想到劳动的意义、想到劳动创造一切的时候。因为可不是么？上帝创造了天地，第六天他创造了人，大概觉得有点"病"了，所以跟着便要休息一天。苏东坡"因病得闲"那句话，如果有甚么意义的话，它的意义就应该在这一点上面，而也只有在这一点上面才看出它的新意义来。

　　然而，我在上头所说到的享受，还有它的另外一些意义。记得少时，祖父病，医者来看他，先切脉，然后草成脉论，互相讨论一过，我父亲也参加意见，最后才开药方。后来我年稍长，母亲病了，我陪着她去看一位名医，那名医也先后开过了好多次很详细的脉论。单是脉论不足以医病，不过有了脉论，一个病者倒觉得自己比较有把握也似的，这一点对心理的作用似乎不应该忽视。时代变了，好久以来一般习惯，大概见病开方，写脉论的想不甚时兴了，因此倒感到有脉论时的病是一种享受。我有一个朋友，生病了，到机关所指定的医生去诊治，这位医者一手按脉，一手持电话谈股份行情，我这朋友的病经个多月始终没有给他治好。

《史记·扁鹊仓公列传》有一节写道：

> 扁鹊过齐，齐桓侯客之。入朝见曰："君有疾，在腠理，不治将深。"桓侯曰："寡人无疾。"扁鹊出。桓侯谓左右曰："医之好利也，欲以不疾者为功。"……后五日，扁鹊复见曰："君有疾，在肠胃间，不治将深。"桓侯不应。扁鹊出，桓侯不悦。后五日，扁鹊复见，望见桓侯而退走。桓侯使人问其故。扁鹊曰："疾之居腠理也，汤熨之所及也；在血脉，针石之所及也；其在肠胃，酒醪之所及也；其在骨髓，虽司命无奈之何！今在骨髓，臣是以无请也。"后五日，桓侯体病，使人召扁鹊，扁鹊已逃去；桓侯遂死。

扁鹊的妙论，桓侯却听不入耳，终至于死，我想这倒是桓侯他一心在想着股份行情罢！

诺尔曼之死

加拿大驻埃及大使诺尔曼跳楼自杀身死。这一事耸动了全世界。一周以来，世界各国舆论，有所论列，必论这一事，有所指摘，必指摘这一事，为甚么呢？夫自杀，久矣乎算不得是怎样悚人闻听的新闻了！像这里二百多万人口的一个都市，差不多天天都有人自杀，有人跳楼。跳楼自杀，早已成了司空见惯，算得甚么一回事呢？然而诺尔曼之死，毕竟有它的不寻常的地方，这并不由于诺尔曼他贵为大使，而是因为他的所以致死的原因并不寻常。

诺尔曼既死，加拿大外长皮尔逊对加议会说："赫伯特·诺尔曼之死，是由于工作过度，精神太紧张和感觉又受到'迫害'，以致他的精神支持不住所造成的。"皮尔逊这话说得很委婉，显然别有会心。他解释诺尔曼的自杀，先举出"工作过度"，最后才提到"迫害"，这里边是不是有轻重倒置的嫌疑呢？抑或在那些外交场合，有避重就轻，以"为贤者讳"的需要呢？这是皮尔逊的话所给人的无可避免的印象。固然，皮尔逊在他所发表的声明里也指出过，悲惨的事件是由于"华盛顿的一些人士对诺尔曼恢复了某种旧的指摘，以致他感到深深的和可以了解的沮丧；而这种指摘是有关于诺尔曼对加拿大政府的忠诚一问题的，但在几年前就已经清洗过了。"可是细按声明的语气，人们难道不会得到这样的感觉：就是人既然死了，让他大事化小，小事化无罢！

无疑地这是个悲剧。

诺尔曼在开罗自杀，他是到瑞典公使卡尔·英格尔的寓所七层楼的地方跳楼的。他为甚么偏偏拣了瑞典公使的寓所去遂行自杀呢？难道不是因为那是比较干净的地方？因为瑞典啊！它是奉行着中立主义政策的国家呀！诺尔曼，他是煞费苦心了。

诺尔曼，他现在可以说是"盖棺论定"了。然而他"尸骨未寒"，美国参议院内部安全小组委员会却发表了一项声明，说委员会将继续调查任何外国人在美国的共产党活动。就这样看，继着日本教授都留重人会被美国国会传询的，正不知还有多少人。安全小组委员会这种肆无忌惮的迫害活动引起了全世界的愤怒，是可以理解的。伦敦《泰晤士报》斥责它所采用的调查手段是最下流的。日本的报纸谴责美国参议院迫害到外国公民，俨然成了全世界的"公共检察署"，显示麦卡锡主义仍然猖獗。《朝日新闻》说："对一个仍然在职的外国大使加上共产党人的帽子，是对其他国家的内政的粗暴的干涉。"这种灭绝理性的行动，残暴荼毒，简直是欧洲中世纪"宗教法庭"的翻版。它也使人联想到我国历史上郅都、张汤、来俊臣、索元礼那一类酷吏的残忍刻毒。

《旧唐书·酷吏传》写来俊臣说："道路以目。与侍御史侯思止、王弘义……同恶相济，招集无赖数百人，令其告事，共为罗织，千里响应。欲诬陷一人，即数处别告，皆是事状不异，以惑上下。"又谓："俊臣与其党朱南山辈，造告密罗织经一卷，皆有条贯支节布置。……由是告密之徒，纷然道路，名流俭俊，阅日而已。"美国参议院"麦卡锡委员会"是否也有"告密罗织经"一类的制作，我不知道，不过，安全小组委员会在传讯都留重人以前，还鞫讯过黎巴嫩参事官艾麦松。而据最近消息，所有都留重人在参议院作证时所提到过的五十三名教授都将会被传讯，因此美国学术界人士一时被笼罩在广泛的恐惧之中。这样，一种广泛的、严酷的罗织告密组织事实上是存在的，实毫无疑问。

假如我们要问：为甚么在这个二十世纪的开明时代，仍有这样的"比周恶党，剿绝善人"的组织存在的可能？那么，它的答案将仍是古书上所写着的："若是者何？要时希旨，见利忘义也。"并且还不特这样。《旧唐书》上写道："则天以女主临朝，大臣未附，委政狱吏，剪除宗枝。于是来俊臣、索元礼、万国俊、周兴、丘神积、侯思止、郭霸、王弘义之属，纷纷而出。然后起告密之刑，制罗织之狱，生人屏息，莫能自固。至于怀忠蹈义、连颈就戮者，不可胜言！"很显明：来俊臣、索元礼之徒所以"与时上下，取重人主"，是因为要迎合武则天巩固她的统治权的需要；而美国国会的安全组织之所以不惜罗织株连，不惜把罗森堡夫妇送上电椅，施以极刑，甚至也不惜迫害一个邻国的大使，叫他无法自解，而不能不采取自杀的途径，则因为它的统治集团感觉到自己的安全有了问题的原故。当然，任何统治者都有尽一切努力来维持和巩固他的统治权的需要，这是很自然的。不过人们所要过问的不在这一点，人们所要问的是：这个统治究竟建立在甚么基础上。

迫　害

上星期谈过《诺尔曼之死》一话题后，才看到日教授都留重人《我被美国参议院安全小组传讯》一文，叙述他在诺尔曼跳楼自杀前被传讯的经过。安全小组委员会鞠讯他，是三月廿六和廿七两天，再过仅八天的时间，诺尔曼便在四月四日自杀于开罗。不难想象，都留重人的鞠问，对诺尔曼的生命是怎样严重的压迫。

都留重人文中末尾一节这样写道："对我来说，我作为美国的客人，安全小组委员会的态度尚且犹如职业检察官一般，这样对待外国人欠缺礼貌的事件想来一定不少。来到这里以后，使我吃惊的是从麦卡锡委员会以来直到司法部的调查委员会，所传讯的学者和知识分子之多。从我自己这次的经验，更知道参议院内部安全小组委员会的调查和传讯的手段，给人以强烈的反应。这个委员会的工作和目的是要镇压共产主义，但从他们现在所采取的方法看来，是否真的有效果，依然值得大大的怀疑。"美国的统治集团看了这段话后，照理应该作深切的反省了。不过美国的统治集团如果看到这一段话，会不会反躬自责，我想仍有很大疑问。举个例来说：美国宪法第五项修正条文规定，任何美国公民，遇到可能归罪于他的问题时，得拒绝回答。这是基本的人权。但是不久之前，当美国记者普莱斯拒绝答参议院调查委员会的问题，说他是个共产党员时，他倒因此而被判入狱三个月，并罚金五百元。信仰自由何在呢？人权保障何在呢？

一个公民，只为了他的思想、所持的意见不为某些人所喜欢，便要弄到对于这些人所采取来对付他的手段，不得不以自杀"表示最后的抗议"，而这又出诸一个外国的外交官，我想这是历史上从来不曾有过的"迫害"。这种残忍无道的迫害，使人联想到欧洲中世纪"宗教法庭"，像在西班牙以及在法国南部那种千载下尚令人毛骨悚然的暴行。一个作家这样写道：中世纪的"宗教法庭"把西班牙变成了一个仅由火刑柱上的烈焰所照耀的地狱。从那时候起，几百年来西班牙食荼毒之肠，久已黯淡无光。然而二次大战以后，号称"自由民主"的美国，倒与法西斯的西班牙沆瀣一气，缔结盟约，希望要从佛朗哥的独裁政治取得灵感启示也似的，宁非咄咄怪事！不过谁能保证在佛朗哥治下的西班牙和在财阀集团统治下的美国，不是有若干共同的需要与共同的地方呢？罗马教会的"宗教法庭"最初明令设立，是一二二九年的事。但是在这前，就是在教皇因诺仙脱三世的时代，为了要根绝异端的传播，就曾委任过检察官从事大量检举鞫讯；又曾发动过三十万大众军侵入法国南部去消灭阿尔比根斯（Albigenses）的"异端"教派；屠杀，焚烧，掠夺，前后凡二十年，被杀者逾二万人。那时还有个怪特可怕的口号，就是"把他们全部杀光了；上帝自会认识他的自家人的！"所有这十字军杀戮未尽的，便由"宗教法庭"继续把他们铲除剿灭。谁能想象，这样的残暴却会出现在二十世纪的今日！方式容或有不同，动机则如出一辙。

一个聪明的现代批评家说得好：教皇怕异端，皇帝怕造反。造反，革命，怎见得就可怕呢？《易经》上说："汤武革命，应天而顺人。"革命并不见得不好呀！可是革命的思想虽然不一定可怕，但在封建的帝王听来，它不但可怕，而且还非铲除根绝不可，因为他一姓一氏的利益受到威胁的缘故，因为一个阶级的利益受到威胁的缘故。就这点着想，假如跟着都留重人还有不知多少在美国的教授会随时被传讯的话，那么，与此相较，我们难道说十三世纪时教会禁止大学读阿理斯多德的著作，以及一五三六年，威廉·提因达尔连同他的英译《圣经》一起被焚烧那样的惨酷事实，不是更加持之有故，还稍觉开明吗？

英国哲学家罗素在他的《权力论》上面写道："在今日的美国，人们对于大理院的崇敬，一如希腊人之对于神谕和中世纪之对于教皇。研究过美国的宪法的，都知道大理院是保护美国财阀政治的力量的一部分。认识这一点的人们，有些是站在财阀政治那一边的，他们自然不会作出任何举动来削弱对大理院的传统尊敬，至于其余的，在普通公民心目中，只要有人说一声他们是颠覆分子和布尔什维克党人，就不会被信任了。"这是三十年前的观察。到现在，大概美国的财阀统治集团，又已感觉到大理院为他们服务的力量仍然不足，因之而就有"麦卡锡委员会"和"参议院安全小组委员会"这类组织的必要了。"迫害"自也是必然的了。

也正如中世纪问题在于谁有权来解释《圣经》，美国目前的问题则在于谁应该来解释宪法，安全小组委员会？抑或像威廉·普莱斯那样的普通人民？

重话"九一八"旧事

——萧斋散记

爱国是天经地义，自"束发受书"以来，便这样相信着。自己当过教师，一生中，有时——其实也不知多少次了——就不免为这样一个问题所困扰，就是：学生要不要谈政治、过问政治？

不过，对这问题，很久以前我就作了决定性的答案了。我怎样教育我自己，我也就以此来作怎样教导别人的圭臬。

我是说，在中国，作为一个读书人，是没有不谈论政治、没有不关心国家大事的。人类是政治动物，政治也就是生活，焉有人而不注意他自己生活的呢？我们从前所很爱说的，所谓"读圣贤书，所学何事"，归根结底，还不是为了要为国、为社会、为人民群众做一点有益的事！这也真的可以说是自昔已然了。而当国家民族处在一个艰危时期，凡是有血性的人，尤其是青年学生，他们的思想、行动，都或多或少地为"国家兴亡，匹夫有责"这一个传统观念所决定，那就更不用多说了。

国难当头！一九三一年便是这样的一个年头。那时候，你可能想象，多少有志之士，是在欲"请长缨缚着苍龙"的！

那一年，"九一八"事变发生了之后，我到了上海，东北的风云已越来越觉得紧张沉霾，说不定日本军阀的北进政策要一下子把整个东北吞掉，进一步他们要踏入我堂奥中来了。在事变发生以前，已经听说过这样的看法，说东北是免不掉终于落入日本人手中的。也就是因为这样，所以我就想趁日本鬼子还未能实现并吞我整个东北之前，先找个机会去看看白山黑水的真实情况。可是这个打算终于遭到了失败。我到南京去办理北上的手续，火车票都打好了，而日本浪人正在这当儿在天津搅事起来了。朋友们说我不是为了甚么重要的事，劝我犯不着冒险一定要去。而我也因为局势一时很难说得定，于是终于放弃了到关外去一走的计划，接受了朋友们的意见，改在东南江浙一隅遨游了一个时间。

之后，我终于得尝到东北去"观光上国"的愿望，那已是二十年后的事了。长白山的雪依然皑皑，松花江的水也一如往昔静静地流着，可是青纱幛则已改换了昔年的意义！这是后话。

少年时，偶从一本文艺专刊看到一个姓马的青年文人——名字记不得了——写了好多诗，其中几首七律有句云："马嘶衰草黄沙外，人枕荒城落日中。"诗大约是清末民初的作品，四首都写得慷慨激昂，很好的句子，可惜日子隔得久了，就仅记得这一联。句可以说是从"鸟下绿芜秦苑夕，蝉鸣寒叶汉宫秋"脱胎过来的，可是情感和气概就有些各异了。一时又想起汪精卫《重九过雁门关》的诗句，写道："剩有一杯酬李牧，雁门关外度重阳。"总感觉到做人，要保持晚节也的确非十分容易，然而与行抑又何以相去尔远呢！

于是，我既不获到关外去作一次长途旅行，去观察一下究竟企图执行《田中奏折》的日本军国主义者，能横行得几时，凶狂到甚么程度，既不能这样，就只好退而思其次，在江山如画里的江南作个小勾留，借佳山水来一泄嗔胸的积闷了。在南京住了十多天，逛了不少地方，看过了雨花台、燕子矶，也踏看过晓庄小学。从南京转到镇江去，甘露寺、金山寺都去走了一趟，似乎始终没有碰到一个电影事业家在那里摄制一部《水浸金山》的片子！或者《黄天荡》！登北固山，不期而然地，你会感觉到焦山，浮玉，两三灯火衬托着寒潮呜咽的瓜步，以及那一片海云明灭，望去可能还稍远的扬州，这些都历历在目；然而系着"此时情绪"，摄住了你的灵魂，打动到深心深处，这力量终要算辛稼轩"千古江山，英雄无觅孙仲谋处；舞榭歌台，风流总被雨打风吹去……想当年，金戈铁马，气吞万里如虎"这半阕词句来得最不可思议。且休问千古以来，曾有几人在此地"登临纵目"过，更几个慷慨高歌之士！想伤心人别有怀抱。就算是梁武帝萧衍，他改称山名为北顾，还不是怀着光复旧物的希望吗？时光一代一代的过去，的确，"树犹如此，人何以堪！"然而"廉颇老矣"，难道没有廉颇的儿子和孙子？而廉颇将军的儿子和孙子又有他们的儿孙呀！

在镇江作的勾留虽很短暂，可是倒觉得它是生活中最难忘怀的一片断。到了无锡后，我住在梅园的太湖饭店。这地方，远离城市，不但想就近得多踏看惠山，细味一下"天下第二泉"的水，是否真如陆羽《茶经》所言，还想多领略太湖七十二峰的依旧青青与那风月无边的境界。每每觉得太湖胜过西湖多多！前人说："若以西湖比西子，淡妆浓抹总相宜。"倘以这话来论太湖，当会感到不但不足以尽之，而且两都无是处了。太湖是不适宜于用这一比拟、这种标准来衡量它的美的。

先是在无锡江苏教育学院，我已遇见过国际联盟派来的"东北调查团"其中的两名团员，一个是法国人，一个是德国人，都是科学家，并且还与他们讨论过关于东北问题的症结。这时候，我住在梅园，他们也到了梅园来住，不过匆匆只住了一个晚上，第二天便走了。他们大概也是"调查"作报告、找资料，而不忘游山玩水的罢。"列顿调查团"究竟为谁服务、为谁而工作的，在明眼人看来也早已十分清楚了。

那天晚上，当他们两位调查团员刚进到太湖饭店来的时候，天气也的确冷得可以。太湖饭店还没有暖气的设备，睡时我于重裀叠褥之外，还要叫茶房多加一条被子，才能敌得住寒气。可是睡至夜半的时候，忽然觉得窗外风雪交加中，仿佛听到微微嘈杂交语的声音；细听下去，约略可以辨认得出，是一些青年学生，就在我住的房间窗下，挨近墙壁，张搭帐幕扎营起来了。在朦朦胧胧的夜色中，只见人头攒动，也看不出是那里来的学生，想要等待天亮后去询问一过，好明白他们活动的目的，谁知第二天清早起来，他们已拔队出发离开无锡了。问梅园里的管事人，据谓是出发到了南京去请愿。说来这也不是甚么使人惊异，以为是悖理不道的事了。我离开了上海到南京来的时候，还不是听说过在闸北站不远，有一大群学生横卧在路轨上经过好几小时这样的事么？当时人民愤怒已极，痛恨卖国政府的畏敌媚外政策，痛恨它懦弱无能，与满清末期相较，实无二致。因此，举国民怨沸腾，青年学生到南京去请愿抵抗外侮，只是其中的一个表现。自己亲眼看到这种表现，有时就不禁这样想道：很显明，中国民族并不是没有希望的，民气是可用的；我们所缺少的只是一个坚强的领导，一个完全为人民设想的政府。多少时候以来，最怕听人说中国人是一盘散沙。然而没有好的领导，人民便无从团结得起来，人民团结不起来，便不能表现得出力量，散沙之诮确也难怪。记得济南惨案发生的那一年，我还在南方，并且还参加过当地侨胞的救济募捐运动，真是咄嗟之间，新加坡便筹得巨款七百万，而吉隆坡也捐募得五十万，谓非民气可用，能够使敌人闻而心寒、帝国主义者见而起嫉妒吗？有民族意识、有正确的政治认识的有志之士，是绝对不会因一时的愤激、一时的沮丧，而说出像“中国不亡，是无天理"那类的话的。

也用不着隐讳，当年自己也不知多少次感到过沮丧、感到过满胸孤愤。于是时而"仰天长啸"，顿足着狂歌当哭，时或借"三杯两盏淡酒"浇愁，暂时忘记眼前一切，这也和许多人一样。有时也会突然觉悟起来，这样让它弱下去，颓废思想是会由此滋生的。说寓情于山水情吗？切实地讲，这也不过是逃避现实、颓废思想的一种表现而已。

从梅园望太湖，波光帆影，湖树湖烟，隐约可辨。下山信步所之，不半里路便达鼋头渚。在太湖饭店住着的时候，每天早饭后都到这里来雇一只艇子，到湖里去游个半天，尤其是爱到一所佛寺里去跟些僧人谈话，和看看碑文。记得在一间寺里的客堂，看到一副对联这样写道："唤起淡妆人，更何必十分梳洗；商略黄昏雨，只可惜一片清秋！"句极能写出太湖的风格。我到那里时，正是黄昏细雨的当儿，而那残秋烟景更觉耐人寻味了。在我看，太湖之美，在于它的淡雅、它的朴素；它像一个凌波微步的仙子，略不假甚么修饰，更不需要甚么"浓抹"了。就绘画来说，中国式建筑物，如寺庙之类，倒像是特别于山水画之衬托觉得适宜似的。西湖如果觉得脂粉气已太重的话，那么，配合以西洋式建筑、摩天大楼，就更觉得有些不可耐了。不难了解：帆樯村舍，渔夫樵子，几乎成了山水画绝对不可分离的构成分子，正因为这些所表现着的，就是人民生活的最重要的一部分，最需要写、最值得写的部分。

有一次，我到湖上去了整个上午，回到鼋头渚来，正要舍舟登陆，突然看到一条陈设得颇精致的艇子正从码头开出，舟中坐着的却是个丽人。这倒不怎样稀奇，觉得惹人注目的，是她载得满船的都是书，是线装书，大部头、小部头不一而足，甚么门类性质的可看不清楚了。舟当中安置一张小桌案，上面放着一个茶壶、一只杯子，她独自个儿手不释卷地握着一本书，由两名职工舟子伺候着到湖里去，那一种闲情逸致，真使你不觉"目逆而送之"。一叶蚱蜢舟载着这一堆堆卷帙，是别的地方所不容易看到。是"米家书画船"？是"万卷楼"的新搜集？北风正凄紧，她烟波放棹缘何事？转眼间说不定会"天欲雪，云满湖"，可能她是个诗人，竟有"踏雪寻梅"的兴趣罢！然而正当此"天步艰难"、烽烟四起的时候，她竟有这样的遨游山水的雅致，是对国家大事漠不关心？是伤心人别有怀抱？抑或是一种"金鼓亲提我亦能，争奈江南不出将"的反感的表现？鼋头渚旁边本有一间小小的项王庙，一时竟被这几个问题所困扰着，在庙前远望着千顷碧波，站立了好几分钟，仍不能把问题打叠得下去。

在无锡住了一段时间，仿佛住腻了，便又转到杭州西湖去住了十多天，才回到上海去。这时候，一九三一年这个多患之年，已到了"岁聿云暮"阶段，而时局更加令人失望。日本鬼子侵略中国的魔掌越来越加凶狠，而政府应付局势，越来越显得无办法。在无锡的时候，江苏教育界蒿目时艰，悲感痛恨，曾联名发出一封通电，反对当时政府的无抵抗政策，我也在这封通电上签了名。也明知通电起不了甚么作用，可是借以大声疾呼，唤起群众觉悟，最低限度还能舒一口气，稍消积闷。回到了上海后，局面已全非，杨树浦一带已经闻到浓烈的火药味。幼安弟阿文当时在持志大学附中，于是我到狄思威路去看他一次，大家谈到过关于若果战争爆发，他的安全和出处的问题。话谈过没多久，而"一·二八"淞沪战役爆发了，我重与他见到面时，已经是春三月间事。人生聚散，本也寻常，暂且不去说它，若国家安危，明眼中所见，又仍是依样画葫芦一次！

柴门外的流水

今年五月这一个月雨下的特别多，到现在已经是六月了，好像还没有"淋漓尽致"得够，偶然"片云头上黑"的时候，辟辟卜卜地满不在乎又下了一阵，或则当你晓梦初回的当儿，它便要在百叶窗子上聒个不休。在长年都闹着水荒的香港，这本来是个应该受欢迎的现象，不过雨下得太多了，成了灾，也的确讨人厌，而且不特讨嫌，有时竟演进到招怒的程度。像前几天洪膺谈他的"南方的雨"时，他差不多在作出控诉了。

洪膺特别提出"南方"来说，言下大有要是在北边，纵然下雨，人们还是会保持着喜欢大雨的豪情这样的意思。我倒以为并不如此。洪膺的老家，是所谓"君家江水初发源"的地方，那边的风雨季节怎样，我不甚清楚，不过如果"茅屋为秋风所破"了的话，到了"床头屋漏无干处，雨脚如麻未断绝"的地步，我想要学苏东坡那样"一蓑烟雨任平生"也"任"不来了！北方自然雨量比较少。天气也比较干燥。可是去年到北京去的一次所得到的经验，倒给予了我一种对于北方的雨的不大好的印象。

在北上的程途中，火车到了新乡忽然停下来，傍晚，继续开到汲县，便在汲县的车站上大家露宿了一夜。原来太行山上下了一场大雨，山洪暴发，挟着万马奔腾的威势冲下来，警报站的电话也来不及了，一个多小时内便把汲县到洪县间的一段车路二百余尺冲断了，这样，我们便给留下来；然而两日间我们并没有遇到半点子雨！

到北京后，有一次我们趁着"斜照入崦嵫"的时分踱到西郊公园去看各种动物。霎时间头上一团黑云，跟着雨来了，最初大家以为雨一下子就会过去，谁知道一落便是三个钟头，我们大都没有带雨具，迫不及待只好在熊猫的铁笼前倚着铁丝网躲避，说是避却哪里避得来！铁笼前已成了泽国，九个人都衣履尽湿，真是落汤鸡也似的。虽然只有一箭之地，但回到西郊宾馆时已过了夜半了。那时候我们才知道，原来那天晚上的雨，曾使得天安门西长安街一带的马路水深逾尺，曾使得在北海公园漪澜阁上宴客的一班朋友无法上菜，同时又无法离开那里，它又曾使得我们的一位到中山公园赴席的友人在忙乱中遗失了她的手提包。那一场雨真使得大家狼狈不堪。但是过了一夜，第二天雨仍继续的下，这在北京大概是稀有的了。公路给冲坏了，我们到长城去的行程需要变更。

有一天晚上，我去访盛家伦和黄苗子，雨又几乎把我困着在栖凤楼上。参观官厅水库的那一天，虽然风风雨雨，道路泥泞，可是在烟雨蒙蒙中看万顷沧波的湖面，比起前年我自己来的一次，倒觉得别是一般滋味。在离开北京那天，因为是最后的一天了，我们迫得冒着雨也去游颐和园一次。到了颐和园之后，雨越下越大了，园内有些地方积水超过半尺，一切计划好的活动都不能进行，大家只胡乱地逛了一顿。其实，像在这样的雨水天去游园倒真的少有，我还不曾读到过一篇《大雨中游昆明湖》的记载！像我们当中有几个，呆站在长廊底下两个多钟头，一方面望着千万个跳珠在浮动的湖面，一方面担心着冒雨爬上佛香阁去的几个同行者忘却了下来，那种复杂的情绪倒的确非笔墨所能容易描摹。

因为下雨的关系，那次我们上到东北去的火车时的情况也有点好笑。有些朋友们趱到开往西安的列车上去；南下的同志们，有些倒把行李搬到了我们的卡车来。北京太大了，这车站也实在太小！我们只好这样地自慰着。北京不是为着雨而存在的！

像这样，人们有时候对于雨也不会有甚么好感的了。不管它东西南北的雨！

不过，今年的雨却的确下得有点反常。国内许多地方都霪雨为灾，这固然啦！像缅甸则大呼旱魃肆虐，而锡兰却闹着水灾，两地本来都是雨量特多的区域，而情形相异如此！有些人把这种变异归咎到原子爆炸的辐射线，归咎到空气所含的毒尘，我想这并不是没有理由的。谁能保证爆炸的氢弹是真正干净的呢？有一点我们不能不注意：地球向东面旋转，在太平洋面爆炸氢弹，首先蒙其害的是东半球，尤其是亚洲诸地的国家，等到有毒的云层飘到西方国家去的时候，可能辐射线已成了强弩之末了。华尔街的大亨们是不是因此就觉得安心呢？

雨过了，柴门外一片汪洋的流水，百无聊赖中又觉得这并不是"秋水悠悠侵野扉"的境界，可真闷人！眼前菜圃都淹没了，大概也已用不着"乞借春阴护海棠"了。

"春节"琐语

　　这个月，月头是一个元旦，月尾的一天又是一个元旦，农历的元旦；两个"元旦"巧合地碰在一个月内，一头一尾，这大概也是人们一生中不常遇见的一件事吧。假如自己还在童年的时候，这便更加觉得高兴了。两个新年带来的不同的庆祝方式，更会在好多方面丰富了生活的情调。纵然你已经不是一个小孩子，已经大大地超过了小孩子的年龄了，但是如果你跟小孩子们在一起放鞭炮，你会学得很多东西的。最低限度你会学到放鞭炮的艺术，那是和成年人所知道的，其精粗之相去，想象力的远近，简直不可以道里计。我曾这样想过：如果把原子弹、氢气弹这一类放烟花式的玩意儿，交到一群天真无邪的小孩子的手里，大概总会比放在艾森豪威尔、杜勒斯之流的手里更加安全些。也许你以为这话没有根据。其实，只要你略为细心观察事实，就会发现其中真理。任何一个小孩子都知道自己所燃放的鞭炮是带有若干危险性的。但是我们从未见过一群在一起玩的小孩子，他们会拿鞭炮作武器来应用在互相攻击的用途上的。

　　放鞭炮是过新年生活的一个特式。对于这一点特式，我还没有十分决定，以为应该把它发扬光大，抑或以为应该采取功利主义者的眼光把它劝止，或者限定于某种特殊需要上面。不过，中国人发明火药了，却利用他的知识来制造各种各式的烟花，杀人的火器反而退居次要的地位；那么，我对于我们在这一方面的努力，何适何从，孰先孰后，倒反而有更大的信心了。

中国一向以农立国，自然我们整个社会对于农历的关系便觉得更深切一点了。不久以前，我看见一个青年写道："这除夕不是我们的除夕！"实在这也难怪。我们虽然采用了公历，但是许多观念、习惯还没有改变得过来。对于春节，我们觉得纵使单单是插几枝花，书几副春联，那也比较有更深长的意味。便是在作客当中，虽然自己说不定过着"鸡声茅店月，人迹板桥霜"的生活，可是看到人家忙着过年，也替他们感觉到愉快。记得前年的除夕我从开封经过，想找一个吃黄河鲤鱼的地方，挨户找了好几家，都"岁暮休息"了，那时方下雪，心里有点焦灼了，没法只好念念郑板桥的诗句来慰安一下自己：

红帖糊门挂柏枝，东风马上过年时。一杯浊酒家千里，逆旅多情送饼糍。

"逆旅多情"虽不免是虚想，但我们终于在一个酒家吃到黄河鲤！那一次的经验的确不可多得。在风雪当中，开封的街道虽然觉得格外的清冷，但毕竟是个过年的气象，因而更加引起了自己的乡思。

过年的时候——现在应该说是过春节了——这里也和内地一样有着逛年宵的习惯。年宵的摊子，有售骨董字画的。这一部分的品物，就我记忆所及，似乎是每况愈下，大不如三四十年前的景况了。说起骨董字画，自然是赝品多了，不过凭你自己的眼光经验，拣你所心爱的，管他真假仿赝！像也是郑板桥所说过的：

末世好骨董，甘为人所欺。千金卖书画，百金为装池。

这显然对一般什袭而藏，所谓"价值千万"的宝贝，并没有十分好感。他那首诗还有一节写道：

我有太古器，世人苦不知。伏羲画八卦，文周孔系辞；洛书著洪范，夏禹传商箕。东山七月篇，斑驳何陆离。是皆上古物，二代即次之。不用一钱买，满架堆离披。乃其最下者，韩文李杜诗。用以养德行，寿考百岁期；用以治天下，百族归淳熙。太古不肯好，逐逐流俗为。东家宣德炉，西家成化瓷。盲人宝陋物，惟下愚不移。

郑板桥这种对艺术的见解，可能我们完全不同情。不过他自有他的看法。他的看法是像顾亭林先生在一首题作《岁暮》的诗里面"孰令六代后，一变贞观初？四海皆农桑，弦歌遍井间。我亦返山中，耦耕伴长沮"这几句所表现的那样。他所指斥的大概是玩物丧志一类的活动，因为它于民生无关，于治道无关。可是我们现在的见解倒有些不同了，我们现在所处的已经不是顾炎武的乱离时代，我们所处的已是"四海皆农桑，弦歌遍井间"的时代了，那还要怕甚么玩物丧志呢？我们正要把生活装点起来，让它更美丽、更可爱！

去年七月，我在北京到隆福寺去买骨董字画，遇见章伯钧先生也在那里大事收购。在新中国，不但人民，便是政府首长也每每有这逛年宵、买骨董字画、插花这种闲情逸致。这才是"乾坤益益春"呢！

"元夜"时的"乡思"

昨天是"元宵"。是"佳节",也就自然而然地引起我们的"乡思"了。今年天气特别冷,据说已打破了二十三年来的纪录,可是"乡心新岁切"的人们,纵使雨雪纷纷,关山迢递,又说不定一时还跑不开,但恐怕也不容易遏制那回去与家人团聚的想念。回去看看故乡的新面貌,听一听无改的乡音,叙一下久别的乡情,只要你没有忘记木有本而水是有源的,又谁能撇得开这样的倾向?"臭虫"也许是"外国的强",不过"月是故乡明",我倒同意杜甫的话了。

远的地方暂不去说了,就拿广州来说罢,这个近在咫尺、相隔不过三个半小时火车的地方,当你听到今年的元宵灯会从十三日就在广州文化公园展出,你能不为之欣然向往吗?灯会展出的宫灯、走马灯、采莲船灯、鸟灯、兽灯、鱼灯等等,还有东莞艺人创作的千角灯,这些民间艺术作品,就很多人来说,只是从前听说,倒没有看到过的。以前,人民大半在水深火热中,"救死犹恐不暇",又哪里能够去注意到这些,自然艺术也日就凋丧了。现在灯会的恢复,这表示一种原有艺术的复苏,是人力物力渐趋丰阜的成果,并不能作点缀升平来看。

元宵灯会,这也由来已久,早成了我们人民生活的一部分。像北京就有一条叫灯市口大街,从这里很可以想出元夜放灯时的

935

盛况。《朝野佥载》上面写道："唐睿宗元夕于安福门外作灯轮，高二十丈，衣以锦绣，燃五万灯盏，竖之如花树。宫女千数，衣罗绮，曳锦绣，耀珠翠。简长安少妇千余人于灯轮下踏歌，歌声入云。"这灯光，就我们现在科学进步的眼光看，自然算不得甚么了，但是在当时，"火树银花"，的确是够惹人们偏爱的。"踏歌"仿佛就像我们现在的合唱，集千余人在一起，这规模不算小啊，在这方面也许我们仍得向前代学习，"批评地接受"传统。

元宵最难使人忘怀的自然是观灯一事了。不过更普遍、更亘久的系念，想仍是那从古以来不晓得是谁最先看到的月亮。前人说过"明月逐人来"，由观灯而想到月亮，由月亮而想到人，更由人而想到灯，这像是成了循环的规律也似的。让我们拿下面《生查子》这首词来说罢：

　　去年元夜时，花市灯如昼。月上柳梢头，人约黄昏后。　今年元夜时，月与灯依旧。不见去年人，泪湿青衫袖！

这一首宋人的词，有人以为一个女诗人做的，有人因为词中有着"月上柳梢头，人约黄昏后"这样的字句，以为不宜出诸一个女性，于是就"为贤者讳"把它推到一个男作者的身上了。其实这是大可以不必的。你就当它是即情即景之作来看，又何尝不可，何必一定是男女悦爱之辞呢？设想你当年和你的爱人或亲人，习惯地一同去看灯会，现在他或她跑到海外去了，盈盈一水，天各一方，那你还不是一样地会有青衫泪湿的情景吗！自然咯！你所急于要知道的，就是在"那边"的人，当着"何处春江无月明"的时候，是否思念着故乡，也如你思念他或她的迫切。这我想应该可以用辛弃疾的一句话来说："情与貌，略相似！"

偶翻阅郁达夫的集子，读到他译的一首德国诗人施笃谟题目应该也作"乡思"（Heimatweh）的诗，现在我就把它抄下来作结罢：

> 灰色的海上，灰色的北海边旁，
>
> 是那个小市，是我的家乡，
>
> 一层浓雾常压在人家的屋上，
>
> 静寂中间，只听得海浪的声儿歌唱，
>
> 单声单调，绕着了城儿来往。
>
> 那一边也没有树林儿咆哮，
>
> 到得春来，也不见有杜鹃啼叫，
>
> 沉沉的秋夜，纵有那旅雁飞来，
>
> 然而一声鸣后又不知飞向那方去了，
>
> 在静寂的海滨，只剩得几丛小草。
>
> 你这北海上的小市儿呀，
>
> 我在日夜的相思，你可知道？
>
> 我的青春好梦，死死生生，
>
> 总在你的怀抱中缭绕，
>
> 你这北海上的小市儿呀，我的衷心，你可知道！

"梅兰菊竹"而外

谢芸史咏红梅诗写道："小学人间脂粉态，诗家莫作杏花看。"这一概也是为了"自恐冰容不入时，故作小红桃杏色"的意思。王荆公有句云："岁宴孤山斜照水，行人误作杏花看。"又一首五言云："春半花才发，多应不耐寒。北人初未识，浑作杏花看。"两处押"看"字韵均引用杏花。因忽联想到龚定庵的诗句："梅魂菊影商量遍，忍作人间花草看"，倒觉得这更为动摇心魄，大抵可以说是以意胜了。

梅菊的品格是令人神往的。我们中国人特别爱梅花，也不单只因为"诗兴"动时，折来可以"寄江南一支春"的缘故。东洋人又特别喜欢菊花，仿佛个个都是陶渊明也似的。诗家喜爱花，固然啦！不过对于一朵美丽的鲜花，具有欣赏爱悦的倾向的，又岂必限于诗家？我们有时候到田间去，不是常常可以看到，一个挑稻草的农妇，也每每喜欢在鬓边斜插几朵素馨花么？而像"素馨茉莉同盆种，得来陪伴姐芳容"这样的句子，大概又是在说金兰姊妹的情分了。

爱好鲜花，爱好自然，欣赏自然之美，这多少是一般性。从前人说："佳人拾翠。"现在我们到海边去，到处都可以看到拾贝壳的人们。这可以说是和"或采明珠，或拾翠羽"的出发点相同。拾贝壳的人们，有些是为生活，有些是为审美，有些也可以说是又为生活，又为审美。大概只有在连贝壳也不能够拾的时候，人们才不能不要像那个叫板井中的日本农妇那样，也捡起弹壳的废铜废铁来了吧。然而想到要在破碎山河的废墟上，拾起昨日还是敌人的凶器的残硝断片，来养活自己的锋镝余生，那又谁真正能了解板井中夫人的苦痛呢？这里边自然又有说不尽的酸辛泪了！

我们喜爱花，有时候也真的到了无微不至的程度。歌咏之不已，则通过绘画、尺幅零缣来描摹花的精神，描绘之不足，则寄兴到日常用具上面去。不过最特殊的想是镂刻到麻将牌上去的"梅兰菊竹"了。像上次所提到过的陈少苏那首《沁园春》写道："春夏秋冬、梅兰菊竹，信手拈来信手栽，似琴棋书画，大足低徊！"我不反对把"梅兰菊竹"植到消遣的工具麻将牌的"玉版"上去，不，我倒觉得这样做也很有意思。便是"琴棋书画"也很好，因为这些都是习见的事物。不过，像"花"中的"财神元宝""七擒孟获"之类，便有些不伦不类了。因为这字组的四个字，并不是每一个字都有它的独立存在性格，像"春夏秋冬"那样，这便失掉它的本身意义了。至于在每个汉字旁边，又注上了一个阿拉伯数字以资辨别，那于推广中土文化方面也许有点作用，可是对我们自己来说就觉得"礼义岂为我辈设"了。

我曾说过：我并不反对"方城之战"这种玩意儿，只要目的不在赌博，而在消遣，在"调剂身心"。便是那发明"马吊"的，他的原意又岂在于提倡赌博？这正和那发明核子爆炸原理的科学家，原来的目的也并不在于制成原子弹、氢弹，好使得赌博性的政治家能对人类进行威胁、进行讹诈一样。不过像"财神元宝"这样的字眼，纵使写到麻将的牌上去，也觉得有点刺眼。傅子奇说："余性孤癖，不喜见富贵人，亲戚稍富贵，即懒与往来，出入富贵之一门者，尤拒勿与言。"

傅子奇这几句话，是从澹归《遍行堂集》"不平平说赠傅子奇"一文里节录出来的。澹归和尚在这一文里还有一段话这样写道：

> 予少年群博，屡得胜，采筹满其前，心忽自念，此已多矣，败色即至，尽失其筹乃已。夫博舍之筹，无情之物，一念多之，则去之如流水。孔方先生，细腰女子，朱衣之首，青虫之皮，鬼神君相，操其予夺，以奔走今古。傅子不爱之敬之，又不喜见之，彼复何所为而予傅子，以取厌薄？

这段话颇给人以不少启示的作用，也有些大道理在，值得展转推究，得出其本根的。平心而论，贪得无厌的人，大抵因为缺少了"此已多矣"的一种想法，所以这句话倒是应该"书诸绅"的。不过也不难想象：纵使你把和尚这一段话说给"三院"或"赛马会"诸绅士们听去，他们也许还会以"见仁见智"的一说来回你呢。那么，这也只好为知者道了。"操其予夺"之谓何！

谈"分"与"合"

　　"说话天下大势，合久必分，分久必合。"读历史小说的总会看到过这句话。这句话很有意思。它意味着甚么呢？它意味着一个变的过程、一个变的真理。一切事物都是要变的，而且也不可能不变。事物不可能停留在一点上面。

　　中国历史上"分"的局面，大概无过于春秋战国的一个时期了，这是读历史的大家都知道的。不单只是政治上的"分"，而尤其重要的是思想上、学术上的"分"。有人把春秋战国来比拟目前我们所处的这个时代的情况，在好些方面来说，这是很恰当的。眼前也的确是个分裂得很厉害的局面，两个思想壁垒对峙着，两个阵营旗鼓相当。面对着这样的一个分裂的局面，要把它弄成统一，把"分"变成"合"，这倒是很自然的要求。天下"殊途而同归，一智而百虑"，那自然是很理想的了，不过怎样才能达到这目的呢？

　　有主张用武力的，用"实力地位政策"，甚至于用氢弹。可是这是可靠的吗？有人问孟子："天下乌乎定？"他说："定于一。"那人说："孰能一之？"孟子回他道："惟不嗜杀人者能一之。"很显明，武力政策是不足恃的。绝对相信武力的，大概秦始皇要算其中的一个了。《史记》载秦始皇要王翦带兵去攻取楚国，王翦对他说："大王必不得已用臣，非六十万人不可。"始皇说：就依了将军的意见好了。于是王翦将兵六十万人，始皇亲自送他到灞上。《史记》记载这一事还这样写道：

> 王翦行，请美田宅园池甚众。始皇曰："将军行矣，何忧贫乎？"王翦曰："为大王将，有功，终不得封侯，故及大王之向臣，臣亦及时以请园池为子孙业耳。"始皇大笑。

这样，秦始皇终得借王翦与六十万兵的力量解决了楚了，但是解决不了内部的问题。像他与王翦之间已经存在着一种矛盾了，而在吞并了六国之后，秦的统治阶级与新兴的势力集团之间，又形成了一种新的矛盾。这些都不是用武力能够解决得来的。

有人替资本主义设想，希望通过一次新的世界大战来解决问题。一个聪明有智慧的人曾计算过，这是不会单方面便宜了资本主义的。打起再一次世界大战来，可能便像两个泥菩萨打烂在水里，拿起来再捏，就发现你中有我、我中有你了。这比喻很有意思。我想，最低限度也应该是这样。

人们总喜欢说：聚散匪常。又说：天下无不散的筵席。这我以为倒没有甚么一定的根据的。我以为散可能是聚的开始，聚却是散的终极。事物的发展，总有一定的规律的。如果不是这样，我们就会觉得有些茫然无着，不知所可了。

天文学家告诉我们说，宇宙的群星正在向着上下四方涣散，他们逐渐离开我们向后退。有些星云以每秒钟八百至一千八百公里的速度向我们跑开，有一团很远很远的星云据说以每秒钟二万五千公里的速度离开我们飞奔。这意味着整个宇宙在膨胀着，像一个在继续膨胀中的肥皂泡那样。也像膨胀中的肥皂泡一样，它是终有一天要爆炸的了，是不是呢？这倒足使人发愁的，不是爆破会怎样损害到自己，而是想到宇宙也终不免于爆破一事的本身。不过宇宙是不是现在就已经爆炸了，我们也无从断定。像刚才所说过的那一个老远的星云，它以每秒钟二万五千公里的速度跑离我们，而它的距离是一万五千万光年，那么，这个星云现在事实上是否还存在，我们也无从知道呀！天文学的数字就是这样使人感到困扰。